차례

상

하

1. 명동明洞 뒷골목

1

성욱은 혼자서 푸푸 속을 삭이며 술을 마시고 있었다.

대폿잔을 내려놓는 소리가 너무 컸었던지, 노처녀 주모가 일손을 놓고 다가왔다.

그녀는 3년 전이나 지금이나 변한 것이 없었다.

동정에, 머리때가 조금 묻어 있는 흰 광목 저고리에, 투박해 보이는 검정 치마를 그대로 입었다. 저고리는 겨울이 되면 두꺼운 핫것으로 바뀌지만, 치마는 봄 여름 가을 겨울이 따로 없었다. 내나 광목 검정 치마였다.

"……."

댕기 머리 주모는 말없이 천천히 다가와서, 성욱의 빈 잔에 잔이 철철 넘치게 술을 따라 주고는, 천천히 돌아섰다.

그녀는 평소에도 눈인사조차 별로 건네는 일이 없었다. 자기 스스로는 아는 얼굴, 단골손님들에게 아는 척, 눈인사를 건네고 있는지 모른다. 그러나 손님들은 잘 모른다. 워낙 표정의 변화가 없는 데다 두껍고 깊어서, 상대가 얼른 알아차릴 수가 없는 것이다. 그렇다고 해서 불쾌감을 주거나 악감정을 느끼게 하는 것은 아니었다. 거부감이 오거나 불안을 느끼게 하는 그런 것도 아니었다.

어서 오세요, 안녕히 가세요, 외에 술값 계산이 고작이었다.

붕뚝한 얼굴 생김새처럼, 붕뚝하게 땋아 내린 댕기, 흰 버선에 검정 여자용 코고무신도 그대로였다. 변한 것이라곤 아무것도 없었다.

심지어 여름 술안주로, 생오이 토막 한 가지가 나오는 것도 그대로였다. 겨울에는 간단한 밀가루 부침개가 나왔다. 여름이나 겨울이나, 시어빠진 깍두기 한 접시는 노상 술판 위에 올려있었다.

도심의 가로수들이 옷을 벗고 서 있는 그해 늦가을 오후였다.

아직 날씨가 그렇게 춥지는 않았다.

그날도 오늘처럼, 아직 술시酒時가 덜 되어서, 방금 날아든 성욱과 한 자리 건너 판장탁자에 초로初老의 손님 한 사람이 있었다.

그 손님의 술 사발은 절반쯤 비어 있었고, 분위기가 벌써 좀 뜸이 든 것 같았다.

그런데 여느 때와 달리, 댕기 머리 주모가 성욱이 날아들자, 초로의 주객과 마주 앉아 있다가 자리를 섰다. 지금까지 성욱은, 이 집 주모가 손님의 술자리에 같이 앉아 있는 것을 단 한 번도 본 적이 없었다. 또 술 손님과 농담을 노닥거리거나, 장사 관계가 아닌 말을 주고받는 걸 본 적도 없었다.

그래서 그녀의 붕뚝한 표정, 굼떠 보이는 동작 등은 연상할 수 있

있었다. 긴장에 움츠러든 피난민들의 마음을 더욱 조바심에 떨게 하는 것이었다.

중화를 떠난 지 꼭 엿새 만인 음력 섣달 초사흘 날이었다.

날짜도 잊어버릴 수가 없었다. 경기도 장단 문산을 지나 파주 땅에 접어들고 있었다. 길가 민가에서 어렵게 얻은 호박 한 덩이로, 여섯 식구가 꼬박 3일을 버티던 날이었다.

창자가 비어서 등딱지에 붙었다. 허기와 피곤으로 온몸이 늘어졌다. 이러는 판에, 동상이 심한 심달근의 한쪽 발에 이상이 생겼다. 힘줄이 늘어졌는지 발목이 저리고 힘이 하나도 없었다.

행렬에서 떨어지면 죽는다.

제 몸 하나 건사하기도 어려운 판이다. 낙오되면 고립무원 상태가 되는 것이다.

짧은 겨울 해가 벌써 설핏하게 서녘 하늘에 기울고 있었다.

어쩔 수가 없어서, 심달근은 행렬에서 빠져나올 수밖에 없었다.

아내와 큰아들 대수에게 다른 식구들을 이끌고, 곧장 행렬을 따라 내려갈 것을 말했지만 듣지 않았다. 곧 뒷따라갈 테니, 걱정 말고 행렬을 따르라고 거듭 권했지만, 가족들은 심달근과 함께 행렬 뒤에 쳐져 남게 되었다. 살아도 같이 살고, 죽어도 같이 있다가 죽자는 것이 가족들의 주장이었다.

이것이 화근이 될 줄은 아무도 몰랐다.

이 무렵 피난민들 사이에선 이상한 소문이 떠돌았다. 젊은 여자들은 따로 떨어져 걸어서는 안 된다는 것이다. 여자들을 동반한 가족은 미군 추럭을 얻어 타서도 안 된다는 것이었다.

심달근이 안정을 되찾아, 작대기를 짚고서라도 겨우 발걸음을 움직일 즈음엔, 벌써 지는 해가 산마루에 걸려, 북새가 일고 있었다.

해가 완전히 지기 전에, 사람 사는 동네를 찾아내거나 빈집이라도 하나 발견을 해야 하는데, 아무리 보아도 사람 사는 흔적이 보이지 않았다. 찬 바람만 거세게 몰아치는 산모퉁이 길이었다. 하다못해 산 다랭이 논의 볏짚 더미 하나라도 은신할 곳을 찾아내야 하는 것이었다.

꼼짝없이 들판에서 밤을 지새워야 하는 판이었다.

이때였다.

군용 추럭 한대가 뒤쪽에서 경적을 울리며 다가오고 있었다.

심달근의 가족들은 손을 들어서 추럭을 세우고 싶었지만, 얼른 손을 들지 못했다. 무서운 생각에 한쪽으로 비켜서서 걷고 있었다. 지금까지 수많은 미군 추럭을 보았지만, 차량 한 대가 따로 떨어져 가는 것은 처음이었다.

또 한꺼번에 줄을 지어 이동하는 미군 차량들은 민간인을 차에 태워 준 적이 없었다.

차량에는 각종 장비와 물짜가 만재되어 있었고, 부상병이나 후퇴병력이 수송되고 있었다.

차량을 타고 스치는 미군들은 껌둥이나 흰둥이 할 것 없이, 휘휘 휘파람 불기를 좋아했다. 흰 이빨을 드러내고 히죽거리는 껌둥이들은 여자들을 향하여 이상한 손가락질을 해대는 녀석들도 있었다. 그렇지만 피난민들을 차에 태워 주거나, 직접적으로 민간인한테 찝쩍거리는 일은 아직 없었다.

작대기를 짚고 절뚝거리는 심달근과, 주눅이 들어서 고개를 움츠리고 길가를 걷는 가족들 옆을, 추럭은 덜커덩거리며 지나가고 있고 사라졌다.

요란한 대매미 소리가 기승을 부렸다.

그 매미소리가 귀가 따갑게 울어대는 나무 그늘 밑에는, 여기저기 긴 의자가 몇 개 놓여 있었다. 그 옆으로는, 여러 개의 풍선을 불어서 니아까에 매달아 놓고, 아이들에게 솜사탕을 뽑아서 팔고 있었다. 찹쌀모찌 망개떡 장수도 보이고, 냉차를 파는 니아까 옆에서는 야바우판으로 눈을 속이는 목판돌리기가 한창이었다.

그런가 하면, 저쪽 숲 그늘에선 북장구 소리가 들썩들썩, 꽹과리 판이 한판 어울어지고 있었다.

페인트 단장을 한 뽀트들이 줄을 지어 아베크족을 기다리고 있는 모습도 보였다.

내일이면 다시 병영으로 간다.

귀대를 하는 것이다.

부산에 있는 병기기지보급창, 기름때 묻은 작업병들이 복닥거리는 제복의 땅이다. 한성욱 일등병이 첫 휴가를 마치고, 귀대를 해야하는 부자유의 땅이다.

이제, 군대 생활의 꽃인 하이라이트 첫 휴가도 끝났겠다, 어지간히 익숙해 질만도 한데 아니었다.

여전히 낯설고 서먹서먹하고 새삼스럽다. 신병 생활을 새로 시작하는 그런 기분인 것이다.

성욱은 할아버지 무릎에서부터 '나라 부양'을 배웠다.

남아 십오 세가 되면 나라 부양을 해야 한다는 것이다. 부양해야 할 나라가 어떤 나라인지는 알 수 없었다. 그땐 너무 어렸기 때문이었다. 하지만 한찬국 영감은 흰 수염을 쓰다듬으며 입에 침이 마르게, 큰손자인 성욱에게 귀에 못이 박히게, '무릎 위 교육'에 치성을 드렸다. 청주 한씨 32세손이라는 것과 함께 말이다.

일제가 물러간 다음 '아. 이것이 나라구나! 이것이 우리나라로구나!'라고, 어린 마음에도 그렇게 생각을 했다.

무궁화 삼천리 화려강산, 조선사람, 조선으로 길이 보전하세.

성욱은 한없이 기뻤다.

어둡고 괴로워라 밤이 길더니
삼천만 이 강산에 먼동이 튼다
동무야 자리 차고 일어나거라
산 넘어 바다 건너 태평양 너머,
아아, 자유에 자유에 종이 울린다.

한숨아 너 가거라 현해탄 건너
서름아 눈물아 너도 가거라
동무야 자리 차고 만세 부르자
산 넘어 바다 건너 태평양 너머
아아, 자유에 자유에 종이 울린다.

무명지 깨물어서 붉은 피를 흘려서
태극기 그려 놓고 천세 만세 부르자
한 글짜 쓰는 사±야 두 글짜 쓰는 사야
나라님께 병정되기 지원합니다.

신조선 국방군을 뽑는다는 이 소식
손꼽아 기다리는 이 소식은 꿈인가
한 글짜 쓰는 사야 두 글짜 쓰는 사야
나라님께 병정되기 소원합니다.

그때 한성욱은 해방된 나라 동촌 고샅길을 쏘다니며, 목청껏 노래를 불렀다.

할아버지 한찬국 영감의 나라 부양 교육은 효과가 있었던 것이다.

성욱은 점점 자라 철이 들면서 나라 부양 정신은 더욱 투철해져 갔다.

세상에 남아로 태어나, 제 뼈와 살을 부여받은 나라를 부양하는 것은, 제일 의무요 절대 사명이라고 생각했다. 제가 태어난 땅과 우리 민족을 위해선, 제 목숨 하나쯤 초개처럼 버릴 수 있는 각오를 항상 속으로 다지고 있었던 것이다.

성욱은 미끄럼틀이 있는 어린이 놀이터를 지나고 있었다.

대매미 소리가 극성스럽게 울어대는, 키 큰 미루나무 밑 긴 의자에 앉았다. 그 옆으로는 아이들을 위한 작은 미니 골프장이 놓여 있었다.

왕대폿집 주모의 안타까운 사연을 들었기 때문인지, 지난해에 벌어졌던 일들이 떠올랐다.

지난해, 화사하게 피어났던 사월이 다 가고, 오월의 첫 토요일이 돌아온 오후였다.

혁명의 격랑激浪이 정점을 이루었던 사월도 끝나가고, 계엄령으로 금지되었던 야유野遊도 풀렸다.

그동안, 세도를 누렸던 이기붕 일가는 집단 자살로 끝장이 났다. 권좌에서 물러난 이승만은 사저私邸인 이화장梨花莊으로 돌아갔다.

어제의 지지자는 오늘 배반자가 되었다.

인심은 조변석개라고, 세상은 뒤집어져서 어제와는 사뭇 다른 모습이 되었다. 세상은 새로운 길을 열기 위해 분출구를 찾고 있었다.

이런 때 모처럼 뚝섬 '자취부대'가 한자리에 모였다.

터줏대감인 고이석과 홍형, 안군, 앗싸군, 그리고 류군(류유철), 막내 민수 녀석, 먹세 등이 다 모였다. 최연장자인 30세 '족차 사장足車社長'만은 스페어 운전수 팔자라, 어쩔 수가 없었다. 스페어 운전수는 휴일이 밥벌이 대목이었다. 그래서 불참이었다. 을지로 6가 빵꾸집까지 장장 6키로 길을, 자가용 '족차'를 스스로 운전해 갔다.

한성욱을 포함하여 아홉 명의 대부대였다. 그중 족차 사장만 빠지고, 여덟 명이나 되는 머슴아들이 다 모인 것이다. 유식하기 이를 데 없는 류유철 군의 표현에 의하면, 뚝섬 자취부대가 먹고 자는 것은 그냥 사는 것이 아니고 웅거雄據라는 것이다.

우선 집단 규모가 웅장한 데다가 어디로 갈래야 갈 데도 없었지만, 아무튼 근거지를 굳세게 지키게 되었다. 또한 자취부대 구성원들이 각자 다른 목표와 희망을 가지고 있다는 점이다. 어떤 집단이 목적을 가지고, 호시탐탐 그 목적을 쟁취하기 위해서, 근거지를 확보하고 있기 때문이라는 것이다.

자취부대가 이렇게 먹고살기에 바쁜 시간을 할애해서 모두 한자리에 모인 것은 그럴만한 나름대로의 이유가 있었다.

첫째로, 4·19혁명의 격랑 속에서 산화한 동촌 출신 한영식韓永植(19세)이의 희생을 추모하는 일이었다. 영식의 유해가 동촌 앞동산, 두리봉 능선 옷밥골재에 묻힐 때에 자취부대는 경황이 없었다. 계엄령 아래서 수수 중에, 아무도 그의 유해를 수행하지 못했다.

그 못다 한 마음을 표하자는 것이다. 오랜 기간은 아니지만, 영식은 뚝섬 자취부대와 한솥밥을 먹었다. 고향 동무이고 형제 같은 관계였다. 그날 혁명의 거리에선, 홍형과 함께 투쟁을 전개했던 뜻이 같은 동지였고, 용감무쌍한 전사戰士였다. 사월광장을 내달았던 젊은 사자獅子였다.

다음으로는, 홍형과 성욱의 그간의 노고勞苦를 위로하자는 것이다. 노고라는 표현이 좀 그렇지만, 성욱과 홍형이 시위투쟁에서 보여준 수고와 불타는 민중정신, 부상과 고문에 대한 위로였다. 성욱과 홍형은 내색을 안 하지만, 아직도 부상과 고문 후유증으로 자유로운 몸이 아니었다.

또 하나는, 뚝섬 2호선 터줏대감 고이석과 한성욱의 군 입대를 축하하기 위한 것이었다.

그날도 성욱은 재수가 옴이 붙은 날이었다.

자취부대가 유원지에 모두 모였던 지난해 봄날 말이다.

식량 보급에 애로사항이 있어서, 자취부대가 내리 며칠째, 수제비를 이죽이는 판이었다.

언제라고, 고깃국에 흰 쌀밥이 넘쳐나는 처지는 아니었다. 그렇더라도, 요즈음처럼 하루에 수제비 두 끼가 아니면, 한 끼로 버티는 형편이 정상일 수는 없었다.

그래서 그 핏빛 사월도 다 가고, 오월 햇볕도 좋고 하니, 바람 시원한 유원지 풀밭 모임을 주선한 것이다. 아침부터 수제비 먹기가 그래서, 아예 아침은 모두 걸르기로 한 것이다.

성질 꽤 까다로운 앗싸군도 적극 찬성이고, 막내 민수 녀석이 맨 처음 의견을 내었기에, 기특해서도 모두가 찬성하지 않을 수도 없었던 것이다. 겨우내 종로 바닥에서 땅콩 니아까를 끌었는데, 조상의 뒷등 덕택으로 손해는 아니 보았다고, 녀석이 능청을 떨었다.

오늘 모임 비용을 조금 보태겠다는 것이다.

막내 민수 녀석의 속 깊은 제의에, 성질 급한 앗싸군 역시 좀이 쑤셔서 가만히 있을 수가 없었다. 출판사 뒷문으로 나온 책 무더기를, 밤거리 카바이트 가스불 아래서 싸구려를 부른 돈 몇 푼을, 오늘 유원지 모임에 내놓겠다는 것이다.

앗싸군과 민수 녀석의 성금으로, 두 홉짜리 소주 세 병과 마른오징어 두 마리가 마련되었다. 아침 점심 겸용 식사 대용으로는 배급 옥수숫가루로 만든 네모 개떡빵 여덟 개가 준비되었다. 부자장자가 부럽지 않았다.

풀밭 한쪽에 신문 한장을 깔았다.

그들의 고향 반도 서남쪽을 향해서였다. 신문지 상단부에는 땀 때 묻은 무명수건 한 개가 단정하게 개킨 채 놓여 있었다. 영식이 밥자리를 찾아 신설동 부로크 찍는 데로 떠난 다음, 자취부대의 방 한구석에서 발견된, 영식이 쓰던 무명 베수건 한짝이었다.

자취부대의 대표로, 성동구 성수동 2가 노른산 터줏대감 고이석이 영식의 베수건 앞에 술을 한 잔 따랐다.

그리고 그들은, 그들의 고향 쪽이자 영식의 무덤 방향을 향하여 일렬로 도열했다.

고이석의 진행에 의하여 잠시 동안 그들은 소리 없는 묵념을 했다.

복받치는 감정 때문에 고이석은 묵념 '바로' 소리를 못 하고, 재채

기도 아니고 비명도 아닌 신음을 토했다.

진행을 맡은 고이석이 감정을 추스르지 못하고 제자리에 주저앉아 버리자, 여덟 명의 자취부대원들도 모두 그 자리에 무너져 버렸다.

그중에서도, 성욱과 홍형은 치솟아 오르는 격정을 감당하기가 어려웠다. 그들은 몸을 떨고 있었다.

한참 만에 스스로 몸을 추스린 류군과 안군, 앗싸군들의 자조 섞인 위로로 자취부대는 다시 마음들을 다잡았다.

"자, 자! 영식이의 죽음을 헛되지 않게 하기 위해……."

"우리가 살아 있는 것이, 영식이의 영광이 되게 하기 위하여!"

"그렇지이! 그렇고 말고오……, 우리들의 삶이…… 사월 민주 민중 혁명의 계승, 완성을 위하여 쓰여지기를……,"

분한 마음을 짓누르며 제각기 한마디씩 거들었다.

홍형은 분한 마음을 끝내 참아내지 못하고, '한영식 만세!'를 부르다가 고개를 떨구고 말았다. 그날의 격정이 다시 살아나는 듯했다.

그들은 비분강개 속에서, 영식의 땀 때 묻은 무명수건을 태웠다. 가난한 농촌 땅에 태어나 지지리도 못 먹고 못 입고 자라서, 겨우 열아홉 생애를 마친 농촌 청년! 한오리 연기가 되어 오월 푸른 하늘로 흩어졌다.

생명의 근원적인 모순에 의한 자연사나 병사病死가 아니었다.

그를 태어나게 한 조국의 총구가 한영식의 팔팔한 청춘을 학살했다. 열아홉 살 한창 피어나는 농촌 촌놈 하나를 미제 총알로 쏘아 죽여버린 것이다.

힘센 나라가 억지로 들려 준 쇠붙이에는 눈이 없었다. 아我와 비아非我를 모른다. 타 종족他種族과 동족同族을 구별할 줄 모른다. 적과 동지도 구별하지 못한다. 그것은 자의가 아닌 타의에 의한 사주使嗾의 실행이기 때문이었다.

그들은 30도짜리 쓰디쓴 소주잔을 들어 영식을 떠나보내고 있었다.

의지가지없는 불안하고 스산한 서울살이, 수제비 국물을 목구멍에 쑤셔 넣으면서도 이렇게 슬픈 적은 없었다. 채소밭 날품팔이 농약통을 메고도 화양리 도로공사 일당 노동자, 지폐 몇 장에 고달픈 근육을 팔면서도 이렇게 씁쓸한 적은 없었다.

우리 선배들은 왜놈에게 나라를 빼앗겨 망국의 설움이 깊었다지만, 서백리아西伯利亞 북만주로 뛰쳐나가 총을 잡을 수도 있었다.

지금 동서남, 바다로 둘러싸인 삼면에는, 흰둥이들이 겹겹이 함포를 겨누어 울타리를 막았다. 북쪽은 털발들이 그어 놓은 3·8선에 막혀 우물 안 개구리 신세가 되었다. 여우 삵괭이 승냥이가 우글거리는 갇힌 땅에서, 백성들은 주린 창자를 움켜쥐고 세상을 산다.

여덟 명의 자취부대 창자들이 눈을 번쩍번쩍 떴다. 빈속에 독한 소주가 들어가니, 창자들이 모두 놀라서 아우성이다.

술잔을 비운 홍형이 아무래도 못 참겠다는 듯 내뱉는다.

"비명 한마디 없이…… 그대로 나가떨어지는 거야!"

도끼를 꼬나들었던 영식이, 총을 맞고 집둥처럼 땅바닥에 나뒹굴던 이야기를 다시 들려주고 있었다.

성욱더러도, 그날 경찰에 붙잡혀 고문을 당했던 이야기를 털어놓길 바라는 분위기가 되었다.

성욱은 해가 지자, 종로로 밀리는 데모대와 함께 있었다. 돈암동 로타리로 쫓겼다가 미아리 고개를 넘었다. 한 무리의 데모대와 함께

독서광, 책 미치광이 류유철 군은 삼대독자 외아들로 결혼을 하느냐, 마느냐가 문제였다.

아프리카의 문제아, 콩고 대통령 모이세 촘베를 꼭 닮은 외모에, 철학적 사고를 가진 류군의 사고력은 비상했다. 자취부대에선 자타가 공인하는 철학 천재였다. 그의 직장은 죽으나 사나, 천날만날 마르고 닳도록, 초지일관 동화백화점 뒤 회현동에 있는 삼류 통신사였다. 변동도, 변화도, 승진도 없는 만년 필경 사원筆耕社員인 것이다. 철학적인 외모에 철학적인 사고방식도 그렇지만, 그의 타고난 달필 또한 치명적인 굴레가 되었다.

자취부대는 그를 류유철이라 부르지 않고, '촘베 씨'라고 꼭곡 높여 불렀다. 아무래도 그의 독서량과 철학적 사고를 참작하지 않을 수 없어서였다. 이 키 작은 철인은 지금 외톨이가 되어 뚝섬 근거지를 끝까지 지키고 있었다. 그래선지 병적으로 더욱 책 미치광이가 되었고, 담배를 하루에 두세 갑씩 결딴을 낸다는 것이다.

고향의 늙은 부모가 손주를 빨리 보게 해달라고 후복後腹 앓듯 졸라대도, 만년 필경 사원 모이세 촘베 씨는 돈이 없다. 장가들 밑천이 없는 것이다. 장가를 가느냐, 안 가느냐가 문제가 아니고, 장가 밑천을 어디서 만드느냐가 문제인 것이다.

2. 다시 기어든 병영兵營

1

한성욱 일병은 너무 바빴다.

그가 휴가에서 귀대 하루 전에 예상하고 느꼈던 느낌 그대로였다.

병영의 일과는 생경하고, 생소하고 처음 대하는 것처럼 서먹서먹했다. 새로 전입한 신병처럼 서툴고 울적하기까지 했다.

군대 일이란 것이 해도 해도 끝이 없고, 가도 가도 끝이 안 보이는 속성을 가졌다. 계획된 것이 그대로 순차적으로 다가오는 것이 아니다. 그대로 순차적으로 처리되는 것도 아니다. 날마다 새롭고, 자고 새면 새판이 전개된다. 군대 업무는 전쟁상황이다. 전쟁상황은 한시도 고정되어 있지 않고, 시시각각 변화무쌍하게 유동적이다. 요동을 친다. 급변한다.

첫 휴가를 끝내고 귀대한 한성욱 일병은 눈코 뜰 새 없었다.

조혼早婚에 시달렸던 봉건시대의 어린 신부들이, 층층시하 시집살이 삼사년에, 오줌 싸고 뭣 볼 새 없었다는 말이 전한다. 진짜로 요즘 한성욱은 오줌 싸고 꼬치를 볼 새가 없었다.

귀대를 기달렸다는 듯, 한성욱의 공급계 사수 우상태 상병이 군복을 벗었다.

공급실 창고 속에 있는 모든 보급품은 물론이고, 7개 소대와 수송부에 지급되는 모든 비품과 재산을 도맡아야 하는 것이다. MIS(정비지역)에 투입되는 병력 일부와 수송부 병력 전원이 2중대에 소속되어 있었다.

물건이나 물품, 물짜, 재산, 돈(금액)이란 말만 들어도, 지끈지끈 골치가 아팠다.

계산이니, 수량이니, 부족이니, 초과니, 도대체가 온몸에 닭살이 돋았다.

한성욱은 성욱 자신을 잘 안다.

오죽했으면 아버지 진만씨를 속이고, 그 곰팡내 풍기는 민속문화학과를 택했겠는가 말이다. 무얼 따지고 자시고, 밀고 당기고, 계산하고 요량하고, 주고받는 일 등에는 재주 능력이 전무 상태인 것이다.

"이눔아, 그런 것은 재인놈들이나 당골네 놀음이 아니더냐!"

동촌 면장 한진만씨의 경악이었다.

논밭 팔고 소 팔아서, 큰 공부 한다고 서울로 대학을 보냈다. 법과나 행정과, 정치외교학과를 가야지, 원 세상에 아무도 알아주지도, 쳐다보지도 않는 민속문화학과라. 그놈의 민속이란 걸 배워서 밥을 해 먹을 것인가, 젓을 담아 먹을 것인가. 문화라는 건 또 뭔가. 벼슬을 하고 돈을 벌어야지, 그 얼어 죽을 문화를 배워서 어디다 쓰겠다는 것일까?

칠팔월 삼복더위에 보신탕 한 그릇 값도 안 되는 문화, 거지발싸개 취급도 안 해 주는 민속이라……. 천금 같은 비싼 돈(등록금)을 주고, 피천 한 푼 안 나오는 그런 허드렛 것들을 사다니, 정신이 나가도 한참 나간 녀석이었다.

한성욱 자신은 자기 자신을 너무 잘 알고 있었다.

자신의 재주는 된장찌개 원료요 할아버지인, 콩을 으깨서 만든 메주 뭉텅이였다. 곰의 재주는 사람을 웃기게라도 하는데, 한성욱 자신은 참으로 서푼짜리 재주도 없는 한심한 놈이었다.

이런 먹통 맹꽁이 사병이 중대원들의 보급품 취급을 맡았으니, 두꺼비가 하품을 할 일이었다.

군대는 까라면 까고 죽으라면 죽는 것이 아니던가. 그렇긴 하지만 한성욱 일병은 서툴고 당황하고 탐탁잖아서 죽을 맛이었다. 바쁘기는, 또 어디 얼마나 정신을 차릴 수 없게 사람을 몰아치는가.

제대복을 입은 공급계 사수 우상태 상병이 부대를 떠나면서 몇 마디 일러 준 것이 있었다.

표일두 상사를 조심하라는 것이었다.

우상태 상병이 육군형무소 생활을 한 것도, 다 중대 인사계 표일두 상사의 농간 때문이었다는 것이다. 우 상병은 병장 진급도 못 했고, 제대도 형무소살이 기간만큼 늦어졌다.

지금까지 한성욱 일병이 보아온 바, 1종 소모품 건빵 담배에서부터 2종 피복 침구류에 이르기까지, 인사계가 손을 대지 않는 것이 없었다. 수송부 기름 강아지들도 그의 손에 잡혀 있고, 그러니 MIS(정비공장)라고 그가 가만히 두겠느냐는 것이었다.

성욱은 긴장되고 우울했다.

군대는 그냥 총을 들고 싸움질이나 하는 것으로만 알았다. 그게 큰 잘못된 생각이었다.

복잡했다. 지극히 단순해야 할 곳이 지극히 복잡하고 골이 아팠다. 군댓밥이 공짜가 아니라는 것도 이미 벌써 깨달았지만, 이렇게 복잡하고 힘이 들고 어려운 일이기 때문에, 힘이 넘치고 판단력, 지혜가 번뜩일 때 데려다가 노역을 시키는 것이다. 가장 인생의 기름진 한 토막을 떼어다가, 국가라는 공동 조직체에 헌신하게 만드는 것이리라.

원래 세상 이치가 먹잘 것도 없는 살림살이에, 말도 많고 탈도 많은 것이다. 무슨 놈의 시찰 감독은 그리도 많고, 감사 검열은 그다지도 수도 없이 겹쳐서 밀려오는 것일까.

끼니도 제대로 땜질을 못 하고, 지구상 최빈국 중의 한 나라가, 70만이라는 방대한 군대조직을 꾸려가고 있는 것이다. 전 국민의 85%가 절대빈곤에 허덕이고 있는, 이런 형편의 나라가 꾸려가는 군대, 그런 나라의 군대 살림살이 수준이 어떠할 것인가는 불문가지인 것이다.

계절이 바뀌어도, 새 옷 한 벌 제대로 보급해 줄 수 있는 형편이 아니었다. 미국 군대가 입다가 버린 중고품 군복으로, 겨우 맨살을 가릴 정도인 것이다. 남쪽 군대의 병참 능력이란 걸음마 수준은 그만두고, 아직 요람에서 한참 젖을 더 먹어야 하는 그런 단계인 것이다.

이러한 단계의 나라를 지키는 전투조직인, 말단 단위부대 보급을 맡은 책임 사병 한성욱은, 참으로 한심한 처지일 때가 많았다.

그동안 한성욱 일병은 매를 많이 맞았다.

어서 한성욱은 땅바닥에 쓰러져서 뒹굴었다. 그러자 표일두 상사는 구타를 멈추기는커녕, 발로 걷어차고 짓밟았다.

너무 뜻밖이고 졸지에 너무 심하게 당했다.

표일두 상사의 분풀이가 끝나고, 한성욱은 아무도 없는 공급실에 돌아와 앉아 있었다.

그는 누가 보는 사람이 없는데도 두 손으로 얼굴을 가리고 앉아 있었다. 너무 굴욕적이었다.

군수품 부정유출 혐의로, 1년 6개월간의 꽃 같은 젊음을 육군형무소에서 보낸 우상태 상병의 말이 떠올랐다. 그가 그동안 얼마나 힘이 들었을 것인가는 짐작이 가고도 남는 것이다.

우상태 상병은 1종 보급품이 나올 때마다, 언제나 인사계용 따로 봇따리를 만들었다.

어제 오후엔, 그동안 밀렸던 담배 건빵이 한꺼번에 쏟아져 나왔다. 높은 사람들의 군수지구 시찰과 감찰 검열 등으로, 며칠 동안 밀렸던 1종이 무더기로 중대에 보급되었다.

5·16 이후에 나오기 시작한 카라멜과 치약 비누까지 겹쳐서 보급되었다.

한성욱 일병은, 그의 사수 우상태 상병이 시범을 보인, 인사계용 따로 봇따리에 아직 서툴렀다. 규정을 어기는 일에 아직 익숙하지도 못했다. 규정대로, 사병 개인별 정량을 그대로 다 배분하여 나누어 주었다.

당하고 보니, 한성욱 자신이 간 큰 짓을 한 것 같았다.

감히 표일두 상사의 따로 봇따리를 잊어버리다니! 아니, 별 관심을 두지 않고 넘겨버리다니……. 아무리 그렇다고 해도 한성욱은 생각할

수록 참담하고 분했다.

표일두 상사는 분명 한성욱을 가리켜, '이 하와이Hawaii 새끼!'라는 표현을 썼다.

피가 거꾸로 서는 일이었다.

한성욱 일병은 각 내무반에 비치된 총가銃架를 생각했다. 그러나 내무반 총가에는 빈 총뿐, 총알이 없었다. OBD엔 소총은 흔했다. 총은 얼마든지 구할 수 있었으나 탄약이 없었다.

한성욱 일병은 분노로 몸을 부들부들 떨었지만 어쩔 수가 없었다. 탄알은 단 한 곳, 본부사령실 앞 탄약고에 보관되어 있었다. OBD에선 단 한 발의 탄약도 실탄을 구경할 수가 없었다.

이후로도 한성욱 일병은 이런 일을 몇 번 당했다.

그럴 적마다 각 내무반에 비치된 총가銃架를 생각했다.

그렇지만 OBD에서 총알을 구할 수가 없었다. 총알, 대포알, 수류탄, 지뢰, 총류탄 등을 다루는 탄약창이 따로 있었다. OBD용 탄약류는 본부사령실 앞 탄약고에 보관되어 있었는데, 어린애 머리통만 한 자물통이 걸려 있었다. 이 자물통은 국산이 아닌 메이드 인 U.S.A로, 미군 고문관이 걸어놓은 자물통이었다.

2

중대 인사계 표일두 상사에 대해서 한성욱 일병은 아는 것이 별로 없었다.

다만 우상태 상병과 고향이 같은 1종(부식) 차 운전병 맹사팔이를 통해서, 대강 들은 바가 있을 뿐이었다.

표일두 상사는 국방경비대 때 입대한 6·25 참전 군인이다.

낙동강 방어전에서부터 혜산진까지 밀고 올라간 북진부대의 일원이었다.

창장과 부창장을 제외한 OBD 내에서, 군번이 제일 빠른 화랑무공훈장에 빛나는 하사관이었다. 창 내의 모든 장교들도, 표 상사의 경력과 공훈을 인정해주지 않을 수 없는 처지였다.

이런 면에서, 그는 전출 보직 등 인사상 자연 우대를 받았고, 열외 취급을 받는 경향이 있었다.

일설에 의하면, 그의 뒤에는 군 특수기관의 고위직이 버티고 있다는 소문도 있었다. 그래선지 몰라도, 표일두 상사는 특권의식이 강했다. 목에 힘이 들어 있었고, 부하들에게도 군림하는 태도를 보였다.

참전 군인으로 야전에서 잔뼈가 굵은 탓도 있겠지만, 말씨와 행동이 거칠고 그악스런 데가 있었다. 무조껀 명령하고 돌진하는 맹목적인 군인형이었다.

한성욱 일병의 공급계 사수였던 우상태 상병의 복무 태도가 항상 기가 죽어 있었다. 표일두 상사와 같은 군인형軍人型의 상사上司 밑에서, 잔뜩 주눅이 든 상태였던 것이다. 우 상병은 단 한 번도 표일두 상사에게 자기 의견을 제시한 적이 없었다. '네, 그렇게 하겠습니다.'라는 의사 표현마저 우 상병은 삼가했다. 그냥 표 상사의 명령이 떨어지면 그대로 그냥 실천이었다.

명령에 긍정하는 의사 표시마저 표 상사에게는 필요 없는, 그것마저 하극상, 또는 불경스런 헛치레인 것이다. 윗사람의 명령은 군대에서 그냥 법이었다. 무슨 '네'고 '아니오'가 없고, 있을 수가 없는 것이다. 명령이 떨어지면 하급자는 실행이 있을 뿐인 것이다.

이런 틈바구니에서도, 우 상병은 자기 후배인 한성욱 일병에게 무언의 복무연수를 게을리하지 않은 셈이었다.

절대로, 어떠한 경우에도 표일두 상사와 맞서지 마라, 그를 거스르지 마라, 그는 무데뽀로 사람을 족치고, 안하무인으로 제 부하를 다룬다.

둘째로, 개판 군대, 이 아사리판에선 청렴결백은 불가능하다, 최소한의 부정으로 살아남아라, 그래서 정상적으로 군복을 벗고 집으로 돌아가라.

육군형무소 출신 물짜 공급병의 후배 연수를 위한 뼈저린 교훈이었다.

그런데 한성욱은 이 지침을 제대로 실천하지 못했다. 이 아사리판에서 살아남으려면 항상 긴장하고, 뱀처럼 지혜롭고, 두뇌에 불이 켜져 있어야 한다.

군대에서 상사上司에 맞서는 것은 파멸이다. 직속상관에게 절대복종이 있을 뿐이다.

최소한의 부정(물짜 공급병으로서)으로 살아남으란 것은, 복무 현실 근무환경과의 최소한의 타협을 말한다.

표일두 상사는 두세 번에 걸친 매질로, 한성욱 공급병을 부들부들하게 만드는 데에 크게 효과를 보았다고 생각하는 것 같았다. 쫄병들 씨껍 먹이는 데, 자신은 도가 트였다고 스스로 만족하는 기색이었다. 그는 십수년간의 군대 생활에서, 빳따 방망이의 효능 효과에 대해 실증적으로 확신을 가지고 있었다. 인간이 자기 살덩이의 고통 앞에서 얼마나 나약하고 허약한지를, 표일두 상사는 너무 잘 알고 있었다.

이번에 한성욱의 일에서도 그 점이 너무 잘 입증되었다.

대학물을 먹었다는 놈도 몽둥이로 주워 패는 데는 별수 없었다. 인정사정 볼 것 없이 쪼인트를 마구 까대니까, 제 놈이 쩔쩔매지 않고 무슨 재주로 견딘다는 말인가.

사실 한성욱은 살얼음판을 걷는 기분이었다.

자고 새면 눈을 마주쳐야 하는 중대 인사계였다. 중대장 마삼풍 중위는 오전 일과가 시작된 후, 공문서 결재 시간엔 주로 자리에 있었다. 오후에도 마찬가지였다. 수령 공문을 결재하는 시간에 주로 자리를 지켰다. 후방부대 중대장, 병참부대 지휘관은 사실 한직閑職이었다.

수송부의 수송관이나 MIS 담당관은 달랐지만 말이다.

중대, 대대, 연대는 전투편제였다. 작업편제와는 거리가 있었다. 작업편제의 병참 보급부대에선 하사관 전담체제였다. 중대장은 전투 지휘관이지, 작업 지휘관으로선 어울리지 않는 격이었다. 중대 공급병은 서류상, 편제상, 중대장의 업무 결재를 받는 것이지, 중대 인사계 선에서 모든 보급품 처리가 전결專決되었다.

인사계와 한성욱은 죽으나 사나, 눈만 뜨면 맞닥뜨리게 되어 있었다.

표일두 상사는 표일두 상사대로 한성욱 앞에서 표정을 푸는 법이 없었다. 이따금 공급실에 불쑥불쑥 나타나서, 재고 파악이나 개인별 지급품 기준에 의한 과부족 현황 통계 등을 지시 명령했다.

이런 강압적 부하 길들이기 방법은 한성욱으로 하여금 밤잠을 설치거나 가위눌리는 현상에 이르게 했다.

우상태 상병의 제대로 중대본부 편제 T.O상 1명이 공석이었는데, 한 달 만에 신병 1명이 전입되었다. 한성욱에게도 조수가 생긴 것이다. 표일두 상사가 거부하면 안 될 수도 있었지만, 관례대로 공급실에 배치되었다. 한성욱의 업무가 한결 헐거워진 것이다. 잔심부름만 도와줘도 숨을 쉴 수가 있는 것이다. 이젠 공급실을 비워 놓지 않아도 되는 것이다.

그런데 공급실에 신병이 배치된 이후, 재밌는 풍속 하나가 새로 생겼다.

표일두 상사의 지시 명령이 공급실 선임자인 한성욱 일병에게 하달되는 것이 아니었다. 한성욱 일병의 어깨너머로 신입 전입병인 김무중 이병에게 지시 명령되었다.

이 방법은 매우 효과적이었다.

전입병 김무중 이병은 인사계 표일두 상사의 명령이라면 조껀도 이유도 없었다. 무조껀 바로바로, 곧이곧대로 실행이었다.

기성부대에 첫 배치된 새카만 쫄병 몸으로, 감히 중대 인사계의 명령을 어찌 왈가왈부한단 말인가. 선임병 한성욱 일병의 입장이라던가, 중대원들에게 돌아가는 불이익, 아직 이런 것들을 생각할 여유가 없었다. 부대 배치 신입이라, 동서남북을 구별하기 어려운 실정인 것이다. 충분히 이해가 가는 일이었다.

그렇지만 어떤 때는 한성욱 일병을 퉁퉁 달게 만드는 일도 한두 번이 아니었다.

표일두 상사는 한 발이 넘는 굵은 철사 토막 하나를 공급실에 비치해 놓고 있었다. 한성욱이 인사계를 위한 따로 봇따리를 만들어 놓지 않은 데 따른 대응 조치였던 것이다. 건빵 배급이 나올 때마다, 거기에 건빵 봉지를 줄지어 끼워 놓으라는, 소리 없는 명령이었던 것이다.

한성욱인들 어쩌랴.

인사계 전용 따로 봇따리를 안 챙겼다가, 그런 졸경이질을 당했다. 그랬으니 또 무슨 더 큰 경을 칠려고, 건빵꽂이 철사 토막을 외면할 수 있을 것인가. 건빵 수령 책임을 맡은 각 소대 연락병들의 눈치를 살피고, 혀 밭은 소리로 이해를 구했다. 다시 말해서 중대 총수령량을 줄여서 말하고, 줄여서 말한 총수령량을 각 소대별 인원수 비례로 나누는 방법을 택했다. 개인별 지급 수량 정량을 무시한 것이다.

이렇게 해서 건빵꽂이를 채워 놓았지만, 그것이 우상태 상병이 꾸려 놓았던 따로봇따리의 만족도에 미칠 수는 없었다. 표일두 상사의 표정이 쉽게 풀어질 리가 없었던 것이다. 비단 건빵꽂이에 관한 것만이 아니고, 비누나 담배 치약 캬라멜에 이르기까지, 기타 소모품 배정 때에도 똑같은 기분이었을 것이다.

그러다가 신임 전입병 김무중 이병이 투입되면서, 이와 같은 불만족 사항은 일시에 간단하게 해결되었다.

김무중 이병은 인사계 표일두 상사의 기침 소리만 들어도 가슴이 쿵쿵 내려앉았다. 중대본부에서 공급실로 내려오는 표일두 상사의 발자국 소리에도, 김무중 이병은 거의 경끼에 가까운 반응을 보였다.

표일두 상사가 공급실에 머무는 동안, 김무중 이병은 무슨 큰 죄라도 지은 것처럼 몸을 제대로 가누지 못하고 안절부절이었다.

어떤 때엔 김무중 이병의 의사 표현이 불분명하여, '임마, 똑바로 해!'라고, 인사계가 소리를 지를 경우가 있었다.

이럴 경우, 김이병은 얼굴이 창백해지고 등골에 식은땀이 흐르는 것이다. 원래 소심하고 순진한 산골 출신이었는지라, 우락부락한 인상의 인사계 표일두 상사에 대한 필요 이상의 공포증을 갖고 있었다.

김무중 이병의 이런 현상은 한 발이나 되는 철사 토막에 건빵봉지를 빽빽하게 꿰어 매달아 놓고야 마는 결과를 만들었다. 다른 1종이나 소모품들도 정비공장에서 쓰는 커다란 포장지에 뭉텅이를 만들어 테이프를 감아 놓는 것이다. 우상태 상병이 만들어 놓았던 따로 봇따리보다 한결 더 풍성해져 버린 것이다.

한성욱은 허탈했다.

그렇다고 김무중 이병을 나무랄 수도 없었다.

김무중 이병은 지금 돌아가는 물정을 전혀 모르는 상태인 것이다. 한성욱 자신도 기성부대에 처음 배치되어 동서남북을 모르고 한참을 헤매지 않았던가 말이다.

기회를 잡은 표일두 상사는 기고만장 안하무인으로 공급실을 드나들었다.

건빵봉지가 줄줄이 매달린 철사 토막을 동글게 휘어잡아서, 어깨총 자세로 둘러메고, 보무도 당당히 공급실을 나서는가 하면, 미제 작업복 쫄쫄이 신품이 지급된다던가 하는 날은, 퇴근 전에 꼭꼭 공급실에 나타났다. 미제 워카 신품이 나오는 날도 그랬다.

아예, 이제 한성욱 따윈 걸릴 것이 없다는 듯, 거수경례를 받는 둥마는 둥, 공급실을 휘휘 한 바퀴 둘러 보곤, 그가 마지막으로 공급실을 나서기 직전, 눈길을 주는 데가 있었다. 재고품을 쌓아두는 창고와 공급계 사무용 탁자가 놓여 있는 사이에 칸막이가 되어 있었는데, 그 칸막이 바깥쪽 구석 자리를 그는 항상 눈여겨 살폈다.

그곳은 새로 나온 보급품이 항상 쌓여 있는 곳이었다. 우상태 상병 적부터, 중대 인사계를 위한 따로 봇따리가 마련되어 있는 정위치인 것이다. 만약 미처 봇따리가 마련되지 않았거나, 수량이 적은 피복류일 경우, 제 맘에 드는 것을 한두 개 임의로 집어 들고 나가는 것이다.

한성욱 일병은 보급품 배당을 위해 계산에 계산을 거듭하다가 볼펜을 던져버리는 때가 있었다.

아무리 계산을, 요령을 부리고 재주를 부려도, 부족한 량을 흠집 없이 메꾸기란 쉬운 일이 아니었다. 속이 상하고 울화가 치미는 때가 한두 번이 아니었다.

아예 상급부대에서부터 정량 수령이 안 되었을 경우, 이땐 속이 편했다. 배당 정량을 속여도, 한성욱 자신이 속이는 것이 아니었다. 위에서부터 잘못된 것이다. 적당히 배당 정량을 속이고, 수령 정량을 공정 분배만 하면 마음이 편한 것이다.

그렇지만 중대에 도착해서 증발해버린 물건들은 성격이 달랐다. 한성욱 일병의 책임이었다. 여하한 변명도 안 되는 것이다. 물짜 공급병이 물짜 정량에 차질이 생겼을 경우, 당연히 책임을 져야 하는 것이다.

정말로 울화통이 터졌다.

군대 말단 사병 생활의 고달픔은 사회생활의 고공雇工살이나 직공職工살이보다 더했다.

고공살이나 직공살이는 똥 마려울 때 똥 싸고, 오줌 싸고 플 때 오줌 싸는 일은 자유로웠다. 군대 말단 사병은 똥 싸고 오줌 싸는 시간도 정해져 있고, 저녁 잠자리에서도 통제를 받는다.

이들의 이런 한 치의 틈새도 없는 고통과 억압에 대해 위안과 도움을 줄 수는 없다지만, 상처와 실망을 주어서는 아니 되는 것이다. 하찮은 담배 한 가치, 건빵 한 개에도 이들의 자존심을 건드리는 것이다. 정량을 먹거나 정량을 쓸 수 있다는 것은 이들에게 국가나 군 조직에 대해 신뢰와 자긍심을 갖게 하는 것이다.

사기, 이것이 곧 전투력이 된다.

군대는 동적動的이다.

돌변 상황이 계속 벌어지는 것이다.

큰 행사나 군 최고 지휘관의 순시 부대 방문, 정치 거물의 시찰, 비상상황, 보급품 검열들이 겹칠 땐, 정기적인 보급품 배급이 연기 또는 지연되는 예가 있었다. 지연되었던 보급품이 한꺼번에 무더기로 쏟아져 나올 때가 불가피하게 문제가 된다.

주로 이런 때에 다량의 군수품이 부정처리 유출되고 있었다.

한꺼번에 많은 량의 보급품이 사병들 개개인에 지급되기 때문에, 마음이 누그러져 자연 긴장이 풀리는 것이다. 정량을 따지는 강박관념의 해이가 뒷따르는 것이다.

계절이 바뀌고, 지난 계절의 착용 품목이 반납되고, 새 계절 착용 품목이 다량으로 보급될 때에도 문제가 되었다. 이때에도 반납품의 수납과정에서 금품이 오고 가지 않을 수 없었다. 수량 관계도 부정 조작이 가능했고, 폐품 판정 처리에서도 얼마든지 금품 거래가 가능했다.

계절이 바뀔 적마다 전량 신품이 지급되는 경우, 군수품 부정과 2종품 부정 유출을 최소화할 수는 있을 것이다. 하지만 오늘의 군대 인적 구성과 빈약한 보급품 수급 경제환경에선, 백년하청百年河淸으로 매우 요원한 일이었다. 그러기에 군수품 부정 유출은 필연적이고, 이에 따른 금품 거래가 빈번하고 용이한 직책이, 가장 요직이 되는 것이다. 여간한 빽이 아니고서는, 물 좋은 자리는 하늘의 별 따기라는 것이, 병참 장교들의 푸념이 아니던가.

미군들과 똑같았다.

쌍둥이처럼 닮았다. 한국군 사병들의 복장 말이다.

납작코에 눈이 파랗지 않고, 머리털 색깔만 다르지, 춘하추동 복장이 똑같다.

6월 1일을 기해서 하복을 입고, 10월 1일에 동복을 착용한다.

이렇게 옷을 바꾸어 입는 계절이 오면 공급계는 밤잠을 못 자게 바쁘다. 여러 가지 웃지 못할 일이 벌어지기도 한다. 아무리 헐어빠진 누더기가 지급되더라도, 한번 보급품 개인별 지급카드에 기재가 되면, 신품과 동일한 수명으로 취급되는 경향이 있었다.

원칙적으로 신품과 중고품, 수명과 품질을 표시하는 란이 없었다. 비고란에 기재한다고 해도, 반납과정에서 그것을 인정해주지 않는다.

가령 MIS 근무병들의 경우, 기계(장비)나 총기류 정비를 위한 독성 강한 기름 사용이 빈번했다. 피복에 번지면 당장 구멍이 뚫리지 않지만, 옷이 헐어서 못쓰게 되는 것이다. 이런 독한 기름이 한 군데만 묻으란 법은 없었다. 작업하다 보면 여기저기 기름방울이 번져서 엉망이 된다. 아무리 '기름 강아지'로 스스로 자조하여 일컫고, 끗발 없는 정비공장 작업병이지만, 누더기가 다된 넝마 옷을 걸치기엔 좀 그런 것이다.

명색이 군인이다.

그런데도 그 넝마가 다된 군복은 폐품으로서 인정을 해 주지 않는 것이다.

한성욱은 이럴 제 할 말을 잃는다. 반납처에선 인정이 안 되고, 해당 사병에겐 돌려줄 수가 없는 것이다. 아무리 보아도 옷으로서의 기능이 다한 것이다. 옷이 아니었다. 더구나 나라를 지키는 군인이 입을 수 없는 군복 형색이었다.

이 해당 사병은 어쩔 수 없이, 자갈치시장에 가서 폐품 군복을 사다가 반납 절차를 밟아야 하는 것이다. 자갈치시장의 폐품 군복은 육군 폐품수집소 뒷문으로 나온, 그야말로 낡은 넝마 군복인 것이다. 인위적으로 구멍을 내었거나 부주의에 의한 흠집이 생긴 피복은 자연소모가 아니라는 이유를 걸어서, '반납 불가' 판정을 내리는 것이다.

계절이 바뀌면 바뀐 군복을 착용해야 하는데, 헌 군복이 반납되지 않으면 새로 바뀐 군복을 지급받을 수가 없다. 울며 겨자 먹기로 어쩔 수 없이, 사병들은 자갈치시장을 찾아야 하는 것이다.

뒷구멍으로 흘러나온 모든 군수품이 다 그렇지만, 피복류 침구류는 일반 백성들의 필수 생활용품이었다. 민간인 수요와 곧바로 직결되는 부정유출이 가장 많은 품목이었다. 거의 일반화되어서, 헌병이나 경찰의 단속이 전혀 영향을 미치지 않고 있었다.

힘이 약한 쫄따구들은 한개 두개, 한벌 두벌을 팔아먹지만, 부대가 크거나 끗발 좋은 상급 요직에 있는 높은 사람들은 그 팔아먹는 단위가 다르다. 부산 국제시장이나 남포동 뒷골목, 자갈치시장 구석진 곳에는 군수품 시장이 성시를 이룬다. 뒷구멍으로 나온 군수품들이 거리 구석구석에 넘쳐나는 것이다.

서울 청량리역 뒷골목, 영등포시장 골목, 용산역, 남대문시장 구석진 곳에서도 군수품들은 넘쳐난다. 돈이 없어서 못 구하지, 물건이 없어서 못 사는 경우는 없다. 1종 2종 정도가 아니고, 자동차 기계 부속품을 비롯하여 쇠붙이 공구工具, 중고 타이어, 유류油類, 미군 PX에서 나오는 사치품에 이르기까지, 가히 없는 것이 없었다. 사실상 군수품 자유 판매제와 다름이 없었다. 못 해먹는 놈이 바보요 병신이었다.

이런 자유분방한 군수품 판매는 자본주의 시장원리에 따라 헐어빠진 중고 군수품은 부대 안으로 기어들고, 군대 내에 있어야 할 신품들은 영營 밖으로 흘러나오는 역현상을 보이고 있었다.

우상태 상병이 감옥살이하게 된 것도 이런 상황에서였다.

바닷바람이 거세게 부는 겨울밤이었다.

칠흑처럼 어두운 그믐밤이었다. 대형 군용 보급품 빡스 3개가 철조망을 넘었다.

미군들이 세워 놓은 OBD 대형 물탱크와 군 위장지역이 시작되는 아주 후미진 분기점이었다. 야산이긴 하지만, 군부대가 수십 년 계속 주둔한 지역이어서 소나무 숲이 제법 무성했다. 철조망이 둘러쳐진 부대 쪽은 경사가 완만하고, 등성이 너머 외곽지역은 경사가 가팔라서, 군인 시설로는 아주 더없는 요새였다.

대낮에도 으슥한 곳이었다.

물론 야간근무, 해당 시간 근무 초병에게도 미리 약을 쳐 놓았다. 인사계 표일두 상사가 어떤 사람인가. 벌써 두 번째가 아닌가. 지난번에도 일점일획의 빈틈이 없었다. 인사계 표일두 상사의 말대로, 약속지점 철조망 중간에 나뭇가지 하나가 끼어 있었지 않았던가 말이다. 상대가 벌써 도착하여 기다리고 있다는, 암표暗標였다.

우상태 상병은 중대 인사계 표일두 상사가 일러준 대로 정확하게 임무를 끝냈다.

누가 뜻하였으랴.

표일두 상사가 지시한 임무를 끝내고, 마악 돌아서려는 우상태 상병을 잠복 중이던 헌병 두 명이 덮쳤다. 나중에 안 일지만, 경비중대 초병 조장에게 지난번 약속도 흡족하게 지키지 않은 데다가, 이번엔 너무 약소하게 약을 쳤다는 것이다. 초병 조장의 변심으로 우상태 상병은 현장에서 체포되었고, 꼼짝없이 그는 군수품 부정유출 혐의로 징역살이를 했다.

우상태 상병이 철조망 밖으로 들어넘긴 빡쓰 속에는 우 상병이 아는바 없는, 주요 병기에 사용되는 값비싼 베아링 종류들이 들어 있었다. 중대 공급실과는 상관이 없는 이 병기 부속품 때문에, 우 상병의 죄질이 나쁘게 평가되어 군 검찰 조사에서 크게 곤욕을 치르게 되었던 것이다.

만약 이날 밤, 표일두 상사의 야간작전이 그대로 성공하였더라면, 3개의 빡스에 담겨 철조망을 넘어간 신품 2종품의 수량만큼, 폐품 넝마가 영 내로 들어왔을 것이다.

병기보급창, 제2중대 인사계 표일두 상사는 최고참답게 그의 명성만큼이나 발이 넓었다. 부산지역 주둔 군부대 요소 요직에 발이 안 닿는 데가 없었다. 황령산 뒷골짜기에 있는 폐품수집소에도 줄이 닿았다.

뿐만 아니라, 자갈치시장 군수품 상인들과도 형님 동생으로 잘 통했다. 시내 군수품 골목 상인들 세계에서 'OBD 모노'로 통한다. 병기보급창의 표일두 상사는 서면이나 범내골 자동차 부속품 밀매업자들 사이에서도 모노 중의 모노로 통했던 것이다.

3

군대 생활의 일상은 하루하루가 똑같다.

얼른 보기에 그렇게 보인다.

천날 만날 정해진 시간에 기상하여, 정해진 시간에 일과가 끝난다.

일년 365일 똑같은 복장에, 비슷한 나이 또래의 젊은이들이, 각자 배정된 부서에서 하루 일과를 수행한다.

움직이는 것, 오고 가는 것, 고정된 업무수행 부서 등을 겉으로 보면 군대 생활의 일상은 별 변화가 없다. 날마다 정해진 고정 업무를 수행하거나 개미 쳇바퀴 돌 듯, 좁은 병영 안에서 돌고 도는, 되풀이 일상처럼 보이는 것이다. 답답하고 지루하고 되풀이의 타성 속에서 날짜를 보내는 겉모양이 되는 것이다.

하지만 그 속 내용의 결과는 전혀 다르다.

병영의 하루는 날마다 새로운 상황, 변화무쌍한 도전에 직면하게 되는 것이다. 새롭고, 까다롭고, 어려운 일들이 끊임없이 줄을 서서 도전해 오는 것이다. 팔팔하게 젊고 싱싱한 이십 대 초반의 체력, 그 풋풋한 푸른 숲의 향기 같은 두뇌력으로도, 감당하기 어려운 난제難題들이 언제나 병영의 일상에 쌓이는 것이다.

젊은이들의 심신을 주리를 틀 듯 쥐어짜서, 아주 물고를 내려는 판이 되는 것이다.

이에 적응하기 위해서, 3개년 동안의 기름진 인생의 한 토막을 초인적인 인내력으로 견디어 내고 있는 것이다. 안쓰럽고 딱했다.

피교육병 생활이 끝나면 좀 나아지겠지, 일등병을 달면 좀 익숙해지겠지, 상등병이 되면 조금 편해지겠지……그러다 보면 또 모진 하루하루가 간다. 지나고 보면 속고, 또 속고, 부질없는 희망과 기대에 지나지 않았던 것을 깨닫는다.

한성욱의 군대, 병영 생활의 일상도 이에서 한 발자국도 더 나가지 못했다.

어두운 굴속 같았던 피교육병 생활이었다.

피교육병 생활이 끝나고, 기성부대에 배치되었지만, 공포와 불안은 여전했다.

인간이 인간다워지려는 것을 추구하지 않는 데 대한 댓가였다. 사람들이 추구하는 가치는 보다 윤리적이고, 보다 평화로워지는데 두어야 하는데, 이에 반하는 전쟁집단의 일상에 휘말리다 보니, 불안하고 공포스러울 수밖에 없었다.

인간의 삶은 인간의 생명을 살리고 보호하는 데 목적을 두어야 한다. 그것이 자연스럽다. 순리인 것이다. 사람을 죽이고 못 살게 하는 데에 온 힘과 능력을 동원해야 하는 병영의 일상은, 한성욱 일등병에게는 형벌이었다. 대재앙이 아닐 수 없었던 것이다.

본격적인 군대 생활이 시작된 OBD 배치 이후에도, 하루도 긴장을 풀 수 없었다. 일등병을 달고 날과 달이 바뀌어도, 군대 생활은 조금도 익숙해지지 않았다. 그렇게 느낄 수가 없었다. 헐거워지지도 않았다. 고통과 두려움의 연속이었다.

아무리 그래도, 첫 휴가를 갔다 오면 조금이라도 나아지겠지 했다. 어쩔 수 없이 저당 잡힌 젊음 3년에 대해서도 긍정하는 쪽으로 기울어 가겠지 했다. 어쩔 수가 없어서라도, 도저히 힘에 눌려서라도, 마음을 내려놓을 수 있을 것이란 생각을 했다.

아니었다.

어쩌면 군대라는 것을 너무 만만하게 바라보았는지 모른다.

전쟁을 하지 않는 군대는 한갓 낭만적이기까지 하다고 생각한 적이 있었으니까 말이다.

전쟁을 하지 않는 군대, 그러나 군대는 전쟁을 해야 한다. 본래의 목적인 전쟁을 하지 않으므로 인해서, 문제가 산처럼 쌓이는 것이다. 군대는 전쟁을 해야 정상이 된다.

첫 휴가를 다녀와서도 한성욱은 군대가 몸에 붙지 않았다.

톱니바퀴가 제대로 돌아가야 조금씩이라도 전진이 가능한데, 거꾸로 돌아가고 엇박자로 맞아 찍히니까, 얼걱덜걱 소리가 나고 뒷걸음질을 치는 것이다.

어느덧, 소슬바람이 불고 찬서리가 내렸다.

창 본부 뒷 야산 언덕엔 보랏빛 들국(개미취)이 피고, 억새꽃이 허옇게 온통 산을 다 덮어버렸다. 바다에 면한 낭떠러지 언덕배기의 오리나무들도 시들은 잎을 떨구어 내고 있었다. 오륙도를 향하여, 부산 외항을 빠져나가는 여객선들의 뱃고동 소리가 차가운 바닷바람을 가르고 길게 여운을 남겼다.

하복을 반납하고 동복을 입은 지가 엊그제 같은데, 동짓달 차가운 눈바람이 불고, 새로 생긴 서양 명절 크리쓰마쓰가 얼마 남지 않았다. 뚝섬 자취방 터줏대감, 고이석으로부터 크리쓰마쓰를 기해 편지가 왔는데 아직 답장을 못하고 있었다. 고이석은 징집영장을 받고 정상적으로 바로 입대하여 성욱보다 8개월이 빠르다. 전선前線 냄새가 물씬 풍기는 내용이었다.

한성욱이 첫 휴가에서 돌아와서도, 군대 생활이 몸에 붙지 않아 마음고생을 하는 동안에도, 끊임없이 여러 문제들이 그를 향해 도전해

왔다.

그동안 중대 인사계 표일두 상사와 공급계 사수 한성욱 일병 사이에서 갈등을 빚어왔던 김무중 이병이 탈영을 감행했다.

김무중 이병으로선 도저히 감당할 수가 없었다.

그러나저러나 새카만 신출내기 전입병이 하늘같이 높은 직속상관인 중대 인사계의 눈치를 안 볼 수도, 명령에 복종하지 않을 수도 없는 것이다.

계급이 높은 상급자의 눈치를 보고 명령에 따르다 보니, 자신의 직속 차상급자인 한성욱 공급계 사수가 걸리는 것이다. 겉으로 표현은 할 수 없었지만, 한 사무실 한 내무반을 쓰는 같은 쫄병 신세의 한성욱 일병이 마음에 걸렸던 것이다.

처음엔 아무 물정도 모르고, 인사계 표일두 상사의 지시에 따르고, 의중을 살펴서 행동했다. 중대 인사계가 계급이 높고 무서운 생각에, 그만 겁에 질려서도 맹목적으로 그에게 복종했다.

날이 가고 달이 가자, 김무중 이병의 눈에 중대 인사계의 강압적이고 부하를 무시하고, 지나치게 군림하려는 태도가 보이기 시작했다. 한성욱 일병에게 냉소적이고, 필요 이상으로 백안시하는 데 대해 신경이 쓰였다.

한성욱 일병은 별로 김무중 이병을 상관하려 들지 않았다.

표일두 상사의 비위를 맞추고, 표일두 상사의 명령이나 암묵적 지시를 시행하는 데 전혀 간여하지 않았다. 표일두 상사의 의중을 읽고 비위를 맞추기 위해 맹목적으로 행동할 때에도, 공급계 사수 한성욱 일병은 김무중 이병에게 말 한마디 덧대는 법이 없었다.

물론 이런 것들도 김무중 이병의 눈을 뜨게 하고, 자신의 떳떳지 못함을 깨닫는 데 도움을 주었다. 하지만 김무중 이병이 탈영이라고 하는 극단적인 방법을 택하게 된 것은 수많은 중대원들에 대한 마음의 가책 때문이었다.

김무중 이병은 그의 사수 한성욱에게 짧은 편지 한 통을 남기고 사라졌다.

그동안, 사수 한성욱에게 본의 아니게 괴로움과 불편을 끼쳤다는 사과가 있었다. 인사계의 지시 명령이 너무 무서웠다. 자신의 불찰로 여러 중대원들에게 불편과 불이익을 끼쳤다. 깊이 반성하고 미안하게 생각한다는 내용이었다.

한성욱은 매우 마음이 아팠다.

김무중 이병은 너무 순진하고 때 묻지 않은 산골 청년이었다.

한성욱은 누가 볼세라, 김무중의 편지를 공급실 관물 속에 깊숙이 감추었다.

만약 이 내용이 표일두 상사에게 알려지면 김무중 이병의 신상에 크게 손해가 갈 수도 있는 것이다.

한성욱 일병은 지체 없이, 인사계 표일두 상사와 중대장 마삼풍 중위에게 김 이병의 탈영을 보고했다. 이왕 일은 벌어졌고, 신속하게 손을 써야 하는 것이다.

지난 토요일, 민석구와 셋이 어울려 외출을 나갔을 때부터 낌새가 조금 이상한 데가 있었다.

영 문을 나서자마자, 친척집을 찾아갈 일이 있다고 말했다. 영주동 친척집으로 간다며 서면로타리에서 헤어졌다. 지금 생각하니, 그때 김무중 이병의 표정과 행동이 어딘지 초조하고 불안정해 보였다. 아무튼, 평소와 다른 태도였다.

어제 일요일 밤늦게까지 귀대를 기달랐으나 돌아오지 않았다.

서면로타리에서 한성욱, 민석구와 헤어진 후, 김무중 이병과 동행한 사람은 아무도 없었다.

오늘 아침 날이 밝자, 아침 일찍 한성욱은 공급실로 달려가 김무중 이병이 쓰던 책상과 서랍을 점검했더니, 말끔하게 정리되어 있었다. 외출에 동행했던 민석구와는 미리 입을 맞추어 놓았다. 한성욱에게 남긴 편지에 대해선 일체 입을 다물고, 김무중 이병이 사용하던 모든 것들이 깨끗하게 정리되어 있었다고만 보고를 마쳤다. 여러 가지 정황으로 보아 탈영이 분명하다고만 말을 정리한 것이다.

그날로 한성욱은 가야산 서쪽 경상남도 거창 용암 마을에 급파되었다.

중대장 마삼풍 중위의 긴급 명령이었다.

거창군 가북면 용암 마을은 김무중 이병의 고향 주소지였다.

경상도에선 흔히 산골 오지마을을 '함양 산청'이라고 한다. 전라도에서 '무주 구천동'이라 일컫는 의미와 똑같은 것이다. 거창 가북은 함양 산청보다 더 깊은 산골이다. 일천삼백여 미터의 단지봉을 비롯하여 수도산 양각산, 두리봉 깃대봉이 남한에서 제일 높은 좌일곡령 목통령 능선을 이루는 곳이다. 마산 창녕 합천을 거쳐 가도 먼 길이고, 진주 산청 함양을 거쳐 가도 멀고 먼 길이었다.

마침, 수송부에서 진주까지 가는 물짜 수송 추럭이 있어서, 진주까지는 그것을 이용하기로 했다.

김무중 이병의 인사카드에 기재된 고향 주소지를 찾아, 한성욱이 탈영병을 잡으러 나선 것이다.

인사계 표일두 상사는 물론이거니와 중대장 마삼풍 중위마저도 어서 가서 김무중이를 잡아끌고 오라는 것이었다. 비겁하고 돼먹잖은 육군 쫄병, 김무중을 하루빨리 잡아들이라는 명령이었다.

그러나 한성욱의 입장에선 달랐다.

김무중 이병을 잡으러 나선 것이 아니었다.

어떻게 해서든지, 김무중 이병을 만나서 그의 입장(말)을 들어보고, 잘 설득하여 부대로 데리고 들어와야 하는 것이다. 마음이 여리고 착한 청년인데, 그간 마음고생이 많았을 것이다. 탈영을 결심하기까지 정신적인 고충이 이만저만이 아니었을 것이다. 할 수 있는 데까지 설득하여 마음을 돌려먹게 하고, 어떠한 방법을 강구해서라도 군대 생활을 계속하게 해야 하는 것이다. 중도 탈영으로 기피(범죄)자가 되면 그의 인생은 영원히 망치게 되는 것이다. 살아 있어도, 사회적으론 죽은 목숨이나 매한가지였다.

한성욱은 한시가 급했다.

통신장비를 실은 OBD 수송 추럭이 진주에 도착한 것은 정오가 훨씬 지난 뒤였다.

진주에서 완행뻐쓰를 얻어 타고, 산청, 함양, 안의를 거쳐 가는 구절양장의 외줄기 신작로 길이었다. 덜컹덜컹 굵은 자갈이 뻐쓰 바퀴를 막아서거나 옆으로 튕기치면서, 차체가 마구 요동을 쳤다. 토끼꼬리처럼 짧은 겨울 해가 지고, 캄캄한 밤이 되어서야 거창 읍내에 뻐쓰가 닿았다.

가북 용암리까지는 차도 없고 길이 멀어서, 내일 아침 일찍 걸어서 들어가기로 일정을 잡았다.

김무중 이병의 고향마을은 험준한 목통령 능선이 두리봉과 가야산으로 이어지는 깊고 험한 산골이었다. 경상북도와 남도를 가르는 가

파른 산봉우리들을 뒤로하고, 맑은 계곡물이 흐르는 산자락에 자리를 잡았다. 가난하기 이를 데 없는 작은 마을이었지만, 한가롭고 정겨운 분위기는 우리네 여느 산골 마을 그대로였다.

예상했던 대로 김무중 이병은 집에 없었다.

허리가 굽은 백발의 조모와 병환 중인 김 이병의 아버지가 한성욱을 맞았다.

뜻밖에 찾아 든 낯선 한성욱의 방문에 여간 당황하는 빛이 아니었다.

나중에 김무중 이병의 어머니에게서 자초지종을 들었지만, 김 이병의 조모와 아버지는 이때까지도 김 이병의 탈영 사실을 까맣게 모르고 있는 상태였다. 늙은 조모와 병석의 아버지에게는, 손자와 아들의 탈영 소식을 아직 알리지 않았다는 것이다.

병환 중에 있는 아버지에게 충격을 주지 않기 위해선지, 은신하고 있는 마을의 친구를 보내서, 어머니에게만 탈영 소식을 알려 왔다는 것이다. 하루 전에 아들의 탈영 소식을 전해 듣고, 혼자서만 속으로 끙끙 앓고 있었다는 것이다.

그러고 보니 김무중 이병 어머니의 입가가 부르트고, 입술이 새카맣게 타들어 가고 있었다.

한성욱은 고향 집의 어머니 김선숙 여사가 떠올랐다.

부모, 어버이의 마음은 다 똑같았다.

한성욱은 김무중 이병의 어머니를 붙잡고, 여러 가지 부대 분위기와 모든 사정을 다 털어놓고 의논하였다. 한성욱은 자신의 어머니를 대하듯, 진심으로 숨김없이 여러 가지 가정假定과 경우를 놓고, 예를 들어 자세하게 설명하였다. 한성욱 자신이 탈영하였고, 그런 경우에 어머니 김선숙 여사가 처했다면, 과연 어머니 김선숙 여사의 심정이 어떠했을 것인가를 생각하였다.

김무중 이병의 어머니는 걱정이 태산 같았다.

자식이 잘못될까 봐 불안에 떨고 있었다. 자식의 잘못에 대한 벌은 자신이 대신 받고 싶다는 것이었다. 한성욱은 자식 나이 또래의 그에게, 김무중 이병의 선처善處를 비는 간절한 모습이 너무도 안타깝고 죄송스런 생각이 들었다.

그 어머니에 그 아들이었다.

그러지 않아도, 이번 사건으로 김무중 이병의 정직한 성품을 높이 사고 있었다. 그런데다가 김무중 이병 어머니의 맑게 흐르는 산골 샘물 같은 순수한 마음씨에, 한성욱은 속으로 깊은 감명을 받았다. 어떻게 하든지 무사히 군대 생활을 마칠 수 있게 해 달라는 애원 앞에서, 한성욱 자신이 힘만 있다면, 아니 부족하고 없는 힘을 만들어서라도, 김무중 이병 어머니의 하소연에 기필코 응답해 주고 싶은 심정이었다.

다음 날, 김무중 이병은 그의 어머니의 손에 이끌리어 한성욱이 초조하게 기다리고 있는 용암리 그의 고향 집으로 돌아왔다. 그동안, 용암리에서 삼십 리나 떨어져 있는 고모님 댁에 은신해 있었다는 것이다.

한성욱은 우선 반가웠다.

친구를 대하듯, 또는 서로 입장이 바뀐 처지에서 마음을 털어놓고 이야기를 나누었다.

김무중 이병은 고향 집으로 돌아오는 길, 그의 어머니로부터 한성욱에 대한 이야기를 많이 들었다. 믿을만한 젊은이로 판단이 되니,

한성욱을 믿고 하루라도 더 늦기 전에 부대로 돌아가 상관(중대장과 인사계)들께 용서를 빌어야 한다는 것이었다. 다행히 중대장과 인사계 선에서 일이 끝날 것 같다. 빰 몇 대 맞고, 몽둥이(빳따) 몇 대 맞으면 영창을 면할 수 있다는 한성욱의 주장을 전해 들었다.

그러나 김무중 이병은 마음을 좌정座定하지 못하고 있었다.

어머니의 애타는 심정을 저버릴 수 없어서, 사수(공급계) 한성욱 일병이 기다리는 고향 집으로 돌아오긴 하였으나, 아직 마음의 갈피를 잡지 못하고 있었다.

'탈영'이라고 하는 중죄에 대한 댓가를 치러야 하는 데 대한 공포, 인사계 표일두 상사의 고함소리만 들어도, 온몸을 벌벌 떨어야 하는 근무환경에 대한 불안이 그를 사로잡고 있었다.

그는 밤늦도록 계속되는 한성욱 일병의 설득에도 얼른 마음을 정하지 못하는 눈치였다.

한성욱 일병은 김무중 이병의 불안과 공포를 완화시키기 위해서, 다른 중대에서 있었던 탈영 사건을 예를 들어 자세히 이치에 맞게 설명하는 데 주력하였다. 김 이병도 김 이병이지만, 호롱불 등잔을 사이에 두고 마주 앉은 그의 어머니의 간절한 모습은, 한성욱으로 하여금 어떤 의무감 같은 것을 갖게 만들고 있었다.

진심과 성의, 그런 호소만으로도 안 되고, 상대방(부대 상관들)이 어쩔 수 없이 김 이병의 중죄(탈영)에 대해서, 관용을 베풀지 않을 수 없는 이유를 자세하고도 알아듣기 쉽게 설명해야 한다고 생각했다.

군대 속성상, 장교나 높은 사람들은 근무평정에 민감하다. 그것은 위계位階사회, 계급 집단의 욕구 속성인 진급 때문이다. 특히 장교들에게 진급 누락이나 불이익은 치명상이다. 군대 생활 전반에 먹구름이 끼게 된다. 자신의 인생 모두를 망치게 되는 것이다. 그래서 장교들은 문책이나 징계에 대해 알레르기 반응을 한다.

다시 말해서 중대장이나 인사계는 김무중 이병의 죄가 가벼워서가 아니라, 그 자신들이 불이익을 당하지 않기 위해서 관용을 베풀 수밖에 다른 도리가 없는 것이다. 사병 탈영 사껀이 있었던 다른 중대에서도 일을 크게 만들지 않고, 볼따귀 몇 대 빳따 몇 대로 끝을 냈다. 물론 일주일간의 반성문이 첨부된 시말서를 제출해야 하고, 2주간의 근신, 1개월 외출 정지가 뒤따를 것이긴 하다. 한성욱이 부대 출발 전, 제2중대 사병계 일보에, 김무중 이병의 이름이 그대로(정상적으로) 적혀있는 걸 확인한 바였다.

영창(육군형무소)은 절대로 보낼 수가 없다.

중대장 자신이 문책을 당하지 않기 위해서이다. 인사계는 진급과는 상관이 없겠지만, 그가 목에 힘을 주고 기고만장하는 참전용사의 화랑무공훈장에 대한 자존심과 명예에 추호라도 상처를 주고 싶진 않을 것이다.

마침내 김무중 이병이 이에 동의를 표했다.

사수 한성욱 일병의 끈질긴 성의도 대단했지만, 낯선 젊은이 한성욱의 진심을 믿어 주는, 김 이병 어머니의 간곡한 모성애가 그의 아들의 마음을 움직이게 했다.

한성욱 일병은 김무중 이병의 어머니가 옆방으로 건너간 뒤로도, 첫닭이 홰를 칠 때까지 호롱불 아래 엎드려, 날이 새면 맞닥뜨려야 할 여러 사항의 대비책을 강구하는 데 골몰했다.

중대장 마삼풍 중위는 물론이거니와, 노회한 인사계 표일두 상사가 감쪽같이 속아 넘어가게 일을 꾸미고, 거기에 적절한 사유를 그럴

듯하게 전개해야 하는 것이었다.

곧이곧대로 사유를 밝힐 수는 없는 노릇이었다. 탈영 사유를 사실대로 밝힌다는 것은 화약을 지고 불 속으로 뛰어드는 격이었다. 중대장과 인사계를 속이고라도, 산골 청년 김무중 이병을 살려야 할 것 같았다. 그렇게 하는 것이 한성욱 자신이 생각하는 양심의 판단이었다. 이미 그는 부대를 출발 할 때부터 그렇게 마음을 먹고 있었다.

김무중 이병의 귀가를 기다리는 낮시간에도, 자신의 부족한 상상력을 총동원하여, 김 이병의 탈영 사유와 거기에 걸맞은 일(사껀)을 꾸며 내는 데 머리를 짜내고 있었다. 일을 만들었다가 지우고, 지웠다가 또 만들고를 되풀이하였다.

정규 육사 출신은 아니지만, 육군 간부후보생 선발 시험을 앞문으로 통과한, 보병학교 출신인 육군 중위 마삼풍 중대장을 속이기도 어렵고, 산전수전 다 겪은 늙은 승냥이, 인사계 표일두 상사를 속이기도 어려웠다. 머리싸움에서 이겨야 하는데, 그것이 그렇게 마음처럼 쉬운 일이 아니었다.

주사위는 던져졌고, 일판은 이미 벌어져 있었다.

그들은 닭이 첫 홰를 칠 때까지 궁리에 궁리를 거듭하고, 머리를 맞대고 이런저런 방법을 짜내었지만, 크게 신통한 방법이 튀어나와 주질 않았다. 그렇다고 아무 대책 없이 부대 정문을 들어설 수는 없었다. 날이 밝으면 새벽 걸음을 쳐서, 거창 읍내에서 첫 뻐쓰를 타고, 해가 저물기 전, 서둘러서 일과 시간 내에 부대에 도착해야 한다.

김무중 이병을 대동하고 부대에 돌아온 한성욱 일병이, 중대장 마삼품 중위에게 복명復命한 김 이병의 탈영 사유는 두 가지로 요약되었다.

첫째, 김무중 이병은 심한 성병을 앓고 있었다고 둘러대었다. 무서운 성병 바이도끄(매독) 3기로, 말 못 하는 고통에 시달리다가 이를 치료하기 위해 부대를 이탈했다. 피고름이 터져 나오는 상태여서 더 이상 치료 시기를 늦추면, 성기가 썩어들어 죽을지도 모른다는 공포를 느끼고 있었다.

둘째, 엎친 데 덮친 격으로, 고향에서 사귀고 지냈던 이웃 마을 열아홉 살짜리 처녀 홍갑덕이가 갑자기 무단가출 행방을 감추었다. 이 일로 인하여 조용하던 산골 마을이 왈칵 뒤집혔는데, 이 해괴한 처녀 가출 사낀의 배후로 김무중 이병이 지목되었다. 처녀 부모에게는 물론 마을 사람들에게, 김무중 이병 자신이 무고하다는 것을 직접 증명해 보이지 않으면 아니 될 시급한 상황에 봉착하였다.

단순하고 조급한 마음에 순간적으로 탈영을 결심, 큰 잘못을 저질렀다. 김 이병 본인 스스로 크고 깊게 반성하고 있다는 것이다. 제 발로 걸어서 자수自首하기 위해 부대 복귀를 준비하고 있는 중이었다. 칠순의 조모를 모신 가난한 가정형편과 사지四肢를 저버린 김 이병 부친의 병환에 관한 보고도 빠뜨리지 않았다.

아울러서 자식들 5남매를 거느리고 전 가족의 생계를 짊어진, 김 이병 어머니의 간절하고 소박한 하소연을 가감 없이 그대로 전하는 것으로, 한성욱 일병의 복명은 끝을 맺었다.

이 정도의 복명(사유 나열)으로 중대장과 인사계가 그냥 속아 넘어갈 리가 있겠는가. 그래서 진짜 성병에 걸린 듯한 모양새도 필요했다.

김무중 이병의 고향마을 용암에서 거창 읍내로 나오는 길섶엔 마침 옻나무 군락지가 있었다.

잎을 다 떨구고 서 있는 옻나무 잔가지 몇 개를 꺾어다가 진액을 이용했다. 김무중 이병의 성기 주위 불두덩과 귀두를 비롯한 성기 표면 여기저기를 마구 점점이 무작위로 문질러 두었다.

아니나 다를까, 귀대 중의 차 안에서 시간이 지나면 지날수록, 김무중 이병의 손이 사타구니 쪽을 자주 드나들었다. 이른 아침부터 오후까지 가려움증을 참지 못하고, 하루 종일 사타구니에서 손을 떼지 못하고 마구 긁적거리는 모습이었다.

점차 상황이 악화되어 피부가 벗겨지고 작은 물집들이 터져서, 사타구니와 속옷은 엉망이 되었다. 검붉은 진물 자국이 볼썽사납게 얼룩져 있었다.

맹랑한 거짓말로, 어설프게 속이려 든다고 생각한 중대장과 인사계는, 처음 잔뜩 의구심에 찬 눈초리를 했다. 이렇던 중대장과 인사계도 김 이병 속옷의 핏물 섞인 얼룩을 보고는, 질겁을 해서 손사래를 쳤다. 제1안第一案은 무사통과였다.

여기에다가 김무중 이병의 애인, 홍갑덕의 무단가출에 의한, 산골처녀 행방불명 사건에 연루된 용암리 리장의 '사실 확인서'를 제출하자, 중대장 마삼풍 중위와 인사계 표일두 상사로서도 백기를 드는 눈치였다.

용암 마을 대표 리장을 필두로 하여, 이웃 어른 세 명이 날인 혹은 지장을 찍은, 이른바 '사실 확인서'는 촌스런 옛 말투로, 그 내용도 거창(?)하거니와 고풍스런 글씨체 또한 볼 만하였다. 빛바랜 빨간색 세로줄 양면 괘지에, 연필심에 침을 발라 꾹꾹 눌러 쓴 글씨가 이리 비틀 저리 비틀 제멋대로 누웠다.

리장은 이름 말미에 대추나무 도장을 찍었고, 이웃 어른 세 명은 인장 대신 손도장을 찍었는데, 어찌나 인주를 많이 묻히고 크게 문질러 놓았는지, 온통 양면 괘지 절반이 벌겋다.

이렇게 해서 공급계 조수 김무중 이병의 탈영소동은 더 이상 일이 번지지 않고, 적당한 선에서 마무리가 되었다.

천만다행이었다. 한성욱 자신이 머리를 굴려서 마삼풍 중위와 표일두 상사를 이겨 먹은 것이 아니었다. 거창 용암리 산골, 김무중 이병 어머니의 정성과 애타는 모성애가 사람들의 마음을 부드러운 쪽으로 움직여 놓았다는 생각이 들었다.

이런 흐뭇한 성취감도 잠시, 김무중 이병의 탈영 사건이 생각보다 너무 헐겁게 끝난 것에 시샘이라도 하듯, 여공탁 상병과 고참 사고병前科兵 사이에 뜻하잖은 폭행 사건이 이어서 터졌다.

여공탁이는 구습口習이 좀 사납고, 남에게 지지 않으려는 성격이긴 해도, 난폭하거나 폭력적이진 않았다. 말투가 좀 시끄럽고 그렇지, 성격은 찜찜하게 걸리적거리거나 시비 걸고 싸움질을 좋아하는 것은 아니었다.

그랬는데 이번에 운수가 없었던지, 한순간을 참지 못하고 주먹 한 대를 잘못 날리는 바람에, 곤조(근성) 더러운 사고병前科兵에게 꼼짝없이 걸려든 것이다.

사고병 양태구는 육군형무소에서 출감한 지, 1개월쯤 되는 중간 전입병이었다. 군번으로 따지자면 병장도 고참 병장에 해당했다. 계급은 일등병인데, 내무반 취침 서열은 제대 말년의 병장석에 그의 침구(매트레스)를 깔아야 했다. 양태구는 은근히 육군형무소 재소 경력을 앞세워 다른 병사들에게 위압감을 주고, 사병 개개인의 의무 사항에서 열외 대접을 스스로 원하고 있었다. 소대별 단체행동이나 내무반 생활, 일과 출장 후 MIS 업무 배당에서까지 도통 열외 대접을 해달라는 것이었다.

구습이 사납고, 입바른 소리 좋아하는 여공탁이의 성질머리에 딱 걸리는 생활 태도였다.

여공탁의 입바른 소리를, 맹사팔이는 '나발대 깐다'고 했다. 나발대 한번 잘못 깠다가, 이번에 그 나발대 코가 납작하게 당하게 생겼다. 일이 잘못 꼬인 것이다.

사고병 양태구의 억지 춘향이식 열외 타령에, 참다 참다못한 여공탁이식 나발대가 폭발한 것이다. 제 침구는 제 손으로 제가 좀 깔라고, 큰소리로 속 시원하게 나발을 한번 불었던 것이다. 낮시간, 고된 일과(작업)에 시달리고 녹초가 된 쫄병들이, 고참들의 침구 시중을 드는 모습이 너무 보기에 딱해서였다.

사고도 피치 못할 군대 업무 사고라던가, 상급자의 실수나 범법을 잘못 뒤집어썼다던가, 뭐 대단한 정의감에서 군법을 어겼다면 혹시 몰랐다. 사고병 양태구의 비행은 기껏해야 민간인의 지저분한 잡범 수준이었다. 술 먹고 돈 떨어지자, 외상 매춘을 강요, 이에 반항하는 매춘부를 흉기로 위협, 성욕을 채우고, 항의하는 여자 포주를 찔러 전치 3개월의 상해를 입혔다. 그러고도 분이 안 풀렸던지, 집안의 유리창을 다 때려 부수고, 건물 일부를 파괴, 재산상 큰 손상을 입혔다.

이런 사실을 빤히 알고 있는 여공탁이로선, 사고병 양태구의 고참연하는 태도가 구역질이 났다. 더구나 내놓을 것도 없는 사고를 치고, 사고병 전과병 유세를 하는 데는 속이 울렁거리고, 곧 목구멍으로 삼년 묵은 김치가닥이 넘어 올라올 것 같은 것이었다.

여공탁이 자신과는 직접 상관이 있는 일은 아니었다.

그러나 추잡스런 일로 형무소 생활을 한 녀석이, 그런 주제에 거만을 떨고 쫄병들을 혹사시키다니, 가만두고만 볼 수 없는 일이었다.

그리고 군대는 계급이다.

비록 양태구의 군번이 빠르기는 하지만 계급은 일등병이다. 여공탁이 자신은 흠 없이 깨끗한 상등병인 것이다. 내무반 질서에 장애를 주고 분위기를 무겁게 만들거나, 기분을 잡치게 만드는 일을 그대로 둘 수만은 없는 것이다. 사고병 양태구는 2중대 1소대 소대원 전체의 골칫거리였다. 내무반장을 비롯한 고참들도 되도록 상대하기를 꺼렸다.

그렇기 때문에 나발대 센 여공탁이가 어쩔 수 없이 총대를 메고 나선 것이다.

"너 잘 걸렸다. 이 쌔애끼, 군번도 쌔까만 새끼가, 뭐 잘났다고 나서냐?"

사고병 양태구가 기달랐다는 듯 즉각 반박하고 나섰다.

"잇 쌔끼, 군번도 좋지만, 누가 니 진급을 억지로 몬하게 막았나? 니 잘못으로 깜빵살이 해놓고, 어디서 큰소리고! 앙? 내 임마, 대한민국 육군 상등병이다! 니, 일등병 달고 하극상 할래? 군대 개판이다!"

화가 머리끝까지 차오른 여공탁이 침구를 깔다가 그대로 내던지고, 우르르 침상 밑을 내달아 양태구가 있는 쪽으로 다가왔다.

"어, 어렵쇼! 뭐, 이런 쫄병 새끼가 다 있어?"

사고병 양태구가 냉소를 흘리며, 이빨을 뽀도독 갈았다.

"너 뭐락켔노? 쫄병? 너, 눈깔이 삤나? 상등병 계급장 안 뵈나? 일등병 새끼가…… 더러분 군대 개판이다!"

여공탁이의 분노는 충천했다.

이때였다.

"이 같잖은 거지새끼!"

사고병 양태구의 주먹이 여공탁이의 안면을 순간적으로 강타했다.

"잇 쌔끼, 사람 치고 덕 봤나아!"

이번엔 여공탁이가 앞으로 다가온 양태구의 턱주가리를 향해, 몸을 일으켜 세우며 주먹 한 방을 시원하게 날려버렸다.

아, 그랬는데, 이것 한 방이 문제가 되었다.

여공탁이의 일격에 사고병 양태구의 아구통이 휙 옆으로 돌았다. 마저 한 대를 더 날려서 이걸 요절을 내버릴까 하고, 주먹이 곧 용용거렸지만 여공탁이 이를 물고 참았다.

순간, 사고병 양태구가 고개를 돌리면서 여공탁이의 얼굴을 향해 확 뱉어내는 것이 있었다. 양태구가 여공탁이의 얼굴을 향해 물을 뿜듯 뱉어낸 핏물 속에는 떨어져 나온 이빨 쪼각 두 개가 들어 있었다.

여공탁이의 풋주먹이 그렇게 펀치가 센 것도 아니었고, 양태구의 앞니 두 개가 정상적으로 박혀 있었던 건강한 생이빨도 아니었다. 군대에 들어오기 이전부터, 싸움질에 하루 바람 잘 날이 없었던 양태구의 앞 이빨 두 개는 항상 시커멓게 멍이 들어 있었다. 깜빵 생활에서도 구세□勢를 부리다가 얻어맞아서 노상 흔들리는 상태에 있었다.

까마귀 날자 배 떨어진다고, 여공탁이의 주먹이 날자, 그동안 얼병이 들어서 걸치적거리던 것이 때마침 나가떨어진 것이다. 딱 울고 싶자 매 때려 준 격이 되어버렸다.

사고병 양태구가 이런 기회를 놓칠 리가 있겠는가. 건덕지가 없어서 몸살을 앓던 양태구가 아닌가!

절호의 기회를 잡은 것이다. 엉을 부리기 시작한 것이다.

사회에서 주먹으로 놀았다고 위세를 부리던 녀석이 쩨쩨하기 이를 데가 없다. 명색이 알 두 쪽 찬 사내 녀석이 아닌가. 아니꼽고, 더럽고, 구역질이 나는 행동이었다.

그렇지만 여공탁이로선 어쩔 수가 없었다.

꼼짝없이 녀석에게 걸려든 것이다.

녀석이 일을 벌리면 도리없이 당하게 되어 있었다. 썩은 고기도 고기는 고기라고, 멍이 들어서 흔들리던 이빨도, 이빨은 이빨인 것이다. 사고병 양태구가 생이빨 두 개가 부러져 나갔다고 MIS 일과 출장도 거부하고, 내무반 구석에 자리보전을 하고 버티는 데는, 속수무책 어떻게 손을 쓸 수가 없었다.

일이 더 잘못 진척이 되면 여공탁이가 처벌을 받아야 할 상황이었다.

사고병 양태구의 소행이 얄밉고 치사하기 이를 데 없지만, 울며 겨자 먹기로 빤히 그 교활한 속심을 너무 잘 알면서도 당해 주는 수밖에는 다른 방법이 없었다.

사내자식이 차라리 깡을 부리면 주먹이라도 몇 대 맞아 주겠는데, 일부러 엉을 부리는 데는 사람 환장할 일이 아닐 수 없었다.

중대 내무반 분위기로 보나, 여공탁이와의 친분으로 보나, 어쩔 수 없이 한성욱이 일의 중재를 떠맡고 나섰다. 맹사팔이 녀석이 적극 뒤를 떠밀고, 손만열이와 민석구가 마구 부추기는 바람에 안 밀려 나올 수도 없었다. 특히 소대원들의 눈빛이 한성욱 자신을 어디로 피할 수 없게 몰아 내세우는 그런 느낌을 주고 있었다.

물짜를 공급하는 중대 행정병에다가 어설픈 똥대학이긴 하지만, 중대에서 제일 높은 학력을 가졌다. 또 얼마 전, 중대 전체가 화들짝 놀랐던 김무중 이병의 탈영 사건을 기대 이상으로 무난하게 해결했다는 점 등이 참작된 것 같았다.

차라리 남자답게 깡을 부리는 녀석은 상대하기가 비교적 쉬운 경우이기도 하다.

하지만 치사하게 엉을 부리는 사내 녀석을 다루기는 쉬운 일이 아니었다. 머슴아가 엉을 부린다는 것 자체가 처음부터 성격적으로 문제가 있는 것이다.

예상했던 대로 녀석의 성격은 갈래와 굴곡이 많았다. 쉽게 감이 오지 않았다. 명쾌한 데가 없고, 음습하고 비겁하고, 뿐만 아니라 간악함까지 바닥에 깔고 있었다.

곤란했다. 속 깊이 병이 들어 있었다.

서울내기 깍쟁이란 말이 있다.

경상도에선 서울내기 다마내기라고 한다. 매끈매끈, 반들반들, 어디 흠잡을 데 없이 빤질빤질 동글동글, 이리저리 잘 빠져나간다. 요령 좋고, 짜디짜다. 매정하고 차디차다. 텁텁한 데라곤 한 군데도 없다는 뜻이다. 동글 매끈, 번지르르, 겉이 화려하고 밉살스럽게 예쁘장하게 잘 생겼다는 뜻도 있다.

한성욱은 서울 말씨를 쓰며 사고병 양태구를 대했다. 약간 고급 낱말로, 녀석을 지적知的 우위에서 한번 조여들어 봤다. 그렇지만 주먹세계에서 공갈 협박에 면역이 된 녀석에겐 별무효과였다. 이른바 조여들거나 설득 같은 것으론 통하지 않는 형이었다.

종전과는 정반대의 자세에서, 사고병 양태구를 인정하고 그를 높이 보았다. 그리고 자신은 세상 물정에 한 수 낮은 숙맥서생菽麥書生으로 내려앉아 보기도 하였다. 그러나 역시 효과를 보지 못했다.

한성욱은 있는 재주, 없는 재주를 다 동원해 보았지만, 사고병 양태구는 움직이려 들지 않았다. 어쩌면 양태구가 한 수 위에 있는지도 몰랐다. 궂은일로 사람 상대하는 일쯤이야, 아직 학생티를 못 벗은 한성욱쯤이야, 상대가 안 되는 면이 있는 것이다.

그렇다고 포기할 수는 없는 일이었다.

자신의 요령부득. 능력 부족을 실감했지만 생판 죄 없는(?), 잘못하지 않은 여공탁이를 실망하게 하거나 처벌받게 할 수는 없었다. 이것이 전체 2중대 1소대원들의 바램이었다. 여공탁 상등병은 소대원 전체의 보편적인 정의감, 공분公憤을 대변했을 뿐이었다.

한성욱은 마지막 수단인 그의 진심을 총동원했다.

자신의 마음을 빨가벗겨서 맨살로 부딪치며 그에게 대들었다. 이왕 이렇게 서로 만난 것, 친구가 한번 되어 보는 것도 괜찮을 것 같았다. 서로 경계심을 가지고 긴장으로 대하기보다는, 그냥 젊다는 이유 하나만으로 풀어버리고 지내는 것도 좋을 것 같은 생각이 들었다.

한성욱은 술잔을 맞부딪치며 양태구에게 '머슴아끼리 잘 지내자, 터놓고 지내자!'라고, 자신의 속내를 드러내 보였다. 이 옷 벗고, 청계천 오간수 다리에서 만나자, 냉면집 삼오정三五亭 옆에 기가 찬 대폿집이 있다고 소리를 높였다.

그리고는 서울서 만나서, 선린동 뒷골목에서 밤새껏 왕대포 마시고, 무교동에서 해장국으로 속풀이 하자. 양 일병이 뚝섬 유원지 놀러 오면 내가 술 사고, 양 일병 집이 마장동이라며? 내가 마장동 가면 마장동 푸줏간(도살장)에서 나오는 싱싱한 간 천엽도 먹자!

그리고 양 일병 고향이 남한산성 밑 중부면中部面이데? 거기 배밭골 한터말에 우리 당고모가 살아…….

마침, 남한산성 밑 배밭골 한터 마을에 살고 있는 고모부의 성함을 대었더니, 양태구의 표정이 달라졌다. 자기 부친과 친구 사이라는 것이다. 일이 될려면 이렇게 풀리는 수도 있는 것이다.

이렇게 해서 여공탁이의 '나발대 사껀', 사고병 양태구 폭행 사껀은 일단락이 되었다.

김무중 이병의 탈영 사껀은 1961년 세밑을 장식했고, 여공탁이의 나발대 사껀은 1962년 새해 벽두를 장식한 셈이 되었다.

앞으로 기대리期待裡에 전개될 1962년, 육군 쫄병 한성욱이 상등병을 달고 근무하게 될 대망의 한 해인 것이다. 벌써부터 가슴이 설레이는 것을 보면 쫄병 한성욱의 군대 생활 최전성기가 될는지도 모른다. 두고 볼 일이다.

4

새해가 시작되고 봄이 돌아와도 병영 안에선 봄을 모른다.

쫓기고 복대기는 군무에 시달리다 보면, 그저 해가 뜨고 해가 지는 것만을 느낄 수 있다. 다시 말해서 기상나팔 소리와 취침나팔 소리만이 들릴 뿐이다. 더위가 찾아와 동복을 벗고 하복을 입으면 아, 벌써 여름이구나, 날이 추워져서 아침저녁으로 싸늘한 바람이 불면 아, 또 겨울이 왔구나, 하는 것이다.

한 시간 한 시간, 하루 하루는 지독히도 지루하다. 죽자꾸나 하고 시간과 날짜가 안 가는데, 한달 두달, 일년 이년 단위는 잘도 가는 것이 군대 생활이다.

내 일이 아니고, 기꺼운 마음으로 하는 능동적이 아닌 생활, 꼭 내가 처리해야 할 일이 아니라고 생각하는 데 문제가 있는 것이다. 그러기에 그런 군대 일을 처리해야 하는 한 시간 한 시간은, 지루하고 지루하기 짝이 없다.

똑같은 의미에서, 그런 생각으로 보내야 하는 한달 두달, 일년 이년 또한 더없이 지루하고, 사막을 걷는 것처럼 무릎이 팍팍하다.

그런데 달력을 보면 일 개월 한 달이 너무 빨리 가고, 일 년 세월이 자동차 바퀴가 한 바퀴 도는 것처럼 빠르다. 그러니까 남은 시간, 남은 날짜의 군대 일을 더 해야 하는 남은 햇수를 생각하면, 지루하기가 이를 데 없는 것이다. 하품이 나올 지경인 것이다.

그렇지만 지나가버린 날과 달, 년年을 돌이켜보면 세월이 살처럼 빠르게 흘러버린 느낌인 것이다. 허송세월, 빼앗겨버린 젊음, 뜻과 보람을 찾을 수 없었던 세월이었기에, 느끼는 허전함인 것이다. 무게가 실리지 않았던 시간, 무게를 실을 수도, 기대할 수도 없었던 세월이었기에 그렇다.

남아 있는 시간, 앞으로도 빼앗겨야 할 시간이 너무 지루하고, 부피가 줄어들지 않는 느낌에 시달리는 날이 많다. 그것은 마땅히 내가 해야 하고, 정당하고 보람 있는 일을 어서 내가 해내야 하는데, 그것을 제대로 처리하지 못하는 데에서 오는 조바심 때문인 것이다. 성가시고 쓸데없는 시간이 중간을 가로막고 있는 피로감 때문에 더욱 그렇다.

심리적인 조급증, 쓸데없는 일에 대한 짜증이 사람들을 그렇게 피곤하게 했다.

이런 피로와 짜증에 쌓인 한성욱 상등병을 비롯한 수많은 보급창

OBD의 병사들에게 한줄기 시원한(?) 소식이 첫여름의 아침을 열고 있었다.

강남제비가 돌아오고, 노고지리가 우지지는 계절도 그냥 지나버렸다.

진달래가 피고 두견이가 우는 것도, 그냥 모르고 지나버린 병영의 낮과 밤이었다.

이처럼 바쁘기만 허천나게 바쁘고, 제정신을 제대로 차릴 수 없는 규제의 땅 OBD에도, 풀 비린내 싱그러운 아침이 열리고 있었다. 철조망에 둘러싸인 제복의 동네에도 첫여름의 생명력이 분출되고 있었던 것이다.

오월 첫 월요일, 금빛 찬란한 아침 햇살이 OBD 앞바다에 넘실거렸다.

어느새 봄을 보내고 여름을 맞는 OBD 병사들의 이날 아침 식당길에는, 토끼풀 냄새에 들꽃 향기가 코끝을 스쳐 가는 바닷바람을 타고 밀려왔다.

제2중대 소속 수송부의 호영철 하사는 평소 여군 중대장을 짝사랑하고 있었다.

박꽃처럼 하얀 그녀의 얼굴엔 항상 엷은 미소가 피어올랐다. 가녀린 몸매임에도 유난스레 가슴과 엉덩이가 커서 호 하사의 눈길을 끌었다.

어젯밤(일요일), 한잔 걸치고 외출에서 귀대한 호영철 하사는 스물아홉 살 노총각, 애정 에너지가 넘쳐나고 있었다. 그는 호쾌하게, 그의 몸뚱이를 조이고 있는 푸른색 제복을 훨훨 벗어서 알몸이 되었다. 넘쳐나는 애욕으로 팽창을 거듭한 거대한 페니스를 꼿꼿하게 세우고,

그는 여군 중대 막사를 향해 돌진을 감행하였다.

앞뒤 볼 것 없이, 오직 목표물을 향해 돌진을 감행한 호 하사! 여군 중대 막사의 문을 부수고, 막사 안으로 뛰어드는 데 성공했다. 거총 자세로 팽대한 그의 페니스가 벌떡벌떡 큰 숨을 내쉬고 있었다.

호 하사의 페니스는 거창하고 거대했다.

"오, 사랑하는 나의 차경숙 중위! …… 내가 죽어도 못 잊을 그 이름이여! 내가 부르다가 죽을 그 이름이여! 오, 나의 마음의 여인! 나의 여왕이시여!"

호 하사는 양팔을 크게 벌리고 부르짖었다.

어젯밤 늦게, 여군 중대 막사 쪽에선 때아닌 헌병 백차의 싸이렌 소리가 요란했다.

날이 밝기까지 병사들은 그 이유를 알 수 없었다.

아침 햇살과 함께 삽시간에 퍼진 입소문은 OBD 병사들의 아침 식탁을 즐겁게 했다. 엄격하게 규제된 제복의 땅, 새들도 낮을 가리는 철조망 안 동네에서도 고등 동물들의 번식기 의례가 한창 진행 중이었다.

3. 문현동門峴洞 쌍과부집

1

군대 쫄병 생활은 고달프고 바쁘다.

지난주엔 눈 뜨고 코 풀 새도 없었다.

사람들은 할 일이 많은 경우를 바쁘다고 한다.

바쁘다는 기준은 절대적일 수 없고 상대적이 된다. 자기 자신의 몸을 움직일 때에, 평소보다 일이 많거나 정신적으로 여러 일이 복잡하게 꼬일 때에, 보통 바빠 죽겠다고 비명을 지른다.

군대 생활에서 바쁘다고 하거나 일이 많다고 하는 것은 민간사회에서처럼 대충 짐작으로 하는 말이 아니다.

군대 업무에서 과중을 가려내는 척도는 정확한 기준을 가지고 있었다.

군대는 명령에 죽고 명령에 산다고, 흔히 말들을 한다. 그렇지만 군대는 시간에 죽고 시간에 살기도 하는 것이다.

전쟁의 생명은 시간이다. 전쟁은 순간, 때, 시간, 기회가 승패를 좌우한다.

전투원 개인의 각개 약진과 전우의 목숨을 살리는 엄호사격도 순간, 때, 기회를 살려야 한다. 사단, 군단이 동원되는 작전도 집단과 집단군 간의 때와 기회를 살린 유기전有機戰이라야 한다. 병기, 화력, 전술이 순간을 놓치지 않는 시간 싸움일 수도 있는 것이다. 기회, 때! 결정적인 순간을 포착, 적을 타격하고 승기를 잡는 장수가 명장이 된다. 전쟁 승리의 관건은 순간순간을 잘 잡아 그 기회를 어떻게 하느냐에 달려 있는 것이다.

그래서 군대는 시간이 엄격하다

시간은 곧 생명과 직결된다.

군대는 정해진 시간에 기상해야 하고, 식사시간, 휴식시간, 일과시간, 취침, 용변 시간까지도 엄격하게 구별, 통제, 제한된다.

이렇게 엄격하게 통제된 시간 속에, 군대 조직원 각자에게 부과된 업무를 처리하기 위한 일과 시간이 있다.

주어진 일과 시간을 다 채우고도 일이 남아서 허덕이거나, 밤잠을 못 자고 야간 근무, 야간작업을 해야 하는 경우가 있다. 이런 때 군대 업무는 분명 '바쁜' 것이다. 평상시의 업무량을 초과하는 기준 척도가 정확하고 객관적이 되는 것이다.

한성욱 상등병 스스로가 지난주엔 주말 외출을 반납했다.

외출금지령이 내린 것이 아니고, 토요일 일요일도 없이 일했어도, 코 풀고 눈 뜰 새가 없었다. 이례적으로 육군본부에서 실시한 특별 '침구류 감찰 검열' 때문이었다.

육군본부에서 실시하는 직접 검열은 군수 물짜 종합검사 차원에서 '육본재물조사'가 2, 3년 단위로 시행된다. 군대 보급품의 광범위하고, 전반적인 수량(재고) 파악에 주안점을 둔 것이다.

그런데 이번에 실시된 육본 '침구류 특별감찰 검열'은 글짜 그대로 특별한 감찰 성격이 강한 아주 무서운 검열이었다.

검열 날짜를 통보하는 검열 대비 지침 공문서의 제목만 보아도 알만한 것이었다.

공문서 제목에 '특별'과 '감찰'이 강조된 것만 보아도 우선 몸에서 찬바람이 일었다. 매우 이례적이고 강력한 표현이었다. 특별도 그렇지만, 감찰이란 낱말이 쓰인 것은 한성욱 상병으로선 처음 보는 공문서이기도 했다.

만약 물짜 부정이나 규정 위반이 있을 경우, 곧바로 군법회의에 넘겨 영창을 살리겠다는 강한 의지가 담겨 있었다. 개선 목적이거나 잘못을 시정하는 데 주안점을 두는 것이 아니고, 곧바로 가차 없이 감옥을 살리겠다는 강력한 처벌 목적임을 강조하고 있었다.

중대장 마삼풍 중위는 물론 인사계 표일두 상사마저도 전과 다르게 여간 긴장하는 모습이었다. 한성욱 상병 역시 따라서 긴장하지 않을 수 없는 상황이었다.

군대 보급품이란 따지고 보면 모두가 골치가 지끈거리는 존재들이다.

전쟁을 위한 물짜, 전쟁 수행을 위해 만들어진 물짜가 전쟁 수행에 쓰이지 않고 있기 때문에 문제가 생기는 것이었다. 군수 물짜는 원칙적으로, 근본적으로 전쟁에 쓰여야 한다. 전쟁이 일어나면 모든 군수품은 하나에서 열까지, 전 품목이 소모품이 되는 것이다. 고가高價의 전차, 비행기, 첨단 무기는 물론 근본적으로 전투원 전원의 존귀한 목숨까지도 말이다.

그런데 전쟁 시기가 아닌, 전쟁이 멈추어 있는 시기이기에 말썽이고 골치가 지긋지긋하게 아픈 존재가 되는 것이다. 모든 군대 구성원, 육군 쫄병 한성욱 상병의 애물단지가 되는 것이다. 군대 보급품이라는 존재가…….

또 문제가 하나 더 있다.

정상적인 군대, 합리적인 군대, 독립된 부강한 나라의 군대 같으면 별문제 될 것이 없을 수도 있었다.

군대 보급품이란 장병 개개인과 각급 단위부대, 전체 군대조직에 도움이 되고 편리를 주어야 한다. 크고 작은 작전 수행의 원활을 기하고 보조하는 필수품이요, 소모품이 되어야 하는 것이다.

그럼에도 불구하고, 장병 특히 밑바닥 사병들의 군대 생활, 따지고 보면 곧 이들의 전쟁 수행능력을 저하시키고, 심지어 장애물이 되는 경우가 허다한 것이다.

사병 개인과 소대 중대에 지급되는 모든 보급품, 군장품과 장비의 손망실 보고, 폐품처리(반납)는 보급품 규정에 명시되어 있었다. 그러나 그것은 글짜로만 기록된 공문空文이고, 실제 말단 부대 보급행정에선 이루어지지 않는 사문死文 규정이었다.

2종품으로 이에 해당하는 것이 각 소대 단위가 보유한 침구류였다.

폐품처리 반납이나 손망실 보고 처리가 불가능했다.

아무리 군대엔 이유가 없다지만, 끗발 없는 사병들 입장에선 골치가 아파도 보통 골칫덩어리가 아니었다.

대충 매트레스, 매트레스 카바, 닭털 침낭, 베개, 솜이불(누비 통이불), 모포 등속을 침구류라 한다.

이것들은 각 소대 공용품이었다. 사실이 그렇고, 실제로 공용품으로 보유되고, 또 그렇게 사용되고 있었다. 여타의 개인 지급품이나 군장품은 개인(피지급자)의 군번이나 성명을 표시해야 하는 경우도 있었다. 철모, 배낭 같은 경우, 소대원 일련번호가 표시되고, 총기(개인화기) 고유번호는 사병들의 군번처럼 제 주인(피지급자)을 명확하게 밝히고 있었다.

그런가 하면, 침구류는 개인 보급품 기록카드에 눈알처럼 똑똑하게 기재돼 있음에도 침구류 자체엔 아무런 개인 표시가 없다. 모포 등속에 개인 표시를 하기에도 그렇고, 또 그 쓰임 자체가 개인 성명이나 군번 표시를 할 성질이 아니었다. 이런 소대 풍속(?)은 사병들의 내무반 생활의 오랜 관행이기도 했다.

매트레스나 닭털 침낭은 1개 소대에 보통 7개에서 10개 정도를 보유하고 있었다. 매트레스 카바는 언제 어느 때 어디로 날아갔는지 알 길이 없었다. 맨사뎅이(맨살덩이)로, 모든 소대 공히 속 솜덩어리만 나뒹굴고 있는 것이다. 이나마 귀한 물건으로 내무반장을 비롯한 제대가 내일 모레인 고참 병장들의 잠자리에 깔리고 있었다.

닭털 침낭은 전쟁 때 미군들이 쓰다가 남은 것으로 한국군에겐 너무 호사스런 잠자리이고, 철조망 밖으로 나갈 경우, 값비싼 고급 민간인 침구가 되는 것이다. 지금 소대에 남아 있는 것들은 침낭 속의 닭털이 울룩불룩 상, 중, 하로 뭉쳐서 이리저리 밀려다니는 형편이었다.

전쟁 때 미군들이 쓰다가 남긴 것으로 군용베개라는 것이 있다.

언제 소대에 지급되었는지 아는 사람은 아무도 없다. 고참 병장들도 군대에 베개가 지급되었다는 말을 들어본 적이 없다. 기름때가 번들번들하고 땀에 절어서, 고색창연한 군용베개라는 것이 다섯 여섯 개씩 각 내무반에 굴러다녔다. 이런 골동품도 보급품 카드에 올라있는 소대 지급품인 것이다.

이뿐만이 아니었다.

볼품없기로 이름난 군대용 야전 솜이불(누비 통이불)도 골동품이기는 마찬가지였다. 이것도 어쩌다가 각 소대에 한두 장씩 남았는데, 천년 묵은 골동품처럼 나이때(기름때)가 덕지덕지 묻어 있었다.

군용베개는 무게가 가볍고 생긴 것이 단출해서, 제 발로 걸어 나가서 인수가 모자란다고 하지만, 미제 야전 통이불은 몸이 벌크덕하게 퍼져서 걸어 나가기도 쉽잖은데, 턱없이 인수가 모자란다. 언제 어디로 갔는지 아무도 아는 사람이 없었다.

미국 태생이긴 하지만 양심 쪼각이 조금 남아 있어서, 제 꼬라지 제가 알아서 워싱턴 DC에 있는 전쟁기념관을 스스로 찾아갔는지도 모른다.

군용모포는 자타가 공인하는 침구류의 대표 주자이다.

1인 3매 기준, 1백50여 장 내외가 각 소대에 지급되어 있었다. 이중 40% 정도가 폐품 상태에 있었다. 오늘 당장 폐품 처리해야 할 것이 30장을 넘었다. 3개월에서 6개월이 지나면 폐품 모포가 60%를 넘게 될 판이었다. 그러고 보면 절반 이상이 사용 수명을 한참 넘긴 상태인 것이다.

침구류는 자주 보급되거나 계절에 따라 그 종류가 바뀌는 것도 아니다. 군대엔 겨울 여름 이불이 따로 있는 것이 아니다. 침상에 까는 것 또한 매트레스 아니면 담요로 봄, 여름, 가을, 겨울이 똑같다. 위에 덮는 것만 계절에 따라 담요가 한 장이냐, 두 장이냐, 석 장이냐가 다를 뿐이다.

세탁도 침구류는 북데기가 커서 어렵다. 아니 어려운 것이 아니고, 침구류 세탁은 아예 하지 않는다. 한성욱이 입대하여 1년 반이 지났지만, 침구류 세탁은 단 한 번도 이루어진 적이 없었다. 침구류 세탁이란 용어 자체가 부대 안엔 없었다.

세탁은 또 그런다 치지만, 침구류에 흠집이 나면 수리 보수가 불가능했다. 수리할 기구도, 보수할 보조 재료도 없었다. 속수무책이었다.

그중에서도 침구류의 대표주자인 군용담요는 사용 빈도가 높은 품목이었다. 사람 몸에 직접 닿아 문질러질 뿐만 아니라, 그 쓰임새 때문에 마모율이 가장 높고, 사람 몸의 땀때가 가장 잘 끼는 침구류가 되는 것이다. 그러니까 신품 보급이 제때 이루어져야 하고, 사병 집단 위생을 위해서도 손상 수리 보수가 손쉬워야 한다. 세탁도 주기적으로 이루어져야 하는 것이다.

군수품이란 어느 것 한 가지 부정 유출에 민감하지 않은 것이 있으랴만, 담요 또한 여간 민감한 품목이 아니었다.

일반 가정에 군대 담요 한두 장 없는 집이 없을 정도로 인끼 높은 품목이었다. 전량 미제가 지급되는 군용담요는 품질이 좋고 쓰임새가 편리해서, 일반 민가의 선호도가 가장 높은 군수품 중의 하나가 되는 것이다.

이런 이유 때문인지, 정작 신품이 있어야 할 부대 내무반에는 번듯한 신품이 잘 보이지 않았다. 국방색으로 염색이 된 양털이 보송송한 앗쌤브리신품은 어디로 갔는지, 흰쌀에 뉘처럼 어쩌다 하나씩 보일 뿐이었다. 낡고 다 닳아 빠진 헌 중고품이 태반을 차지하고 있었다.

이것이 문제였다.

보급품 카드의 지급 날짜대로라면 15퍼센트에서 30퍼센트 정도가 아직 신품이어야 했다. 그러나 각 내무반의 모포 마모 상태 현황은 실로 한심한 상태가 아닐 수 없었다.

군용모포는 조직이 촘촘하고 양털 재질이 잘 닳지 않고 질겨서, 5개월에서 6개월 또는 7, 8개월까지는 사용을 해도 신품 상태가 유지 가능하다.

그렇지만 각 내부반이 보유한 신품 1등급 상태의 실제 모포 수량은 단 5퍼센트대를 넘지 못하고 있었다. 1년 반에서 2년, 3년을 사용한 2등급까지를 다 합해 보아야 채 30퍼센트를 채울 수 없는 상황이었다. 보송송하게 양털이 돋아올라 있어야 할 모포 바닥엔 가뭄에 메마른 논바닥처럼, 날실과 씨올 조직이 그대로 드러나 보이는 것들이 대부분이었다.

애초 모포가 상급부대에서 하급부대로 보급될 때부터 신품 정량 보급이 아니었다. 적당량의 2등급 품과 함께 지급된다. 불과 몇 장을 헤아리는 소량 지급의 경우, 차마 중고품을 섞지 못하고, 전량 신품이 지급되는 경우도 있었다.

상급부대뿐만이 아니고, 말단기구인 중대 공급실에서도 신품 모포는 요술을 부린다. 날개가 돋아서 부대 밖으로 사라진다. 뿐인가, 소대별 개인 지급이 끝나고도 며칠 지나면 귀신도 모르게 1등급 신품들이 사라진다. 다른 중대라고 다를 것이 없지만 제2중대의 경우, 수송부라는 특별 통로가 있어서 유별나게 신품 수량이 줄어드는 경향이 있는 것도 사실이었다.

부산 시내 국제시장, 남포동 뒷골목에는 중고 군수품들이 차고 넘쳐났다.

부대 내에서 볼 수 없는 신품들도 가득가득 쌓여 있었다. 주로 좀생이들을 상대하는 곳이 많았다. 크게 판을 벌이는 곳도 여러 곳이었다. 폐품수집소, 뒷문을 통해 나오는 물건들은 주로 추럭떼기였다.

재수가 없는 놈은 뒤로 자빠져도 코가 깨진다.

지금까지의 군수검열은 주안점이 수량 파악이었다. 군수품의 보관상태, 품질관리는 두 번째로 뒷전이었다. 인수因數 검열로 끝이었다.

가령 2종품 피복검열의 경우, 작업복 상의는 목을 감쌀 수 있는 깃과 양팔이 드나들 수 있는 어깨 공간 두 개가 달려 있으면 되는 것이다. 바지는 두 다리를 끼어넣을 수 있으면 되는 것이었다. 그 저고리와 바지의 착용 수명, 품질관리 보관상태는 덤으로 넘어가는 식이었다.

이렇게 각 부대별 군수품 보유현황 파악, 지급된 병참품의 수량 확인으로 모든 검열(조사, 감사, 검사)이 끝이었다. 상태관리는 대강대강 넘어가는 것이 지금까지의 관례였었다.

이번 육본 침구류 특별감찰 검열은 그것이 아니었다. 달랐다. 그와는 반대였다.

한성욱 상병은 혼쭐이 났다.

타성대로 인수를 채우고 수량을 끼워 맞추는 데만 온 신경을 다 썼다. 사실 보유 인수 끼워 맞추는 일도 쉬운 일은 아니었으니까 말이다.

인사계 표일두 상사도, 중대장 마삼풍 중위도 내나 똑같은 방책이었다.

육본 병참감실 소속, 대위 1명과 중위 1명이 직파 되었다. 2명의 검열관들은 미 육군 병참학교 출신들이었다. 어찌나 품질관리 보관상태만을 집중적으로 따지던지, 한성욱 상병의 등골에선 식은땀이 흘렀다. 꼼꼼하고 깐깐하기가 이를 데 없었다. 자갈치 뒷골목에서 현금 구입한 인수(수량) 채우기 작전은 완전 실패였다. 두 명의 검열관들은 미 육군 병참학교 출신답게 검열 잣대를 미 육군 병참검열 지침에 두고 있는 것 같았다.

공급계 한성욱 상병과 인사계 표일두 상사는 시말서를 제출해야 했다. 장교인 중대장은 근무평점을 고려해 빽을 썼는지, 인사카드에 기록으로 남지 않는 구두 경고 쪽으로 끝난 것 같은 눈치였다.

제2중대뿐만이 아니고, 이번 검열로 OBD 온 부대가, 본부 중대에서 여군 중대까지, 모두 온통 호된 몸살을 앓았다.

2

한성욱은 살 것 같았다.

2주일 만의 외출이 아닌가.

흡사 감옥살이에서 풀려난 것처럼 마음이 가볍다.

영 문 밖 푸른 하늘이 새삼스럽다. 영 내에서 보는 하늘과 영 밖에서 보는 하늘이 어쩌면 저렇게도 다른가. 대연동 뒷산 봉우리에 떠 있는 흰구름 몇 조각이 저렇게나 한가로운가.

아까, 부대 정문에서 외출 신고를 하다가 한성욱은 코피를 쏟았다.

외출 신고 첫마디 '단결'을 외치다가 그만 코피가 쏟아진 것이다. 새로 착용한 하복 카키색 상의에 검붉은 코핏자국이 느낌표처럼 얼룩이 졌다.

"아 새끼, 이번 검열에 영판 혼나 버렸구망 잉!"

옆을 걷는 민석구 녀석이 고소하다는 듯, 히죽히죽 웃어 댔다.

한성욱이랑이 정문을 빠져나온 뒤로도, 계속해서 외출병들이 무더기무더기 쏟아져 나오고 있었다.

그 수많은 외출병들이 모두 한가지로 새로운 여름 복장인 카키복 차림이었다. 미군들의 하복 차림과 똑같은 카키복의 행렬이었다.

카키색,

사실 한국인들에겐 낯선 색상이었다.

카키색 자체도 전혀 엉뚱하고 낯설거니와 그것이 의복으로서의 보편적 생활 색상으로 다가왔을 때, 한국인들은 더욱 생뚱맞고 낯선 것이었다.

제주도에선 의복에 검붉은 감물을 들여 입는다고는 하지만, 대부분의 육지 사람들은 갈색이나 밀색 옷이 여간 생소하기만 한 것이 아니었다.

마포나 삼베옷이 있기는 하다.

그러나 지금 OBD 외출병들이 착용하고 있는 저 카키색과는 전혀 거리가 다른 것이었다. 색의 질감이나 시각적인 느낌이 '카키'라는 이름만큼이나 낯설다. 카키색을 바라보는 느낌이나 카키색이 조성하는 분위기, 카키색이 자아내는 정서는 아무리 연결을 시도해도 우리네 색깔과는 다르다. 우리네 갈색, 다갈색, 황갈색과는 다르다.

억지로 끼워 맞추려면 미색米色이라는 것이 있기는 하다.

그렇지만 미색은 카키보다는 더 엷고, 더 부드러운 느낌의 색상이다. 그리고 미색이라는 색상은 매우 동양적인 것이어서 그 색상 형태를 어떤 틀에 꼭 끼워 맞출 수 없는 면이 있다. 어떤 때는 엷은 호박색을 미색이라고도 하는 것이다. 어쩌면 미색이라는 색상 표현은 절대적이 아니고, 상대적일 수도 있는 것이다. 여러 갈색 계통 색상의 부드럽고 엷은, 더 부드럽고 엷은 은은한 아름다움을 보고 미색이라 하는지도 모르는 것이다.

아무튼, 우리네의 색상 정서와는 현실적으로 너무 멀리 떨어져 있었다. 페르시아어 '흙먼지'에서 떨어져 나온 힌두어 카키는 말 뿌리의 국적만큼이나 멀고도 낯설었다.

한성욱은 저 낯설고 생소한 카키색의 행렬을 보면서 한편 놀라운 생각도 들었다. 어쩌면 저렇게 적응들을 잘하는 것일까.

한성욱 저 혼자만 한참을 뒷처진 느낌이었다. 주어진 여건에 발빠르게 적응하며, 그것을 자신의 일상으로 받아들이는 저 수많은 젊은이들…… 어정쩡하다가 항상 자신은 현실을 놓쳤다. 한발 늦은 젊은이였다.

카키색이건, 미색이건, 갈색이건, 아이보리건, 저 수많은 병사들은 아무 탈이 없었다. 적어도 그들은 씩씩해 보였다. 적어도 그들의 눈에는 낯설기만 한 카키색이 예부터 우리네와 친근한 미색이나 호박색으로라도 보이는 것일까.

공급계 한성욱이 6월 1일을 기해, 중대원들에게 지급한 카키색 하복은 거의 넝마에 가까운 중고품이었다.

각소대 연락병들이 지켜보는 가운데, 수령해 온 하복 빡스를 열었을 때, 모두 한숨을 내쉬었다. 퀴퀴한 냄새가 코를 찔렀다. 세탁이 덜된 옷가지들이 쑤세미처럼 아무렇게나 뒤엉켜 있었기 때문이었다. 62년도에 지급된 하복엔 신품이 단 한 벌도 없었다.

단 한 가지, 속옷으로 지급된 메리야쓰만은 전량 국산 신품이었다.

지금, OBD 정문을 쏟아져 나오는 외출병들의 복장은 산뜻하기 이를 데 없다. 공급계 한성욱이 나누어 준 넝마, 후줄근한 카키복 복장이 아니다.

어인 일일까?

한성욱은 속으로 감탄사를 연발하고 있었다.

대단한 젊은이들이었다.

한국군 지휘관들은 무無에서 유有를 창조하라고, 강조한다.

무에서 유를 창조하는 군대, 참으로 한국 군대는 위대한 면이 있었다. 헌 옷을 새 옷으로 만들고, 넝마 조각을 새 군복으로 바꾸어내는 그런 군대였다. 재주와 능력을 겸비한 군대, 안 되면 되게 하라는 역논리逆論理에 목을 매는 군대, 이 거대한 집단 속에 휩싸여, 저들과 한 덩어리가 되어 한성욱은 미끄러지듯 굴러가고 있었다. 그러나 제시간에 제대로 굴러가지 못하고, 억지로 끌려가는 고장 난 바퀴 신세였다.

한성욱 상병이 감탄하는 경이적인 한국 군대의 재주와 능력은 주둔군의 생태 풍속을 그대로 복습하는 데서부터 비롯되는 것 같았다.

부대 정문 앞엔 세탁소들이 즐비했다.

미군 부대가 주둔했을 때의 풍속도가 그대로 이어졌다.

서울의 용산 이태원 영등포 미군 부대 주변, 의정부 동두천 주둔군 지역, 부산의 하야리아 부대 주변의 풍속도를 그대로 옮겨 놓은 것처럼 빼어다 닮았다. 맥주로 탈색을 한 노랑머리 양공주들의 모습이 보이지 않는 것만 다를 뿐이었다. 부대 정문에서 합승과 빠쓰가 서는 다리거리까지 군복 세탁소들이 자리를 잡았다.

미군 부대가 자리를 옮길 때, 돈이 없어서 따라가지 못한 영세업자들이었다.

넝마에 풀을 먹이고, 다리미질을 해서 신품 군복을 만들고, 헌 옷을 새 옷으로 둔갑을 시키는 재주꾼들이었다. 아까 한성욱 상병이 찬탄을 아끼지 않았던, 한국 군대의 재주와 능력을 만들어 내는 요술 공장이기도 했다.

이뿐이 아니었다.

위장 신품, 넝마를 수선하고 헌 옷에 풀을 먹여 가짜 신품을 만들어 내는 것 말고도, 진짜 신품들을 이들은 얼마든지 내놓을 수 있는 능력의 소유자들이었다.

어중간한 중고품을 거꾸로 뒤집어 우라까이를 해서 새것으로 둔갑을 시키는 것 말고 말이다. 나프타린 냄새가 코끝을 찌르는 앗쌤브리 신품을 이들은 얼마든지 거래자가 요구하는 만큼 내놓을 수 있었다. 언제나 항상 충분량을 보유하고 있었다.

부대 앞에 늘어선 세탁소들의 역할과 기능은 비단 지금까지 말한 기능만으로 끝나는 것은 아니었다.

부대 내에서 흘러나오는 물건들이 은닉되거나 부정유출 즉시, 판매되는 중개지 역할을 하는 것은 이미 세상이 다 아는 것이다. 소량의 부정 군수 물짜가 즉시 현금화될 수 있는 곳이기도 했다.

그런가 하면 통신의 비밀이 잘 지켜지지 않는 군사우편 대신, 수많은 사병들의 개인 사서함 노릇을 해 주는 곳도 이곳이다. 영 문 출입이 자유롭지 못한 사병들의 이런저런 연락 사항이나 잔심부름을 대행해 주는 일도 있었다.

이런 일들을 맡아 주는 곳으로, 세탁소 사이 사이에 끼어 있는 잔술집들과 뒷골목 국수집, 막걸리집들도 있었다.

한성욱과 민석구는 이런 자질구레한 애로사항을 해결해 주는 중개지를 뒷골목 할매 혼자 사는 동동주집으로 정했다.

부대 정문에서 얼마 떨어지지 않은 곳으로, 판잣집들이 덕지덕지 이마를 맞대고 모여 있는 곳이었다. 거제도 뱃놈 맹사팔이의 아지트이기도 했다. 방 하나에 코딱지만 한 부엌이 붙어 있는 작은 하꼬방이었다.

아직 스무살이 덜된 딸 하나가 이따금 드나들었다.

시내 고무공장에 다니는데, 쉬는 날이면 어쩌다가 할머니한테 들른다는 것이다. 맹사팔이 녀석이 은근히 눈독을 들이고 있다는 소문이었다. 원래 공급계 사수 우상태 상병의 단골집이었는데, 고향이 같은 맹사팔이가 인계를 받은 곳이었다.

반백의 흰 머리칼이 절반은 다 빠져나가고 없었다. 밤톨만 한 쪽머리에 검정 뿔비녀를 꽂은 할매는 촌티가 찔찔 흘렀다.

술은 동동주를 팔았는데, 할매가 굴뚝처럼 생긴 배흘림 오지그릇에 손수 담근 술을 담은 것이었다. 간판도 없는 술집이었다. 아는 사람들만 찾아 왔다. 그것도 미리미리 부탁해야 한 독그릇 담갔다가 독그릇 채 내놓는 식이었다.

맹사팔이 녀석이 유난스레 '할매! 할매!' 하고 숨 가쁘게 불러대는 버릇이 있어서, 한성욱이 민석구랑도 덩달아서 '할매! 할매!'를 연발하며 술을 마셨다. 동동주 할매는 이들의 이런 응석을 '옹이야, 옹이야!' 하며, 항상 웃음으로 받아주었다.

할매의 동동주 솜씨는 대단했다.

할매가 빚은 오지그릇 동동주는 한번 마셔 본 사람이면 다 찬사를 아끼지 않았다. 할매가 빚은 술은 장삿속이 아니었다.

옛날 집에서 할배를 위해 빚던 그 솜씨 그대로 정성을 들였다. 찹쌀 꼬두밥에 잘 뜬 누룩을 배합하고, 따뜻한 아랫목에 이불을 덮어씌워 익기를 기다리는 것이다.

뽀글뽀글 괴어오르던 술이 잠잠하게 잘 삭은 후, 이것을 물을 붓지 않고 체에 받아 내어 누룩과 꼬두밥 찌꺼기를 걸러 낸다.

이 걸쭉한 탁배기를 다시 오지그릇에 앉히고, 두꺼운 이불로 오지그릇을 뚤뚤 말아서 묶어 놓는다. 이때에 탁배기 량에 따라서 적당량의 능금 조각, 생강, 유자나 귤껍질 등을 넣어서 후숙後熟을 시키는 것이다.

이렇게 두 번째 앉혀서 익힌 술을 체나 용수를 받쳐 떠내는 맑은 술이 할머니가 빚은 동동주다. 이런 속도 모르고, 맹사팔이 녀석과 한성욱들은 '할매동동주! 할매동동주!' 하며, 예사 동동주로 알고 퍼마셔 대는 것이다.

상식 없는 일이었다.

이들이 마셔대는 할매동동주는 조선 시대 반가班家에서 빚던 가양주, 도수가 꽤 높은 고급 청주清酒의 일종이었다. 할매동동주는 밥알이 둥둥 뜨는 1차 발효 술과는 술격酒格이 다른 일품청주였던 것이다.

깊은 속을 모르는 맹사팔이 한성욱들은 그저 술맛만 좋다고, 자주 담가 달라고, 많이 내놓으라고만 안달이었던 것이다. 보다 더 큰 항아리에 담아서 항상 술이 안 떨어지기만을 바랐던 것이다.

노리끼리한 술 빛깔 하며, 달보드레하게 입에 쩍쩍 달라붙는 술맛이 그저 그만이었다. 술에서 풍기는 향기, 무슨 냄새인지도 모르고 마셔대지만, 은은한 향그로움에 마음이 허공에 붕 떠오르는 기분이 들었던 것이다. 아무튼 무조껀 술맛이 좋았다. 기똥찬 술맛이었던 것이다.

이런 술맛을 볼 수 있는 것도 다 맹사팔이 덕택이었다.

맹사팔 상등병은 제2중대 수송부 소속이지만, 부대 식당에 파견된 부식 수령 차 운전병이었다.

업무 특성상, 하루에도 열두 번씩 부대 영 문을 들락거린다. 이것을 기화奇貨로 녀석은 팥섬에 생쥐 드나들듯 '할매요! 할매요!'를 연발하며, 할매 집 문턱을 무시로 드나드는 것이다.

맨손으로 드나드는 것이 아니고, 두부나 콩나물, 쇠고기 돼지갈비, 꽁치나 도루묵, 손에 잡히는 대로 가져다 던져 주고 가는 것이다.

맹사팔이 녀석은 성격이 화끈하고, 인정도 많고, 몸이 날렵해서 여간 행동이 빠르고, 부지런한 게 아니다. 이런 맹 상병이 동동주 할매 눈에는 여간 고맙고 기특한 것이 아니다. 따라서 그런 맹사팔이와 어울려 다니는 한성욱들이 얼마나 반갑고 귀여운지 모른다.

그래서 할매는 시간이 나고 몸이 가벼울 때, 이따금 솜씨를 내서 '동동주'를 담궜다가 독그릇 채로 내어놓는 것이다.

맹사팔이 녀석이 저 나름대로 할매한테 지극정성으로 공을 들이는 것은 크게 세 가지 이유가 있었다.

고향 선배인 전 공급계 사수 우상태 상병의 '좋은 할매니, 잘 모시라'는 당부가 있었다.

두 번째는, 한성욱을 비롯한 민석구, 여공탁이, 손만열이, 변태성이 같은 가까운 군대 친구들과 어울리는 영 문 밖 아지트이기 때문이다.

이런 이유 말고, 가장 중요한 사연 하나가 따로 있었다.

손녀 같은 할머니의 막내딸, 금숙이 때문이라는 것이다.

금숙이는 아직 스무 살이 채 안 된 애리애리(어리어리)한 단발머리 소녀였다.

목이 길고 다리가 쭉 곧아서, 키는 다 큰 처녀처럼 커 보였지만, 아직 어린 소녀티를 못 벗고 있었다. 눈이 크고, 눈썹이 유별나게 검게 짙어서 귀엽고 예뻐 보이는 소녀이긴 했다. 고무공장 일이 바빠서 어쩌다 쉬는 날이면 모습을 보였다.

이 소녀를 보는 맹사팔이의 눈에 콩깍지가 끼었다.

녀석은 제 마음을 숨기고 능칠 줄을 모른다. 꿍심을 감추고 버팅기는 힘이 있어야 하는데, 맹사팔이는 그러질 못한다. 그래서 노상 할머니한테 제 속내를 다 드러내 보이곤 하는 것이다.

그래도 동동주 할매는 알면서도 속는다고, 녀석의 속내가 얄밉지가 않은 것이다. 알고도 모르는 척, 이래도 옹이야 저래도 옹이야, 이제도 저제도 한결같다. 할매는 언제나 맹사팔이가 기특하고 고맙다.

"할매요. 할매! 전라도 알새끼 왔다 갔능교?"

아직 외출 시간이 좀 빠르다. 이걸 빤히 알면서 맹사팔이가 헐레벌떡 부엌문을 열고, 부러 고함부터 지른다.

".으응…… 아이다, 아직 안 왔다!"

맹사팔이 발자국 소리만 들어도 할매는 안다.

"옹이야 어서 오나, 맹상빙 니가 제일 먼저다. 아직 아무도 안 왔다……."

오늘은 토요일이다. 열두 시가 넘었으니, 점심을 서둘러 끝낸 외출병들이 곧 쏟아져 나올 것이다. 그래서 할머니는 얼레빗으로 애벌 머리를 빗다가 검정 뿔비녀를 입에 문 채, 덜커덩 미닫이 부엌문을 열었다.

"할매요, 가(그아) 오거덩, 이거 주이소. …… 그카고, 오늘은 내 바쁘다꼬. 부영극장 뒤, 닭갈비집에 말해 놓다꼬, 거서 저녁 먹으라카이소…… 앙! 알았는교?"

"어 이눔의 손아. 숨이나 쉬고 말로 해라! 부산극장 뒤라켔나?"

"어. 마…… 닭갈비집이락 카먼, 글마 다 압니더! 그카고, 내일 열두 시에 남포동 그늘다방에서 보작카이소……. 엉?"

발 빠르고 순발력 좋은 맹사팔이가 오늘같이 좋은 날씨에 제 볼 일 안 보고, 한성욱이 민석구 같은 빈 털털이 꽁생원들 데리고 시내 행차에 동참할 리가 있겠는가.

날씨가 너무 쾌청해서 마음이 싱숭생숭한 토요일 오후였다.

일주일 동안 꽁꽁 묶어 놓았던 젊은 활력을 시원하게 분출시킬 수 있는 기회의 밤이 맹사팔이를 기다리고 있었다. 이런 기분에, 그 꼰대 같은 얼라들과 어울리기엔 사실 너무 답답한 데가 있었다.

그렇다고는 해도 맹사팔이는 의리를 지켰다. 그냥 도망간 것이 아니었다.

최소한의 대책은 마련해 두고 있었다.

평소에도 명사팔이는 의리의 사나이였다.

'그래도 맹사팔이가 최고다'란 말을 듣는 것은 다 그럴만한 이유가 있다.

돈이 생기면 혼자 먹는 법이 없다.

MIS 근무 여공탁이도 주고, 중대 공급계 한성욱이도 준다. 1소대 연락병 손만열이도 주고, 이따금 수송부 수송병 변태성이도 준다.

여공탁이는 맹사팔이 제 끄나풀이고, 한성욱이는 저와 술배가 맞고 말이 통해서 준다는 것이다. 여공탁이가 제 끄나풀이란 말은 어지간히 맞는 말인지 모른다. 그렇지만 한성욱이와는 술배가 맞고, 말이 통해서 '술 자금'을 준다는 말은 생판 거짓말이다.

맹사팔이가 어떤 녀석인데…….

한성욱이는 중대 공급계다.

작업복이건, 야전 잠바건, 신품이 지급되는 날이면 어떻게 냄새를 맡는지, 어김없이 맹사팔이가 공급실에 나타난다. 다짜고짜 이유불문, 막무가내로 신품 한 벌을 집어 들고 들치기해 가는 녀석이 다름 아닌 맹사팔이인 것이다.

그러니까 맹사팔이 제 필요에 의해서, 통수를 다 재보고, 겐또(계산) 다 쳐보고, 술 자금을 배분해 주는 것이다.

여공탁이가 아무리 말발이 쎄고, 변태성이가 공갈 잘 치고 골목대장 곤조가 쎄다고 해도, 얼렁뚱땅 사람 등치고 간 빼 가는 데는 역시 맹사팔이다. 눈치 빠르고, 순간순간 머리 굴리는 데는 당해 낼 자가 없다.

수송 병과에서 잔뼈가 굵은 그 성질 깐깐한 수송관 허문수 중위도 맹사팔이의 머리 굴리기에는 두 손을 바짝 들었다는 것이다. 맹사팔이의 재주 놀음에 수송관 허문수 중위가 판판이 휘둘린다는 것이다.

점심시간을 제대로 지켜서 식사를 끝내고, 영 문을 나선 한성욱과 민석구는 닭 쫓던 강아지 신세가 되었다. 천하절경 태종대 구경에 자갈치 횟집 약속이 물거품이 된 것이다. 오늘 토요일 밤은 여관에서 잠자고, 부산극장 '돌아오지 않는 해병' 영화 관람도 맹사팔이와의 약속이었다.

한성욱 민석구뿐만이 아니고, 한발 늦게 부대를 나온 여공탁이, 손만열이, 변태성이도 똑같은 약속을 했다는 것이다.

꺼벙한 육군 쫄병 다섯 명이 맹사팔이의 약속 부도에 보기 좋게 한 방 먹은 것이다.

"맹 상빙이 오늘 바쁘다꼬, 아까 왔다 갔다. …… 마, 므신 일이 그리 바쁜고, 얼굴만 내밀고, 퍼떡 가삐렀다 고만. 한 상빙 니 주라꼬……."

동동주집 할매가 씨-가처럼 똘똘 말린 종이막대 하나를 건네주었다.

담배 가치보다는 더 길고, 굵기는 엄지손가락만 했다. 보나 마나 종이돈을 말은 것이다. 종이돈을 꾹꾹 눌러 말아서 종잇조각으로 싼 다음, 양쪽 끝을 눌러서 마무리한 것이다.

장난감으로 보이는 짤막한 종이막대다. 맹사팔이가 즐기는 돈 포장 깃법이다. 보기에 간편하고 휴대 보관이 편리해서 좋았다. 누가 보아도 스스럼없고, 금품을 건네는 것처럼 보이지 않아서 마음에 부담이 없어서 좋은 것이다.

맹사팔이가 입에 달고 다니는 한껀, 아무래도 녀석이 그 한껀을 한 모양이었다.

녀석은 화끈한 그의 성격대로 잔뜩 기대에 부풀게 했던 약속은 부도를 냈지만, 외출을 즐길 수 있는 술값은 내놓고 갔다.

맹사팔이는 부대 취사장 빽이 든든해서, 특별 메뉴 점심으로 시간을 땡겨서 식사를 했다. 한성욱들이 외출을 나오기 한발 앞서서 영 문을 나선 것이다. 미리 계산된 녀석의 머리 돌리기였다. 일부러 할매 집에 들려서 체면치레로 흔적을 남긴 것이다. 속이 빤히 들여다보이는 계산된 장난이었지만, 맹사팔이다운 애교를 부린 것이다.

할머니는 오지그릇 술 단지를 통째로 내놓았다.

삼 동서가 모이면 소 한 마리가 모자란다고, 술꾼 다섯 명이 모였으니 단지 하나쯤이 문제랴.

"야아... 쥑인다!"

맹사팔이놈, 쥑일 놈이라던 여공탁이 내뱉은 소리다.

"야, 통보리야! 말을 똑바로 해라! 기똥이 차다!"

손만열이 몸에 전율을 일으키는 시늉을 했다.

술맛이 입에 쩍쩍 들러붙었다.

할매동동주는 좁쌀 술처럼 약간 노리끼리한 색깔이 돌았는데, 산뜻하고 맑았다.

은은한 사과 향 밀감 냄새가 코끝을 자극했다.

잔을 떼고 나면 실낱같은 생강 냄새가 혀끝을 맴돌았다. 폐부를 시원하게 해주고 머릿속까지 맑게 해 주었다. 청신한 기운이 정신을 일깨워 주는 기분이 드는 것이었다.

손만열이는 '이 술맛에 내가 죽는다'고 했다.

'이 향기에 취해 한잠을 잤으면 싶다'는 것은 여공탁이의 찬사였다. 이 맛에 취해 '군대 말뚝(장기복무) 박을까 겁난다'가 민석구 놈의 푸념이고, 이어서 한성욱은 '나 장개 안 가고 이 술허고 살란다'였다.

결론은 변태성이가 내렸다. '이 술 못 먹어 본 새끼들은 죽을 자격도 없다!'고 비명을 질렀던 것이다.

3

자성대 앞바다가 내려다보이는 곳이다.

왼쪽으론 우암동 뱃머리가 보였다. 오른쪽엔 문현동 로타리가 발아래 있었다.

뒤쪽 등성이는 야산이었는데, 전쟁으로 피난민들의 판잣집들이 들어 서 있었다.

한성욱들이 찾은 곳은, 신발은 부엌칸 부뚜막 옆에 벗어 두고, 바로 방으로 들어가는 통하꼬방이었다.

울타리라고 막대기 하나 꽂을 곳도 없고, 마당이 길이고, 길이 곧 마당인 집이다. 뒤웅박 하나 걸어놓을 처마도 없고, 뒤꼍도 지푸라기 하나 들여놓을 헛간이나 툇마루도 없는 하꼬방이었다.

다행이라면 다른 산동네 하꼬방들에 비해 경사면에 쌓아 올린 축대가 그렇게 높지 않다는 것이다. 산이 비교적 가파르게 높지 않았기 때문이었다. 완만한 경사도에 따른 1미터 남짓의 축대를 쌓은 집들이었다. 집 규모가 작아서 축대 높이가 더 높아질 필요도 없는 면이 있기도 했다.

욕심낼 것도 없이, 우선 급한데 욕심낼 처지가 못 되어서 그냥 성냥갑만 한 하꼬방을 지은 것이다.

판잣쪽도 피목皮木 같은 걸 주어다가 상자처럼 네모를 만들고, 중간에 칸을 막아서 조금 큰 것은 방이 되고, 작은 것은 부엌이 되었다. 어쩌면 그렇게 판으로 찍어 낸 것 같은 고만고만한 하꼬방들이 제삿상의 대추 접시처럼 촘촘히 층을 이루었다.

멀리서 바라보면, 그 촘촘히 층을 이룬 하꼬방들이 높이높이 쌓아 올린 고층건물 같아서, 보는 이로 하여금 아슬아슬한 느낌을 주기도 했다. 또 어찌 보면 수많은 벌통을 쌓아 올린 것처럼 새로운 경향의 그림을 시도하는 전위화가의 추상화 같기도 했다.

전쟁의 상처는 어디를 가나 한성욱을 따라다니는 것 같았다.

부산은 6·25전쟁 때, 남쪽 땅에서 가장 안전한 곳이었다.

천하명당 안전지지安全之地요, 생명의 땅 길지吉地, 선택받은 백성들의 약속의 땅이기도 했다.

풍전등화와 같았던 남쪽 정부의 운명이 도쿄에 웅크리고 있던 맥아더의 명령일하命令一下에 기사회생의 기회를 잡은 것이다. 맥아더의 명령은 곧 아메리카 합중국의 세계 전략이었는데, 이승만 정권과 낙동강 사수 명령이었다.

이어서, 남쪽에 재진주하여 작전을 벌이던 미 8군사령관 워커와 미 제10군단장 알몬드가 앞장을 선 인천상륙작전이 감행되었다.

이로부터 교착상태에 빠진 지루한 전쟁은 3년여에 걸쳐 밀고 당기기를 계속하고 있었다. 그러는 동안, 부산 땅은 생명의 땅 구원救援의 복지福地였다.

사람들은 부산으로 부산으로 몰려들었다.

남부여대하고 부산으로 부산으로만 몰려든 것이다. 남쪽 땅에선 부산만이 유일한 살 곳이었던 것이다.

남쪽 백성들만 모여 든 것이 아니고 함경도, 평안도, 황해도에 살던 수많은 북녘 인민들도 부산으로 부산으로만 몰려들었다.

4283년(1950년) 10월 19일, 중국의 모택동 주석이 항미원조抗美援朝의 깃발을 높이 들었다. 세계평화를 위해 6·25전쟁에 참전을 결정하고 나선 것이다.

이로 인해, 이른바 UN의 탈을 쓴 미군과 영국군의 패퇴는 4284년(1951년) 1월 4일 사태를 몰고 왔다. 1·4후퇴로 알려진, 전 전선에 걸친 원거리 후퇴로 야기된 이 급박한 전쟁상황은 수많은 피난 행렬을 유발시켰다.

미 전략공군의 무차별 융단폭격으로 북쪽 전역은 초토화되었고, 이로 인한 주민들의 전쟁 공포는 극에 달한 상태에 있었다.

전쟁의 포화를 피해 남쪽으로 내려온 피난민들은 부산으로 부산으로 모두 모여들었다. 1·4후퇴로 인한 북쪽 피난민의 숫자는 수십만 명에 이르는 대집단이었다. 그러잖아도 포화상태에 있던 부산 땅은 어디 발 디딜 틈이 없을 정도로 초만원을 이루고 있었다.

반도 땅 8도 사람만이 모인 것이 아니었다.

이른바 UN참전 16개국 군대까지 몰려들어, 부산 땅은 가히 전 세계 인종 전시장을 방불케 했다.

전쟁의 참화로부터 목숨을 구할 수 있는 생명지지生命之地 부산 땅, 부산 땅이 이렇게 천하 명당, 길지吉地가 될 줄을 뉘 알았으랴.

세계 최강을 자랑하는 미국의 세계 지배, 아시아 전략의 요충, 극동 방위의 최전방 초소이고 교두보인 부산항, 지세地勢 빼어나고 지리地利에 뛰어난 것도 죄이런가? 몰려드는 사람 감당하기에 몸살을 앓았다.

행인지 불행인지, 부산항은 나라의 운명을 안고 땅, 강, 바다, 산천이 호된 홍역을 치러야 했다.

일본 제국주의에 의해 반도 땅과 대륙 침략의 전초기지였던 부산항, 지금은 얄궂게도 아메리카 제국주의의 극동초소, 쏘비에트연방과 중화인민공화국의 남하를 막는 교두보가 되었다.

이런 거대한 세계사적인 물굽이 앞에서, 부산항은 이승만 정부의 임시수도가 되었고, 전쟁을 피해서 몰려든 사람들의 우선 잠자리가 되었다.

오늘 한성욱들이 찾은 '문현동 쌍과부집'이 위치한 야산 언덕배기엔 풀 한 포기가 없었다. 벌집 같은 하꼬방들이 덕지덕지 붙어 있었다. 판잣집들로 덮여 있는 산언덕은 벗겨지고 뭉개져서 볼썽사납게 속살이 다 드러나 있었다.

포화에 땅 거죽이 찢기고 폭격에 웅덩이가 파인 전쟁의 상처 못지않게, 문현동 야산 판자촌 언덕배기 풍경도 뼈아픈 전쟁의 상처이고, 참혹한 전쟁이 남기고 간 상처의 흔적이 아닐 수 없었다.

무엇이든지 차고 넘치면 문제가 된다.

아무리 좋은 것도 적당량이어야 한다. 복福, 행운이란 좋은 것이고, 모든 사람들이 바라고 기원하는 것이지만, 분에 넘치면 재앙이 되고 해악이 되는 수가 있는 것이다.

하늘 아래 제일 어른뫼, 백두산이 동해를 거슬러 단숨에 삼천리를 뻗어 내렸다.

지구의 제일 큰 물바닥 한바다, 태평양 초입에서 반도 땅 끝마무리를 하는데, 둥글고 뭉툭하게 하는 것이 아니었다. 우주의 생성 원리, 생명 탄생의 이치에 따라 안전安全한 완전수完全數, 삼三을 형상화했다. 반도 땅 마무리 골격을, 천지天地 이치가 집약된 인체人體의 꼬리뼈(마무리) 형상처럼 세모를 각이 지게 만들었던 것이다.

그것이 백두의 큰 등허리뼈 척추의 끝마무리인데, 양산梁山의 천하명산 천성千聖(원효산), 정족鼎足(솥발산), 영취靈鷲(영축산) 삼봉三峰이요, 이것들이 동해에 발을 잠그는데 그 엄지발가락이 부산의 금정산金井山이다.

부산은 불뫼(火山), 불산, 불 솟을 산, 불 솟는 산이다.

금샘뫼(金井山)의 모악母嶽이 되는 천성산계千聖山系는 늦게까지 화산

활동이 계속되었다.

천성산 화엄벌의 도롱뇽 서식지 화엄늪과 솥발산(정족산) 식충식물 서식지 생태늪, 신불산(영취산) 정상의 길대늪 등은 일천 미터대의 산 정상에 위치한다. 이 모두가 활화산 분화구의 퇴적 활동으로 이루어진 생태늪들인 것이다. 비교적 늦게까지 용암이 솟아오르고, 화산재를 분출하는 화산활동이 있었다는 흔적들인 것이다.

중생대 백악기白堊紀 경상군층慶尙群層이 생성될 때였다.

격렬한 지각 변동으로 대보운동大寶運動이 일어나고, 경상퇴적분지慶尙堆積盆地가 나타난다. 영남의 고봉 준령들이 얼굴을 내밀고 신생대新生代 제4기를 맞는다.

이때, 지구 저편의 히말라야 알프스의 묏부리들도 키재기, 기지개를 켜기 시작하였다.

이것은 지구 뱃속에서 마그마가 분출할 적에 거리 간격을 잘못 조절하였기 때문이었다. 부산 사람들의 괄괄한 성질머리처럼 제 성질대로 마구 솟구쳤기 때문이었다.

산이 많고 숲이 울창했던 부산이었다.

중앙부에는 호랑이가 출몰하는 범내가 흘렀다.

동쪽으로는 수영강이 흘렀는데, 천성 연봉에서 발원한 물이 온천천과 철마분지의 물을 아울렀다.

보수천, 영주천, 가야천과 감천甘川은 서쪽 끝자락을 적시고 휘감아 흐른다. 백양산에서 시작한 물줄기는 부전천의 하류인 동천東川과 부전천의 작은 물줄기까지 다 받아서, 범일동을 지나 우암동 앞바다로 흘러드는 것이다.

땅 껍데기가 만들어질 때 부산 땅의 좌청룡은 장산이요, 우백호는 백양산이라.

북현무 금정뫼(투구봉)에 남주작 절령도라. 이에서 더 빼어난 명당이 어디 메고, 이에서 더한 안온지혈安溫之穴, 생명지지生命之地가 또 어디 메일 것인가?

이런 생명도생지生命圖生地, 천하 명당, 구국지혈求國之穴도 땅의 기氣가 넘치고, 혈穴이 범람하면 끝나는 법이다. 지혈地穴의 정기(灵氣영기)에도 제가 타고 난 만큼의 정해진 분수가 있는 것이다. 기운이 다 하거나 부정을 타면 혈이 성질을 부리거나 위액危厄을 가져다주기도 하는 것이다.

그렇기로서니 전쟁의 포화를 피해서 제 나라 제 땅, 제 동포 찾아온 북녘 사람들에게 성질을 부리거나 위액을 가져다줄 이치는 아닌 것이다.

사회사상, 정치이념을 놓고 좌니 우니 하는 것은 북녘에 태어났느냐, 남녘에 살고 있었느냐가 문제였다.

제 에미 뱃속에서 미리미리 공산주의 자본주의 공부 다 하고 나온 놈이 이 세상에 어디 있다는 말인가? 로스케 양코배기 털발들이 총을 들이대고, 남과 북으로, 좌와 우로 생짜로 갈라놓은 것이 아닌가?

북녘 사람들이 부산으로, 부산으로 몰려든 것만 해도 그렇다.

그 이유야 어디 한두 가지이겠는가.

다 그만두고라도, 미국 공군의 폭격 공포 하나만 해도 도저히 북녘 땅에선 살 수가 없었다.

미군 조종사들은 눈알이 파래선지 몰라도 군대 주둔지와 민간인 거주지역을 구별하지 못했다. 군사시설과 민간인 주거시설을 판별하지 못하고 있었다. 민간인들의 일상 활동과 전쟁을 위한 군대의 이동행렬을 구별할 줄도 몰랐다. 군복을 입고 무장을 갖춘 군인과 지게를 진 나무꾼 민간인도 구별을 못 했다.

무논에 나가 피를 뽑고, 벼 포기를 추스르는 농사꾼들을 보고도 기총소사를 감행하고, 콩밭을 매거나 옥수수밭을 돌보는 아낙네들을 향해선 기관포탄을 퍼부었다.

철도는 폭격을 맞아 중간이 끊긴 강철 레일이 허공을 향해 벌떡벌떡 일어서 있었다. 달리는 기차는 모조리 박살을 내었고, 역사驛舍는 남김없이 폭격을 맞아 불에 탔거나 앙상하게 뼈대만 남았다.

학교, 병원, 행정관청, 눈에 띄는 큰 건물은 가차 없이 폭격을 당했다.

평양을 비롯한 모든 도시들에는 미군 B29의 융단폭격이 감행되었다. 생산시설이건, 생활시설이건, 역사 문화시설, 문화재, 종교시설 할 것 없이 철저하게 박살을 냈다.

미군 폭격기 편대가 수십 대씩 몰려다니며, 가로세로 열을 맞추어 곤두박질치며 폭탄을 쏟아부었다. 이리 지나가며 폭탄을 쏟고, 저리 지나가며 폭탄을 내리 쏟아부었다.

밭갈이하듯, 베틀에서 베를 짜듯, 한 군데 빼놓은 데 없이 폭탄을 쏟아 도시 전체를 초토화했다. 개미 새끼 한 마리 빠져나가거나 살아날 길이 없었다.

무차별 폭격이었다.

완전무결한 초토화 작전이었다.

쓸 만한 도로들은 모두 파괴되어 소달구지 한 대 통행이 불가능했다. 도로 위에 움직이는 것은 개구리 한 마리도 놓치지 않았다. 군용차량은 물론 민간 화물자동차 한 대, 얼씬거릴 수가 없었다.

도로를 연결하는 하천 위의 교량들은 실개천에 놓인 작은 보행용 다리까지 다 파괴해버렸다.

밤이 되어도 호롱불조차 켤 수가 없었다.

여름밤 모기를 쫓는 모닥불도 가차 없이 폭격을 당했다. 함부로 담뱃불을 댕길 수도 없었다.

하늘에서 비행기 소리만 나면 사람들은 공포에 떨었다. 도통 일이 손에 잡히질 않았다. 도시에서의 어떤 생산활동도 아예 엄두조차 낼 수가 없었다. 산골에서의 농사일조차 목숨을 걸어야 했다. 들판에 나가 일을 하다가 기총소사에 죽는 사람이 허다했다. 흰옷 입은 사람 셋이만 모여서 일을 해도 네이팜탄燒夷彈이 떨어졌다. 땅 위에서 움직이는 모든 것들에게 불벼락을 내려 씌우는 것이다.

이러는 판국에, 겨울 들어 밀고 올라갔던 코쟁이들이 갑자기 쫓겨 내려오고 있었다. 중국 의용군이 동짓달 추위에 얼어붙은 압록강을 발 빠르게 건넜다는 것이다.

이 전쟁은 후방도 전선도 크게 구별되는 것이 없었다.

그러잖아도 파리 대가리만 한 나라 땅덩이를 남북으로 절반씩 두 쪽으로 갈라놓았으니, 좁아터져서 그런 면도 있었다. 그렇지만 이번 전쟁은 밀고 내려갔다가 또 밀려 올라오고, 밀려 올라왔다가 또 쫓겨 내려오는 판국이었다.

이런 전쟁 상황에서 전방 후방이 따로 있을 수 없었다.

비행기의 폭격은 더욱 그랬다. 칼에 찔리고 총을 맞아 죽으면 시체라도 온전하게 찾아 묻을 수 있었다. 그러나 폭격을 맞아 죽은 사람들은 몸뚱이를 제대로 수습할 수가 없었다. 팔다리 하나라도 찾아 묻으면 그것마저 천만다행이었다. 몸뚱이 전체가 흔적도 없이 사라지고 없는 경우가 많았다.

시골 동네에 네이팜탄이라도 떨어지는 날이면 삽시에 한 동네가 불바다가 되고, 동넷집들은 흔적도 없이 사라지고 잿더미만 남았다. 집 안에 남아 있던 사람들은 흡사 여름 복날, 개를 잡아 그을은 것처럼 불에 타 죽었다.

폭탄 중에서도 네이팜탄 불벼락이 제일 무서웠다. 불 부스러기가 몸을 덮치면 떼어 낼 수도 없었다. 얼른 죽는 것도 아니고, 기름불에 타서 죽는 고통을 어찌 다 형언할 수 있을 것인가.

사람들은 어쩔 수 없이 정든 고향을 뒤로하고 불벼락이 떨어지지 않는 곳, 악마 같은 B29의 폭격이 없는 곳, 미국 비행기가 폭탄을 쏟아붓지 않는 곳을 찾아 피난길을 떠나야 했다.

우선 사람이 살고 보아야 할 일이 아니던가?

미국 비행기는 엄청난 량의 폭탄을 북녘 강산에 마구 쏟아 퍼부었다.

제2차 세계대전 때 만들어 놓은 네이팜탄과 기관포 탄약이었다. 흡사 쓰레기를 버리듯, 논밭에 비료를 뿌리듯, 무차별적으로 반도 땅 북녘 강산을 초토화시켰다.

모든 것을 때려 부수고, 모든 것을 못 쓰게 만들고, 잿더미로 만들어서 사람이 살 수 없는 땅으로 만들어 버렸다. 아주 계획적으로, 과학적인 산법算法으로, 마음먹고 폭탄을 퍼부었다. 폭탄 저장고에 쌓아 두면 녹이 슬어서 못쓰게 된 물건들이었다. 그 폐기물을 조종사들의 폭격 훈련으로 사용하니 전투력 향상에 좋았고, 다시 신무기 제조하기 위해 군수공장 돌려서 좋았다.

북녘 인민들은 더 이상 고향 땅에 붙어살 수 없어서 폭격 없는 땅을 찾아 남쪽으로 남쪽으로 피난길에 올랐다. 결과는 생명의 땅을 찾아서 부산으로 부산으로 몰려들었다.

부산은 산이 가파르고 촘촘히 솟아서 예부터 사람들이 발붙이고 살 땅이 적었다.

그래서 일제가 동래부에 붙었던 부산포를 개발할 적에 산을 깎아 바다를 매립하는 데 주력했다.

가뜩이나 비좁은 땅에, 서울 사람들은 물론이고 남녘 각지에서 모여든 피난민들로 몸살을 앓는데, 폭격에 쫓긴 북녘 사람들까지 몰려들었으니 발 디딜 틈이 없었다.

부산 땅은 홍역을 앓었다.

사람이 많아서 땅거죽이 부대끼는 것은 그렇다 치지만, 부산 땅의 혼, 부산의 지령地靈이 몸살을 앓는 것은 근본적인 문제가 되었다.

부산의 겉과 속이 모두 열병을 앓게 된 것이다.

원래 이 땅 사람들은 판잣집을 짓지 않는다. 판잣집을 짓는 풍속이 없었다.

급하게 짓는 집일수록 통나무를 찍어다가 지었다. 통나무를 그대로 쌓아 올려 흙을 발라서 벽을 만들었다.

나무 원통을 쪼개거나 여러 개 판 쪼가리를 내어 집을 짓는 것은 왜인들의 풍속이었다.

조선 사람들은 통나무를 쪼개지 않고 원통으로 집을 지었다.

원통 통나무를 쪼개는 것은 상서롭지 못하다는 생각이었다. 판 쪼가리를 내어 하나하나 붙이는 것은 좀생이 짓, 밥배라 먹을 짓이라는 것이다. 길조吉兆 아닌 망조亡兆로 여겼던 것이다.

급할수록 통나무집이 격에 맞았다. 시간 절약은 물론이고 대강 지어도 튼튼해서 좋은 것이다. 울타리도 비록 싸리나무 울타리지만 참나무 소나무를 베어다가 튼튼한 통나무 울짱을 박았다.

판잣집의 원조는 일본인들이다. 그래서 이름도 하꼬방으로 알려졌다.

이처럼 낯선 이름, 낯선 모양의 하꼬방들이 너무 많이 들어섰다. 황소 등에 진드기 들러붙듯, 칠석날 저녁 옥수수수염에 풍뎅이 날아붙듯, 부산 땅 쓸만한 곳에 빈틈없이 판자촌이 자리를 잡았다.

손님 지나간 자리에 마맛자국처럼, 온통 부산 땅은 벌집 같은 하꼬방들로 얼룩이 졌다. 전쟁의 외상外傷이라기엔 너무 상처가 크고, 보기에 슬프고 흉했다.

부산 땅의 정령精靈 생명혈로서도 너무 벅차고 감당이 불감당이었다. 생각하면 기가 막혀 밤잠을 이룰 수가 없었다.

극악무도한 일제日帝로부터의 해방의 기쁨을 만끽하고, 그동안 36년 쇠약해진 정기精氣를 보강 회복하기 위해 부산 땅의 정령은 잠시 오륙도에서 몸을 쉬고 있었다. 로스케와 양키가 나라 허리에 금을 그은 것도 모르고, 태평양 큰물바다 출렁이는 모습에 미래의 나라 설계하고 호연지기浩然之氣를 키우고만 있었다.

그러다가 이승만이 가짜 녹음방송 틀어 놓고, 한강철교 폭파하는 소리에 놀라 돌아와 보니, 세상이 이렇게 엉망이 되었다. 세상이 변해도 유분수가 있고, 세상이 망해도 정도가 있지, 이렇게나 진창엉망으로 박죽뒤죽이 될 수 있다는 말인가.

김치 냄새, 동래 미나리, 기장 며르치, 자갈치 생선 비린내만 맡던 콧구멍이었다.

갑자기 빠다 냄새, 치즈, 커피, 양코 누린내가 코를 찔렀다. 쪽발이

게다짝 냄새가 쫓겨가고 조금 숨을 쉴까 싶었는데, 이건 산 넘어 산이었다. 용두산 산신령님도 콧구멍이 딱 막히고 콱 막혀서 숨을 쉴 수가 없게 되었다. 아무리 태평양 큰 바닷바람이 시원하게 불어와도 백약이 무효였다.

속 깊이 스며든 심화心火로, 부산 땅의 정령은 열불이 나고 속이 부글부글 끓었다.

견디다 견디다 못해서 숨을 한 번 크게 쉬어 밖으로 내뱉었는데, 이것이 어인 일인가. 시뻘건 불덩어리가 국제시장을 덮쳤다. 이어서 뿜겨져 나온 숨길에 애꿎은 고무공장에 불이 붙었다. 열여섯, 열일곱, 시집도 못 간 처녀들이 숯덩이가 되었다.

영도다리에 달만 뜨면 고향에 두고 온 부모 형제, 함경도 평안도 사람들의 눈물이 다리 난간을 적셨다.

사십 계단 층층대에 앉아 우는 피난 나그네는 날이 갈수록 수심이 깊고 초췌해 보였다.

범일동, 좌천동, 초량 동네 골목에선 태극기에 싸인 뼛가루 상자 받아들고, 늙은 부모 젊은 아낙들의 곡성이 높았다. 철의 삼각지, 화천, 철원, 김화, 백마고지 능선에서 잿가루가 되어 돌아오는 아들과 남편을 맞는 통곡성이 끊일 날이 없었다.

보수동 뒷골목, 영주동, 대신동, 영도 영선동 산복도로, 피난민촌 움막에선 배가 고픈 알라들 울음소리가 낭자했다. 중앙동 부산 본역, 12열차 떠난 역두, 연안부두, 전쟁포로 사연 오가는 거제도 뱃머리엔 떠나는 사람 만나는 사람, 기막힌 사연과 창자를 끊는 아픔이 어이 그리도 많았던가.

부산 땅은 온통 울음바다, 전쟁의 비극이 소용돌이치는 슬픔의 땅이 되었다.

그중에서도, 초량 택사스 골목을 울리는 조선 양갈보들의 비명은 지독히도 절망적이고 처량했다. 그것은 울음이 아니고 단말마의 절규였다.

아직 피지도 않은 열일곱 살 조선 가시내, 순이가 맞이한 첫 손님은 빠크샤 같은 껌둥이 미군이었다. 물건이 너무 컸다. 밑이 찢어져 죽을 것 같아서 울부짖었다.

두 번째로 맞이한 흰둥이 양키는 부지깽이처럼 길고 난폭했다. 너무 꼿꼿해서, 뱃속을 뚫고 목구멍으로 올라올 것 같아서 지른 비명이었다.

반도 땅 어디를 가도 전쟁의 상처 통한의 슬픈 곡성 안 들리는 곳이 있으랴만, 유독 부산 땅은 전쟁의 무거운 짐을 통째로 지고, 목에 숨이 차서 헐떡거리는 형국이 되었다.

문현동 쌍과부집은 찢기고 할퀸 그 전쟁의 상처 한복판에 자리하고 있었다.

아까 할매 집에서 동동주를 마셨던 다섯 명의 육군 쫄병이 그대로 자리를 옮긴 것이다. 궁뎅이 큰 놈 민석구, 충청도 아버지바우 손만열이, 강원도 비탈보지 변태성, 그리고 한성욱 전라도 알새끼, 함안 통보리 여공탁이…….

보통 이들은 두 팀 아니면 한 팀이 되어 움직이는 일이 많았다. 두 팀일 경우 한성욱, 손만열이, 민석구가 어울리고, 맹사팔이는 여공탁이 변태성이와 함께 행동했다.

한 팀이 되어 술판을 벌일 경우, 오늘 저 혼자서 잔재미를 보기 위해 토낀(빵소니친) 맹사팔이가 포함된 여섯 명이었다.

항상 맹사팔이와 붙어다니던 여공탁이가 오늘 낙동강 오리알 신세가 되었다. 자존심이 보통 상하는 일이 아니었지만, 어쩔 수 없이 한성욱이한테 붙은 것이다.

입소문이 쫘— 하게 퍼진 '문현동 쌍과부집'을 이들이 찾은 것은 오후 4시가 넘은 시간이었다. 술꾼들이 이 쌍과부집에 별난 호기심을 갖는 것은 술맛이나 안주 인심보다는 '일본 과부집'으로 더 잘 알려져 있기 때문인 것 같았다.

쌍과부란 말도 흥미가 있었지만, 일본 과부란 말에 더 많은 흥미를 느끼는 것 같기도 했다.

쾌청한 6월 초의 날씨, 만물이 왕성한 생명력을 가지고, 여름의 절정을 향해 신발 끈을 조이기 시작하는 계절의 초입이었다. 모든 것들은 싱싱하고, 바야흐로 의욕이 넘쳤다. 앞날이 창창했다.

천하명주天下名酒, 할매동동주를 한 잔 아니고 항아리째 퍼마신 판이라, 한성욱들은 제법 취기가 도도했다.

이들은 거칠 것이 없었다. 술판의 주역, 맹사팔이가 빠지긴 했어도 사람이 다섯 명이 아닌가. 웃통을 벗어제치고 기세 좋게 한판을 벌린 것이다. 그 유명한 문현동 쌍과부집답잖게 마침 오늘은 다른 술꾼들이 없었다. OBD 쫄병 다섯 명이 명성 높은 문현동 쌍과부집 전체를 통째로 전세를 낸 셈이 되었다.

아무튼, 다른 술패가 없는 것은 행운(?)을 잡은 것이다. 어찌 된 영문인지 알 수 없는 일이었다. 이 화창한 날, 토요일 오후인데 다른 군인 술패들이 안 보이다니…….

들던 대로 여자가 두 명이었다.

소문대로 이들에게 서방이 없다면 쌍과부가 맞다.

언니 과부는 세상 때가 조금 묻고, 세상 풍상에 한풀 기가 꺾인 모습이었다. 반면, 동그스럼한 얼굴에 살이 오르고 밝은 표정의 동생 과부는 술집여자답잖게 약간의 귀티가 흘렀다.

언니는 확실하게 서른 고개를 넘은 것 같았고, 이쪽저쪽 서른 고개를 넘나들게 보이는 동생 과부는 아직 애띤 데가 남아 있었다.

둘이의 공통점은 옷차림이건 분위기건, 술을 파는 여자들과는 좀 다른 데가 있었다.

얼굴에도 분가루를 묻힌 흔적이 없었다.

"오늘 날씨 너무 좋아가, 배 타고 놀래 갔음마, 좋겠구마……."

어딘지 말씨가 좀 이상했다.

"오늘 마, 군인들은 다 얼굴마, 잘 생겼구마!"

언니 과부도, 동생 과부도 제대로 혀가 돌지 않았다. 귀에 선 혀 짧은 소리였다.

그래서 아마 '일본 과부집'이라 하는 것 같았다. 일본에서 한국 나온 지가 오래되지 않았다는 소문이었는데, 진짜 일본 태생의 여자들일까? 아니면 조선 여자들이 일본에서 살다가 나온 것일까?

그렇게 보여선지는 몰라도 말씨, 앉음새, 잔에 술을 따르는 모양새가 유별났다. 친절하고 애교 넘치는 절도가 있었다. 어딘지 모르게 조선 여자들과는 다른 분위기를 풍겼다.

철조망 안에서의 단조로움, 쫄병 생활에 찌들어버린 젊음, 언제나 세상 풍정에 목이 말랐다. 사춘기에는 말똥만 굴러가도 웃는다는데, '쌍과부집' '일본 과부집'이란 이름만으로도 한성욱들의 입맛을 충분히 자극했다. 여기에 쌍과부들이 풍기는 색다른 분위기까지 겹쳤으니 더 말할 것이 없었다.

할매동동주와 이 집 술맛은 비교가 안 되는 것이었지만, 쌍과부집의 거친 술맛도 OBD 쫄병 다섯 명의 입맛엔 달고 단 맛이었다.

"자아, 한 잔 찌클자!"

싱싱한 동래 생미나리에 정구지(부추) 찌짐 접시가 푸짐하다.

술맛은 꿀맛이었다.

4

"씨이팔, 일본이노 노래노, 한 번이노 볼러 보시지?"

변태성이다. 골목대장 곤조가 나오기 시작하는 것 같았다. 변태성이가 한잔 됐다.

"야이, 씨발놈아! 일본이노 노래노가 뭐꼬? 문디새끼, 쪽발이노가 너거 사촌이가?"

여공탁이가 한마디 안 할 리가 있겠는가.

오늘 비록, 맹사팔이놈한테 한 방 먹긴 했지만, 한 번 실패는 병가지상사兵家常事라 않던가. 바람 한번 맞았다고 기가 죽을 여공탁이가 아닌 것이다.

"히카리(빨리)노 불러 보드라고 잉! 쪼이나 쪼이!"

제물에 흥에 겨운 민석구가 젓가락 장단으로 상 모서리를 두드리고 나섰다.

"아 았따, 좆까는 새끼들…… 안주가 다 됐구망, 안주가 있어야 노래가 나오제 잉!"

술을 맛있게 마시기는 한성욱이 최고다. 목마른 놈이 냉수 사발 비워 내듯 술잔을 들이켰다.

“이 새끼, 이거…… 술 많이 처먹는 척하기는? 안주는 지가 다 처먹고는…….”

손만열이가 부러 한성욱이를 걸고 늘어졌다.

“언니야, 안주 많이 가져오라! 안주 안 먹을라카거등, 술은 좆 빨라꼬 묵나 앙? 매상 올려야 노래가 나오제 앙! 앙글라?”

여공탁이 평소 실속 차리기 좋아하는 손만열이를 보고 한방 되게 먹인다.

“옳은 말씸이여. 씨벌 먹을 때는 먹고 보드라고 잉!”

젓가락 두드리던 민석구가, 여공탁이가 제 마음에 쏙 드는 말을 했다는 듯 장단을 맞춰준다.

“자아, 한잔 찌클장께! 만열아, 태성아…….”

한성욱이가 철철 넘치는 잔을 높이 들었다.

“자, 자…… 끗발 없는 우리 OBD 쫄병들, 다 같이 브라보!”

곤조통으로 유명한 변태성이가 불쑥 고함을 질렀다.

“아, 새끼. 거…….”

어이없다는 듯, 변태성이를 바라보던 여공탁이가 소리쳤다.

“쫄병이라꼬, 입이 없나, 코가 없나, 물건이 없나? …… 쫄병들의 젊음을 위해서, 브라보!”

“브라보!!”

술 사발 부딪치는 소리가, 짤그락! 짤그락! 꽤나 요란스럽다.

“안주 왔음마…….”

언니 과부가 솜씨를 낸 파적 찌짐에, 연탄불에 그을은 노가리 새끼가 상바닥에 가득했다. 싱싱한 동래 생미나리도 한 사라 가득, 덤으로 들어왔다.

“좋치로, 이제사 뭣이 좀 돌아가는 것 같다. 문현동 쌍과부집이 이래서 좋다는 거다. 내사 마, 맹사팔이 술 이제 그만 먹는다. 이 판(床상)부터…… 내가 한잔 산다!”

“와아…… 역시 여공탁이다!”

“와아…… 역시 여공탁이다!”

여공탁이의 화끈한 기마이에, 술판은 새로 불이 붙었다.

곤나니 와카레가 구루시이 모노나라
(이렇게 이별이 괴로운 것이라면)
니도또 고이나도 사타쿠와 나이와
(두 번 다시 사랑일랑 하고 싶지 않아요)
와스레 라레나이 아노 히또 다케도
(잊을 수 없는 그 사람이지만)
와카레냐 나라나이 온나노 이지나노
(헤어지지 않으면 안 되는 여자의 마음이예요)

간드러진 언니 과부의 일본 노래가 끝나고, 2절은 동생 과부가 이어받았다.

니도또 아우마이 와카레타 히토니
(두 번 다시 만나지 말자고 헤어진 사람과)
아에바 미렌노 나미다오 사소우
(만나면 미련의 눈물을 흘리게 해요)

요까제 쓰메타쿠 마부다니 시미데
(밤 바람 차갑게 눈가에 스치고)
온나 고꼬로와 하까나꾸 가나시이
(여자 마음은 덧없고 슬퍼요)

역시 일본인 특유의 코맹맹이 소리, 귀맛이 다른 일본 노래에 젓가락 장단이 성화가 났다. 따라서 술상 모서리도 결딴이 났다.

뽕짝은 일본이 원조라지만 사람들의 생각, 느끼는 감정 정서는 조선과 비슷했다. 좁은 바다 하나를 사이에 두고 예부터 서로 교류가 많아선진 모르지만, 보편적으로 구슬프고 멜랑꼴리한 것을 공통으로 좋아하는 것 같았다.

서울에서 생각하는 왜색倭色 왜풍倭風과 부산에서 느끼는 왜색 왜풍은 사뭇 다르다. 부산에서 느끼는 왜색문화 왜풍은 너무 구체적이고 직접적이다. 관념적이고 이성적理性的인 개념이 아니고, 실생활과 결부된 절실하고도 필요한 감정교류에 가까운 것이었다.

부산 앞바다에서 고개를 들고 바라다보면, 대마도가 보이듯이, 부산서 밤잠 자고 아침에 눈 뜨면 맞닥뜨리는 것이 왜색 왜풍이었다.

간단한 문제는 아닌 것 같았다.

OBD 쫄병들의 오늘 외출은 즐거웠다.

유쾌했다.

비록 맹사팔이의 바람맞추기는 있었지만 성공적이었다.

이들의 유쾌한 젊음 타령은 해가 지도록 계속되었다. OBD 쫄병 다섯 명이 두들겨 대는 젓가락 장단 소리만큼이나 요란스럽고 호기가 있었다.

해가 지고 나서, 이들은 두 패로 갈리었다.

손만열이, 변태성이, 여공탁이가 자리를 떴다.

여공탁이 변태성이는 몰라도, 손만열이가 왜 자리를 떴는지는 알 수가 없다. 어쩜 여공탁이 녀석의 장난인지 모른다. 곤조 사나운 변태성이를 오늘 떼어 놓아야 할 사정이 있는지 알 수 없는 일이다.

맹사팔이 단수가 보통 단수인가.

만날 입에 달고 다니는 '한껀'을 하기는 한 모양인데, 그놈의 '한껀'의 무게와 부피가 얼마나 큰 건지, 주먹만 한 건지, 바윗덩어리만 한 건지, 알 수 없는 노릇이었다.

그러므로 맹사팔이가 큰 껀을 하고도, 제 욕심 채우느라 오늘 바람을 맞춘 건지, 아니면 이번 껀수가 너무 규모가 작아서, 쫄병 다섯 명을 다 데리고 다니기엔 너무 짐이 컸는지는 아무도 모른다.

그러나 녀석의 말을 완전히 다 믿을 수는 없는 일이다. 거제도 뱃놈 맹사팔이 단수가 원체 높기 때문이었다.

여공탁이가 손만열이를 달고 나간 것은 손만열에게 변태성이를 붙여 두고, 저는 맹사팔이의 사전 약속을 지키기 위한 장난이었을 가능성이 높다. 몸살이 나게 같이 붙어 다니던 여공탁이를 홀로 떼어놓고, 오늘 바람을 맞게 한 것은 미리 계획된 두 사람의 사전 약속에 의한 고단수 작전일 수 있는 것이다.

그것은 한성욱들에 대한 체면 닦음을 위한, 가장 완벽한 이중 플레이가 되는 것이다.

가장 가벼운 비용(돈막대 하나를 던져놓고)으로, 가장 큰 신뢰와 친밀감을 갖게 하는 최상의 수법을 택한 것이다.

손만열이와 변태성이는 이 시간 남포동이나 광복동 거리를 지나가는 아가씨들을 붙잡고 말 걸기를 하며, 희희덕거리고 있을 확률이 높았다.

아니면 한잔 걸친 김에 텍사스 골목에 몸 풀러 갔을 수도 있었다. 그렇지만 텍사스 골목은 양키들이 많고 양갈보들은 가격이 비싸다. 그들 주머니 사정으로 보아 완월동 똥치 골목이나 본역 뒷골목을 어슬렁거리고 있을 것이 거의 확실했다.

오늘 여공탁이가 쌍과부집에서, 나중에 벌인 술판 하나를 화끈하게 부담했다. 만약 그 기마이가 진심이었다면 그는 친척 집에 갔을 가능성이 높았다. 여공탁이는 부산 바닥에 친척들이 많았다.

하지만 여공탁이는 지금쯤, 맹사팔이와 함께 부영극장 뒤 닭갈비집에 있을 것이 뻔했다.

맹사팔이가 한성욱에게 '종이막대'를 주면서 저녁을 닭갈비집에서 먹자는 것이 아니었다. 거기서 만나자는 것이 아니고, 말을 해 둘 터이니 와서 먹으라는 것이었다.

그러니 한성욱더러 알아들으라는 신호일 수 있었다. 종이막대의 부피로 보아, 이미 한성욱은 충분히 그 뜻을 간파할 수 있었다.

더 확실한 것은, 만약 저녁을 확실하게 닭갈비집에서 먹게 할 것이었으면 여공탁이가 절대로 손만열이, 변태성이와 함께 술자리를 먼저 뜨지 않았을 것이 아닌가.

아무튼 재미있는 녀석들이다.

맹사팔이 녀석, 빨가벗고도 탱자나무 가시 울타리 밑을 삼십 리는 더 기어가고도 남을 녀석이다.

맹사팔이의 단골 술집, 남포동 부영극장 뒤 문제의 닭갈비집은 그 희귀성 특이성 때문에 유명했다. 큰 요릿집도 아닌데, 일반 술집이

네온싸인 간판을 걸고 성업 중이었다.

'닭갈비'란 남녘 음식이 아니었다.

남쪽 사람들은 닭고기를 삶아 먹지, 구워 먹는 풍속이 아니었다. 개고기를 불고기로 먹지 않고 탕으로 먹는 습관과 같았다.

그래선지 '닭불고기'란 네온싸인 간판이 술꾼들의 호기심을 자극하기에 충분한 효과가 있었다.

한성욱 자신도 맹사팔이를 따라갔다가 닭불고기의 특이성, 희귀성 때문에 호기심이 크게 동했다. 맹사팔이의 고향 거제에는 포로수용소가 있어서 일찍부터 북녘 음식에 익숙했지만, 한성욱은 생전 처음 먹어보는 음식이었다. 그렇지만 첫입부터 맛이 있었다.

강원도 북부와 함경도 일부에서 즐기는 음식이라고 했다. 그러니까 전쟁으로 피난민들이 몰려와서 손에 익은 고향 음식을 팔다 보니, 의외로 좋은 반응을 얻게 된 것이었다. 부산에서는 단 한 군데뿐이었다.

한성욱도 서울에서 닭불고기(닭갈비) 간판을 본 기억이 없었다.

손만열이, 여공탁이, 변태성이가 떠난 뒤로도 민석구와 한성욱은 술상에 그대로 붙어 있었다.

고소하고, 달콤하고, 혀끝에 부드러운 닭불고기 맛이 매력적이 아닌 건 아니었다. 동래 생미나리, 연탄불에 구운 노가리 맛 또한 그런대로 마음을 끄는 데가 있었다. 문현동 쌍과부집의 정구지 찌짐, 찌글찌글 부쳐나오는 파전 냄새도 술맛을 더했다.

보통 때, 왜놈 쪽발이 말만 들어도 비늘이 서는 경향이 있었지만, 하꼬방 동네 막걸리판에서 듣는 혀 짧은 소리는 어쩐지 좀 그랬다. 숫기가 없는 쌍과부들의 사람 인심도, 여느 우리네 잔술집 주모 인심을 많이 닮았다.

"일본의 여자들으요, 어머니, 아내, 여자로으 위치, 다 지키러 노력 해요. 많이 노력 해요……."

동생 과부의 말이다.

아까 초저녁에, 언니 과부가 국수를 삶아서 대강 저녁을 때웠다.

지금 술상은 자리끼를 겸한 가벼운 대화의 술상이었다. 어떻게 보았는지, 한성욱과 민석구를 나쁘게 본 것 같지는 않았다.

술을 기대 이상으로 많이 팔아 주어서였는지 모른다. 이제 겨우 땟국을 벗은 상등병, 술판 등급으로는 그야말로 새카만 쫄병이었다. 그렇지만 이들에게서 행정병 냄새를 맡았는지 모른다.

보잘것없는 잔술집이라고 해서 술 몇 잔 팔아 줬다고, 아무나 잠을 자라고 방을 내주진 않는다. 더구나 이 집은 여자 두 사람에 코딱지만 한 단칸방이었다. 또 이들은 처음 찾아온 초면 손님이었다.

그런데도 이 집 쌍과부들은 한성욱과 민석구, 두 군인 쫄따구들을 붙잡고 이야기판을 벌이고 있었다. 통행 금지 시간이 가까워져 오는데 별로 신경을 쓰는 눈치가 아니었다.

또 하나 재미있는 것은, 낮에는 군인 쫄병들이 억수로 술을 퍼마셨는데, 밤 시간이 깊어지자, 술집 여주인들이 술을 더 많이 마셨다. 장사가 끝난 밤, 낮에 쌓인 긴장을 다 풀어버리고픈 심정인 것 같았다.

"일본으 동네 마을으, 공동 모요탕 있으요. 남자 여자…… 그래도 일본으 여자, 한번 결혼…… 그 남자 지켜요. 결혼 전으 정조는 잘 안 지켜요."

일본 풍속에 궁금해하는 한성욱의 물음에 대한 언니 과부의 서툰 대답이었다.

"씨발 그러면, 결혼 전에는 아무 놈하고나 붙나?"

남자 여자가 같이 빨가벗고, 동네 공동탕에서 목욕을 한다는 말에 놀란 민석구가, 일본인들의 야만적인 성 풍속을 경멸하는 눈빛을 했다.

"결혼 전 연애 자유로 해요, 조선으 여자보다 많이, 자유요 자유……."

"그러먼 일본 가시내는 개보지다, 개보지!"

겉으로는 욕을 하면서도 속으로는 재미가 있어서, 민석구 녀석 싱글벙글이다.

"그래도, 한번 결혼하므, 남편에 잘하고, 정조 지켜요."

"그것이 무슨 정조고? 빈껍데기 구멍만 들고 시집 가는디……."

한성욱이 일부러 야하게 한마디 했다. 한성욱도 역시, 일인들의 성 풍속에 여간 재미를 느끼는 것이 아니었다.

"호,호 아니라요. 아니…… 일본으 여자 남편에 잘해요. 잘해!"

조바심이 난 동생 과부가 웃음보를 터뜨렸다. 그리고 손사래를 치면서 한성욱의 말을 황급하게 가로막았다.

"일본으 여자, 남편으 종이요, 남편은 주인님……"

언니 과부가 두 손으로 떠받드는 시늉을 했다. 남편을 깍듯이 존경한다는 뜻인 것 같았다.

"처녀 때, 아랫도리를 아무 데나 내돌렸응께로, 아 당연한 일이제잉!"

여자 경험이 많은 민석구는 기혼자라, 아주 음풍스런 눈으로 언니 과부를 훔쳐보고 있었다.

"아, 그 말이 맞고 말고. …… 본래 일본 여자들은 정조 관념이 없는 편이지, 이불 쪼각 하나를 등 뒤에 짊어지고 다니는 것이, 기모노 차림이여. 소나무 아래건 바우 밑이건, 밭언덕이나 들판 숲속이건, 아무 데서나 이불 쪼각 하나 깔고, 붙는 것이 일본 풍속이여. …… 아 그렇께 왜놈들 성을 보면, 마쓰모도(松本), 오까모도(岡本), 이와모도(岩本), 다나까(田中), 요시다(吉田), 하야시(林)… 모조리 다 그 꼴이거덩!"

"……."

"……."

한성욱의 긴 설명에 두 여자는 어안이 벙벙해진 표정이었다.

"일본 여자들은 옛날부터 속옷이 없었어. …… 길 가다가 남자 만나면 벌렁 나자빠져서, 훌러덩 기모노 걷어 올리면 일 되는 것이여! …… 사무라이 칼잡이 놀음에, 절대적으로 숫컷이 모자랐던 것이제. 절대적으로 씨종자 보충이 시급했던 것이제 잉!"

"호호! 아니, 아니…… 일본으 여자 다 안 그래, 정조 있어, 정조……."

안달이 난 동생 과부의 변명이다.

"속옷으 없어. 응 맞어…… 일본으 옛날 풍속 속옷으 없어!"

언니 과부가 웃음을 참고 솔직하게 이실직고했다.

오래전에, 도꾜 도심의 큰 백화점에 불이 났던 적이 있었다.

기모노 차림의 처녀 점원들이 옥상에서 뛰어내리지 못하고 있었다. 구조대원들이 깔 것 깔고 이불 등속을 받치고 있었으나, 뛰어내리지 못하고 불에 타 죽었다.

이후부터 일본 여자들도 속옷을 입기 시작한 것이다.

"조선으 여자, 옛날으 속옷 있었으요?"

"아먼, 있고 말고…… 속속곳, 단속곳 고쟁이, 바지를 겹겹이 갖춰 입었지. 가난한 오막살이 아짐씨도 고쟁이만은 꼭꼭 입고 살았

제…….”

“호호…… 고오재이?”

“그래, 고쟁이, 아 참 부산말로는 꼬장중의, 이렇게 가리쟁이 앞뒤가 터진 것.”

“호호홋 꼬장중의, 우리 어므니 입어…… 우리 어므니 입어!”

한성욱이 벌떡 일어서서 가리장이 앞뒤 터진 것을 손시늉으로 가리키는 바람에, 언니 동생, 쌍과부들의 참았던 웃음보가 터졌다.

아마, 그들의 조선 출신 어머니가 입고 지냈던 꼬장중의의 우스꽝스런 모습이 연상되었는지 모른다.

때아닌 고쟁이 이야기가 나오자, 이들의 이야기 판에 활기가 넘쳤다.

민속 공부를 하는 한성욱은 물론 의뭉스런 기혼자 민석구놈, 언니 동생 쌍과부들까지, 모두 웃음보가 터졌다.

고쟁이야말로 조선옷 중에서 가장 뛰어난 최고의 옷이다.

편이성과 기능성이 이 세상에서 제일가는 옷이다.

한성욱은 전 세계 수많은 종족들의 의상 중에서, 매우 독특한 옷 모양을 가진 고쟁이를 민속 의상으로서의 익살스런 기능만을 생각하고 있었다.

반면 민석구는 기혼자로서, 생활현장의 성생활에서 고쟁이의 구체적인 쓰임을 떠올렸던 것이다.

민석구의 고쟁이관은 한성욱의 피상적인 것과는 비교가 안 되게 구체적이고 현장감이 넘치는 것이었다.

조선의 기후, 주택구조, 대가족제도에 꼭 알맞은 의복이었다.

세상에 이렇게도 기후환경, 사회풍속, 주거 조껀, 가족생활에 너무 알맞게 안성맞춤으로 만들어진 의복이 또 어디 있을까. 조선인들의 가족생활에 꼭 들어맞게 한 치의 오차도 없이, 자로 잰 듯이 맞춤으로 만들어진 옷인 것이다.

천하 명품, 꼬장중의야말로 인간이 신神의 재주를 타고 났거나, 신의 재주를 훔쳐냈거나 둘 중 하나인 것이다. 이 꼬장중의야말로 착하고 정직한 조선 사람들에게 하늘이 내린 커다란 은혜요, 고마운 선물이었다.

기가 차게 오묘한 편이성을 가진 옷 모양새 말이다. 옷 디자인이 그렇다는 것이다.

얼마나 오묘하고 편이한지에 대한 민석구의 얘기이다.

죽살창문 문풍지가 울어 대는 밤.

뒤껕 늙은 감나무에서 부엉이가 울었다. 섣달 큰애기 개밥 퍼주듯, 함박눈이 하염없이 쏟아져 내리고 있었다.

초가삼간 오막살이 단칸방에 열두 식구가 잠이 들었다.

고작해봐야 손바닥만 한 이불 두 채에, 온 식구가 웅송크리고 옷을 입은 채 잠이 든 것이다.

맨 앞 창문 곁엔 시아버지, 시어머니, 그리고 장가 안 간 시동생이 누웠다.

다음으로, 방 중간에 아들 셋, 딸 셋, 6남매가 자리를 잡았다.

뒤껕 봉창 아래 벽을 등지고, 이 집 가장인 남편이 눕고, 일곱째 젖먹이를 사이에 두고, 아내가 댕기 머리 큰딸 곁에 누웠다.

얼마나 밤이 깊었을까.

눈보라가 봉창 때리는 소리에, 잠이 깬 남편이 코 고는 소리를 멈추고, 몸을 뒤척이는 눈치였다.

아내는 벌써 잠이 깨어 있었다. 초저녁잠이 많아서, 일찍 한잠 자고 나면 깊은 잠이 오지 않는 버릇이 있었다. 닭이 두 홰를 칠 무렵엔, 남편이 자신의 몸을 더듬는 버릇이 있어서 그러는지도 모른다.

코골이를 그친 남편의 손길이 젖먹이 몸 위로 아내의 몸을 더듬었다.

아내는 시아버지, 시어머니, 6남매의 숨소리에 귀를 세운다. 그 중에서도 바로 등 뒤에 누운 댕기 머리 큰딸의 숨소리에 마음이 조였다.

다행이었다. 방안이 다 쌕쌕 깊은 잠에 빠졌다.

아내는 조심스레 젖먹이를 당겨서 제자리에 재워놓고, 도둑이 담을 넘듯 남편 곁에 등을 대고 눕는다.

그사이에 남편의 입김이 뜨겁다.

남편의 손길이 벌써 고쟁이 섶을 헤치느라 바빴다.

아내는 남편을 도와 고쟁이 뒷 섶을 량껏 벌리고, 엉덩이를 뒤로 쑥 내밀어 남편에게 밀어주었다.

이렇게 비좁은 단칸방에 열두 식구가 잠을 자는데, 아낙네는 두 다리를 벌리고 앞으로 사내를 받아들일 방법이 없는 것이다. 이럴 때, 꼬장중의는 은혜의 옷인 것이다. 충분하고 길게 터진 뒷자락만 열어주고, 엉덩이만 내밀어주면 되는 것이다.

감쪽같았다.

숨소리만 죽이면 되는 것이다.

쑥 내밀어준 아낙네의 엉덩이로, 남정네의 성욕을 돋구고, 덤으로 이색적인 체위의 묘미를 남녀가 서로 즐길 수 있는 것이다.

꼬장중의 만세다.

산나물 뜯는 봄에는 산골짜기 바위 아래서, 들 일하는 여름 가을

논밭에서, 논두렁 밭이랑에서, 생각날 때 일 보기가 그리 편했다. 숲 속이건, 언덕 아래건, 장소에 따라 앞·뒷문을 자유자재로 열 수 있었다.

이렇게 간편하게 사랑 나누기 좋은 옷이 세상에 어디 있을까.

구체적이고 실감 나는 민석구 녀석의 고쟁이 체험담에, 한성욱은 아낌없는 찬사를 보냈다. 언니 과부, 동생 과부 할 것 없이 쌍과부들도 손뼉을 치며 웃음을 터뜨렸다.

5

기혼자 민석구의 고쟁이 예찬론은 반응이 대단했다.

녀석의 투박하고 현장감 넘치는 고쟁이 이야기는 술판에서 벌어지는 어떠한 음담패설이나 우스개보다도 압권이었고, 조금만 더 말을 다듬으면 풍류가 될 수 있을 만큼 감동적이었다.

졸지에 떠오른 고쟁이 이야기로 민석구가 힛트를 친 셈이었다.

"궁뎅이 큰 놈, 너 오늘 밥값 했다. …… 니, 시답잖은 고쟁이 체험담에 언니(과부)가 저렇게 싱글생글이니, 너 오늘 큰 적선積善 했다. 굼벵이도 구르는 재주가 있다고, 니놈 뱃속에 그런 말재주가 있는지 몰랐다."

"짜아식, 아직 상투도 안 튼 놈이, 어른한테 말버릇 좀 봐라?"

말은 화를 내는 척 호령을 했지만, 민석구의 덥데데한 얼굴엔 함박웃음이 일었다.

"그런디 석구야! …… 내 눈에는 니놈 생김새가 꼭 고쟁이처럼 우습게 생겨 먹었어야!"

한성욱이 한잔 되어 기분이 여간 좋은 모양이었다. 민석구를 물고 계속 장난을 걸었다.

"아따 새끼, 여간 보추깽이 없구망 잉."

그래도 민석구 녀석은 희죽희죽 웃어대며 기분이 좋았다.

"그렁께, 느그 어매가 너를 낳을 때, 미처 급해서 고쟁이 속에다 너를 낳아 버렸제? 그렁께, 니가 그로코롬 못생겼제……."

오정 때부터 마신 술이라 한성욱이 제법 한잔 되었다.

오순도순 술판이 재미 있었고 실컷 웃기도 했다.

그러다 보니 시간 가는 줄도 모르고 밤이 깊었다.

통금 싸이렌이 울린 지도 한참이 지났다.

웃고 떠들고 한잔하다 보면 초면이 구면이 되고, 낯선 얼굴도 익숙한 이웃지기가 된다.

언니 과부, 동생 과부, 민석구, 한성욱도 오늘 처음 만난 초면 사이였다. 상 하나 놓고 술 한잔 먹다 보니, 이렇게 오래전에 만났던 사이처럼 별 스스럼없는 사이가 되었다.

이 쌍과부집은 돈 있고 권력 있는 높은 사람들이 출입하는 고급 요정이나 요릿집이 아니다. 세상에 이름 높은 무슨 관館도 각閣도 아니다. 손님 역시 끗발 없는 노동자, 막일꾼, 아니면 주로 군발이 쫄병들이다.

간판도 없었다.

전차나 자동차가 다니는 큰길가도 아니다. 사람들이 오가는 동네 골목 목롯집도 아니다. 벌집 같은 하꼬방들이 다닥다닥 붙어 있는 산중턱이다.

싱싱한 동래 생미나리, 공짜 안주가 매력적이고, 연탄불에 구운 노가리 새끼가 싸서 좋다. 파적 정구지 찌짐도 푸짐하고, 군발이 쫄병이라도 반갑게 맞아 사발이 철철 넘치게 술을 따라 주는 인심도 괜찮은 것 같았다.

쌍과부집이니, 일본 과부집이니 하여 호기심이 동하기도 했다.

쌍과부나 일본 과부란 말이 꼭 좋은 이미지를 주는 것만은 아니었다. 사람이 밥을 빌어먹고 산다는 것 자체가 그렇게 깨끗하고 거룩한 것은 아니었다. 여자 몸으로 술장사를 해서 생활을 꾸려 간다는 것이 자랑스럽고 영광스러울 리가 전혀 없는 것이다.

한성욱도 과부 술장사가 갖는 일반적인 이미지를 갖고 이 술집을 찾았다.

처음 생각했던 이미지와는 달리 아주 평범했다. 사납고 독하거나, 거짓되고 요사스런 데가 없었다. 그냥 술을 팔아서 밥을 먹고 사는 여자들이었다.

한성욱과 민석구도 그냥 술을 마시고 이야기하고 놀았다. 부대 안에서 받던 모든 제약을 벗고, 철없는 젊은이가 되어 노닥거리고 술을 마셨다. 자유를 만끽했다. 편안해서 좋았다. 누구 간섭하는 사람이 없어서 좋았다.

술을 파는 쌍과부, 이 집 여주인들은 민석구 한성욱에게 아무런 장애를 주지 않았다. 장애가 되지 않았다.

밤이 깊었다.

OBD 쫄병 두 명은 어디 갈 곳이 마뜩잖았다. 솔직히 갈 곳이 없었다.

여관잠을 잘 만큼 주머니가 넉넉한 것도 아니었다.

술을 먹다 보니 밤이 늦었다.

잔을 나누며 노닥거릴 때부터, 이 집 여자들은 이들 애숭이 군발이

들을 돌려보낼 생각을 하지 않고 있었다.

여자들이 먼저 술상을 정리하고, 서둘러서 자리를 깔았다.

자리라고 해보아야, 비단 금침이 있는 것도 아니었다. 털이 다 빠진 군용담요 한 장에 헌 요데기, 기름때가 뻰질뻰질한 군대용 누비이불 한 장이 전부였다. 어떤 쫄병 녀석들이 들고나와 술값으로 잡혀 먹었는지, 부대에선 이미 보급이 끊어진 고물 중의 고물이었다.

미군들의 야전용 누비이불은 면적이 넓어서 쌍과부집 작은 판자방을 다 커버하고도 남았다.

담요를 깔고 발을 이불 속에 넣고 앉아서, 일제 때의 태평양전쟁, 그 후 6·25전쟁 시기의 이야기가 흐드러지게 피어올랐다. 이와 관련된 언니, 동생 쌍과부들의 출생, 성장에 관한 비화들이 조금씩 새어나왔다.

이렇게 이야기의 꽃을 피우던 중, 제일 먼저 피곤에 지친 것이 한성욱이었다.

유월 날씨에 추워서 잠 못 잘 리는 없고, 모두 하나둘, 아무렇게나 자리에 누웠다.

언니과부와 동생과부, 쌍과부들은 단추 하나 끄르지 못하고 옷을 입은 채 그대로였다.

한성욱과 민석구는 겉옷 상의는 벗고, 바지는 입은 채로 이불을 덮었다.

문현동 쌍과부집이 일본 과부집으로 더 잘 알려진 건 그럴만한 까닭이 있었다.

언니의 이름은 마사꼬(貞子정자), 동생은 하루꼬(春子춘자)였다. 언니 마사꼬의 아버지는 조선 사람이었다. 동생 하루꼬와는 아버지가 다르다.

그녀들의 어머니는 부산 출신이었는데, 어떻게 해서 일본에 왔는지는 그녀들은 모른다. 어머니의 입으로 말을 해주지 않았기 때문이었다.

일본에 와서 처음 만난 남자가 조선 사람 마사꼬의 아버지였다. 그때 마사꼬의 어머니는 오사까 공사판 함바(공사판 식당)에서 밥 심부름을 하고 있었다. 마사꼬의 아버지는 이 공사판에서 노가다(공사현장 막일꾼) 일을 했다.

첫 남자였던 마사꼬의 아버지, 경주 김씨金氏는 공사판 사고로 불구의 몸이 되었다.

치료 중에 몸이 허약하여, 당시 일본 전역을 유행하던 무서운 돌림병, 호열자虎列剌에 걸려 죽었다.

다시 만난 남자가 공사판의 측량 기술자였다. 하루꼬의 아버지, 일본인 측량 기술자는 유부남이었다. 이미 2남 1녀의 자녀를 거느린 한 집안의 가장이었던 것이다.

그때만 해도 하루꼬의 어머니는 아직 체격이 팔팔한 젊은 미인이었다. 얼굴이 곱고 몸매가 그럴싸한 조선 여인에 대한 호기심 때문이었는지, 일본인 측량기사는 여간 탐을 내고 열렬했다는 것이다. 하루꼬가 태어나자 더욱 적극적이었으며, 딸아이의 양육비를 한 번도 거르지 않고 꼬박꼬박 매월 보태 주었다.

그러다가 일본인 본부인이 이를 알게 되었다.

이를 계기로, 여러 우여곡절 끝에 하루꼬 어머니와의 관계는 어쩔 수 없이 끝이 나고 말았다.

그 후, 하루꼬의 아버지는 북해도北海島인지, 화태樺太(사할린)인지 집을 옮겨 갔다는 소문이 돌았다.

하루꼬는 아버지의 얼굴을 모른다.

나중에 어머니는 함바집을 물려받아 딸 둘을 키우느라 억척으로 일을 했다.

언니 마사꼬는 어머니의 함바 일을 돕느라 여학교를 포기했으나, 동생 하루꼬는 종전終戰 후, 중학교에 다녔다.

그녀들은 일본에서 나고 자라서 일본보다 조선의 모든 것이 낯설고 서툴다. 그래서 그녀들은 조선 나오는 것을 반대했다. 그 바람에 태평양전쟁이 끝나고 조선이 해방되었어도, 얼른 귀국선을 탈 수가 없었다. 어머니는 애가 달았다.

그녀들의 어머니는 나이가 들수록 조선 땅을 그리워했다. 어머니는 여자 몸이지만 그래도 뼈대 있는 동래 정씨鄭氏로, 부모님의 선영이 있는 고향에 묻히고 싶다고, 애원했다.

그녀들의 어머니는 조선이 해방된 지 15년 만에, 꿈속에 그리던 고향, 부산 땅을 밟았다. 4·19혁명으로 어수선한 틈을 타, 딸들의 손을 잡고 대마도에 은신했다가 조선 나오는 밀수선을 얻어 타게 되었던 것이다.

"내 이름은 마사꼬 아닌, 정숙貞淑이, 동사무소에 올랐어요. ……내 동생으 조선 이름 없어. 하루꼬 증명도 없어……."

언니 과부의 말이었다.

하루꼬는 아직 호적도 시민증도 없다는 하소연이었다. 그러는 언니, 정숙이의 눈이 어쩐지 서글퍼만 보였다.

"언니, 언니! 나 이름 있어. 하루꼬! 일본으 이름……."

하루꼬는 그래도 얼굴에 웃음꽃을 환하게 피워 올렸다.

6

한성욱은 잠이 오지 않았다.

몸이 피곤해서 소나기 하품을 쏟았던 아까와는 전혀 다른 상태였다.

눈이 저절로 감기고, 사대삭신 육천마디가 다 노곤하게 녹아내리는 것만 같았다. 낮부터 밤늦게까지 술을 마신 탓도 있었지만, 부대내에서 계속 고된 업무에 시달렸기 때문이었다. 육체가 고달픈 것보다는 정신적 긴장이 더욱 사람을 지치게 만드는 것이다.

피곤에 지쳐 있으면서도, 깊은 잠을 못 자는 버릇이 이따금 한성욱을 괴롭힐 때가 있었다.

이런 때일수록 공상, 망상, 잡념이 많다.

머리통을 깨어지게 만드는 것이다.

하루 종일 유쾌했던 술판이 끝나고, 기분이 여간 좋은 게 아니었다.

기분이 너무 좋은 것도 탈이었을까.

또 이 집, 쌍과부들의 인심이 너무 순수해서 마음을 너무 놓아버렸는지도 모른다. 긴장을 풀고 마음이 가벼워지면 저도 모르게 사람이 좀 경박해지기 마련인 것이다.

이 집 여자들과는 오늘 초면이었는데 너무 경계심을 놓아버렸는지 모른다.

KBS의 '현해탄玄海灘은 알고 있다'라는 라디오 연속극은 폭발적인 인끼를 끌고 있었다.

인기 방송작가 한운사韓雲史의 야심작으로, 일제에 의해 끌려간 학도병 이야기이다. 주인공 아로운阿魯雲의 군대 생활을 다루고 있었다.

남자 주인공 아로운과 여자 주인공 히데꼬(秀子)의 순애보純愛譜가 감칠맛 나게 펼쳐지는 것이다. 징병으로 강제 동원된 학도병 아로운은 조선 청년이고, 상대역의 히데꼬는 청순하기 이를 데 없는 일본인 처녀인 것이다.

"군대에서 시달리시는, 그이를 위로해 드려야잖겠어요?"

여자 주인공 히데꼬의 애띠고 혀 짧은 목소리가 한성욱의 귓가를 파고들었다. 일본 여성 특유의 넘치는 애교와 한번 마음을 준 남성에 대한 헌신적인 몸가짐은 한성욱뿐만 아니라 뭇 한국 남성들을 감동시켰다.

'현해탄玄海灘은 알고 있다'는 방송이 끝나자마자 곧 영화화되었다.

재일동포 출신 공미도리孔美道里가 여주인공역을 맡았다. 그녀의 가녀리고 청순한 연기가 또한 많은 이들의 심금을 울렸다.

주인공 아로운은 식민지 조선 청년으로, 나고야名古屋 소재 제13부대에 배속되어 온갖 수모와 고초를 겪는다.

조국을 잃어버린 식민지의 지식인, 일본제국 군대의 쫄병으로, 다른 몇몇 조선 청년들과 마구간 청소를 주로 맡는다. 말똥을 치고, 말발굽과 징 사이에 낀 말똥 파내는 일을 해야 하는 것이다. 이 일은 꽤 까다롭고 어려운 일이었다. 이런 고통스런 일을 담당한 아로운과 다른 조선 청년들은 혹독한 기합과 매질, 폭언, 참을 수 없는 모욕을 당한다.

이들이 당하는 고통은 관객들로 하여금 나라 없는 백성의 설움을 뼈가 시리게 느끼게 하는 것이다.

일제 강점 36년을 되돌아보게 하고 제국주의의 침략성, 군국주의의 맹목성, 폭압 정책에 대한 민족적 분노로 치를 떨게 했다. 힘없는 피압박민족의 수난과 고통을 상기시키는 계기가 되기도 했다.

이 작품(영화)의 주인공이 실재 일본 여성이었다면 지금쯤 40줄의 중년이 되었을 것이다.

태평양전쟁 당시, 여주인공 히데꼬는 이십 대 초반의 예쁘고 상냥한 일본 여성이었다.

지성적이고, 예의 바르고, 애교 넘치는 일본인 처녀였다. 지금 옆자리에 잠이 든 하루꼬나 마사꼬를 이에 비유할 수는 없는 일이다.

하지만, 그런데도 한성욱은 영화 주인공 히데꼬를 생각하고, 그리고는 옆자리의 하루꼬나 마사꼬를 연상하는 것이었다.

하루꼬나 마사꼬의 혀 짧은 말씨와 한성욱 자신이 아로운처럼 군복을 입고 있다는 관점에서, 아마 그런 연상이 가능했는지도 모른다.

이렇든 저렇든, 한성욱은 영화 주인공 아로운이 한없이 부러운 것이었다.

설사 히데꼬처럼 청순하고 상냥한 상대가 없었더라도, 아로운은 행운아인 것이다.

아로운은 얼마든지 저항할 수 있었다. 한없이 무한대로 저항을 해도 상관이 없었다. 반역을 해도 좋은 것이었다. 아로운은 매를 맞아도 영광스러운 것이었다. 짓밟혀도 모욕을 당해도, 그는 영웅이었다. 제국주의 군대에 의해 어떠한 폭압을 당해도, 그는 자랑스러웠다.

아로운, 그의 뒤에는 민족이 있고, 항상 조국 조선이 있었다.

아로운은 식민지 백성이었다. 성욱 자신은 명색이 해방된 나라의 국민이 아닌가.

아로운은 일본 제국주의 군대의 군복을 입고 있었다. 성욱 자신은 자신이 태어난 나라, 대한민국 군대의 군복이 아닌가. 아로운은 이민족異民族의 제국을 위해, 그 제국의 영토를 지키기 위해 징집되었다. 강제로 끌려갔다. 한성욱 자신은 제 나라 제 민족을 지키기 위해 징집되었다. 징집이란 국가 권력에 의해 강제 동원되는 것을 말한다. 그러므로 한성욱 자신도 강제 동원된 것은 아로운과 동일하다.

그러나 지키는 나라와 영토는 다르지 아니한가?

아로운은 이민족, 일인들의 제국, 일인들의 영토이지만 한성욱 자신은 내 민족 내 나라 땅이 아닌가.

그런데 왜 이렇게 맥이 빠지고 공허하고, 억울하고 분한 생각만 드는 것일까?

7

얼마나 지났을까.

깜빡 잠이 들었던 모양이었다.

한성욱은 한쪽 어깨에 무거운 통증을 느끼며 잠에서 깨었다.

그쪽 어깨를 움직이려는데, 옆 얼굴에 사람의 머리칼 감촉이 느껴졌다. 잠결이지만, 눅진한 여자 냄새가 콧속으로 스며들었다.

동생 과부 하루꼬가 성욱의 한쪽 팔을 베고, 품속을 헤집고 들어와 있었다.

성욱은 당황해하지는 않았다.

한참을 그대로 누워 있었다.

그러나 아무런 마음의 준비가 없었다.

여자의 벗은 몸을 제대로 본 적도, 여자를 제대로 상대해 본 일도 없었다. 지유정의 육탄 공격을 받은 일이 있었지만, 그것은 순전히 기습적인 공격이어서, 여체에 대한 감각을 제대로 느낄만한 계제가 아니었다. 정상 상태가 아니었다.

입대 전, 청담나루 건너 봉은사 뒷산에서의 일도 그렇다. 지유정과 대화를 나누던 중, 순간적으로 비위짱이 뒤틀려 홧김에 강제로 그녀를 짓밟아 버렸다. 흉기를 들거나 폭력으로 주먹을 휘두른 건 아니었지만, 겁탈이라면 일종의 겁탈일 수 있었다.

변칙이고 비정상이었다. 한성욱은 그때 극도로 심각하고 예민해 있었다.

평범한 상황이거나 정상적으로 마음을 열고 정을 나누며, 여자와 성관계를 한 적은 아직 단 한 번도 없었다.

그러니까 총각이 문제였다.

한성욱은 이런 면에서 덩칫값을 못 하고 있었다. 사내답지도 못한 것이다.

강압적이었던, 변칙적이었던 한성욱 자신은, 여자 지유정과의 사이에 성 교접이 있었다. 이것은 생물학적으로, 실제적으로 분명한 사실이었다.

그런데도 한성욱은 아직 동정童貞을 잃지 않았다고, 제 스스로 강변하고 있는 것이다. 자신은 동정을 보유한 순수한 남성이고, 숫총각이 분명하다고 믿고 있었다. 안타까운 일이었다. 어찌 보면 순결 도착주의자 같았다. 알량한 숫총각 동정童貞에 목을 매는 꼴인 것이다.

인간은 동물이 아니다.

아무하고나 육체를 나누고 정액을 분출할 수는 없는 것이다.

그것은 동물적 생리 행위이다. 인간적인 성행위는 아닌 것이다.

상대를 마주 보고, 사랑과 혼을 나누는 두 인격체의 성교는 아닌 것이다. 적어도 사람들의 교접은, 남성과 여성이 서로 살을 섞는 행위는, 서로 주고 싶은데 주는 행위가 되어야 한다.

이때야말로 동정과 정조貞操를 주고받았다고 할 수 있는 것이다.

그렇기 때문에 한성욱 자신은 아직 동정을 잃지 않았다고 생각하고 있는 것이다. 자기 자신은 숫총각이 분명하다고, 스스로를 곧추세우고 있는 것이다.

그런 의미에서 한성욱은 자신이 보유한 동정을 주고, 숫총각을 내려놓을 상대를 아직도 찾고 있는 상태인 것이었다.

지금 턱 밑을 파고드는 하루꼬에 대해선 아무런 준비가 없었던 것이 사실이다.

외출증을 받아들고 부대 정문을 나설 때에도 여자를 사거나 갖고 싶은 생각을 하지 않았다.

문현동 쌍과부집을 찾아 올 때에도, 낮부터 밤늦게까지 술을 마시면서도 여자와 잠자리를 같이하겠다는 생각이 없었다.

기혼자인 민석구와 달리, 한성욱은 여자에 익숙한 것도 아니었다. 그리고 돈을 주고 여자를 사거나, 술집 여자들과 어설프게 몸을 섞고 싶은 생각도 아직까진 없었다. 사랑하지 않는 여자에게 자신의 지금까지 지켜온 동정을 아무렇게나 주어버리고 싶진 않았다. 적어도 한성욱은 그렇게 생각하고 있었다.

한성욱의 이런 생각과는 달리, 턱 밑을 파고드는 하루꼬의 입김은 뜨거웠다.

하루꼬의 뜨거운 입김을 받으며, 한성욱은 어쩐지 반대쪽 옆자리가 허전한 느낌이 들었다.

그런데 이게 어찌 된 노릇인가.

한성욱이 잠들기 전, 옆자리에서 코골이를 하던 민석구 녀석이 자리에서 없어진 것이다.

그러고 보니, 또 이상한 것이 있었다.

아까, 잠들기 전, 저쪽 바람벽 밑 맨 끝자리, 언니 과부 마사꼬가 잠이 들었던 쪽, 분위기가 예사롭지가 않았다. 손바닥만 한 판자방에 네 사람이 누웠으니, 작은 숨소리까지 다 들리는 판이었다.

언제 한성욱 곁을 빠져나갔는지, 의뭉스런 민석구 녀석이 동작 빠르게도 언니 과부 마사꼬를 덮친 것이다. 녀석 기교가 얼마나 대단했던지, 역시 경험이 풍부한 기혼자는 달랐다. 어느 사이 마사꼬와 깨가 쏟아지는 뱃놀이가 무르익었다. 견디다 못한 마사꼬가 터져 나오는 신음 소리를 참느라, 여간 애를 먹는 것이 아니었다.

"언니, 언니……."

뜨거운 입김을 뿜어내던 하루꼬가 숨을 죽이고 한성욱의 귓속에, 언니! 언니! 소리를 밀어 넣었다. 마사꼬의 신음 소리를 가리키는 것 같았다.

마사꼬의 신음 소리에 몸을 움추리던 하루꼬가 성욱의 귓불을 물고 가쁜 숨을 몰아쉬었다.

그러던 그녀가 거침없이 한성욱의 바지춤에 손을 밀어 넣었다.

한성욱의 온몸에 전율이 일었다.

한번 이렇게 되자, 하루꼬는 본격적으로 성욱을 애무하고 들었다. 귓불을 빨아대던 하루꼬의 혓바닥이 성욱의 옆얼굴과 턱밑, 목 부위를 빨고 핥았다.

그러면 그럴수록 한성욱은 바짝 긴장하여 피어날 줄을 몰랐다. 자기 자신이 주장하는 대로, 동정을 잃지 않은 숫총각에 대한 집착 때문이었는지, 한성욱의 아랫도리가 꼼짝하지 않고 쭈그러들었다.

여자의 손장난에 감각이 없었다는 것은 거짓말이다. 여자의 감각적인 부추김에, 긴장을 털고 일어서려던 한성욱의 남자가 순결과 총각이라는 강박관념에 계속 제어되고 있었다.

"왜…… 안 돼?"

한성욱의 남자가 일어서는 데 시간을 끌자, 하루꼬가 귓속에 조바심을 토해냈다.

"……."

그래도 한성욱은 얼른 반응을 보이지 않았다.

"당신, 고자?"

낯선 나라에 가면 욕부터 배운다고 한다. 조선 사람끼리도 잘 안 쓰는 은밀한 말을 어디서 들어 일찍 배운 것일까. 하루꼬는 제가 말을 해놓고도, 제가 한 말이 우스워서 스스로 웃고 있었다. 저도 모르게 튀어나온 말이었지만 우습고 계면쩍은 것이다.

한성욱도 웃고 있었다.

"으응……"

하루꼬가 내친김에 성욱의 남자를 통째로 잡고 위로 잡아챘다.

앙탈이었다.

성욱이 하마터면 소리를 지를 뻔하였다.

그런데 이게 어찌 된 셈인가. 그 충격 때문이었는지, 한성욱의 남자가 기지개를 켜기 시작한 것이다.

아마, 하루꼬의 앙탈에, 그 충격으로, 한성욱이 잠시 마음을 놓아버린 순간, 제어되고 있던 그의 남자가 번쩍 고개를 들고 일어선 것이다.

하루꼬가 한성욱의 목을 안아다가 입속에 그녀의 혀를 집어넣었다. 그러면서 그녀는 성욱의 손을 끌어다가 자신의 질퍽한 사타구니 속에 마구 밀어 넣는 행사를 감행하였다.

그러는 사이, 한성욱의 남자가 힘을 받고 꼿꼿하게 일어서자, 앞뒤 볼 것 없이 성욱의 바지를 벗겨 내렸다. 속옷까지 다 벗겨 낸 그녀는 성욱의 아랫도리 공격에 정성을 쏟았다.

하루꼬의 뜨거운 혓바닥이 성욱의 남자를 휘감고 돌았다. 물론 성욱이 처음 겪는 일이었다. 그녀의 혀는 길고 부드러웠다. 꼭 소중한 것을 다루듯, 성욱의 남자를 장대하게, 장대하게만 키워 올렸다. 그러다가 그녀는 탐욕스럽게 큰 입을 벌려서 한입에 물고 몸부림을 했다.

하루꼬는 성공했다.

성욱을 통째로 들어다가 자신의 배 위로 올렸다.

그녀는 지체 없이 한성욱의 장대한 남자를 잡아다가 자신의 두 다리 사이에 끌어넣었다.

한성욱의 남자는 속수무책으로, 하루꼬의 천길 웅덩이 속으로 빨려 들어가고 말았다. 그렇게나 포근하고 따뜻하고, 점액질이 철벅거리는 웅덩이가 하루꼬의 두 다리 사이에 있을 줄이야…….

한성욱은 이미 손을 들었다.

하루꼬의 정성에 그는 손을 쓸 수가 없었다. 더 이상 버텨내질 못했다.

남녀의 성 교접이란, 원래 사랑에서 시작해서 사랑으로 끝나야 하는 것이다.

한성욱의 본마음은 강혜임을 알기 전까지, 단발머리 소녀 은영이를 늘 마음에 두고 있었다. 은영이와 함께 아들딸을 낳고 키우고 싶었다. 그런데 시대 상황이 넘을 수 없는 벽을 만들었다.

뜻하지 않았던 강혜임이 다가오고, 그녀를 만난 후부턴 강혜임의 몸속에 자신의 체액을 담아주고 싶었다.

한성욱은 이제 끝났다.

그 거추장스런 숫총각 말이다. 힘들게 지키고 간직하기 위해서, 어지간히도 버둥거렸던 동촌 촌놈 한성욱의 어거지 동정도, 이제 끝날이 왔다.

한성욱은 헐떡거리는 하루꼬를 있는 힘을 다해 끌어안았다. 이왕 동정을 줄 바엔 알뜰하게 주고 싶었다.

인간은 사람과 사람끼리, 정말로 진정한 사랑이란 것을 나눌 수 있는 것인가. 정말로 남자와 여자가, 여자와 남자가 진정한 사랑을 할 수 있을까. 그것이 진정으로 가능한 일인가는 알 수 없다. 한성욱은 잘 모른다.

그러나 적어도 사랑의 대상, 살을 섞는 상대에게 인간 대접은 해줄 수는 있는 것이다.

"하루꼬!"

"으응……"

"하루꼬……."

4. 억새 한포기

1

누가 심었을까.

언제부터 여기 있었는지 아무도 모른다.

육군 병기기지보급창 제2중대 본부 옆엔 작은 화단이 있었다. 언제 누가 심었는지, 알 수 없는 억새 한 포기가 심겨져 있었다.

화단에 억새라니? 도대체가 어울리지 않는 식물이었다. 더구나 OBD 주위에는 억새가 지천으로 많았다.

창 본부 뒤, 야산 언덕 위에 오르면 양키들이 쓰던 장교클럽 건물이 있다.

그 위쪽이 온통 너른 억새밭이었다. 이 너른 억새밭이 보급창의 덩치 큰 장비들을 은닉하는 치장置藏 지역이다. 지금도 전방 배치를 기다리는 155미리 곡사포가 수도 없이 줄을 지어 엄폐되어 있다.

무성한 억새밭은 이 지역뿐만이 아니라, 장교클럽에서 일본 해군창 건물이 있던 언덕 쪽으로도 억새밭이 길게 이어지고 있었다. 그 사이엔 부대 헬리포트장과 전망대가 위치할 정도로 너른 지역이었다.

바다 쪽 경사면에도, 일본 해군이 사방림砂防林으로 심은 야마항(오리나무)과 함께 억새숲이 무성했다. 긴 해안선을 따라 억새들이 자라고 있었다.

반도 땅 어디에서나 억새는 무성하게 잘 자란다.

산에 들에 흔해빠진 것이 억새풀이다.

장미, 수선화, 국화, 붓꽃, 봉선화 칸나, 따알리아, 황매黃梅 등속이 심어져 있는 화단이었다. 아무래도 어울리지 않는 억새풀이다.

OBD 막사 주위 화단에선 잡초 제거 제1호가 다름 아닌 억새풀이었다. 그만큼 흔해빠지고 귀찮은 잡초 중의 잡초가 억새풀이었던 것이다.

미군들이 심어놓은 것은 장미, 수선화, 칸나, 따알리아 등이었을 것이다. 여기에 황매, 봉선화, 국화, 접시꽃 등은 한국군들이 심었을 가능성이 높다.

남의 나라에 와서 향수를 달래 주는 서양꽃 몇 포기면 되었지, 굳이 미군들이 억새포기를 파다가 심었을 리는 없는 것이다.

나중 인수인계를 받은 한국군 역시 논두렁, 밭두렁, 강가, 산야에 지천으로 돋아나는 억새풀을 화단에 심고 가꾸었을 리는 만무하다.

그렇다고 일본 해군이 심고 가꾸었을 리는 더더욱 없다. 일인들은 산뜻하고 단아하고, 순간적인 화사함을 좋아하는데, 채송화나 벚꽃도 아닌 수더분한 억새포기를 가꾸었을 리는 전혀 없는 것이다.

억새포기는 누군가가 옮겨 심은 것이 분명했다.

지금 서 있는 위치로 보나, 한성욱이 처음 보았을 때의 가꾸어진 모습으로 보나, 분명 누구인가가 옮겨다 심었고, 누구인가가 가꾸고 있었던 흔적이 역연했다.

한성욱이 2중대 본부에 처음 배치되었을 때의 일이었다.

어느 날인가, 막사 주위 미화작업을 명령받았다. 예사롭게 생각했던 화단 미화작업에서 한 무더기 큰 포기를 형성하고, 건강하게 자라고 있는 억새 한 포기를 발견한 것이다.

너무 건강하고 너무 씩씩하게 잘 자라고 있었다. 억새 밑둥 주위, 다른 꽃과의 사이가 너무 깨끗하게 정리되어 있었다. 억새 줄기 하나하나가 시들은 잎 하나 없이 충실하고 싱싱했다. 사람의 손이 많이 갔던 흔적이었다.

결정적인 증거도 있었다.

억새포기가 너무 많이 번지면 다른 식물에 영향을 주고 방해가 된다. 또 보는 사람들에게 너저분한 인상을 주는 것을 막기 위해선지, 그 보호자의 뜻이 흔적으로 남아 있었다. 억새포기 둘레를 깊게 파서 곁뿌리를 잘라내고, 다시 흙을 묻은 흔적이었다.

그날부터, 한성욱은 중대본부 화단 미화작업을 솔선해서 혼자 도맡았다. 자발적으로 업무 틈틈이, 일과 후 시간이 날 때마다 휴지 한 쪼각, 잡초 한 포기가 눈에 띄는 일이 없도록 청소 미화에 신경을 썼다. 중대본부 화단 미화작업은 상급자 누구의 지시를 받거나 명령 하달 없이, 한성욱 상병의 자발적인 노력에 의해 이루어지는 일이었다.

한성욱은 군대에 오기 전엔 구체적으로 억새를 몰랐다. 가까이서 보고, 그 풀포기를 아끼거나 관심을 가진 기억이 없다. 그냥 있는 들판의 여러 풀포기들과 같았다. 삘기풀, 들국화 같으면 모르지만, 눈길을 끌거나 이뻐 보이는 풀도 아니었다.

한성욱은 틈만 있으면 중대본부나 공급실을 나와 화단 주위를 서성거렸다. 일에 쫓기면서도 애연가愛煙家가 문득문득 담배를 즐기듯, 그는 화단 쪽을 지나며 씩씩하게 자라나는 억새 줄기를 즐긴다. 손을 대면 베일 것 같은, 강끼가 섬뜩한 억센 이파리 또한 한성욱의 눈길을 끌었다.

따뜻한 봄날, 시든 뿌리를 헤치고 힘차게 돋아오르는 새싹들의 기백도 청청했다. 한여름 솟아오르는 푸른 줄기의 창창한 건강미는 보는 이로 하여금 없는 힘을 솟게 했다. 소슬바람 부는 들녘을 지키는 하얀 억새꽃은 변하지 않는 약속처럼 세세년년 한결같았다.

'억새 잡초' 풀 한 포기, 봄날 새잎이 돋았다가 찬 바람이 불면 시들어버리는 볼품 없는 초본 식물에 지나지 않는다. 그렇게 하찮은 풀포기의 이름이 억새다. 건축물의 기둥으로 천년을 버티는 목재로도 쓰일 수도 없는, 풀포기의 이름으로는 너무 과분한 데가 있는 것이다. 주제 넘는 일이었다.

하지만 억새는 당당했다.

땅에 발을 딛고 하늘을 향해 곧게 섰다.

어디, 천하절조天下節操를 자랑한다는 대나무만 못하랴.

한 포기의 초본식물 옆에서 한성욱은 부끄러울 때가 많았다. 억새는 굽힐 때가 없었다. 그에게서 비굴한 모습을 찾을 수가 없었다.

한 해를 다 살고 겨울바람에 시들 때에도, 억새는 꺾였으면 꺾였지 굽힐 줄을 몰랐다.

한성욱이 문현동 쌍과부집을 처음 찾았을 땐 여름의 첫들머리였는데, 어느새 계절은 여름의 막바지에 섰다.

억새 줄기들이 벌써 배동을 시작했다.

2

바깥세상은 뒤숭숭했다.

지난 유월에 실시한 화폐개혁은 크게 실패한 조치가 되었다. 그 결과 천정부지로 물가가 뛰어올랐다.

10대 1로 화폐 단위를 줄여서 개혁을 단행했는데, 의외로 돈 가치가 폭락하여 온 나라가 큰 곤욕을 치르는 중이었다. 엎친 데 덮친 격으로 자연재해까지 겹쳐서, 나라 전체가 온통 몸살을 앓고 있었다.

일찍부터 봄 가뭄이 들어서 농작물의 씨앗 파종 자체가 어려웠다.

여름 들어서도 시원하게 비가 내리지 않았다. 가뭄 극복을 위해 공무원, 학생, 군대까지 동원되었으나 별무효과였다.

각 지역에 주둔한 군부대 장병들이 나서고, 군 중장비가 연일 대량 투입되었다.

혹심한 자연재해 앞에, 인간의 힘이란 생각보다 미미한 존재가 되었다. 아무리 버둥거려도 역부족이었다. 바짝바짝 타들어 가는 농작물들을 바라보고 있어야 하는, 농민들의 마음은 참담했다.

볏논에 물을 대기 위해 배수로를 만들고, 강바닥을 파서 물길을 찾았다. 양수기를 돌려서 지하수를 끌어올리느라 밤샘 작업이 계속되었다. 한 방울의 물이라도 더 끌어올리기 위해 땡볕 아래 많은 인력이 비지땀을 흘리고 있었다.

온 국토가 물이 말라서 아우성이었다.

나라 안이 이러는 판인데도, 남한 주둔 미국군대의 치기稚氣 어린 만행은 계속되었다.

이를 보다보다 못한 대학생들이 떨쳐 나섰다.

4·19 때 4·18대학생 데모의 횃불을 들었던 고려대생들이었다. '한·미韓美 행정협정' 체결을 촉구하는 데모를 벌인 것이다.

해방 후, 반도 땅에 들어온 외국군대의 횡포와 비행은 이루 말로 다 헤아릴 수가 없었다. 그중에서도 38선 이남, 남쪽 땅에 진주한 미군들의 만행은 이미 세상에 널리 알려진 대로다. 충격적인 일이 너무 많았다.

이번, 고대생 데모의 도화선이 된 파주坡州와 양주楊洲사껀도 그렇다. 미군이 주둔하고 있는 부대 주위에서 항다반사로 일어나고 있는 충격적인 일 중의 하나였다. 날이면 날마다 괴상망측하고, 해괴하고, 흉측한 사껀들이 터져 나왔다.

그렇지만 국내 언론들엔 보도가 되지 않았다. 이번 사껀은 용케도 국내 언론에 삐쭈룸하게 보도가 되었기에 문제가 된 것이다.

파주에서, 한 나무꾼이 야산에서 땔나무를 하고 있었다.

이를 산짐승으로 오인, 정조준하여 사람을 쏘아 죽인 것이다. 사냥을 즐기기 위해 사냥감을 찾아서 쏘았다는 주장이었다.

그것은 오인이 아니고, 바로 사람을 조준하여 장난삼아 쏘아 죽인 것이다. 총격 살인 사껀인 것이다. 남녘의 산들은 일제가 쓸만한 나무는 다 벌목해 버렸고, 전쟁 때 다 불에 타서 민둥산이었다. 시각적으로 오판할 만한 이유가 없었다. 더구나 야산은 말해 무엇하랴.

대낮에 멧돼지와 노루, 고라니와 사람을 구별 못 하는 지능과 시력을 가지고, 어찌 외국에까지 전쟁하러 올 수 있다는 말인가.

양주사껀은 더 맹랑하고 그 내용이 해괴망측했다.

미군 장교들이 기지촌 클럽에서 기분 좋게 한잔을 걸쳤다.

클럽에 종사하는 한국 여자들의 허벅지도 만지고, 젖가슴도 마음대로 만질 수 있는 술자리였다. 노팬티의 쎄레나 킴의 엉덩이는 유난히도 컸다. 그녀가 풍만한 젖가슴을 드러내어, 넘치는 술잔에 젖꼭지를 한 번씩 담궜다가 주는, 유두주乳頭酒 맛은 특별하게도 맛이 있었다.

붉어진 얼굴로 거리에 나선 미군들은 기분이 매우 유쾌했다.

때마침, 이곳에 사는 동네 남자 두 명이 이들 옆을 지나고 있었다.

죠오지 중위가 몸이 근지러웠던지, 길 가는 동네 남자 두 명을 무작정 불러 세웠다. 영문도 모르고 발길을 멈춘 이들에게 죠오지 중위께서 갑자기 불문곡직, 주먹세례를 퍼붓기 시작한 것이다.

옆에 있던 브라운 대위도 여기에 가세했다. 심심풀이였다.

이를 매우 흥미롭게 지켜보고 있던 메케인 중위, 포드 소위, 브란트 중위 할 것 없이 벌떼처럼 달려들어 복싱 연습에 몸풀기를 즐겼다.

물건을 사기 위해 마을 길을 가던 동네 남자 두 명은 졸지에 이유도 모르고, 곤죽이 되게 얻어맞았다. 얼굴에 피가 낭자하고, 몸을 못 가눌 정도로, 축 늘어지게 모둠매를 맞은 것이다.

여기에서 일이 끝난 것이 아니다.

한 사람은 이빨이 부러지고, 또 다른 동네 사람은 갈비뼈가 몇 대 나갔다. 이 정도가 문제가 아니었다.

입은 옷을 발기발기 찢어서 벗기고, 빨가벗은 몸으로 동네 길을 뛰어다니게 했다. 재크나이프를 휘두르는 미군들이 무서워, 동네 사람들은 접근이 불가능했다. 주민 신고로 출동한 한국 경찰과 헌병들은 오히려 미군 장교님들의 조롱거리가 되었다.

이런 일이 하루에 끝난 것이 아니고, 이틀에 걸쳐서 계속 진행되었다. 이 일 때문에 동네 여자들은 문밖을 나올 수가 없다는 것이다.

요즘 세상 돌아가는 말로는, 한국인 남자 두 명이 물건을 덜렁덜렁 다 내놓고 뛰어다녔지만, 그런 것쯤이 무슨 대수냐는 것이다. 값나가는 양키물건도 아닌데, 엽전들 물건쯤이야 덜렁덜렁 내놓고 이틀을 뛰어다녀 보아야, 누가 사가는 계집년도 없다는 것이다. 안 죽이고 목숨 살려준 것만 해도, 미군 장교님들께 감사 감사, 또 감사라는 것이다.

어디라고 다르랴만, 용주골 데이비드 캠프의 미군들은 자유당 때부터 악명이 높았다.

양공주들을 빨가벗겨 국부에 페인트칠을하거나, 잔인하게 흉기를 휘둘러 살해하는 일도 서슴지 않았다.

금년 들어서도, 클럽에서 술을 마시고 패싸움을 벌이는 일이 있었다.

이를 말리는 무고한 양민들에게 총기를 난사하는 일이 벌어진 것이다.

여기 사는 주민들은 불안하기 이를 데 없었다. 볼일을 보러 밖을 나올 수가 없었다. 생필품을 구입하기 위한 시장 나들이도 겁이 난다는 것이다.

기동훈련 때, 탱크를 몰고 나오거나 무장을 갖추고, 미군들이 캠프를 드나들 때가 제일 무섭다는 것이다. 탱크로 뭉개버리고, 총으로 마구 갈겨버려도, 죽는 놈만 서럽제, 하소연조차 할 길이 없다는 것이다. 어떠한 흉악 범죄, 어떠한 횡포를 부려도 속수무책이라는 것이다. 미군기지로 들어가 버리면 그만이었다.

남쪽 땅에 주둔한 미군, 사실상 미군들은 남녘 땅을 점령했다. 남녘 땅에 첫발을 디딘 미군 사령관 하지 중장은 성명서나 안내문, 해방의 소리를 발표한 것이 아니고, 위압적인 명령쪼의 포고문布告文을 발표한 것이다.

극악무도한 일본 제국의 군국주의에 압제를 받은, 피압박민족인 조선인에 대한 위로 말 한마디가 없었다. 상해 임정上海臨政을 비롯한 좌우 독립군 단체들이 무장을 갖추고, 국제 팟쇼 침략세력에 맞서 극렬하게 싸웠다. 분명한 참전국參戰國이었다. 그러므로 조선은 미국을 비롯한 여러 참전국과 동등한 전승국이었던 것이다.

그럼에도 불구하고, 백기를 들고 항복한 군국주의 일본제국의 '내지內地', 본토本土와 똑같은 취급을 받았다. 따라서 무력으로 제압한 피점령국 영토 대접을 그대로 받았던 것이다.

매우 불법 부당한 처사이고, 약소국을 식민지시植民地視 하는 제국주의식 야만성의 발로發露였던 것이다. 남녘 땅 점령군 미국 군대는 치외법권이라는 것이다.

조국통일, 남녘 땅 해방을 위한 북녘 인민군대가 탱크를 몰고 물밀듯이 미아리 고개를 넘어오자, 혼급해진 이승만이 한강 다리를 폭파했다.

이승만은 이때, 영용한 국방군대가 서울을 사수하고 연전연승連戰連勝, 북진北進 중이라는 녹음방송을 틀어놓고, 전라북도 이리裡里까지 줄행랑을 쳤던 것이다. 도꾜東京에 있는 맥아더의 전문電文을 받고, 호남선을 다시 거슬러 올라 경부선을 타고 부산으로 달라빼야 하는 화급한 상황이었다.

이런 비상 상황에서 국군통수권을 미군 사령관에게 넘겨주지 않을 수가 없었다.

넘겨준 게 아니고, 두 손으로 갖다 바친 것이다. 제 모가지, 저 스스로의 생존권을 미군 사령관에게 받들어 진상進上한 것이다.

아울러 미군의 신분보장 사항도 이에 포함되었다.

남녘 땅 내에서, 미군의 점령 활동 중 불체포의 특권, 범죄자의 재판 관할권 포기, 불복종 특권 등을 명시적으로 보장하는 각서(公翰공한)가 교환되었다. 국제 관례상, 국가 상호 간의 외교 절차에 의한 정식 협정이 아니었다. 대통령 이승만과 미군 사령관 맥아더가 주고받은 한 통씩의 편지 교환이었다.

전쟁이 터진 지, 채 1달이 못 되어서의 일이었다. 나라의 자주권을 송두리째 넘겨주고, 역사상 유례가 없는 치욕과 참을 수 없는 굴욕을 자초했다. 여진족女眞族에게 당한 삼전도三田度의 치욕 이후, 우리 민족 5천년래의 또 하나의 거대한 치욕이었다.

3

기승을 부리던 가뭄과 더위가 한풀 꺾였다.

한숨 돌릴까 했는데 불청객 태풍이 또 찾아들었다. 숨 돌릴 틈도 없이 연이어 두 무더기가 몰려온 것이다.

바람도 바람이지만, 걷잡을 수 없이 마구 폭우가 쏟아져 내렸다.

주위 야산을 깎아서 매립한 부대 연병장이 물에 잠겼다.

장대비가 얼마나 쏟아져 내렸는지, 각 소대 콘세트 막사 안까지 빗물이 넘쳐 들었다. 중대본부도 예외는 아니었다. 쏟아붓는 폭우의 량이 너무 많아 빗물이 미처 배수로를 빠져나가지 못하고 있었다.

부대 연병장은 어지간한 비에는 끄떡도 없이 견딜 수 있게 해수면과의 격차를 높여서 매축되어 있었다. 수십년, 백년에 한 번 있을까 말까 한 대홍수가 아니면, 거의 걱정을 안 해도 되는 높은 지대인 것이다. 바닷물의 만조滿潮와 겹쳐서 전에 볼 수 없었던 위급한 상황이 전개되고 있었다.

전 부대엔 비상이 걸렸다.

4292년(1959년) 추석 전날에 있었던 '사라호' 태풍에 맞먹는, 대형 태풍 '로라'가 지나가고 있다는 것이다. 천문학적인 재산 피해에, 9백2십여 명의 목숨을 앗아간, 그 무서운 '사라호' 태풍에 버금간다는 것이다. 나라 전체가 숨을 죽이고, 태풍의 추이推移를 주시하고 있는 판이었다.

부대 전 장병들의 작업, 일과가 중지되었다.

MIS(정비지역)를 비롯한 모든 작업장은 폐쇄되거나 비상근무 요원만 대기 중이었다. 작업장을 제외한 각 행정부서와 여러 업무부서는 각 부서별 정위치에서 전원 대기명령이 내려졌다. 작업장에 일과 출장을 정지한 모든 병력은 각 중대 소대 단위로 완전군장 부대 탈출 대기상황이 되었다.

충분한 깊이와 넓이, 배수의 원활을 위해, 가로세로 직선으로 잘 정비된 배수로 시설이었지만, 쏟아지는 빗줄기를 도저히 감당할 길이 없었다.

연병장이 벙벙한 바다가 되고, 소대 내무반 침상 끝까지 빗물이 차올랐다.

모든 장병들은 판쵸우의를 착용하고, 차오르는 빗물에 쫓겨서, 침상 위에 올라 대기하는 상태가 되었다. 각 작업장 비상근무 요원들은 긴급지출 장비를 챙기고, 각 행정부서 요원들은 비상지출 서류철들을 챙겨야 했다. 그리고 전 부대원들은 비상식량으로 건빵 등을 휴대하도록 명령이 하달되었다.

이러는 판에, 긴급사항 중에서도 긴급사항이 기어코 발생하고 말았다.

본부 사령실 앞 탄약고에 물이 차오르고 있었다.

연병장 평면에서 40센티 높이에 탄약고 철문이 설치되어 있었다. 연병장에 범람하는 빗물이 이 탄약고 철문 문턱까지 차오르고 있는 것이 아닌가. 지금 당장, 신속하게 손을 쓰지 않으면 탄약고에 물이 스며들 판이었다.

큰일이 난 것이다. 중대한 사안이었다.

칼빙 탄알 하나도 못 만드는 주제에, 수류탄을 비롯한 각종 탄약 수만 발을 다 못 쓰게 만드는 결과를 초래할 판이었다.

본부 사령실과 제2중대 본부 요원들이 긴급 투입되었다.

탄약고 주위엔 이중철조망이 둘러져 있었다. 탄약고 외곽 철조망 주위에 모래주머니를 쌓는 일이었다. 20키로들이 모래포대를 1미터 50센티 높이로, 이중 삼중 겹겹이 쌓아 올리는 작업이었다.

판쵸우의를 둘러쓰고 작업에 임했지만, 거센 비바람에 온몸이 다 비에 젖었다. 방수벽을 쌓는 일은 시간을 다투는 작업이었다. 탄약고에서 가까운 위치에 있는 2중대 3소대 병력까지 추가로 투입, 겨우 작업을 끝냈다.

범람하는 연병장 빗물은 때마침 만조 때라, 바닷물이 섞여 있었다. 만약 염분 섞인 빗물이 탄약고 철문 틈새로 침투할 경우, 생각 밖의 큰 피해가 예상되었다.

"쌔에끼, 꼴 좋네! 하핫……."

탄약고 작업을 끝내고, 중대본부로 돌아온 민석구 녀석이 한마디 했다.

물에 빠진 생쥐 꼴이 된 한성욱을 보고, 하는 말이었다.

"너는 임마? 니꼴은…… 하핫핫!"

한성욱이 민석구를 보고 웃어 댔다. 민석구 녀석도 역시 물에 빠진 생쥐 꼴이었다.

후방부대에선 좀처럼 착용하는 일이 없는, 화이바에 철모까지 덮어쓴 꼴새가, 여간 우스운 것이 아니었다. 체구가 작고 생김생김이 올망졸망, 땅딸막하게 옆으로 퍼진 동양인의 체격엔 영 어울리지 않는 군장이었다.

하늘에 구멍이 난 듯 쏟아져 내리던 빗줄기가 해 질 무렵이 되면서 조금 가늘어지는 모양을 보였다. 그 틈새를 이용하여 장병들에게 저녁 식사가 배식되었다.

취사장도 예외는 아니어서, 취사장 뒤로 흐르는 배수로가 범람하여 평소보다 늦은 저녁이 배식되었다. 그나마 다행이라면 큰 다행이었다. 취사장 뒤 배수로는 부대 내에서 가장 큰 배수로여서, 제1차 위험지대로 분류된 바 있었다.

저녁 점호가 생략되었다.

모든 영 내 활동, 내무반 활동이 정지된 상태인 것이다.

각 소대 단위 내무반별로 침상 끝에 걸터앉은 상태로의 대기였다. 긴장을 풀 수가 없었다. 밖은 칠흑처럼 어두웠다. 거세게 몰아치는 비바람 소리만 요란했다.

밤 23시, 저녁 11시가 지나서야 취침명령이 떨어졌다.

완전군장으로 꾸려진 배낭은 관물함에 기대어 정렬시켰다. 군화와 철모만 벗은 채, 현재 복장으로의 취침이었다.

낮시간의 긴장 때문이었는지, 소대원들은 곧장 깊은 잠 속으로 빠져들었다. 불안하고 불편한 잠자리였지만 말이다.

얼마나 지났을까.

"비상이다!"

"전 부대 비상이다! 비상!! …… 전 부대 비상이다!!"

요란한 비상 나팔소리가 울리고, 연이어 음산한 싸이렌 소리가 폭풍우를 뚫고, 칠흑 같은 밤하늘에 울려 퍼졌다.

곤한 잠 속에 빠졌던 장병들이 모두 화닥닥거리고 몸을 일으켰다. 재빠른 동작으로 군장을 챙겼다.

"전 부대 비상탈출 대기다! 작전과 뒷산에 균열이 생겼다! 산사태가 예상된다! 작전과, 정훈과, 시설과는 지금 즉시 비상반출 문서 지참에 만전을 기하라!"

"취사장 대기병력과 여군 중대는 지체 없이 부대 극장으로 대피하라!"

창 본부와 연병장에 설치된 라우드 스피카에선 다급한 당직 사령의 목소리가 계속 비상조치 사항을 알리고 있었다.

"다시 한번 알린다! 전 부대 비상탈출 대기다! 작전과 뒷산에 균열이 생겼다! 산사태가 예상된다!"

현재 시각은 새벽 3시, 비바람의 기세가 꺾일 줄을 모르고, 온통 세상을 다 집어삼킬 것처럼 어둠 속에서 아우성쳤다. 부대 전체가 다 날아가 버릴 것 같은 위급한 분위기였다.

부대 본부엔 또 하나의 위급한 급보가 날아들었다.

급수탑 뒤쪽 산이 무너져, 철조망 밖 민간인 지역을 덮쳤다는 것이다.

OBD 병력 2개 중대를 현장에 긴급 출동시키라는 긴급명령이 하달되었다. 2중대 3중대가 차출되었다. 따라서 한성욱, 민석구도 포함되었다.

총 대신 야전삽과 곡괭이로 무장한 군대가 출동했다.

이미 경찰과 소방관서 요원들이 현장에 도착해 있었다.

산사태가 너무 커서, 어디서부터 손을 써야 할지, 엄두를 낼 수가 없었다. 출동한 차량들이 라이트를 켜고 현장을 밝히고 있었다. OBD에서 출동한 군대 차량들이 여기 가세하여 현장을 대낮처럼 밝혔지만, 어떻게 손을 써서 구조작업에 임해야 할지 막막한 상황이었다.

부대 뒤 산골짜기에 빽빽하게 판잣집이 들어서서 마을을 이루었는데, 수십 호의 판자촌 마을 하나가 형체도 없이 사라져 버렸다. 진흙과 나무뿌리가 뒤엉킨 흙 펄더미가 산골짜기 하나를 뒤덮고 있을 뿐, 아무것도 보이는 것이 없었다.

출동한 부대를 이끌고 온 지휘관은 OBD 본부사령실 장창태 대위였다.

산사태 규모가 워낙 큰 데다가 계속되는 폭우로, 추가 산사태가 우려되는 상황이었다. 출동병력의 현장 접근이 불가능했다. 안타까운 일이었지만 중장비 투입 외에는 다른 방법이 없어 보였다.

그러는 동안, 잠자리에서 뛰쳐나온 이웃 주민들의 아우성 소리가 밤하늘을 채웠다.

속수무책으로 발만 동동 구르는 안타까운 시간이 흐르고 있었다.

이상하게도 5·16군사정변 이후, 천재지변과 자연재해가 부쩍 늘었다. 근래 들어 유난히 가뭄 홍수 피해가 극심했다.

해마다 봄이 되면, 4월 5일을 식목일로 정하여 산림록화를 외쳐 대지만, 그것은 헛구호가 되었다. 예산 빼 먹기 위한 헛나발이었다. 민둥산은 빗물을 머금지 않았다. 그대로 빗물이 흘러서 하천의 범람으로 큰물(洪水홍수) 피해가 오는 것이다.

수리시설의 부족으로도, 가뭄은 거의 해마다 예약된 행사였다. 해를 거르지 않고 찾아오는 태풍 피해는 전 국가적 재앙이 되었다. 작물 피해, 농경지 유실, 병충해, 수인성 전염 질환으로 인한 막대한 재산 손실로 국민적 고통이 심각했다.

수많은 사람들이 목숨을 잃고, 이재민의 발생 또한 국가적 손실이었다.

자연재해 현장에는 항상 군대가 출동했다.

천재지변이나 국가적 재해 현장에 군대가 동원되는 것은 당연한 일이다. 우수한 장비와 인력을 보유한 군대가 국민들이 당하는 대재앙의 고통에 참여하는 것은 지극히 정상적이다. 국민의 생명과 재산을 보호할 의무가 있는 군대가 당연히 함께해야 할 책무이기도 한 것이다.

문제는 시도 때도 없이 농사일을 거들어야 하는 데 있었다.

아니, 시도 때도 없이 농사일을 거드는 데 문제가 있는 게 아니고,

그것이 순전히 집권 군부세력의 생색내기 작업이라는 데 문제가 있는 것이다. 농사일이건, 도시의 환경미화 청결 사업이건, 주민을 위한 순수한 의미의 군대 동원이 아니라는 데에 문제가 있었다.

모심기, 보리 베기, 태풍에 쓰러진 나락 일으켜 세우기, 벼 베기 등 추수 활동에도 동원된다.

도시의 거리 청소, 하수구 정화사업, 도심 로타리 잔디밭과 공터의 잡초 제거, 공원 조성에도 군대가 동원되었다. 대연동 유엔묘지 청결 정화작업, 광안리 군용 해수욕장 개설 사업 등에도, 당장 OBD 사역병이 연일 투입되고 있었다.

뿐만 아니라, 전쟁 때 외국산 목재가 유입되면서 묻어 들어온 송충이잡이에도 군대가 동원되었다.

집권 군부세력들의 전시용 대국민 홍보용 생색내기는 여기에서 끝나지 않는다.

병영 내 '군기질서 확립'을 내세워 정상업무 처리에도 힘에 겨운 병사들을 달달 볶았다.

OBD 사병들의 하루는 MIS(정비공장) 컨베이어 벨트와 함께 쉴새 없이 돌다가 끝이 난다. 산더미처럼 쌓이는 군수품 하역 빡스들, 기계(兵器병기) 조작 정비, 기름칠 닦고 조이기(수리修理, 수입手入), 재포장, 반출, 차량 적재에 눈코 뜰 새 없는 하루가 간다.

이런 사병들에게 밤 시간의 휴식도 없었다.

정신교육, 재건교육, 경제교육에, 각종 규정 암기교육이 밤마다 실시되었다.

군인의 길, 혁명공약은 그렇다 치지만, 무슨 꽤 까다로운 '정치 정화법'이라는 것까지, 외우기 주입교육이 실시되었다.

'정치 정화법'이라는 것은 군대 사병들과는 아무 상관도, 아무 관련도 없는 것이었다. 순전히 정치군인, 정치인들에게만 필요한, 그들에게만 해당하는 것이었다. 더 정확히 말하면, 군사 꾸테타를 주동한 박정희와 김종필을 위시한 현 집권 군부세력이 유리한 입장에서 계속 정권을 잡겠다는 속셈을 드러낸 것이었다.

아울러 군부세력에 비협조적인 민간정치인이나 민주주의 신봉 유명인사들의 정치 활동을 원천봉쇄하겠다는 악의가 숨어 있었다. 그것도 소급입법으로, 정치사상 유례가 없는 정치 악법 중의 악법이었다. 민중의 지지를 받는 쓸 만한 사람들의 손발을 묶어 꼼짝달싹 못 하게 하는 군사 팟쇼 악법인 것이다.

야간 휴식시간만 빼앗는 것이 아니었다.

토요일(半空日반공일) 오후와 일요일 외출(휴식) 시간에도 사병들을 못살게 몰아쳤다.

영 내에서도 3명 이상 줄 서서 발맞추어 걷기, 영 외 외출 시에도 그래야 했다.

영 내에서의 복장 단정 강조는 영 내 상급자, 주로 장교들에게 보여주기 위한 시집살이 예절이었다. 이것이 영 외에서는 외출 시 일반 시민에 대한 선전, 홍보, 생색내기, 보여 주기 위한 예절이 되었다.

그런데, 시민들에게 눈요깃거리를 제공하겠다는 군부 꾸테타세력의 본래의 뜻과는 달리, 엉뚱하게도 헌병들 세상을 만들어 놓았다. 도시의 요소요소, 거리의 로타리마다 어깨에 잔뜩 힘이 들어간 헌병들이 진을 치고 서 있었다. 끗발 재기 좋아하는 그들이 때를 만난 것이다.

거리질서 확립, 교통질서 확립, 보행질서 확립 등 구호도 요란스러웠다.

모처럼의 외출한 시내 구경에서도 사병들은 주눅이 들었다. 헌병들의 번쩍거리는 바가지 모자에 잔뜩 겁을 먹었다.

손 한번 잘못 올렸다(거수경례)고, 단추 하나 개방했다고, 3명 이상 단체 보행 안 했다고, 군화 끈이 풀렸다고, 횡단보도 신호 한번 잘못 보고 건넜다고……, 군번 관등성명 소속부대 통보하고, 가차 없는 군기 위반, 날벼락 처벌이 떨어졌다.

쫄병 하루 외출이 살얼음판이라. 시내 구경 한번 잘못 나왔다가 징계, 처벌, 진급 누락되니 완전히 망쳐 버린 하루 외출이 되는 것이다.

권력 타고 앉은 별자리들 정치놀음에 앰한 쫄병들만 죽는 판이다.

세상 사람들은 군대 세상이 되었다고, 군인들만 기를 펴는 판이라고 쑥덕거리는데, 한성욱은 알 수 없었다. 육군 쫄병 한성욱 상등병은 도저히 알 수 없었다. 자신도 분명히 군인이고, 계급도 일등병이 아닌 더 높은 상등병인데, 어찌하여 이렇게 살판 난 것도 아니고 끗발도 전혀 없는 것일까?

4

OBD 작업병들의 관심사는 오로지 토요일 오후였다. 이번 주 토요일 오후 외출이 있느냐, 없느냐? 외출을 나가느냐, 못 나가느냐가 가장 큰 관심사였다. 구체적으로 말해서, 자기 자신이 외출을 나갈 수 있느냐 없느냐가, 병영 생활의 가장 크고 절실한 주요 사항이었다.

주말(토요일 오후)에 외출 금지, 외출이 시행되지 않으면 일단 기분이 잡치는 것이다. 자신이 외출증을 가지고 영 문 밖을 나갈 수 있거나, 나가지 못하거나와 상관없이, 풀이 죽고 마음이 무거워지는 것이다. 물론 자신이 영 밖을 나갈 수 있으면 그야 매우 좋은 일이다. 설령 자신이 외출을 못 나간다 해도, 부대 전체 외출 중지보다는 다른 쫄병들이라도 영 문 밖을 나가는 것이 좋은 것이다.

영 문이 꼭 막히고 닫혀 있는 것보다는 열려 있고, 다른 사람들이라도 영 밖을 들락거리는 것이 더 좋은 느낌인 것이다.

또 실제로도 외출 금지보다는 외출 있는 날이 일거리도 없고 마음이 편했다.

이따금 외출 금지령이 내리는 날이면 세상이 어수선하고, 비상이 걸리는 일이 많았다.

최전방 철책선에 구멍이 뚫렸다거나, 북쪽 인민군대가 대규모 탱크부대 훈련으로, 전방이동 징후가 포착된다거나 했을 때의 일이었다. 하다못해 남해 외딴 섬에, 간첩 하나가 나타나기라도 해야 외출 금지령이 내렸다.

그러니 이러고저러고를 떠나서, 우선 몸과 마음이 편할려면 외출이 있어야 했다.

요즘은 더욱 그랬다.

군사꾸데타를 주동한 정치 별자리들은 유독 통제, 획일, 맹목적 복종을 즐기는 경향이 있었다. 아무래도 일본 군사 제국주의자들에게서 배운 유일한 밑천이 그런 종류의 인간 억압, 인권 폭압 같은 야만적인 것이었을 것이다.

그래선지 요즘, 그들은 폭압의 고삐를 바짝 조여 대고 있었다.

후방 보급부대인데도 시찰, 사열, 검열, 조사, 감찰이 어찌나 많은

지, 도대체 정신을 차릴 수가 없었다.

사병들도 숨을 쉴 수가 있어야 인간 구실, 군인 구실을 할 수 있다. 목숨에, 삶에, 체력에 틈새 여분이 있어야, 몸과 목숨과 삶을 움직여 앞으로도 가고 뒤로도 갈 수가 있다. 틈새, 여분, 뒷터가 없는 병사들이 전장에서 어떻게 전진 후퇴를 할 수 있을 것인가.

사열도, 검열도, 조사도 병사들의 질서와 사기, 조직 강화를 위해서 있는 것이다. 시찰, 감찰이라는 것도 할만한 사람들이 해야 하고, 그래야 긍지와 단지丹志, 충성스런 마음이 일 것이고, 적시適時 적소適所를 가려야 약발이 서고, 군대 기강과 군율軍律이 설 것이 아니던가.

어중이떠중이들의 시찰이 어이 그리도 많은지, 정치군인들의 폼재기, 군사정부의 전시展示정책에 애꿎은 쫄병들만 잡는다. 부대 창장은 장성 진급, 별을 달기 위해서 헬리포트를 활용하지만, 사병들은 몸살이 날 지경인 것이다.

외출은 OBD 사병들의 창문이고 숨구멍이었다.

한성욱 상병도, 민석구 상병도 외출이 좋았다. 외출을 기다리는 재미로 한 주일을 보내는 격이 되었다.

반공일半空日인 토요일 오후부터 다음날인 일요일 저녁 점호시간 전까지, 1박 반나절 간이 자유다. 1박 반나절 간의 자유를 위해서 한 주일을 기다리며 모든 것을 꾹꾹 참아 씹어 누른다. 영 문 밖을 나가 돌아다니면서 숨을 쉬는 것이 그렇게나 좋은 것이다.

주머니 사정이 너무 어려운 사병들은 아예 외출을 신청하지 않는다. 체면치레로 외출증을 받아들고, 영 문을 나서는 사병들도 있기는 하다. 그런 사병들은 다리품을 팔아 가까운 시내 구경을 하고 되돌아오거나, 시내뻐쓰를 타고 서면 로타리나 용두산공원, 동래온천쯤

나갔다가 다시 부대로 되돌아오는 경우가 많았다.

외출증이 있으면 영 문 출입은 자유롭지만, 일보에서 빠지기 때문에 배식(식권)을 받을 수가 없다.

체면상 외출 신청을 하고, 외출증을 받아 영 문을 나갔다가 되돌아온 사병들 중에는, 밥을 굶어야 하는 경우도 있었다. 취사반에 빽이 있거나, 아는 친구와 밥을 나누어 먹지 않는 한 어쩔 수가 없었다.

그렇지만 밥을 굶어도, 사병들은 기를 쓰고 외출 신청을 하고, 외출증을 받아들고 영 밖을 나선다. 밥을 굶는 것보다 영 내에 움츠리고 앉아 있는 고통이 더 크기 때문인 것이다.

외출에서 돌아온 사병들은 사기가 높다.

활력이 넘치는 것이다. 비록 1박 반나절의 짧은 기간이었지만, 그만큼 인간성을 재충전했기 때문인 것 같았다. 굳어져 가는 인간, 허물어져 황폐해져 가는 인간성에, 유연성과 생명력을 다시 보충했기 때문인 것 같았다.

1박 반나절의 짧은 외출 효과는 언제나 생각보다 컸다.

표정들이 밝고, 말소리에 제법 활력이 넘쳐나는 것이다. 내무반 분위기도 한결 부드러워진다. 병장 일등병 할 것 없이 화기애애하다.

오후 귀대 시간이 다가오면 귀대 순서대로 삼삼오오 짝을 지어 침상에 앉는다. 그리곤 외출에서 있었던 무용담(?)들로 내무반이 시끌벅쩍해 지는 것이다.

오늘도 예외는 아니었다.

입심 좋은 제대 말년의 육칠봉 병장이 나섰다.

계급이 비록 하사보다 낮은 병장이지만, 장기복무 오대근 하사보다 훨씬 빠른 군번이었다. 고참답게 육칠봉 병장이 자신만만하게 선수를 치고 나선 것이다.

장난꾸러기로 통하는 육칠봉 병장의 오늘 외출 보고는 좀 색다른 데가 있었다.

보통 소대원들의 외출 이야기, 외출 보고는 비슷비슷하게 서로 닮은 데가 많았다.

술 한잔 걸친 김에, 웃통을 벗어젖히고 골목길을 활보하다가 헌병의 호르라기 소리에 놀라 토꼈다는 이야기, 영도다리 밑 좌판에서 한잔하다가 건달 깡패들과 한판 뜬 얘기, 술값이 모자라 경찰 백차 신세진 이야기, 남포동 골목에서 해병대 아이들과 시비붙은 이야기, 외상술 먹고 단골 트고, 그 집 색씨 따먹은 얘기 등이 외출 무용담의 단골메뉴였다.

그런데 오늘 육칠봉 병장의 외출 보고는 태종대 유원지, 송도해수욕장에서 처녀 꼬신 얘기도 아니고, 용두산공원에서 즉석 야간 데이트에 돌입, 그날 밤으로 꼴인에 성공한 얘기도 아니었다.

1달 전 육칠봉 병장의 외출 보고는 중앙동 연안부두 뱃머리에서, 길을 몰라 부산 길을 묻는 섬 새색씨 따먹은 얘기였다.

오늘 외출 보고는 체험 보고라기엔 그렇고, 굳이 말하자면 관찰 보고라고나 할까. 그런 비슷한 류의 관찰담에 해당하는 것 같았다.

육칠봉 병장은 몸이 날래기로도 유명했다.

충북 진천 출신으로, 고향에선 나뭇짐을 지고도 산속을 펄펄 날았다고 한다.

선천적으로 강 체질을 타고 난 것이다. 가파른 산을 잘 타고, 몸이 날렵하여 보폭도 너르다. 국민학교 땐 달리기 선수였단다.

제대가 코앞이라, 육 병장은 요즘 밥맛이 한결 좋다는 것이다. 군복 벗을 일만 생각하면 없는 기운이 펄펄 솟는다는 것이다. 추석 지나고 제대를 하면 11월 초순경 결혼이 예정되어 있다는 것이다.

신부는 국민학교 동기생으로 건넛마을의 이씨 성을 가진 복순이라는 처녀였다.

예비신부 이복순이는 어려서부터 육칠봉이를 죽고 못 살게 좋아했다. 데리고 놀려면 아무 때라도 마음만 먹으면 데리고 놀 수 있었으나, 육칠봉이 스스로가 일단 아끼고 아껴서, 그녀의 처녀성을 밀봉, 자물쇠를 채워 보관상태에 두었다는 것이었다. 틀림없는 '아다라시'라는 주장이었다. 누가 검사해 본 것도 아니고, 그렇게 믿는 수밖에…….

그러면서 육칠봉이는 예비신부 이복순이의 순결을 아끼고, 보호하기 위한 충분한 조치를 취해 놓았다는 자랑이었다. 자신의 왕성하고도 치열한 젊은 욕구를, 우선적으로 해결할 임시 배출처를, 초량 뒷골목에 마련해 놓았다는 것이었다.

어제 토요일 밤에도 단골집, 초량 뒷골목을 찾았는데, 임시 애인 그녀가 늦손님을 받고 있었다. 초량 뒷골목 여자들은 단골손님 한둘로는 밥 먹고 살기가 힘들어서, 보통 네다섯 명의 단골(애인)을 확보해야만, 주인(抱主포주) 마담의 신임을 얻을 수 있었다. 그러니까 일주일 내내 기달렸다가 찾아간 육칠봉 병장만 단골 애인이 아니었다. 육병장의 임시 애인, 그녀가 지금 받고 있는 늦손님도 네다섯 명이나 되는 단골 애인 중의 한 사람이었다.

숏타임 손님이라고는 했지만, 성질 급한 육칠봉 병장이 기다리기엔 너무 지루했다. 아무리 몸을 파는 바닥 인생이라고는 하지만, 그래도 서로 사랑한다고, 애인(단골)이라고, 언약한 사이가 아닌가.

초량 뒷골목 문삼례는 밑천을 파는 여자치고는 마음씨가 여간 고운 애가 아니었다. 한번 서로 단골(애인)로 지내자고 약속을 주고받은 이후로는, 토요일 오후만 되면 육칠봉 병장을 고대고대 기달렸다.

어제는 육 병장이 너무 늦은 시간에 그녀를 찾았다.

육칠봉 병장은 범일동 술집에서 너무 많은 시간을 보냈다. 초량 뒷골목에 도착해야 할 시간을, 한두 시간도 아닌 오후 시간을 다 넘겨버린 것이다. 그런 데다가 문삼례 역시, 긴 밤 짝짝이 단골들이 찾아들었던 것이다. 찾아온 단골을 그냥 돌려보낼 수도 없는 일이었다.

수절 과부도 아닌 마당에, 더구나 주인 마담이 등을 떠밀어 넣는 데야, 어쩔 도리가 없는 노릇이었다.

일이 이렇게 되어, 육칠봉 병장의 팔자에 없는 거리 방황이 시작되었다.

음식점들이 밀집해 있는 좁은 골목이었다.

앞쪽으로는 사람들이 통행을 하지만, 뒤쪽 좁은 골목은 낮 시간에도 사람의 통행이 거의 없는 곳이었다.

육칠봉 병장은 어두운 골목길을 서성이는 자신의 모습이 조금은 초라하다는 생각이 들었다. 기분이 좀 찜찜하고 그랬다. 하지만 단골 애인, 문삼례의 사정이 그렇다는데, 다른 뾰족한 수가 있는 것도 아니었다. 따지고 보면, 문삼례를 저 혼자서 전세를 낸 것도 아니었다. 어쩌다가 돈을 주고 여자 살 곳을 찾다 보니까, 마침 문삼례 그녀가 걸려든 것이었다. 애 마음씨가 괜찮은 것 같았다. 그래서 단골 하자고 약속했고, 자주 드나들었을 뿐인 것이다.

그녀가 먹고살기 위해 제 단골손님을 받고 있는데, 육칠봉이 제가 무슨 중뿔났다고 못 기다려 줄 것도 없는 것이다. 그녀는 어차피 밑천을 팔아야 밥을 먹고 사는 것인데, 육칠봉이 자신이 무슨 돈이 있어서 그녀의 몸값(포주에게 진 빚)을 다 갚아 주고, 빼내 올 수도 없었다. 또 돈이 있다 한들, 그녀를 빼내다가 같이 살림을 차릴 수도 없었다.

육칠봉이 자신은 이제 혼인을 약속한 몸이고, 자신의 고향에는 이복순이라는 약혼녀가 자신의 제대 날짜를 손꼽아 기다리고 있는 현실이었다.

잠시, 이런저런 생각에 젖었던 육칠봉 병장의 눈에, 골목 저쪽 깊숙한 곳에서 환하게 번져 나오는 불빛 하나가 보였다.

다가가 보니, 먼지가 택택 낀 작은 창문이었다. 유리창이긴 했는데, 방안을 들여다볼 수 없도록 누런 신문지를 붙여 놓았다. 컴컴한 좁은 뒷골목에 환한 불빛이 새어 나와 눈길을 끈는다 싶었는데, 예사롭지 않은 잡음이 육칠봉이의 귓가를 스쳤다.

이상한 예감에 사로잡힌 육칠봉 병장이 발을 멈췄다.

살이 부딪치는 둔탁한 소리에, 야릇한 여자의 신음 소리가 묻어나고 있었다. 불이 환하게 켜진 창문 안쪽 바로 밑에서 들리는 소리였다.

본능적으로 육칠봉이는 귀를 바짝 창틀에 붙였다. 아주 작은 소리까지 귓속으로 빨려 들렸다. 번쩍 술이 다 깨는 기분이었다.

사람의 심리란 묘한 것이었다.

소리로만 듣고 있으니 몸이 안달이 난 것이다.

눈을 이리저리 두리번거렸더니, 하느님이 보우하사 용케도 틈새 하나가 있었다. 신문지가 낡아서 제물에 풀이 떨어지고, 마른 풀 자국이 찢어져서 생긴 틈새였다.

육칠봉이가 작업모 챙을 옆으로 돌리고, 여기에 눈을 바짝 들이댔다.

이게 웬 떡인가. 육칠봉이의 바로 눈 밑에서, 씨네마스코프 총천연색 같은 거창한 일판 하나가 벌어지고 있었다.

세상에 이런 재미가 또 있을 것인가.

눈이 너무 화려해서 정신이 아찔했다. 실오라기 하나 걸치지 않은 남자와 여자가, 마음 놓고 질펀하게 한판 벌이는 것이 아닌가.

육칠봉이 자신이 문삼례의 배 위에 올라탔을 때와는 또 다른 재미가 넘쳤다. 흥미진진했다. 저도 모르게 침을 질질 흘리는 판이었다.

문삼례의 몸매도 어지간하고, 몸 파는 생활 삼 년째로, 남자 다루는 기교 재주가 숙달된 조교 뺨을 치고도 남는 터라. 그런고로 육칠봉 그 자신이 벌이는 한판승부(?)도 어떤 일판 못지않게 격렬하고 박진감 넘치는 볼 만한 일판이었다.

그런데도 남의 손의 떡이 더 크게 보인다고, 지금 자신의 눈앞에서 벌어지고 있는 벌거숭이 잔치는 세상에 더없는 몸뚱아리들의 향연이었다. 몸살이 나게 재미가 있었다.

이 집 전면엔 중국집 간판이 걸려 있었다.

지상 최대의 흘레 잔치가 벌어지고 있는 현장은, 이 집 뒤쪽에 붙어 있는 깊숙한 살림방인 것 같았다.

중국인으로 보이는 남자는 살집이 좋고 체격이 컸다.

반면, 밑에 깔린 여자는 체격이 아담하고 가녀린 편의 미인이었다.

육중한 비곗살의 남자에 비해, 여자는 균형 잡힌 몸매에 희고 매끄러운 느낌의 피부를 갖고 있었다. 육칠봉이가 보아도 여자는 너무 매혹적이었다. 마음 같아서는 한번 치고 들어가서, 여자를 숨도 못 쉬게 깔아뭉개고 싶은 생각이 굴뚝 같았다.

티 하나 없는 흰 피부에, 가슴도 아직 허물어지지 않은 젊은 여자였다. 남자와의 나이 차이로 보아, 돈푼깨나 있는 중국인이 전쟁으로 넘쳐나는 한국 여자를 제멋대로 하나 골라잡았는지도 모를 일이었다. 보통을 넘는, 아름다운 몸을 가진 젊은 여자가 어쩐지 아까운 생각이 들었다.

이렇게 새파랗게 젊은 여자치고는 남자에게 길이 잘 들어 있었다.

일을 진행하는데, 변죽이 척척 잘 들어맞았다. 남자의 동작에 따라 자세 변화, 체위 설정이 능동적이었다. 남자의 공격 동작에 대한 대체 동작도 적극적이고, 속도의 완급 조절에도 반응 호흡이 정확했다.

여자는 매우 헌신적이었다.

남자의 동작에 따라 토해 내는 기성은 가히 숨이 멎을 지경이었다. 미인의 탄성이라더니, 그 호소력에 육칠봉이의 심장이 다 멎을 것 같았다.

육칠봉이가 가장 감동을 먹은 것은 기마자세의 억센 절박성이었다.

저 자신도 문삼례와 일판을 벌일 때, 실험을 안 해본 것은 아니었다. 그렇지만 지금 이들처럼 기가 막히게 호흡이 잘 맞는 말타기는 처음이었다. 장단과 호흡이 어찌나 잘 맞는지, 육칠봉이의 벌린 입이 다물어지지 않았다.

남자의 덩치와 힘에 공포를 느낄 만도 한데, 여자는 전혀 그런 기색이 없었다. 남자는 돌격 전진과 후퇴, 느리고 빠른 동작을 간헐적으로 배합하였다. 간헐적으로 되풀이되는 남자의 공격 자세는 숙련미가 넘쳐났다. 여자의 박자 맞추기 동작 반응이 어찌나 적극적이고 완강한지, 손에 땀을 쥐게 하고도 남았다. 가늘고 긴 허리에, 흰 박덩이처럼 매달린 둥근 엉덩이가, 전후 좌우로 쉴새 없이 흔들렸다. 경련하고 있었다.

육칠봉이의 목구멍에선 꼴깍, 꼴깍, 침 넘어가는 소리가 연방 탄성을 발했다.

어쩌다가 남자가 엇박자를 내거나, 순간적으로 리듬이 끊긴다 싶으면, 여자가 외려 앙탈을 부리는 모양새였다. 최대의 높이로, 최대의 후진을 감행한 발칙한 모양새의 흰 박덩어리가, 남자를 향해서 격랑한다. 흰 박덩이를 두 쪽으로 나눈 굴곡이 경련을 일으키는 것이다. 남자의 팽창한 장대를 물고, 굴곡 운동으로 화풀이를 하는 것이다.

알고 보면, 남자의 엇박자나 리듬 끊기는 의도적인 것이었다. 남자의 숙련공다운 여자 죽이기, 숨은 기술의 일환이었다. 여자가 익어서 어지간히 몸이 닳았을 때, 써먹는 상승 깃법이었다.

남자의 동작에 변화를 주거나, 여자의 체위를 바꿔야 하는 아주 짧은 순간도, 이들은 헛되이 버리지 않았다.

남자는 여체에서 빼낸 자신의 몸을 신속하게 여자의 젖무덤 사이에 묻는다.

여자는 기달랐다는 듯, 남자의 몸을 두 손으로 안아다가 혀를 내밀어 격정적으로 휘감아 핥는다. 그러다가 순식간에 통째로 끌어다가 입안에 넣고 먹어 대는 것이다. 그 이쁜 얼굴이 탐욕스러워지는 순간이었다.

남자는 순간을 놓치지 않고, 몸을 거꾸로 여자와 가로지기가 되어, 여자의 다리 사이에 얼굴을 처박는 것이 아닌가.

남자가 여자의 두꺼운 속뚜껑을 물어 주다가 혓바닥을 세워 사정없이 웅덩이 공격을 감행하고 있었다.

그러자 남자를 탐욕스럽게 물고 들었던 여자의 표정이 더없이 평온해지는 느낌이었다. 본래의 미모를 되찾는가 싶었는데, 점점 꽃처럼 환하게 피어나고 있었다.

"야, 인마, 구라치지 마라!"

조억수 내무반장이 더 이상 못 참겠다는 듯, 소리를 질렀다.

조억수 내무반장은 육칠봉 병장과는 군번이 같았다.

지금까지 입을 헤벌리고 잘 듣고 있다가 그만 한마디 뱉은 것이다. 이야기를 듣고 있는 소대원들 모두가 그랬지만, 조억수 내무반장 역시 가운뎃다리에 전해지는 이상 신호 때문에, 더 이상 견딜 수가 없었던 모양이었다.

"야, 너…… 절반은 거짓말이제?"

또 다른 군번 동기, 곽말재 병장도 너무 재미가 있었다는 표현을 괜스리 생탈 잡는 말로 바꾸어 던진 것이다. 차마, 가운뎃다리가 벌떡벌떡 일어섰다는 말을 털어놓을 수는 없었던 것이다.

"남 허는 거, 보고만 있으면 무슨 재미고? 꼴리기만 되게 꼴리제……."

사실 육칠봉 병장의 외출 보고는 입담도 좋고 색달라서, 근래에 드물게 흥미를 끌었다. 그런데도 일부러 김을 빼는 소리로 투덜거렸다.

소대원들은 말과 달리 모두가 싱글벙글이었다.

"나는 마, 요번에…… 구멍 크기가 얼매나 되고, 깊이는 또 얼매나 깊은지, 그것을 알아냈다! 그것을 확실히 알아냈다."

2번 타자가 나선 것이다.

1소대 유일의 장기하사 오대근이가 외출 보고 제2탄을 쏘아 올리겠다는 것이다.

장기하사 오대근이도 여자 이야기라면 육칠봉이한테 결코 뒤질 수가 없는 것이다.

고참 장기하사들은 상사 중사와 함께 전원 영외 거주였지만, 오대근 하사는 일반 소대원들과 함께 영내 거주해 내무반 생활을 하고 있었다. 입대 후 장기복무를 지원해서, 하사관학교를 나온 지가 얼마 되지 않은 햇병아리 하사이기 때문이었다. 월급도 작고 나이도 아직 어린 것이다. 군번도 육칠봉 병장보다 6, 7개월이 뒤지는 편이었다.

그래도 군대는 계급이어서, 고참 병장들도 함부로 말을 놓을 수는 없었다. 적당히 반말을 써서 그런대로 잘 지내고 있었다. 군대는 계급도 계급이지만 밥그릇 수도 중요한 것이어서, 오 하사는 스스로 병장들에게 존댓말을 쓰고 있었다.

소대원들 사이에 도는 말로는, 육 병장은 강성 체질이어서 힘으로 여자를 조지지만, 오 하사는 코가 커서 물건으로 여자를 죅인다는 것이다.

오대근 하사는 오늘따라, 제가 무슨 극지 탐험에라도 성공한 사람처럼 의기가 양양했다.

오 하사는 외출 보고를 시작하면서, 주머니에서 종이에 싸인 계란 하나를 꺼내 들었다.

"이 계란으로 말할 것 같으면…… 참 그러다 보니 서론이 빠졌네!"

"……."

또 무슨 일인가 하여, 소대원들이 시선 집중하고 눈들을 빛낸다.

"자아, 여러분! 산으로 가야 범을 잡고, 바다로 가야 메레치를 잡는데, 범과 메레치는 서로 궁합이 별로라! …… 숫펌한테는 암펌이 제격이요, 처녀 메레치한테는 총각 메레치가 제격이라! 과부 속은 홀애비가 알고, 홀애비 속은 과부가 아는지라, 과부 홀애비는 천상천하, 천생연분이라! 올해 같은 과부 풍년에 내 좆 없으면 못 먹는 기라!

…… 자아, 날이면 날마다 오는 장사가 아니옷! 돈 놓고 돈 먹기, 이렁쿵저렁쿵 말씀 마르시고오, 귀 들고 눈만 오시오옷!!"

약장사, 야바우꾼 흉내로 서두를 끝낸 오대근 하사가 소대원들의 시선 집중을 강조한 것은 하얗고 둥근 달걀 한개였다.

아까부터 들고 있었던 레구혼 달걀이었다. 제법 커 보이는 달걀이었다.

완월동 김양은 오대근 하사의 2년 단골이었다.

오대근 하사가 붙인 김양의 별명은 호박조개다.

호박조개는 몸이 튼튼했다. 펑퍼짐한 엉덩이에 젖가슴도 넓고 크다.

하도 많은 여러 놈이 드나들어서 그렇지, 개인 소유 단독 항구였더라면, 배 드나들기도 여간 쉽잖을 것이다. 허벅지 살이 너무 피둥피둥 두꺼워서, 두 다리를 하늘로 들고 아무리 버둥거려도, 시궁창 찾아들기가 보통 진땀 나는 일이 아니었다. 오 하사의 물건이 첫째 두대頭大와 둘째 장대長大를 두루 갖추었기에 망정이지, 시원찮은 물건 가지고 덤볐다가는 출입구도 못 뚫고 나가떨어질 판이었다.

오 하사의 단골 애인 소개 겸 하소연은 진실인 것 같았다.

구조가 그렇기 때문에, 뭇놈이 무시로 드나드는 항구이지만, 아직까지도 꾹꾹 물어 주는 맛이 아주 그만이라는 자랑도 진실인 것 같았다. 그 허벌난 김양의 근육질 덕분에, 오 하사가 누리는 푸리미엄은 한둘이 아니었지만, 우선 제일 좋은 것, 두드러지게 좋은 것 한 가지가 있었다.

그것은 김양의 높디높은 배꼽 위에 오르면 온 세상이 제 것인 것 같았다. 호승지기가 이를 데 없었다. 오 하사만이 알고 즐기는 일급

비밀이다. 오 하사는 이것을 노르망디 상륙작전이라 부르는데, 지구의 지붕 에베레스트산 등산보다 기분이 더 났다는 것이다. 거대한 항공모함 꼭대기에 혼자 올라탄 기분이라는 것이다.

물론 오대근 하사의 물건이 두대와 장대를 다 갖추어서였겠지만, 오 하사를 위한 김양의 특별 배려가 각별하다는 것이다. 뭇놈이 드나드는 공용 항구라고 해서, 뭇놈을 다 똑같이 대하는 것은 아니다.

오대근 하사의 김양 배꼽 상륙은 유별났다.

유별나게 비좁은 항구의 해상 통로는, 장대 두대한 오 하사의 장대(長竿장간)를, 더욱 장대 두대하게 만들어 주는 괴력을 가지고 있었다. 허약하고 짧은 물건의 소유자들에겐 험로이고 장애가 되지만, 오 하사의 경우 더욱 분발하고, 더욱 기가 성하게 자극을 주는 일종의 촉진제가 되는 것이다.

오 하사의 상륙작전은 기대에 부푼 김양에게 무한한 기쁨을 선사하고, 뭉게구름이 솟아오르는 분홍빛 하늘로 둥둥 떠오르게 했다. 오 하사의 젖먹이 흉내는 그의 상륙작전의 꽃이었다. 아무에게도 말해줄 수 없는 하이라이트였다.

이에 대한 보답으로, 김양만이 갖고 있는 자동 괄약근 경련운동이 있었다. 김양 특유의 이 자동운동은 참으로 오묘 기묘한 생리 혜택이었다. 하늘이 준 은혜요 축복인 이 경련운동은, 유대인 장사壯士 삼손이 빠져 죽은 요녀妖女 데릴라의 음습탕, 당唐 현종의 눈을 멀게 한 며느리 양귀비의 사타구니에서도 일어났던 것이다. 그러고 보면 김양은 땅 위의 여자가 받은 세 번째의 축복을 거머쥔 셈이었다.

오 하사가 그의 장끼인 젖먹이 흉내를 끝내고, 두대 장대한 물건을 질척거리는 시궁창으로 밀고 들어오는 시간에 맞추어, 경련운동이 시동을 걸기 시작하는 것이다. 이와 같은 괄약근의 자동 탐지능력의 우수성은, 데릴라와 양귀비의 예例에서와 같이, 이미 수천 년 전부터 입증된 바 있었다.

김양의 괄약근 자동운동은 수축 팽창이 자유자재였고, 오 하사 개인의 성기 특성을 정확하게 기억하고 있었다. 오 하사 몸의 열 측정, 심장 박동 수까지를 탐지하여, 환락의 정점, 극치를 유도한다. 특이한 점은 여러 단골들 중에서도, 오 하사의 상륙작전을 가장 환영하는 경향이 있다는 것이다. 오 하사의 장대가 빠른 공격을 감행하면 아주 친절하고 민감하게 반응하는 특성도 가지고 있었다. 여타 단골들의 상륙작전 때보다 2, 3배의 경련 빈도를 보이는 것이다.

김양의 질, 괄약근 구조는 오로지 오 하사를 위해서 제작된 것 같았다.

이런 이유 때문인지, 오 하사는 돈을 더 모으고, 중사 진급을 기달렸다가 사랑하는 김양과 결혼해서 살림을 차릴 용의가 있었다.

이렇게도 끔찍하게 사랑하는 사이인데도, 오 하사의 타고난 장난끼는 애인이라고 봐주는 법이 없었다. 오 하사 본인은 장난끼라는 말을 절대로 쓰지 않는다. 자신의 타고 난 '탐구욕'이라 스스로 높여 말한다.

오 하사가 완월동을 찾아갈 때는 저 스스로의 의무사항을 잘 챙긴다.

혹 물품 구입비 같은 것이 있으면 마담 언니에게 입장료로 내고, 김양의 배꼽 등산비는 등산비대로 따로 선불 계산을 한다. 실험 탐구에 관한 요금은 오 하사 스스로 책정하여 섭섭잖게 내밀어주는 것이다. 보통 실험 탐구요금의 경우, 짧은 밤(숏타임) 요금의 두 배, 떠블

스코어로 지불한다. 실험 탐구요금이 좀 과한 편이지만, 이것은 김양과 각별한 은밀 관계 유지를 위한 애정표현이기도 한 것이다.

오 하사와는 그간 정이 많이 들었다.

서로 너무 익숙해선지, 그가 좀 별난 짓을 해도, 김양은 그냥 웃고 넘어가는 일이 많았다. 오 하사의 별난 짓은 김양 자신을 너무 사랑하기 때문이라고 이해했다. 사실은 김양 자신도 오 하사의 실험이나 별난 탐구욕이 꼭 싫은 것만은 아니었다. 같이 즐기고 노는 편인 것이다.

아무튼, 김양의 사타구니는 인간 오 하사의 신비로운 탐험지探險池가 되었다.

김양의 아궁이, 오 하사는 '이쁜이'라 부른다. 김양의 이쁜이, 아니 오 하사는 '내 이쁜이' 제 것이라고, 제 이쁜이라 부른다. 김양의 다리 사이에 깊숙이 박혀있는 이쁜이만 있으면, 오 하사는 하루 종일이라도 잘 갖고 논다.

그러다가 아랫도리에 열이 오르면 허겁지겁 젖무덤을 물다가 두대장대한 물건을 세워 들고 격렬한 공격을 감행하는 것이다. 죽기 살기로 그녀를 파고드는 것이다.

사실 김양의 일주일은 오 하사를 기다리는 것으로 시작해서, 기다리는 것으로 끝이 난다.

오 하사의 대물을 바라보는 것만으로도 행복하다. 그놈이 숨을 헐떡이며 공격해 들어오는 것만 상상해도 온몸에 전율이 오른다. 그놈의 전진과 후퇴, 피스톤작용에 의한 펌프질은 결국 그녀 질 괄약근 자동경련 운동을 유발한다.

이때부터 김양은 천당과 지옥을 오가며, 온몸이 녹아나는 극락세계에 오른다. 몸뚱아리가 둥둥 떠서, 구름 속을 헤매는 것이다.

오 하사가 선호하는 낙하산 자세, 김양 자신이 더 좋아하는 자세다.

파라슈트를 타고 공중낙하 하는 자세인 것이다. 배낭을 등에 짊어지고, 낙하산 줄을 두 팔을 벌려 움켜잡은 고공낙하의 기본자세이다. 김양이 너무 좋아하는 자세였다. 처음 시작부터 자세가 멋이 있었다. 여자가 두 다리를 양손으로 벌려 잡고, 등 뒤에 이불을 높이 받친 상태인 것이다. 두껍게 부어오른 여자의 대음순을 최대한 앞으로 힘껏 돌출시킨 자세였다.

남자는 손을 뒤로 짚고, 여자를 향하여 두 무릎을 세우고 앉은 자세에서, 정면 속성공격을 감행한다. LMG 기관총 사격과 같은 연속 속성공격의 효과는 대단하다. 오 하사의 장대한 대물이 빳빳하게 선 상태에서, 직선 정조준 공격은 사람을 죽여 놓는 것이다. 김양은 연속 구름 속을 헤매며 비명을 지른다. 이때 암수, 두 두덩의 마찰음은 암수의 두 청각신경을 더욱 자극한다.

전진과 후퇴 공격 속도는 배승하고, 더욱 격렬해지는 마찰 충돌이 배승하는 속도에 따라 불꽃을 튀긴다. 오 하사의 스피디한 대물 공격에, 겁을 먹은 김양의 비명이 최고조에 이른다. 정조준하여 쾌속으로 들이닥치는 오 하사의 대물이, 꼭 강철공이가 드나드는 것 같은 느낌을 주기 때문이었다.

잔뜩 겁을 먹은 김양의 눈에는 공격해 들어오는 대물의 크기가 너무 두대 장대해 보이는 것이다. 너무 무서워서 몸이 저절로 움추러들지 않을 수 없는 것이다. 무엇보다도 이 자세의 장점은, 서로 정면에서 눈과 눈, 얼굴 표정, 아궁이와 장대의 움직임을 생생하게 바라다볼 수 있다는 데 있는 것이다.

낙하산 자세의 두 번째 변형은 더 재미가 있었다.

여자의 두 다리를 가져다 남자의 목을 감싸는 것이다.

남자가 여자의 허벅지를 직각으로 모아 잡고, 제 쪽으로 사정없이 끌어당기는 자세로, 여자의 부어오른 샅은 양쪽 문짝이 밀착되어 전혀 틈을 보이지 않는다. 남자의 억센 팔 힘에 여자는 완전히 몸을 맡겨버리는 것이다. 전신에서 힘을 빼고, 그럴수록 남자는 축 늘어진 여체에서 맹공猛攻 의지를 자극받는다.

오 하사는 두 무릎을 기둥처럼 세우고 앉아서, 김양의 풍성한 엉덩잇살 감촉을 넘치게 즐길 수 있는 것이다. 이때, 오 하사는 등뼈 뼛골이 몽땅 빠져 내리는 기쁨을 맛보게 되는 것이다. 치는 쪽과 받는 쪽의 감각이 너무 선명하고 직감적이어서, 그 찰나적인 기쁨이 온몸에 닭살을 돋게 했다.

두 개의 엉덩이가 불꽃을 튀기면서, 날카로운 작열음이 들렸다. 판잣쪽 맞부딪치는 소리 같았다. 두 개의 엉덩이가 속도감 있게 부딪치면서 내는 순간적인 파열음이었다. 오 하사의 공격력이 그만큼 억세고 스피디 하다는 것이다.

오 하사를 이렇게 공격적으로 만드는 것은, 두 다리의 직선 밀착으로, 김양의 아궁이 문짝이 전혀 틈새를 보이지 않기 때문이기도 했다.

승부 근성에 불타는 오 하사의 강철공이가 이 비좁은 틈새를 맹공으로 뚫고 드나드는 강속운동을 너무 좋아하는 특성을 가졌기 때문이다. 오 하사의 강속운동의 연속작용에 따라, 김양의 괄약근 경련작용이 최고조에 달한다. 김양의 괄약근들이 숨을 못 쉬고 나 죽는다고, 아우성치는 것이다. 김양의 괄약근 자동운동 장치가 극점을 향해 달리고 있는 것이다.

오 하사가 선호하고 노리는 파라슈트 제2 자세의 기묘한 진가眞價인 것이다.

강철공이에 얻어맞은 김양의 두 문짝이 벌겋게 퉁퉁 부어올랐다. 틈을 보이지 않는 아궁이 틈새에선, 연속적으로 흰 거품과 점액질이 솟아 나왔다.

신비로운 것이 하나 있었다.

김양의 몸이 초죽음이 되어 늘어지면 늘어질수록, 김양의 골짜기의 괄약근들은 새로운 수축 팽창 운동에 열을 올렸다. 오 하사의 강철공이도 죽을 지경이 되었다. 수축 팽창 운동으로 열을 받은 김양의 동굴 벽이, 도저히 숨을 쉴 수 없는 지경에 이르렀기 때문이었다. 오 하사의 밑뿌리를 마구 붙잡고 물고 뜯는 상태였다.

둘이는 속궁합이 유별나게 잘 맞았다. 그중에서도 시간 궁합이 기가 차게 잘 맞는 특별한 경우가 되었다.

둘이는 꽥꽥 소리를 질렀다.

김양도 꽥꽥! 오 하사도 꽥꽥! 소리를 지르고 있었다.

이런 격랑이 지난 뒤끝에도, 오 하사의 탐구 정신은 빛을 발했다.

"자아, 여러분! 제정신을 차리시고…… 아무리 좋아도, 완월동 김양의 배꼽은 육군하사 이 오대근의 소유올씨다. 침 그만 흘리시고…… 여기 주목합시다!"

아까부터 들고 있는 큰 달걀 하나,

"이 달걀로 말할 것 같으면, 부산진 시장에 천지삐까리로 쌓여 있는, 그냥 맹탕 달걀이 아니올씨다! 이 빛나는 달걀이야말로, 육군하사 오대근이와 완월동 김양 간의 사랑의 이합지수二合之水가 묻어 있는, 특수 애정 달걀입니다. 이 달걀이야말로 완월동 김양의, 동굴의 깊이와 넓이, 지진이 일었던 동굴 벽의 뜨거운 온도까지를 종합적으로 측정한 귀중품이올씨다! 앞으로 영원무궁토록 자손만대에 길이 보존할 나 오대근 가문의 전승 보물이요. 가보 중의 가보로 존중 보전될 것입니다!"

"……."

"자아, 여러분! 여자 없는 세상을 거부하고, 여자 있는 세상에 태어난, 친애하는 행운의 동지 전우 여러분! …… 쏘크라테스 여동생 색크라테스는 말했다! 남자의 영원한 주제는, 여자의 질척거리는 풀숲 우거진 깊은 계곡이요, 여자의 영원한 주제는, 남자의 알망태기와 꼿꼿하게 일어서는 공이뭉치라! 꽂을대 없는 소총구小銃口는, 앙꼬 없는 찐빵이요, 약실 없는 방아틀뭉치는, 찐빵 없는 앙꼬라! …… 식욕 왕성한, 제2중대 1소대 동지 전우 여러분! 왕성한 식욕은 전투력을 향상시키고 공격능력을 배가시킨다! 여자의 배꼽고지는 한없이 높고 매혹적이다. 식욕 왕성한 용사를 부른다! …… 사나이들이여, 고지를 향하여 돌격이다! 청춘들이여, 총검을 세워 꽂아라!"

"와, 와와! 오 하사 최고다!"

5

관상대의 일기예보는 곧 서리가 내릴 것이란다.

그러고 보니 1년 중 가장 풍성하고, 여유가 넘치는 한가위가 지난

지도 벌써 한 달이 지났다.

중대본부 막사 화단에 심어놓은 국화꽃 봉우리가 제법 봉긋하게 솟아올랐다. 하루가 다르게 꽃봉오리가 몸집을 부풀리고 있었다. 따리아가 피고, 칸나의 붉은 꽃잎이 해맑은 가을볕을 받고 있었다.

그동안 아침저녁으로 눈길을 주고 가꾸었던 억새포기가 보이지 않았다.

어디로 사라졌는지, 알 길이 없었다.

누가 어찌해서 파내 버렸는지, 파내 갔는지 알 수 없는 일이었다. 억새포기가 서 있던 자리엔 삽 자국만 찍혀 있을 뿐, 억새포기의 행방은 묘연했다.

어디로 간 것일까?

억새포기에 발이 달렸다는 말인가.

한성욱은 마음이 몹시 상했다.

하찮은 풀 한 포기였지만, 그의 꿋꿋한 삶이 경이로웠다. 이따금 한성욱 자신의 삶을 하찮은 잡초 포기에 비추어보며, 풀어져 버린 마음의 깃을 여미기도 했었다.

누구인가가 의도적으로 파내버린 것이 확실했다.

청소 담당구역이 바뀌거나, 청소 당번 중 새로 들어온 전입병이 있었을 경우, 혹 잡초로 오인해 제거 대상이 될 수 있었다. 그러나 중대본부 막사 옆, 화단 청소 미화작업은 한성욱 상병이 전담하고 지나온 지가 벌써 일 년여가 지난 것이다.

그것도, 보통 청소 미화작업 중에 흔히 쓰는 맨손 잡초 뽑기 방법이 아니었다. 마음먹고 큰 농사용 삽을 가지고 흙을 깊이 파서, 뿌리 하나 남김없이 송두리째 제거해버린 것이다.

흔해 빠진 잡초 한 포기를 화단에 심어, 왕자처럼 가꾸었던 이름 모를 선배 병사에게, 송구한 생각이 들었다. 선배 병사의 뜻을 헤아리느라, 한성욱은 항상 마음을 다잡았던 것이다.

어디론가, 하룻밤 사이에 사라져 버린 한 포기의 잡초 자국 앞에서, 떳떳지 못했던 한성욱 자신의 지난 시간이 새삼 부끄러워지는 것이다.

한성욱 상등병의 직책은 병기기지보급창 제2중대 공급계였다.

공급계는 보급품을 다룬다.

말도 많고 탈도 많고, 골치 아프고 머리 무거운, 중대 공급계 생활도 1년 반쯤이 지났다. 상등병도 달고 어설프기만 했던 군대 생활도 제법 자리가 잡히는 기분이었다.

미구에 병장 진급이 예정되어 있어서, 공급계 조수 자리도 보충될 전망이었다. 그동안 공급계 조수 김무중 이병의 전출로, 한성욱 혼자서 이리저리 뛰어다니느라, 여간 고달픈 업무수행이 아니었다. 탈영병 김무중은 미운털이 박혀서 부대 복귀 한 달여 만에 전출 조치되었다.

사실, 한성욱 자신이 생각해보아도 꿈만 같았다.

어떻게 견뎌냈는지, 군대 생활 절반을 넘어서고 있었다. 스스로 생각해도 대견했다. 어떻게 견디고 감당해 냈을까.

물론 그사이 위기가 없었던 것은 아니었다.

견딜 수 없고 참을 수 없는 것들을 이겨내고 참고 참아서, 여기까지 온 것이 아닐까. 군대니까 억압되었고, 순응하지 않으면 안 되니까, 그냥 복종으로 견뎌 온 것이 아닐까.

그러고 보면, 한없이 비굴하고 더없이 더러운 삶을 살았다. 자기가 없는 삶, 꿈도 꿀 수 없었던 굴종의 삶, 이런 삶을 과연 살아도 되고, 도대체 살아서 어디에 소용되는 삶이란 말인가?

군대 전법戰法에, 3보 전진을 위한 1보 후퇴란 말이 있다.

그렇지만 한성욱은 공허했다. 동촌 촌놈의 깃발을 아직 내리지 않았다고 스스로 변명해 보지만, 왠지 공허하기만 했다.

자신이 없었다.

양심이 서질 않았다. 그러니까 저 하찮은 풀 한 포기, 억새잎을 보고도 부끄러워하지 않았던가? 푸른 억새잎, 칼칼한 억새잎, 칼칼하고 푸른 억새이파리 한 줄기 잡초 이파리 앞에서도, 고개를 바로 세울 수 없었던 자신의 삶…….

아침마다 기상나팔 소리를 들으며 '오늘도 무사히…….'

새날 맞이가 두려운 것이다. 날마다 아침을 맞기가 심란하고 저어스러운 것이다. 군화 끈을 조이는 일도 아침마다 새로운 것이다. 낯설고 공포스러운 것이다.

병영에서의 첫 밤을 보내고, 잠에서 깨었을 때의 일이었다. 수용연대에서 들은 첫 기상나팔 소리는 예리한 칼끝이 심장을 스치고 지나가는 것 같은 통증을 느끼게 했었다.

지금도 한성욱은 병영의 하루를 그러한 섬찟한 동통과 함께 맞는 것이다.

병기기지보급창은 물짜를 다루는 부대이다.

군수 물짜가 넘쳐나는 곳이다. 중대 공급실을 통해서 나오는 공급품쯤 눈에 잘 보이지도 않는다. 크게 관심을 가질 만한 것도 아닌 것이다. 누가 눈여겨 주목하려고도 않는다.

하지만 중대 공급실 물건도 군수품인 것만은 틀림이 없다. 돈으로 바꿀 수 있는 군수 물짜인 것이다.

민간인들은 값싸고 질 좋은 군수품을 기다린다. 군대 물짜는 영 밖으로 나오면 곧장 민간사회의 요긴한 생필품이 된다. 절대적으로 생활필수품이 부족한 사회였다. 생필품을 마음대로 구입할 수 있을 만큼, 돈이 도는 사회도 아니었지만…….

전쟁 때는 말할 것도 없었고, 지금이라고 별반 달라진 것이 아니었다. 그때나 지금이나, 군수품에 대한 수요 욕구가 대단한 사회였다. 군수품의 부정유출로 부정부패가 만연한 사회였다. 군수품 부정유출을 끊임없이 유혹하는 사회. 군수품 부정은 거의 일상화가 되었다. 자동차 기름, 부속품, 식량, 고철에 이르기까지 부정으로 영 밖을 나왔다.

들어가는 것도, 콩나물을 비롯한 각종 부식품에서 씨멘트, 목재 등 시설 자재, 2종 군납품에 이르기까지, 납품 비리에 연관되지 않은 것이 없었다. 군수품 부정 비리에 의한 축재蓄財 능력이, 곧장 인간 능력으로 평가되는 세상이 되어버린 것이다.

미군들이 먹다가 버린 음식물 찌꺼기인 꿀꿀이죽도 없어서 못 먹었다. 그 시절 전쟁 시기, 미군 물짜가 없었으면 굶어 죽었을지도 모른다. 입는 옷도, 신는 신발도, 입지도 신지도 못했을지 모른다. 부대 뒷문으로 미군 물짜가 안 나오고, GI들이 들고나오지 않았으면, 그렇게나 싸고 질 좋은 일용품들을 어디서 구입할 수 있었을 것인가.

전쟁으로 피폐해질 대로 피폐해진 사회에, 일정 부분 긍정적인 기여를 했다고나 할까. 참으로 아이러니칼한 일이다. 지금도 사실은, 싸고 질 좋은 부정 군수 물짜는 서민 생활에 도움을 주는 면도 있는 것이다.

만약 군용 휘발유, 군용차량 부속품의 부정유출이 완전 봉쇄된다고 가정을 해보면 참으로 놀라운 결과가 연출될 것이다. 지금 서울서 부산을 오가는 모든 차량이 올스톱을 해야 할 것이다.

나라가 부강하면 군수품 부정은 자동으로 폐기 처분이 될 것이다.

부강한 나라는, 민수民需는 민수로 끝나고, 군수軍需는 군수에서 끝이 난다. 그런고로 군수품 부정은 '호랭이보다 더 무서운' 원수놈의 가난 때문인 것이다.

군인이 되기 위해서, 훈련소에서 맨 처음 듣는 소리는, '총은 곧 생명이다.'라는 말이다.

말은 똑같은데, 이 말의 개념이 한국군과 미군에겐 각각 다르다.

미군에겐 총은 총 본래의 기능대로, 군인 각자의 목숨을 지켜주는 무기라는 뜻이다. 복잡할 것 없이 간단하다.

한국군에게는 개념이 좀 다르다. 복잡해지는 것이다. 머리가 좀 좋아야 개념 해석이 가능하다. 돈 없고 가난한 것이 무슨 그리 큰 죄인지, 똑같고 쉬운 말뜻도 복잡해지고, 그 개념 해석도 머리를 써서 풀어내야 한다.

총은 자기 개인 목숨을 지켜주는 무기이기 이전에, 경제적 가치를 지닌 메이드 인 유에스에이 생산품이라는 것이다. 아니, 무상 원조품이라는 것이다. 네까짓 엽전군인 목숨 하나가 문제가 아니라, 그 총을 만들기 위해 쏟아부은 막대한 딸라의 가치를 생각해야 한다. 따라서 미국 원조의 고마움을 통감하라는 것이다. 만약 총을 망실하거나 적에게 빼앗기게 되었을 경우, 엽전군대의 천해 빠진 목숨보다도 월등히 훨씬 귀중한, 메이드 인 유에스에이 총을 지키라는 것이다.

총으로 네 목숨을 지키는 것이 아니고, 네 가난하고 천한 목숨을 바쳐 마땅히 총을 지켜라는 것이다.

국군, 군대를 양성하는 훈련소에선 애국, 충성, 민족, 국토, 조국 교육은 뒷전이다. 교육연대 신병교육 차트에 없는 항목들이다. 대신, 미제 총알 한 방에 딸라가 얼마고, M1 총 한 자루를 국산 돈으로 환산하면, 초가집 몇 채 값이라고 암기교육에 열을 올린다.

나라와 민족이 없는 군대, 국토수호가 빠진 군대, 딸라 원조에 감읍感泣하여 목숨으로 총을 지켜야 하는 군대……, 아무리 생각해도 한성욱 상등병은 골머리가 아프다. 어떻게 1년 반 동안을 견뎌 왔을까.

한성욱 자신은 재주가 좋은 것일까, 바보인 것일까? 용케도 잘 살고 잘 버텨왔다는 생각이 들었다. 자신을 요령꾼이라고 생각한 적은 단 한 번도 없었는데, 제법 어느새 요령꾼이 되어가고 있는 것일까.

한성욱 상등병이 이렇게 요령꾼이 되고, 잘(?) 길들여지고 있는 것은 표일두 상사의 끼친바 공로가 지대하다고 아니 할 수가 없을 것 같았다. 굳이 그렇게 핑계를 댈 것까지야 없지만, 표일두 상사와 지낸 13개월은 꿈만 같은 것이었다.

되돌아보면 살얼음판이었고, 머리칼 끝이 하늘을 향해 곧추서는 나날이었다.

"야! 한성욱, 니 이리 오나! 이 호랑말코 같은 새끼, 뭐 이런 기 있노?"

길이가 6,70센치쯤 되는 지휘봉이다.

"니, 그렇게나 요령이 읎노? 대학생이란 기, 뭐가 일노?"

한성욱의 배를 쿡쿡 찔러 대다가 머리통이고, 어깻죽지고, 등짝이고, 아무 데나 닥치는 대로 매질이었다.

"아 새끼! 이 기, 어리해 갖고…… 머리 좀 돌리라! 앙? 동작은 와 그리 느리노? 부르면 퍼뜩 좀 뛰어오나 앙?"

발길도 올라왔다.

"이 새끼, 이 기…… 눈 좀 보라 마, 직이 뻘라 마…… 업무도 지대로 처리 몬 하는 기, 검열만 받으면, 와 그리 지적사항이 많노?"

한성욱은 고양이 앞에 생쥐 꼴이 되어 이리저리 아구통이 돌았다. 마구잡이로 쪼인트를 까일 때는 눈에서 벼락불이 일었다.

담배, 건빵, 비누 등 소모품이 나올 때가 문제였다.

피복, 모포, 신발류는 문제가 되지 않았다. 표일두 상사가 공급실에 나타나 손수 챙겨서 들고 나가기 때문이었다. 그러니까 한성욱이 신경을 써서 직접 챙기지 않아도 되는 것이다. 나중에 서류상 인사계가 들고 나간 만큼의 공백을 메꾸기만 하면 되는 것이다. 인수因数를 채우는 것은 나중의 일이었다.

하지만 소모품의 경우는 우상태 상병 때부터, 인사계용 따로 봇따리를 공급계가 직접 챙겨서 만들어 놓아야 했던 것이다.

이 일 때문에, 우상태 상병이 나가고(제대), 얼마 후 한성욱이 크게 한 번 경을 쳤다. 김무중 이병이 공급계 조수로 있는 동안은 표일두 상사의 심기를 거스르는 일이 거의 없었다. 탈영 사껀으로 김 이병이 미운털이 박혀 타부서로 전출이 되자, 일은 다시 원점으로 되돌아갔다.

요령 없고, 동작이 느린 한성욱은 다시 표일두 상사의 제일 타켓이 되었다. 아무리 한성욱이 노력해도, 표일두 상사의 눈에는 거슬리는 일이 많았다. 도대체가 한성욱이란 놈은 돼먹지가 않은 것이다. 요령도 없고, 동작이 느려서 쓸모가 없었다. 머리도 안 돌아가고 꼭 막혀서 답답하기 이를 데 없는 녀석이었다.

한성욱은 한성욱대로, 완전히 죽을 수도 없다는 생각이었다.

하루에도 열두 번씩 제 생각을 잠재우려 들지만, 퍼져 나오는 제 생각을 그렇게 쉽게 발로 밟아서 쑤셔 넣기가 쉬운 일이 아니었다. 두 손 두 발 다 들고 백기 투항을 했는데도 말이다. 또 지금은 상등병까지 달고 꽤 이 생활에 익숙해져 있는데도 말이다.

주제넘은 일이라고, 아무리 버둥거려 보아야 소용없는 일이라고, 자신을 타일러도 보았지만, 떠오르는 생각 자체를 깡그리 뭉개버릴 수 있는 일은 아니었다.

표일두 상사는 필요 이상으로 흥분하는 일이 많았다.

특히 한성욱에게 매질을 가할 때에 그런 증상을 보였다. 한성욱을 밉게 보기 위해서 일부러 화를 더 내는 건지, 아니면 한성욱이 특별하게 미워서 화가 솟구치는지는 알 수 없었다.

그는 흥분상태에서 한성욱에게 매질을 가하다가 가끔 이런 말을 뱉었다.

"이…… 하와잇 새끼!"

이 말은, 미국 군대가 6·25전쟁 때 갖고 들어온 말이었다.

세계 제2차대전 당시, 미군들이 내무반 생활에서 쓰던 비속어 중의 하나였다. 특정 지역을 지칭 얕잡아 보는 아주 모욕적인 언사였던 것이다.

미국이란 나라는 종족적으로 단일 인종 국가가 아니다.

지리적으로도, 산이나 강 같은 자연물을 경계로 한, 자연현상과 기후조껀에 의한 각 주州별 경계 분할이 아니다. 인위적으로 선을 그어 직선 분할을 한 주거 생활 공동체 구역인 것이다. 혈연 지연과 전혀 무관한 생활 편의 지역분할이고, 행정구역 획정인 것이다.

그들에겐 혈종血種, 민족이 없다.

자연환경에 붙박혀 오랫동안 덩어리로 살던 인민도 없다. 아무 혈종이나, 이런저런 인종들이 이주하여 생활 행정공동체 합중국合衆國을 만든 것이다.

그중에 1899년에 미국에 편입되어 유일한 준주準州 대접을 받는 하와이 제도가 있었다.

이 섬의 원주민은 카나카족인데, 이들보다는 동부 아시아계가 주종을 이루고 있었다.

태평양전쟁 때, 이 섬에서 징집되어 온 병사들이 미국 군대 내에서 차별과 괄시를 많이 받았다.

그 이유는 탈영자가 많고, 도둑질 잘하고, 말썽을 피우는 비율이 본토의 다른 주 출신에 비해 높다는 것이었다.

38선 이남에서, 여기에 비견되는 곳이 반도 땅 서남부에 위치한 전라남·북도였다.

해방공간과 6·25전쟁 중, 가장 많은 환란과 극심한 피해를 입은 지역이었다.

전쟁 전에는 려순麗順 반란사껀이 있었고, 전쟁 때는 인민군이 직접 진주한 해방지역이었다.

사실, 이 지역은 일제 강점기 때부터 민족독립 세력의 집결지였다.

옛날부터 골짜기 깊은 산, 큰 산의 대명사였던 지리산을 중심으로, 민족독립 무장세력의 강력한 근거지가 되어 있었다.

저 유명한 유격군 사령관, 이현상 선생의 조선독립유격대(野山隊야산대)가 지리산에 있었고, 거물 공산주의자 박헌영이 광주 송정리 벽돌공장에 은신 중이었다.

우익 쪽으로는, 송진우와 김성수가 각각 담양과 고창을 근거지로 활동하고 있었다. 또한 요원의 불길처럼 타오른, 청년 학생들의 조선 독립투쟁의 횃불을 들었던, 광주학생운동의 진원지이기도 한 것이다.

이 지역은 고래로 자주의식이 강하고, 독립국가 건설 의지가 유별난 곳이었다. 속된말로 민족적 가시가 세고, 국가적 뼈대가 강한 곳이었다.

이 지역이 갖고 있는 민족 주체성과 자주독립 국가 건설 의지는 그 역사적 근거가 유구하고 뿌리가 깊다.

AD 668년에는, 당唐 나라에 항복을 거부한 고구려군 1개 군단이 남하南下, 나주를 거쳐 화순 운주사雲住寺에 웅거했다. 물론 단군조선을 계승한 국가였던 고구려 부흥을 꾀하고 있었다. 이 역사의 혈맥은 몽고 제국에 맞섰던 삼별초三別抄로 이어져 진도에 용장산성을 쌓았다. 이들은 여기에서 그치지 않고, 후에 전라도의 속현屬縣이 되는 제주도로 근거지를 옮겨 끝까지 저항하는 민족혼의 불길이 되었다.

임란의 의병장 김덕령, 고경명, 고종후가 있었고, 을사늑약에는 최익현, 한일합방에는 황매천이 있었다.

1894년 척양척외, 반외세의 깃발을 높이 든 녹두장군 전봉준의 동학농민군은 전주, 고부, 태인, 영광, 함평, 장성, 나주, 무장, 남원, 정읍을 휩쓸었다. 전라도는 민족의 용광로였다.

이처럼 강건한 민족 주체의 땅 기운을 받고 자란 이 고장 사람들은 움츠리는 법이 없었다. 나라가 갈라지고, 세상이 거꾸로 돌아가는 시대를 바로잡기 위해, 총자루를 잡고 분연히 일떠서는 기질이 있었다. 나라가 망하는 판에 비겁할 수가 없었다. 역사가 휘몰아치는 굽이

마다, 목숨을 내던지고 투쟁의 깃발을 높이 드는 것이, 이 지방의 땅 기운인 것이다.

반도 땅의 서남, 전라도는 운명의 땅이었다.

밤에는 인민공화국, 낮에는 대한민국이 되었다.

좌와 우, 두 세상으로 갈라진 세계의 대조류 앞에, 약소국 우리 민족은 힘을 못 쓰고, 두 쪽으로 나라 땅이 갈라지는 수모를 당했다.

외세를 피해 산에 올라 밤에 활동하는 사람들은 좌가 되고, 그냥 집에 남아 낮에 활동하는 사람들은 우가 된 것이다.

낮에 죽이고, 밤에 죽이고, 쓸만한 사람들은 살아남을 수가 없었다. 좌, 우가 서로 삼대처럼 싹싹 베어 다 죽였다. 동東과 서西, 양대 진영을 뒤에 업은 좌, 우 두 세력은 거대한 맷돌덩어리가 되어 반도 서남부를 들들 갈았다. 이리 밀었다, 저리 밀었다, 아래로 내려왔다, 위로 치밀었다, 그렇게 들들 갈아서 볶아대고 싹싹 뭉개버렸던 것이다.

전라도는 쑥밭이 되었다.

다 죽고 남은 것은 과부, 고아, 전쟁 불구자, 거지, 거렁뱅이만 남았다. 집은 불타고 농토는 황무지가 되었다. 어디서 무얼 먹고 어떻게 살아가야 할까.

살아갈 길이 없었다. 목숨 산다는 부산으로 부산으로……. 밥 벌어먹기 좋다는 서울로 서울로……. 너도나도 살기 위해 허겁지겁 봇따리를 쌌다.

식모살이, 지겟꾼, 구두닦이에 식당 뽀이, 뻐쓰 차장, 공사판 노가다라. 넝마주이, 똥지게 똥 푸고, 니아까 청소부…… 사흘 굶어 남의 집 담장 안 넘어갈 놈 있나? 쓰리꾼, 들치기, 날치기, 네바다이, 절도, 강도라. 웃음 파는 술장사! 죽도 사도 못 해서, 모진 목숨 눈 못

감고, 몸 파는 똥치 똥갈보라. 펨푸 뚜쟁이질도 했다.

몸에 돈 한 푼도 없어서, 두 손 두 발 다 놔두고, 그대로 죽을 순 없어서, 성질에 기가 성해서, 주먹치기 깡패질도 했다.

군대에 끌려가선 배짱 안 맞으면 탈영도 하고, 헐벗고 굶주리는 고향 부모 형제께, 휴갓길에 작업복 한두 장 벗어 주기도 했다.

그래서 전라도는 졸지에 하와이가 되었다.

좌우 이념 대립의 극점이 마주친 전라도, 지리산으로 상징되는 민족의 통한이 서린 전라도, 전라도 땅은 예부터 수모의 땅이었다. 벼슬 높고 권세 많은 놈이 없었다. 한양 양반들이 전라도 놈은 개땅쇠라 불렀다. 정확히 말해서 개똥쇠다.

전쟁 후에는 돈 많은 놈도 없었다. 비렁뱅이, 양아치들만 우글거리는 불모의 땅이 되었다. 벼슬길도 막히고, 돈을 벌 수 있는 연줄도 없었다. 연좌제緣坐制니 뭐니 해서, 전라도 놈은 빨갱이란 등식等式이 은연중 세상에 퍼져 있었다.

한성욱 상등병의 아버지 어머니는 틀림없는 전라도 태생이었다. 할아버지 할머니에서 13대조까지가 모두 개땅쇠 전라도 토박이였다. 그러니까 한성욱은 개똥쇠 하와이 새끼였다. 더 정확히 말해서, 전라도 알 새끼인 것이다.

6

전해오는 속담에, 구관이 명관이라는 말이 있다.

또 승냥이 뱃속을 나오니, 호랭이 아가리라는 말도 있다.

이 모두가 다 봉건 관리들의 가렴주구苛斂誅求를 두고 생긴 말이다. 흔히 듣는 말인데도, 그냥 지나쳐 버리기엔 마음에 걸리는 것이 있었다.

백성 살기가 얼마나 힘들었을까.

탐관오리貪官汚吏들의 착취와 횡포가 얼마나 무서웠을까. 가렴주구란 말은 지금 들어도 몸이 오싹할 지경이다.

이보다 더한 현실 표현이 별스럽게 따로 있을 것이며, 촌철살인寸鐵殺人의 명문장이 따로 있을 것인가. 흔히 듣고 쓰는 말인데도 폐부를 찌르는 데가 있는 말인 것이다.

구관이 명관이란 말은 매우 자조적이면서도, 또한 달관의 경지를 보이는 탄식인 것이다. 그렇게 될 것을 빤히 알고 있었던 일이어서, 뭐 더 바랄 것이 없다는 체념의 뜻도 스며 있었다.

승냥이 뱃속을 나오니 호랭이 아가리란 말은, 소작을 부치던 농민들의 입에서 자주 나오던 탄식이었다.

혹독하게 굴던 지주나 마름이 바뀌면 조금이나마 인정적일까, 조금이나마 덜 쥐어짤까를 기대하는 것이 인지상정人之常情이었다. 이런 간절한 소작인들의 소망을 짓밟아버리고, 한술 더 뜨는 횡포를 만났을 때, 절망을 나타내는 말이었다.

그동안 모진 것이 목숨이라. 겨우겨우 초근목피로 살아남았는데, 이제는 할 길 없이 죽게 생겼다는 절규였다.

한성욱의 처지가 지금 그렇다.

표일두 상사가 7월 31일부로, 거제리 차량기지창으로 전속되었다.

초년병 시절, 한성욱의 군대 생활은 심란했다. 그것은 과중한 업무에다 직속 상급자인 중대 인사계 표일두 상사에게 처음부터 잘못 보였기 때문이었다.

이번에 새로 부임한 중대 인사계 박희필 상사는 키가 작고 몸집이 땅땅했다. 날치처럼 동작이 빠르고 야무지게 생겼다. 허우대가 크고 우락부락하게 생긴 표일두 상사와는 매우 대조적이었다.

쫄병들의 군대 생활이란 게 다 그렇겠지만, 거개의 중대원들과 한성욱 상병은 나름대로 고된 시집살이를 한다는 생각을 갖고 있었다. 따라서 이번에는 좀 나아지겠지, 후임자는 전임자처럼 설마하니 사납게 굴진 않겠지, 하는 기대를 갖고 있었다.

박희필 상사는 얼굴 생김새가 오밀조밀해서 난폭해 보이진 않았다. 그 대신 깔끔하고 빈틈이 없었다. 정면에서 보면 모르겠는데 옆얼굴이 되었을 때, 어딘지 섬찟한 날카로움이 스치는 것이었다.

그전 표일두 상사에게 호되게 당한 날에는 술을 많이 마셨다.

술을 마신다고 해서 해결되거나 해결되지 않거나 하지 않는다는 것을, 한성욱은 너무 잘 알고 있었다. 자신이 술을 마시면서도 어리석기 짝이 없다는 생각을 갖고 있었다. 그런 생각을 떨쳐버리지 못하면서도 한성욱은 술을 마셨다.

OBD의 주보시설은 양호했다. 앞서 주둔했던 미군들이 탄탄하고 편리하게, 그들 술 풍속에 맞게 시설을 아주 잘해 놓았다.

그 잘된 시설이 아까워서였던지, 미군 술 풍속을 그대로 지키고 싶었었는지는 알 수 없었다. 좋게 생각하면, 낮 시간의 고된 작업에 시달린 몸, 술이라도 마시고 풀라는 것이었는지도 모르는 일이었다. 주보가 자리 잡은 위치도 위치였지만, 술 마시고 떠들고 노는 데는 그저 그만이었다. 아주 자유로웠다.

주보는 끗발 좋다고 소문 난 창장 직속 본부사령실 소속이었다. 운영 이익, 판매 수익과도 관계가 있을 것 같기는 했다.

한성욱은 명색이 행정병이라, 일과 후 내무반 생활에 시간 제약을 꼭 받지는 않았다. 술값의 해결사로 재주꾼 맹사팔이, 뱃심 든든한 변태성이, 구라빤치가 쎈 MIS 실력자 여공탁이가 있었다. 가장 편리한 점은, 보급품을 다루고 푼돈 냄새를 맡는다는 중대 공급계는 외상술을 준다는 것이다. 한성욱이 싸인 하나면, OBD 주보 막걸리쯤이야, 배를 두드리고 마셔도 되는 것이다.

한성욱의 답답증, 전에 없었던 뒷골 땡기는 현상을 푸는 방법이 또 하나 더 있었다. 한성욱 혼자만의 특별한 비법은 아니었다.

토요일마다 외출을 나가는 것이다.

OBD 병사들은 무작정 거의 맹목적으로 외출 신청을 한다. 한성욱도 그중의 하나다. 맹목적이고 무작정이라고 할 정도로 이유 없이 외출 신청을 하고, 또 기를 쓰고 악착같이 영문 밖을 나서는 것이다.

할 일이 있든 없든, 주머니가 비었든 말든, 영문 밖을 향하는 것이다.

중앙동 우체국에 들러 휴일 우편으로 편지도 부치고, 보수동 헌책방에 들러 책 곰팡내도 맡는다.

발을 돌려 광복동 미화당백화점 나무계단을 오른다. 낡은 나무계단의 삐거덕거리는 소리도 들으면서, 6층 꼭대기의 초상화 그리는 여자 화공畵工도 구경하고, 뒷문으로 연결된 용두산 공원 긴 의자에 가서 앉는다.

용두산 공원은 처녀 엉덩이만 하게 비좁기도 하지만, 볼 것이라곤 아무것도 없었다. 이름이 공원이지 민둥산 봉우리에 긴 의자만 몇 개 놓여 있는 것이다.

군인들이 처음 정권을 잡았을 때, 별 하나짜리가 부산시장으로 있었다.

그때 군인 시장의 명령으로, 사역병을 동원해 흙을 깎고, 잔디도 깔고, 나무도 몇 그루 심었다. 물론 한성욱도 이등병 달고, OBD 대표 사역병으로 이 작업에 참여했다.

오늘은 토요일 오후인데도 사람이 없었다.

비둘기 한 마리가 한성욱이 앉은 긴 의자 주위를 맴돌다가, 푸르르 날개를 쳐서 저쪽으로 자리를 옮겼다. 보아하니, 군인 졸병이라 별 볼 일 없지, 싶은 모양이었다.

영도다리 쪽에 눈을 주고 있던 한성욱도 시선을 거두고 자리를 섰다.

언제나처럼, 공원 한쪽에 저 혼자 우두커니 서 있는 4·19 탑 앞에 섰다. 4·19혁명 덕택으로 엉겁결에 정권을 잡은 민주당 정부 시절, 엉성하게 세운 혁명 기념탑이었다. 꽃송이 한 개 놓여진 게 없었다. 4·19 혁명탑, 혁명탑치고는 웅장하진 못할망정, 너무 왜소하고 초라했다.

'피! 피…… 전투복들의 총구, 경무대 앞…….'

사월광장의 낙오병……. 사월전선에서 죽지 못하고 살아남은 사자 한 마리가, 병역의무란 철사줄에 꽁꽁 묶여 푸른제복을 입고 여기 선 것이다.

거수경례를 올리려던 한성욱은 미처 손을 올리지 못하고, 창황히 발길을 돌렸다. 군홧발에 짓뭉개져 버린 학생혁명, 갑자기 눈앞이 뿌해져 점점 앞을 볼 수가 없었다.

결국, 한성욱은 발길을 돌려 거제도 뱃머리 복국집에 와 있었다.

집은 다 삭아 빠진 루핑 얹은 판잣집인데, 복국은 풍성하고 맛이 있었다.

중中짜 냄비가 가득하다. 등껍질이 거무튀튀한 참복 한 마리가 통째로 팔뚝만 하다. 배를 갈라서 토막을 친 것이다.

통통하게 살이 오른, 발 굵은 콩나물에 새파란 미나리가 한 주먹 올랐다. 흰 무웃 쪽도 떠올랐다.

"오늘은 와 혼자고?"

영화배우 석금성을 닮은 복국집 할매가 물었다.

토요일 오후에 술을 많이 마신 다음 날, 맹사팔이와 함께 몇 번 들렀는데, 그를 알아보았다. 아마 한성욱이 맹사팔이보다 키가 훌쩍 큰 탓에 기억하는 것 같았다.

"아 네, 뒷따라 온다더만……."

대답은 그냥 할매 말 대접으로 하는 소리고, 민석구와 맹사팔이들도 떨쳐두고 혼자서 뛰쳐나온 것이었다.

거제도 뱃머리 뱃고동 소리는 다른 데 뱃고동 소리와 좀 다르다.

뚜우! 뚜우! 울려 대지 않고, 푸우! 푸우! 울어 댄다. 전에 들어도 그랬다. 지금은 포로수용소도 문을 닫았다는데, 또 피난민 떠나는 배도 아닌데, 뱃고동 소리가 청승맞다. 거제도 가는 배는 뱃고동 소리만 들어도 표가 났다.

푸우! 푸우!

한성욱은 큰 컵에 소주 한 잔을 따랐다.

목줄기에 부어 넣었더니 창자가 찌르르 비명을 지른다. 또 한 잔을 따라 부어 넣었더니, 또 창자가 따라서 운다.

민석구 몫으로 한 잔 더 마신 것도, 맹사팔이 몫으로 한 잔 또 마신 것도, 창자가 따라서 울었다.

"모자라면 더 줄끼가? 말로 해라……."

영화배우 석금성이를 닮은 눈이 부리부리한 복국집 할매가 국자를 들고 다가왔다.

"……."

한성욱이 대답이 없자, 할매가 혀를 끌끌 찼다.

"군대 기합 받었나?"

바닥이 난 복국냄비에 국물을 퍼다 채우며, 눈치 빠른 할매가 부러 눈을 크게 뜨고 웃는다.

돈이 발끝에 채이게 굴러다니는 보급부대이지만, 한성욱 주머니에는 피천 한 푼이 없을 때가 있었다.

외출증을 받아들고 영 문을 나섰는데, 아무 데도 갈 수가 없는 것이다. 밥이야 굶으면 되지만, 차를 타면 돈을 내야 한다.

문현동 로타리도, 좌천동 철뚝길도, 범내골도, 남포동 자갈치도, 삶은 고래고기 아지매 좌판에도 못 간다. 영도다리 난간은 그만두고, 지척인 우암동 뱃머리도, 고개 넘어 모래구찌 술집도 갈 수가 없다.

그럴 제 한성욱은 오늘처럼 혼자서 영문을 나선다. 그리곤 혼자서 구도자求道者처럼 대연동 고개를 걸어서 넘었다.

영문을 나서서 곧장 직선으로 보도를 걸어서, 길게 구부러져 누운 창녀촌 언덕길을 걸어서 넘는 것이다. 다리에 힘을 주고 빳빳하게 고개를 세우고, 제법 보무도 당당하게 걷는 것이다. 이 지역은, 양키들이 주둔해 있을 때에는 양색씨들이 들끓었다. 지금은 주로 OBD와 오스마 군발이 쫄병, 군속 문관, 우암동 뱃머리 가대기꾼들이 주로 찾아드는 매음굴이었다.

이 사창가를 지나면 민가 하나 없는 산길이었다.

소나무 숲이 무성했다.

나지막하고 평평한 고개 위에 오르면, 오른쪽 산꼭대기에 건축 중인 수산대학이 보였다. 걷는 사람 하나 없는 소나무 숲길을 내려 걸으면, 한참 후에 산자락 끝에 UN 묘지가 내려다보였다.

한국의 묘지 모습과는 그 모양새가 전혀 다른 모습이었다. 동작동 국군묘지와도 그 분위기가 딴판이었다. 단정하게 가꾸어진 잔디밭에 핏빛 세르비아를 비롯, 온갖 꽃들이 지천으로 피어 있었다.

봉분 없는 평장묘에, 전사자들의 국적과 생년월일, 성명이 새겨진 묘지들이 가즈런히 줄을 지었다. 생전의 유품과 사진이 유리관에 보관되어 있는 묘지들도 있었다. 모든 묘지에는 꽃이 놓여 있었다.

전사자들의 국적에 따라 여러 나라의 깃발들이 보였다. 다들 멀고 먼 나라의 국기들이었다.

무슨 원한이 있었을까.

이승에서 무슨 맺힌 원한이 있었을까, 저승에서……. 천천 만만 세월, 전생에서 만나 무슨 척戚을 지었을까?

땅덩어리 저쪽 편 사람들이 생판 산 설고, 물설은 땅에 와서 무슨 원한으로 총질을 했을까. 생판 얼굴 한 번 본적이 없는 사람, 이승에서도 저승에서도 옷깃 한 번 스친 적 없는, 그런 낯선 군인의 총에 어쩌다가 맞았을까.

해괴하고 해괴한지고, 까닭 없는 죽임과 죽음이 억울하고 억울한 것이다. 무고하고 무고한 뭇 푸른 젊음들이 안타깝다.

한성욱은 하늘을 한번 보았다.

언제나처럼, 대연동 하늘엔 작은 흰 구름 몇 개가 떠 있었다.

7

한성욱이 근무하는 제2중대 공급실 정면 벽에는 한 장짜리 달력 한 장이 붙어 있었다.

상이군경원호회가 원호 자금 조달을 위해 발행하는 정책 달력이었다. 1년 열두 달을 6개월씩 양쪽으로 나누어 배열해 놓은 것이다.

일요일은 빨간색이고, 국경일이나 UN데이, 크리쓰마쓰 날은 태극 마크가 찍혀 있었다.

1962년이 저물고 있었다.

한성욱 병장에게 있어선 1년이란 세월은 너무 길고 긴, 그래서 혓바닥이 바짝바짝 타들어 가는 기다림이었다.

하루하루 나날이, 그런 기다림이 쌓여서 한 달이 갔다. 또 죽기 아니면 살기로, 이를 바득바득 갈면서 보내는 한달 두달이, 1년이 되는 것이다.

그렇지만 다 지나가 버린 한 달이나 1년은 너무도 아깝고 또 아까운 것이다.

그래선지 한성욱이 붙여 놓은 한 장짜리 달력은 상처투성이였다. 달력 종이가 구겨졌거나 찢겨 져 나간 것이 아니었다.

1월 1일부터 가위 표시(X)가 너무 많이 찍혀 있었다.

그 많은 가위 표시가, 크기가 같거나 가지런하지 않고, 크기도 제각각이고, 모양도 제각각 비틀배틀이다. 도대체가 질서가 없었다. 군대다운 통일미, 정연한 조형미가 전무했다. 그 수많은 가위표 속에는 마구 아무렇게나 새카맣게 먹통으로 뭉개뜨린 표시도 있었다.

가위 표시를 뭉개뜨린 모양이 너무 거칠었다.

아무나가 얼른 보아도, 가위 표시를 뭉개뜨린 모양에서, 사람의 감정을 느낄 수 있었다.

또 어떤 것은 볼펜을 사납게 휘갈겨서 덧칠한 것도 있었다. 그 사이사이, 달력 바닥에 구멍이 뚫릴 정도로 글짜를 마구 뭉개버린 것도 있었다. 아마, 빳따를 맞거나 부당하게 질책을 받은 날인 것 같았다. 심한 모욕을 당하거나, 아예 기분이 잡친 날도 이에 포함이 돼 있음 직한 것이다.

어쩌다가 가지런하고 선명한 동그라미가 몇 개 있었다.

그것은 부모님 생신이나 조부님, 증조부님 제삿날이었다. 다섯 손가락으로 꼽을 정도의 며칠간인 것이다.

한성욱은 아버지 진만씨의 정성, 할아버지 한찬국 영감의 살아생전 호통 소리가 무서워서도, 조선祖先의 기제사忌祭祀만은 반드시 기억하고 있어야 했다.

한성욱은 전에 없던 답답증을 앓고 있었다.

갑자기 숨이 탁 막히고, 뒷골이 띵 하고 땡기는 증상이었다. 요령도 재주도 없고, 능력도 없는 한성욱이 자신의 한계를 느끼는 자각증상이기도 했다.

가면 갈수록 길이 넓어지고, 겪으면 겪을수록 일이 더 헐거워져야 한다. 그것이 정상이다. 그런 맛에 사람들은 어려워도 힘들어도 참고 견디는 것이다. 그런데 아무리 앞으로 나아가도 길이 넓어지지도 않고, 힘겹게 지나고 헤쳐온 일들이,헐거워질 조짐이 보이지 않는 것이다.

젊은 청년 대학생들의 폭발적인 인끼를 누리고 있는 월간잡지 '사상계思想界'가 있었다.

그 발행인 장준하張俊河는 일제에 의해 학병에 끌려갔다가 일군日軍 부대를 탈출한다. 조국 조선을 찾기 위한 일대 장정長征을 감행했던 것이다.

장준하 일행의 일군 탈출, 방송극 '현해탄玄海灘은 알고 있다'의 주인공, 아로운, 이 둘을 비교하는 버릇이, 요즘 묘한 한성욱의 별난 취미가 되었다.

현실과 가상, 실제와 픽션, 아무튼, 이들 두 조선 청년은 행운아라는 생각이 들었다. 주제넘은 생각이지만…….

당시 조선 청년들에게는 마땅히 가야 할 길이 정해져 있었다. 민족의 현실이 조선인들의 앞길을 환하게 밝혀 주고 있었다. 이 길이냐 저 길이냐가 아니고, 이것이냐 저것이냐가 아니었다. '이 길이다, 이것이다'라고 버얼써 제시하고 있는 상황이었다. 시대의 명령에 따라 발걸음을 옮기기만 하면 되는 것이었다. 역사의 부름에 호응해 분연히 떨쳐 나서기만 하면 되는 것이었다.

물론 고난과 역경, 죽음이 따르는 길이었지만…….

공급실 밖엔 찬 겨울바람이 불고 있었다.

한성욱 병장은 중대 인사계 박희필 상사의 명령을 수행하고 있었다. 년말 대비, 공급실 재고 파악, 정리 정돈에 임하고 있었다.

공급실에는 난로가 없었다.

추위를 그대로 견뎌야 했다.

박희필 상사의 지시에 의한 중대 자체 재고 파악 및 정리 정돈이었다.

새로 전입한 조수 목구평 일병은 정상적인 부대 일반 업무처리에 임해야 했다. 일손이 모자라, 1소대 연락병 손만열이에게 개인적으로 도움을 요청, 1명의 사역병을 차출하였다. 한성욱과 함께 총 인수 파악, 현 재고 파악, 종류별 상태별 분류, 정리 정돈을 위해서였다.

손만열이가 특별히 사람을 잘 골라서 보내 주었다.

차출병 송태복 일병은 성격이 차분했다. 물품 정리 정돈에서도 깔끔한 솜씨를 보였다. 군사정부가 들어서면서, 보급품 대외 검열 조사가 시도 때도 없이 불시에 이루어지는 경우가 많았다. 한성욱 혼자서 일손 부족으로 쩔쩔맬 때마다, 손만열이한테 부탁하여 송태복 일병의 도움을 받은 적이 있었다.

일감을 보고 알아서 잘 처리해 주었다. 한번 시킨 일은 정확하게 분류, 수량 파악에서도 두번 손댈 일이 없었다. 실수도 없었다. 비누 한 장, 장갑 한 짝 등 공급실 물건에 손을 대는 일이 없었다

"한 병장님! 한 병장님!"

송태복 일병의 다급한 목소리가 한성욱을 불렀다. 송태복 일병은 공급실 창고 진열대의 피복 재고정리를 하는 판이었다.

"이 것, 이것 좀 보십쇼!"

송태복 일병의 목소리가 여간 다급한 것이 아니었다.

송 일병과 같이 있던 한성욱이 마침 공급실의 사무 보는 책상 앞에 와 있을 때의 일이었다.

조수 목구평 일병이 장부 정리를 하다가 물품 대장의 이상을 발견하고, 사수인 한성욱을 호출하였기 때문이었다. 아직 전입 초기 신입병이라, 업무파악이 덜 된 상태였던 것이다. 기본 업무가 미숙할 때, 숙달된 선임 사수에게 묻는 것은 군대 업무처리의 기본이었다.

한성욱이 황급히, 송태복 일병이 부르는 진열대 쪽으로 달려갔을 땐 실로 엄청난 일이 벌어져 있었다.

"이, 이! 작업복에서 나왔습니다!"

송태복 일병이 가리키는 진열대 바닥에는 누런 황금빛 패물들이 얼기설기 뒤엉킨 채로 흩어져 있었다.

한성욱은 어안이 벙벙했다. 송태복 일병도 마치 제가 무슨 큰 죄라도 지은 듯, 매우 당황하고 난처한 표정을 짓고 있었다.

참으로 놀라운 일이었다.

이게, 무슨…… 날벼락? 세상에 이런 황당한 일이, 어찌 이렇게 일어날 수 있는 것일까. 한성욱과 송태복 일병은, 자신들 둘이가 무슨 큰 범죄를 저지른 기분이 들었다.

다른 것도 아닌, 세상에 큰 보물이라고 하는 황금 패물들이…… 자신들 앞에 왜 이렇게 나타난 것일까. 세상 사람들은 황금 덩어리를 행운의 표상이라고 말한다. 한성욱과 송태복 일병도 평소 그런 생각을 갖고 있었다.

그런데 아니었다. 행복이 아니었다. 엉뚱하고, 황당하고, 고통스러운 일 같았다.

"……."

"……."

한성욱도, 송태복도 벌어진 입을 다물지 못하고 있었다.

종로 바닥의 귀금속상이나 화신, 동화백화점 진열대에서나 볼 수 있는 눈부신 금붙이들이었다. 이렇게 많은 금붙이 무더기는 한성욱이 머리털 나고 처음 본 것이었다.

황금 반 돈짜리 금가락지 한번 꿰 보지 못하고 죽는 사람이 얼마나 많은가. 어지간한 시골구석에선 황금 반지 낀 손가락도 구경하기 어려운 일이다. 그야말로 보물, 패물로 꿈속에서만 그리는 금가락지 금비녀인 것이다.

한성욱은 난감했다.

어떻게 처리해야 할지 엄두가 나지 않았다.

빛나는 황금 반지, 가락지, 귀걸이들은 대여섯 쌍씩 오색 실끈에 묶여 있었다. 금돼지, 금거북이, 행운의 열쇠 등은 엷은 한지에 개별 포장되어 있었고, 금팔찌, 금비녀, 꽃장식, 나비 장식의 부롯지, 장식용 금장도 등, 이런저런 모형의 금붙이들은 한 뭉텅이의 목걸이들과 함께 뒤엉켜 있었다.

한성욱은 덜컥 겁이 나기도 했다.

세상일이란 모른다. 무슨 큰 범죄와 얽혀있을 수도 있는 것이다.

아니면, 인사계 박희필 상사가 한성욱을 시험하기 위해서? 그러나 그건 아닌 것 같았다. 이만한 패물을 지닐 수 있는 가정이나 개인은 상당한 재산가에 해당한다. 장교들의 2종품 피복은 중대 공급실에서 관리하지 않는다. 어느 고급장교가 실수로 분실한 물건도 아니다.

여러 생각들이 순간적으로 꼬리를 물었다.

그렇다고 무작정 이렇게 서 있을 수만은 없는 일이었다. 공급실 책임자는 한성욱 병장이고, 지금 현장에 있는 병사 중, 가장 선임 상급자이다.

결단을 내려야 했다.

한성욱은 공급계 조수 목구평 일병을 불렀다. 사역병 송태복 일병과 한성욱 둘이만 보아선, 나중에 문제가 될 수 있을 것 같았다. 조수 목구평이를 제3 증인(?)으로 참관시켜야 뒷소리가 없을 것 같았다.

"너희 둘, 정확히 봐 두어라! …… 세상에 별난 일이 다 있다. 우리에게 나쁘게 작용할 수도 있을 것이다. 내 생각으로는 일단 장물臟物

같은 예감이다."

"……."

목구평이나 송태복의 표정은 초긴장 상태가 되었다.

한성욱은 결심한 듯, 단호한 어조로 말했다.

"이 시간 이후, 일체 입을 다문다. 우리 세 사람은 이 물건들을 정확히 보았지만, 경우에 따라선, 우리 세 사람 공히, 이 물건들을 전혀 본 사실이 없다! 이 일은 내가 처리한다, 이의 있나?"

"없습니다!"

조수 목구평 일병과 사역병 송태복 일병 모두 흔쾌하고 씩씩하게 대답했다.

한성욱은 그들을 믿기로 했다. 평소 그들의 군 생활 태도로 보아 신뢰할 수 있는 병사들이었다.

한성욱 병장, 목구평 일병, 송태복 일병, 이 세 사람은 무슨 일이 있었느냐는 듯, 제자리로 돌아갔다. 각자가 맡은 업무를 예정대로 차분하게 진행하고 있었다.

8

박희필 상사는 지능지수가 높았다.

머리를 잘 돌렸다.

표일두 상사처럼, 무작스럽게 마구 몽둥이를 휘두르는 일은 없었다. 무작스럽게 몽둥이를 휘두르기엔 한성욱도 이젠 꽤 고참이 되었다. 박희필 상사는 몽둥이를 휘두르는 대신, 머리를 돌리는 것이다.

상사계급은 '사병장관士兵長官'으로 통한다. 상사가 되기까지 군댓밥을 먹었는데 그만한 요령쯤이야 생길 것이 아닌가.

박희필 상사는 1종이건 2종이건, 제 손으로 직접 들고 나가는 법은 없었다. 표일두 상사보다는 한 단계 높은 지능을 갖고 있었다. 한성욱이 적당량의 보급품을, 박희필 상사 제 몫으로, 챙겨 주지 않을 수 없게 머리를 돌리는 것이다.

머리싸움으로 맞대응하자면 꼭이 한성욱이 질 것도 없었다. 하지만 여기는 군대다. 군대는 계급이고, 이에 순응 승복하지 않으면 고통과 희생이 따른다. 당장 괴로운 것이다. 군대 생활이 피곤해지는 것이다.

한성욱은 일단 속기로 했다.

속아 주기로 한 것이다. 무엇보다 한성욱 자기 자신에게 먼저 속기로 한 것이다.

현재의 삶은 진흙탕투성이인데, 자기 진실의 깃발은 내리지 않았다고 강변하니, 어쩔 수 없이 그대로 믿어보기로 한 것이다. 동촌 촌놈이 아직 죽지 않았다는 것이다.

다음으로는 박희필 상사였다, 곧 군대의 모든 제도와 제재에 속아 살기로 마음을 자꾸 다잡자는 것이다. 속는다는 것은 그대로 순응하는 것이다. 이의 달지 말고, 뱃속에서 꿈틀거리는 진실을 밟아 눌러서 고개를 들지 못하게 만드는 일이었다.

치욕이지만 다른 방도가 없는 것이다.

그렇다고 보면, 외형만 깃발을 내린 것이 아니고, 내용도 어지간히 순치되어 가고 있는 증거가 되는 것이었다.

황금 패물들이 쏟아져 나온 헐어빠진 폐품 작업복은 박희필 상사가 자갈치 뒷골목에서 사 들여온 것이었다. 한성욱으로 하여금 신품 작업복으로 바꾸어 주지 않으면 안 되게 머리를 돌린, 바로 그 문제의 작업복 뭉치 속의 한개였다.

중고 작업복의 총보유량에 결손이 없었다. 인수因數가 모자라지 않는데도, 박희필 상사는 폐품 작업복 10개, 한 뭉치를 사 가지고 왔다.

박희필 상사는 직접 자기가 물품을 사 들고 들어오진 않는다. 박 상사의 단골 거래처인 자갈치 뒷골목에, OBD 부식 수령 차가 멈추면 예약된 물건이 알아서 실린다. 요령꾼 맹사팔이 녀석이 이것을 실어다가 코를 킁킁거리며, 한성욱이 지키고 있는 중대 공급실에 갔다 던져 넣으면 되는 것이다.

이런 식의 박희필 수법은 한성욱으로 하여금 헌것을 새것으로 만들어 내도록 지능적으로 조여대는 방법이었다.

이번 금붙이 사껀은 박희필 상사나 맹사팔이와는 상관이 없는 것으로, 한성욱은 판단하였다.

작업복 뭉치는 자갈치 군수품 밀매업자가 무작위로 갔다가 실었을 것이다. 신품도 아니고 특수한 것도 아닌데, 박희필 상사가 사전에 지목하여 물건을 골랐을 리가 없었다. 맹사팔이 역시, 이번 사껀에 관련될 만한 어떤 장소에 차를 세웠다거나, 그럴 만한 경유지를 거쳐 왔을 것 같은 정황은 없었다.

여러 면에서 가정을 해보아도, 일단은 OBD 군인들과는 관련이 없는 것 같았다.

군대 영내는 특수지역이다. 어떤 범죄와 연관이 있을 가능성은 충분했지만, 사회적으로 큰 문제가 될 살인강도 사껀이 아닌 다음엔,

경찰의 손이 영내에까지 뻗쳐 올 가능성은 거의 없었다.

일단 이쯤에서 한성욱은 결단을 내리기로 했다.

시간을 끌어서 좋을 것은 하나도 없었다. 이런 물건은 가능한 한 빨리 제 손에서 떠나는 것이 최선이었다.

민간인 사회에서라면 세 사람이 똑같이 나누어 갖고, 입을 다물어 버릴 수도 있는 일이었다.

아니었다. 한성욱은 물론 송태복 일병, 공급계 조수 목구평이 할 것 없이, 그런 분위기가 아니었다. 범죄자의 장물로 세 사람은 거의 확신을 하고 있었다. 불결하고 재수 없는 물건, 어서 바닷물에라도 던져 버렸으면 하는 생각들이었다.

제일 떳떳하고 군인다운 처리 방법은 중대장 마삼풍 중위에게 정식 습득 보고를 하는 일이었다.

다음으로는, 보통 군대에서 은밀한 일을 처리하는 차선의 방법을 택하는 것이었다. 어떤 공개하기 난처한 일이나 망설여지는 일이 있을 때, 차상급자나 지휘관에게 은밀히 보고하는 일이 있었다. 차상급자나 지휘관의 의견을 타진 후, 그들의 지시 결정에 의한 보고 방법이었다.

그러니까 한성욱이 인사계 박희필 상사의 의견을 타진한 후, 자신의 견해와 인사계의 의견을 종합하여 처리하는 순서가 있었다.

한성욱의 머릿속에 자신의 공급계 사수였던 우상태 상병이 떠올랐다.

우상병은 제대를 앞두고, 불행했던 자신의 군대 생활을 거울삼아, 조수 한성욱에게 무언의 전수傳授 교육을 한 바 있었다.

상급자로부터 한발 물러서라. 최소한의 부정不正으로 큰 풍파 없이 군대 생활을 끝내고, 무사히 고향으로 돌아가라.

처음엔 안 맞는 말이고, 수긍하기 어려운 부분이 있었다. 지나고 보니, 후배인 물짜 공급병에게 주는 가장 적절한 전수 교육이었다는 생각이 들었다. 이보다 더 적합한 말이 없었다.

한성욱은 또 한번 한발 물러서기로 했다.

꺾이고 부러지는 것이 무서워서는 아니었지만, 자신은 이미 백기를 든 상태가 아닌가. 아무리 부정否定해도 푸른 제복을 받아들이기로 작정한 그 날부터, 자신은 이미 타락이 전제되어 있었다. 그러고 지금은 병장 계급장에 여간 친숙해 있고, 익숙해 보이는 몸가짐이었다.

처음엔 강간을 당하고 겁탈을 당했다지만, 밤마다 잠을 자고 살을 섞다 보니, 자의건 타의건 자신의 몸이 쾌감으로 반응하기도 한다는 것이다. 정해진 공간, 제한된 철조망 안에서는 어쩔 수 없는 조껀반사일 수도 있다는 것일까. 변명 같지만…….

한성욱은 인사계 박희필 상사에게 떡 한 덩이를 더 주기로 했다. 떡 한 덩어리가 아니라, 떡시루를 통째로 안겨 주기로 작정했다.

"인사계님, 잠깐 뵙죠?"

그날 오후, 서면로타리와 범내골 등지로 운행하는, 영외 거주자 운송 차량이 출발하기 전이었다. 아무도 없는 공급실로 박희필 상사를 안내했다.

"이게, 뭐야?"

박희필 상사가 경악했다.

그도 그럴 것이, 무더기로 쌓여 있는 황금빛 패물들 앞에서, 놀라지 않을 사람이 세상에 어디 있을 것인가.

"오전에 재고 정리를 하다가 발견한 것입니다."

"목구평이는 어디 갔나?"

한성욱의 태연한 대답에, 눈이 휘둥그레진 박희필 상사가 경악을 금치 못하고 묻는 말이었다. 목구평 일병이 이 물건에 대해서 아는 바가 있느냐는 물음인 것 같았다.

한성욱이 예상했던 질문이었다.

"걱정 마십쇼. 그 애는 제가 철저하게 조치했습니다. 그 애는 지금 공급실에 없습니다."

한성욱은 단호하게 대답했다. 그러면서 모든 걸 다 암묵 처리했다, 철저하게 보안 조처했다는 여유를 보였다. 걱정은 안 해도 된다, 비밀 보장은 내가 책임지겠다는 확고한 태도를 보였다.

"제가 먹은 군댓밥이 어디 하루 이틀입니까?"

한성욱은 여유만만한 표정으로 박희필 상사를 안심시켰다.

그리고 만일의 경우, 자기는 받지 않았다, 모른다고 부정하면 된다. 지금 공급실에는 인사계 박희필 상사와 한성욱 병장뿐이다. 한성욱은 그 점을 중점적으로 암시했다.

"야! 한성욱 대단해, 그렇게 안 봤는데…… 수고했다!"

박희필 상사는 역시 머리가 있었다. 한성욱이 강조한 바에 대해서 감을 잡은 것이다. 사역병 송태복 일병에 대해선 박희필 상사는 모른다. 사역병으로 일했다는 것 자체를 모르는 것이다.

"한성욱 수고했다."

거듭 치하의 말을 뱉는 박희필 상사의 표정은 상당히 감동 먹은 것 같았다.

그런 표정으로 패물 뭉치를 거머쥐고, 박희필 상사는 공급실 문을 나섰다.

"하핫핫핫! 하핫핫핫……."

한성욱이 통쾌하다는 듯 한바탕 웃음을 터뜨렸다.

박희필 상사가 허겁지겁 패물 뭉치를 거머쥐고 나가는 모습을 보며, 한성욱은 너무도 통쾌했다.

박희필 상사는 잔머리를 돌리고 굴려서 한성욱을 옥죄고 골탕을 먹였다. 박희필 상사는 떡시루 한 개를 통째로 들고 나갔다. 한성욱이 안겨준 황금빛 떡시루는, 적어도 상사 봉급 1년 치에 해당하는 횡재였다.

깐깐하고 차갑고, 빈틈을 잘 보이지 않던 박희필 상사도 눈부신 황금 떡시루 앞엔, 허겁지겁이었다.

당분간 박희필 상사는 한성욱을 옥죄거나, 잔머리를 돌려 괴롭히는 일을 멈출는지 모른다. 두엄자리에 던져 준 뼈다귀를 한입 물은 멍멍이가 될는지도 모른다. 그 뼈다귀를 다 발라 먹을 때까진, 조용할 가능성이 많은 것이다. 고양이도 얼굴이 있고, 송사리도 체면이 있다지 않던가.

어쨌든 인사계 박희필 상사는 또 하나의 산이었다.

한성욱이 제대특명을 받을 때까지, 마주치고 겨루고, 힘겹게 넘어야 할 산이었다.

박희필은 머리가 좋아서 한성욱을 몽둥이로 패진 않는다. 그렇다고 한성욱에게 평안을 주는 것은 아니다. 몸뚱아리에 손을 대지 않는 대신, 한성욱의 내면을 괴롭히는 것이다.

'돼먹잖은 녀석, 화단에 억새라니…… 한성욱은 도대체가 군인 같지가 않은 녀석이다. 쫄병 주제에…….'

박희필 상사는, 어느 날 중대본부 주위 미화 작업을 하다가 화단에 심어진 억새포기의 존재를 발견했다. 괴이하다고 생각했는데 알고 보니, 한성욱이 이를 가꾸고 있다는 것을 곧장 알아냈다.

박희필 상사는 이를 그대로 둘 수가 없었다.

'일개 사병이, 중대 화단에 제멋대로 풀포기를 키운다? 아름다운 꽃들이 심어져 있는 화단에, 잡초 따위를 심다니……. 한참 덜떨어진 녀석이다.'

박희필 상사가 억새포기를 파내버린 것을 한성욱도 짐작으로 알고 있었다.

어떤 병사가 언제 심었는지도 모르는 억새 한 포기, 칼칼한 모습으로 푸른 줄기들을 뽑아 올리던, 창창한 모습이 새롭다.

억새 줄기들이 세 번째 푸른 잎을 피워내고, 1963년 가을이 오면 한성욱은 군복을 벗고 고향으로 갈 것을 기약했었다. 하얀 억새꽃 개이지들이 흩날리는 어느 늦은 가을날 말이다.

5. 레바론의 백향목柏香木

1

어린 시절 푸른 초원에 염소 떼가 뛰노는 꿈을 많이 꾸었다.

양지바른 산록에 누런 소 떼들이 풀을 뜯는 모습을, 한성욱은 늘 머릿속에 그리며 살아왔다. 해가 질 무렵 살진 적토마를 타고, 염소 떼들과 소 떼들이 노니는 푸른 목장을 한 바퀴 도는 꿈에 젖기도 했다.

일제 강점기, 압제의 칼날이 시퍼렇던 시절이었다.

선각자들에 의한 인민 생활개선운동이 암암리에 전국적으로 전개되고 있었다.

주로 기독교 계통의 인물들에 의해 물산장려운동이 몰래몰래 전개되고 있었다. 영국의 식민지였던 인도의 독립영웅獨立英雄 마하트마 간디의 진리파지眞理把持 운동의 영향을 받고 있었다.

당시 이 운동의 진원지는 평양이었다.

평안도 기독교계와 교류가 활발했던, 한찬섭 장로가 이끄는 동촌교회에까지, 이 운동의 영향력은 대단했다.

평양과 서울처럼 저자가 형성된 곳에선, 이 운동은 국산품애용운동과 같은 실질적이고 효과적인 물산장려운동 쪽에 비중이 주어질 수 있었다.

반면에, 일제 공산품이나 서양 물품의 거래가 거의 없는 시골 산골구석에선, 이 운동의 방향은 주로 인민 생활개선 쪽에 비중이 쏠리는 현상을 보였다.

인민들의 기본 위생 생활이 강조되고, 주택구조와 환경개선, 식생활개선, 복식개조 운동이 시작되었다. 이어서 새 생활에 걸맞은 정신개조 운동이 전개되었다.

이런 새 생활, 새 정신운동의 중심에는 동촌교회 한찬섭 장로가 항상 앞장을 섰다. 그래서 그랬는지 몰라도, 세상모르고 자랄 나이인 어린 한성욱은 아무 물정도 모르면서도, 이 새 생활운동, 정신개조운동이 무조껀 좋았다.

새 생활운동, 새 정신운동이라는 그 말뜻도 모르면서 그냥 좋았다. 마냥 좋아서 어른들을 따라서 신바람이 났다.

마당을 쓸고, 고샅 청소를 하고, 소지황금출掃地黃金出이라고, 동넷집 집집마다 댓문깐과 담벼락에 써서 붙였다. 심경파종深耕播種이란 글씨도 보였다. 퇴비증산堆肥增産을 위해 길가 잡초를 베고, 들판의 들풀 산풀을 베어다가 똥물을 부어 두엄더미를 키웠다.

측간개량廁間改良(변소개량), 부엌 개량, 일 하기에 불편한 조선옷도 개량하고, 흰옷은 쉽게 때가 타니, 물들여 입기 운동도 진행되었다.

뿐만이 아니었다.

파리잡기 운동(끈끈이 붙이기)을 비롯해 시궁창 청결, 청염淸塩으로 이빨 닦기, 가축을 키워 재산 늘리기 운동도 전개되었다.

빨랫비누 한장 살 돈이 없어서, 볏짚이나 콩깍지를 태워 잿물 빨래를 해야 했다. 읍내 장날이면, 귀한 곡식과 맞바꿔 온 양잿물 한 덩어리 쓰기가 아쉽던 시절이었다. 양잿물, 당성냥, 모기약, 양초 한 자루라도, 공동구매 공동구입을 해야 한다는 운동도 있었다. 동네 사람들이 푼돈을 모아 한꺼번에 많이 구입하면 더 싸게 물건을 살 수 있었다. 곧 마을 협동조합 운동이었다.

모든 운동이 신기하고 새로웠다.

특히 부엌 개량, 정지칸을 드나드는 바라지(커다란 두 쪽 판장문) 문턱부터 낮추는 일이었다. 너무 높아서, 무거운 것을 들고 넘나들기가 여간 위험하고 불편했다. 아낙네들이 물동이 이고 문턱 넘기가 위험천만한 것이었다. 문턱 안팎에 디딤돌을 놓거나 흙을 높이는 일이었다.

다음은 부뚜막을 높이거나, 여의찮으면 아궁이 앞면을 낮추어, 허리를 펴고 불을 지필 수 있게 고쳤다. 시골 오막살이 초가집들은 대개 부엌 부뚜막이 낮고, 아궁이가 비좁아 아낙들이 허리를 구부리고 불을 때야 하는 판이었다. 아이 업은 아낙들이 허리를 구부리거나 고개를 비틀어야, 아궁이 고랫구멍이 보였다.

장마 때 땔감이 젖었거나 생솔개비 지필 때, 매운 연기를 마시기 십상이었다. 밥 하고 물 끓일 때, 아낙들은 부엌 바닥에 퍼질러 앉아서 독한 연기에 찔끔찔끔 눈물을 짜내야만 했다. 불편하고 고통스러운 일이었다.

아궁이에 쇠문을 달아 먼지를 방지하고, 겨울철 구들의 열 손실을 막았다. 밥물이 넘쳐 질척거리는 흙 부뚜막엔 양회洋灰를 발라 깨끗하고 위생적으로 되었다.

측간 똥항아리 위엔, 껍질 벗긴 통소나무로 우물정짜井를 만들어 얹었다. 편하게 똥을 쌀 수 있는 발판을 만든 것이다. 측간 구석의 잿더미에는 물을 뿌리거나 거적때기를 덮었다. 바람에 잿가루가 날리지 않게 하기 위한 것이다.

참, 똥항아리 속엔 지푸라기나 검불을 많이 넣어 띄웠다. 대변이 떨어질 때, 똥물이 튀어 오르는 것을 막으려는 조치였다.

밑씻개는 수지(휴지)로 신문지가 제격인데, 동네에 신문 보는 집이 잘해야 한두 집인지라, 어림도 없는 일이었다. 능금이나 배를 담는 과고에 부드러운 볏짚북데기를 가득 담아 놓았다.

식생활개선은 빤히 알면서도 실천하지 못하는 것이 너무 많았다.

뭐 먹을 것이 있어야 개선이고 개량을 할 것이 아닌가.

우선 목구멍에 풀칠이 문제였다.

가장 손쉬운 방법은 독이 없는 야생 풀들을 채취하여 끓여 먹는 일이었다.

전래의 기존 개념의 곡식이 아니어도, 독이 없는 식물의 잎, 줄기, 껍질이나 뿌리에 열을 가해서 살균 식용하는 수밖에는 다른 방도가 없었다.

동촌 지방에서 식생활개선으로 가장 각광을 받는 것은 감자(고구마)와 북감자(감자)의 집중 재배였다. 야산 황토 땅을 개간하여 감자와 북감자를 대대적으로 심었다.

감자는 잘 썩기 때문에, 손기계로 얇게 썰어서 가을볕에 말렸다가,

겨울 끼니가 어려울 때, 요긴한 구황식품이 되어 주었다. 가루로 죽을 쑤어 먹거나, 익은 호박고지와 함께 범벅으로도, 훌륭한 끼니 때우기가 되었다. 순과 잎줄기도 버릴 것이 없었다.

북감자수제비, 북감자떡(팥고물 인절미)은 그 맛이 천하일미였다. 그냥 통으로 삶아 먹어도 북감자는 소화가 잘 되었다. 반찬으로도 감자된장국이 별미로 유행 중이었다.

이처럼 급한 김에, 식생활개선 운동은 굶주린 식민지 백성의 구황운동의 성격도 띠게 되었다.

쌀과 보리, 조를 이용한 전래의 밥 이외에, 다른 것도 주식이 될 수 있다는 의식전환에 크게 이바지한 것도 여간 다행한 일이었다. 밀가루 메밀을 이용한 국수나 삶은 옥수수도, 끼니 때우기 식량으로 대접을 받았다.

옷 개량, 복식개량 운동도 식생활개선 운동과 똑같은 경우가 되었다.

복식재료, 천 옷감의 절대 부족으로, 근본적인 복식개량 운동은 어려운 상황이었다. 현재 착용 중인 조선옷을 부분 개선, 덧붙이고 보완하는 것으로 급한 불을 껐다.

조선옷은 사람의 살갗 보호나 의식儀式 예절엔 아무런 모자람도 불편도 없었다.

그러나 사람들이 활동하고 노동하며 생활하는 데는 여러 가지 불편이 따랐다. 흰옷을 선호하여, 때가 잘 끼고 시각적으로 불결해 보였다. 이런 점은 물감을 들여 자주 빨아 입기가 권장되었다.

주머니가 없는 옷은 일상생활에 편이를 주지 못했다.

전래 풍속은 주머니를 만들어 따로 꿰차고 다니는 것이었다. 옷에 딸린 주머니가 없어서, 밤 한 톨, 콩 한 조각도 넣을 곳이 없었다. 엽전이나 지전을 지참, 수시로 사용하는 데도 불편이 따랐다. 위생 생활에 필요한 손수건 한 장 보관할 곳이 없었다.

저고리 섶을 따서 주머니 대용으로 쓰거나, 안쪽에 천을 붙여 아예 주머니를 달도록 권장되었다. 서양 복식이 일본을 거쳐서 들어온 것으로, 조끼라는 것이 있었다. 주머니가 없는 조선옷 저고리 위에 조끼를 덧입어서, 모양도 내고 실용적으로 주머니 활용에 쓰였다. 이를 응용한 팔(소매) 없는 등받이를 만들어, 주머니 두 개를 크게 옷섶 양쪽에 붙여, 여름옷으로 편리를 도모하기도 했다.

여자들도 검정 치마 속, 고쟁이나 단속곳 앞이나 옆에, 커다란 주머니를 달아 입었다. 짓기 쉽고, 옷감 적게 드는 통치마를 입고, 치마길이도 활동성 있게 짧아졌다.

통이 넓어서 털벅거리는 남자들의 바지나 중의엔, 복잡한 행건이나 대님 대신, 장딴지 부분의 통을 줄이거나 고정 끈을 달았다.

끈 따로 옷 따로이던 조선옷의 허리띠는 서양 옷, 양복의 편의를 응용하였다.

바지 중의 허리 부분에, 여러 개의 고정 고리를 붙여 불편을 덜었다.

아낙들의 저고리는 품을 넉넉하게 넓히고, 전반적으로 허리를 덮도록 하였다. 농삿일을 하거나, 팔을 올려 머리에 일 것을 이었을 때, 섶이 벌어지거나 동이 짧아서 허릿살이 나오는 것을 방지하기 위한 것이다. 여자들의 젖무덤이 노출되고, 속살이 보이는 것은 절대 금기인 것이다.

농민들의 자각自覺운동, 소득증대와 청결위생 운동은 새 생활 새 정신운동에 포함되어 종합적으로 실행되었다.

동촌 고샅길, 샘터를 가는 길가의 무성하던 잡초들은 캐고 모아서 퇴비가 되었다.

그냥 버려지던 길바닥의 소똥 개똥도 퇴비에 보탰고, 모기 유충幼蟲과 파리가 들끓던 시궁창들도 청결 운동의 대상이 되었다. 동네 우물 청결에도 청년들이 동원되었다. 돌에 낀 이끼들을 닦아내고 쌓인 찌꺼기들을 쳐냈다. 우물 귀퉁이에는 백반白礬과 유황 주머니를 넣어, 한창 유행하는 돌림병, 호열자 예방에 대했다.

물 끓여 먹기 운동, 손 청결 운동도 병행되었다.

치분齒紛은 고급이어서 구경하기 어렵고, 소금으로 이빨 닦기 계몽운동도 동촌교회를 중심으로 퍼져 나가고 있었다.

이런 자강 자각운동은 일제에서 해방을 거쳐 전쟁이 끝나고도 그 긴 꼬리가 끈질기게 남아 있었다.

동촌 아낙네들의 좀들이(좀덜이)운동이 바로 그 흔적이었다.

부뚜막에 작은 단지 하나를 올려놓고, 끼니때마다 한 숟갈씩 덜어서 곡식을 모으는 것이다.

이렇게 모여진 곡식을 한달 두달 1년 치를 합해서 팔아, 병아리 까는 씨암탉을 사거나, 씨돼지새끼를 사는 것이다. 병아리가 돼지가 되고, 돼지가 송아지가 되게 종자를 키우고 늘리는 것이다. 작은 것 같지만 이 정성이 집집마다, 마을마다, 한달 두달, 1년 2년이 모이면, 정말로 진짜배기 씨송아지가 되는 기적이 현실에서 이루어지는 것이다.

다 잊어버렸지만, 전쟁으로 다 잃어버리고 다 잊어버렸지만, 이 좀들이 운동만은 아직도 남아 이어지고 있었다. 먹고살기 운동, 살아남기 운동이었기에, 오늘까지 부뚜막을 지키고 있는 것이다. 어린 한성욱이, 아무 뜻도 모르고 그렇게나 좋기만 했고, 신바람이 났던 새 생활운동 새 정신운동도, 다 민족 자강으로 스스로 살아남기 운동이었다. 스스로 살기 위한 자각운동이었기에 그렇게 끈질긴 생명력을 가졌던 것이다.

요즘 한성욱은 그 시절 꿈에 그리던 푸른 초원의 염소 떼, 무리 지어 달리는 초원의 소 떼들을 꿈꾸지 않는다. 해질녘 적토마를 타고 초원을 돌아보는 꿈도 사라져 버렸다.

한성욱은 염소 떼들을 키우고, 소 떼들을 먹이는 목부牧夫, 목장쟁이가 싫어졌다. 전쟁을 치루고 스무 살이 넘는 동안, 한성욱의 마음은 그렇게 평온한 것만은 아니었다. 푸른 초원도, 풀을 뜯는 수많은 염소 떼들도, 한두 해가 가면서 다들 어디론지 사라져 버리고 없었다.

푸른 초원, 소 떼들이 뛰어다니는 들판, 이것은 어린 한성욱의 낭만과 꿈이고 머릿속에 그리던 이상향이었다. 덴마크 부흥의 선도자, 그룬트비가 꿈꾸던 농촌, 그런 세상, 그런 고향 마을이었다. 그렇게 멀리 갈 것도 없이, 동촌 예배당 한찬섭 장로가 목에 침이 마르게 갈구하던 동촌 마을의 미래상이었다.

한성욱의 마음속에서 이런 것들이 다 사라져 버렸다. 정확하게 말하여, 사라져 버린 것이 아니고 다 앗겨버린 것이었다.

어디로 갔을까. 누구에게 빼앗겨 버린 것일까.

한성욱은 지금도, 그 꿈속에 그리던 수많은 소 떼들을 찾는다. 지금도 앗겨버리고 잃어버린 그 수많은 염소 떼들을 아직도 놓아버리지 못하고 있는 것이다. 아무리 목이 타게 찾아도 어린 날의 이상향, 그룬트비의 목가적牧歌的인 고향마을은 찾을 수 없는 것이다.

한성욱의 종조부, 작은할아버지 한찬섭 장로가 목이 타게 부르짖던 이상향 파라다이스, 그런 고향은 없는 것이다.

이념理念 대립의 극점에서, 서로 죽이기에 피눈이 되었던 해방공간, 그리고 6·25전쟁의 잔혹성과 혹심한 피해로, 인간성과 사람됨의 기본 성질을 잃어버린 사람들이었다. 사람이 사람됨의 기본을 잃어버리면 누가 사람 노릇을 할 것인가.

안타깝지만, 사람이 사람 노릇 할 기본이 무너져 버린 세상이 되었다. 모두가 전쟁의 포화에 세상의 기본이 날아가 버린 것이다. 그것도 지구 멸망의 근원이 되는, 인위적인 힘, 돈, 무력武力만을 믿는 아메리카문명의 야만과 횡포에, 이 모든 것이 무너져 버린 것이다.

한성욱은 극복하고 싶었다. 이기고 싶었다.

꿈속에 떠올랐던 그 수많은 염소 떼와 소 떼들에게 제복을 입히고 싶었다. 아니, 초원의 풀 한 포기, 한 포기에 의지해 사는 개미 새끼들까지, 모두에게 전투복을 입히고 싶었다. 심지어 동작 느린 쇠똥구리 동지들에게까지 철갑모, 전투모를 씌워주고 싶었다.

한성욱은 제 키를 넘는 육척장검을 빼어 들고 군호를 외치는 꿈을 꾸고 있었다.

천군만마千軍萬馬가 흙먼지 구름을 일으키고, 포성이 하늘을 갈랐다. 전차의 캐터필러가 땅거죽을 다 갈아엎고, 지구는 숨이 막혀 포연에 가쁜 숨을 헐떡거렸다. 사단 군단 정도가 아니라, 수십 수백 개의 집단군이 땅덩어리를 두 쪽으로 갈라 진격했다. 대양주와 유럽에선 버섯구름이 일고, 지구가 뒤틀려서 인도판이 흔들리고, 히말라야 령봉들이 땅속으로 숨었다.

하와이제도의 8천 미터 높이로의 융기로, 북아메리카 중부 샌프란시스코, 뉴욕, 와싱턴 등이 함몰하고, 태평양과 대서양엔 넓은 통로가 생겼다.

한성욱은 이 세상의 모든 힘없는 자연물들을 군대로 동원하고 싶었다. 힘없는 것들에게 힘을 부여하고, 굳건한 무장력을 갖추게 하고 싶었다.

총이 없으면 목숨도 없는 세상을 겪었다. 인간의 목숨을 지켜주는 것은 총만이 유일했다. 중국의 모택동 주석은, 모든 권력은 총구로부터 나온다고 말했다. 진리이다.

조선인들은 고래로 총을 몰랐다. 총을 너무 멀리했다. 공자 맹자를 가까이하고, 명심보감明心寶鑑만 가까이하면 된다는 것이었다. 집안이 가난해도, 나라 땅이 비좁아도, 황제皇帝라는 물건이 없어도, 식민지 같은 착취의 땅을 욕심내지 않았다.

효열충孝烈忠이 나오고, 도덕군자 성인군자가 배출되고, 인의예지仁義禮智만 숭상하면 오로지 세상은 바른 세상이라고만 생각했다.

이제 한성욱은 못난이답게, 이런 옛사람들의 생각을 바꿔보기로 한 것이다.

3천년 가까이 시달려온 공자님을 잠깐 쉬시게 하고, 힘, 권세, 권능의 하나님 여호와께 매달려 보기로 생각을 바꾸기로 작정한 것이다. 한성욱은 그의 어머니 김선숙 여사의 뱃속에 있을 때부터 유아세례를 받았다. 그랬으니, 사실은 세상 별을 보기 이전부터, 유일신 여호와 하나님께 이미 매달려 있었던 것이 분명한 것이다.

그런데 이제부터 본격적으로, 그것도 자의식自意識과 스스로의 깨달음에 의한 행동으로, 여호와 하나님께 죽기 아니면 살기로, 매달려

보기로 아주 굳게 작정한 것이다. 돈도, 빽도, 힘도, 권세도, 권능도, 아무것도 없는 공자님을 인제 그만 괴롭게 하고 싶었다.

여호와 하나님은 적극적이고 악착같고, 앞뒤 안 보고 저 살길만 찾는, 그런 피조물들을 좋아한다. 한성욱이 여호와 탐구를 위해, 이스라엘인들의 바이블 구약성서를 나름대로 탐독하고, 크게 깨달아 얻은 결론인 것이다.

에덴동산에서부터 선하고 착한 도덕군자들은 하나하나 도태를 당했다.

세상에 착한 숙맥 에덴의 첫 사나이 아담을 패배자로 전락시켰다. 뱀과 하와의 승리였다.

동생 아벨을 때려죽인 인류 최초의 친족 살인범 카인을, 심판 처형하지 않았다. 되려 카인의 몸에 손을 대는 자는, 벌을 일곱 배나 더 받을 것이라는 선언으로, 면죄부를 주었다. 살인자 패륜범에게 자유통행증을 발행한 것이다.

유대인들의 빛나는 중시조 아브라함은, 자기 아내 사라를 누이라 속이고, 그랄왕 아비멜렉에게 넘겨주었다. 신변을 보호받고 실리를 취하기 위한 행동이었다. 아브라함의 이런 비열하고 부도덕한 비행은 유대인들의 전형적인 규범이 되었다.

아브라함의 아들 이삭도, 부전자전으로 흉년을 피하여 블레셋 땅 그랄로 갔을 때, 그의 아내 리브가를 누이라 속인다. 속이는데 그치지 않고, 아내의 정조를 정략적 실리적으로 활용한다.

이삭의 둘째 아들 야곱은, 그의 친형의 장자권長子權을, 팥죽 한 그릇을 미끼 삼아 빼앗는다. 그것도 모자라 그의 어미 리브가와 짜고, 형에게 내려 줄 아비의 축복을 가로채는데, 매우 요사스런 방법을 동원한다.

뿐만이 아니라, 아브라함의 조카 롯은 근친상간으로, 그의 친딸 자매의 두 탯집을 빌려 종족의 대代를 잇는다.

이스라엘인들의 칭송을 받는 소년 영웅 다윗은, 왕위에 있는 동안, 치명적인 음행을 일삼는다. 충성스런 장수를 전쟁터에 내보내고, 그 장수의 아내 밧세바를 겁탈한다. 이것으로도 모자라, 오직 애국 단심 용맹에 불탔던 선봉장 우리아를, 계략을 써서 전사케 하는 것이다.

그렇게 탈취한 왕비, 밧세바의 두 다리 사이에서 얻은 것이, 곧 이스라엘이 자랑하는 솔로몬 대왕이다.

솔로몬은 이스라엘의 왕일 뿐만이 아니라, 땅 위에서 가장 영광스런 왕 중의 왕이 아니던가. 땅 위에 태어난 자 중에서, 솔로몬의 영광을 덮을 자가 없다는 것이다.

이처럼 여호와는 야비하고 비열하고, 별 희한한 더러운 짓을 다 한, 인간들의 손을 들어 주었다. 폭력, 시기, 질투, 간악스럽고, 별 요사스런 짓을 총동원한 인간들에게, 영광스런 승리의 면류관을 덧씌워 주었던 것이다.

그런 인간의 후예들이 승승장구하는 세상에, 축복의 손을 들어 주었던 것이다.

한성욱은 가능성을 발견한 것이다.

악하고 더럽고 간사스런 짓이라면 자신도 충분히 희망이 있는 것이다. 자신이 아무리 못나고 재주가 요령부득한 자라고 해도, 비겁하고 천하고, 야비하고 포악한 것쯤은 자신이 있는 것이다.

자기 애착이 강하고, 지독한 독선주의자, 제 목숨 하나 살아남기 위해서, 저만의 이익과 영광을 위해서, 벼라별 수단과 온갖 추악한 방법이 총동원되어도, 다다익선多多益善인 것이다. 이것은 인간이 본질적으로 살아있는 생명이고, 그 목숨 하나 살아남는 것이 근본을 지키는 최대 최상의 목적이기 때문일 것이다. 살아남는 생명의무生命義務의 최선이 되는 것이다.

조물주의 입장에서도 이것은 어쩔 수가 없는 것 같았다.

조물주인 여호와 하나님의 입장에서도, 이것을 빼버리고는, 천지창조 우주운행의 목적을 이룰 수가 없는 형편인 것이다. 인간이 생명, 목숨을 보유하고 있지 않다면 말이다.

한성욱은 자신이 만만했다.

적극적으로 한판 붙어 볼 심산이었다.

야곱이 하란 광야에서 돌베개를 베고 들잠을 잘 때의 일이다. 잠을 자다가 나타난 천사의 허리를 붙잡고 늘어진 것이다. 한판 붙잡고 씨름을 하다가, 환도뼈가 부러져도 놓을 수가 없다고, 악다구니하며 물고 늘어진 것이다. 결국, 천사의 항복을 받아내고 만 것이다. 물불 안 가리고 달려들어서 축복을 강제로 빼앗아 낸 것이다.

형제를 쳐 죽인다던가, 제 아내를 아무 놈에게나 넘겨준다던가, 부하를 전쟁터에 내몰아 죽이고, 그 아내를 탈취하여 데리고 사는 행위는 차마 못 할 일이다. 하지만, 천사의 허리를 붙잡고 늘어지는 일쯤은 해낼 수 있을 것 같았다. 그런 정도가 아니고, 흉악하고 추악한 범죄자들과 인간말종들이, 모두 다 여호와의 축복을 받고 승리의 면류관을 자랑스럽게 덮어쓰지 않았던가.

한성욱은 여호와를 자신의 하나님으로 만들고 싶었다. 저 혼자서 통째로 차지하고 싶었다. 성욱 자신의 욕심을 채우기 위해선, 자신만을 위해주고, 자기 혼자서 독차지할 수 있는 하나님이 절실했다.

한성욱이 태어난 고향 동촌면엔 군유산君遊山이라는 이름의 높은 산이 있었다.

임금이 노닐었던 산, 임금이 노니는 산, 임금이 노닐 산이란 뜻을 가진 것이다. 그 이름이 예삿이름이 아니고, 매우 지엄하고 그 뜻이 매우 지중한 것이다.

이스라엘 민족 액써더스의 영웅 모세가, 양의 무리를 몰고, 미디안 광야 서쪽 호렙산에 이르렀을 때였다.

“네가 선 땅은 거룩한 곳이니, 그 자리에서 신발을 벗어라!”

맑은 하늘에서 여호와의 음성이 들렸다.

모세가 엎드린 바로 한 발 앞, 떨기나무 숲에, 싯뻘건 불기둥이 타오르고 있었다. 하늘에서 떨어진 불기둥이었다.

“애급의 식민이 되어 고통받는 네 백성의 부르짖음이, 하늘에 사무쳤도다! 바로의 압제 밑에 학대받는, 이스라엘 백성의 신음 소리가 내게 이르렀노라. 압제자의 손에서 그를 탈출케 하라! 나라 잃은 네 백성을 이끌고, 젖과 꿀이 흐르는 광대하고 아름다운 땅, 가나안 복지를 향하여 가라!”

모세는 이날의 부름에서 택함을 받고, 그의 형 아론과 함께 이스라엘 백성을 이끈다.

애급왕 바로의 손에서 제 백성을 찾아, 홍해를 건너 시내산에 이르게 되는 것이다. 여기서 여호와 하나님의 십계명을 받는다.

시내산과 호렙산은 거룩한 땅인 것이다.

마찬가지로 한성욱에게 있어선, 제 고향 동촌의 군유산은 나랏님이 노닐 산으로, 거룩하고 신성한 땅인 것이다. 아니라 해도, 거룩하고 신성한 땅으로 만들고 싶은 것이다. 만들어야만 하는 것이다.

거룩하고 신성한 땅, 동촌 군유산에는 마고麻姑할멈의 전설이 살아 있다.

높고 높은 군유산 꼭대기에 앉아, 멀고 먼, 너르고 너른 영광 낙월도落月島 멀리, 칠산 한바다에 발을 잠그고 논다. 시장끼를 느낀 마고할멈은, 길고 긴 다리를 뻗어, 장난삼아 발가락을 놀려, 큰 조개들을 가져다 먹는다. 지금도 군유산 꼭대기에는 손바닥만씩 한 굴 껍데기들이 흩어져 있었다.

비를 내리고 바람을 부르고, 조왕신竈王神을 시켜서 인간에게 길흉화복을 내린다. 아들 딸을 마음대로 점지해 주기도 한다.

새끼손가락 하나로 산을 들어 옮기고, 강줄기를 힘도 안 들이고 이쪽저쪽으로 돌려놓을 수도 있다.

지구에 대재앙을 몰고 오는 일식日蝕 때, 하늘의 해를 물어가려는 오랑캐를 내쫓기도 하고, 일월성신日月星辰의 운행을 주관한다.

할머니 무릎에서 들은 마고할멈 전설은, 군유산이라는 지엄한 이름과 함께, 어린 한성욱의 가슴을 설레게 했던 것이다.

한성욱은 마고할멈 전설을 굳게 믿기로 한 것이다. 믿기로 한 것이 아니고, 언제부터인지 한성욱의 가슴에 저도 모르는 사이, 신앙이 되어 앉아 있었다. 동촌 군유산의 마고 할머니는 동촌 촌놈 한성욱의 자애롭고 인자로운 하늘님이었다. 다만 이번 기회에, 여호와 하나님을 군유산 꼭대기에 끌어다 앉혀놓을 결심을 한 것이다.

이스라엘의 유일신 여호와 하늘님은 아브라함의 하늘님, 이삭의 하늘님, 야곱의 하늘님이었다. 이스라엘의 절대자, 유일신 하늘님을 동촌 군유산으로 빼앗아 올 작정을 한 것이다.

솔직히 한성욱은 이스라엘 사람들이 부러운 것이다.

이스라엘인들은 그들 자신의 이익과 번성을 위해서는 어떠한 존재자도 그들을 위한 이용 대상이 되었다. 절대자 여호와 하나님도 예외가 되지 못했다. 그들은 절대자 여호와를 붙잡고, 환도뼈가 부러져도 놓치지 않고, 물고 늘어졌다. 그들이 활용할 수 있는 존재는, 활용되지 않고는 못 배기는 존재로 만들어 버리고 말았다.

유대의 전통 신 여호와는 이런 유대인 근성을 매우 좋아했다.

이런 유대인 기질을 축복하고 상을 내렸다. 이러한 삶의 방식에 승리의 손을 들어 주는 데 주저함이 없었다. 유대인 근성과 여호와의 취향이 서로 잘 맞아떨어진 것이다. 둘이는 찰떡궁합이었다.

한성욱이 노리는 것이, 바로 이 점인 것이다.

또 한 가지, 고난에 찬 유대인의 역사, 유대인들의 삶이 곧 조선 백성의 삶과 많이 닮았다는 것이다.

아브라함의 자손들이 '나일강가 버드나무에 비파 걸고 세운 밤'은, 흰옷 입은 동촌 사람들의 봉건속국封建屬國 시절에 비유되었다. 일제 강점기의 암흑의 길고 긴 밤, 죽지 오므리고 진재 장령을 넘나들던 고난의 세월이었던 것이다.

한성욱은 이판사판이었다.

죽기 아니면 살기로 매달렸다.

자신의 삶이 영광되기를, 흰옷 백성 동촌 사람들을 구원해 달라고 빌었다.

신령스런 산 군유에 살았던 마고할멈의 영험으로, 나랏님이 노닐 것이란 약속이 실현될 것을 간구했었다.

2

지난여름 무더위가 기승을 부리던 8월 첫 주 토요일이었다.

1박 2일의 외박을 끊어 서울에 다녀왔다.

변칙 외박이었다.

만약의 경우를 대비해서 가짜휴가증 하나를 준비했다. 중대장과 인사계 박희필 상사에게는 급한 볼일이 있는 것처럼 감쪽같이 그들을 속였다. 휴가증은 창 본부 행정실 근무, 마창기 병장의 손을 빌렸다. 마창기 병장은 '인천짠물'로 빽이 대단한 사병이었다.

인천짠물, 마창기 병장은 대학 재학생이었다. 대학에 다니다 군대에 들어왔다는 동료의식에서, 평소 한성욱을 많이 챙겨 주는 편이었다. 한성욱과 엇비슷한 시기에 영천 정보학교를 나왔다는 인연도 한몫했다.

한성욱이 이렇게 편법으로 1박 2일의 외박을 끊은 것은, 순전히 '벤허Ben Hur'라는 영화 한 편을 보기 위한 것이었다. '벤허 특공작전'이라는 이름까지 붙여서 감행한, 그야말로 특공작전이었다.

벤허는 미국 군인 작가 월리스(Lewis Wallace, 1827~1905)가 1880년에 발표한 역사소설이다.

이것은 허리우드의 MGM사가 영화화한 것으로, 대 성황리에 상영중이었다. 30미리 씨네마쓰코프 총천연색 필림을 두 배 이상으로 확대한 70미리 필림이었다. 6본트랙, 초대형 와이드 스크린에, 웅장한 입체음향이 관객을 압도하는 초호화판 대작이었다.

대한민국에서는 단 한 곳, 유일하게 서울 대한극장에서만 상영 가능한 영화다.

상영시간만도 무려 다섯 시간 정도가 걸렸다. 상영 중간에 15분간의 휴식시간을 둘 정도로, 영화사상 전무후무한 스펙타클 초대형 영화였다. 영화사상 모든 분야에서 신기록을 수립하고 있었다.

이 거대한 작품에 투입된 천문학적인 제작비, 초호화 배역에 동원된 인원, 엑스트라의 수, 상상을 초월하는 쎗트와 장비, 소도구들……, 상영시간, 관객 수, 입장료 수입에서도 타의 추종을 불허했다. 단연 최대 최고의 신기록들을 쏟아내고 있었다.

한성욱이 특공작전을 펴기까지의 관심 대상은 이런 잡다한 돈벌이나 지성적知性的인 예술 취향, 또는 영상매체 형상깃법形象技法 같은 것이 아니었다.

이 작품의 부제副題 그리스도의 이야기(A Tale of the Christ)가 말하듯, 구원자救援者, 메시아, 유대인의 근성 같은 것에 관심이 집중되고 있었다. 그중에서도 유대인의 유일신 여호와 하나님의 유대인 편향성 탐구 파악이 가장 큰 관심사가 아닐 수 없었다.

대단히 무엄한 일이었다.

한성욱은 이런 무엄한 일을 저지르기 위해서 육군 쫄병으로선 대단히 주제넘고, 택도 없는 일을 실천에 옮긴 것이다. 1박 2일의 외박증 한 장을 들고, 서울이 어디라고 가짜휴가증까지 휴대하고, 근무지 위수지구를 천 리나 이탈했다는 말인가. 영화 한 편을 보기 위해 중대장과 인사계에게 가짜 사유 허위신고를 하고, 여비와 영화관 입장료 등 거금을 허비했다. 간덩이가 부어도 어지간히 부은 게 아니다.

그렇지만 직접 당사자인 한성욱은 너무 기분이 좋았다. 대만족이었다.

새로운 것을 얻었다는 것이 아니었다.

그는 크면서 유대인들의 바이블 신구약新舊約 성서를 탐독하기로 작정하고, 밤잠을 줄여가며 정독했다. 자의식을 가지고 이해하기 위함이었다. 여기에서 얻은 한성욱 나름대로의 결론을 마음속에 늘 간직하고 있었다. 그러나 그도 인간인지라, 자신이 도출한 결론에 따른 실천 실행이 그렇게 쉽지 않았다.

그런데 그는 이번 기회에, 자신이 생각하여 도출한 결론에 대해 확신을 갖게 되었다.

그는 기뻤다.

벤허의 작가 월리스는 개인적으로 매우 성공한 사람이었다.

작가의 핏속에 유대인의 피가 흐르는지는 모른다. 유대인들의 속성屬性 신앙을 너무 잘 그려 냈다. 예수 그리스도, 여호와의 역할도 감동적으로 잘 부상시키는 데 성공했다. 관객들을 작가의 의도대로 유대인의 영웅 벤허, 메시아(예수), 여호와 하나님의 역할에 감동하고 사로잡히게 하는 데 확실한 성공을 거두고도 남음이 있었다.

관객들은 고색창연한 유대적인 속성, 신앙에 전율했다. 2천 년 전의 유대인들의 고급정신인 이상적인 사유능력思惟能力, 아래 땅이 아닌 위 하늘을 무대로 한 정신력의 확장擴張, 그런 신앙이 놀라운 것이었다. 사유의 확장이나 고급화는 유대인들의 큰 덩어리인 종족공동체 역사를 의식화하는, 즉 이스라엘Israel식 선민選民의식의 교량이 되어 주었다.

고개를 들어 '하늘'을 볼 수 있었다는 것은 배나 네발로 땅바닥을 이동하는 동물로부터, 마침내 두 발로 일어서서 걷는 직립보행 인간이 탄생한 것과 같은 경이요, 돌연변이였다.

형체 없는 정령精靈세계, 영혼靈魂들의 생활 공동체에서 하늘나라를 사유思惟하고 창조해 낸 이스라엘종족의 끈기와 정신력에, 한성욱은 아낌없는 갈채와 찬사를 보내고 싶었다.

이스라엘인들의 바이블엔 유일신 여호와 하나님이 천지(우주)를 창조했다고 씌어 있다. 또 수많은 바이블 신앙자들도, 보통 기독교와 관계없는 사람들도, 신神이 아니면 무엇인가가, 혹은 어떠한 격格이 우주를 만들어 냈다고 대부분 막연하게 생각한다.

하지만 유대인들의 종족, 부족, 겨레 역사요, 그들의 고난에 찬 민족 국가의 생생한 생활사인 경전 성서를 정독하면, 지금까지 전해진 수많은 말들, 특히 공설公說들은 모두 잘못 전해진 것임을 금방 알 수가 있는 것이다.

일반 수준의 지능과 이성理性, 보편적인 양심을 가진 사람이면 별 어려움 없이 명확하게 성경(바이블)에 기록한 진실을 그냥 알아차릴 수 있는 것이다.

성경은 인간의 대뇌, 곧 사유능력에 의하여 상상되고, 입에서 입으로 구전口傳되다가 나중에 문짜로 쓰여진 것이다. 그러므로 여러 말할 것 없이, 속이고 둘러치고 꾸며낼 것 없이, 유일신 여호와 하나님이 천지를 창조했다는 공설은, 말 표현이 거꾸로 뒤집어진 것이다.

성경의 저자著者들은 매우 이상적인 사람들이었다. 사유능력과 상상력이 특출하고, 이성理性, 지성知性, 서사敍事, 서정성抒情性을 두루 갖춘 인격자들이었다. 그들은 모든 사물을 사랑하고, 생물의 생명들을 존중했다. 특히 인간애人間愛 넘치는 인본人本, 휴머니스트들이었다.

포도주를 즐길 줄 아는 활력 넘치는 낭만주의자들이었다. 여자를 좋아하고 지독한 사랑에 빠질 줄도 아는, 인간적인 속물근성의 소유자들이기도 했다. 위험한 범죄나 간악하고 사악한 유혹에 현혹당하는 허약한 마음의 소유자들이기도 했다. 세상 권세와 물질을 탐하는 욕심도 가지고 있었다.

이것뿐이랴. 육체의 안일과 영혼의 부귀영화를 꿈꾸는 자들이기도 했다.

그 반면에 가족, 핏줄, 혈연 공동체는 물론이고, 민족의 동질성과 정통성을 추구한 애국 애족에 불타는 애국자들이고, 사회 개혁의 운동가들이기도 했다. 자신들의 종족보다 큰 부족, 민족, 강한 나라들로부터의 해방을 목표로 한, 민족자주독립국가 건설을 주창主唱하는 열혈 민족주의자들이기도 했다.

강철 같은 의지와 용기, 신념으로 무장한, 강건한 정신력의 혁명가들이기도 했다.

이런 사람들, 즉 유대 이스라엘의 민족적 정수精髓를 갖춘 성현聖賢, 철인 사변가思辨家, 이상주의자, 지성적 이론가, 도덕적인 실천가, 시인 문장가, 역사학자, 천재 서사가敍事家 등의 합작으로 이루어진 대뇌작용의 산물이 곧 성서 바이블인 것이다.

따라서 성서 바이블의 가장 큰 진실은, '하늘나라 천국'과 '하나님의 나라 천당'은, 선구적 사고력을 가진 인간들이 상상하고 발견하고, 이룩해 놓은 나라 세상인 것이다. 여호와 하나님의 천지창조 역시, 인간들이 유추類推해 놓은 에덴동산의 인간 시조 발생 설화요, 역사 전설인 것이다. 육신의 눈으로 볼 수 없고, 현실 감각으로 느낄 수 없고, 몸소 체험할 수 없는 그런 세계를, 상상 유추해 실제화 현실화한 유대인들의 사고능력과 인간 정신에 감탄을 아끼지 않을 수 없는 것이다. 탄성이 저절로 터져 나오는 것이다.

이스라엘인들은 위기에 봉착할 때마다 여호와를 찾는다.

절망 앞에서 그들은 메시아를 만들어 내는 것이다.

위기 앞에서, 여호와는 이스라엘을 구원하는 권능의 신이 되고, 절망이 가로 놓일 적마다 메시아는 밝은 내일을 예비한다.

그렇지 않으면 아니 되는 것이다.

이스라엘 백성과 여호와, 아브라함의 하나님, 이삭의 하나님, 야곱의 하나님은 죽이 척척 맞게 되어 있었다. 신과 인간 사이에 맺은 약속에 의하여, 서로의 의무 사항을 잘 지켜나가고 있는 것이다. 상호 이익을 위한 찰떡궁합이었다.

초대형 스크린 전면에서는 주인공 벤허의 얼굴이 크게 부각된다.

로마인 멧셀라와 불꽃튀는 전차경주를 벌이는 유대청년의 모습이 역동적이다.

눈을 들면, 화면 저 멀리 은혜로운 하늘이 열리고, 광채 빛나는 햇무리가 축복처럼 은은하다. 그것은 메시아의 모습이고, 여호와의 음성인 것이다.

"그때도 누구인가가, 나를 살려 주었어, 누구인가가……."

쇠사슬에 묶이어 노예선으로 끌려가는 길, 자신이 갈증에 지쳐서 쓰려졌을 때 한 표주박의 물을 떠다가 목을 축여 살려 준 그 누구인가를 기억해 내며, 벤허는 독백했다. 그 누구인가가 자신을 꼭 살려 줄 것이라는 확신, 기필코 자신에게 승리를 안겨 줄 것이라는 믿음의 끈을 절대 놓지 않는 것이다.

절체절명絶體絶命의 위기에서, 절대적인 희망의 끈을 찾아 굳게 잡는 것이다.

그들 유대인들에게 절망은 없었다. 어떤 일의 단절이나 세상의 끝도 그들에겐 없었다. 그들은 항상 누구인가가 그들을 위기에서 탈출

시켜 주고, 절망에서도 누구인가가 건져주는 것이다. 그들이 하고자 하는 일은 언젠간 이루어지는 것이다. 이루어지지 않을 수 없고, 이루어지게 되어 있는 것이다.

만약 세상 끝날 죽음이 온다고 해도, 그들은 끝나는 것이 아니고, 육신을 벗고 영혼이 훨훨 날아서 하늘나라 천당에 가는 것이다. 일과 세상은 끝나는 것이 아니고, 영원무궁토록 연장하여 이어지게 되어 있는 것이다.

관객을 압도하던 거대한 화면과 굉음처럼 웅장한 입체음향이 멎고, 장려하게 펼쳐지던 총천연색 초대형 화면이 사라졌다. 영화 속에 등장했던 수많은 사람들이, 하얀 스크린 속으로, 모두 다 들어가 버렸다.

시끄러운 째즈음악이 귀청을 찢을 듯 장내에 퍼진다.

관객들은 쫓기듯, 자리를 서서 극장 밖으로 밀려 나가고 있었다.

한성욱은 얼른 일어설 수가 없었다.

화면 진행이 아직 끝나지 않은 것 같은 착각이 일었다.

아까, 수많은 영화 속에 등장했던 수많은 사람들이, 모두 다 스며들어 가던 새하얀 영사막에, 서서히 떠오르는 것이 있었다. 저 멀리 높고 먼 하늘에서 들려오는 공중소리와 함께……,

원작자 윌리스가 정작 보여주고 싶은 것들이, 멎어버린 화면과 새하얗게 바래버린 스크린 위에, 지금 서서히 되살아나고 있는 것이다.

이날 한성욱은 대한극장에서 벤허 상영이 끝나고, 시끄러운 째즈음악이 장내를 어지럽게 울리는 속에서도, 얼른 자리를 일어설 수가 없었다.

영화가 주는 감동도 충격이었지만 원작자 윌리스가 작품 속에 숨겨 놓은 것들에 대한 관심, 기대감 때문이었다.

한성욱은 이날 느꼈던 충격적인 체험을 다시 한번 맛볼 기회를 얻을 수 있었다. '벤허' 영화의 원작소설을 통해서 말이다.

입대 전에는 세상에 한창 유행 중인 실존주의 작품을 읽기도 바빴다. 하이덱거, 까뮤, 싸르트르의 이름만 들어도 가슴이 설레였다. 벤허라는 영화가 나오기 이전까지, 한성욱은 월리스라는 소설가를 알지 못했다. 장편소설 벤허를 읽은 적이 없는 것이다.

어느 날 우연히, 한성욱이 벤허 영화 이야기를 꺼내자, 6소대 소속 연락병 현상조 상병이 대꾸했다.

"와, 그것 난, 책으로 읽었는데……."

그도 그럴 것이, 70미리 초대형 필림을 상영할 수 있는 극장은 대한민국에서 서울의 대한극장이 유일했다. 극장도 작고 스크린 크기도 미달이어서, 서울의 여타 개봉 극장들과 각 지방 유수의 극장들이 70미리 초대형 필림 상영을 위해 극장도 넓히고, 스크린을 다투어 대형화하고 있다는 것이다.

이런 형편에, 한성욱 병장처럼 돈키호테식 특공작전이라도 펼치기 이전에는, 시골 사람들이 벤허를 구경할 수 있는 형편이 아니었다.

소설책으로 벤허를 읽었다는 현 상병의 말에, 한성욱은 귀가 번쩍 띄었다.

한 번 더 벤허를 알아보고 싶었다. 영상으로 보는 것보다는 활자 매체를 통해서 알아보는 것이 훨씬 더 정확하고 신뢰감이 갈 것이었다.

한성욱은 유대인, 유대 기질, 유대인 근성, 유대인들의 의식구조에 대해서 더 알아보고 싶었다. 유대인과 여호와 하나님 사이에 맺어진 관계, 그 계약관계를 더 깊이 정확하게 알아보고 싶은 것이었다.

한성욱은 번역본 '벤허'를 읽기 시작했다.

6소대 연락병 현상조 상병이 가져온 것이다.

현상조 상병 누나에게서 빌려온 책이었다. 평이하게 잘 번역된 책이어서 망설여지거나 주춤거리는 일 없이 무난하게 잘 읽혔다. 그렇지만 한성욱은 전에 없이 꼼꼼하게 정독이었다.

일과 끝나고 나흘 밤 닷새 사이였다.

무언가를 꼭 찾아내고 싶었다. 한줄 한줄 되씹어 읽어가는 숙독熟讀이었다. 이 잡듯이 글짜 한자 한자를 짚고 넘어가는 방법을 택한 것이다.

그러고도 한 번을 더 숙독했다.

책을 다 읽은 후 갈피를 덮었다가, 또다시 생각난 듯 책을 다시 펴고, 거듭 세 번째 읽기를 단행한 것이다.

영화를 보았을 때나, 책을 처음 한 번 읽었을 때나, 두 번째 읽었을 때나, 별다름이 없었다. 영화가 끝나고, 한성욱이 얼른 자리를 서지 못하고 앉아 있을 때, 모든 것이 다 사라져 버린, 하얗게 빛이 바랜 스크린에, 뭔가 떠오르는 느낌과 같은 것이었다.

마침내 세 번째 책을 읽었을 때, 문장의 사이사이, 행간마다 뭔가 다가오는 것이 있었다. 책을 덮고 나서도 마찬가지였다. 책의 줄거리와 내용, 주인공들의 활동 등과 상관없이 여운으로 떠오르는 것이었다.

햇무리 달무리처럼 떠오르는 것이었다.

점점 시간이 지날수록 그 빛무리들은 광채 찬란한 밝음으로 다가왔다. 저 멀리서부터 하늘 가득히 들려오는 공중소리와 함께…….

유대인들을 눈동자처럼 지키는 메시아 예수 그리스도의 모습과 유일신 여호와 하나님의 음성이었다.

유대인들은 어찌 보면 고집불통이었다.

수천 년 동안 메시아를 기달랐다. 나사렛 예수가 탄생했는데도, 외눈박이 고집통이들은 메시아를 기다리는 것이다.

참 메시아를 알아보지 못했다. 은銀 30에 팔아먹고, 십자가 형틀에 못을 박아 죽였다.

예루살렘 성전의 휘장이 번갯불칼에 찢어지고, 예수가 3일 만에 부활했다. 시신이 살아서 하늘에 오르고, 텅텅 빈 돌무덤을 보고 나서야 땅을 치고 후회를 했다.

메시아 예수는 이미 하늘에 오르고, 땅 위에 구원자의 몸은 없었다.

그들은 또다시 부랴부랴 메시아를 만들고, 발을 동동 구르며 기다림의 삶을 살고 있는 것이다.

군유산 밑, 동촌 초막집 호롱불 밑에 버려진 마고할멈 민담설화, 한성욱은 무릎을 쳤다.

마고할머니는 '하나'가 아니고 '하늘'인 것이다.

유대인의 유일신 하나님은 그 격체格体가 하나이고, 군유산의 마고할머니는 그 격체가 하늘인 것이다. 그들의 절대자는 하나이고, 한성욱의 고향 동촌의 전능자全能者는 '하늘'인 것이다. 하늘할머니 하늘님인 것이다.

한성욱은 자신이 있었다.

둘도 아니고 하나인 것을…….

한성욱은 쾌재를 불렀다. 환도뼈가 부러질 필요가 없었다. 유대인의 여호와에게 자신의 양아버지가 되어 달라고 매달릴 필요가 없었다. 유대인들과 맞서고 경쟁을 하여 아브라함의 하나님, 이삭의 하나님, 야곱의 하나님 여호와를 빼앗아 올 필요가 없어진 것이다.

마고할머니는 군유산 꼭대기 하늘 자리에 예나 지금이나 그대로 있었다.

번제燔祭를 올리라고, 화육제火肉祭를 올리라고, 강요하지도 않았다. 군유산 꼭대기 하늘의 전능자 마고 할머니는……

마고할머니는 인간의 길흉화복吉凶禍福을 점지할 수 있는 능력자이면서도 동촌 사람들과 거래하지 않았다. 자기에게만 절을 하라고 계명을 주어 얽어매지도 않았다. 말을 잘 듣지 않는다고, 동네 사람들에게 저주하거나 벌을 내리지도 않았다. 자신을 추앙하거나 숭배하는 사람들을 시켜서, 자신을 반대하고 추앙하지 않는 사람들을 칼로 치고 땅을 빼앗고 무릎을 꿇게 하라고, 충동질한 적도 없었다.

자기의 권능과 능력을 미끼로 절대복종을 강요하고, 자기 하나만 섬기라고 소리를 지른 적도 없는 것이다. 자기가 거기, 군유산 꼭대기에 하늘 높이 앉아 있다고, 발아래 단壇을 쌓으라고, 고함을 치거나 호령을 한 적이 지금까지 단 한 번도 없는 것이다.

가물에 구름을 부르고 비를 내릴 때에도, 마고할머니는 혼자 그대로 아무 자랑도 없이 거기 있었다. 동촌 아낙들의 뱃속에 아들 딸을 점지해 줄 때에도, 요란하게 생색 한번 낸 적이 없었다.

군유산 마고 할머니는 옛날 옛적 처음부터 스스로 그 자리에 조용히 거기 있었다.

있음을 드러내지 않고, 스스로 그대로 거기 있는 것이다. 형체는 물론이거니와 목소리를 들은 적도 더더구나 없는 것이다.

마고할머니는, 동촌 백성들이 자신들이 필요에 의해서 만들어 낸 것이 아니었다. 또 상호이익 보장을 위해서 동촌 백성들과 거래를 계약하지 않았다. 그런고로, 추악하고 천박하게 맞붙잡고 씨름을 걸거나, 허리를 붙들고 늘어질 건덕지가 없었다. 그럴 처지가 아니었다.

능히 스스로 있고, 있음으로 없는, 없음으로 있기도 하는, 그렇게 능히 스스로 하는 할머니였다.

한성욱이 활짜 매체를 통해 얻고 확인한, 자기 내면의 소득의 일부를 글을 써서 나누어 주기로 했다.

책을 빌려 올 때, 현상조 상병과 약속한 독후감을 쓰기로 작정한 것이다. 사실은 장난 비슷하게 약속한 것이었다. 하지만 책을 다 읽고 나서, 자신이 얻은 깨달음과 확신에 대한 기쁨이 너무 큰 것이어서, 한성욱은 그만 흔쾌하게 붓을 든 것이었다.

또 하나 재미있는 것은, 현상조 상병이 자기 누나 소유인 벤허(소설) 책을 빌려 올 때에, 책을 읽은 군인으로부터 반드시 독후감을 쓰게 하겠다는 약속을 했다는 것이다.

혼기를 놓친 노처녀라선지, 현상조 상병 누나의 심술이 여간 고약하지가 않다는 것이었다. 만약 독후감을 받아가지 않으면, 다음주 토요일 외출 시, 범일동 집에 들어갈 수가 없다는 것이었다. 노처녀인 자기 누나의 히스테리가 틀림없이 발작하게 되어있다는 것이었다.

반대로 독후감을 받아갈 경우, 정월 대보름에 귀밝이술을 한턱 얻어먹을 수가 있다는 것이다.

'벤허'는 소설이다.

그렇지만, 무조껀 허구虛構를 나열하여 픽션으로만 전개해 놓은 것은 아니다.

이스라엘 민족의 역사 사실에 근거한 일종의 역사소설이다. 또 종교소설이기도 하다.

유대인들은 머리가 좋은 사람들이었다. 종족의 수가 적고, 영토가 비좁고, 자원과 생산물이 워낙 모자라다 보니, 큰 나라 대제국을 건설하지 못하였다. 상대적으로 강대한 나라들이 주위에 있어, 오랜 세월 이민족異民族의 압제와 고난 속에서 고통스런 삶을 살아야 했다.

이집트나 로마 같은, 당시 세계적인 대제국의 식민지가 될 수밖에 없는 운명이었다.

나라를 잃어버린 백성들은 종의 멍에를 메고, 절망 속에서 허덕일 수밖에 없었던 것이다.

이스라엘은 자연조껀이 너무 척박한 땅이었다.

영세한 유목생활로 근근이 목숨을 이어가는 형편이었다. 이들의 생명환경, 생활조껀은 초능력자의 힘에 의지하지 않을 도리가 없었다.

신神을 만들고, 신앙 곧 종교를 형성하지 않을 도리가 없었던 것이다.

이 소설은 이런 자연환경, 생활 여껀에서 이루어진 유대인들의 역사 상황을 너무 잘 꿰뚫고 있었다.

인간들은 극한상황에서 자포자기, 죽음을 선택하기 이전에, 상황에 굴복 비굴해지거나 의지할 곳을 찾게 된다. 죽음이 두렵고 싫어서, 초능력의 힘이나 초능력자에 의해, 자신이 구원救援되기를 바라게 되는 것이다. 이것은 인간의 태생 본능이었다.

이렇기 때문에 인간의 역사는 그나마 단절되지 않고, 오늘에 이어져 온 것이다.

이스라엘 민족사 역시, 인간들의 보편적 속성 본능에 따라, 유일신 여호와의 끈에 의지하여 오늘에 이른 것이다.

이스라엘의 역사는 종교에서 떼어 놓을 수가 없지만, 좀 색다른 데가 있었다.

여러 신神, 즉 복수의 신들과 관계 맺는 것이 아니고, 유일신 여호와, 단 하나의 신만을 섬겨야 하는 독특한 신앙을 가지고 있었다.

그 대신, 유대인들은 선택된 민족으로 유일신 여호와의 특별 보호를 받는다. 인간과 신 사이에 서로 불변의 계약을 체결한 것이다. 그들, 인간과 신은 상호이익을 위하여 합심 협력하기로 불변의 협정을 굳게 맺은 것이다.

이 영원불변의 협정을 통하여, 여호와는 독생자 예수를 유대인의 메시아로 지정했고, 이스라엘 민족의 구원자로 이 세상에 보냈다.

이스라엘의 구약 경전은 주로 모세를 중심으로 인간에게 주는 언약이었고, 새로운 약속이라고 하는 복음서福音書, New Testament는 그리스도를 통해 인간에게 주어진 직접 약속이었다.

에덴동산 이전의 수많은 신神들을 다 버리고, 오직 유일신 여호와만을 섬기기로 한 외눈박이 언약, 지극히 독선적인 이 협정과 약속으로 오늘까지 이스라엘 민족은 멸망하지 않고 살아남았다.

전지전능全知全能의 신과 정신과 육체가 허약하기 이를 데 없는 인간이 어찌 협정이라는 것을 체결할 수 있는 것인가. 약속이나 조약은 대등対等한 상대방을 전제로 체결되고 이루어진다. 반드시 그래야 한다.

그렇잖을 경우, 그것은 불평등이요, 강요나 억압에 의해 체결된 불법 조약이 되는 것이다.

보통의 경우, 강자가 약자를 협박 억압하여 체결되는 것이 불평등 조약이 된다. 힘 있는 자가 우위에 서서 연약자를 강압하여 맺은 약속이 불법협정인 것이다.

이스라엘 백성과 여호와 하나님 사이에 맺어진 약정約定 조약은 전혀 그 경우가 다른 것이다. 희한한 것이다.

구舊와 신新, 신구약 성서 66권, 전권全卷을 통틀어 볼 때에, 통상적인 것의 정반대의 사례事例가 비일비재하게 나타나는 것이다. 비일비재가 아니라, 약자가 강자를 을박지르고 협박하고, 속여 먹는 사례가 주류를 이룬다. 열거하자면 한이 없다.

최초의 예는 신의 피조물인 뱀과 하와, 아담이 조물주의 진리(지혜)에 도전한다. 사실은 혁명을 하겠다는 것이다. 용케 여호와 하나님이 미리 손을 써서 겨우 목숨을 건졌지만, 하마터면 뱀이나 하와의 손에 총살을 당할 수도 있는 일이었다.

마지막 예는, 수천 년 동안 앙심을 품고 있던 인간들은, 결국 하나님의 독생자 예수를 십자가에 못 박아 잔인하게 죽여버린다.

약자들은 약자가 아니었다.

허약하고 연약한 인간들은, 허약하고 연약한 존재자들이 아니었다.

그들을 창조한 여호와 하나님을 태초로부터 끊임없이 협박하고, 을박지르고, 넘보고 혁명을 꿈꾸었다.

솔직히 말해서 인간들은 근원적으로 혁명 체질이었다.

인간들은 교활했다.

인간들은, 말로는 늘 여호와를 찬양하고, 영세 무궁토록 하나님의 아들로, 백성으로, 효孝와 충忠을 다 하겠다고 맹세를 하고 다짐을 한다.

그리고는 돌아서서 반역하고, 끊임없는 도전으로 불효와 불충을 일삼고, 끝도 한도 없는 탐욕으로 세상 혁명을 꿈꾸는 것이다.

첫째가 죽지 않겠다는 것이다.

둘째는 늙지 않고 아프지도 않겠다는 것이다.

셋째는 물질만능으로, 부자로 호의호식하고 살겠다는 것이다.

넷째는 이쁜 여자를 수도 없이 여러 명을 데리고 살겠다는 것이다.

여자들은, 닥치는 대로 멋지고 정력 좋은 놈을 골라서 데리고 살겠다는 것이다.

이 밖에도, 이 인간말종人間末種 패륜분자들은 아비가 자식을 쳐 죽이고, 자식이 아비를 때려죽이는 권리를 달라는 것이다.

요즘 군사정권 등장 이후, 최신 요구사항으로, 계모 의붓 어미년들이 어린 전처 자식들을 학대하고, 잔인하게 죽일 자유를 달라는 것이었다.

오늘 아침 라디오 뉴쓰에서는, 남편과 아내가 서로 외간 남녀와 사통私通했다는 보도가 있었다. 그것을 은폐하기 위해 남편은 아내를, 아내는 남편을 죽이려 했다는 것이다. 음식물에 독극물을 넣었다는 것이다.

병원에서 의식을 되찾은 이들은 남녀 공히, '가정파괴 만세' 성 해방을 강력하게 부르짖더라는 것이다.

인간들은 결코 허약하고 연약한 존재가 아니었다.

여호와 하나님의 독생자 예수를 날카로운 무쇠창 끝으로 찔러 죽여 버린 인간들은, 2천 년 만에 가공할 무기, 원자 핵核분열과 융합에 의한 수소폭탄이란 것을 만들었다. 미국령 비키니섬에서 극비리에 실험, 성공했다는 것이다. 해도, 달도, 하나님도, 하늘도, 땅도, 다 없애 버리겠다는 것이다.

제 할매 할배도, 제 부모 형제도, 땅 위의 모든 사람, 모든 목숨 가진 것들을 깡그리 다 불에 태워버리겠다는 것이다.

이 판국에 여호와 하나님의 나라, 영토, 천당이 어디 있고, 절대자의 법칙, 권위가 어디 있다는 말인가.

드디어 인간은 금기의 무기, 수소폭탄을 거머쥠으로써 절대 강자였던 신의 영역을 역전시켰다. 절대자의 전능, 절대권을 인간들이 강제로 탈취 소유하겠다는 것이다.

아니, 신의 절대권은 이미 인간들의 손아귀에 들어와 있었다.

따지고 보면, 본래가 이 세상의 절대권은 인간들의 소유였던 것이다.

절대자 여호와 하나님의 존재는 인간들의 대뇌작용이 만들어 낸 산물이기 때문이다. 유대인들의 뛰어난 사유능력, 풍성한 상상력에 의한 창조물이었던 것이다.

이스라엘인들의 탁월한 혈통집단의 희망 의지였던 것이다. 선민의식의 승화, 고유의지固有意志의 꽃이었던 것이다.

의식은 빼어났지만 피붙이 겨레집단이 작고, 영토가 협소하고, 자원이 보잘것없어서, 항상 약소국으로 식민지배를 받아야 했다. 이런 이스라엘 민족의 자주독립 국가에 대한 염원은 남다른 데가 있었다.

민족의 생존권을 인정받기 위해선 국가의 독립이 보장되어야 한다. 국가의 독립이 보장되기 위해선 힘이 있어야 했다. 초강력자, 국가 민족의 자주권을 지켜내기 위해선, 압제자 강대국을 이겨 낼 수 있는 초능력자의 절대적인 힘이 필요했다.

그 힘이 유일신 여호와였다.

강력하고 독선적이고 절대적이었다.

성질이 불칼 같고, 한번 진노하면 하늘과 땅이 흔들리고, 무서운 뇌성벽력의 호령 소리로, 천지가 두 쪽으로 갈라지는 것 같았다. 여호와 하나님의 힘은 참으로 대단했다. 그의 충만한 힘은 우주 안에 가득 융기隆起했다.

이렇게 힘만을 의지하고 힘에만 매달리다 보니, 힘의 신은 계속해서 독선적이고, 독단적이고, 독불장군이고, 지독히도 독재적이 되었다. 폭군暴君 폭압의 상징이 되었다.

만용적蠻勇的인 절대자가 되어 버린 것이다.

그러다 보니, 인간에게 다시 절대권을 회수당하는 꼴이 되었다.

인간들이 여호와 하나님의 절대권을 회수하고자 하는 이유는 간단하다.

하나님의 나라 천국, 하나님의 집 천당, 그 아래 있는 지옥, 그 천당 지옥의 모순이 너무 치졸하고 유치하다. 그야말로 유치원에 두 달만 다닌 아이도, 당장 그것은 아니라고, 고개를 흔든다. 도저히 이치에도 안 맞고, 상식에도 어그러진다고.

세상에서 육신을 입고 부모 자식으로 살다가, 어찌 천당과 지옥으로 갈라져서 갈 수가 있느냐는 것이다.

사랑하는 부부, 정다운 연인들이 천당과 지옥으로 나뉘어 영원토록 떨어져 산다는 것이 최상의 축복이고 행복이라니, 어디 사고능력, 지혜를 가진 인간들이 승복할 리가 없는 것이다.

석탄石炭에서 나이롱실을 뽑아내고, 석유에서 비니루를 뽑아내는 세상, 이런 능력과 지혜를 가진 인간들에게 아직도 신은 절대권을 넘기려 하지 않는다.

오만불손 고집불통으로 신은 이제 나이가 많아서 노망끼가 역연했다. 세상 여기저기에선 이를 갈아치우기 위한 새 이스라엘 족속(New Israel)들이 마구 패거리로 일어서고 있는 것이다.

여호와 하나님의 독선 독재, 옹고집 똥고집으로, 지상에 가득하고 천상에 가득하고 우주에 가득한 수많은 신들과 자고 새면 싸움질인 것이다. 땅 위에는 평화가 없고, 하늘에는 이해와 화해가 없는 세상이 되어 버린 것이다.

새로운 메시아를 한시바삐 만들고, 너무 늙어서 불통수가 되어버린 여호와 하나님을 어서 한시바삐 숙청해야 하는 것이다.

하나의 민족, 유대 이스라엘 백성만을 선민으로 인정하고 구해 내는, 옹졸하고 치졸한 여호와 하나님이 아니어야 하고, 구닥다리 구태의연한 절대자가 아니어야 한다.

새로운 메시아, 세상의 모든 나라, 모든 민족, 모든 인민을 구원하는 구원자가 나타나야 하는 것이다.

전혀 편협적이 아닌, 모두의 구원자, 자유와 평화의 메시아를 만들어 내야 한다.

이쯤에서 한성욱은 잠시 글쓰기를 멈추었다.

제 감정에 취해서 쓰다 보니, 여자가 읽기엔 좀 딱딱한 것 같았다. 읽어줄 상대를 생각지도 않고, 한성욱 제 성질대로 열을 올려 열변을 토해놓은 꼴이 되었다. 그렇다고 다시 쓴다는 것도 그렇고, 또 솔직한 제 심정이 그런 것이어서, 그냥 그대로 보내기로 했다.

다만 말미에, 좋은 책을 빌려주어서 잘 읽었다는 인사말 몇 마디를 붙였다.

그리고 또, 로마의 귀족 호민관의 양자로 부귀영화가 보장되어 있었으나, 그것을 기꺼이 버린 벤허의 양심과 용기에 갈채를 보낸다는 말로 끝을 맺었다.

붓을 놓고 난 한성욱의 마음은 착잡했다.

뱃속에 있는 걸 털어놓고 나면 시원한 것이 보통의 예다. 그런데 아니었다.

약이 오르고 짜증이 났다.

책 속의 주인공 벤허는 불굴의 의지로 만난을 극복했다. 자기가 소속한 종족, 자신을 키워준 나라를 끝까지 잊지 않고 충성의 길을 택한 것이다. 눈앞의 부귀영화 다 버리고 고난의 길, 형극의 길, 보잘것없는 가난한 식민지의 아들이 되어 제 조국으로 되돌아갔다.

과연 그의 조상 모세의 애국심과 의지를 닮았다.

한성욱은 또 한 번 자신의 못난 자화상을 꺼내 보고 있었다.

레바론의 백향목은 아무리 기름 부어 세워도, 동촌 뒷산 군유뫼에서는 살 수가 없는 것이었다.

역시 동촌 뒷산에는 추위에 잘 견디는 황장黃腸 소나무가 좋다. 줄기와 가지가 곧게 뻗고, 잎이 무성하고 껍질이 튼튼해서 잘 산다.

3

1963년. 한성욱이 기다리던 대망大望의 해다.

전쟁이 터지지 않는 한, 한성욱은 올해 년말, 제대가 예정되어 있다.

얼마나 기다리고 기다리던 1963년인가?

년초부터 조짐이 괜찮았다.

'벤허'라는 소설책을 빌려 읽고 그 느낌을 몇 자 적어 보냈더니, 그 댓가로 귀밝이술을 한턱 얻어먹을 수 있었다.

책 주인은 현상조 상병의 누나인 현상희라는 이름의 노처녀였다.

노처녀라고 해도, 그렇게 많이 맛이 간 것은 아니었다. 한성욱과는 동갑내기여서 아직 쓸만한 데가 그런대로 많이 남아 있었다.

또 얼마 전에는, 일반병 단기복무자로는 보기 드물게 하사 진급의 영예를 누렸다.

하사 진급 따위가 뭐 대수인가, 하사 진급을 가지고 영예를 누렸다니, 참 세상에 별난 영예도 다 있구만…….

속을 모르면 밥값을 내지 말고, 말참견도 하지 말라는 말이 있다.

한성욱이 이번에 딴 하사계급은, 가만히 앉아 있으면 년한이 차서, 자동으로 올라가는 계급이 아니었다. 육군본부 주관으로 실시한 진급 시험에 당당히 합격하여 올라간 계급이었다. 그것도, 낙타가 바늘구멍으로 꿰어 갈 수 있는, 매우 합격률이 낮은 경쟁시험이었다.

최근에 새로 실시하는 진급제도였다.

전에 없었던 제도였는데, 군사정부에서 긴급히 수립한 초급 하사관 충원 계획에 따른 것이었다. 이 제도는 북쪽 인민군대의 '전군의 간부화'에 대응하기 위한 긴급조치인 것 같았다. 기초 훈련을 끝내고, 기성부대에 배치된 모든 병兵들에게 장기복무 지원을 권장하고, 장기복무 지원과 동시에 하사관학교로 직행, 하사로 특진하는 제도가 시행 중이었다.

그러다 보니, 복무 년한이 많은 고참 일반병들의 불만이 많아졌다. 엊그제 입대한 새카만 이등병 일등병들이, 어느 날 갑자기 하사 계급장을 달고 나타나는 것이다. 단기복무 일반병 고참 병장들의 체면이 말이 아니었다. 지금까지는 장기복무 하사들 모두가 단기복무 일반병 병장들보다 군번이 훨씬 빠르고, 군댓밥도 더 많이 먹은 사람들이었다.

그리하여 불만이 많이 쌓인 일반병 병장들의 체면을 살리고, 쌓인 불만을 해소하기 위한 조치가 긴급히 시행되었다.

이것이 곧 일반하사 응시제도였다.

사병이 장교로 임관하기 위해, 육군 간부후보생에 응시하거나 사관학교 입교를 위한 입시제도는 있지만, 진급을 위해서 필기시험을 치는 예는, 한국군 국방경비대 창설 이후, 처음 있는 일이었다.

시험을 쳐서 합격자에 한하여 진급을 하다니, 사병 진급 제도로는 매우 희귀한 일이었다. 아예 그런 일이 지금까지는 없었다. 군대 내부, 사병들 분위기가 도저히 폭발 직전이었다. 북측 군대의 전략에 대응하다 보니 일이 그렇게 꼬였는데, 이것을 시급히 해결하지 않으면 안 되었다.

그래서 부랴부랴 머리를 짜내어 수립한 제도가 일반병 병장의 하사 진급을 위한 응시제도였던 것이다.

OBD에선, 창 본부 행정실 근무 인천짠물 마창기 병장과 제2중대 본부 공급계 한성욱 병장 두 사람이 걸렸다. 학력 수준이 높은 후방부대, 여단급 부대에서 딱 두 명이 걸렸으니 알만한 일이었다. 길을 열어 주되, 시험문제의 난이도를 최대한 높여 합격을 막은 것이다. 병장들의 불만 해소를 위해서 달콤한 제도를 마련하였으나 명분만 세우고 눈 가리고 아웅식 진급 제도였다.

아무튼, 한성욱은 남들이 선망하는 빛나는 일반하사 계급장을 달았다.

무엇보다 월급이 많아서 좋았다.

빽 좋고 돈 많은 창 본부나 본부사령실 배치병들이 함부로 대하지 못해서도 좋았다.

군대는 계급이었다.

그 다음이 직책인 것이다.

774, 인사행정병이라는 최고의 주특기를 가지고도, 돈과 빽을 쓰지 않아서, 최말단 부서의 공급병이 되었을 때의 지난 일이 새삼스러웠다.

OBD에 처음 전입 때의 일이 꿈만 같은 것이다.

모양성이의 우정, 그때의 그 햇병아리 같았던 한성욱을, 고향 친구 모양성이는 정성을 다해서 진정으로 대해 주었다. 지금은 어디에서 무얼 하고 지내는지, 자고 새면 휘둘려 지나가는 군대 생활에 쫓겨, 서로 안부도 모르고 지내는 사이가 되어버렸다. 고향을 떠나 서울에서, 직장생활을 한다는 소식을 어렴풋하게 들었을 뿐이었다.

아직도 한성욱 하사는 군대 생활이 뒤숭숭하고, 발에 안 맞는 신발처럼, 어정쭝하고 성가시다. 도대체가 세월이 이만큼 갔는데도, 땅에 발을 딛고 걷기가 불편하다. 내 발로 내가 딛는 감각이 아닌 것이다.

오불관언吾不關焉, 귀 딱 막고 눈 딱 감고 지내자고 타이르지만, 마음처럼 되는 것이 아니다. 어떻게 되는 판이고, 어떻게 생겨 먹었는지, 자신을 누르기가 그렇게나 힘들고 어렵다. 안 보이면 좋을 것만 눈에 보이고, 안 들으면 좋을 소리만 골라서 귓속을 파고드는 것이다.

지난해 10월, 쿠바사태를 당했을 때에도 그랬다.

전략무기를 실은 소련함대가 후르시쵸프 수상의 명령으로, 쿠바를 향해 항해를 계속하고 있었다.

이를 탐지한 미국 대통령 케네디가 즉각 선전포고와 같은 성명을 발표했다.

'여하한 국적을 가진 선박도 미국의 정지 명령을 받을 것이며, 이에 불복하면 격침을 당할 것이다.'

전 세계는 세계 제3차대전의 공포에 휩싸였다.

미국 본토는 물론이고, NATO(북대서양 조약기구)를 비롯한 모든 해외 주둔 미국군대가 전투태세에 돌입했다.

미군 사령관의 통제를 받는 남한 군대에도 덩달아서 비상이 걸렸다. 핵전쟁의 위험 속에서 병영은 꽁꽁 얼어붙고, 무려 3주 동안이나 외출이 금지되었다. 후방 보급부대에 전에 없었던 화생방교육이 실시되고, 병사들에게는 전에 없었던 실탄 사격훈련이 실시되었다.

소련 함대가 공격적인 전략무기를 만재하고, 미국의 턱 밑인 쿠바 해안 접안을 목표로 몰려오고 있었다. 이에 전 세계가 초긴장 상태에 돌입하지 않을 수가 없었다. 카리브해를 초계 중인 미군 함선의 레이더에, 25척의 소련 대선단이 쿠바 해안을 향해 선수를 돌리고 다가오고 있었다.

전 세계에 주둔하는 미국 군대에 전투태세 돌입 명령이 하달된 것은 당연한 일이었다.

개평으로 비상이 걸린 한국 군대가 재미있었다.

창장 이하 각급 장교들이 덩달아서 긴장을 하고, 덤으로 설치고 돌아다니는 모습은 더욱 재미가 있었다.

전투 실전훈련인 C.P.X가 걸렸을 때처럼, 전투 복장을 한 각급 단위 지휘관들이 탑승한 찦차들이 분주하게 오고 갔다.

더 재미있는 것이 있었다.

본부사령실 바로 앞에 있는, 연병장 탄약고 주위에서 일어나는 일들이었다.

부대에 비상이 걸리면 병사들에게는 개인화기가 지급된다.

비상의 종류에 따라 다를 수도 있겠지만, 원칙적으로 총기를 휴대하면 탄약이 지급되어야 한다. 군대는 무기가 지급되고, 무기를 휴대하기 때문에 군대, 전투대가 되는 것이다. 휴대한 무기에 탄약이 지급되어야 비로소 무장武裝을 갖추게 되는 것이다.

OBD는 후방 보급부대여서 그러는 것인지 모른다.

언제나처럼 OBD병사들은 비상이 걸려도 빈 무쇠 막대기만 지급받는다. 무거운 방아틀 뭉치만 걸메고 다니는 꼴인 것이다.

장교들도 그렇다.

비상이 걸려도, 부하들에게 총알을 지급할 생각이 전혀 없는 것 같았다.

창장 이하 지휘 참모들이, 본부사령실 탄약고 앞에 모여, 속수무책으로 서성이고만 있는 것이다.

처음 한성욱은 참으로 별난 일이라고만 생각했다.

전투 준비, 급박한 전쟁 직전의 상황에서, 분초를 다투는 전투태세 돌입인 것이다. 그러한데 창장을 비롯한 전투 지휘관들은 전투원들에게 실탄을 지급할 생각을 안 하는 것이다. 1분 1초가 아쉬운 이 급박한 비상사태에서, 전투원 부하들의 생명을 지켜 낼 총알 지급을 생각조차 안 하는 것 같았다.

총알 지급 같은 것은 아예 남의 일이라도 되는 것처럼, OBD 최고 지휘관인 창장을 비롯한 주요 지휘관들이, 미 군사고문관인 브라운 중위의 찦차가 나타나기만을 기다리고 있는 것이다. 속수무책으로 말이다.

이북출신으로, 대한민국 최고참 육군 대령 중의 한 사람, 박만재 창장의 개다리권총에도 지금 실탄이 없기는 마찬가지였다.

이러나저러나, 일개 육군 하사 한성욱이 마음 쓸 일은 아닌 것이다.

실탄이 없으면 몸(군장)이 가벼워서 좋고, 전쟁이 일어나도 사람 죽일 일 없어서, 좋고 편한 것이다.

그것은 그렇다 치고, 한성욱 하사의 목에 걸리는 것이 또 하나 있었다.

아무리 귀를 막고 눈을 감아도, 소리가 들리고 눈에 보이는 것이 있었다.

군사정부 제1인자 박정희의 야심과 변덕 때문에, 영문 밖에는 안개 정국政局이 전개되고 있었다.

신문들은 '안개정국政局'이라 표현들 하지만, 사실상 칠흑 같은 암흑정국이었다.

박정희의 조카사위인 김종필이라는 음험한 간물奸物이 중앙정보부라는 것을 만들어서 모든 것을 음성적으로 탄압하고 있었다. 신문이고 라디오방송이고, 사회여론 자체를 조작하고 통제하는 것이다. 그러니 캄캄한 암흑정국, 무서운 총칼정국을 안개정국이라고 이쁘게 색칠하여 보도하는 것이다.

지난 임인년壬寅年(1962년) 12월 17일에는 전 국민이 동원된, 이른바 국민투표가 실시되었다.

다 박정희 일당의 집권 야욕을 충족시켜 주기 위한 정치놀음이었다. 박정희, 김종필을 비롯한 군사 정권세력이 군복을 벗고 민간복으로 옷을 갈아입은 후, 계속해서 정권을 틀어쥐기 위한 정치쑈를 자행한 것이다.

국민투표라는 정치쑈는 지금까지 듣지도 보지도 못했던 정치놀음이었다. 보나마나 미국 중앙정보부 C.I.A가 한국 중앙정보부 K.C.I.A에 전수해 준 것이겠지만, 그 정체와 출처가 불분명하였다.

국민투표제가 투표(선거) 민주주의 중, 가장 좋은 직접민주주의라는 사탕발림에 넘어가는, 백성들의 수준도 큰 문제가 있었다. 그 오랜 세월 봉건 중국에게 그렇게 당하고, 일제 강점 36년 노예 생활로 완전히 짓밟히고도, 백성들은 아직도 한밤중이었다. 해방공간의 쓰라린 체험, 6·25전쟁에서 그렇게 많은 동포가 피를 흘렸음에도 불구하고, 아직도 이 백성들은 제정신을 못 차리고 한참을 헤매고 있는 중이었다.

오죽했으면 이광수 최남선이가 일제하 민족개조를 부르짖었을까. 사실 그들은 생물학적인 종자, 종족種族 개량을 염두에 두고 있었음을 어렵잖이 짐작할 수가 있는 것이다. 오죽했으면 그랬을까…….

그들은 절망 끝에 친일파가 된 것은 아닐까.

오래전 옛사람들은 중국 중화中華 문물文物 제도가 그렇게나 좋았다. 지상地上의 정수精髓라고 추앙했다.

일제 때는, 선진화 된 왜倭 문물에, 대화혼大和魂 무사도武士道를 그렇게나 숭앙하더니, 지금은 아메리카합중국의 선거(투표) 민주주의를 또 그렇게나 선호하고 찬양하는 것이다. 미국놈 똥은, 똥도 좋다고 달려

드는 판이니, 붓뚜껑에 빨간 인주를 묻혀 마구 찍어 대는 것이, 우러르고 높이 받들어 모시는 미국분들의 선거 민주주의라. 무조껀 투표장에 가서 붓뚜껑으로 꾹꾹 눌러 찍으면 되는 것이다.

백성들 대부분은 가可 부否, 지지 반대의 의미를 잘 모른다. 별로 알려고도 하지 않고, 명확하고 자세하게 알 필요도 없다. 그저 투표장에 나가서, 리장 반장이나 정부 당국자가 찍으라고 암시하는 곳에, 꾹꾹 붓뚜껑을 눌러 찍으면 되는 것이다.

머리 잘 돌리는 군부 꾸테타세력들이 이 점을 잘 알고 있었다.

대성공이었다.

국민투표 결과를 지켜보던 중앙정보부는 온통 잔치판이 되었다.

90세 된 할매를 업고 투표장으로 나가는가 하면, 80세 넘은 장님 시아버지 손을 잡고 투표장에 나타난 며느리는 더욱 신바람이 났다.

군수, 서장, 리장, 반장, 면장 할 것 없이, 투표 독려에 팔을 걷어붙이고, 병원에 입원 중인 환자들까지 링겔 바늘을 꽂은 채로 투표장에 나왔다. 구르마(달구지), 니아까에 실린 채, 심지어 들것에 몸을 의지하여서라도 투표하기 위해 몰려들었다.

이런 무조껀적, 맹목적 투표광들 때문에, 경찰 정보책임자들과 중앙정보부 대국민 공작工作 선동煽動 책임자들은 막판까지 긴장을 풀 수가 없었다. 잘못하면, 투표율이 100퍼센트를 초과하여 백프로 백이십프로로 나타나는 기현상이 두려워서였다. 각 도道, 시, 군 지부 특수요원들에게 사전투표 7~8프로, 이중 투표 5~6프로 실시 지령이 3, 4일 전에 이미 하달되었기 때문이었다.

투표결과에 만족한 국가재건 최고회의 청사는 밤늦게까지 불야성을 이루고 있었다. 투표결과가 집계된 늦은 밤까지, 번쩍번쩍 별자리들이 잔을 부딪치며 축배를 들고 있었다.

그런데 예사 다른 축제장과 달리, 한밤중 야밤인데도 새카만 검은 색안경들을 끼고 있었다. 별자리 장군들 자신은 인천상륙작전의 영웅 맥아더 사령관을 닮았다고, 목에 힘을 주고 어깨를 으쓱거렸지만, 동촌 할매들이 이 모습을 보았더라면 꼭 불한당 무법자, 강도 도둑놈들로만 보였을 것이었다. 이들은 자신들의 권위를 과시하느라, 권총까지 차고 있어서, 참말이지 꼭 더도 말고 덜도 말고 권총강도 떼거리 같았다.

군사 꾸테타세력의 장기집권을 위한 요식행위 국민투표는 백성을 상대로 한 여러 개의 사기극 중, 하나의 서막이었다. 원작 각본 판권은 펜타곤 지하총국, 세계 지배 제17전략본부 소유이고, 각색 연출, 등사판본謄寫版本 사본寫本은 K.C.I.A 남산南山 지하 6국 소유인, 이런 사기극 공작프로그램은 수도 없이 많이 준비되어 있었다.

미 펜타곤 지하총국, 세계 지배 제17전략본부의 의도대로, 극동 요새要塞 최전방 전초기지로 설정된, 반도 남녘땅의 영구 식민지배 계획은 빈틈이 없었다. 치차齒車의 톱니바퀴가 돌아가듯, 한 가지 한 가지 물샐 틈 없는 작전 공작 프로그램이 진행 중이었다.

바로 국가재건 최고회의 서울 청사 국민투표 승리 축제현장에서도 이를 확인할 수 있는 것이다. 치밀한 공작, 음모, 선전, 선동에 작전 지휘 되고 있었다. 6·25전쟁 때, 사람을 많이 죽인, 특히 젊은 부하들을 많이 죽인 공으로, 승승장구한 별자리 장군, 비까비까한 대한민국 장성들이 이 작전 공작의 하수인으로 용맹과 충성을 다하고 있었다.

하지만 이 박정희파 떼강도들에 의해, 민족의 얼넋인, ᄇᆞᆰᄃᆞᆰ(배달倍

達) 겨레의 자주 독립성, 스스로 일떠서서 살고 스스로 숨을 쉬는 주체성이 깡그리 강도질을 당했다. 민생을 핑계 삼아 정권을 강도질한 군사 패거리들은, 헐벗고 굶주리는 백성은 눈에 없고, 별자리들의 영광과 권위만이 모든 것에 우선했다.

이 길만이 미국의 극동 요새 전초기지 유지와 영구 식민지배의 확고한 보장이고, 지름길이었기 때문이었다. 이 길만이 펜타곤의 영광과 군사 정변의 주역들, 이른바 분성糞星들의 영화 욕구와 오로지 꼭 맞아떨어지는 것이었다.

군사 패거리들의 '혁명공약' 제1은 나라의 테제 국시國是를 반공反共으로 삼는다는 것이었다.

그것은 아메리카의 영광을 위해 복무하겠다는 충성맹세이고, 아메리카의 힘과 권위에 굽실거리는 아부 맹세였다.

박정희가 꾸테타군을 이끌고 한강 다리를 건너면서, 맨 먼저 고개숙여 큰절을 올린 곳이 용산 미8군 사령부였다. 여기에는 박정희가 일본군 복무 시, 적장敵將이지만 무서워했던 맥아더의 아들뻘쯤 되는 메구르더 사령관이 버티고 있었다.

그리고는 되돌아서서는 고개를 뻣쩍 들고, 남한 백성들을 향해 경제공약, 헐벗고 굶주리는 백성들을 잘 먹고 잘살게 하겠다는 공약公約 아닌 공약空約을 했다.

전혀 땀 한방을 섞이지 않은 감언이설이었다.

펜타곤의 각본대로 K.C.I.A가 연출한, 이른바 국민투표라는 것이 끝난, 바로 그다음 날의 일이었다.

차가운 겨울바람이 스산한 부산항 제2부두엔, 때아닌 통곡소리가 파도처럼 격랑 했다. 오천년 땅을 파고 일을 해도, 못 입고 못 먹어

굶주린 창자를 안고, 이역만리 바다 저쪽 낯선 땅으로, 이민을 떠나는 행렬이 배에 오르는 절차가 진행 중이었다.

민족의 노래 아리랑이 연주되고, 구슬픈 선율의 이별곡이 부산항 제2부두에 메아리쳤다.

'절망과 기아선상에서 허덕이는 민생고를 시급히 해결하고, 국가 자주 경제 재건에 총력을 경주한다.'

바로 이것이 미제 48탱크를 앞세우고, 서울 시청 앞 광장에 점령군처럼 위세도 당당하게 나타난 박정희 김종필세력의 공약 제4호이다.

단기 4294년(1961년) 5월 16일이었으니까, 올해로 3년째가 된다.

꾸테타군이 정권 탈취를 위해, 새벽 미명 한강을 건너며 울린 총성과 함께, 도강渡江 제1성으로 약속한, 사실상의 대국민 공약 제1호였던 것이다.

총칼로 권력을 틀어쥔 지 두 해가 지났지만, 그들의 비단결 같은 감언이설과 경제 재건의 보랏빛 선전은 글짜 그대로 허구虛構요, 텅텅 빈 껍데기에 지나지 않았다.

어제나 오늘이나, 백성들은 도탄에 빠져 가난 속에 허덕일 뿐이었다.

오죽이나 배가 고프면 조상의 뼈가 묻힌 정든 고향산천을 뒤로하고, 산 설고 물선 지구의 정반대편, 다른 나라 땅으로 이민을 갈 것인가.

나라 잃은 백성도 아니요, 식민통치로 강대국의 종노릇을 하는 시기도 아니다.

부모형제, 핏줄, 이웃사촌 다 버리고, 바다 건너 이역만리 타관살이가 웬 말일까.

넓고 넓은, 멀기도 먼 태평양을 건너, 땅덩어리 대륙이 다른 남아메리카 브라질리아로 이민을 떠나는 사람들.

한성욱은 남의 일 같지가 않았다.

일제 강점기, 만주를 향해 고향을 떠났다던 집안 당숙 한 분의 이야기를 어려서부터 들었던 것이다. 외가 쪽에서도, 작은 외할아버지의 큰 아드님 한 분이 서백리아西伯利亞를 유랑하다가, 일제가 점령한 화태樺太 사하린으로 갔다는 말을 들었다.

더 먼뎃 얘기할 것 없이, 한성욱 자신의 큰아버지인 한일만韓一滿 씨 역시, 막막한 식민지 조선 땅을 떠나 일본 오사카로 돈벌이를 떠났었다.

지금은 최소한 조국을 빼앗기고, 겨레가 유랑 걸식하던 시절은 아니다. 호랑이보다도 더 무서운 가난, 굶주림이 아니면 누군들 부모형제 정든 고향을 떠나랴? 백성들은 밥을 못 먹어서, 배가 고파서, 부모형제와 이별하고, 정든 고향을 떠난다.

절망과 기아선상에서 허덕이는 백성들의 입에 풀칠을 해주겠다고, 경제건설과 재건을 서둘러 백성들의 삶을 윤택하게 하고, 부강한 국가사회를 건설하겠다고 하니, 이 얼마나 절실하고 백성들의 가슴을 울리는 감동적인 목소리인가.

그러나 이것은 백성들을 힘든 일터로 내몰기 위한 빈말이었다. 헛구호였다.

자고 새면 새벽부터 각 마을에 설치된 스피카에선, 저수지 언뚝 공사장 물길排水路 공사, 치도治道, 치산治山, 산림록화, 사방공사砂防工事 노역勞役을 독려하는 방송이 쏟아져 나왔다.

'건설'이니 '재건'이니 하는 구호를 하늘 높이 걸어 붙이고, 백성들을 달달 볶아서 노동현장으로 몰아세웠다. '올해는 일하는 해', 또 다음 해에 '올해는 더 일하는 해'라는 구호를 끊임없이 내걸고, 숨 쉴 틈도 없이 노동을 독려했다.

공무원들에게는 의무적으로 '재건복'을 입히고, 모든 백성들에게도 반강제적 착용 권유였다. 모든 국가기관, 공공건물, 회사, 공장, 도로변, 교량 할 것 없이 '재건' 구호가 부착되었다. 군대 통솔식 지휘, 명령, 하달 방법으로 밀어붙이는 바람에, 백성들은 오줌싸고 뭣 볼 새가 없었다.

고달픈 공동작업, 무임금 협동 노역에, 주민들은 하릴없이 하고한 날 시달리는 날이 많았다. 특히 농한기엔, 시골 농촌 주민들의 억지 춘향식 노력 동원은, 일제 때 울력 동원 방식을 그대로 써먹었다. 어쩌면 그렇게 일제 팟쇼 방식을 그대로 답습하는지 참으로 자다가도 놀랄 일이다.

군대와 학생, 공무원, 공장 노동자, 회사원 모두가 노력 동원 대상이었다. 토요일 오후나 일요일도 이들에겐 휴식이 제한되었다.

미국의 원조 밀가루나 강냉가루가 아니면 목구멍에 풀떼기죽 넘기기도 어려운 나라 형편이다.

지구상의 최빈국으로, 미개한 아프리카 나라들만큼도, 경제소득이 빈약한 것이었다.

이런 최악의 빈곤국, 날이면 날마다 일출日出과 함께 이어지는 기아飢餓, 아사餓死의 위협이 끊임없이 이어지는 나라.

이런 생활환경의 나라에서 국토를 방위한답시고, 물경 70만 대군을 먹이고 입히고 있으니, 이것이 도대체가 이치에 맞는 일인가, 말이나 되는 국가시책인가.

살코기를 너무 많이 먹어서 이가 시리고, 빠다 치즈가 넘쳐나서 엉덩잇살 뱃살 감당이 어려운 나라가 있다. 원자탄, 수소탄, 유도탄, 인공위성을 쏘아 올리고, 잘 포장된 도로에는 자가용 자동차가 홍수를 이룬다. 소총 따위는 너무 많아서 내버리기도 그렇고 하여, 전 세계 종족분열, 이념 간 갈등, 정치폭력 싸움쟁이들의 살인 전투장에 돈 받고 팔아넘기고, 탱크 비행기 고급무기는 부가가치를 높여 판매, 국부를 누리는 나라가 있다.

이런 나라를 대신해, 벼룩의 간을 내어 먹는 국방비를 지출한다.

당장, 날마다 굶주림으로 죽어가는 제나라 백성 생명을 보호하기에도 벅찬데, 배가 불러서 비만에 시달리는 아메리카인들의 생명과 재산, 자유를 대신 지켜주어야 한다니, 참으로 난감하고 황공한 일이었다.

미국식 자본주의와 선거 민주주의를 보장하기 위해, 극동의 보루 미국의 세계전략의 최전방 초소를 사수해야 한다니, 이것 또한 난감한 일이었다.

한성욱의 머리로는 이해가 안 되는 일이었다.

불가해不可解, 도저히 풀이할 수 없는 일이었다.

한성욱의 아둔한 머리, 안 돌아가는 머리는 어제오늘의 일이 아니었다.

이렇게 답답하게 안 돌아가는 머리를 한성욱 자신도 너무 잘 알고 있었다. 이 요령부득 때문에, 어쩔 때는 돌에라도 머리통을 콱 들이받고, 죽어버리고 싶은 생각도 여러 번 있었다.

그렇지만 한성욱은 어쩔 수가 없었다.

나라 지킨다? 국방? 이렇게 엄청난 방위비를 지출하고, 언제 어느 세월에 기아선상의 민생고를 시급히 해결할 것인가.

기아선상의 민생고……. 한성욱은 하품 밖에 나오는 것이 없었다.

마침 공급실 책상 귀퉁이에 꽂혀있는 손바닥만한 국어사전이 눈에 들어왔다.

얼른 한성욱은 그것을 뽑아 들었다.

'국방國防'이란 낱말 뜻을 확실히 알기 위해서다.

미국방위美國防衛 국방, 국방과 미국방위……,

도대체가 헷갈리기만 하는 것이다.

4

쥐구멍에도 볕 들 날 있다고, 한성욱은 한 줄기 빛을 기다리고 있었다.

한성욱이 2년여 전, 논산훈련소 수용연대 철조망 안으로 기어들 때는 칠흑처럼 어두운 밤중이었다. 하필이면 그해 5월에 군사 정변이 일어났다.

단기 4294년(1961년)은 그렇게 앞이 안 보이게 어두운 나날이었다.

올해, 1963년은 하늘이 무너지지 않는 한, 그에게 한 줄기 빛이 약속되어 있었다. 대한민국이라는 국가권력이, 한성욱이라는 개인 인격권과 보편적 원리의 천부인권(신체의 자유)까지를 모두 억압했다. 그 모든 압제에서 풀려나는 해인 것이다.

한성욱이 노력해서 쟁취한 것이 아니었다.

국가권력의 필요 규정에 의한 이행을 끝내고, 압제 기한이 만료되는 해인 것이다. 풀어주기 싫어도 어쩔 수 없이 풀려나게 되어 있었다.

인간 한성욱의 전반적인 격체格体 해방인 것이다.

정신과 몸에 자유가 주어지는 것이다.

그러나 지레 너무 좋아할 일은 아닌 것 같았다. 아직도 10개월 정도의 병영 생활이 남아 있었다. 지금까지 경험으로 보아, 군대 생활이란 하루가 천년 같은, 산 넘어 산이 아니던가.

밥 한 그릇을 조이 먹고, 마지막 한 숟갈에 코 떨어진다는 말이 있다.

어인 일인지 한성욱은 요즘, 인사계 박희필 상사와 맞닥뜨리는 일이 많았다.

기실 내용은 보급품 관계였지만, 박희필 상사는 직접적인 방법을 쓰지 않았다. 임기응변과 술수, 돌려치는 기술도 능했다. 한성욱을 피곤하게 주물러 대는 취미가 있었다.

한성욱이 기대를 걸었던 황금 덩어리 사껀도, 기대했던 것처럼 박희필 상사를 주춤거리게 하진 못했다. 그러니 한성욱이 애초에 생각했던, 박희필 상사가 주눅이 들 수도 있다는 기대는 완전 실패로 끝이 난 것이다.

지난 년말, 공급실 정리 중에 발견한 출처 불명의 금붙이들을 박희필 상사에게 뭉텅이 채로 넘겨준 일이 있었다. 그때만 해도, 한성욱은 내심 상당한 기대를 가지고 있었다.

그렇지만 박희필 상사는 무슨 근거에선지, 누그러질 기미를 보이지 않고 있는 것이다. 섣달그믐날 밤, 일단 술을 한잔 사는 것으로, 황금 덩어리 사껀에 대한 인사치레가 끝나 버린 것이다. 한성욱과 조수 목구평 일병, 당일 손만열이가 추천한 사역병 송태복이를 영 밖으로 불러서, 박 상사 자기 살림집 셋방에서 간단하게 행사를 마무리했다. 목구평이와 송태복이는 한성욱이 일부러 데리고 합석을 시켰는데, 박희필 상사는 황금 덩어리에 대한 말을 한마디도 뻥긋하지 않았다.

신임 인사계 박희필이는 호락호락 만만한 상대가 아니었다.

새해 들어선 안면 몰수, 찬 바람이 씽씽 불었다. 푸른 빛이 도는 피부에 날카로운 눈매, 다부지게 다문 얇은 입술이 주는, 차가운 첫인상 그대로였다. 금덩어리를 안겨준 데 대한 고마움이나, 그에 대한 고마움 비슷한 눈길 한번 준 적이 없었다.

그러고 보면, 한성욱은 세상 일에 역시 머리가 둔했다. 아직도 잘 돌아가지 않는 햇병아리 군인이었다.

금덩어리를 박희필 상사에게 안겨줄 때, 공급계 조수 목구평 일병을 입회시키지 않은 것은 한성욱의 큰 실수였다. 약은 강아지, 부뚜막에 먼저 올라간다고, 한성욱은 제 재주에 제가 넘어간 것이다. 조수 목구평 일병을 그 자리에 입회하지 못하도록, 한성욱 자신이 스스로 조처했으니 말이다.

조수 목구평 일병과 사역병 송태복 일병은 한성욱으로부터 함구 명령을 받았다. 금붙이 뭉텅이는 한성욱이 처리하겠다며 한성욱 스스로 보관했다. 두 사람의 증인 눈 네개가 똑똑히 보았다. 증인들의 귀 네개도 정확하고 똑똑하게 들었다.

박희필 상사는 금붙이를 받지 않았다고 잡아떼기만 하면 된다. 그날 공급실엔 한성욱과 박희필 상사, 단 두 사람뿐 아무도 없었다. 문제가 야기될 경우, 한성욱이 제 놈이 꼼짝없이 뒤집어쓰게 되어 있었다. 공급계 조수 목구평 일병과 사역병 송태복 일병에 의해.

홧김에 서방질한다는 말은, 이를 두고 난 말인 것 같았다.

만만한 것이 문현동 쌍과부집이었다.

더 만만한 것은 동생 과부 하루꼬인지도 모른다.

하루꼬는 항상 밝은 얼굴로 한성욱을 맞았다. 나이에 어울리지 않게 화사한 웃음을 올리고, 특유의 혀 짧은 발음으로 애교를 부렸다.

막걸리 사발에 그녀의 애교를 띄우고, 한성욱은 달게 술을 마셨다.

하루꼬와 한성욱은 이제 제법 한결 친숙한 사이가 되었다.

그녀는 술판이 끝나면 한성욱을 이끌고, 하꼬방 동네 아래쪽 행길 건너에 있는, 두 칸짜리 양철집을 찾았다. 언니 과부 마사꼬의 눈치를 보지 않기 위해서다.

그 집에는 밤톨만 한 쪽머리를 얹은 하루꼬의 늙은 어머니가 있었다.

어제의 박희필 상사는 평소와는 달랐다.

박희필 상사가 격노하여 한성욱 하사의 아구통을 한 대 돌린 것이다. 박희필 상사가 인사계 부임 후, 처음 있는 일이었다. 어쩌다 화가 나면 고함을 지르거나 욕설을 퍼부은 적은 있어도, 직접 매질을 한 적은 없었다. 한성욱도 이젠 고참 공급병에다, 일반하사 계급장을 단 하사관이 아닌가.

누가 뭐래도 이번에는 한성욱이 맞을 짓을 한 것이다.

박희필 상사의 말처럼, 감히 주제넘은 짓을 한 것이다.

공급실 사역병으로 급한 일이 있을 때마다, 몇 번 불러다 일을 시킨 송태복 일병 때문이었다.

송태복 일병은 문제의 황금 덩어리 사건의 가장 정확한 증인이자, 최초 발견자였다. 송태복 일병의 성품이 너무 정직하고 착하기만 한 것을, 한성욱은 잘 알고 있었다. 그를 한두 번 겪어 본 것이 아니었다.

아무리 그렇다지만, 공과 사를 구별할 줄 알아야 한다. 군대에선 더욱 공과 사에 엄격하고 냉정해야 한다. 그런데 한성욱은 이 점을 잘못 생각한 것이다.

송태복 일병은 지리산으로 유명한 전라도 구례군 토지면 출신이었다.

산골도 산골, 사람 종자 구경하기 힘든 숭악한 첩첩산중이었다. 높이 일천이백여 미터의 왕시루봉 능선에서, 문바우등(1198미터)으로 가는 지리산 느진목재 어림 중간에, 송태복 일병의 부모님이 살고 있었다.

전쟁 때 총상을 입고, 늑막염으로 평생을 앓던 그의 아버지가 돌아가신 것이다.

구례군 토지면 면장 명의의 관보官報가 중대본부에 도착해 있었다. 오후 3시에 도착한 '부 별세 속 귀가 요망'의 관보를 받고, 서둘러 부대를 출발해야 했다. 밤을 새워 달려갔으나, 송태복 일병이 고향 집에 도착한 것은 다음 날 정오가 훨씬 지난 후의 일이었다.

집에서 멀리 떨어지지 않은 양지바른 산 언덕에 상두꾼들의 모습이 보였다.

막 하관을 끝내고 봉토를 시작하고 있었다. 목관 주위의 빈 공간에 수북하게 흙을 채워 넣고 있었다. 관 속에 누워있는 망인의 맏상주가 되는 송태복 일병은, 상복을 갖춰 입을 틈도 없이, 맨 군복차림으로 술잔을 올렸다. 관 위에 흩어진 흙덩이들을 양옆으로 쓸어내리고, 우선 급한 대로 절을 올렸던 것이다.

송태복 일병은 눈물도 나오지 않았다.

아버지의 일생은 너무도 고통스러운 것이었다.

천하의 명산 지리산 자락은 결코 은혜의 땅이 아니었다.

여순반란 사건麗順叛亂事件 이후의 지리산 자락은, 밤이면 인민공화국, 낮이면 대한민국, 두 개의 공화국이 번갈아서 스치고 지나갔다. 도대체 사람의 목숨을 부지하고 살 수 있는 곳이 아니었다.

좌左가 무엇인지, 우右가 무엇인지, 도무지 알 수가 없었다. 그런데 세상 형편은 어느 한쪽에 속하지 않으면 아니 되었다. 세상 돌아가는 형국, 대세, 시국, 현실이 그랬다.

송태복 일병의 아버지가 택한 어느 한쪽은 좌였다.

어려운 길이었다. 엄중한 선택이었지만, 이왕 어느 한쪽을 택할 바엔 그럴 수밖에 없었다.

대대로, 숯이나 구워 먹고 살아온 주제에, 재주나 요령은 누구에게 듣거나 얻어 배울 수도 없는 노릇이었다. 그냥 산골사람 양심 가는 대로 따라가다 보니, 어려운 왼쪽 길을 가게 된 것뿐이었다.

친일파, 왜놈들에게 나라 팔아먹었던 놈들의 길을 따라갈 수는 결코 없었다. 일본놈들을 대신해서, 조선 땅을 강제로 점령한 양코배기 놈들이 주는 총으로, 무고한 같은 민족의 가슴에 총을 들이댈 수는 없는 것이었다. 사람이 속으면 한 번 속지, 일제 36년을 겪고 또 미국놈들의 종노릇으로, 두 번 속아서는 아니 되는 것이었다.

결국, 송태복 일병의 아버지는 여수 14연대 반란 지도자, 김지회 장군 휘하의 산사람이 되었다.

수없이 전개되는 전투에 참가하여, 죽을 고비를 여러 번 넘겼으나, 구사일생으로 목숨이 살아 있었다.

김지회 장군이 전사한 뱀사골 전투에서, 토벌대 매복조의 총알이 옆구리를 뚫고 지나갔는데도 죽지 않았다.

부상 중에 생포되어, 광주형무소에서 20년형을 살다가 12년 만에 출소되었다.

집에는 돌아왔으나, 총상을 입은 옆구리엔 항상 고름이 채였다. 평생 병각病脚으로, 문밖 흙 마당 한번 제대로 밟아보지 못하고, 구들장 신세만 지다가 세상을 끝낸 것이다.

모진 것이 사람의 목숨이었다.

숯구덩이가 있는 송태복 일병의 집에서는, 왼쪽으로 피아골 골짜기가 보였다. 오른쪽으로는 천년 고찰 연곡사가 내려다보였다. 높디높은 일천칠백 고지, 반야봉에서 뻗어 내린 불무장등 능선이, 손에 잡힐 듯이 건너다보이는 깊고 깊은 산골이었다. 옛날 지리산 포수 이야기에 나오는 깊고 깊은 심산유곡, 바로 그런 산골짜기였다.

여기서, 전라선 철도가 지나는 읍내 구례구역까지는 멀고 먼 산골길이었다.

아버지의 상을 치르느라, 송 일병의 어머니는 숯구덩이에 구워 놓은 숯을 꺼내지도 못하고 있었다.

장사를 치른 다음 날부터, 열네 살짜리 막내까지 온 식구가 동원되어 통 숯을 꺼내느라 하루해가 짧았다.

삼우제를 치를 새도 없었다.

칡덩쿨로 얽어맨 싸리나무 숯섬에 숯을 갈라 담는 일이 더 급했다. 우선 산목숨은 살아야 했다.

차마 발길이 떨어지지 않아 숯섬 둥치 몇 개를 더 날라주다 보니, 구례구역을 떠나는 전라선 열차를 놓치고 말았다.

부모사망, 닷새간의 관보휴가로는 교통이 불편하고 일감 많은, 가난한 농촌 출신 병사들에겐 너무 짧은 기간이 아닐 수 없었다. 연안 도서지방 출신들도 이런 불편은 마찬가지였다.

다행이라면 다행이었다.

이럴 경우에 대비해서 여분 휴가증 하나가 마련되어 있었다.

부대 출발 전, 한성욱 하사를 찾아가 딱한 사정 이야기를 하고, 급하게 여분 휴가증 하나를 부탁했다. 이것마저 미리 준비하지 않았더라면 오지도 가지도 못하고, 꼼짝없이 탈영병이 될 뻔한 것이다. 용케 부대에 복귀한다 해도, 귀대시간을 어긴 미귀병未歸兵으로 여간 곤욕을 치르게 되는 것이었다.

깊고 깊은 산의 대명사, 전라도 지리산에서 경상도 부산 OBD까지는 과연 멀고도 먼 길이 아닐 수 없었다.

그렇게 산길을 재촉하고, 읍내 구례구역에서 새우잠으로 밤을 새웠다.

다음 날 아침 새벽차를 타고 출발하여 전라선에서 호남선으로, 호남선에서 또 경부선으로 기차를 갈아탔다.

시간을 다투어 부대로 달려갔지만, 결과는 열두 시간 미귀병이 되었다.

하지만 다행스럽게도, 한성욱 하사와 소대 연락병 손만열 병장의 배려로 정상 귀대, 정상업무 복귀로 처리가 되어 있었다. 평소 송태복 일병의 성실한 복무 태도와 착한 심성이 소대원들의 묵인하에 그런 신뢰의 표시로 보답을 한 것이었다.

그런데 이것은 또 웬 날벼락인가.

일이 일단 완벽하게 끝나는 줄 알았다.

그런데 그것이 아니었다. 송태복 일병 귀대 이틀 만에 일이 이상하게 터진 것이다.

중대 서무계 녀석이 인사계 박희필 상사에게 고자질을 한 것이다.

평소, 서무계 최도출 병장과 공급계 한성욱 사이가 그렇게 가깝거나 원활하지 못한 데 원인이 있었다. 서로 별다른 큰 문제가 있는 것은 아니었고, 병장인 서무계가 하사인 한성욱보다 2개월 정도 군번이 빠른 데 원인이 있는 것 같았다. 부서 서열상, 중대본부 서무계가 상위인데, 그보다 낮은 순위 부서인 공급계가 항상 고분고분해 보이지 않았던 모양이었다.

그러는 판에, 한성욱의 송태복 일병 봐주기 작전에, 서무계인 자신이 소외된 데 대한 반응이, 그렇게 엇박자로 나타난 것이다.

나쁘게 보면, 한성욱이나 손만열이가 송 일병으로부터 술이라도 한잔 얻어먹은 것으로 오해를 부를 수도 있었다.

한성욱은 기분이 씁쓸했다.

박희필 상사로부터 하사 계급장을 달고, 아구통이 돌아간 것도 자존심이 상했지만, 그보다 더 서무계 최도출 병장의 터무니없는 오해가 불쾌하고 속이 상했다.

이렇게 속이 상할 제 만만한 것이 술판이었다. 억울하고 분할 때, 분풀이로 가장 좋은 것이 술잔을 들어 퍼마시는 것 외엔, 다른 방법이 없었다. 마음을 달래고 분을 풀기 위해선, 우선 손쉬운 것이 술판이고, 단골 술집 문현동 쌍과부집을 찾는 것이다. 또 더 급한 것은 동생 과부 하루꼬를 만나는 일이었다.

한성욱은 밤이 되어 술판이 끝나자, 판자촌 산동네를 내려왔다.

하루꼬와 함께 두 칸짜리 양철집을 찾은 것이다.

문현동 산동네, 쌍과부집 단칸방에는 언니 과부 마사꼬와 민석구,

손만열이, 변태성이, 공급계 조수 목구평 일병이 남아 있었다.

두 칸짜리 양철집에는 언제나처럼, 밥톨만 한 쪽머리를 얹은 하루꼬의 늙은 어머니가 있었다.

하루꼬의 늙은 어머니는 딸들의 일에 간섭하는 일이 없었다. 자신의 늙은 몸뚱이 하나 건사하기도 힘에 겨운 것 같았다. 다 큰 딸들의 일에 이러쿵저러쿵 간섭하고, 잔소리를 할 겨를이 없는 모습이었다. 오면 오고 가면 가고, 사람 드나드는 일에 별 관심을 보이지도 않는 것이었다. 살이 퉁퉁 부은 암캐 뒤를 따라 다니는 숫캐처럼, 한성욱이 드나드는 데도 말이다.

수컷 대하는 암컷의 도리가 깍듯했다. 조선 종자와는 아무래도 다른 데가 있었다.

하루꼬는 남자의 옷을 벗겨서 벽에 걸었다.

이불을 깔고…… 남자의 얼굴을 두 손으로 안아다가 단번에 입을 맞추었다.

베개를 끌어다 남자를 눕혔다.

그리고 그녀는 밖으로 나가는 것이다. 그녀는 씻고 몸단장하는 것을 성욱에게 보여주는 일은 없었다.

한참 후에, 그녀가 머리에 수건을 이고 들어올 때엔, 향긋한 비누 냄새를 몰고 온다.

그녀는 아무 망설임도 없이 전등을 끄고, 성욱 곁에 몸을 눕히는 것이다.

신혼부부의 일상 같기도 하고, 나이깨나 먹은 여편네가 예사로 서방 곁에 눕는 것 같기도 했다. 아무튼 스스럼도 없고, 자연스러워서 좋은 것이다.

서른두 살 하루꼬의 여체는 터질 듯 팽팽했다. 가슴은 두껍고, 엉덩이는 일본 토종 아이누족을 닮아선지 찰떡처럼 뭉클거리고 푹신거렸다.

하루꼬는 항상 둔부만 살짝 가린, 한 뼘도 안 되는 치마를 걸치고 잠자리에 들었다. 속옷을 입지 않은 상태에서, 잠자리 날개 같은 깡동치마만 걸친 하루꼬의 모습은 여간 선정적이었다. 자리에 누워 있는 성욱이, 하루꼬의 모습을 올려다보았을 때, 허벅지 속살이 눈부시게 희었다. 또 그리고 시커먼 거웃이 돋아 있는 탐스런 불두덩이는 자극적이었다.

하루꼬의 입술은 아이누꾸 입술이 분명했다.

도톰하게 살이 붙은 툭 불거진 아랫입술은 탄력이 유별났다.

입을 맞출 땐 한성욱이 마구 빨려 들어갔다. 그녀의 입술 애무는 풍성하고 오묘한 데가 있었다. 포근한 부드러움에다 감칠맛을 더하는 것이다. 입술을 떼고 나서도 한동안 정신이 얼얼했다.

그녀의 혀 또한 마술쟁이의 마력魔力을 가지고 있었다.

하루꼬의 더 특이한 점은 그녀의 입술과 혀가 가지고 있는 특성으로, 한성욱의 남근을 뿌리째 뽑아 버리는 데 있었다.

그녀는 결코, 성급하거나 섣불리 남자를 배 위에 올려놓지 않는다.

그녀가 가지고 있는 입술과 혀가 가지고 있는 특성으로, 남근을 물고 늘어져서 한바탕 요절을 내고 마는 것이다. 진국을 우려내기 위해서, 싱거운 겉물을 한 바가지 선뜻 퍼내 버리는 원리와 같았다.

물문어의 흡반을 닮은 하루꼬의 입술은, 남근 상층부에 착반하여, 귀두를 감싸 안 듯 압착壓搾과 팽창을 반복한다. 따라서 한성욱의 허리가 자동으로 굽었다 폈다를 거듭한다. 남근이 뽑혀나가 버릴 것 같은 위기감 때문에, 안절부절인 것이다.

설상가상으로 하루꼬의 혓바닥이 요술쟁이의 마력을 혀 끝부분에 집중을 시키는 것이다. 귀두 중앙부를 총력 공격하는 데는, 별도리 없이 한성욱도, 그만 비명을 토하고 마는 것이다.

아무리 절정을 유보하려고 해도, 결국 버둥거리다가 남근이 송두리째 뽑혀져 나가 버리고 마는 것이다.

이렇게 애벌사랑을 끝낸 하루꼬는, 드디어 샅을 벌리고 한성욱을 안아다가 제 배꼽 위에 높이 올려놓는 것이다.

하루꼬의 샅은 소음순과 대음순의 구조가 기묘했다.

속 뚜껑이 겉 뚜껑보다 3배나 더 크게 솟아올라 있었다. 그 두께가 두툼하게 퍼져 오른 데다가, 아주 요상하고 절묘한 구조였다. 이러한 언밸런스, 역 균형 구조를 들여다보고 있노라면 저절로 아랫도리가 벌떡거리고 입맛이 돌았다. 만약, 겉물을 퍼내 버리지 않았더라면, 바로 이 속 뚜껑 앞에서 백혈을 토하고 죽을 판인 것이다.

하루꼬의 샅은 벌겋게 부어올라서 충분하게 질척거리고 있었다. 아니 범람하는 강물처럼, 양쪽 언덕 위까지 수액이 넘쳐나고 있었다.

5

한성욱이 신문을 보기 시작한 것은 상등병 진급 이후의 일이었다.

그것도 어쩌다가 꿈에 떡 얻어먹기로, 정훈과에 들러 이따금 한 번씩 신문철 뭉치를 대강대강 들춰보는 정도였다.

시간이 없었다.

쫄병 시절 업무에 너무 쫓기는 판이었다.

그나마, 본격적으로 주요 기사를 눈여겨볼 수 있었던 것은 상등병 고참에서 병장을 달고 나서부터였다.

성욱은 부대극장에서 영화 관람을 자주하는 편이어서, 정훈과 근무병들과 얼굴이 익었다.

또 OBD에 처음 전입하였을 때, 본부중대 소속의 같은 내무반에서, 신참 근무에 손발을 맞췄던 설충식 병장이 거기 있었다.

이런 인연과 설충식 병장 덕택에, 일과가 끝난 틈새 시간을 이용할 수 있었다. 외출이 막힌 토요일 오후엔, 한 달치 신문철 뭉치를 통째로 빌려 들고 올 수도 있었다.

보통 일주일이 지난 묵은 소식을 새 소식으로 알고 읽는 것이 대부분이었다. 열흘, 보름, 이십 일, 심지어 한 달이 지난 세상 소식을, 뒤늦게 새 소식으로 접하게 되는 경우도 있었다.

1964년, 그러니까 내년 여름, 일본 동경에서 개최되는 '동경올림픽'에 관한 소식도 그렇다. 묵은 신문철을 뒤적이다가 뒤늦게 발견한 주요 뉴스였던 것이다.

스위스의 로잔에서, 남북대표들이 회담을 갖고 남북단일팀 구성에 완전 합의했다는, 긴급 뉴스 중의 긴급 뉴스였던 것이다.

국가國歌 연주는 아리랑으로 통일하고, 국기 게양문제는 I.O.C(국제올림픽위원회)에 일임하고, 그(I.O.C)의 결정에 따르기로 완전 합의에 이르렀다는 특별 뉴스였던 것이다.

이 얼마나 기쁘고 환희에 찬, 남북 5천만 전 민족의 염원이며 결실인가.

그날 밤 한성욱은 혼자서 너무 기뻐 잠을 못 이루고 뒤척이다가,

뜬눈으로 밤을 새웠다.

한성욱의 묵은 신문에서 보물찾기는 이에서 끝나지 않았다.

'동경東京올림픽 참가, 남북단일南北單一팀 구성' 기사를 읽은, 한 달쯤 뒤의 일이었다.

한성욱 개인에 국한되는 일이었고, 지극히 사소한 일로 치면 지극히 제한적인 일이었지만, 한성욱에게는 너무 절실하고 긴급한 일이기도 했다.

집에서 헤는 나이, 조선 나이로 스물다섯 살, 이 얼마나 기름진 삶의 한 토막인가.

사람의 일생 중, 이렇게 빛나고 아름다운 시기가 더 있을 수 없는 것이다. 한성욱은 개인적으로 너무 아깝다는 생각을 가지고 있었다.

이렇게 빛나고 아름다운 시절을 국가권력에 압제를 당하고, 천부의 인격권인 신체의 자유권마저 빼앗기고 있다는데, 분통이 터지고 억울하고 답답해서 곧장 폭발이라도 할 것 같은 것이다.

'학적學籍 가진 일반병一般兵도 단기혜택短期惠澤'

'59년도에서 62년 10월 1일 현재(병력법 개정 이전以前) 입대 복무자에 한해 전원 신고申告할 것'

한성욱의 눈이 번쩍 띄었다.

적어도 한성욱 자신에게는 한 줄기의 빛이었다. 희망이 열리는 복음福音이었다.

한성욱은 어서 이 지긋지긋한 제복을 벗어버리고 싶었다. 단 하루, 단 한 시간이라도, 자신의 빛나는 소중한 삶을 국가권력에 압제 받고 싶지 않았다.

학보學補 신청을 하여, 한시바삐 이 압제의 그늘에서 어서 벗어나고 싶었다.

한성욱은 사방팔방으로 줄을 대고, 단기복무 신청을 위한 구비서류 챙기기를 서둘렀다.

한성욱은 서둘러서 고향 집에도 편지를 보냈다.

죽기보다 싫은 일이었지만, 어쩔 수가 없었다. 압제와 고통 속에서, 어서 그만 벗어나고 싶은 것이다.

농사에 바쁘고, 송사에 시달리고, 문사門事에도 일이 많은 한진만씨, 한 뼘 얼굴이 어렵다고 체면 유지하고 살려면 여기저기가 다 돈 들어가는데다, 질질 끄는 송사 비용에, 살림 망하기 딱 좋은 모양새였다. 지루하게 계속되는 송사 비용 때문에, 한진만씨는 한 구멍에 흰머리가 세개씩이나 돋는 형국이었다.

이런 사정을 알면서도 한성욱은 어쩔 수가 없었다.

우선 성욱 자신의 입장이 너무 급하고 딱하다는 생각이었다.

오불관언吾不關焉으로 한 3년 썩기로 하고, 들어온 군대가 아니던가, 그런데도 한성욱의 눈, 코, 귀는 어찌 된 영문인지, 그렇게 순응이 잘 안 되는 것이다. 눈, 코, 귀를 막고 산다는 것, 사람이 할 짓은 아니었다.

어쩌다가 묵은 신문에서 발견한 '병역법 개정(62.10.1) 이전에 입대한, 모든 일반병 대학 학적 보유자에, 단기복무 신청'이라는 기사 때문에 한성욱은 또 한 번 속이 부글부글 끓는 속병이 도진 것이다.

서울의 B대학, 민속학과 주임인 김 교수에게도 긴급히 서신을 띄웠다. 4·19 후, 사회참여 문제로 별로 사이가 좋지 않았던 영문과의 이팔용군에게도……. 그는 학교 졸업 후, 미국 대사관 산하 기관인 미국 공보원에 근무 중이었다. 훈련소와 부관학교 동기인 J대 출신 이정석 군에게도 급한 마음에 속달 우편을 보냈다.

'학적 보유자 단기복무 신청'에 필요한 서류 구비를 위해, 도움이 될 만한 곳엔 모두 연락을 다 한 것이다.

한성욱이 이 푸른 제복을 받아들인 것은 자신의 죽음을 전제로 한 것이었다. 군유산 밑 동촌 들녘의 흙먼지를 먹고 자란 동촌 촌놈 한성욱은 이미 죽고 없는 존재였다.

그런데도 그는 이따금 불쑥불쑥 살아나려고 뱃속을 뒤집고, 밀고 치밀어 올라오려고 버둥거리는 것이다. 못 볼 것을 보거나, 안 들을 것을 들은 날은 더욱 그렇다.

지난해 년말 쿠바사태 때의 일에서, 그는 아직도 헤어나지 못하고 있는 것 같았다.

이미 알려진 바와 같이, 그때의 상황은 세계 제3차대전이 발발할 수 있는 엄중한 상황이었다. 미·쏘 두 개의 초강대국이 건곤일척乾坤一擲으로 맞선 일촉즉발一觸卽發의 정세하政勢下에 있었다. 태평양 건너에 있는 한국 땅에도 테프건 투의 비상령이 내려진 상태였다.

그날 밤, OBD 전 병력도 완전군장으로 연병장에 집결, 탄약 지급을 기다리고 있었다.

비상 출동한 차량들에 의해서. 본부사령실 앞 탄약고 주위는 대낮처럼 밝았다. 차량 라이트들이 집중 조명을 하고 있었다.

창장 이하, 각 단위 부대 장교들이 탄약고 주위에 모두 모여 있었다.

완전군장으로 OBD 전 병력이 연병장에 집결 완료 후, 1시간여 만에 미 군사고문관 찦이 나타났다.

지휘 장교들이 우르르 고문관 찦차 주위로 몰렸다.

빠크샤 같은 미군 중위가 찦을 내렸다. 어찌나 몸집이 큰지, 미군 중위가 찦에서 내리자, 차체가 휘청거리는 모습이, 병력이 도열해 있는 이쪽 연병장에서도 환히 다 보였다. 거수경례를 주고받으며, 서로간에 인사말들을 건네는 것 같았다.

연병장에 도열한 OBD 병력들의 눈도 일제히 그쪽으로 쏠리고 있었다. 한성욱의 눈도 그쪽으로 쏠리고 있었다.

그런데 한성욱의 눈에 이상한 모습 하나가 스치는 것이다.

순간 한성욱은 제 눈을 의심했다.

분명, 대한민국 최고참 육군 대령, 박만재 창장의 손이 번쩍 먼저 올라가는 것이 아닌가.

아니? 한성욱은 다시 확인하려는 듯, 눈을 껌벅거려 시선을 가다듬었다. 그러면서도 자신의 머릿속에선, 설마 그럴 리가……. 잘못 본 자신의 시력을 원망했다. 아무래도 착시현상일 것이라고, 자신의 마음을 다잡고 있었다.

이렇게 자신을 다잡고, 눈을 크게 떠서 순간적으로 시선을 가다듬고 있을 때였다.

힘차게 올라갔던 박만재 창장의 손이 내려오기도 전에, 빠크샤 같은 미군 중위의 손이 거침없이 먼저 내려가 버리는 것이 아닌가.

이번만은 분명했다.

한성욱이 눈을 크게 하고 시선을 가다듬고 있을 때였으니까.

한성욱은 도깨비한테 홀린 기분이었다.

자신의 시력은 좌 1.5, 우 1.2로 평균 시력을 넘는다. 소총 영점사격 때에도 확인된 바 있었다.

아무리 생각해도 기분이 찜찜했다. 거수경례의 시작으로 손이 올라가는 것은 잘못 보았다 치더라도, 경례의 끝 동작인 손이 내려오는 동작은, 한성욱이 눈을 크게 뜨고 똑똑히 바라보고 있었던 것이다.

혈색 좋은 빠크샤 고문관은 동작이 거침이 없고, 만면에 웃음이 흘렀다.

미군 중위는 전투모도 쓰지 않았었다. 베레모 차림이었다. 중위를 싣고 온 미美 고문관 껌둥이 운전병도, 작업복에 작업모를 착용했을 뿐이었다. 중위는 권총을 착용했지만, 운전병은 철모도 착용하지 않았고, 총기도 소지하지 않고 있었다.

철모에 전투복, 권총을 휴대한 한국군 OBD 지휘 장교들과는 대조적이었다. 완전군장에, 소총으로 무장을 갖춘 OBD 사병들과도 전혀 대조적인 것이었다.

혈색 좋은 미군 중위는 유쾌한 표정으로 껌둥이 운전병에게 탄약고 개방을 명령했다. 열쇠 꾸러미를 받아 든 흑인 병사에 의해, 어린애 머리통만 한 U.S.A 탄약고 자물통이 열렸다.

한성욱은 허탈했다.

한두 번 당하는 일도 아니었고, 어제오늘에 겪는 일도 아니었다.

한성욱은 못 볼 것을 또 한 번 더 본 것이다.

한성욱은 더 이상 자신의 정상 시력을 원망하고 싶지도 않았고, 못 볼 것을 더 이상 자주 보고 싶지도 않았다.

무거운 절寺 떠나느니, 가벼운 중 떠나는 것이 좋을 것 같았다.

날이 갈수록 마음이 차분해져야 하는데, 반대로 마음이 너무 급해지기만 한 것이다. 잘못하다가는 자신을 이기지 못할 수도 있을 것 같은 것이다.

고향에서는 제꺽, 단기복무 신청 비용을 보내왔다.

보나마나 색갈이, 입도선매자금立稻先賣資金 빚돈을 내서 보낸 것이다. 소송비용에 시달리는 아버지 진만씨의 모습이 눈에 선했다. 마음이 쓰라렸지만, 한성욱은 어쩔 수가 없었다. 어서 이곳을 떠나고만 싶을 뿐이었다.

B대학 김 교수와 영문과 출신 이팔용군도 지체 없이 답신을 보내왔다.

학생처에 학적 조회결과, 일반 미등록자(휴학생)로 처리되어 있을 뿐, 군 입대 병역의무 수행자로 기재되어 있지 않다는 내용이었다.

육군본부 직할 부대인 용산 소재 육군중앙경리단에 근무하는 이정석 군의 회신도, 이와 비슷한 내용을 전했다. 육본 부관감실에 비치된 학적보유 군 입대자 기록대장 기재사항을 확인한 것이었다.

58학년도 입학생 중, B대학으로부터 육군본부에 통보된 학적보유 군 입대자 명단에, 한성욱이 누락 되었다는 것이다.

그것은 당연한 결과였다.

군 입대 당시, 한성욱은 대학에 군 복무 신고를 하지 않았다. 학교에 아무런 통보도 없이, 무작정 제 고집대로 휴학하고, 병역거부 사랑방 농성 중, 졸지에 입대를 감행했던 것이다.

모든 것이 한성욱 자신의 불찰이었다.

4월 광장의 총성, 피! 새로운 모습으로 전개된 나라의 하늘, 땅, 한성욱에게는 하나의 세상 균열이었다.

갑자기 다가온 강혜임과의 헤어짐 또한 뜻밖의 지진이었다. 열혈남아, 독립투사 김석강 선생의 혁명 선거 패배, 그것도 한성욱에게는 예상 밖의 큰 흔들림이었다.

언제 차분하게 학교에 신고하고 이런저런 절차를 밟을 수가 없었다.

무엇보다도 한성욱을 어지럽게 흔들어 놓은 것은 나날이 쇠락해 가는 가정이었다. 출구가 없어 보였다. 손밑 동생들이 줄줄이 상급학교 진학을 포기하는 형편이었다. 우선 아버지 한진만씨의 작은 걱정 한 가지라도 덜어 주는 일이었다.

자신도 더 이상 출구가 없었다. 막다른 길에 와 있었다.

무작정 똥고집으로 밀어붙인 입영 거부는 쇠락해 가는 가정에 아무런 탈로脫路를 제시할 수 있는 일이 아니었다. 명분名分은 충분하고 정의로웠으나 아버지 한진만에게는 등이 휘는 무거운 짐이었다.

가장 치욕적인 것은 강혜임의 배신이었다.

지금까지 한성욱이 당해 본 치욕 중에서 가장 자존심이 상하는 일이었다. 동촌 촌놈 한성욱의 무게는 공중에 붕 떠 오른 허풍선이였다. 자신의 무게를 잃어버린 것이다.

한성욱의 백기 투항은 이런 상황에서 감행되었다. 제대로 절차를 밟고, 대학에 입대 통보를 하고, 육군본부 학적보유(대학생) 군 입대자 대장에 명단을 올리고 할 겨를이 없었다.

제 발로 돌부리를 걷어찬 것이다. 못난 자신에 대한 응징, 분풀이, 형벌을 가하는 길을 택했다.

혹독하고 가혹한 벌을 내리고 싶었다. 모쪼록이면 자신이 받은 굴욕에 버금가는, 그것을 충분히 상쇄할만한, 그런 형벌을 가하고 싶었다.

그 결과가, 자신이 처한 엄혹한 현실 앞에 무릎을 꿇은 것이다. 고통의 극한점, 치욕의 정점을 자신에게 선물하고 싶었다.

그는 백기 투항을 선택했다. 그것은 무조껀 군 입대였다.

그 후, 2년여를 견뎌내긴 했지만, 과연 고통의 극한점이었고, 치욕의 정점을 상회했다.

묵은 신문을 뒤적이다가 탈로를 발견하고, 그 가능성을 찾아 백방으로 줄을 놓고, 한 줄기 빛을 바라고 있었다. 간절히 성취되기를 바라고, 이룩되기를 고대하고, 기원祈願하고 있었다.

자신이 지은 죄는 쉽게 용서 받을 수 있는 것이 아닌 것 같았다.

백기 투항할 때, 자신이 스스로에게 내리기를 바랐던 형벌은 가혹의 극치, 고통의 극한을 원했다. 그랬으므로 한성욱이 받아야 할 벌의 강도强渡는 더욱 굳건해야 하고, 고통의 정점 역시, 아직 그 높이가 더욱 요원해야 하는지 모른다.

한 줄기 기대를 모았던 단기복무의 꿈도 사라지고, 궁여지책으로 마련된 너무 짧은 신청 마감 기간도, 오늘 오후 다섯 시로 끝이 난 것이다.

사슬에 묶인 들짐승이 되어, 한성욱은 다시 철조망 우리 안에 갇히는 몸이 되었다. 훨훨 날개를 펴고, 창공을 날아오르려던 수리 한 마리가 죽지 부러진 신세가 되었다. OBD 제2중대 본부 공급실 콘세트 막사에 처박히고 마는 꼴이 된 것이다.

어제는 4·19혁명 제3주년이 되는 날이었다.

상오 10시, 바다 건너 부산시청이 있는 연안부두 쪽에서, 싸이렌 소리가 아련하게 울렸다.

한성욱은 자리에서 일어나 깊숙이 고개를 숙였다.

벌써 그날이 지나고, 3개 성상이 흘렀다.

피! 피! 거리에 출렁거리던 함성, 싸이렌 소리, 광장을 우짖는 총성!

질끈질끈 동여맨 머릿수건들, 불자동차 소리, 도끼를 꼬나 든 영식의 얼굴, 소용돌이치는 민중의 바다, 노도 치는 스크람 대열, 하늘을 덮는 검은 연기, 군중의 함성, 절규 노호! 다가오는 검은 총구, 그리고 장갑차의 케터피러 소리…….

한성욱은 자리에 선 채 몸을 부르르 떨었다.

온몸에 새피(닭살)가 돋고 피가 거꾸로 흘렀다.

3년 전, 학생들은 피를 흘려 독재 타도 민주혁명을 쟁취했다.

제2공화국 정부가 들어선 지 불과 1년도 안 되어, 박정희 김종필을 위시한 군부 꾸테타세력들이 이를 짓밟고, 권력을 가로 타고 앉은 것이다.

그들은 초 헌법기관인 국가재건최고회의라는 무소불위의 권력 기구를 만들었다.

이 기구를 만든 지 불과 56일 만에, 반혁명사껀이란 해괴망측한 사껀을 조작하였다. 이것을 빌미로, 그동안 백성을 속이기 위해 앞자리에 내세웠던 꼭두각씨들을 모두 제거해 버린 것이다.

육군참모총장 장도영을 비롯해 그 수가 무려 27명이나 되는 것이다.

박정희와 김종필의 권력욕에 반대를 했거나, 꾸테타세력 일당의 장애가 될만한 인물들을 한 그물에 다 쓸어 담아 감옥으로 보내버린 것이다.

불과 1개월 전인 금년 3월 11일에도, 군 일부軍一部 꾸테타 음모陰謀 사껀을 만들어 발표했다.

별이 번쩍번쩍한 김동하, 박임항, 박창암 등 20여명을 숙청한 것이다.

이들이 굳이 꾸테타를 기도하거나 음모할 이유가 전혀 없었다. 권력에 눈이 어두운 박정희 일파의 음모이고 날조였던 것이다.

세살짜리 어린아이들도 다 알 수 있는 일을 눈 가리고 아옹 식으로, 국민들을 속이고 있는 것이다.

이런 숫법은 중앙정보부를 중심으로, 정보장교 출신들이 상습적으로 자행하는 정적政敵 제거 숙청방법인 것이다.

꾸테타 초기, 61년도 제1차 정적 제거에는 그들의 후견세력인 미국에 대한 충성심 경쟁이 치열했다.

다음으로는, 5·16꾸테타 과정에서의 공로 다툼, 도토리 키 재기 힘 겨루기였다. 동시에 꾸테타 성공을 위해, 허수아비로 등장시킨 분성糞星들과 휩쓸려 딸려온 잡동사니 쓰레기들을 청소해버리기도 했다.

지난 3월, 근자에 자행된 숙청작업은 핵심세력 간의 의견 충돌일 수 있었다. 군 본연의 임무인 원대복귀를 주장하는 세력과, 군사정부 체제의 장기집권 주장세력 간의 권력투쟁인 것이다.

무골武骨 체질의 단순한 원칙주의자들과, 일군日軍과 미군美軍의 정보교육을 이수한 세련되고 고도로 간교한 정보장교들과의 힘겨루기는 벌써 그 승패가 예견되는 일이었다.

꾸테타 세력이 들고나온 혁명공약을 자세히 뜯어 보면 수많은 함정과 속임수가 곳곳에 숨어 있었다. 보이지 않는 아메리카의 손은 물론 이거니와 일군과 미군의 정보공작 깃법을 따라 배운, 박정희와 김종필의 음모 공작수준도 대단한 것이었다.

이번, '군 일부軍一部 꾸테타 음모陰謀 사껀'을 터뜨린 지 불과 4일 만에, 박정희가 이른바 '특별성명'이란 걸 발표했다.

이 성명에서, 군정 4년 연장을 일방적으로 주장하고 나선 것이다.

이것만 보아도, 애초 군부 꾸테타세력의 음흉한 속내를 미루어 짐작할 수 있는 것이다.

이들은, 군부 꾸테타 초기, 입에 침이 마르게 4·19정신을 찬양했다.

그리고는 뒤로 돌아서선, 4·19혁명 주체인 학생세력을 음성적으로 탄압하고, 숨도 못 쉬게 얽매어 감시, 감독, 사찰 활동을 강화했다. 아울러 양심적인 민간 정치인이나, 민중의 신망과 지지를 받는 사회 유명인사들을 탄압하였다.

특히 민족의식, 자주독립의식이 강한 사회인사들, 애국적인 통일세력을 억압하는 데 경찰력과 중앙정보부가 총력을 다했다. 한국중앙정보부, KCIA의 창설자 김종필을 두목으로 한 5·16꾸테타 핵심멤버들은 모두 정보장교 출신들이었다. 일제 때, 일본군이나 만주군 정보장교 밑에서 밀정 노릇을 하던 밀대 고쓰까이 꼬붕들이 많았고, 미군 정보학교 출신 미군 밑에서 심부름하던 뽀이, 밀정 끄나풀들이 주류를 이루었다.

일방적인 군정 4년 연장을 주장한, 박정희 국가재건최고회의 의장의 성명발표 역시, 머리 좋고 교활하기로 이름난, KCIA 정보장교 출신들의 치밀하게 계획된 작품이었던 것이다.

시국분석, 국내여론 국제여론 분석, 충격효과, 언론플레이 등을 다 몇 번씩 검토 분석 후, 적당한 시기에 발표가 이루어지는 것이다. 국내 언론이 호외를 발행할 정도로, 충격적인 일대 사껀이었던 이번 대국민 성명발표는, 미 CIA와도 물론 긴밀한 연락, 분석 검토가 이루어졌을 것이다.

전 세계를 커버하고도 남는 미국의 정보망, 전 세계 지배를 꿈꾸는 아메리카의 중추신경인 CIA가 모를 리가 없는 것이다. 적어도 자기들이 가장 손쉽게, 요리조리 요리할 수 있는, 남한 땅에서 일어나는 일쯤을, 미리미리 모를 리가 없는 것이다.

'북괴가 호시탐탐 남침을 노리는' 휴전선 밑 남한 땅의 일을 모른다면, 그야말로 미국은 헛물 켜는 공룡이고, CIA는 허수아비다.

철鐵의 장막 쏘련과 죽竹의 장막 중공中共의 남하를 막는 전초기지가 대한민국이다. 아시아 전략, 극동 방어의 요새지 대한민국, 남한 땅에서 일어나는 일쯤을 잘 모르고 있었다면, 미국은 곧 최악의 씨나리오를 맞게 될지도 모른다.

만약 미국이 남한을 잃는다면 지척에 있는 일본이 위험에 빠지고, 괌, 싸이판, 하와이제도에 방어선을 쳐야 한다. 서방西方 자본, 제국주의 세력이 가장 두려워하는 최악의 씨나리오는 오스트레일리아, 뉴질란드, 마샬군도, 솔로몬제도, 서사모아 등에서 모두 손을 떼고, 그들 본래의 영역으로 쫓겨가는 일이다.

그리고 마지막으로, 자본 제국주의 대표주자 미국 본토가 직접 공격을 받는 일인 것이다.

이런 최악의 씨나리오를 막기 위한 예비전략이 반도 땅의 분할 점령이다.

반도 땅 남녘에 구축한 그들 최후의 보루를, 미심쩍은 자들에게 맡길 수는 없는 것이다. 확실히 믿을 수 있고, 확고부동한 대국관大國觀을 가진 자, 종주국 후견국에 철저하게 충성을 다하는 자에게 맡겨야 하는 것이다.

그래서 모든 자료를 종합 분석한 결과, 한국 군부를 선택한 것이고, 그 중심에 박정희와 김종필을 세워놓은 것이었다.

박정희와 김종필은 사대망상事大妄想, 무골無骨, 민족배반, 매국역적賣國逆賊의 혈통을 타고 난 별종別種 중의 별종들이었다.

박정희는 일본 제국주의 시절, 천황폐하의 적자嫡子로, 혈서로서 충성맹세를 한, 가장 미덥고 기특한 친일 군인이었다. 사무라이의 피를 받은 진짜 왜인보다도 더 일본을 사랑하였다. 피는 물론, 뼛속까지 일본화된 철저한 대일본제국의 신민이었다. 제 민족을 배반하고, 일제의 괴뢰국인 만주국에도 충성을 다하였다. 제 할배, 제 아비가 지어 준 이름을 버리고, 다가끼 마사오 또는 오까모도로 개명 변신, 내지인內地人 행세를 한 공이 지대한 자였다.

이렇게 강아지 근성이 강한 자를 미국 정부가 모를 리가 있겠는가.

김종필은 간악 간교하기 짝이 없는 정보부장으로, 당대의 세계적인 정보 천재, 쏘련의 베리아를 능가하는 자였다.

미국이 우리 민족의 영구분단 점령을 위해서, 손바닥에 올려놓고 애지중지 키운 자 중의 하나였다. 전쟁 시기 초급장교 때부터, 육본 정보국 전투정보과에 배속되었다. 정보부서 중에서도, 정보업무의 핵심, 정통 정보통이라는 평가를 받았다.

미 CIA에 의해 지능지수, 간물奸物지수를 다 파악하고, 쓸개가 둘인 것과 잇다리 젓다리 지수까지 다 확인한 다음에, 최종 간택의 은전을 입은 것이다.

역시 미국의 형안에 감탄을 아끼지 않을 수 없었다.

한성욱은 미국의 정보력과 지혜에 다시 한번 놀라움과 동시에 찬사를 아끼지 않았다. 어쩌면 그렇게도 정확하게, 저들에게 알맞고 꼭 필요한 인물들을 추출해 낼 수 있을 것인가?

미 CIA가 아시아 전략을 위해, 조선 분열을 위해, 그만큼 크게 공을 들이고, 정성을 쏟고 있다는 증거일 수도 있는 것이다.

아메리카가 오랜 시간을 두고, 극동의 요충 반도 남쪽을, 자신들을 대신하여 관리해 줄 최적임자를 찾는데, 여간 망설이고 부심하지 않았다. 그 결과, 용케도 박정희와 김종필이란, 기묘한 인간 한 쌍을 찾아내는 데 성공한 것이다.

이것은 일대 사껀이었는데, 우리 민족 쪽으론 대재앙이요, 아메리카 쪽으로는 하나의 행운이었다.

그러나저러나, 앞으로 한성욱 자신의 군대 생활이 문제였다.

힘이 다 빠져나가 버린 상태인데, 어떻게 견디어 나갈 수 있을지가 걱정이었다. 더 이상 버틸 수 있는 여력이나 근거가 있는 것 같지는 않아 보였다.

6

창경원 밤 벚꽃놀이가 절정이라고 신문들이 전했다.

춘당지 연못가에 흐드러지게 핀 벚꽃무더기들을 사진으로 보여주고 있었다.

봄이 오긴 온 모양이었다.

춘래불사춘春來不似春이라, 4·19혁명으로 이기붕 일가가 자결을 하고, 지지자들의 몰락으로 주위가 쓸쓸해지자, 이승만이 되뇌인 말이었다.

봄이 오긴 왔는데 봄 같지가 않다는 말이라고 한다.

부산은 서울보다 한 일주일쯤 더 서둘러서 봄이 오는 곳이다.

동래 온천장 뒷산 금정산록에, 구름처럼 피었던 산벚나무꽃이, 서울과 달리 한창 시들고 있는 중이었다.

하지만 어디선가, 봄꽃 냄새가 금새라도 풍겨올 것 같은 포근한 밤바람이다.

부산진 앞바다가 내려다보이는 자성대다.

한성욱은 하루꼬의 손을 잡고, 아무도 없는 자성대 성터에 올랐다. 밤늦은 시간이라선지, 사람의 그림자가 보이지 않았다.

낮부터 부대 정문 앞, 할매 집을 시작으로 동동주를 마셔선지, 술기운이 도도했다.

오늘은 한성욱이 하루꼬를 밖으로 불러냈다. 지난번 외출 때, 그녀가 먹고 싶다던 중국요리를 사주기 위해서였다.

자성대 성터 밑 큰길가에 있는 중국집에 들렸다.

볶은밥에 탕수육을 안주로, 빼갈 몇 도꾸리를 마셨다.

하루꼬는 빼갈이 독해서 딱꾹질을 하면서도 기분이 매우 좋았다.

조선에서 일본 음식 먹기가 쉽지 않았다. 일본음식점은 눈을 씻고 보아도 찾아보기가 어려웠다. 가난뱅이들이 일본 음식을 먹기엔 너무 비싸다는 소문도 있었다. 광복동 어디엔지, 중앙동인지에 화식和食집이 있다는 말만 들었을 뿐이었다. 그녀는 막연하게 먹고 싶은, 일본 음식에 대한 본능적인 그리움을, 중국요리로 대신하는 셈이었다.

"나 오늘 기분 좋아요."

하루꼬가 어린아이처럼 들뜬 목소리로 말했다.

그녀의 화사한 표정처럼, 부풀은 분가루 냄새가 밤바람을 타고 성욱의 코끝을 스쳤다.

문현동 쌍과부집 여자들은 분세수를 하는 일이 없었다. 중국요리를 사준다는 바람에 하루꼬가 분세수를 다 한 모양이었다.

하긴 한성욱도 모처럼의 데이트이긴 했다. 한성욱도 기분이 많이 풀어져 있었다.

아무리 못생겼어도 꽃은 꽃이다.

아무리 가난해도 청춘은 청춘이다. 하루꼬도 피고 싶었다.

아버지가 없는 일본 생활, 하루 벌어서 하루 먹고 살았던 함바집, 노가다꾼들 술주정 인생 투정에, 조센징 과부 어머니가 찢기고 구겨지고 필 날이 없었다.

함바집 일본 과부 치마꼬리에 붙어사는 천둥이 딸들이었다. 언제 거울 들여다보고, 얼굴 다듬을 틈새도 없었다.

"한 하사, 그런데 나 오늘 조금 설퍼……."

말을 그렇게 하면서도 하루꼬의 얼굴은 환하게 웃고 있었다.

아까는 기분이 좋다더니, 왜 또 슬프다는 것일까?

"그래? 내가 보기엔 오늘 하루꼬가 봄꽃처럼 활짝 펴 보이는데……."

한성욱이 발길을 멈추고 하루꼬에게 환한 웃음을 건넸다.

"하하하!"

하루꼬의 웃음소리가 너무 밝았다.

하루꼬는 항상 웃는 얼굴이었다. 둥그스럼하고 약간 살이 오른 얼굴에, 그녀는 언제나 웃음을 머금고 있었다. 꼭 웃음을 올리지 않아도 웃는 상호였다. 얼굴 바탕이 그랬다.

아까 하루꼬가 기분이 좋다고 자신의 마음을 피력해 놓고, 이어서 '나 오늘 조금 설퍼'라고 한 말을, 한성욱은 잘 이해하고 있었다.

그래서 한성욱은 일부러 발을 멈추고, 하루꼬에게 환한 웃음을 선

사했다.

한성욱은 현재, 하루꼬와의 만남에 대해서, 조금은 미안한 생각을 가지고 있었다. 하루꼬 역시, 두 사람의 사이가 오래가지 않으리라는 것을 잘 알고 있었다. 이에 대한 감정의 미묘한 기복을, 하루꼬가 아까 그렇게 솔직하게 표현한 것이다.

이미 하루꼬는 다 알고 있었다. 처음부터 감정을 가지고 서로 사이를 맺은 것은 아니었다. 그렇기 때문에 아까도 솔직하게 감정의 기복을 전했지만, 마냥 기쁜 얼굴, 환하게 웃는 모습을 보이고 있었다. 성욱도 똑같은 생각이었다.

그러나 하루꼬는 기쁠 때마다 조금 설펐고, 한성욱은 미안한 생각을 가지고 있었다. 어쩔 수가 없었다. 그래도 그들은 서로 속이고 싶은 생각은 추호도 가지고 있지 않았다.

그들은 지금 다 큰 여자와 남자로 만나고 있었다.

정신까지 합해지면 좋고, 생활 여껀까지 서로 맞으면 얼마나 좋으랴만, 세상 일이 어디 제 뜻대로 되는 일이 몇이나 되던가. 한성욱의 주장대로, 인간은 정신 50프로, 살덩어리 50프로가 맞다면, 살덩어리의 만족만도 다행스런 성공인 것이다. 현재보다 더 이상 욕심을 내는 것은 그들 공히 삶의 사치다. 분수에 넘는 일이다. 오늘 현재를 살기에도 그들의 삶은 벅차 보이는 것이다.

한성욱은 자성대의 밤바람이 실어다 주는 바다 냄새와 함께, 코끝에 맴도는 하루꼬의 몸 냄새, 분가루 냄새에 한껏 그의 젊음이 기승氣勝을 하고 있었다.

술기운 때문일까,

하루꼬와 팔을 끼고 걷는 한성욱의 머릿속에 지난날의 다른 여러 여자들의 일이 떠올랐다.

떠오르는 여러 여자들의 형상, 그 속에서도 강혜임과 지유정, 최근에 만난 현상조 상병의 누나 현상희의 얼굴이 가장 뚜렷하게 아른거렸다.

입대하는 날, 강혜임이 눈발 속으로 사라져간 지도 어느새 3년째가 되는 것이다.

4·19가 나기 얼마 전, 창경원 벚꽃이 꽃망울을 터뜨릴려고 통통부어 오르는 봄날이었다.

솔잎 향기가 퍼져 날리는 남산 중턱이었다.

그날 저녁 강혜임은 정상이 아니었다.

통금 시간이 임박한 시간이었다.

성욱과 혜임은 속옷까지 다 젖어서 흡사 물에 빠진 생쥐처럼 빗물에 흠뻑 젖어있었다.

봄을 재촉하는 장대비가 봄비답잖게 여름 폭우처럼 쏟아지고 있었다.

사랑한다고 말하자, 혜임은 요녀처럼 돌변하였다.

"난 사랑하지 않아, 난 사랑하지 않아……."

고개를 살래살래 흔들어 도리질까지 하고 있었다.

금방까지, 한성욱의 사랑을 갈구하며 통곡을 쏟고 몸부림을 치던 강혜임의 모습은 아니었다. 그녀는 성욱의 옷깃을 부여잡고, 마구 남자의 가슴을 두 주먹으로 두드리며, 사랑을 갈구하고 확답을 요구했던 것이다. 한성욱의 사랑을 믿지 못해서, 확인을 강요하며 소리를 지르고 울부짖으며 통곡을 쏟아낸 그녀였다.

그러던 조금 전 그녀의 모습이, 지금은 아니었다.

그리고는 언제 통곡을 쏟았느냐는 듯, 차분하게 가라앉은 목소리로, 중세 어느 왕실의 공주 이야기를 시작했다.

"공주는 평민 청년을 사랑했더래요. …… 부왕父王은 궁성 뜨락에 그 청년을 묶어 세우고, 한편에 사자 한 마리와 귀족 청년 한 사람을 각각 다른 상자 속에 넣어 놓았더래요. 부왕은 공주에게 어느 한쪽 문 하나만을 열 수 있는 자유를 허락했더래요. …… 공주는 사나운 사자 한 마리가 들어있는 상자의 문을 열었더래요."

부왕의 노여움으로, 결국 사랑하는 평민 청년을 공주의 손으로 굶주린 사자에게 내어주어야만 했었다는 것이다. 사랑하지 않는 귀족 청년과 결혼하지 않기 위한 단 한 가지의 마지막 선택이었고, 다른 길은 없었다는 얘기였다.

이야기를 끝낸 강혜임은 또다시 한성욱의 가슴을 쥐어뜯으며 통곡을 쏟았다.

그리고 또 느닷없이 울음을 뚝 그치고, 큰 눈을 들어 한성욱에게 말했다.

"미안 해요. 사랑해요, 사랑해……."

그녀의 목소리는 천연덕스러웠다. 참으로 아름다운 목소리였다.

이따금 섬광처럼 빛나던 그녀의 눈빛, 쏟아지는 장대비에 빗물투성이가 된 그녀가 한성욱의 목을 안고 늘어졌다. 그녀의 몸뚱이가 엿가락처럼 휘어들고 있었다.

얄밉기 그지없었던 그녀, 어쩌면 이렇게도 변하는가.

격전이 휩쓸고 간 전장의 폐허에서 만난 적병, 전의를 상실한 상처투성이의 가엾은 모습이었다. 그때 강혜임은 한성욱에게 생포된 적병이었다.

살아 돌아간 그녀는 또다시 한성욱에게 총을 겨누는 가장 얄미운 적병이 되었다.

이에 비하면, 지유정은 너무 안쓰러운 적병이었다.

달빛이 푸른 뚝섬 건너 청담나루 봉은사 뒷산이었다.

입대를 앞둔 귀향 하루 전날 밤이었다.

"저기, 저산이 무슨 산이야?"

한성욱이 장난스레 물었다.

"아차산……"

지유정도 그렇게 장난스런 대답이었다.

달빛 아래 검은 한강이 천호동 광나루 쪽으로 휘어들었다. 발밑엔 송파로 가는 샛강이 굽이 돌고, 뚝섬 벌 건너 멀리 중곡동 워커힐 뒷산이 어슴푸레하게 누워 있었다.

"앗차, 하면 바보가 되는 산이지……."

고구려장수 바보온달과 신라군이 맞붙었던 곳이었다. 아차산은 온달 장군이 패하여 전사를 한 곳이었다.

바로 여기서 한성욱은 반항하는 지유정의 속옷을 찢고, 거칠게 짓밟아 버렸다.

그야말로 순식간에 이루어진 일이었다. 한성욱은 평소와 달리, 완전하게 이성을 잃고 있었다.

강혜임보다는 훨씬 더 먼저, 또 오래 사귄 지유정이었다.

지유정은 마음에 아무런 부담을 주는 여자가 아니었었다. 상대하기가 너무 편한 여자였다. 그녀는 이미 한성욱에게 마음을 다 준 여자였다. 그랬었는데…….

그녀는 지금 한성욱에게 어떤 표정을 하고 있을까. 설마 칼을 갈고 있지는 않을 것 같았다.

뚜! 뚜…….

밤늦게 항구를 빠져나가는 뱃고동 소리가 밤바다에 울렸다.

선적船積이 늦은 화물선 한 척이 선수船首에 환한 항해등을 밝히고, 오륙도를 향해 내해를 빠져나가는 모습이 보였다.

"뱃고동 소리, 뱃고동 소리는 언제 들어도……."

하루꼬가 혼잣말처럼 중얼거렸다.

"……."

한성욱은 아무 말을 하지 않았다.

"저 배 타는 사람들은 좋겠어요. 넓은 세상, 마음대로 돌아다니고……."

하루꼬가 동의를 구하듯 말하자, 한성욱이 그냥 웃어만 보였다.

하루꼬는 오늘 제 표현대로, 기쁘면서도 조금은 설픈 것 같았다. 그녀는 활짝 웃고는 있었지만 여자 나이 서른한 살, 그녀 옆얼굴이 조금은 허전해 보이는 것 같기도 했다.

한성욱은 새삼스럽게 하루꼬를 위로해 주고 싶었다.

그는 긴 팔을 들어 키가 자그마한 하루꼬를 덥썩 들어 안았다.

"하루꼬, 많이 이쁜데……."

장난끼가 가득 담긴 한성욱의 눈이 하루꼬의 눈을 보았다.

"거짓말?"

역시 여자는 여자다. 나이가 들었거나 말았거나, 여자들은 남자의 고임을 받고 싶은 것이다.

하루꼬는 항상 한성욱을 대할 때엔 나이를 잊어버린다.

한성욱이 키가 크고 몸집이 있어서, 나이가 들어 보여서만은 아니었다. 처음부터 그녀는 한성욱을 대할 때, 나이 생각을 잊고 덤빈 것 같았다. 일부러 그런 생각을 한 것은 아니었지만, 만나다 보니 그렇게 자기도 모르는 사이, 그렇게 되어버렸다.

한성욱도 그랬다.

원래 한성욱은 여자들 보기에 좀 어른스러워 보이는 데가 있는 모양이었다. 자랄 때에도, 손위 여자들이 성욱을 맞상대로 대해 주는 일이 많았다. 한성욱도 나이 좀 든 여자들을 버겁게 느껴지는 일이 없었다.

하루꼬와는 별생각 없이 그렇게 되어버렸다.

무슨 새 장가, 새 시집을 가야 할 숫처녀 숫총각으로 만난 것도 아니고, 아주머니 아저씨로 만난 것도 아니다. 술집에 술 먹으러 갔다 만난 것이다. 하루꼬는 한성욱을, 술 팔아주는 군인손님으로 만났을 뿐이다.

그러나 말 몇 마디 나누고 같이 술벗 하다 보니, 말 좀 더 나누어 보고 싶었고, 같이 더 가까이 있고 싶었다. 하루꼬의 일본냄새 때문에 한성욱은 더욱 그랬다.

따지고 보면 그들은 사람이 그리운 것이다.

두 사람 다 상대하는 사람들이 그리 많은데도, 사람 냄새 나는 사람이 그리운 것이다. 한성욱은 하루꼬가 편했고, 술집 여자치고는 순진한 데가 있었다. 하루꼬는 하루꼬대로 한성욱이 좀 귀여웠는지 모른다.

아무튼 그들은 사람이 그리워서 서로 만나는 것이 확실했다.

지금까지 그들은 서로 만나서 무얼 따지거나, 조건을 걸거나, 특별히 상대에게 무얼 바라고 원하는 것이 없었다. 모자라는 것도 넘치는 것도 없이 그냥 만나는 것이었다.

그러니까 나이 많고 적음을 모르는 것이었다. 서로 잊어버린다. 그저 남자와 여자로 알고 만나는 것이다. 그래도 아직 이들은 젊은 것이다.

한성욱은 하루꼬를 번쩍 들어서 안고, 바다가 내려다보이는 성벽쪽으로 갔다. 오랜 세월, 바람과 서리를 견뎌낸 조선 소나무 하나가 서 있는 곳이었다.

내버리다시피 버려둔 성터에는 여기저기 키 큰 소나무가 서 있고, 자잘한 잡목들도 섞여 있었다. 장의자 하나 놓여진 것도 없이, 구석구석엔 시들은 잡초들만 무성했다. 3백여 년 전, 왜구가 란을 일으켰을 당시와 별다를 것이 없었다. 사람의 손길이 닿은 흔적을 거의 찾아볼 수가 없었다.

한성욱과 하루꼬가 자리 잡은 곳은 바닷물이 바로 발밑에 출렁거리는 성벽 왼쪽 귀퉁이였다. 외따로 혼자 서 있는 조선 소나무 육송 한 그루가 오랜 세월 비바람을 견딘 모습으로 서 있었다.

성터는 몹시 비좁아서 규모가 큰 부대가 주둔 할 수 있는 곳은 아니었다.

바다로 들어오는 적침을 미리 알아내는 망루나 초소 구실을 하는 매우 작은 성채였다. 자성대는 본래 조선군이 쌓은 성채가 아니고, 왜란 발발 후 왜군들이 쌓은 왜성倭城이었다. 가또오기요마사加藤清正의 지휘 둥지였던 울산 서생포西生浦 왜성과 함께, 왜인들의 축성 깃법이 잘 드러난 성채인 것이다.

성채 모서리(귀퉁이)의 날카로움과 돌 표면을 칼로 무 자르듯, 직각으로 깎은 모양은 왜인들의 성질 급한 도국島國 근성을 잘 보여주는 것이다. 그 돌들을 직각으로 세워, 일직선으로 석성石城을 쌓는 깃법 역시 그들의 독특한 모습이다. 조급하고 단세포적인 섬나라 기질이 잘 나타나 있는 것이다.

자성대는 1592년 왜란 당시, 조선 침략의 최일선 번대番隊를 맡았던 주장主將 모리毛利 일가의 근거지였다고 한다. 그들 모리 일가의 장수들은 이 작은 성채를 관리하고 지키는데, 가문의 자존심을 걸었다는 것이다. 쪽발이 근성이긴 하지만, 가문 명예 존중, 나라 사랑 정신이 가상하다.

한성욱은 부산진 앞바다의 밤바람을 심호흡했다. 길게 또 한 번 깊숙이 마셨다가 길게 토해냈다. 밤바다를 울리고 떠나는 뱃고동 소리처럼 무겁고 길게 길게 들이키고 토해 본 것이다.

왜란 당시, 정발 장군의 창황했던 말발굽 소리, 동래부사 송상현의 호령 소리가 한성욱의 귓가를 때린다.

고니시 유끼나까小西行長 휘하의 1만8천7백여 명을 실은 7백여 척의 왜군 함선들이 부산진 앞바다로 밀려들었다. 풍신수길豐臣秀吉이가 보낸 임진년壬辰年 조선 침략군, 제1번대番隊 제1파의 기습이었다.

한성욱은 야전잠바를 벗어서 풀밭에 던지고, 하루꼬를 거기 눕혔다.

하루꼬는 언제나 겉물 펴내기를 좋아했다.

오늘은 한성욱이 먼저 능동적으로 하루꼬에게 겉물 펴내기를 시켰다.

하루꼬는 기달랐다는 듯, 성욱을 끌어다가 움켜쥐고 물고 늘어졌다. 그 모습이 어찌나 알뜰하고 정성스러운지, 보기만 해도 척추가 다 녹아내리는 것 같았다.

하루꼬는 평소에 음습한 면이 있거나, 사내를 보고 는질거리는 체질은 아니었다. 하루꼬의 평범한 저 체질 속 어디에 저런 음열淫熱이 숨어 있었을까. 놀라운 일이었다.

그녀가 끝까지 알뜰하고 정성스러운 것만은 아니다.

성욱이 참아내지 못하고 겉물을 퍼내 버릴 자세가 되자, 하루꼬는 신음 소리를 토해내기 시작했다. 동시에 그녀는, 지금까지의 알뜰하고 정성스러운 모습이 아니었다. 탐욕스럽고 게걸스럽게 덤볐다. 그녀는 장대해진 성욱을 물고, 마구 격렬하게 목운동을 계속하는 것이었다.

성욱은 하는 수 없이, 그대로 하루꼬의 입안에 겉물을 쏟아냈다.

그러자 하루꼬는 포획된 짐승처럼, 단말마적 비명을 질러대는 것이 아닌가. 그러던 하루고의 표정이 점점 평온을 되찾기 시작했다. 그녀의 신음 소리가 점점 잠잠해지면서, 세상에서 가장 아름답고 평화로운 표정이 되었다. 장대한 한성욱을 놓아줄 생각은 안 하고, 계속 물고 있는 그녀의 표정은 천사처럼 아름다웠다.

하루꼬의 몸은 이럴 제 묘한 음기淫氣를 뿜어내는 마력을 가졌다.

이 마력에 휩쓸린 한성욱의 남근이 하루꼬의 깊숙한 온탕동굴을 찾아 들었다. 하루꼬의 온탕동굴은 잘못하면 화상을 입을 정도로 뜨거웠다. 과열이었다.

하루꼬의 기성奇聲, 신음 소리는 계속되었다.

신음 소리가 뿜겨져 나오는 그녀의 헤벌어진 입속에 성욱이 혀를 넣어 주었다.

그들은 한동안 위아래에 뿌리를 깊숙하게 박고 잠잠했다.

아니었다.

하루꼬가 잠잠했던 아래를 움직였다. 성욱을 가만두질 않았다. 뜨거운 동굴벽의 이빨을 세워 물어뜯기 운동을 시작한 것이다. 그녀가 이 운동의 강약 완급緩急을 조절하는 동작에 따라 헉헉 더운 숨을 뿜어냈다.

성욱의 남근도 더욱 화가 났다. 그녀가 동굴벽의 이빨을 세워 물어뜯는 데다, 수축 팽창 운동을 계속하는 데는 인내만 가지고는 견딜 수가 없는 것이다.

성욱도 화를 참지 못하고 되받아 공격을 감행했다.

하루꼬의 목에선 끄륵끄륵 숨넘어가는 소리가 났지만 성욱은 공격을 멈추지 않았다. 하루꼬의 기성은 불난 데 기름을 끼얹는 격이 되었다. 성욱의 공격은 더욱 거세졌다. 성욱의 거센 공격은 이미 오대근 하사가 개발한 파라슈트 자세의 한 변형이었다.

하루꼬의 두 다리가 기둥처럼 하늘 높이 솟았다. 하루꼬의 비명 소리가 곧 죽을 것 같았다. 그래도 성욱은 숨 쉴 틈도 주지 않았다. 맹공이었다. 하루꼬의 비좁은 여울에선 철벅거리는 수액이 북북 소리를 내며 넘쳐났다.

으윽, 으으읍!

어얼, 어어얼!

하루꼬의 신음이 비명으로 들렸다.

하루꼬 좋아?"

성욱이 물었다.

"어엉, 엉…… 나, 좋아!"

성욱은 아주 하루꼬를 죽일 작정인 것 같았다.

고조하는 하루꼬의 비명, 곧 숨이 끊길 것 같았다.

숨을 끄르륵 대던 하루꼬가 몸을 부르르 떨었다. 부르르 부르르 몸을 떨던 그녀가 꿈틀꿈틀 하늘로 솟구쳐 올랐다.

순간, 성욱의 등어리 뼛골이 띵하고 울었다. 꼬리뼈까지 온통 뽑혀 나가는 공포 때문에 성욱은 몸을 움추렸다. 아랫도리 전체가 한 뭉치 덩어리가 되어, 송두리째 다 빠져나가 버리는 것 같았다.

6. 마지막 휴가

1

한성욱은 한심한 놈이었다.

안 쓰던 일기를 다시 펴든 것은 지난 5월이었다.

군대에 들어와서는 사회에서처럼 나날, 매일 매일의 일을 적는 것이 아니고 이따금 일기를 적고 있었다.

쓰고 싶을 때 생각날 때 한 번씩 몇 마디씩 적어 보았다. 주로 감정이 상하거나 기쁘고 즐거운 일이 있을 때 일기를 썼다. 또 술에 취해 감정을 주체하지 못해 휘갈겨 쓴 것도 있었다.

그런데 5월 1일과 5월 16일, 5월 31일, 이렇게 3일간에 걸쳐서, 한성욱은 '한심한 놈이었다'라고 달랑 한 구절씩만 적어 놓고 있었다.

올핸 음력 윤閏사월이 들어서, 양력 5월은 자연 절기가 예년에 비해 많이 더디게 지나고 있었다. 양력은 6월이 중순을 넘었는데 음력은 아직 4월(閏윤)이 가고 있으니 말이다.

거꾸로 이것을 뒤집어서 음력 쪽에서 보면 윤달이긴 하지만, 아직 음력 4월인데 양력은 여름 절후인 6월이 가고 있는 것이다. 너무 빨리 가고 있는 것이다.

한국은 아직 농사에만 매달리는 농업인구가 절대적으로 많다.

농자천하지대본農者天下之大本을 내세우고, 이것이 우리 사회의 대의명분, 또는 대표 덕목으로 통하는 현실인 것이다.

그다음으로는, 삼면이 바다여서 바다를 생업 터전으로 어업에 종사하는 자가 그 뒤를 잇는 것이다. 그러므로 현실생활의 필요 유익성을 따지자면, 태양력太陽曆보다는 태음력太陰曆이 우리 생활에 훨씬 더 관계가 많은 것이다. 따라서 우리 생활 전반에 걸쳐 더 많은 영향을 끼치는 것이 사실이다.

이런 현실인데도, 달력의 양력 표시 글짜는 크고, 음력 표시는 눈에 잘 보이지도 않게 작은 글짜인 것이다.

음력 명절은 정월正月 원단元旦이라 일컫는 설날에서부터 시작된다.

이월 영등靈登 하래下來 드는 날, 영등 내리는 날에서 강남 제비 다시 오고, 땅 위에 새 풀 돋는 삼월 삼짇날, 청명淸明 곡우穀雨 지나, 사월 초파일初八日은 부첫님 오신 날이다.

머슴아들 씨름 붙고 가시내들 그네 띄는 오월 단옷端午날에, 아낙들은 창포물에 머리 감고, 일 년 중심 중오절重午節의 또 다른 이름 수릿날을 즐겼다. 유월 유두流頭 청류수淸流水에 몸 담그고 땀띠 죽이며, 낭떨이물瀑布水에 물 맞는 날이라.

칠월칠석七月七夕 마당귀에 명석 펴고, 모깃불 자울거리는 밤하늘엔, 북두칠성 짚신고부리牽牛星 총총히 돌고, 오곡 살지는 푹푹 찌는 더위에 밤잠 설치는 한여름이라.

한가위 팔월보름 햇곡식 거두어, 달떡(송편) 배불리 먹고 조상님께 감사하고, 달님께 소원 비는 '더도 말고 덜도 말고 한가위만 같아라' 라는, 풍성하디 풍성한 날이다.

구월 중구重九, 구중절九重節은 오곡백과 다 익어서 가을걷이 풍성하네. 입동立冬, 소설小雪 내년 농사 풍년 들게, 싸락눈이 허옇게 서설瑞雪로 내리는 날 아니더냐.

가을걷이 김장 다 끝나고 시월 지나 십일월, 양기陽氣가 다시 살아나는 부활의 달 생명의 날 동지冬至. 이날 한밤중을 지나 태양은 다시 사는 기운을 얻고, 묵은해 보내고 새해 맞는 섣달그믐을 예비한다.

이처럼 음력 절후 명절들은 생활에 이롭고 실용적이면서도, 과학적이고 낭만적이었다. 자연 이치에 어그러지지 않으면서도 생활 속의 멋과 지혜를 담았다.

지금은 다 옛말이 되었다.

조상 대대로 지켜오던 절후 명절은 다 홀대를 받고 천시하는 세상이 되었다. 조선뿐만이 아니고, 중국을 위시한 동양 최대의 명절이던 설은 아예 쇠지도 못하게 하고, 달력에서 지워버리고 말았다. 공휴일도 아니다. 국군의 날, 유엔데이가 최고다.

여기에 크리쓰마쓰는 천하에 제일가는 특별 명절이 되었다.

양력 12월에 들어서면, 징글벨 징글벨, 요란한 크리쓰마쓰 캐롤이 울려 퍼지고, 도시의 상점과 건물들엔, 크리쓰마쓰 트리 장식으로 불야성을 이룬다. 금박金箔 은박 치장을 한 크리쓰마쓰 카드와 씰Seal, 화려하게 포장을 한 선물상자들이 거리에 넘쳐났다.

아이들은 설날 이른 아침, 웃어른께 세배를 위한 설빔 차리는 것은 뒷전이고, 한밤중에 루돌프 사슴썰매를 타고 온다는, 싼타크로쓰의 선물꾸러미를 기다리는 데만 온통 관심이 쏠린다.

정월 대보름 밤, 오곡밥 훔치러 다니던 세시풍속도, 더위팔이 놀이도, 다 없어져 버렸다. 휘영청 달 밝은 대보름 밤, 온 동네에 동동 나뜨던 강강술래 놀이도, 둥당에타령 소리도 들리지 않는다.

봄이 오면 온 산천에 진달래 피고, 버들피리 꺾어 불며 화전놀이 가던 풍속도 모두 잊어버렸다. 강남 갔던 제비 돌아오는 삼월 삼짇날, 오월 단오, 유월 유두, 칠월 씨름장날도 다 잊어버렸다. 씨름장날 칠월 스무닷샛날은 머슴(일꾼)들이 김매기를 끝내고 호미를 씻는 날이었다. 냇가 모랫판에서 씨름을 하고 노는 날이다. 여기 따른 음식추렴, 윷놀이, 흥겨운 농악놀이도 다 사라져 버렸다.

체면치레로 남아 있는 것이 기념일로는 3·1절과 광복절이고, 절후명절로는 추석 한가위가 겨우 명맥을 잇고 있는 것이다.

햇수수 꺾어다가 수수전병, 수수범벅 해 먹는 구월 중구 구중절, 새알팥죽 호박범벅 버무려 먹던 동지도 모두 다 전설이 되었다. 서양사람들 추수감사절에 칠면조 잡아먹는 것은 모두 잘 안다.

모든 것은 다, 조선 것은 다 모조리, 케케묵고 못 쓸 것이다.

쓸 것이라곤 한 가지도 없는 것이 모두 다 조선 것이다.

서양 것은 모든 것이 다 좋은 것이다. 그중에서도 미국 것이 제일 좋고 최고다.

이 세상에서 최상 최선의 것이 다 미국의 문물제도요, 생활풍속이요, 의식주 할 것 없이 모든 게 전체적으로 다 미국 것이 좋은 것이다.

어서어서 미국 것으로 세상을 다 바꾸고, 모든 생활양식 사고방식까지도 미국식으로 다 바뀌어야 한다. 한시가 급한 것이다. 정신도 바꾸고, 생활도 바꾸고, 생각도 바꾸고, 얼 넋도 바꿀 수만 있으면 바꿔야 한다. 바꿀 수가 없어서 원통하고 한이 될 뿐이지, 마음 속 알창, 내장 똥창까지 바꿀 수만 있으면 기리까이, 체인지, 환장換腸을 서슴지 않아야만 하는 것이다.

봄 돌아와 씨 뿌리고 작물 가꾸는 데는 조선달력 음력이 잘 맞는다.

사리 조금 물때 따라 그물 놓고, 배 노 저어 고기 잡는 데는 조선력朝鮮曆이 더 잘 꼭 맞는다.

얼굴 껍데기라도 벗겨서 흰둥이가 되고 싶고, 납작코를 치켜 올려세워 양코가 되고 싶은 것이다. 하지만 천지조화로 타고난 누리끼리 까무잡잡, 조선 피부가 건강에 좋고, 비바람 덜 타고 먼지 덜 들기는 나지막한 조선코가 제격이라. 맥주로 물 울궈서, 노랑머리 금발머리 안달 나게 바라지만 삼단 같은 검은머리 예부터 미인의 대명사로, 청사에 새겨 전하누나.

음력을 과학적이지 못하다고 흔히들 타박한다.

그것은, 지구가 태양 주위를 한 바퀴 도는 소요시간과 날짜가 정확하지 못하다는 데 근거를 둔다. 이거야말로 비과학적이고 비실질적이다.

인간을 비롯한 모든 생명체들이 살아가자면 지구의 날씨, 기온, 기후가 알맞아야 한다. 생명체들의 생명 유지를 위해선, 예측할 수 있는 절후 절기가 정확하게 순환하는 것이 가장 중요한 요껀인 것이다. 태양 주위를 도는 지구의 공전이 하루 늦거나 이틀 빠르거나가 중요한 관껀은 아닌 것이다. 하루 남거나 이틀 모자라는 것이 생명체의 삶에 큰 영향을 주는 것도 아니다.

날짜가 모자라거나 남는 것은 조절하면 되는 것이다. 이것이 인간의 지혜인 윤일閏日, 윤달, 윤년법閏年法이 아닌가.

그렇지만 기온, 기후, 절후는 자연 스스로의 법칙이어서, 인간의 접근이 불가능한 부분이다.

그러므로 서양력이 과학적이란 소리는 지극히 비과학적인 속을 모르는 소리인 것이다. 생명체의 서식, 진화, 발전에 절실한 것은 절후, 절기, 기온의 변화이고, 이에 대한 적응이고 대처인 것이다.

단군기원을 없애버린 것도 한성욱으로선 마냥 섭섭한 일이었다.

못마땅한 일이었다.

역사의식이 부족하고 지적知的 능력이 떨어지는 군사집단의 단세포적인 만행이었다.

일본은 고리타분한 제 나라 왕 년호王年號를 써도 계속해서 잘 산다. 중국도 답답하고 숨 막힐 것 같은 한짜漢字를 쓰고 있어도 찬란한 중화문화 7천 년을 자랑한다. 자기 것을 자기 스스로 잘 가꾸고 지켜내는 것이 더 잘 사는 방법이 되기도 하는 것이다.

중동의 소국 유대민족이 그들만의 독특한 메시아사상이 없었던들, 그것을 고집스럽게 지켜오지 않았던들, 솔로몬의 영광이 어디 있고, 세계 각지를 떠돌던 종족이, 이천 년 만에 다시 조국 이스라엘을 어떻게 재건할 수 있었겠는가.

없는 년호를 억지로 만드는 것이야 그렇다 치지만, 5천 년 전 ᄇᆞᆰ돌임(님)곰이 ᄋᆞᄉᆞ돌(읏돌)에 신시神市를 연 것이 분명한데, 굳이 있는 단군기원을 없애버릴 일은 아닌 것이다. 아무리 양키 고문관들이 불편해해도 말이다.

금년 달력엔 공교롭게도, 뻐꾹새 우는 오월이라 단옷날이 양력 6월 25일이었다.

까닭 없이 기분이 묘했다.

7월 17일은 제헌절이라 태극기가 그려져 있고, 열흘 후 27일은 휴전 10주년이 되는 날이었다. 하루 이틀도 아니고, 열흘도, 한달 두달도 아니었다. 일년 이년도 아니고, 전쟁이 멈춘 지 10주년이라니, 참으로 기가 차고 한심한 일이었다.

총부리를 맞대고 서로 싸우다가, 그 상태로 10년 동안이나 전쟁을 쉬고 있다니, 세상에 이런 경우, 이런 역사, 이런 인간사가 어느 시대, 어느 세상에 있었다는 말인가.

이치에도 맞지 않고, 도리에도 어긋나고, 상식적이지도 합리적이지도 않은 것이다. 지극히 기만적이고, 부도덕하고, 반윤리, 반평화적이다. 아무리 세상은 강자의 편이고, 국가 대 국가 사이에는 아직도 힘의 윤리가 지배한다고 하지만, 이런 기만적인 반평화 어거지 현실을 방치한 인류의 양심이 저주스러웠다.

한성욱은 입맛이 썼다.

자신이 호모사피엔스로 태어난 것이 부끄러웠다. 지난날, 직립인간을 조상으로 둔 것을 천만다행으로만 생각했던 것이 얼마나 저주스러운지 모른다. 인류가 공명정대한 양심을 잃어버리면, 인류정신 인류혼人類魂이 허물어지고, 인류정신의 직립보행, 정正과 의義의 행동이 불가능해지는 것이다. 뼈대가 흐물거리면 사람은 머리통을 하늘에 두고 일어설 수가 없는 것이다.

직립直立 바로섬, 즉 곧추 설 수가 없는 것이다.

곧추 설 수가 없으면 만물의 영장일 수도 없고, 인간 구실도 못 하는 것이다.

세상 이치가 이러할진대, 자고 새면 이치에 안 맞고, 사리에 어그러진 일들만 골라서 생기는 이 땅에, 무슨 요행이 있고 좋은 일들이 찾아올 것인가.

어지간해야 하루아침 샌님하고 벗을 한다는 속담이 있다. 사리에 어그러져도 어지간하게 어그러지고, 비상식적이라도 어지간히 비상식적이라야, 사람이 손을 써보고 정情을 가지고 덤벼보지, 이건 엄두가 안 나는 일들뿐인 것이다.

이런 초상식적인 일들이 벌어지고 있는 땅에서, 무슨 일인들 한 가지 제대로 되는 것이 있을 것인가.

한성욱은 공급실 벽에 붙은 달력 한 장을 일별하다가, 돈 한 푼 안 생기는 쓸데없는 것에 마음을 썼다는 생각이 들었다.

시간만 생기면 달력을 보고, 틈만 나면 제대 날짜를 계산한다. 아주 버릇이 되었다.

그 버릇 때문에, 달력을 보고 일기 쓰기 생각을 하다가, 앞으로 보낼 이달 7월 한 달 계획을 대충 머릿속에 넣고 있었다. 그 와중에, 쓸데없는 여러 가지 잡생각이 한성욱의 마음을 스산하게 했다.

확실히, 한성욱은 스스로가 생각해도 한발 늦은 사람이었다.

하루가 다르게 앞을 향해서, 미래를 꿈꾸고 도전해가는, 발전적인 젊은이일 수는 없었다.

그래도 한성욱은 자신이 쓸데없는 비생산적인 투정꾼이라는 데는 반대였다.

자신은 비생산적인 투정꾼이 아니었다.

어찌 보면 원칙주의자 같지만, 결코 변화를 무서워하는 사람은 아니었다. 발전을 저어하고 싶지도 않았다. 다만 이유, 근본이 있는 변화, 실질 실용, 실리實利가 있는 발전을 원하는 것이다.

초상식적인 현상이 전개되고 있는 땅에서, 자연현상만 상식적이라고, 상식적으로 전개되어야 한다고 생각하는 것은 무리다.

자연현상에도 진행되는 질서가 있다. 생물학적인 생명현상의 동적動的인 면, 위격적位格的인 면과는 다르지만, 일관하는 질서 현상, 영속적인 의지 현상을 감지할 수 있는 것이다. 자연의 재생 복원 같은, 자연 스스로의 치유 현상 등에서.

자연의 생명력(?), 자연의 의지(?), 자연도 어떠한 형태로건 반응한다. 그러므로 자연더러 자연 그대로만, 자연으로 있으라는 것은 무리다.

한성욱은 그래서 고리타분하다는 말을 듣는지 모른다.

한성욱은 자연이 화가 났다고 생각하고 있었다. 사람들이, 사람 같은 짓을 하고 있잖으니까, 자연도 화가 날 수밖에 없다는 생각이었다.

사람의 아들 예수는 늘 말했다.

세상 일은 그 징조徵兆를 보고 안다. 예수의 말까지 빌릴 필요 없이, 사람들은 세상 돌아가는 것을 여러 일들의 낌새, 조짐, 징후를 보고, 알고 짐작한다는 것이다.

세상이 망할려면 악의 무리들이 발호跋扈한다.

순수한 학생들이 아무 죄도 없이 민주 제단에 피를 뿌렸는데, 이를 6·25 전쟁세대戰爭世代가 탱크를 몰고 나와 총칼로 이 공功을 가로챈 것이다.

이 간악한 친일 친미, 군사 패거리들이 정권을 강탈, 칼을 휘두르는 바람에, 자연도 여기 반응하여 연 3년을 계속해서 자연재해를 몰고 오는 것이다.

가뭄, 태풍, 홍수, 산사태, 심지어 송충이까지 무더기로 몰려와, 아주 나라를 망쪼가 들게 만들려는 것이다.

자연의 진노, 자연현상의 봉기蜂起, 한성욱은 예삿일이 아니라는 생각이었다.

군사정변 첫해만 해도 그렇다.

봄부터 시작된 극심한 한발은 삼복더위까지 장기간에 걸쳐 계속되었다. 뒤늦게 찾아온 늦장마 늦태풍에 온 나라가 몸살을 앓았던 것이다.

한성욱의 고향 동촌을 비롯한 전국적인 벼멸구 피해는 지난해에 이어 전무후무한 병해충 재해로, 다 지어놓은 농사를 모두 망쳤다. 백성들의 허리를 휘게 만들었다.

지난해에도 연이은 한발과 연이은 태풍, 홍수 피해가 전국을 휩쓸었다. 농토, 도로, 교량 유실, 인명피해가 막심했다. 지난해 오랜 가뭄 끝에, 엄청난 폭우가 쏟아져서, OBD 부대 밖 판자촌 동네 하나가, 산사태로 형체도 없이 매몰되는 사낀이 있었다. 그날 OBD엔 연병장이 범람하고 내무반 막사 안까지 물이 차올라, 전 부대원이 부대 탈출 비상대기 상태에 있을 정도였다.

예년에는 태풍이, 추석을 전후 폭우를 몰고 오는 것이 상례였으나, 금년의 경우 때아닌 유월에 태풍이 엄습했다.

한성욱이 세상에 태어나서 겪은, 가장 무서운 태풍 중의 하나였다.

올해는, 농사일이 본격적으로 시작되는 5월 초부터, 지질부질 궂은날이 많았다. 보름 이상을 빗방울을 뿌리더니, 이틀걸이 사흘걸이로 장대비를 쏟았다. 월말에는 25일, 27일, 29일, 이렇게 하루걸러 비바람이 불었다. 이어 30일에는 전국적으로 기록적인 폭우를 쏟아부었다. 농작물 피해가 막심했다.

일단 소강상태에 들었던 빗줄기가, 한창 모내기가 시작되는 6월 16일부터, 꼬박 닷새 동안 장대비를 쏟아부었다.

하늘이 구멍이 난 듯 쏟아져 내리는 빗줄기는 온통 세상을 다 삼켜버릴 것 같았다. 이어서 불어 닥친 초대형 태풍이 바다와 육지를 강타했다. 세상이 다 날아가 버릴 것 같았다.

태풍이 지난 다음에도 이틀 동안이나 장맛비가 계속 내렸다. 강수량도 강수량이거니와, 5월 초에 시작해서 7월 1일까지, 무려 두 달 동안이나 장마에 시달려야 했다. 기록적인 물난리, 기록적인 태풍 난리를 치른 것이다.

군사꾸테타 이전 근래에 없었던 일로, 사람들은 대형 자연재해에 공포를 느끼고 있었다.

한성욱도 무서운 생각이 들었다.

천재지변도 어지간한 천재지변이 아니었다.

당장 인명피해만도 1백80여 명이나 되었다. 이재민이 3만8천5백여 명, 거제도에선 산사태로 한꺼번에 1백여 명이 압사壓死를 당했다.

한성욱은 아무리 생각해도 예삿일이 아닌 것 같았다.

자연재해가 이렇게 혹심하고, 사람의 목숨이 많이 죽으면, 권력자들이 자기 성찰을 해야 하는 것이 도리인데, 그럴 기미가 보이지 않았다.

선조들이 지켜오고 물려준 나라 땅을 두 동강을 내놓고도, 아무도 책임을 지는 자가 없다. 참혹한 전쟁으로 동족을 그렇게나 많이 죽게 해놓고도, 아무도 죄를 빌고 참회하는 자가 없다. 강한 나라의 종이 되고 하수인이 되어, 나라를 팔고 겨레를 배반한 그 수많은 자들 중, 단 한 사람도 회개하고 용서를 비는 자가 없다.

학생의 피로 되찾은 자유와 민권을 가로채고, 권력을 강탈한 자들이 가면을 쓰고 백성을 속이고 있다.

나라를 지킨다고 거짓 언사를 하며, 후견국의 총을 들고, 나라 땅을 영구분할하는 데 앞장을 서고, 후견국의 이익을 위해 충성을 다하는, 반역의 무리들이 잘 먹고 잘산다.

사람은 어이하여, 머리는 하늘을 향하고, 똑바로 서서 걸어야 하는지를 모르고, 겨레붙이가 무엇인지, 종족의 핏줄기는 왜 연면해야 하고, 나라는 왜 인민 스스로가 세우고, 인민 스스로가 지켜야 하는지를 모른다.

사람이 사는 세상, 하늘과 땅, 해와 달, 별, 그리고 구름과 바람이 제 스스로 하는 것을 모른다.

단기 4327년(1894년)에, 지구 동녘 하늘이 밝게 열리고, 우주 주체의 근본 이치를, 이미 그렇게나 큰 소리로 온 세상에 알려 준 "사람이 즉 하늘人乃天인내천"이라는 말을 아직도 모른다.

사실 한성욱 자신도 '벤허'라는 소설을 읽기 전까지, 인내천人乃天이란 말을 정확하게 모르고 있었다. 하나님 여호와의 독생자인 이스라엘의 메시아 나사렛 예수는, 그의 진실한 입으로, 스스로를 '사람의 아들'(人子인자)이라 분명하게 밝혔다. 그러니까 이 말뜻을 마음속으로 깊이 받아들이지 않고 있었던 것이다.

그러니 태풍인들 화가 안 날 리가 있겠는가.

바람에도 귀가 있다.

성욱은 신문 사진에서, 소용돌이치는 태풍 중앙부의 큰 눈만 바라보고 있었다.

앞으로도 일기장을 펼치면, 한성욱 하사는 또 '한성욱은 한심한 놈이었다'라고, 쓸 수밖에는 다른 도리가 없을 것 같았다.

2

"대저어ㄴ…… 여기는 대전역입니다! 지루한 장거리 여행에 얼마나 수고가 많으십니까? 여기는 대전역입니다!"

느릿한 말씨의 안내방송이 밤공기를 흔든다.

어제 해질녘 부산진역을 출발한 경부선 군용열차가 역 구내로 들어서고 있었다. 열차는 가쁜 숨을 몰아쉬며 푸우! 푸우! 몇 번 하얀 연기를 토해냈다. 뿌연 밤하늘을 울려대는 석탄열차의 기적소리는, 이유도 까닭도 없이 사람의 마음을 심란하게 했다.

선생 똥은 개도 안 먹는다지만, 군인 쫄병 똥은 개가 먹으려 해도 먹을 것이 없는 것이다.

선생 똥은 아이들한테 시달려서, 똥끝이 다 타서, 맛이 없어서 안 먹는 것이다. 쫄병 똥은 아예 새카맣게 다 타서 숯가루가 되어, 개가 먹으려 해도 먹을 것이 없는 것이다. 안 먹는 게 아니고 못 먹는 것이다. 먹을 수가 없다는 말이다.

제대 말년이 되었지만, 한성욱이 처리해야 할 업무는 내나 그대로다.

공급계 조수 목구평 상병은, 그는 그대로 제 업무 때문에 바쁘고, 불알에서 요령 소리가 나게 뛰어다닌다.

물론 맡은 업무에 익숙해지고 조수까지 있는 몸이라, 초년병 시절에 비하면 한성욱의 업무량은 하늘과 땅 차이로 줄었다.

어쨌든 군대는 군대고, 군대가 공짜 밥을 주는 곳이 아니라는 것은 이미 수많은 선배 장병들에 의해 증명되고도 남았다.

제대 말년의 고참 병사들의 경우, 몸뚱이가 편해진 만큼, 아니 그보다 더한 의무이행에 대한 중압감이 어깨를 누르는 것이다. 여기에는 그동안 쌓인 군대 생활의 피로, 긴장의 해이가 따르는 것이다. 군복을 벗고 영 문을 나서는 그 순간까지는, 한시도 마음을 놓을 수가 없는, 제약과 부자유의 영역에 갇힌 군인인 것이다.

"여기는 대저어ㄴ……."

귀에 익은 대전역 철도방송원의 안내방송 소리에 한성욱은 정신을 가다듬고 객차 계단을 내려서고 있었다.

저녁을 제대로 먹지 않아선지 속도 출출하고 바깥바람도 쏘일 겸, 열차에서 내린 것이다.

그는 프렛트홈의 명물인 역두驛頭 국수를 먹기 위해 판매대 쪽으로 걸었다.

열차는 여기에서, 최일선 중동부 전선에서 내려오는 장병들을 실은 열차들과 엇바뀌어 교환하고 광주 송정리행 호남선 군용열차를 이용하는 장병들을 내려놓는다.

오늘 한성욱은 시간이 많았다.

광주 송정리로 가는 고향행 군용열차를 시간에 맞추어 갈아타지 않아도 되는 것이다. 이번 마지막 휴가는 서울에서만 보내기로 모든 일정을 맞추어 놓았다.

서울로 가는 경부선 군용열차는 서울 북방 최전선에서 오는 장병을 실은 하행 군용열차와 교차하기 위해선 아직 20분간의 시간이 남아 있었다. 만약 하행 군용열차가 연착이라도 하게 되면, 30분이고 한 시간이고 상관없이 기달라야 하는 것이다.

한성욱뿐만이 아니고, 다른 많은 군인들, 또 일반 손님들에게 인끼가 높은 대전 역두의 가락국수, 국숫발은 유난히 굵다. 그래서 어떤 사람들은 가락우동이라고도 한다. 묘하게 얽힌 엉터리 조어造語이긴 하지만, 얼른 듣기엔 그럴듯해서 대강 쓰는 말이 되었다. 우동이란 말은 왜말이어서 가락국수가 바른 말이지만, 지독한 일제에 의해 너무 오래 길들여진 습관 때문에 얼른 고쳐지질 않는 것이다.

역두의 우동 맛은 국물맛으로도 유명하다.

별다른 양념이 들어가는 것 같지도 않은데 뜨거운 국물맛이 어디 비할 데 없이 일품이다.

한성욱이 대전 역두의 우동을 처음 먹는 것은 아니다.

군용열차를 타고 대전역을 통과할 때마다 역두의 우동 판매대를 찾았다. 군용열차가 대전역을 통과하는 시기는 한밤중 늦은 시간이었고, 이때 출출한 속을 달래주는 데 역두의 우동국물이 제격이었다. 한성욱이 한잔했을 땐 더욱 그랬다.

부산 이리裡里 등 큰 역두의 우동맛도 다 맛이 있었지만, 대전 역두의 우동국물맛은 속 시원한 별미였다.

대학을 가기 위해 처음 열차를 탔을 때의 대전역은 매우 인상적이었다.

그날은 허허한 한밭大田 벌판에 진눈깨비가 내리고 있었다. 고향 역인 학다리를 출발할 때는 봄을 재촉하는 이슬비가 흩날렸는데, 위·아랫 역의 기온 차이를 느낄 수 있어서, 그것도 새로 발견한 현상이었다. 또 인상적인 것은 호남선과 경부선이 교차하는 남한 최대의 철도 중심지에 걸맞게 터가 너르고 규모가 여간 커 보이는 것이었다.

처음 조선에 철도가 부설될 때만 해도 청주, 충주, 공주는 크나큰 도회지였고 대전은 허허벌판, 시골 황토밭이었다고 한다.

1905년 경부선이 개통되고 이어서 호남선이 깔리자, 나라에서 가장 중요한 철로역이 되었다.

불과 수십 년 사이에 교통의 요지가 되어 급속한 발전을 보였다.

대전은 우리말 이름으로 한밭, 펀펀한 넓은 땅이란 뜻이다. 펀펀한 넓은 들판, 잡초 우거진 한밭들, 한밭등이었는지도 모른다.

지금 대전은 한성욱에게 그런 한가로운 들판은 아니었다.

진달래 피고 엉겅퀴 찔레 우거진, 그런 한밭들, 한밭등만도 아니었다.

한밤중 군용열차가 대전에 서면, 한성욱은 어김없이 역두의 가락국수 국물을 마시기 위해 기차에서 내렸다.

처음 대학을 가기 위해 서울행 기차를 타고 지날 때의 대전, 허허한 너른 벌판에 진눈깨비가 날렸다. 너른 벌판에 아스라하게 뻗어간 철로들은 아주 멀리멀리 무한히 뻗어 있어서, 아련하게 떠오르는 아름다운 꿈을 실어다 줄 것만 같았다.

너른 벌판 한밭들, 한밭등, 봄을 머금은 진눈깨비의 공간을 스치는 바람은 젊은 한성욱에게 가슴 벅찬 큰 뜻을 숨 쉬게 하고도 남음이 있었다.

지금 대전은 철로의 교차점으로 무수한 사연들이 교차하는 애환 섞인 평범한 낭만의 도시가 아니었다. 적어도 육군하사 한성욱에게 있어선 말이다.

한밤중, 저 무수하게 반짝이는 시가지의 전등불 아래 항구의 여자 강혜임이 잠들고 있는 것이다. 수개월 전 바람결에 들려온 소식이었다.

강혜임의 남편은 결혼 전에 이미 고등고시에 합격한 것으로 소문이 자자했다. 1963년 전반기, 법원法院 인사방침에 의해 충주지검에서 대전지검으로 이동발령을 받았다는 것이었다. 강혜임의 남편이 맨 처음 발령지인 의정부지청에 있을 때만 해도 한성욱은 별로 신경 쓸 일이 없었다. 이제 가고 오는 고향길 서울길에, 아무래도 발길에 밟힐 일이 있을 것 같은 예감인 것이다.

사실, 강혜임은 너무 갑자기 다가왔다가 너무 갑자기 멀어져간 여자였다. 무얼 이러고 저러고 차분하게 생각해 볼 여유도 없이 혜성처럼 나타났다가 혜성처럼 사라져버린 여인이었다. 그것도, 제 맘대로 다가왔다가 제 맘대로 떨어져 나가버린 꼴새였다.

4·19혁명이 일어나기 전, 설 지나고 보름을 맞기 일주일 전, 목포노회木浦老会 주최 교직자대회教職者大会가 동촌교회에서 열렸을 때였다.

교직자대회의 특별 강사로는 기독교 장로회의 거물 이창선 목사와 젊은층의 지지를 받는 조영학 목사였다. 여기에 여강사 강혜임 선생이 있었다. 강혜임 선생은 교회학교主日學校 반사班師를 위한 아동심리와 어린이 레크레이션 담당 강사였다.

E여대 심리학과 출신으로, 대학원에서 석사과정을 이수 중에 있었다. 9월 중간학기가 끝나면 도미渡美 예정이라는 소문이 있었다.

나이는 스물다섯, 스물여섯을 코앞에 둔 노처녀이지만 애띤 용모에 말씨가 곱고 손짓 발짓이 귀여운 데다가, 항상 표정이 더없이 밝았다.

아동심리는 전공이지만, 어린이 레크레이션은 들은 풍월인데도 강의가 제법이어서, 주일학교 반사들의 찬사를 받았다. 목포지방에서는 손꼽히는 재원才媛이라고, 목사들과 장로들이 모두 칭찬을 아끼지 않는 터였다.

그렇지만 한성욱은 대충 듣고 넘기고 있었다.

그때 한성욱은 교회학교 반사도 아니고, 교직자대회의 회원으로 등록된 수강생도 아니었다. 다만 한찬섭 장로의 명령(?)으로, 새 학기 등록을 며칠 미루고, 교직자대회 진행을 돕고 있었다.

강혜임은 그때, 천만다행(?)으로 양장을 하지 않았다. 분홍저고리에 짙은 감색紺色 장미무늬의 비로오드 치마를 입고 있었다. 그런데 하필이면 뾰쪽구두 굽 높은 하이힐에 입술연지를 바르고 있었다.

남들은 다 재원이라고 칭찬을 아끼지 않는 터인데 한성욱만은 얼른 수긍이 가지 않고 있었다. 뾰쪽구두에 입술연지만 빼면 동촌교회 주일학교 반사들과 별다를 것이 없어 보였는지도 모른다.

한갓 생각해 보면, 그녀의 가정환경, 그녀 부친의 재력財力과 사회적 지위에 비해 그녀의 몸가짐과 차림새는 매우 겸손하고 소박한 편에 속했다. 그렇기 때문에 이창선 목사와 같은 분이 강혜임 선생을 이번 교직자대회의 강사로 추천했을 것 같았다.

강혜임 선생의 부친은 이 지방에서 제일 큰 교회의 장로長老로, 이 지방 제일의 선박회사를 갖고 있었다. 뿐만 아니라, 이 지방 유수有數의 지방신문 사장으로, 사회적으로도 발이 넓고 정치 수완이 뛰어나, 집권 여당인 자유당自由堂 전남도당 위원장 자리에 있었다. 이 지역에선 탄탄한 재력가로 명성이 높았다.

한성욱은 그날도, 아버지 진만씨가 입다가 벗어서, 벽에 걸어 놓은 바지저고리를 입고, 교직자대회 진행을 돕고 있었다.

그는 언제나 방학 때 집에 내려오면 모든 것을 잊어버리고 한없이 편해지고, '열중 쉬엇,' 자세로 돌려 놓고 있었다. 그렇지만 '편히 쉬엇', 자세가 되어버리고 마는 버릇이 있었다.

털벅거리는 검정 고무신에, 면도도 제대로 하지 않아 턱수염이 제법 터부룩했다.

그래선지 강혜임 선생이 한성욱을 깍듯이 존대했다. 나이가 많이 들어 보여서였을까? 실제로는 한성욱보다 두 살이나 더 연상이었는데 말이다.

강혜임의 찰싹 들러붙는 깍듯한 존댓말, 귀가 간지러운 서울 말씨, 어쩌면 이것 때문에, 한성욱이 강혜임의 재원설才媛說을 얼른 수긍하지 못했는지도 모른다.

서울 있다가 동촌에 오면 한성욱은 만사가 편했다.

우선 말씨부터가 자유로워서 좋았다. 동촌 바닥말이 그대로 술술 흘러 나와서 좋았다. 동촌 사람들 말마따나 아버지 대룽에서부터 익은 말인데, 오즉 편하고 좋으랴. 정이 쩍쩍 들러붙는 동촌 사투리가 그렇게나 좋고 편한 것이다.

교직자대회가 끝나는 날 밤, 강혜임 선생이 만년필을 쥐여주며, 한성욱의 서울 주소를 적어달라고 했다. 한성욱은 뜻밖이었다. 그녀가 쥐여준 만년필은 미제 파카45였다. 요즘 괜찮은 집안의 한 쌍의 젊은 남녀가 약혼이나 결혼 예물로 선호하는 수준 있는 선물로 알려진 물품이었다. 일반인들이 지니기엔 넘치는 고가품인 것이다.

한성욱은 자기 곁에 있는 여자가, 이 지방에 널리 알려진 막강한 실력자요, 재력가의 딸임을 새삼 확인할 수 있었다.

강혜임은 교직자대회 기간 동안, 한성욱을 대할 때마다, 유난히 크고 검은 눈엔 성에가 확확 번져 났다. 전에 없던 버릇이 생긴 모양이었다.

그녀는 깔깔거리고 웃길 좋아했다. 손뼉을 치며 탄성을 지르기도 했다. 그러니까 구김살 없는 명랑한 성격이었다.

그런 성격이어선진 몰라도, 그녀는 불쑥불쑥 서울에 나타나 성욱을 불러냈다. 항구의 일부인이 찍힌 속달도 보내고 전보도 보냈다.

서울에서 만난 그녀는 동촌 집회에서 만난 여강사 강혜임 선생이 아니었다.

복장부터가 낯설었다. 가슴이 불룩하고 엉덩이가 꼭 낀 양장차림이었다. 앉으면 허벅지가 다 드러나 보이는 타이트스커트를 입고 있었다. 다소곳하던 파마머리는 어디로 갔는지, 요즘 한창 유행을 타는 숕카트, 헵번스타일이었다. 미국영화 '로마의 휴일'에 나오는, 여주인공 오드리헵번의 짧은 머리가 대유행이었다.

그들은 둘이 만나면 싸움질을 곧잘 했다.

혜임이 먼저 앙탈을 부렸다.

성욱은 항상 한 걸음 물러서 느긋했다.

동촌에서 혜임이 서울 주소를 적어 달라고 했을 때, 성욱은 대화를 돌려 다른 말로 강혜임의 마음을 상하지 않게 슬슬 시간을 끌다가 용케 자리를 모면할 수 있었다.

그랬는데 강혜임은 어떻게 알아냈는지, 한성욱의 서울 주소로 속달도 보내고 전보도 보냈었던 것이다.

이렇게 알아보게 변해버린 외모와는 달리, 변하지 않은 두 가지가 강혜임에겐 남아 있었다.

한성욱이 자기보다 두 살이나 연하인데도, 귀가 간지러운 서울 말씨로 깍듯한 존댓말을 쓰는 것과, 한성욱과 말을 나누다 눈이 부딪치면, 크고 까만 눈에 확확 성에가 번져 나는 일이었다. 스물다섯 노처녀답잖게, 그녀는 어딘지 성욱 앞에선 기가 죽었다. 그녀답잖게 성욱과 정면으로 눈을 마주치며, 대화하는 것을 저어하는 눈치였다.

한성욱이 그녀를 '먼 사람' 遠원이라고, 달랑 글짜 한자를 써서 답신을 보낸 적이 있었다.

그녀의 반응은 전혀 의외였다.

물에 적신 탈지면이 가득한, 두 개의 계란 껍질을 덧씌운 속에는, 아름다운 분홍 동백 한 송이가 들어 있었다. 마음 같아선 하얀 꽃송이를 보내고 싶었지만, 색의 조화를 생각해서 그리는 못 했다는, 사연의 쪽지가 들어 있는 소포를 곧바로 보내 왔던 것이다.

대전 대전역……

앞으로 한성욱은 오래지 않아서 몇 개월 후 군복을 벗게 된다.

군복을 벗고도 한성욱은 대전역을 지나쳐야 할 일이 많았다. 숙명이라기엔 너무 얄궂다.

저 무수한 전등불 아래, 어디엔가 잠들었을 항구의 여자 강혜임, 그녀의 남편 김세철 검사의 팔을 베고 잠이 들었을까, 아니면 지금 한창 깨가 쏟아지는 정사情事에 열을 올리고 있는 것은 아닐까.

3

해마다, 주기적으로 되풀이되는 검열, 조사가 금년이라고 없을 리가 있겠는가.

휴가 출발 전까지 각종 검열, 조사에 시달려야 했다.

자질구레한 것들로, 시도 때도 없이 재고 조사, 현황파악, 시찰 대비 보급품 정리 정돈, 불시점검, 암행 검열 등 헤일 수 없는 것들이, 사람의 피를 말리게 밀어닥치는 것이다.

규모가 큰 것만 당장 몇 개, 예를 들자면 6개월마다 한 번씩 있는 재물조사에, 3개월에 한 번씩 분기별 각종 개인장비, 품목별 검사가 있다. 육본 감찰검열, 지휘 정비보급검열(CMI)이 바로 그 뒤를 따른다.

육군본부 감찰검열은 품목을 지정하여 실시하는 것이 통례였지만, CMI 검열은 보급품 전반에 걸친 종합검열이었다. MIS(정비지역), 치장지역, 수송부, 전투 행정단위 각 중대본부 및 각 내무반 등등. OBD 전 부대 각 부서가 모두 해당되었다. 총기류를 포함한 공용보급품과 개인별 의무보유 지급품 전반에 걸쳐, 일주일 동안 계속되는 머릿골 땡기는 검열이었다.

한성욱 하사와 조수 목구평 상병은 밤잠을 제대로 잘 수가 없었다.

이렇게 험난하고 골치 아픈 검열에서 지적사항 없이 안 걸리고 영창이나 처벌(징계)을 면할려면, 가장 다급한 기본조껀이 중대에 지급된 모든 보급품의 품목별 인수因數가 맞아야 한다. 국가가 각 해당 단위 부대와 장병 개인에게 지급한 모든 군수품의 개체별 수량은 해당 단위 부대와 장병 각자가 현재 보유한 수량과 정확하게 일치해야 한다.

그 수많은 폼목별 수량이 지급된 수량과 현재 보유 수량이 일점一点도 틀림없이, 한 가지 한 개도 남거나 모자라는 일이 없어야 하는 것이다.

다음으로 시급한 것은 사병 개인별 의무지급품 관계였다.

사병 개인별 의무지급품은 사병 개인 보급품 지급카드에 반드시 기재가 되어 있어야 했다. 실제로는 물품이 없는 것이 많았지만, 장부상 서류상 가라(가짜)로라도 기재가 되어 있어야 했다. 공급실에서 수령한 날짜와 소대나 개인에게 지급한 날짜가 일치하지 않으면 안 된다. 인수引受와 지급支給이 신속해야 한다. 만약 보급품의 숫자가 모자랄 경우, 국제시장이나 자갈치시장에 가서 모자란 수량만큼의 중고품을 사들여 와야 하는 것이다.

이와는 반대로, 육군폐품수집소에 줄을 대어 모자라는 수량만큼 반납처리가 되어있으면 되는 것이다. 물론 이것도 수량에 따라 현금으로 사바사바를 하는 것이다.

물건이나 물품이란 것은 묘한 속성을 가지고 있었다.

사람의 손을 거치는 모든 물건이나 물품은 절대로 남거나 늘어나는 법이 없다. 상급부서에서 수령해 온 모든 물건이나 물품들은 사람 손을 거치는 동안, 반드시 기본수에서 모자라거나 줄어드는 묘한 속성을 가지고 있었다.

특히 군수품의 경우, 상급부대에서 하급부대로 내려올 적마다 그 수량이 줄어든다.

2종품 피복류의 교체 착용 시기, OBD 같은 큰 부대로 지급되는 수량은 엄청나다.

"갈라주다 보니 수량이 좀 모자라는데, 몇 빡스 봐도고……."

상급부대 지급자가 이렇게 나올 때, '안됩니다.'라고, 말할 수 있는 자는 아무도 없다.

OBD 자대 내에서도 마찬가지였다.

1종 소모품일 경우, 이는 더욱 그렇다.

중대 공급실에서 새어 나가는 량도, 결국 소대원들에게 정량을 속이거나 줄여서 지급되는 것이다.

이번 검열에서도 한성욱은 골탕을 좀 먹었다.

그렇게 철저하게 이 잡듯이 장부를 점검하고, 창고 보유량과 개인별 지급 인수를 확인, 또 확인했는데도, 모자라는 품목이 꽤 많았다. 어디서 어떻게 새어 나갔는지 알 길이 없었다.

인사계 박희필 상사에게 협조를 요청할 수도 없는 일이었다. 쫄병 목구평 조수야 아무 죄도 없고, 협조해 주고 싶어도 협조할 힘이 없는 처지가 아닌가.

학보學補 받고, 어서 고통스런 군대 생활 끝내라고 보내 준, 아버지 진만씨의 입도선매 자금(나락빚)만 축이 났다. 아까운 돈이었다.

한성욱 자신의 잘못으로, 복무기간 단축(학보신청) 서류도 내 보지 못하고, 아직 논바닥에 서 있는 푸른 나락을 담보로 얻어 쓰는 색갈이 빚돈만 다 써버린 것이다. 대학에다가 휴학계를 내고, 소집영장을 첨부하여 입대 신고를 했어야 했다. 그랬어야 대학 당국에서, 육군본부에 학적 보유자로 통보할 수가 있는 것이다.

이런 절차를 갖추지 않고 군대에 들어와 앉아 있으니, 누가 한성욱을 학적 보유 군 복무자로 인정해 줄 것인가. 꼼짝없이 3년을 썩어야 하는 것이다.

막내 여동생 란드셀이라도 하나 사서 보낼려고, 아끼고 아꼈던 돈이었는데 다 써버리고 말았다.

급한 대로 모자라는 품목들은 자갈치시장 뒷골목을 뒤져서, 숫자를 채워 검열을 마쳤다.

일주일 동안 계속된 CMI 검열은 공급계 사수 한성욱과 조수 목구평 상병의 피를 말렸다.

한성욱의 주머니를 다 털고도 모자라, 한성욱과 목구평이는 특단의 조처를 감행했다. 박희필 상사 몰래 목구평이와 짜고, 꼭꼭 숨겨 놓았던 미군 라단羅緞 외투(겨울용) 다섯 장을 내다가 팔았다. 값이 꽤 나가는 물건이어서 자갈치시장에서도 인끼가 높았다.

어쩔 수가 없었다.

제대 몇 달 남겨 놓고 영창을 가거나 처벌받을 수는 없는 노릇이었다.

고생만 찍 싸게 하고 감옥살이라니, 너무 끔찍한 일이었다.

큰 검열을 다 마무리해놓고 휴가를 나왔으니, 나머지 일상 업무는 목구평 상병이 잘 처리할 수 있는 것이다.

한성욱이 쫄병 시절, 사수 우상태 상병을 옆에서 잘 지켜보았던 것이다.

억울한 옥살이까지 감내한 처지였지만, 조수 한성욱을 위해서 말없이 감싸주는 울타리 노릇을 했다. 그때의 우상태 상병을 생각해서라도, 조수 목구평이에게 해가 돌아가지 않게 끝마무리를 잘해 주어야 한다는 생각을 갖고 있었다. 가능한 한 일처리를 깨끗하게 잘해서, 깔끔한 뒷모습을 보여주고 싶은 것이다.

부대 업무에 관해서는, 그런대로 어려운 고비를 한고비 넘기고 있었다.

그렇지만, 개인적으로 몹시 마음에 걸리는 것이 남아 있었다. 맹사팔이의 제대 출발을 보지 못하고, 어쩔 수 없이 마지막 휴가에 임한 것이었다. 공교롭게도 날짜가 그렇게 엇갈리게 걸렸다. 다음 달 9월 6일이 맹사팔이의 제대 출발일이었다. 불과 며칠 사이에, 그를 다시 보지 못하고 헤어져 버리는 꼴이 되었다.

그야말로 미운 정 고운 정 다 들고, 군대 생활의 쓴맛 단맛을 같이 겪었던 맹사팔이가 아닌가. 한성욱보다 두 달 남짓 군번이 빠르다.

흔히 군대에서는 '생사고락生死苦樂을 같이 하는 전우戰友'라고 한다.

전쟁도 하지 않고 군대다운 맛도 없는 게 한국 군대다. 그러니 전우라는 말은 잘 쓰지도 않고, 듣기에도 어거지여서 여간 어색하기만 한 것이다.

그 말을 빼고, 생사고락의 '사死'짜도 빼고, 온갖 생활고락生活苦樂을 같이한 그야말로 스스럼없는 친구였다.

떨어져 지내고 싶잖은, 헤어지고 싶지 않은 친구였다.

맹사팔이는 성격이 머슴아였다.

능치고 자시고도 없었다. 부딕치면 뒤집어엎고, 걸것지면 박살을 내고, 없는 것은 만들어 내고, 유쾌 통쾌, 명랑 쾌활하게 살아가는 사나이였다. 술 한잔하면 놀 줄도 알고, 기분도 냈다. 돈 몇 푼 생기면 술 사고, 갈라 쓰는 멋쟁이였다. 뱃놈치고는 꽤나 괜찮은 놈이었다. 난놈이었다.

부영극장 뒤 닭불고기집도 다 맹사팔이 덕택에 드나들었다.

이 집 음식인 닭불고기는 원래 남쪽 지방에는 없는 음식이었다. 북쪽에서 내려온 피난민 음식이었다. 소주 안주론 쌈빡해서 좋은 닭불고기를 먹을 적마다, 녀석 생각이 날 것이다.

이번 CMI 검열에 미제 라단 외투를 내다 팔고, 부족 수량의 중고품을 들여오는 것도 맹사팔이의 협조가 있었다. 크고 작은 민간인 상대 대외협력, 군수품 처리에서 맹사팔이가 들지 않고는 성사되는 일이 거의 없었다.

지난 추석 명절에는 부산 바닥에 아무 연고가 없는 친구들을 위해서, 영주동 제 숙부 집에서 1박을 시켜 주기도 했다. 이 고마운 행사에 한성욱, 민석규, 손만열이가 끼었다. 녀석은 이렇게 인정 넘치는 의리의 사나이이기도 했다.

녀석은 가리고 숨길 것도 없이 저 생긴 그대로 제가 처한 환경에 잘 적응했다.

한성욱처럼 대가리에 먹물 좀 들었다고, 체면치레하고 좌고우면左顧右眄할 것도 없었다. 현실에 맞게 대처하고, 현실을 정면으로 재주껏 힘껏 뚫고 나가는 스타일이었다. 그렇다고 남에게 크게 손해를 입히거나 악한 일을 하는 것은 아니었다.

살기 힘들고 극악한 세상, 착하고 순해 빠진 놈들은 바보 취급당하고, 사실 제대로 살아가기 쉽잖은 세상이었다. 이래서 맹사팔이는 세상에 속지 않고, 패배자로 살아가기를 스스로 거부하는 인간형이었다.

이것은 현실에 발을 딛고 사는 사람으로서 당연한 생활 자세였다.

정당하고 떳떳한, 용기 있는 생활 자세가 아닐 수 없었다.

속으로 한성욱은 맹사팔이가 부러웠다. 한성욱 자신은 머뭇거리고 세상을 두려워하는 구석이 있었다. 당차게 처리하고, 썩 치고 나가지 못하고, 앞뒤 재고 양옆을 보는 그런 경향이 있었다. 스스로도 안타까운 데가 있었다. 상식적으로 현실을 요리하는 능력이 부족한 것이다.

"거제도 뱃놈아! 한잔 찌클자아!"

"좋다! 전라도 알새끼 되게 시끄럽네에!"

맹사팔이의 송별회는 맹사팔이의 송별회답게 되게 시끄럽게 진행되었다.

한성욱의 제대휴가 출발 전, 며칠 미리 앞당겨서 실시하는 송별회였다. 25일간에 걸친 한성욱의 마지막 휴가가 끝나면, 맹사팔이는 제대복을 입고 부대를 떠난 뒤가 되는 것이다. 그리하여 한성욱이 주동이 되어 미리 앞당긴 송별회장이었다.

부대 정문 앞, 할매 동동주집에서 시작하여, 문현동 쌍과부집을 거쳐, 부영극장 뒤 닭불고기집에 이르기까지, 3차에 걸쳐 훌륭하게 진행되었다.

"씨발놈덜, 어떤놈 왕년에 제대 안 해 본 놈 있나아, 뭐 좆 빨라꼬 큰소리고!"

함안 통보리 여공탁이가 빠질 리가 있나. 어찌 조용하다 싶었다.

"하핫, 이 쌔끼들 가관이네. 어르신께서도 곧 뒷따라 납신다. 어험, 어험!"

충청도아버지, 손만열이도 한마디 낀다.

충청도 사람들은 말씨가 느리기 때문에 생긴, 손만열이의 별명은 충청도아버지다. 산꼭대기에 있는 아들이 실수로 바위를 잘못 굴렸다. 놀란 아들이 다급하게 산 아래 있는 아버지를 불렀다. 아버지 '바우……' 하는 사이에, 벌써 굴러 내려간 바위가 아버지를 덮쳤다.

그러니까 사실상 손만열이의 별명은 애초에 '부사망父死亡'이었다. 그런데 그것은 너무 가혹하다 하여 충청도아버지로 고쳐 부르고 있었다.

"그러고 보니, 꼴뵈기 싫은 새끼들, 곧 다 별 볼 일 없게 생겼네에…….”

변태성이, 강원도 비탈보지라고 어디 할 말이 없겠는가. 버릇대로 고개를 왼쪽으로 꼬고, 건들건들 입맛을 쩝쩝 다셨다.

여공탁이, 손만열이, 변태성이는 훈련소 동기들이다. 입대 년, 월, 일이 같고, 군번이 앞서거니 뒷서거니 비슷비슷하였다. 1개월 후면 이들도 제대복을 입는다.

“좆 까는 새끼덜, 한두 달 빠르다고 재기는?”

민석구 놈이었다. 무안 비금도 섬놈인 소금쟁이 민석구는 오늘 기분이 별로다.

맹사팔이는 제대한다고 기분이 좋고, 한성욱이는 내일 모래 휴가 출발이라 기분을 내는데, 자신은 어쩐지 속이 꿀꿀하다. 마누라 보고픈 생각에 일각이 여삼추인데, 한성욱 녀석이 이번엔 순번 양보를 안 해주는 것이다.

“야 이, 씹쌔끼덜, 호랑말코 같은 쌔끼덜아! 아구통 그만 까고, 술이나 쳐묵자아!”

역시 함안 통보리가 최고였다.

경상도 보리문딩이 중에서도, 통보리문딩이다. 절구에 두벌 세벌 찧거나, 확돌에 갈거나, 땟긴(물에 불려 하얗게 씻은) 보리가 아닌 것이다. 울근불근 껍질째 퉁퉁 부은 통보리인 것이다. 여공탁이의 얼컹덜컹하고 우악스런 함안 사투리는 술판을 평정하는 천하통일의 위력이 있었다.

“위하여! 맹사팔이의 제대를 위하여! 거제도 뱃놈의 건강을 위하여!”

닭불고기집 구석 자리가 오늘 유난스레 시끄럽다. 통행 금지 예비

싸이렌이 울렸는데도, OBD 쫄병들은 일어설 줄을 몰랐다. 아무리 인정머리 없고 비상식적이고, 비정상적인 군대 생활이라고 하지만, 아무리 그래도 인간의 허울을 쓰고, 감정이 있고 의사 표현을 하는 동물들의 생활이었다. 그렇게나 치열하게 부대끼고 살을 맞대고 3년 동안이나 같이 살아온 사이가 아닌가.

맹사팔이와 한성욱은 서로 만나면 욕질이나 하고, 부딪치면 티각태각 싸움질을 잘 했다. 그러면서도 어려울 땐, 두 녀석이 찰싹 달라붙어서 서로 돕고 감싸는 사이였다. 그들은 별로 숨기는 것이 없었다.

좋은 친구 하나를 또다시 만날 기약 없이 떠나보내는 것이다.

군대에서의 만나고 헤어짐이 이처럼 속절없고 싱겁다. 너무 무미건조한 것이다. 너무 기계적인 만남에, 너무 기계적인 헤어짐이 되는 것이다. 이런 군대 풍속을 아직도 예사로이 받아들이지 못하고, 군대 생활의 강퍅성剛愎性, 맹물맛을 탓하는 한성욱은, 과연 언제쯤 철이 들려는 것일까. 아무리 생각해도, 한성욱 자신은 역시 한심한 놈이었다.

"야, 이…… 너거 문딩이 새끼덜! 이 몸, 맹 병장님이 떠나신닥케도, 너무 슬퍼하지 말거라!"

맹사팔 병장이 일장연설을 시작한다.

"그라고, 어뜩케든지 모노 많이 팔아 묵고오…… 따라서 술도 많이 쳐묵어라이! 그라고오, 꼭 한 가지 부탁이 있데이! 동동주 할매 막내딸, 여공탁이 니 이느므새끼, 내 읎다꼬 손대지 말거래이! 한성욱, 손만열이, 니 변태성이, 민석구 니도…… 누구라도 따 먹기만 했다 봐라! 내사 마, 칼 들고 올끼다! 쌔에끼덜, 앙!"

맹사팔이 녀석, 기분이 너무 좋았다.

애인 두고 떠나는 길에, 걱정이 태산 같은 녀석의 심정이 오죽하랴. 하지만 녀석은 말 표현과는 달리, 온통 기분이 좋아서 싱글벙글이다.

“아 새끼, 빙신 쪼다짓 하네, 머 좆 빨라꼬, 니껏 따 먹겠나? 내 껏도 임마 버겁고 처치 곤란인데…… 천지가 가시나 아이가?”

“맞다, 맞어! 천지가 가시나 아이가? 눈만 뜨면, 발에 걸리는 게 가시나다!”

여공탁이의 한마디에 변태성이 거들었고, 손만열이까지 능청을 떨었다.

“그러니까, 이 손만열 어르신께서 딱 한 번만 따 먹고, 그다음 날부터 보초 서 주면 안 되것냐아?”

“어따매, 새끼덜…… 쓰잘데기 없는 소리들 씨부려 쌓쿠망 이! 아, 경험 많은 기혼자인 이 몸이, 어지간히 길 잘 내고, 손 잘 보고, 확실하게 지켜 줄 것인디, 말이여!”

능구렁이 같은 민석구 놈이다.

4

이번 휴가는 한 달에 가까운 25일간의 긴 기간이었다.

새로 시달된 휴가 지침은 농촌 일손 돕기에 보탬이 되는 조처라는 말도 있고, 기혼 장병들을 배려했다는 말도 있었다. 여성들의 다달이, 월경주기를 참작했다는 소문도 돌았다. 1달 만에 돌아오는 여성

배란기가 25일간의 휴가 기간 이쪽저쪽으로, 한 번은 걸린다는 해석이었다. 대代를 이을 자손 보존의 해법解法인 것이다.

어쨌든, 2주간의 장병 휴가 기간이 25일간으로, 그 기간이 대폭 늘어난 것이다. 전쟁도 쉬고 있는 판에, 장병들의 사기 진작을 위해 군사정부가 크게 한번 선심을 쓴 격이었다.

서울은 여전했다.

서울은 예나 지금이나 동촌 촌놈 한성욱을 한껏 끌어안고 반기는 존재는 아니었다.

언제 보아도 서울은 한 발쯤 멀리 떨어져서 떨떠름한 표정으로 한성욱을 맞고 있었다.

한성욱 쪽에서도 서울을 대하기는 마찬가지였다. 서울을 보는 한성욱의 표정 역시 뜨악할 뿐이었다.

서울은 우선, 전반적인 생김새부터가 한성욱의 마음을 사로잡을 만한 모양새가 아니었다.

조선식도, 서양식도, 왜식만도 아니었다. 뙈놈 냄새가 조금 나는 것도 같고, 종잡을 수 없는 어정쭝하고 어설픈 얼굴을 하고 있었다.

웅장하거나 우람스럽지도 않았다. 그렇다고 섬세하거나 세련된 모습도 아니었다.

고유하거나 연면히 이어온 독특한 저만의 얼굴이 없었다. 개성미 넘치는 서울, 저다운 모습을 간직한 서울이 아니었다. 그렇다고 활력이 넘치는 모습도, 산뜻하고 새로운 모습도 아니었다. 찌뿌둥하고 희뿌연 흙먼지에, 시커먼 자동차 매연이 뒤섞인, 하늘 우중충한 잿빛 도시.

청계천, 용두동, 미아리 낙산, 금호동 산비탈 판자촌에서, 시궁창

똥구덩이 썩는 냄새로 날이 새고 해가 저물었다.

서울역 양동, 종삼鍾三, 청량리, 영등포 역전 매음굴에선, 매독을 앓는 창녀들의 고름 기저귀가 판장 울타리에 깃폭처럼 바람에 펄럭거렸다.

야바우 사기꾼, 밀수쟁이 건달, 날치기 쓰리꾼, 네다바이 들치기, 펨프 뚜쟁이들도 여전히 바쁘게 뛰었다. 서울역, 용산, 영등포, 청량리 역마당에는 지게꾼들이 연대 사단을 이루어 진을 쳤다. 제 인생 하나만을 짊어진 것이 아니고, 일곱 식구 아홉 식구 목을 아울러 지고 구름처럼 모여들었다.

서울 장안의 골목골목들엔, 구만리 같은 제 청춘을 어깨에 걸멘, 구두닦이 소년들로 초만원을 이루고 있었다.

"딱조오! 딲어어!!"

아주 기발한 신조新造 은어隱語이고, 특출 난 음향효과를 유발하는 외침 소리였다.

아주 짧은 소리로 외쳐대는 이 신조어를 자세히 들어보면, 묘한 여운이 남는다. 분명 고객을 부르는 하소연이고 호소임에는 틀림이 없다. 직업이 천직賤職임을 부끄러워하는 뜻도 숨어 있었다.

그런데 '딲어! 딲어어!' 거두절미하고 짧은 소리로 외쳐대는, 뭇 구두닦이 소년들의 외침 소리엔, 분명 또 하나의 절규, 반항과 울분, 증오 같은 것이 묻어나고 있었다.

명동 뒷골목, 남대문시장 난전을 걸으면, 전쟁 과부, 양공주 퇴물들이 수없이 발에 걸렸다.

"딸라 있어요? …… (천)사백오십환, 오백오십환!"

스치듯 은근하게 다가와 딸라를 사자는 것이다. 물론 앞자리, 천千

짜가 생략된 거래가去來價가 제시된다.

"(천)구백오십오환, 이천백환……."

상대의 표정이 아니다 싶으면, 순간적으로 흥정이 반대로, 사買는 사람에서 파賣는 사람으로 바뀐다.

이들은 딸라를 팔고 사는 사람이기도 하지만, 몸뻬 속에 숨겨온 양키물건들을 내놓고, 여기저기 노점을 벌이기도 잘한다.

"껌 사세요. 껌이요! 미제예요!"

"한 푼 줍쇼, 십환만……."

껌팔이 소년, 거지 아이들도, 흔해빠지게 발에 걸렸다.

서울의 새벽 여명은 연탄재와 잡동사니 쓰레기를 넘치게 실은, 니아까 청소부들의 발자국 소리에서부터 열린다.

'퍼엇! 퍼어엇!' 똥지게를 짊어진 똥통꾼들의 기죽은 외침 소리가 골목골목을 줄달음치고, 똥물투성이의 똥자동차들이 온 주택가 길거리를 헤집고 다니며, 구역질 나는 똥구린내를 선물한다. 서울의 아침 공기는 신선한 북악산北岳山의 송풍성松風聲도 아니요, 목멱산의 아카시아 향기도 아니다. 창경원 고갯길 프라타나스 잎 냄새도 아니다.

서울은 여전했다. 한성욱이 군대에 가기 전이나, 3년이 지난 지금이나, 모든 것이 그대로이고, 바탕은 변한 것이 없었다.

한국인 하우스 뽀이들이, 미군 여편네 속곳 빨아 주는, 이태원 풍속도 그대로였다. 누런 피부의 한국 가시내들이 흑인 병사의 팔에 매달려, 정신없이 입술을 빨아대는 용산 길거리 풍속도 여전했다.

다만 변한 것이 있다면, 노른산 장씨가張氏家 2호실 옛 자취방에는, 그때 자취부대 친구들이 한 사람도 거기 남아 있지 않았다는 것이다. 한성욱과 함께 노른산 250번지에 방을 얻어 새살림을 차렸던, 경제통

신사에 나가는 류군劉君 혼자만이, 뚝섬 벌 노른산을 지키고 있었다.

밤을 새워 기차를 탔기 때문에, 휴가 첫날은 집에서 하루를 쉬었다.

다음 날 한성욱은 집을 나섰다.

노른산에서 뻐쓰를 탈려면 성수동1가 뻐쓰 종점까지, 1키로쯤의 채소밭 길을 걸어야 했다.

연탄재가 범벅이 된 시커먼 썩은 흙먼지가 발등을 덮었다. 길 양옆으로 끝없이 펼쳐진 채소밭 길에는, 대형 똥구덩이들이 여기저기 산재해 있었다. '왕십리 똥파리'란 말은 옛말이 되었고, 행당동 쪽에 몇 군데 남아 있는 곳 빼고는, 왕십리 행길가에 퍼질러 널려 있던 똥구덩이들이, 모두 뚝섬 노른산으로 옮겨온 것이다. 뚝섬 유원지가 있는 성수동1가 뻐쓰 종점에서, 서울특별시 성동구 성수동 2가(그러니까 노른산)로 가는 방향의, 새카맣게 썩은 흙탕 먼지 똥길에 집중적으로 몰려 있었다.

성욱은 신입생 시절, 잠깐 영등포 쪽에서 살다가 대학 3학년이 되도록 이 똥흙탕길을 걸어서 학교엘 다녔다.

그동안 코가 면역되어서, 똥구덩이 냄새에 익숙해질 만도 한데, 이건 면역은커녕 갈수록 똥 냄새가 싫고 징그러웠다. 괴상한 모습으로 입을 벌리고 누워있는 똥구덩이들 곁을 걸을 땐, 아주 넌더리가 났다. 구역이 올라오고, 머리가 아프고, 아주 몸서리가 났다.

오죽했으면, 성욱 자신이 화학도가 아닌 걸 얼마나 후회했는지 몰랐다.

십년, 이십년 머리를 싸매고라도, 똥 냄새 제거 화학약품을 개발하고 싶었다. 그러면서 핵분리 융합 연구에 성공한 아인슈타인을 많이 원망하기도 했다. 그 좋은 머리로 사람 죽이는 원자탄 연구 그만 두고, 사람들의 똥구린내를 원천적으로 제거하는 약품을 발명했더라면, 얼마나 좋았을까 하는 생각을 늘 했다.

밥을 먹기 전, 아니면 음식물을 먹은 후, 알약 한 개를 복용함으로써, 인체로부터 배출 배설되는, 더러운 냄새를 제거할 수는 없는 것일까? 인류가 문명 생활을 시작한 이후, 얼마나 많은 사람들이 다 불편을 느끼고, 악취 제거 약품 개발을 모두 원하고 바랐을 것인데, 왜 아직도 그런 것 하나쯤 발명을 못 하는 것일까.

하루 한 알을 먹거나, 한 달에 한 번 복용으로, 체내에서 배설되는 똥내를 제거할 수 있다면 얼마나 좋을까. 만약 1년에 한 알, 10년에 한 번만 먹어도, 악취가 안 나는 약품이 있다면, 정말 얼마나 좋은 일일까. 알약 하나에 집 한 채 값을 주고라도, 사 먹는 호사꾼들이 많이 있을 법한 것이다. 특히 맞선을 보거나 연애하는 처녀들의 애호품이 될 가능성이 큰 것이다. 방귀를 뀔 때, 소리만 안 나게 뀌면 만사가 형통이 아닌가 말이다.

성욱은 또, 이 똥흙탕길을 걸으며 중대한 기대로, 가슴을 조였던 기억이 있었다.

남한 대통령 이승만이 대마도를 폭격하겠다고 일본을 향해 공식발표를 했을 때의 일이었다.

그날 강의를 마치고 학교에서 돌아오는데, 채소밭 위로 비행기 편대 소리가 요란스럽게 우르릉거렸다.

성욱은 너무 기뻐서 환호성을 지르고, 혼자서 두 활개를 펴고 춤을 추며 만세를 불렀다. 지나가던 사람이 보았으면 흡사 미친 사람 같았을 것이다.

정말 이승만의 발표대로, 일본 대마도가 박살이 나는구나! 정말이지, 오랜만에 왜놈들에게 시원한 폭탄 벼락을 퍼붓는구나! 성욱은 너무너무 기뻤다. 이승만의 용기에 아낌없는 찬사를 보내며, 똥먼짓길을 마구 뛰어다니며 기성을 지르고 춤을 추었다.

4292년(1959년) 초겨울, 재일교포 북송北送 저지를 위한, 이승만의 특별성명이 발표된, 바로 그다음 날의 일이었다.

식민지 시절, 일본에 건너갔던 재일교포들이 이제 꿈에 그리던 제 조국을 찾아간다는데, 어느 누구인들, 설사 하늘인들 막아서는 안 될 일인 것이다. 그렇지만 그것은 뒷전에 두고, 우선 이승만의 대마도 폭격에만 감격하여 밤잠을 설치고 기대에 부풀어 있었던 것이다.

만약, 현재 일본 니가타항에 정박 중인 이북 배 만경봉호가 귀국동포들을 싣고 출항하면, 대마도를 폭격하겠다는 이승만의 특별성명에, 한성욱은 너무너무 큰 감동에 휩싸여 있었다. 한성욱의 짧은 소견으로는 일거양득이 분명했다.

이승만이 아무리 협박해도, 일본은 자기들 체면 때문에 약속대로 만경봉호를 띄울 것이다.

그러면 이승만은 이승만대로 특별 경고성명까지 발표한 주제에, 똥뱃짱을 부려서라도 분명 대마도 폭격을 감행할 것이다. 이 얼마나 기쁘고 통쾌한 일인가. 북녘 출신의 동포들은 꿈에 그리던 조국으로 돌아가고, 대마도는 대마도대로 폭격을 당하여 쑥밭이 되고…….

한성욱의 생각은 환상이었다.

허황된 한바탕의 꿈이었다.

OBD 고문관 브라운 중위에게, 대한민국 최고참 육군 대령, 박만재 창장의 손이(거수경례) 먼저 올라갔던 것이다. 쿠바사태로 인한 초유의 비상시에도, OBD 최고 지휘관 박만재 대령은 탄약고 USA 자물통 앞에서, 총알 한 방 제 맘대로 만질 수도 얼씬거리지도 못했다.

한성욱은 지난날 자신의 어리석음에 실소를 보내면서도, 한편 자신이 훌쩍 커버렸다는 느낌이 들기도 했다.

뚝섬 노른산, 서울특별시 성동구 성수동 2가, 채소밭 똥흙탕길을 걷는 한성욱의 귓가에, 빈민촌 판잣집 동네 유선방송 스피카 소리가 요란했다.

요즘 한창 군사정부가, 시골 구석구석까지 유선방송 스피카 앰프를 설치, 국민 계도 홍보에 열을 올리고 있었다. 라디오가 없는 전국 대다수 마을에, 군사정부의 대국민 시책을 홍보하고, 협조와 노력 동원을 위한 장치이기도 했다.

덕택에, 전기가 없어서 깡통 등잔에 석유 불을 켰던, 서울특별시 뚝섬 노른산에도 전기가 들어온 것이다. 해질녘이면, 통장이 일일이 호롱불용 석유(배급)표를 집집마다 나누어 주고 다니던 풍속은 사라지고 없었다.

노른산 판잣집 처마 밑에 매달린 유선 스피카에선, '김삿갓 북한 방랑기'가 한창 인끼리에 방송 중이었다.

'북한은 못 살고 가난하다', '날마다 강제노동을 당하고도 밥을 굶는다', '학살과 핍박으로 죽어가는 백성이 많다'라는 것이다. 그래서 북녘땅은 핏빛으로 물들었다는 것이었다. '두만강 푸른 물에 노 젓는 뱃사공'으로 시작되는 대중가요가, 배경음악으로 깔리는 기가 막히게 잘 먹혀들어 가는, 대 힛트 프로그램이었다.

밥 먹고 잠자고 눈 벌어져서 입만 벌리면, 북녘정권은 '꼭두각씨 허수아비 정부고 사흘도 못가서 곧 무너질 것이다', 북녘 정부 수상 김일성은 '뒷통수에 혹이 돋아서, 곧 죽을 것이다', '공산당의 폭압 독재로 숙청을 많이 해서 불원간에 주민들의 폭동이 일어날 것이다', '남한군은 미군과 합동작전으로, 북한 진입 준비를 서둘러야 한다'라는 등 온갖 비방과 저주를 일삼는 것이 남한 방송 매체들의 주요 임무이고, 존재 이유였던 것이다.

미국 펜타곤, 중앙정보국을 본따서 만든 한국 중앙정보부는, 가히 간사스런 매국노들의 천재집단 중의 하나였다. 최상급의 IQ지수에, 회전이 빠른 두뇌를 가진 중앙정보부 요원들을 일반 백성들이 도저히 따라갈 수가 없는 것이다.

미국 정보 천재들이 의도하고 있는 간접목표와 간접효과, 즉 또 다른 숨은 함정, 깊숙하게 감추어 놓은 올무는, 얼른 드러나지 않는다. 어지간한 지능지수나 판단력을 가지고는, 이를 알아내기가 거의 불가능에 가까운 것이다.

한국 중앙정보부가 밥 먹고 하는 모든 일은 반공反共, 반북反北, 북녘정권에 대한 무차별적인 저주, 비방, 협잡, 모략, 선전, 선동인 것이다.

그런데 이것은 질 낮은 보리밥 메뉴, 악식惡食 선전 선동이어서 사람들이 별로 잘 즐기지 않는다. 정보요원들은 이 점을 잘 안다. 훤히 알면서도 다분히 만네리즘에 빠진 듯, 어떤 일을 진행한다.

그 일의 진행 뒤에 마련된 것들, 숨어 있는 것들, 제이 제삼으로 감추어 놓은 것들을 일반 백성들은 모른다. 알 길이 없는 것이다. 그러니까 절대 다중多衆, 수많은 바닥 백성들은, 제가 어떤 세상에 살면서 어떤 일에 휩쓸려 가는지도 모른다. 자기 삶이 어떻게 희석稀釋되어 가는지, 어떻게 변화되어 가는지도 모르고, 휩쓸려가는 것이다. 인민들의 혼을, 정신을 현혹시켜 버리는 것이다.

인민들의 얼넋, 주관主觀, 자의식自意識, 주체主体를 빼버리는 것이다. 어떤 것을 판단하는 의식을 가지면 안 되는 것이다. 의식을 갖지 못하게 만드는 것이, 오로지 정보부의 유일 사명인 것이다.

이와 같은 목표 아래 진행된, 인끼 프로그램 대힛트 프로젝트, 그 중 하나가 '김삿갓 북한 방랑기'였다.

일제 말기, 식민지 조선팔도에는 학도병 강제동원령의 열풍이 불고 있었다.

조선의 서울, 한양 한복판, 명치정明治町 명치좌明治座(시공관市公館)에서는, 조선의 인끼 천재작가 춘원 이광수의 친일연설이 불을 뿜었다.

"조선의 피 끓는 청년 학도여! 분연히 일어나, 천황폐하의 은혜에 감읍感泣하고, 황국신민皇國臣民의 도리를 다해야 한다! 나, 이광수…… 지금 당장 이 자리에서 내 머리칼을 자르면, 바로 황국신민의 피가 흐를 것이다! 미영米英 귀축鬼畜을 섬멸, 아세아 대공영大共榮의 길로!"

조선의 피 끓는 청년학도들은 자원입대自願入隊라는 미명 아래, 강제 징집, 일본제국의 대폿밥이 되어, 중국 북지中國北地, 비루마전선, 남양군도南洋群島로 끌려가는 몸이 되었다.

이 행렬에, 지금 남한에서 낙양洛陽의 지가紙價를 올리고 있는, 월간 '사상계思想界' 발행인 장준하와 고려대 교수 김준엽이 있었다.

이들은 히노마루日章旗 머릿띠를 두르고, 태평로 부민관에서 남대문역까지 행진했다.

이때, 피 끓는 조선 청년학도들의 입에서, 자연발생적으로 이심전심으로 터져 나온 노래가 이난영의 '목포木浦의 눈물'이었다. 목포의 눈물은 강제 징집으로 끌려가는, 조선 청년 학생들의 울분을 토하는 노래이었고, 항거의 행진곡이었다.

'두만강 푸른 물에 노 젓는 뱃사공, 흘러간 그 옛날에 내 님을 싣고, 떠나간 그 배는 어디로 갔오. 그리운 내 님이여, 그리운 내 님이여, 언제나 오려나…….'

애끓는 독립군 님, 빼앗긴 조국을 찾기 위해, 총자루 잡고 두만강을 건너간 님을 기다리는 하소연. 조국 광복의 염원에, 님의 귀환을 희원하는 애조띤 가락까지……. 어느 것 하나 흠잡을 데 없는 '두만강 프로그램'이었다. 잘 먹혀들어 갔고, 대성공이었다.

여기에 왜색가요倭色歌謠 금지곡 프로그램이 커다란 빨간 딱지가 되어 '동백冬柏 아가씨' 등 대중가요 몇 곡을 금지곡으로 묶어 놓았다.

그런데 이난영의 '목포木浦의 눈물'은 일제 강점기 저항가요로 분류, 가창歌唱 금지곡이 되어 있었다. 이 사실은, 절대로 새어나가지 않게 꼭꼭 숨겼다. 제2절에 나오는 노적봉露積峯은 이순신과 임진왜란의 전설을 상징한다. 이순신의 지략智略과 민족정기가 서린 곳이다. 조선인의 자존심이 우뚝 선 곳이었다.

'두만강'이 뜨면 뜰수록, '목포木浦의 눈물'은 숨을 죽인다. 두만강이 외고 펴고 소리를 지를수록, 목포의 눈물은 더 깊이깊이 파도 깊이 몸을 숨긴다.

알 수 없는 일이었다. 신비로운 일이었다.

독립군 이미지, 조국 광복, 님의 귀환 희원希願, 애타는 하소연……. 막혀 못 가는 북녘땅에 대한 그리움……. 어쩌면 삼박자 오박자가 이렇게나 절묘하게 맞아떨어지는 것일까. 민족통일에 대한 염원을 담아주는 것처럼, 대리만족까지 충족시켜 주는 효과가 있으니, 정말로 이것은 귀신 잡는 김삿갓 프로그램이 되었다. 참말이지, 중앙정보부의 반민족 매국 두뇌는, 천天천天 두 번 천재, 겹치기 천재적 머리 회전을 보인 것이다.

한성욱은 속으로 혀를 내둘렀다.

기둥을 치면 보가 울리고, 등 치고 간 빼가기, 눈 치고 코 베가기로, 백성 속이는 정보패들의 롱간弄奸 술수는 과연 수준 높은 과학이고 치밀한 협잡 음모였다.

정正이 사私를 이기고 의義가 불의에 승리한다는 것은 선현先賢들의 가르침일 뿐이었다.

현실에선 불의不義가 정의를 이기고, 악이 선을 삼키고도 남는다. 국가 권력의 물리력은 무고한 백성을 억압하고, 선한 인민 생활을 기만한다.

일제에서 해방공간, 6·25전쟁 시기까지도, 그렇게나 많이 애창되었던 '목포木浦의 눈물', '울며 헤어진 부산항', '진주라 천리길'과 함께 온 나라 사람들이 소리 높이 가창했던 노래였다. 강원도, 평안도, 황해도, 전라도, 충청도, 경상도, 함경도, 서울 사람들이 모두 모두 애창했던 노래였다.

'타향살이', '황성 옛터', '찔레꽃', '알뜰한 당신', '나그네 설움', '짝사랑', '비 내리는 고모령'과 함께, 전 조선 백성들의 마음을 사로잡았던 '木浦의 눈물'은 죽어가고 있었다. 그 바람에, 이 노래의 바로 손밑 동생격인 '목포木浦는 항구港口다'마저, 그 목숨이 실낱처럼 가늘어져 가고 있었다.

뚝섬 노른산, 똥흙탕길을 걸어나서는 육군하사 한성욱의 마음엔, 또 하나의 수수께끼가 발에 걸렸다.

5

을지로4가 국도극장 옆 중화루에서 점심을 먹었다.

중화루는 강혜임을 서울에서 처음 만났을 때, 저녁을 먹었던 곳이었다.

음력으로 설이 지난 지 얼마 되지 않아선지, 그땐 아직 날씨가 차가운 겨울 날씨였다. 늦추위 때문에, 그녀는 바람을 막기 위한 흰색 스카프를 쓰고 있었다.

서울에서 만난 강혜임은 동촌에서 만났을 때와는 너무도 딴판이었다.

환데이션을 바른 얼굴에 입술연지가 짙었다. 동촌에서 치마저고리를 단정하게 입었을 때와는 그 분위기가 영 달랐다. 보기에 따라서는 더 발랄하고, 더 앳되고, 생동감이 넘친다고, 할 수도 있을 것 같았다.

가슴은 너무 두꺼워져 있었고, 스카트가 꼭 끼고 짧아선지, 엉덩잇살도 너무 팽창한 느낌이었다. 귓부리에도 전에 없던 무엇이 붙어 있었고, 분살 고운 하얀 목둘레엔 그야말로 눈이 부시게 아름다운 값진 목걸이가 걸려 있었다.

한성욱은 눈이 부셨다.

화신백화점이나 동화백화점, 종로 거리의 금은방 진열대에서나 구경할 수 있었던 취색翠色 진주목걸이가 아닌가. 옥색 보랏빛으로 연두색이 강한, 그러면서도 푸른빛이 도는 포도알만 한 통알 진주목걸이는, 지금 세간에서 최상의 귀중품으로 떠들썩한 명성을 얻고 있었다. 바로 그 비취색 진주목걸이가 강혜임의 목에 걸려 있는 것이다.

성욱은 속으로 놀랐다.

그렇게 보아선지, 그녀의 굽 높은 하이힐은 더욱 높아 보였다.

명동이나 미도파 앞을 걷는 별천지의 여자들과 똑같은 복장 그대로였다. 한성욱이 늘 요지경 속의 별난 여자라고만 여겼던, 그런 여자들과 똑같은 부류였다.

명동거리 진열장 속의 물건들과는, 하등 상관없다고 늘 생각해 온, 또 사실이 그런 물건들과는 아무 상관이 없었다. 그런 한성욱이, 그런 물건들을 쇼핑하러 다니는, 그런 여자들과 똑같은 복장의 강혜임을 보고 놀라는 것은 당연한 일인 것이다.

한성욱은 기분이 떨떠름했다.

원래 한성욱은 그런 덜떨어진 데가 있는, 좀 그렇고 그런 촌사람 기질이 있긴 했다. 하지만 꼭 그것을 탓할 수만은 없었다. 강혜임의 차림새가 불과 얼마 전의 모습과는 너무 다른 면이 많이 있기도 했다. 갑자기 당돌해진 것 같았고, 어쩌면 강혜임이 좀 무서워진 것 같기도 했다.

평소에도 한성욱은 쥐를 잡아먹은 것 같은 샛빨간 입술과 긴 손톱을 보면 위협적이란 생각을 했다. 설마하니, 샛빨간 입술로 사람을 물어뜯거나, 긴 손톱으로 얼굴을 할퀴고 들 리야 없겠지만, 여자들의 뾰쪽구두의 날카로운 긴 뒷굽이, 사람을 해치는 무기로 돌변했을 때의 일을 생각하면, 상상만으로도 몸서리가 쳐지는 것이다. 머리끝이 하늘로 치솟는 느낌이 드는 것이다.

게다가 서울대학으로 가는 원남동 로타리의 '원남苑南'에서 만나자는, 다소 일방적이고 명령조의 통지서 같은 느낌의 엽신葉信은, 한성욱에게 하나의 신선한 충격이기도 했다. 교직자대회의 강사로 활동했던 고학력의 노처녀가, 자신을 불러낸 데 대한 마음의 파동은, 가슴이 설레일 정도는 아니라고 하여도, 분명 하나의 새로운 충격인 것만은 분명했다.

여자가 먼저 남자를 불러낸 것만으로도 그랬지만, 주소도 가르쳐 주지 않았는데, 어떻게 주소를 알아내었는지 엽서를 보낸 것은, 아무래도 예삿일은 아닌 것 같았다.

강혜임은 한성욱을 깜짝 반갑게 맞았다.

"그동안 별일 없었어요?"

중화루에 오기 전 다방에서 만났을 때였다.

그녀의 얼굴은 봄 날씨처럼 화들화들 피어나고 있었다.

"보시는 바와 같이…… 강 선생은?"

딴판으로 달라진 그녀의 분위기에 저으기 놀라면서도, 한성욱 역시 깜짝 반가운 기색이었다.

"호호홋, 서울이 좋긴 좋은가 봐. 동촌 핫바지가, 젊은 양바지가 됐네."

강혜임이 버릇대로 깔깔거리고 웃었다.

헝클어진 곱슬머리에 터부룩한 턱수염까지, 말끔하게 없어져 버린 한성욱의 모습을 보며, 강혜임은 기쁨을 감추지 못하는 표정이었다.

그러는 그녀의 유난히 크고 검은 눈에선, 연방 번쩍이는 성에를 화들작 화들작 번져 내고 있었다. 동촌에서 보았을 때처럼 그랬다.

찻잔을 들기 위해, 차탁 위에 올려진 혜임의 손이 이상했다.

닭 발톱처럼 더 길어진 손톱엔 빨강 페인트칠이 입혀져 있었다. 한성욱은 여자들의 매니큐어를 빼키칠이라 불렀다. 빼키칠로만 생각이 되는 것이었다. 또 한성욱은 여자들의 손톱 단장을, 쌀을 씻어 밥을 해 먹거나, 김치 등속을 담가 먹지 않겠다는, 분명한 항거의 표시, 거부의 의사를 상대에게 전달하는 것으로 생각하고 있었다. 실제 생활에서도 걸리적거리고, 시각적으로도 얌전한 호감을 주는 것은 아니라는 생각이 많았다.

무심코 찻잔을 들어올리려던 혜임이, 자신의 손등에 내려앉은 성욱의 시선이 버거웠던지, 저도 모르게 얼른 차탁 밑으로 손을 숨겼다.

순간적으로 혜임이 당황했다. 저답지 않게 말이다.

시선을 떨구고, 눈을 아래로 내려까는 혜임의 표정에 곤혹이 스쳤다. 못 보여 줄 것을 보여 준 것 같은, 자존심이 몹시 상한 눈치이었다. 아름다워지려는 자신의 뜻이, 전과 달리 갑자기 부끄러워진 것이다. 창피한 일이었다. 평소엔 아무렇지도 않았던 것이, 성욱 옆에 다가가면 민망하고 부끄러워지는 것이다. 스스로 자각하고 있었지만, 자신이 너무 흔들리고 있었다. 일방적으로 성욱 곁에 너무 가까이 다가가는 것 같았다.

"우린 뭐예요?"

자신도 모르게 불쑥 튀어나온 말이었다.

말을 뱉은 강혜임 자신도, 지금 몹시 놀라고 있었다.

동촌에서 한성욱이 이리저리 얼버무리다가, 완곡하게 주소 적기를 유예했을 때의 모멸감, 그 순간의 감정이 지금 혜임을 순간적으로 분노케 한 것이었을까.

"……."

한성욱도 당황하고 있었다.

제 생각을 있는 대로 표현하고, 잘 제어하지 않는 것은 솔직함으로 통하는 장점일 수도 있었다. 그러나 상대를 당혹스럽게 만드는 실례일 수도 있어서 단점이 될 수도 있는 것이다.

한성욱은 얼른 대답을 내놓을 수가 없었다.

노처녀의 조급증이 도진 것일까. 아니 그녀는 화가 난 것이 분명했다. 자기 자신이 느끼는 자괴감에서 오는 분노? 아니면 상대인 한성욱? 양쪽 다인 것 같았다.

"좋게 누나라고나 해요."

미처 대답을 내놓지 못하는 한성욱을 향하여, 그녀가 꿀꺽 분노를 참고, 은근히 년상年上을 빙자하는 듯한 해답을 내놓았다. 다분히 한성욱의 마음을 떠보려는 의도가 숨어 있었다. 궁여지책으로 펼쳐 놓은 올무였다.

성욱은 얼른 발을 들여놓을 수가 없었다. 성큼성큼 앞서가는 그녀의 감정 진척을 바로바로 따라갈 수가 없는 것이다. 너무 솔직하게 자신을 털어놓는, 강혜임을 대하는 한성욱의 자세는, 상대적으로 더욱 신중해지기 마련이었다.

강혜임의 입장에선 이미 엎질러진 물이었다.

자기답잖게 흔들리고 기우뚱거리며, 그녀 자신이 추락하고 있다는 생각이었다. 그래서 더욱 조급증이 발동하는지도 모른다.

"그럼 오빠라구 할까요?"

강혜임의 큰 눈에, 곧 흐를 것 같은 성에가 번져 났다.

그녀의 목소리는 거의 비명이었다.

따라서 한성욱도 추락할 것 같았다. 어딘지 남모르게, 방향을 알 수 없는 분노가 성욱의 마음에서도 치밀어 올랐다.

"후훗, 내가 아저씨지."

성욱도 화가 치미는 듯, 한마디 뱉었다.

그렇지만 성욱은 강혜임과의 동반 추락을 거부했다. 끝까지 버티어 보겠다는 심산이었다.

힘이 남아서 버티는 것은 아니었다. 겨우겨우 버티는 판이었다.

한성욱을 사정없이 약화시켜 버리는 강혜임의 흡인력, 혜임의 무모한 선제공격도 그녀 자신을 허물어뜨려서 엉망을 만들어 놓았지만, 공격을 막고 방어해야 할 한성욱 또한, 엄청난 위험을 마주하지 않을 수 없었다.

그런데 이때였다.

“왜! 아저씨?”

그야말로 그녀가 폭발을 했다. 그녀로서도 어쩔 수 없는 선택이었다.

다방 안이 다 울리도록, 그녀가 크게 소리를 지른 것이다.

옆자리의 손님들이 모두, 강혜임과 한성욱 쪽으로 놀란 시선을 모으고 있었다.

6

서울索道(삭도) 주식회사.

커다란 간판이 드높게 붙어 있었다.

남산南山에 케이블카가 생긴 것이다. 군사정권이 특별히 생색을 내어 시민들의 탈거리를 설치한 것이다.

백과사전에서나 찾아볼 수 있는 케이블카를 타고, 한성욱은 남산을 오르고 있었다.

이미 남산 정상에는 많은 사람들이 올라와 있었다. 남산 정상은 옛처럼 힘들고 먼 길이 아니었다. 이젠 별 힘을 들이지 않고도, 외줄 공중차를 이용하여 손쉽게 오를 수 있었다.

공중에 걸린 한 가닥의 전선, 삭도에 매달려서 오르내리는 공중차를 보기 위해, 전국 각지에서 많은 사람들이 모여들고 있었다. 외국영화에서나 볼 수 있었던 케이블카 타기가 현실로 이루어지고 있었다.

성욱은 남산 정상에 내려 잠시 땀을 들인 후, 돌계단을 걸어서 산 아래 방향을 향하여, 케이블카를 타고 올라왔던 길을 되짚어 내려 걷고 있었다.

십 년이면 강산도 변한다는 말이 생각되었다.

한성욱이 이 계단 길을 따라 강혜임과 함께 남산에 오른 건, 불과 4년여 전의 일이었다. 5년이 채 못 되는 시간이 흘렀는데, 아주 까마득한 옛일처럼 기억이 아득하고, 새삼스러운 느낌이 들었다. 정상적인 환경에서 보낸 4년이 아니고, 군대라는 특수환경에서 보낸 시간이어서, 아마 그렇게 오랜 시간이 흐른 것 같은 느낌을 받는 것 같았다.

그날 을지로4가 중화루에서 저녁을 먹은 한성욱과 강혜임은, 이승만의 송수정頌壽亭이 있는 남산 정상까지 이 돌계단을 하나하나 걸어 올랐다.

원남苑南 다방에서 있었던 강혜임의 돌발행동으로, 아직도 이들의 분위기는 화기애애하게 풀린 상태는 아니었다. 곁사람들이 보기엔 이들이 다정한 데이트족 같았지만, 두 사람 사이엔 어딘지 썰렁한 기운이 돌았다.

강혜임은 속으로 혼자서 쓴웃음을 웃고 있었다.

구멍이 숭숭 뚫린 웃음을 웃고 있었다.

혜임이 쪽에서 보았을 때 성욱은 너무 무례했다. 일방적이기도 했다.

다방에서 나왔을 때엔 짧은 겨울 해여서 벌써 거리에 땅거미가 내리고 있었다. 라이트를 켠 차량들이 밀리고 있었다.

멀리 갈려면 택시를 타자고 혜임이 말을 했지만 한성욱은 무작정 앞장을 서서 걷고 있었다. 행선지도 말해주지 않고 종로4가에서 청계천, 청계천4가에서 을지로4가 중화루까지 계속 혜임을 끌고 왔다.

중화루에서 저녁을 끝낸 그들은 또 티격태격 입싸움을 하면서, 남산 정상까지 올려 걸었다.

그 수많은 돌계단 길을, 굽 높은 구두를 신고 걷는 혜임은, 몇 번이고 돌에 부딪쳐 하마터면 넘어질 뻔하였다. 새로 난 돌계단 길은 너무 거칠고 험했다. 굴곡과 경사가 심해서 하이힐을 신고는 여간 힘 드는 길이 아니었다. 더구나 어두움이 내린 밤길이었다.

거기다가, 성욱은 혜임의 손을 잡아 주거나 팔짱을 껴 주지도 않았다. 돌에 부딪치거나 발을 헛디뎌 몸을 기우뚱거릴 제, 몸을 지탱해 주지도 않았다. 혜임이 발을 잘못 디뎌 몸이 옆으로 쓰러지려고 할 때, 짐짓 그녀의 상체를 안아 줄 수도 있었으나, 성욱은 잠시 발걸음을 멈췄다가 무심코 앞으로 걷는 데만 신경 쓸 뿐, 그런 것에는 상관하질 않았다.

그들이 걸어 오르는 돌계단길 길섶 숲속에선, 젊은 남녀의 다정한 속삭임, 기쁨에 들뜬 탄성도 들렸다. 강혜임은 물론 한성욱까지 곤혹스럽게 만드는 것은 바로 길옆 숲에서 들리는, 입술을 빨아대는 남녀의 거친 숨소리였다.

이날 밤 남산은 오르면 오를수록 별로 사람이 없었다. 날씨가 아직 덜 풀린 데다, 중화루에서 출발도 늦었고, 차를 타지 않고 그 긴 드라이브웨이를 발로 걸었기 때문이었다. 늦은 밤시간이었다. 그래서 남산 정상 길은 호젓한 산길이었다.

산길 굽이굽이, 돌계단 층계마다, 이들은 서로 안고 입 맞출 기회가 많았다. 그러나 이들은 선뜻, 자신을 드러낼 수 있는 기회를 잡지 않았다.

안타까웠지만, 여러 번의 기회를 그대로 흘려보내 버렸다.

이 안타까움과 후회는 강혜임으로 하여금, 곧이어 두 번째의 상경을 감행하게 하였다.

이왕 자신의 속내를 다 내보인 강혜임으로선, 시간을 끌면 끌수록 자신만 더욱 망가지기 마련이었다. 내친김에 신속한 담판이 필요했다.

상경 직전에, 분홍 동백을 소포로 보내고, 지난번 일차 상경 때, 한성욱이 일방적으로 끌고 왔던 것처럼, 이번엔 반대로 그녀 스스로가 한성욱을 일방적으로 끌고 남산에 올랐다. 그리고는 단도직입적으로 마지막 담판을 시도했다. 강혜임이 이런 강공强攻을 시도한 것은, 이미 혜임의 속내를 한성욱이 다 간파하고 있었기 때문이었다. 그것보다도, 강혜임 자신이 너무 자신을 한발 앞서서 다 들추어 보여주었기 때문이었다.

지금 한성욱이 터벅터벅 돌계단 길을 걸어 찾아 내려가고 있는 남산 중턱은, 강혜임이 두 번째 상경한 날 밤, 그녀의 통곡 소리가 낭자했던 곳이었다. 산의 칠팔 부 능선, 휘어 도는 드라이브웨이가 어슴

푸레하게 내려다보이는 곳이었다.

그녀와 마주 앉았던 자리에 다시 찾아온 것이다.

그날 밤 남산 중턱엔, 봄비답잖게 장대비가 억수로 쏟아져 내리고 있었다.

후두둑거리는 빗소리와 함께 혜임의 흐느낌도 점점 통곡으로 변해 가고 있었다.

7

내일이면 다시 귀대한다.

마지막 휴가가 끝나는 날이다.

처음 길게 느껴졌던 25일간의 휴가가 어느새 하루 앞으로 그 끝이 다가왔다. 아무리 오랜 기간이라도, 정해진 기간은 결국 그 끝이 오기 마련인 것이다.

그렇게나 까마득하고 길고도 길게만 느껴졌던 군대 생활 3년……, 끔찍하게 길고, 너무 어둡고 칙칙해서 도저히 빠져나갈 수 없을 것 같았던 군대라는 터널이었다.

그 긴 굴속도 이제 석 달만 참고 견디면 빠져나간다. 입대 첫해, 일등병을 달고 첫 휴가를 나왔을 때와는 그 느낌이 사뭇 다르다.

첫 휴가 땐 고향에서 며칠을 보낸 다음 상경을 했다. 휴가를 다 보내고 막상 서울 뚝섬을 떠나는 날이 다가왔다. 너무 마음이 무거웠다. 착잡했다. 꼭 소가 도살장에 들어가는 기분이었다. 울음이라도 터뜨리고 싶었다.

헌데, 오늘은 다르다.

무슨 방법을 써서라도, 앞으로 남은 3개월을 못 참아 내겠는가?

어서 한시바삐 귀대해서 남은 3개월을 탈 없이 채워야지, 그리고 홀가분한 마음으로 제복을 벗고 영 문을 나서야지.

모두가 싫어하는 군대, 힘이 들어도 해야 하고, 고달파도 이겨내야 한다.

쓰고 맵고, 시고 짠 군대 생활을 다 해냈을 때의 홀가분함, 통쾌하고 유쾌한 마음, 이 얼마나 자랑스러운 일인가. 이 땅의 모든 남자는 다 이런 시련을 이겨내야 한다. 피할 수 없는 통과의례인 것이다.

이렇게 명명백백한 백성의 의무이고, 피 끓는 젊은이로서 나라 지키는 사명의식에 불타야 하는 것이 정도正道이다. 정상인 것이다. 영광스럽고 긍지에 찬 군대 생활이 되어야 하는 것이다.

그럼에도 불구하고, 육군하사 한성욱은 억울하고 분하고 치욕에 떠는 군대 생활이라는 생각을 버리지 못하는 것이다.

한성욱 하사는 충성에 불타는 신념도, 이 땅을 지켜내야 할 용기도, 사명의식도, 아무것도 갖고 있지 않다. 젊디젊은 인생의 황금기, 기름진 한 토막 3년을, 아무짝에도 쓸데없는 군대 생활에 내던져버린 억울함만 앞서는 것이다.

생각할수록 분하고 억울하고 원통한 것이다.

성경에, 도야지에게 진주를 던지지 말라는 말이 있다.

도로徒勞, 헛되이 던진 수고나 애씀, 이 얼마나 어리석고 억울한 일인가.

그럴만한 가치가 있다는 확신이 섰을 때, 일을 시작하고 젊음을 던져야 했다. 확신을 유보한 채, 생때같은 젊은 3년을 내던졌으니, 용서

받을 수 없는 자기기만인 것이다.

내일이면 길들여진 송아지처럼, 제 발로 걸어서 다시 병영을 찾아 들어가야 한다. 아무 일도 없었던 것처럼, 자발적인 충성맹세자 형색이 되어 제복의 울안을 찾아 들어가야 하는 것이다.

25일간의 긴 휴가 기간 중, 성욱은 여기저기 여러 곳을 찾아다녔다.

적조했던 옛 친구도 만났고, 철조망에 갇힌 몸이라, 그동안 밀린 인사도 여러 곳에 드렸다.

석 달 후면 군복을 벗는데 이곳저곳 아니 가 볼 수가 없었다. 민간사회 체험 적응 훈련이라 생각하고, 많은 곳을 찾아다니고 많은 사람들을 만나 보았다.

그중에서도, 제대 후 복학을 위한 절차와 대비가 가장 신경 쓰이는 일이 아닐 수 없었다.

입학 동기들에 비해서, 사회 진출이 3년간이나 늦어지는 것이다. 제대 날짜가 며칠 당겨지느냐, 아니면 며칠 늦어지느냐에 따라, 4년 이상 차이가 날 수도 있는 것이다. 형세깨나 하는 집, 돈푼깨나 있는 집 자제들은 군대 같은 것 아무도 가는 사람이 없었다. 한성욱은 괜스레 사서 고생을 했다는 생각이 들었다. 사회 진출이 늦어지면, 인생 전반에 관한 손해가 이만저만이 아니었다.

한성욱은 후회막급이었다.

진만씨의 사회적 지위나 지역사회에서의 영향력으로 보아, 자식 군대 하나쯤 안 보낼 수 있는 능력을 충분히 갖고 있었다. 그러나 진만씨와 한찬섭 장로의 사회에 대한 결백적 정직성이, 성욱의 병력 거부나 면제를 받아들이지 않고 만 것이다.

괜스레, 순진하고 정직한 사람들만 고생하는 것이다. 적당히 병력 기피를 꾀하여, 헐겁게 사는 사람들이 더 잘사는 세상에서, 미련하고 요령 없는 세상살이를 답답하게 살고 있다는 생각이었다.

이왕 엎질러진 물이었다.

지금부터라도 한시바삐 시간 낭비를 줄이고, 한 발짝이라도 빨리 사회 진출을 해야 했다.

변칙이긴 하지만, 제대특명 이전이라도 학교 등록을 하고, 시험을 한꺼번에 몰아쳐서 보는 방법을 모색해야 했다. 어서 학점을 따서, 한 학기라도 앞당겨 졸업하는 길을 찾아야 하는 것이었다.

민속문화학과는 입대 전이나 지금이나 비인끼 학과였다. 취직이 잘되고 돈벌이가 잘되는 학과가 아니었다. 사회적으로 명성을 얻거나 실속이 있는 학과도 아니었다.

그렇지만 한성욱은 재학 중 누구보다도 열심이었다. 그것은 무엇보다도 제 적성에 맞기 때문이었다. 한성욱의 현장 중심 발품팔기는 과 주임 김세권 교수를 감동시켰다.

동양의 은자隱者로 통했던, 아침 고요의 나라 조선이 겪은 이번 전쟁은 너무 혹독하고 거대했다.

찢기고 피폐하고 무너져내린 사회는 제정신을 못 차리고 혼란 속에서 허덕였다. 서구 양키 저질 문화가 그야말로 물밀 듯이, 전통사회를 통째로 뒤흔들고 집어삼키려 들었다. 수천 년 전통사회가 뿌리째 뒤흔들렸다. 감당이 불감당이었다.

그중에서도 가장 허약한 것이 전승 보존관리가 어려운 민속문화 부분이었다.

자고 새면 전승보존 환경이 파괴되고, 전승자들의 자연수명이 다

했다. 전쟁의 물결을 타고 전쟁 분위기에 편승하여, 민속문화 현장들은 속수무책으로 급속하게 파괴되어갔다. 우악스럽고 저질적이고 야만적인 전쟁 정서에, 잔인무도한 사회 풍조, 간악스럽고 포악한 전쟁 심리로, 조선 고유의 전승 민속문화의 터전은, 실로 어느 한 곳 성한 곳이 없이 폭격을 맞고 포화에 박살이 났다.

실로 화급한 일이었다.

전승 민속문화의 채집, 록화, 기록, 록음 활동 등이…….

이런 사정을 누구보다도 잘 알고 있는 과 주임 김세권 교수는, 날마다 발을 동동 굴렀다. 강의시간이면, 김 교수는 시급한 현장 리포트를 계속 강조했다.

김 교수의 주문이 아니더라도, 한성욱은 현장 사정을 너무 잘 알고 있었다. 전통문화의 뿌리를 지켜온 농촌 현지 사정을, 그는 생생한 체험으로 너무 잘 알고 있는 것이다. 하루가 다르게 시시각각 전래의 전통문화가 소리도 없이 형체도 없이 사라져 버리고 말았다. 너무 심각하고 화급한 형편이고 현실이었다. 한번 원형이 파괴되거나 사라져 버리면 다시 복원할 길이 없는 것이다.

자연 유산이나 자연현상 환경은 몇십년 몇백년 몇천년 후라도, 복원될 수 있거나 복원 가능한 것이 있다.

그러나 인류가 전승 보전하는 인간들의 전승 문화유산은, 한번 파괴되거나 훼손되었을 경우, 복원이 불가능하다. 망각, 손실의 경우 완전하고도 영원한 소멸인 것이다. 곧 전승문화의 단절이었다.

형체로 표현되는 문화, 동작 문화, 소리(음향, 음색)로 전승되는 것, 이야기 전승, 세시풍속歲時風俗, 농악놀이 등의 경우, 섬세하고 세밀한 부분이 많아서, 원형 전승이 거의 불가능한 것도 많았다. 구전口傳 설화, 전설, 민요, 민담民譚 등은 기억 보유자들의 노령화가 급속도로 진행 중이었다. 특히 일반 생활풍속, 농경 노동, 곡식 가꾸기, 파종에서 거두기까지에서 파생 전개되는 민속문화는, 걷잡을 수 없는 변화에 직면하고 있었다.

혹독하고 대량살상이 감행된 현대전의 가공할 생활환경 파괴, 자연환경의 황폐화는 이 분야의 생활민속 문화공간과 생존민속 문화공간, 이 모두를 한꺼번에 잃게 했다. 이는 민속문화의 발생 재현 전승보존을 원천적으로 봉쇄하는 것이었다. 다시 말해 말살파괴인 것이다.

재학시절 한성욱은 함평咸平 나주羅州 지방을 중심으로, 무안務安 영광靈光 등지의 민요, 전설(민담), 흥글노래(타령의 원형), 마당놀이(전통연무演舞) 등의 현장 채집에 열을 올렸다. 시간 나는 대로, 주로 방학기간을 이용한 발품팔이였다. 사실 이것은 반쪽 채집에 불과했다.

동작의 록화錄畫 기기機器나, 대사 소리를 채집할 수 있는, 록음 기기가 없는 문짜기록 채집만으로, 원형 완전 채집이 불가능했다. 록화 기기야 꿈도 꿀 수 없는 형편이었고, 록음 기기마저도 황소 한 마리 값 가지고는 어림도 없는 일이었다. USIS 미국공보원이 제공하는 뉴스영화 상영장에서나 구경할 수 있는 것이, 대형 상자형 록음기였다.

이런 어설픈 발품팔이였지만 한성욱의 끈질긴 민요, 민담, 마당놀이 채집의 열성을 과 주임 김세권 교수가 기억하고 있었다.

김 교수가 특별 배려를 허락한 것이다.

학기말 시험을 치를 수 있는 특별 조치였다.

군대에 적을 둔 제대 이전의 현역 군인이지만, 특별 휴가(변칙)를 얻어 학점을 딸 수 있는 기회를 주겠다는 것이었다. 이를 위해선, 먼저 등록 절차를 밟아 학적을 회복하는 일이 시급했다. 마침 이 일은 같은 과 친구였던 최석범 군의 맏형님이 되는, 최진범 학생처장이 도움을 주기로 교섭이 되었다.

모든 것이 변칙이고 떳떳치 못한 일이었지만, 학보 단기복무 혜택을 받을 수 없는 한성욱의 입장에선 어쩔 수 없는 선택이었다. 3년간의 일반병 복무로 너무 많은 시간을 헛되이 빼앗겼다는 생각이었다. 한성욱은 속으로 갈등하는 스스로를 타일렀다. 한 학기라도 학업을 단축하는 일이 너무도 시급하고 절실했다.

이번 휴가 중, 처리해야 할 가장 시급하고 절실한 일이 해결되었다.

천만다행이었다.

다음으로 한성욱은, 4·19 후 이른바 혁명선거인 7·29총선에서 만났던 열혈 독립운동가, 김석강 선생을 찾아뵙는 일이었다.

김석강 선생의 사무실은 반도호텔에 있었다.

그야말로 4년 만의 만남이었다.

그 뜨거운 여름날, 사십여 일을 같이 보냈던 생각이 지금도 이글거렸다.

백성들은 그때, 12년 백색독재의 아성이 무너지는 걸 눈으로 보았다. 반민주, 반민족, 반인민정권이 얼마나 허무하고 추악한 것인가를 확인했다.

외세를 등에 업고 동족을 학살하고, 호가호위狐假虎威하던 꼭두각시 정권의 말로가 얼마나 비참한가를 모두가 똑똑히 보았다.

또한, 외세는 비굴하기 짝이 없는 굴종자屈從者들을 앞잡이로 이용하고 쓸모가 없을 때엔 하루아침에 헌신짝처럼 내버리는 것을 너무 잘 보았다.

그런 시기의 선거였기에 모두들 기대했다.

더구나 꽃 같은 젊은 학생들의 무고한 피로 되찾은 민권이고 주권 선거여서, 더욱 기대가 큰 선거였다.

약관의 나이에 육혈포를 꼬나들고, 농민수탈의 원부怨府 나주 금융 조합을 급습했던 김석강 선생, 한성욱은 기대에 부풀었다. 열혈 독립 투사 김석강, 한성욱은 물불을 가리지 않고 그해 여름 그 선거에 열정을 쏟았다.

참패였다.

한성욱은 또 한 번 피투성이가 되어 나뒹굴었다.

혁명은 깜짝쑈처럼 왔다가 신기루처럼 사라졌다. 강혜임과의 전쟁(?)에서도 졌다.

날갯죽지 부러진 새가 되어 옷밥골재長嶺(진재)를 넘던, 그 무더운 여름날이 떠올랐다.

김석강 선생은 정치인이 아니었다. 열혈남아 독립투사였다.

그래서 한성욱은 그를 지지했고, 그는 선거에서 패배했다. 그 여름날, 옷밥골재를 넘어 동촌으로 가는 한성욱의 발길에는, 자국 자국마다 피멍울이 어렸다.

"아이구, 이게 누구야? 아유, 오랜만일세! 헛 헛……."

김석강 선생은 너털웃음과 함께 한성욱을 맞았다. 반가워서 어쩔 줄을 모르는 기색이었다.

"선생님, 여전하십니다. 그동안 잘 계셨습니까?"

성욱은 군모를 벗고 깊이 고개를 숙였다.

"엇 헛, 그래…… 난 잘 있었네. 군 생활에 고생이 얼마나 많은가?"

"선생님, 저는 잘 있습니다."

"거 참, 다행일세. 군복을 입어선지, 자네 키가 더 커 보이는구만, 씩씩해서 좋네"

"그때, 차를 운전하시던, 정 선생님도 잘 계십니까?"

"어 어, 그래. 그래…… 건강하고 말고, 정 동지鄭同志 그 사람, 우리 회사에 그대로 있다네. 상해上海 쩍부터 줄곧 나와는 붙어 있었으니까……."

김석강 선생은 성정이 호방했다. 어제 만난 사람처럼 한성욱을 대하며, 거침이 없고 화통했다.

흰 블라우스에 감색紺色 유니폼을 단정하게 입은 타이피스트 아가씨가 음료수를 내왔다. 자연스럽게 시국 얘기가 몇 마디 오고 갔다.

상해임정 김구金九 계열은 앞으로 더욱 어렵게 될 것이다.

군사꾸테타가 일어나고 군부가 등장하는 것은 후진국의 공통된 사회현상이라는 것이었다. 한국과 여껀이 비슷한 일부 아시아국가의 군사정권 등장은 후견국인 미국의 세계전략의 일환이라는 것이었다. 피지배국의 장기지배를 위한 국면전환용 정치쑈라는 주장이었다.

후진 지배국의 백성들을 속이고, 병 주고 약 주는 미 중앙정보국, CIA의 후진국 정치공작이라는 것이다.

역시 김석강 선생은 안목이 국제적이었다.

국제도시 상해 바닥에서 젊음을 보낸 김석강 선생이 아닌가. 시야가 넓고 그의 눈은 명쾌했다. 군부는 정권을 내주지 않을 것이며, 미국과 일본에 바짝 붙어서 군사독재를 장기화할 것이다. 갈수록 민족주의 계통의 인사들은 설 자리가 없을 것이다.

성욱은 그의 형안에 놀랐다.

독립투사 열혈남아답게, 김석강 선생은 순수하고 정직했다.

시원하고 명쾌했다. 그의 이런 태도, 이런 형안은 순전히 애국심 때문인 것 같았다.

"지금 하시는 사업(홍콩무역)은 어떠신지요?"

한성욱이 궁금해서 물었다.

"어, 어! 그런대로 밥은 먹고 지내는 판일세."

홍콩 마카오 등지의 인맥과 연줄, 호강대戶江大 영문과 출신인 김석강 선생 자신의 외국어(영어, 일어, 중어) 덕택이라는 것이다.

김석강 선생은 정치에 다시 손댈 생각이 없는 것 같았다.

두 번 속았으면 되었지, 세 번 속진 않겠다는 각오인 것 같았다.

"선생님, 두 번 속았다니요?"

선거는 한 번 치루지 않았느냐고, 한성욱이 의아해했다.

"백범 선생이 암살을 당했을 때에도, 나는 믿는 도끼에 발을 찍혔다는 생각이었지. 선생께서는 타국 땅에서, 수많은 생사의 고비를 넘기셨는데, 내 나라 조국 땅에서 이렇게 당할 줄이야……."

김석강 선생은 돈이 좀 모이면 사재를 털어 민족독립투쟁 역사관을 짓겠다는 것이었다. 그리고 진정한 애국, 민족 사랑의 인물들을 키워내는 민족대학을 설립하고 싶다는 뜻을 피력했다.

김석강 선생과 시청 앞 아서원雅敍園에서 점심을 같이했다.

그 무더운 여름날(7·29선거), 고생을 너무 많이 했으니, 기름진 중국요리를 먹자는 것이었다.

평소에 소식素食하는 것으로 알려진 선생이 크게 한번 마음 쓰는 것 같았다. 군무에 시달리는 한 젊은이를 위해서 말이다.

선생은 헤어지면서 한성욱의 학자學資 걱정을 했다.

제대하고 새 학기부터 복학하면 학자를 보태겠다는 것이었다.

"선생님 감사합니다만, 학자 걱정은 안 하셔도 됩니다. 저희 부친 살림이 아직 견딜 만합니다."

"그동안, 날 한 번도 안 찾아서, 어인 섭섭한 일이 있었나 했네. 오늘 이렇게 찾아 주어서, 고맙고 반가웠네."

"선생님 감사합니다. 건강하십쇼."

"어, 어! 제대하면 앞으로 얼굴 자주 보세나."

김석강 선생은 자상하고 인정이 깊었다.

성욱의 손을 잡고 어깨를 토닥이며, 군대 잘 마치고 보자며 몇 번이고 격려를 아끼지 않았다.

한성욱은 선생의 손을 놓고 돌아오는 길, 새삼 감사하는 마음이 들었다.

하지만 학자금을 보태겠다는 후의厚意는 사양하기로 마음을 굳혔다.

그렇잖아도 한성욱은 7·29선거 때에, 마이크를 잡고 정치연설을 하고 다닌 것이 못내 마음에 걸렸다.

세속적인 정치인이 아니고, 육혈포를 꼬나들고 일제 농민수탈의 원부 나주금융조합을 습격한 열혈 독립투사를 지지 성원했다. 아무리 그렇다곤 해도 현실 정치에 관여한 것만은 틀림이 없었다.

비좁은 정치, 천박한 국내 정치 현상에 영향을 주고 싶어서가 아니었다. 적어도 시대의 흐름과 역사 변혁의 안목에서 자주독립 정신의 옹호, 외세배격, 민족민주주의 실현을 소망했다. 아무리 그런 것들을 소망하고, 이상적인 정치 현실의 구현을 위한 행동이었다 해도, 그것은 엄연한 정치 관여이고 정치 개입이 틀림없었다.

민족민주제단에 목숨을 바친 4·19 영령들을 욕되게 할 순 없었다. 어떠한 경우에도 김석강 선생이 주는 학자를 받아쓰는 일이 있어선 안 된다. 그것은 일종의 타락이었다.

조금 전에도 한성욱은 우리 현실이 얼마나 비극적이고 엄중한가를 실감나게 체험했다.

반도호텔은 남한 최고 최대의 특급호텔이었다.

외국인 상대의 조선호텔이 있긴 해도, 시설 규모와 명성에서 반도호텔을 따라잡진 못한다.

우선 건물의 높이부터가 7층이나 되는, 남한 땅에서 제일 높은 건물이다. 지나다니면서 어쩌다 한번씩 쳐다볼라치면, 고개를 뒤로 젖히고 한참이나 그 층수를 헤아려야 하는 것이다. 고개가 다 부러질 지경인 것이다.

반도호텔 역내域內에선 한국 돈이 쓰이질 않는다.

쓸 수가 없다. 미국돈 딸라만 통용되는 곳이다. 건물만 한국 땅에 있지, 치외지역治外地域, 치외법권治外法權, 한국 법의 권위가 미치지 않는 곳이다. 그러고 보면 그곳은 한국 땅이 아닌 것이다.

대한민국 군인, 시퍼런 군복을 입은 현역 육군하사의 출입도 극히 제한적이었다. 외국인처럼 제약을 받았다. 세심한 신분 검사를 받았다. 제시한 휴가증을 잡히고, 김석강 선생의 사무실에 전화 연락을 하여, 신원 확인과 용무 확인을 끝낸 다음에야, 출입이 가능했다.

만약 돈이라도 쓸 일이 있었다면 큰 낭패를 볼 뻔했다. 한성욱 하사의 주머니에는 한국은행권밖에 미국은행권 딸라가 한 푼도 없었으니 말이다.

육군하사 한성욱의 기를 죽이는 건 이뿐만이 아니었다.

거의 경찰 제복과 구별이 안 될 정도의, 권위주의적인 제복과 정모를 쓴, 호텔 문지기의 위세가 얼마나 대단한지, 한성욱 하사 숨이 막혀 하품이 다 나올 지경이었다. 코쟁이 백인이 아닌, 반도징半島人 한국인들 따위야, 아예 상대하려 들지도 않으려는 태도인 것 같았다.

호텔 정문을 지키는 경비원 따위들의 태도가 이러할진대, 한국인들을 향한 이 호텔의 위엄과 권위가 어느 정도인지 짐작이 가고도 남는 바인 것이다.

사실 잔뜩 주눅이 든 육군하사 한성욱의 눈에는 호텔 건물의 외양外樣도 으리으리 눈이 부셨다.

현관 옥상 외벽에는 여러 나라의 낯선 깃발들이 꽂혀 있었다.

이 건물의 일부를 자국自國대사관으로 조차租借해 쓰는 힘 있는 나라들의 깃발과, 객실에 투숙 중인 귀빈들의 소속 국가 깃발들인 것으로 짐작되었다. 드나드는 승용차들도 이름을 알 수 없는 고급 대형 쎄단들이어서, 한성욱의 눈을 어리둥절하게 만들었다.

삐까뻔쩍 고급승용차들은 하나같이 쿳숀들이 다 좋았다. 기름끼가 번질거리는 배뚱보 코쟁이들이 내릴 때마다, 길다란 차체의 쎄단들이 마구 휘청거렸다. 배뚱보 코쟁이들은 하나같이 혈색들이 다 좋았다.

그들은 또 하나같이 목에 힘이 들었고, 검정색 가방 하나씩을 들고 있었다.

한성욱은 지금 제가 서 있는 땅이 새삼스러웠다.

나라꽃 무궁화 도안과 거북선이 그려진 한국돈이 안 통하는 땅, 한성욱은 도저히 믿어지지가 않았다.

그러니까 한성욱은 어쩔 수 없는 동촌 촌놈이었다. 직접 체험을 하고 두 눈으로 똑똑히 보았음에도 불구하고, 그것을 믿지 못하고 있는 것이다. 어쩔 수 없는 동촌 촌놈이고, 요령부득이고 부득요령이었다.

8

더운 여름날, 하루해가 다 가고, 석양 무렵이 되었다.

김석강 선생의 호의로 점심 대접을 잘 받은 한성욱은, 뚝섬 집으로 돌아와 내일 귀대를 위한 휴식으로 낮잠을 즐겼다.

군대에 가기 전, 한성욱은 마음이 답답할 때 뚝섬유원지 뚝길을 자주 걸었다.

유원지 미루나무 그늘 밑 잡초밭에 퍼질러 앉아서, 오고 가는 사람 구경에 쏠쏠한 재미를 찾기도 했다.

그때나 지금이나, 극성스럽게 울어대는 매미 소리는 석양의 유원지 분위기에서 빼놓을 수 없는, 하나의 강한 인상으로 남는 요소가 아닐 수 없었다.

여전한 매미 소리와는 달리, 유원지의 모양새에 약간의 변화를 감지할 수 있었다.

듬성듬성 서 있던 키 큰 미루나무들 사이에, 새로 심은 프라타나스들이 숲을 이루고 서 있었다. 그동안 눈에 띄게 많아진 장의자들도 여기저기 숲 사이에 놓여져 있었다.

서울시 유입 인구가 급속도로 불어 난 탓인지, 유원지 행락객의 증가로, 전에 무성했던 잡초밭이 군데군데 속살을 드러내고 누워 있었다. 사람들의 발길에 파여 모랫구덩이가 되어 맨살을 드러낸 것이다.

해질녘의 강변은 아름다웠다.

성욱은 가벼운 옷차림으로 쓰릿바를 끌고, 유원지 바람을 쏘이기 위해 강변을 걷고 있었다.

강 건너 샛강나루에 배를 대이고 있어야 할 사공은 보이지 않았다. 늘 핫통이를 입고 손님을 기다리던 사공은 간 곳이 없었다. 육로(신작로)를 이용한 뻐쓰 노선이 발달하면서, 송파松波 사람들의 발길이 뜸해졌는지 샛강(송파강) 나루가 옛말이 되고 말았다.

몇 해 전, 2호실 자취부대 친구인 화가 지망생 홍형洪兄과 함께, 샛강나루를 건넜던 기억이 어제 일만 같았다. 사시사철 핫통이를 입고 샛강나루를 지키던, 검게 탄 얼굴의 사공과 함께 해질녘을 보냈던 일도 새로웠다.

강바람에 검게 그을은 투박한 얼굴 생김새만큼이나, 사공은 동작이나 말씨가 애바르지 않고 투박하고 둔중했다. 송파 둔전屯田 마을에 집이 있다고 했다.

그날 홍형과 함께 샛강나루를 건너 봉은사奉恩寺를 찾았을 때는 아직 찬 바람이 부는 겨울의 끝자락이었다. 그렇지만 봉은사로 가는 양지바른 언덕에선 봄나물을 캐는 여인들이 보였다.

봄이 너무 일러서……, 날 풀리면 한번 샛강나루에 놀러 나오라던 둔중한 사공의 목소리가 귓가에 새롭다. 생일이 한날이고, 태어난 시간도 똑같은 어미자식母子은, 같이 살 팔자가 아니라서 집을 나왔다던, 홍형의 너털웃음 소리도 샛강나루를 맴돌고 있는 것 같았다.

성동구 성수동2가, 뚝섬 노른산 장씨가張氏家 2호실 족속, 속칭 자취부대로 통칭되던 친구들이 지금은 다 뿔뿔이 흩어져 버리고 없었다.

소 잡게 큰 한창나이의 머슴애들이 무려 아홉 명이나 모여서 대부대(?)를 형성하고 있었다. 이 대부대의 구심점이고, 장씨가 2호실 터줏대감인 고이석은 장씨가 창건의 일등공신이었다.

고이석이 처음 서울 올라와 돈을 벌어 고학苦學을 해보겠다고, 두부목판을 매고 금호동 고개를 넘던 시절이었다. 꼭두새벽인데 길바닥엔 하얗게 눈이 쌓여 있었다. 두부목판을 매고 뒤뚱거리다가 미끌어져, 아침 찌갯거리로 팔아야 할 두부목판이 모두 박살이 났다. 어제 저녁 끼니까지 거르고, 주머니를 탈탈 털어 현금으로 받아온 두부판이었다.

눈앞이 캄캄했다.

고이석은 두 다리를 펴더버리고, 눈밭에서 하염없이 하늘만 쳐다보고 앉아 있었다.

이때 마침, 서울역으로 지겟품을 팔러 가던 호호아저씨 장씨를 만났던 것이다. 이것이 인연이 되어, 호호아저씨와 함께 반 흙벽돌 판자조板子組의 장씨가를 창건하는 공신이 될 수 있었다.

이런 공로로, 장씨가 2호실을 차지하게 된 고이석과, 이런저런 연분으로 모여든 다 큰 머슴애들이 이른바 '2호실 족속' '자취부대'였다. 제각각 성격이 다른 젊은이들이 자그마치 아홉 명이나 모여들어 살을 비비며 살아가고 있었다.

그들은 그냥 밥 먹고 똥 싸는 생활행위가 아니라고, 굳이 웅거雄據라는 표현으로 고집을 세웠다.

그들은 원대한 포부와 꿈이 있었던 것이다. 그것을 쟁취하기 위해서, 호시탐탐 기회를 노리고 있다는 명분이 있었다.

이 이론은 독서량으로 보거나, 이따금 제시하는 이론의 합리성으로 보나, 유식하기 이를 데 없는 류유철군의 주장이고 지론이었다.

그렇다. 적어도 그땐, 류군의 웅거 주장이 절대적인 권위와 지지를 받았다. 사실이 그랬었으니까.

그땐, 그냥 자취생활이 아니고 목표를 세우고 때를 기다리며, 쟁취 의욕에 불타는 젊음들의 웅거였다. 한성욱 자신이야 뭐 그렇고 그런 생활이었다. 그 외 모든 자취부대 구성원들은 저 나름대로 청운의 뜻을 품고, 맨손으로 무작정 상경 웅대한 꿈을 이루기 위해, 열심히 노력하고 매진하고 있었던 것이다.

전라도 산골 농촌 촌놈들로, 순수한 촌놈 정신에 투철하고, 그 순박성과 정직성을 굳게 지키려는 의지가 강철처럼 강했다.

몽당붓을 입에 물고, 귀 떨어진 벼루에 먹을 열심히 갈았던 홍형이 맨 먼저 귀향했다. 영광 불갑산 연실봉蓮實峰 밑이 고향인 홍형은 미술대학 진학에의 꿈을 접었다. 지금은 고향에서, 농협 촉탁囑託 자리 하나를 얻어 근무 중이라는 소식이었다.

노른산 똥구덩이 냄새를 그렇게나 싫어하던 앗싸군은, 화다닥화다닥 튀어 오르는 제 성질처럼, 온갖 군데를 부산하게 뛰어다니고 찾아다니더니, 미국으로의 한국 탈출에 성공을 거두었다는 것이다.

그의 손밑 여동생이 서울로 식모살이를 왔다가, 가난에서의 해방을 위한 탈로脫路로 양공주가 되었다. 흑인 병사의 절반 검둥이 아들을 안고 미국으로 건너갔는데, 거기 묻어서 미국으로 갔다는 것이다. 평소에는 늘, 이 똥구덩이 땅에서 앗싸 하면 튀거나 날 것이라고, 입버릇처럼 내뱉던 앗싸군이었다. 지금은 대망大望의 미국 땅, 쎈프란시스코 뒷골목 세탁소에 취직이 되었다고, 족차足車 사장에게 편지가 왔다는 것이었다. 아직도 을지로6가 빵꾸집에서, 하루벌이 스페어 운전수 생활을 하는 족차 사장으로선, 대단한 부러움의 대상이라는 것이다.

그동안 말썽도 많았고 시비도 많았던 먹세대왕께서도 귀향을 했다.

함평 읍내 구신작로 군청 바로 앞에, '송죽松竹 전파사'를 개업했다는 소문이 돌았다. 성욱이 고향을 찾게 되면 일부러 구신작로 군청 앞 라디오 가게로, 먹세대왕 아닌 읍내 유일의 전파사 사장님을 한번 찾아뵈어야겠다는 생각이었다.

일전에, 미아리 고개를 넘어 묻고 물어서, 새로 주택지가 된 하월곡동을 찾아 민수 녀석을 만났다. 민수 녀석은 소 잡게 큰 머슴애들 속의 유일한 고등학생으로, 자취부대의 막내였다.

녀석은 각고의 노력으로 야간상고를 근근이 졸업했다.

그야말로 주경야독晝耕夜讀의 피나는 열성으로, 형설螢雪의 공功을 쌓은 것이다. 장하게도, 녀석은 서대문에 있는 강원산업의 경리사원으로 일을 하고 있었다. 길바닥 땅콩장수, 냉차장사로 니아까를 끌고, 카바이트불을 켜고, 군밤이요! 군밤이여! 군밤타령을 부르던 자취부대의 막내, 민수 녀석의 대성공이었다.

'왕후장상王侯將相의 종자가 따로 있고, 뭐, 서울 놈이라고 대가리가 둘이간디?'

덩치 큰 자취부대 형들이 세상살이 높은 파고波高에 한숨이라도 지을라치면, 외려 막내답지 않게 통 큰 농담으로 위로를 던지던 민수녀석다운 당당한 행보였다. 녀석의 출세(?)에 한성욱은 갈채를 보내고 싶었다.

이에 비해서, 순해 빠지고 세상 물정에 요령부득인, 안군의 늦은 입대 소식이 안타깝고 짠했다.

도로공사 공사판 막노동, 뚝섬 채소밭에 똥거름 퍼주기, 농약 치기, 허드렛 잡일로는, 도저히 그가 원하는 플룻이라는 악기를 사기에는 역부족의 임금이었다. 몽매에도 그리는 KBS 악단원 취직은 실력도 실력이지만, 빽이 있어야 꿈을 이룰 수 있는 형편이 아닌가.

그렇지만 안군은 착한 성격으로, 희망을 잃지 않고 끈질기게 힘든 노역에 매달렸다. 허리띠를 졸라매고, 빈약한 체력에 몇 번 산혈증酸血症으로 쓰러지면서까지, 버틸 데까지 버텨보았으나 도저히 난망難望한 일이었다.

처음 상경했을 때, 안군도 끼니를 위해, 중앙극장 건너 피병원白病院(바닥 사람들은 그렇게 불렀다)에 다닌 경험도 가지고 있었다. 바닷바람이라도 쏘이면 맺힌 속이 조금 풀릴까 하여, 그는 버티다 버티다 석 달 전에 지원 입대, 해군복을 입었다는 것이다. 한성욱과는 동갑내기인데, 그 나이에 또 늦은 고생이 얼마랴.

이글거리던 성하의 태양도 하루 일을 끝내려는 것이다.

경마장 건너 압구정 쪽에서부터, 유원지가 끝나는 광나루 쪽 강물까지, 시뻘겋게 붉은 물이 들었다. 석양 강바람에 무수한 붉은 파문들이 굴절했다.

마지막 휴가, 제대휴가의 마지막 날이 저물고 있었다.

챙 넓은 밀짚모자를 눌러쓰고, 쓰릿바를 신은 가벼운 차림이, 한결 자유로워 보였다. 마지막 휴가의 마지막 날을 보내는, 한성욱의 속마음의 표현인 것 같았다.

철조망 안 사람에게 철조망 밖에서의 스쳐 보이는 여염 옷, 그런 자유스런 사복의 의미는 사뭇 다르게 다가오는 것이다. 마치 병실에 누워 있는 환자가, 병실 유리창 밖으로 스쳐 보이는, 자유로운 걸음걸이의 건강한 일반인을 보는 것과 똑같은 의미인 것이다.

병상의 환자들은 환자복이 아닌 일반 옷, 여염 옷을 입고, 두 활개를 치고 자유로이 걷는 병원 바깥사람들의 옷차림과 보행이, 그렇게나 부러운 것이다. 병상에 눕기 전, 한평생을 철 따라 마음대로 차렸던 복장이고 입성이었다. 날이면 날마다 싫도록 아침부터 저녁까지, 두 다리가 아프게 걷고 걸었던 걸음걸이가 아닌가.

그런데도 그렇게나 부러운 것이다. 세상에 태어나서 여염 옷을 단 한 번도 입어 보지 않은 것처럼, 세상에 태어나서 두 다리를 움직여 단 한 번도 걸어 본 적이 없는 것처럼, 세상에 더없이 부럽고 부러운 것이다. 병상의 병이 깊으면 깊을수록, 여염 옷 보행이야말로, 그야말로 갈망이고 간절한 바람인 것이다.

군복을 입은 철조망 안, 병사의 갈망과 희원도 이와 동일하다. 옷이란 인간에게 치명적인 도구일 수 있다. 아니 치명적이기보다 더한, 결정決定 차원의 숙명이고 운명적일 수 있다. 군복의 경우 더욱 그렇다. 군복은 전쟁 전투를 전제前提한 상징 옷이다. 어쩜 이미 죽음을 저당抵當한 전사戰死 복장인 것이다.

성욱은 얼마 남지 않은 군 생활을 생각하며, 뿌듯하고 가벼워진 마음이 되었다.

그는 장의자를 버리고, 한결 시원해진 해질녘 강바람을 맞고 있었다. 키 큰 미루나무가 서 있는 광나루 쪽 유원지 풀밭을 향해 걷고 있었다. 봄이면 삘기, 물쑥이랑, 까치무릇, 달래들이 자라던 곳이었다. 찔레꽃 무더기도 한두 떨기 퍼렇게 웅크리고 있었다.

이때였다.

"저, 저어……."

발자국 소리도 없었는데, 등 뒤에서 머뭇거리는 인기척이 들렸다.

이상한 느낌에, 성욱이 발을 멈추고 고개를 돌려 뒤를 돌아다보았다.

"어엇! 어 어…… 유, 유정이?"

성욱은 놀란 입을 다물지 못했다.

"서, 성욱……."

지유정도 성욱을 불러만 놓고, 돌처럼 굳어진 채 그대로 서 있었다.

지유정이 분명했다.

지유정의 등에는 어인 어린아이 하나가 업혀 있었다.

분명 지유정은 지유정인데, 지유정 같지가 않은 모습이였다. 전혀 옛 같지가 않은 몸차림이었다. 산뜻한 차림에 유행 감각이 뛰어났던 지유정, 항상 시류의 흐름에 뒤지지 않기 위해서, 언제고 한발 앞서 가는 몸차림이었다. 그녀의 몸에선 바다 건너온 샤넬향 냄새가 항상 끊이질 않았다. 너무 위생적이고 깔끔해서 그것이 성욱에게는 부담으로 느껴지는 터였다.

그녀의 모습은 옛과는 너무 다른 모습이었다.

부엌일을 하거나 집 마당을 쓸다가 곧장 그대로 마실 나온 것 같은 차림이었다.

사람이 이렇게도 변해 버릴 수 있을까?

"잠시 집 밖에 나왔다가……."

시선도 바로 주지 못한 채 그녀가 겨우 입을 열었다.

잠시 해질녘 바람을 쏘이러 뚝길에 나왔다가 우연하게 성욱의 뒷모습을 발견했다는 것이다.

지유정의 집은 성수동1가 빼쓰 종점에서 얼마 떨어지지 않은 곳에 있었다. 그녀가 여학생회장으로 있었던 성동교회와도 가까운 거리였고, 빼쓰 종점이 있는 유원지 뚝길과는 곧바로 지척의 거리였다.

"어떻게? …… 결혼은 언제?"

성욱이 그녀의 차림새와 등에 업은 아이를 두고 묻는 말이었다.

너무 뜻밖이었고, 한번 헤어지곤 전혀 연락이 끊긴 상태였다. 어떻게 어디서부터 무슨 말을 꺼내야 할 것인가? 서로가 난감한 처지인 것이다.

"……."

지유정은 대답이 없었다.

"좀 걸어요."

한참을 외면하고 서 있던 그녀가, 대답 대신에 하는 말이었다.

잠시 밖에 나와 뚝길에 올랐다가 생각지도 못한 한성욱을 만났으니, 지유정인들 얼마나 당황하고 속이 착잡할 것인가.

그들은 할 말이 없어서가 아니라, 너무 많은 말들이 밀려서 할 말을 못 하고 그대로 걷고만 있었다.

한성욱은 한성욱대로 곤혹스러움에 마음이 무거웠지만, 지유정은 지유정대로 너무 많은 느낌이, 숨이 막힐 정도로 치밀어 올랐다.

그들은 한참을 침묵으로 걸어서, 키 큰 미루나무가 서 있는 유원지 끝자락 풀밭 가에 이르렀다.

"그래, 지금은 어떻게 지내는 거야?"

한성욱이 먼저 침묵을 깼다.

당장은 답답해서였지만, 전부터 늘 지유정에 대한 미안한 마음이 한성욱의 잠재의식 속에 자리를 잡고 있었다.

"이 아이가…… 성욱의 아이예요."

지유정은 비교적 냉철하고 담담한 어조로 말을 시작했다. 그러면서 그녀는 애써 아픈 표정을 감추고 얼굴에 웃음을 올렸다.

애써 아픈 표정을 감추는 것 외에, 평소에 썼던 반말 대신에, 뜻밖에 그녀는 성욱에게 존댓말을 썼다. 아이 아버지에 대한 예의를 표하는, 그녀의 구체적인 행동 양식일 수 있었다.

"……."

그야말로 한성욱은 어리둥절했다.

무얼 어떻게 해야 한단 말인가.

"아이 얼굴을 꼭 한번 보여주고 싶었어요. 아이 얼굴을 한번 봐 주세요……."

이렇게 말하는 지유정의 표정은 웃고 있는데, 그녀의 눈빛은 뿌옇게 젖어가고 있었다.

"자, 한번만 봐주세요."

그녀는 자신이 있다는 듯, 성욱을 빼어닮은 아이 얼굴을, 등을 돌려 성욱 앞으로 디밀어 보이는 것이 아닌가.

한성욱은 할 말이 없었다.

벼락을 맞은 사람 같았다.

입대를 앞둔, 하향 하루 전날 밤이었다.

성욱은 지유정과 함께 청담나루를 건넜다.

유난히 밝은 푸른 달빛이 쏟아져 내리는 밤이었다.

그날 저녁 한성욱은 반항하는 지유정의 뺨을 후려갈기며, 난폭하게 그녀를 짓밟아버린 것이다. 강제로는 아니 된다고 울부짖는 그녀를, 속옷을 찢으며 막무가내로 짓밟아 버렸던 것이다.

"성욱의 짐이 되려는 것은 아니야……. 다만, 이 아이는 성욱의 아이야. 성욱 외엔 난 지금까지, 다른 남자를 몰라."

"……."

"앞으로도 난 혼자 있을 거야…… 아니, 난 이 아이와 같이 있을 거야."

그녀의 태도는 너무도 결연했다.

"성욱에게 사랑을 구걸하지도 않을 거야…… 가능하다면, 이 아이의 이름 하나를 부탁해! 그리고 건강해!"

지유정은 성욱이 끼어들 틈을 주지 않았다. 제 할 말만을 내뱉고는, 몸을 돌려 총총히 황혼 속으로 사라져갔다.

역시 한성욱은 한심한 놈이었다.

해가 저물고 캄캄한 어두움이 내릴 때까지, 한성욱은 거기 서 있었다.

7. 악몽惡夢 한바탕

1

부대 안은 전염병 때문에 위생 비상이 걸려 있었다.

사병들은 2주 전부터 전면 외출금지령이 내렸다.

영외 거주 장교와 하사관 및 군속 기술 문관들은 정문 출입 시 소독수에 손을 씻고, 집단으로 전신 분무소독을 받아야 했다. 영문 출입이 매우 번거롭고 삼엄했다.

여름이 다 지나고 더위가 조금 주춤거리는 시기에, 해마다 찾아오는 불청객이었다.

엄청난 신열과 설사를 동반하는 이 무서운 전염병은, 예부터 호열자虎列刺란 이름으로 널리 알려진 돌림병이었다. 치사율이 높고, 회복되더라도 고열로 인한 뇌세포 손상으로, 바보가 되거나 무기력 증세의 폐인이 되는 경우가 많았다.

불결한 생활환경과 음식물, 식수 등에 의한 수인성水因性 질환으로, 후진국적인 전염병에 속했다.

이질, 장티푸스 증상은 어른들 사이에 유행 중이었고, 모기에 의한 일본뇌염은 어린이들 사이에 한창 퍼져 나가고 있었다.

비위생적인 집단생활에 노출되기 쉬운 군대 환경 특성상, 장병 한두 사람의 감염으로도, 그 충격파는 실로 엄청난 결과를 초래할 수 있는 것이다. 군대 생활환경은 어떤 사회집단보다도 집단감염 가능성이 가장 높았다. 하루하루가 위태롭고 긴장 속에서 마음을 놓을 수가 없는 상황이었다.

집단감염 취약성이 너무 많이 노출되어 있기 때문에, 어떤 의미에선 사실상 무대책이 상책이요, 솔직히 속수무책이었다.

소독수 손 소독이나 집단 분무소독 정도로 끝날 일이 아니었다.

만약 전염병에 감염되었을 경우, 치료를 위한 의료시설 시술이 문제인 것이다.

이른바, 나라를 지키는 군대의 건강을 돌보는 의료체계, 시설, 시술이 말이 아닌 상태인 것이다.

대한민국 군대의 의료체계, 시설, 시술이야 말해 무엇하랴만, 의료 담당 요원들의 의료자세, 의료정신이 크게 병들어 있다는 것이다. 최소한의 인술정신仁術精神, 히포크라테스 정신이 전무全無했다.

한성욱은 훈련소에서 작업 도중 손가락을 다친 적이 있었다. 또한 상등병 시절, 발가락 동상으로 심각한 지경에 이르기도 했다.

성욱이 체험한 군대 의무대는 장병의 치료, 병사들의 건강, 병사를 위한 구급활동과는 아무 상관이 없었다.

장병 진료는 의무요원들의 근무시간 때우기 요식행위였고, 처방

치료라는 것은 반인술적反仁術的인 속임수 사기행각에 지나지 않았다. 인명人命에 위해를 가하고, 병사들의 체력을 훼손 손상시키는 반생명反生命, 반인권적反人權的 모독 행위를 자행하고 있었다.

일반적으로 널리 알려진, 군 의무대가 사용하는 만병통치약은 다이아찡(diazine)과 소화제였다. 장병들의 외과 질환에는 아까쟁끼와 다이아찡, 내과질환에는 소화제로, 만병치료에 다 특효약으로 통했다. 오죽했으면, '백발백중 다이아찡'이란 말이 해방 이후 남한 땅에서, 전무후무한 최대 최고의 유행어가 되었겠는가.

훈련병 시절 소내所內 의무대를 찾았다가, 아구통이 돌아가고 호되게 쪼인트를 까이고, 천둥에 개 쫓기듯이 쫓겨온 일이 있었다. 치료는커녕 그렇게 매를 맞고, 졸지에 호되게 당하고도, 정情이 개 정만도 못하여, 설마하니 또 한 번 OBD 의무대를 찾은 적이 있었다.

발가락이 시커멓게 변색이 되고, 발등과 발바닥이 퉁퉁 부어, 보행이 불가능한 상태였다. 얼음물에 발을 담궈도 보고, 콩자루를 구해다 발을 넣고 밤을 새우기도 했다. 더운 물수건 찜질도 소용이 없었다.

끈을 꼭꼭 조여 맨 군화를 신고, 난로가 없는 공급실에서 하루 종일 근무를 했다.

밤이 되어 군화를 풀고 내무반 난로 옆에 누우면, 동상 부위가 못 견디게 근지럽고 아프고, 근육이 팽창하여 부어올라 터질 것만 같았다. 너무 고통스러웠다. 동통으로 잠을 이룰 수가 없었다. 견디다 견디다 못하여, 종당에는 바늘을 꺼내어 팽창 부위를 쑤셔서 구멍을 내고, 죽은 피를 뽑아내 보기도 했다.

동상은 군대 내에서, 겨울철 제1호 경계 질환 항목에 속했다.

적과의 교전으로 인한 전투력 손실, 즉 전사·상자의 발생 다음으로, 가장 많은 전투력 손실을 초래하는 골치 아픈 겨울철 경계 질환이었다.

각급 부대장들은 수시로 동상 예방 교육을 의무적으로 실시해야 했다. 동상환자 발생 껀수 보고도 의무사항이었다. 동상은 그만큼 요주의, 주요 질병 사안이었다. 잘못하여 치료 기회를 놓치면 해당 부위를 절단해야 하는, 바로 전투력 손실로 직결되는 질병이었다.

성욱은 더 이상 견딜 수가 없어서 의무대를 찾았다.

행군 보행 불가능, 군화 착용도 불가능 상태에서 어쩔 수 없이 의무대를 찾은 것이다.

발목 절단의 공포감 속에서도, 성욱은 견딜 수 있는 데까지 견뎌내고 있었다. 번거롭기도 하고, 군대 의무대에 대한 불신 또한 그만큼 깊었다.

군의관은 번쩍이는 대위 계급장을 달고 앉아 있었다.

흰 까운에 흰 마스크를 쓰고 있었는데, 흰 까운에 새겨진 선명한 적십자 마크가 여간 거룩해 보였다.

성욱은 위생병의 안내로 흰 까운의 대위 앞에 섰다. 그를 안내한 위생병도 거룩해 보이는 적십자 완장을 차고 있었다.

"뭐야?"

군의관이 안경 너머로 물었다.

"동상입니다!"

성욱 대신 위생병이 냉큼 대답했다.

그러고 보니, 군의관의 시선이 환자인 성욱을 향한 것이 아니고, 위생병 쪽을 응시하고 있었다.

성욱 대신 병명을 대는 위생병의 목소리가 어쩐지 이상했다. 목소리가 작아서 이상한 것이 아니고, 실내공간 넓이와 분위기에 어울리지 않게, 소리가 크고 짧았다. 별것도 아닌 것(병)으로 의무대를 찾았다는 비아냥인 것 같았다.

성욱은 위생병이 시키는 대로, 군화 대신 신고 간 실내화를 벗고, 양말 속에서 두 발을 차례로 꺼내 보였다.

한눈에 보아도 동상 증세가 너무 심했다.

벌겋게 부어오른 발등이 터질 것처럼 위험해 보였다. 푸르고 검붉은 반점이 보이고, 발가락들은 시커멓게 먹물이 들어 있었다. 어젯밤에도 민석구 녀석은 발목 절단 직전의 3도 동상이라고, 잔뜩 겁먹은 표정을 지었다.

"어엇."

군의관은 처음 흠칫 놀라는 듯하더니, 잔뜩 찌푸린 표정으로 턱을 앞으로 간단하게 내미는 것과 동시에, 그들만이 아는 눈신호를 보냈다.

"네, 알겠습니다!"

위생병의 짧고 큰 복창 소리가 재빠르게 실내를 울렸다.

그리곤 곧장 위생병은 커틴이 드리워진 치료실 속으로 성욱을 밀어넣었다. 치료실은 투약구 옆에 커틴 하나로 가려놓은 작은 공간이었다. 미 군용 야전침대와 의자 하나가 달랑 놓여 있었다.

병장계급의 위생병이 성욱을 둥근 의자에 바로 앉히자, 다른 위생병이 약병 하나를 들고 나타났다. 탈지면과 핀센트도 같이 들고 있었다. 제법 치료병의 위용을 갖추느라, 위생복 뒤쪽을 끈으로 여러 번 묶은 흰색 상의에, 선명한 적십자 마크가 거룩했다.

치료를 맡은 위생병은 동작 빠르게 핀센트에 탈지면을 한 뭉치 물리더니 다짜고짜 약물을 적셨다.

덩치가 커선지, 손이 커선지, 약물 인심이 후했다. 성욱의 발목, 발등, 발가락 할 것 없이, 약물을 듬뿍듬뿍 마구 흘러내리게 발라 주었다. 예상과는 달리 의무대 인심이 그렇게 나쁜 것 같지는 않았다. 성욱의 발목 아래, 씨멘트 바닥이 흥건히 적실 정도로, 충분한 량의 약물치료를 받은 것이다.

성욱이 동상 전력자前歷者들에게 들은 소문대로라면, 빨간약 아까쟁끼를 발라 주는 것으로 끝낸다는 것이었다. 백지 샛빨간 거짓 소문이었던 것이다. 지금 치료병이 성욱의 동상 부위에, 듬뿍듬뿍 충분하게 약물치료를 끝낸 동상약은 그 색깔이 달랐다. 검정색에 주황보라, 짙은 갈색이 바탕색으로 남는, 고강도 동상약인 것 같았다. 아마 새로 개발된 성능 좋은 동상 치료제 처방인 모양이었다.

성욱은 흐뭇한 마음으로 의무대를 나왔다.

군의관을 비롯한 의무병들에게 고마운 마음이 들었다. 새로 개발된 동상 특효약을 두고, 괜스레 민간료법으로 쓸데없는 고생을 사서 했다는 후회가 앞섰다.

이날 한성욱 상병이 치료를 받은 동상 특효약은 아까쟁끼가 아니었다. 색깔도 다르고 효능도 다른 약물이었다. 나중에 알아낸 일이지만, 동상 치료와는 아무 상관이 없는 고강도의 소독제라는 것이었다. 빨간 약물은 너무 많이 알려져서 약물의 색깔을 바꿨다는 것이다. 살갗이 타들어 갈 정도의 강력한 상처 소독제, 요오드쟁끼라는 약물이었다. 일제 때에 옥도沃度쟁끼라 불리던 것과 비슷한 것 같았다.

이뿐이 아니었다.

군 의무대의 속임수는 가히 살인적이었다. 악랄하기 이를 데 없었다.

1달 전에 고향 앞으로 간, 맹사팔이의 일등병 조수 이야기는 이러했다.

충청도 괴산 출신으로, 몸집이 굵어서 그(정 일병)를 두고, 맹사팔이는 노상, '띵땡이! 띵땡이!'라 불러 댔다.

초여름 비가 구질구질 내리는 날이었다.

보리누름에 반늙은이 얼어 죽는다는, 높새바람이 불었다. 맹사팔이와 함께 멀리 진해에까지 가서, 특수부식을 수령해 올 일이 있었다.

돌아오는 길에 쓰리쿼터 고장으로 찬비를 흠뻑 맞고 말았다.

그날 밤, 띵땡이 정 일병은 급성편도선염 증세를 보였다. 한의학에서는 나력瘰癧이라고, 하룻밤 사이에 목이 부어올라, 침도 넘어가지 않고 기도가 막혀 목숨을 잃는 병이었다. 고열과 오한이 극심하여, 근육통으로 환자가 사경을 헤매는 급성질환이었다. 시급을 다투는 고열병인 것이다.

맹사팔이가 보기에도, 조수 정 일병의 몸 상태가 여간 위중한 상태가 아니었다.

통금 시간이 지난 한밤중이어서, 어쩔 수 없이 수건 찜질로 날이 밝기를 기달렸다가, 급한 김에 부대 의무대를 찾았다.

갑자기 목이 부어서 말을 못 하여 의사소통도 불가능했다. 고열과 오한, 근육통으로 몸이 뒤틀리고 정신까지 혼미해 보였다.

이런 상태의 환자에게, 군의관은 청진기 한번 대보는 일 없이, 불문곡직 투약 처방을 내렸다.

주사 한 방 주는 일도 없었다.

그날 낮과 밤새으로, 세번 네번, 군의관의 처방약을 복용하였으나, 정 일병의 고열과 오한, 통증은 완화될 기미를 보이지 않았다. 별무효과로 숨을 헐떡거리며, 헛소리를 되뇌이는 지경으로 밤을 새웠다.

맹사팔이는 마음이 급했다.

날이 밝기를 기달라, 한성욱 민석구 등의 도움으로 특별외출을 끊었다.

좌천동 철뚝 건너, 급한 김에 가까운 '좌천병원'을 찾았다.

혈관주사 한 대에 약 한 봉지를 억지로 물에 개어 목에 넘겼다.

세상에 이런 신통한 일이 또 있을까.

주사 한 대에 약 한 봉지를 넘기고, 두 시간 동안 안정을 취했더니, 거짓말처럼 고열이 내리고, 오한과 통증이 알아볼 수 있게 완화되는 것이 아닌가. 눈동자가 제대로 돌아오고, 변소 길을 정 일병 혼자서 부축 없이 다닐 수 있는 기적이 나타난 것이다. 해열 진통제 투약 후, 불과 두 시간 만의 일이었다.

근처 중국집으로 자리를 옮겨 따끈한 짬뽕 국물로 목을 지지고, 주린 배에 요기를 시켰더니, 부어올랐던 목이 풀려서 침을 삼키고, 저녁 끼니부터는 정상적으로 밥을 먹을 수 있었다.

좌천동 병원을 나서기 전, 맹사팔이가 부대(의무대)에서 처방받은 약봉지와 내용물을 좌천병원 의사에게 내어 보였다. 좌천병원 의사는 어처구니없는 쓴웃음을 금치 못했다. 알약 소화제가 분명하다는 것이었다.

군대의 의료체계, 의료기강, 의무장교나 의무병들의 정신자세가 이 모양이니, 어디 잠시 맴돌고 지나가는 전염병인들 쉽게 퇴치할 수 있을 것인가.

속수무책으로 두고 보는 정도이고, 요행수로 천지신명의 도움으로, 어서 잔서殘暑가 물러가고 가을바람이 불기를 바라고 바랄 뿐이었다.

이런 바램과 상관없이, 날마다 호열자는 맹위를 떨치고 있었다.

한성욱이 마지막 휴가에서 귀대한 지도 일주일이 지났다. 그런데도 고열과 설사를 동반하는 호열자는 고개를 숙일 줄 몰랐다. 아직도 외출이 금지되고 있었다.

휴가에서 돌아온 한성욱은 생각과 달리, 부대 안이 쓸쓸하고 서먹서먹 낯선 기분이었다.

삼년 동안이나 살아온 생활환경인데 어찌 된 것일까. 군댓밥도 어지간히 먹었고, 이제 앞으로 얼마 남지 않은 군 생활이어서, 그럭저럭 넘어갈 수 있을 것 같았다.

뚝섬 유원지에서, 휴가 마지막 날 황혼을 보내며, 예상했던 제대 말년의 군대 생활은, 그런대로 내리막길을 달리는 마라톤 선수의 기분일 것 같았다.

그런데 아니었다.

일손이 서먹서먹하다.

군대 일이라는 것이 그렇다. 날마다 자고 새면 하는 일, 천편일률적으로 거의가 똑같다. 그런데 아니다.

군대 일은 날마다 자고 새면 새롭다. 낯설고 더 어렵다. 예측이 불허다. 항상 두려운 것이다. 긴장의 연속이었다.

한성욱의 마음은 스산했다.

맹사팔이가 떠난 부대 안은 더욱 맹물맛이었다. 말 반찬 노릇하던 맹사팔이의 빈자리가 새삼 커 보였다.

외출이 금지된 대신 부대 매점의 술 공급은 원활했다.

일과가 끝나면, 제 사사로운 일 없으면, 일석점호 시간까지 자유였다. 매점 안에선 자유로이 술을 마실 수가 있었다.

한성욱은 불안하고 답답한 분위기에 짓눌려, 부대 매점을 찾는 것으로 마음을 풀었다.

엊그젠 호열자로 죽어 나간 병사가 있었다.

발병 3일 만에 급사한 것이다. 7중대 소속인데, 맹사팔이의 띵땡이 조수처럼 부대 의무대에서 투약 처방을 받았다는 것이다. 병명이 어찌 나왔는지, 어떤 약을 어떻게 처방했는지, 아무도 정확히 아는 사람이 없었다.

죽은 병사의 시신은 때가 때인 만큼 곧바로 화장 처리되었다. 건장한 체격을 가진 상등병으로, 한성욱도 얼굴을 알 만한 병사였다.

그 병사의 부모들은 죽은 자식의 사인死因이 저녁을 잘못 먹어 급체로, 기도가 막혀 죽은 것으로 알고 있다는 소문이 돌았다.

오늘도 M.I.S. 근무 일등병 한 명이, 어처구니없는 사고로 목숨을 잃었다. 힘 좋은 군용추럭에……, 단 두 개밖에 실을 수 없는 중장비 운송 중에 일어난 뜻밖의 사고였다. 대형 캐비넷처럼 생긴 철제 군용 통신장비를 고성固城 주둔 군부대에 이송하는 중이었다.

사고를 당한 김 일병은 조수석을 버리고, 대형 철제 장비 사이에 앉아서 햇볕을 즐기다가 그만 변을 당한 것이다.

마산을 지나 고성을 갈려면, 유명한 진동고개를 넘어야 했다. 올라가는 길에는 별일이 없었는데, 진동고개 내리막길에서, 그만 그 무거운 철제 카넥스가 앞쪽으로 미끄러져 내리는 바람에, 그 사이에 끼어 목숨을 잃고 만 것이다.

너무도 어처구니없는 일이었다.

부대가 크면 클수록 그만큼 수많은 젊음이 고여서 끓는다. 하루도 바람 잘 날이 없는 것이다.

지난해 12월에도 아까운 젊음 두 목숨이, 창장 직속으로 본부사령실에서 운영하는, 돼지 막사에서 죽어 나간 일이 있었다.

광안리에 이제 막 개설한 군 전용 해수욕장과 OBD 치장지역 경계선에 돼지 막사가 있었다. 너무 외진 곳이라, 누가 찾아 가 본 사람도 없고, 누가 관심을 갖는 사람도 없었다. 사병들의 영양 부식을 공급한다는 명분으로, 사병 3명을 파견하여 돼지를 키우고 있었다. 3명의 사병이 연탄 땐 방에서 먹고 자고 돼지치기를 하다가, 연탄까스 중독으로 그중 2명이 죽은 것이다.

병장은 제대가 코앞인데 죽어서 모두를 안타깝게 여겼고, 일등병은 기혼자여서 두 살짜리 딸이 하나 있는데, 시부모를 따라온 새색시의 모습이 너무 가여워서, OBD 장병들의 마음이 하루 종일 우울했다.

전쟁을 하지 않는 군대이지만, OBD 병사들은 이런저런 사껀으로, 1년에 몇 명씩 생때같은 목숨을 너무 허술히 잃어버리고 있었다.

2

오늘은 10월 15일, 대통령을 뽑는 선거일이었다.

그동안 군사정권이 민정이양民政移讓을 놓고, 말도 많고 소리도 많았다. 술수도 많았고 음모도 많았다. 옥신각신, 위태위태, 번의翻意에

번의를 거듭, 우여곡절 끝에 어찌어찌하여, 오늘 민정이양의 수순을 마지막 밟고 있는 것이다.

사월혁명 후, 허정許政의 과도정부에서 7·29총선을 거쳐, 제2공화국이 탄생했다.

내각책임제 개헌으로, 참의원參議院과 민의원民議院 양원兩院 합동회의에서, 국무총리에 장면張勉, 대통령에 윤보선尹潽善이 선출되었다. 장면은 민주당 신파新派 소속이고, 윤보선은 구파舊派에 속했다.

자유당 때는 제1야당으로, 신파 구파가 어렵사리 봉합되어 살림을 살았다.

학생들의 뿌린 피로 앉아서 집권당이 된 민주당은, 신파 구파의 파당 싸움 때문에 하루가 조용한 날이 없었다.

자유당이 망하고 집권당이 된 민주당이 제정신을 못 차리고 내분을 일삼는 와중에, 억압에서 풀려난 사회는 사회대로 혼란과 피폐에서 벗어날 길이 없었다.

이승만의 12년, 반공 폭압정치에서 깨어난 민중의 욕구는 불을 뿜는 활화산의 용암처럼 분출되었다. 민중 민주의식, 자주 자치의식이 눈을 떴고, 무엇보다 강대국에 의해 국토가 분할 점령당한, 냉전 현실冷戰現實에 대한 통렬한 반성이 사회 전반을 휩쓸었다. 진정한 해방 독립을 염원하는 민족의식이 팽배했다.

이러한 사회적 욕구는 인민 생활의 궁핍에서 오는 민생문제와 함께, 홍수에 둑이 터진 것처럼 물밀듯이 쏟아져 나왔다.

무능하고 우유부단한 민주당의 장면 정권은 이를 감당할만한 능력도, 민중의 혁명 욕구를 충족시켜 줄 의욕도, 그 어떤 대안도 갖고 있지 못했다. 따라서 사회는 극도의 혼란과 무질서에 빠져 들었고, 백성들의 살림살이는 더욱 궁핍 속에서 허덕일 수밖에 없었다. 국민소득 67.8딸라 선을 헤매는 판이었다. 인민 생활이 도탄에 빠진 것이다.

기회를 노리던 일부 정치군인들에겐 좋은 핑곗거리가 생긴 것이다.

한국 사회가 혼란하면 반공체제가 흔들리고, 미국의 대아시아전략, 쏘련과 중공 포위 전략에 차질이 생기는 것이다. 미국의 세계 지배를 위한, 국무성과 펜타곤의 신식민지정책 후진국 관리체계가 큰 손상을 입게 되는 것이다. 남한이 무너지거나 공산화되면, 미국의 국가 이익에 그야말로 막대한 불이익을 초래케 되는 것이다.

미 중앙정보국 CIA가 이를 간과할 리가 있을 것인가.

한국 정치장교들에게 미 CIA가 파란색 단추를 눌렀다. 군부 반란, 군사꾸테타를 허용한다는 신호를 보낸 것이다. 한국의 정치장교들은 '은인자중'이 아니고, 사전대비, 미리미리 철저하고 치밀한 계획을 수립, 호시탐탐 그 계획을 실행에 옮길 기회만을 노리고 있었던 것이다.

단기 4294년(1961년) 5월 16일, 새벽 미명을 기해 군부 반란이 터진 것이다.

오늘 시행된 이번 대통령선거는 꾸테타 당시 이미 미리미리 짜여진 각본에 의해서 시행된 속임수일 뿐이었다.

장면 정부 시절, 허울뿐인 대통령을 지낸 윤보선과, 군사정권의 주역 국가재건최고회의 의장을 지낸 박정희가 맞붙은 선거였다.

이들은 서로 친미親美 경쟁, 반공反共 경쟁에 열을 올렸다.

어떻게 하면, 미 국무성과 펜타곤의 지지를 받느냐는 것이었다. 그것이 당선의 관건이고, 당선 후에도 계속 권좌를 유지할 수 있는 유일의 방법이었던 것이다. 오직 후견국 미국의 지지가 권력 쟁취, 권력 유지의 알파요 오메가였다. 하나에서 열까지가 후견국 외세에 대한 아첨 경쟁인 것이다.

미 CIA와 상대적으로 직접 교류가 소원했던 구정치인 윤보선이 이에 대한 불안을 느꼈던 모양이었다.

허울뿐이긴 했지만, 그래도 일국의 대통령을 지낸 자가 한 톨의 채신머리도 없었다.

대미對美 신임도信任度 제고提高를 위해 과잉 액션을 취한 것이다. 초조함 때문이었는지 저질 발언이 튕기쳐 나왔다.

상대 후보인 박정희 둘째 형의 전력前歷을 들어, '박정희는 빨갱이다'라는 악담을 쏟아낸 것이다.

윤보선은 이 발언으로, 미국이 적극적으로 자기를 밀어줄 것이라 확신했다. 백성들 또한, 우익 반공주의자들이 모두 뭉쳐서, 윤보선 지지의 몰표가 나올 것이라고 굳게 믿고 있었다. 나중 투표 결과가 밝혀졌을 땐, 이와는 정반대였다.

자기 자신이 제2공화국 대통령으로 경무대에 높이 있을 때, 이름도 잘 알 수 없었던 별 두 개짜리한테, 보기 좋게 나가떨어진 것이다. 꼴이 꼴이 아니고, 참말이지 체면 폭삭 구기는 망신살이 뻗친 것이다.

윤보선은 병 주고 약 주는 미 국무성에 속고, 미 CIA의 놀림감이 된 셈이었다.

일반적으로, 진정한 민정이양을 지지 성원하는 것이 미 국무성의 입장인 것으로 알려져 있었다. 그런 소문이 남한 사회에 파다했다. 그러나 미 CIA는 윤보선을 제외시키고, 군부정권을 유지 강화하는 데 정보력을 동원하고 있었다.

미 CIA의 정보력은 남한 사회에 그대로 노출되지 않고, 한국 중앙정보부에 의해 암암리에 행사되도록, 고도의 기술 전수 이전이 실행되고 있었다. 후진국 정권 주무르기, 맹목적 충성으로 말 잘 듣는 군사정변, 꾸테타정권 유지관리 업무도 이 중 하나였다. 이에 윤보선이 놀아 난 것이다.

등치고 간 내가기, 옆구리 쑤시고 염통 빼가기, 눈 가리고 아옹하기가 그들의 주요 숫법이었다. 이를 응용 또는 원용한, 앞벽 차고 뒷벽 치고 옆벽 무너뜨리기, 천정 치고 방바닥 밟고 굴뚝으로 치솟기, 간장 치고 고추장 발라서 된장으로 묵떡장 만들기 등의 기기묘묘한 속임수, 고난도의 둔갑술遁甲術, 각종 술수가 KCIA에 전수 이전되고 있었다.

구체적으로 말하면, 인간의 보편적 심성 중에서 정직성, 정의감, 자주성 등을 기본적으로 제거해버리는 숫법이었다.

부모존경, 형제우애, 이웃끼리 친하게 지내는 것을 방지하고, 혈연 민족의식, 나라사랑 정신을 원천적으로 싹을 자르고, 서로 나누어 먹고 평등하게 사는 것을 철저하게 배제했다.

그중에서도 특히, 나라의 자주독립, 겨레붙이의 주체성 같은 것은 아주 신경질적으로 발본색원拔本塞源하여 잔인무도하게 짓밟았다.

심지어는 일반 사람들이 일상으로 쓰는 사랑스럽고 아름다운 낱말들까지 쓰지 못하게 막았다. 일상용어, 정겹고 편리한 우리말, 사람들 간의 의사소통을 위한 평범한 말들도, 목을 조여 숨을 못 쉬게 억눌러 죽이는 일을 서슴지 않았다.

예를 들면, '수령, 어버이, 동무'는 물론이고, '조선, 혁명, 주체성, 해방'이란 말이 그렇고, 노동이니 노동자가 그랬다. 통일이나 민족,

독립이란 말도 별로 달가워하지 않는 말이었다.

수령은 두목, 어버이는 부모, 동무는 친구로 바꿔 부르고, 조선을 대한, 해방은 광복으로, '혁명, 주체'란 낱말은 아예 쓰지 못하게, 음성적으로 보이지 않는 손을 들어 압력을 가했다. 노동은 근로, 노동자는 근로자, '통일, 민족, 독립' 같은 낱말은 역시 보이지 않는 손으로 억압의 끈을 조였다.

색깔마저도 빨간색은 금기시하여, 아이들 운동회 때 편 가르기에서, 청군 홍군 겨루기를, 백군 청군 상대로 바꾸어 버렸다.

이뿐이 아니었다.

아메리카 CIA가 KCIA에 전수되는 모든 사항이 다 기밀이고, 극비사항 아닌 것이 없었다. 그것은 KCIA, 그들 스스로가 인정하듯, 햇빛을 볼 수 없는 음지陰地의 일, 정정당당하거나 떳떳치 못한 일들이었기 때문이었다. 그래서 기밀이고 극비사항인 것이다. 부정한 부도덕한, 반인륜 반인간, 반사회 반민족, 반국가적인 불법 부당한 사안들인 것이다.

그중에서도 오랜 시간 연구 분석되고, 아이큐 높은 하버드 천재들에 의해 검토 관리된, A 세개짜리 도장이 찍힌 특수 기밀 지령이 따로 삼중 밀봉되어 전달된 바 있었다.

모든 인간, 남녘의 모든 백성들 머리통 속에 있는 대뇌의 의식 세포, 그러니까 생각 세포를 모두 죽이거나 없애자는 것이다. 사람이 스스로 생각해서는 안 된다는 것이다. 옳고 그름을 판단하거나, 보람있고 가치 있는 삶이 어떤 것인가를 생각해서는 안 된다는 것이다.

즉, 의식을 가지고 이것저것을 판단하는 능력, 사고력을 가진 의식화된 인간은 정상이 아니라는 것이다. 비정상적인 사람이라는 것이다. 사회에 패악을 끼치는 위험인물이라는 것이다.

그런 생각 능력을 가진(의식화된) 사람은 체포, 고문을 해서 폐인을 만들어도 좋고, 아니면 감옥에 가두어야 한다는 것이다. 의식화를 전염시키고, '생각하는 능력'의 종균을 사회에 퍼뜨리니. 사회가 악으로 오염이 된다는 것이다. 고로 의식분자는 마땅히 배척되거나 격리되어야 마땅하다는 것이다.

또 하나가, 3S정책의 시행 지령이다.

쎅스sex, 스크린screen, 스포츠sports, 이 3가지는 소극적으로 막는 사항이 아니고, 적극적으로 선심 쓰면서 백성들을 골탕 먹이고, 먹고 싸고 즐기는 동물세상을 만드는 최상 최고의 특효 상품인 것이다. 권력자들이 노리는 우민화愚民化정책의 기본이고, 가장 손쉽고 편리한 것이 3S 공략인 것이다.

후진국일수록, 백성들의 의식수준이 낮으면 낮을수록, 잘 먹혀들어 가는 매우 효과적인 수단이고 도구였다.

다섯 겹으로 밀봉된, 또 하나의 5중 봉투가 하나 더 있었는데, 미 CIA 두목의 극비極秘 도장이 찍혀 있었다. 그냥 보면 백지인데, 종이에 열을 가하면 본문이 나타난다. 민족 력량의 저하 또는 파괴에 특효라는 것이다. 전라도와 경상도를 서로 싸움 붙이라는 지령이었다.

이런 지령 밀령密令이 믹서된 이번 선거에, 한성욱은 다행스럽게도 '불참'을 감행했다.

불참 감행이 뭐 대단한 것은 아니었다.

정해진 순서와 시간에, 중대별 소대별로 줄 세워 가는 군대 투표, 투표장까지 가지 않을 재주는 없었다.

정상적으로 투표장에 가서, 차례대로 투표용지를 받고, 근엄한 표정으로 기표소로 향했다. 시원스럽게 기표소 포장을 들치고 성큼 기표소 안으로 들어섰다. 붓뚜껑을 집어 들고 인주를 듬뿍 찍었다. 혹여, 포장 너머로 투표자의 그림자 동작을 감시하는 눈이 있을 수 있었다. 몸동작 시늉은 제대로 절차를 다 밟았다.

성욱은 후보자의 이름도 읽어보지 않고 그대로 투표용지를 접었다. 투표 흉내 동작이 완벽했기 때문에, 아무도 의심의 눈초리를 주는 사람은 없었다. 그렇지만 때가 때이고 장소가 장소인 만큼, 귀신 등쳐 먹는 정보부의 눈은 어디에나 있을 수 있었다. 성욱의 등줄기엔 식은땀이 돋았다.

천만다행으로 그는 '선거불참'에 성공했다. 정확히는, 백지투표에 성공한 것이다.

줄 세워 가는 군대 선거, 공개투표나 다름없는 군대 선거에서, 선거불참이란 쉬운 일이 아니었다.

그러고 보니, 한성욱은 단 한 번도 대한민국의 선거 행사에 참가한 적이 없었다. 그렇게 의도한 것은 아니었지만, 용케도 그렇게 시행이 되었다.

투표 적령기가 되어 대학에 다닐 때는, 현주소가 서울이어서 객지 선거에 별 관심도 없었다. 동네 통장들이 객지 학생이라선지, 젊은 학생들은 대부분이 야당 성향이라선지, 철저하게 챙기는 일도 없었다. 그 불참 투표용지를 이용하여, 사전투표나 대리투표에 사용했을 가능성을 간과할 수 없는 일이었다.

한성욱은 선거일엔 방안에서 빈둥거리거나, 헌책 나부랭이를 뒤적이다가 낮잠을 즐기거나, 밀린 속옷, 양말 빨래를 하며 날을 보냈다.

오늘도 전례前例대로, 투표 후 여유시간을 이용해 세탁물을 빨았다.

토요일 오후나 일요일은 외출을 즐기느라 밀린 자잘한 일 처리가 어려웠다. 오늘처럼, 온통 하루 전부가 영 내에서의 여유시간으로 주어지는 기회는 여간 드문 일이 아니었다. 모처럼의 영 내 여유시간을 이용해 밀린 세탁물을 빨고, 각자가 보유한 관물이나 군장의 흠집을 보수 손질하고 요령껏 사사로운 일들을 처리하는 것이다.

선거 결과 따위야 일반 사병들에겐 별무관심사였다.

군대에선 상관 상급자에 대한 이야기, 또 바깥세상 돌아가는 얘기, 정치나 정당 등 시국 돌아가는 대화는 하지 않는다. 병영 내의 관행이고 불문율이다. 크게 힘들여 통제하지 않아도, 비교적 잘 지켜지고 있는 군대 미덕美德 중의 하나인 것이다.

거대한 세계 대세의 냉전체제 아래서, 좌우대립으로 인한 혹독하고 잔인한 동족상잔을 겪었다. 이런 땅에서 살아남을 수 있는 묘수를 스스로 찾아내야 했다. 그것은 속내를 잘 드러내지 않고 입을 조심하는 일이었다. 백성들은 여기에 잘 길들어져 있고, 군대 내에선 더욱 그것이 철저하게 잘 지켜지고 있는 것이다.

오전과 오후 빈 시간을 이용해, 그동안 밀렸던 사병들 각자의 잔일들을 모두 끝내는 것이다.

군대 생활의 지혜 제1조인 '요령껏'은 이럴 제 꼭 필요했다.

정상적인 일과가 진행되는 군 생활보다는, 일과 진행에 어떤 변화가 있거나, 갑작스런 돌발상황이 발생했을 때에, 지혜를 짜내어 아니 머리를 돌려, 요령껏 난관을 돌파하고 곤경에서 벗어나야 하는 것이다.

요령껏 머리를 잘 돌리면, 빈틈없는 일과시간이지만, 다소나마 틈새 시간을 벌릴 수가 있는 것이다. 잘하면, 업무시간을 한군데로 몰아붙이고, 나머지는 뒷토막을 여유시간으로 활용할 구멍을 발견할 수도 있는 것이다.

내일모레면, 한성욱보다 군번이 빠른 손만열이, 변태성이, 여공탁이가 부대 출발이다. 그냥 보낼 수가 없는 것이다.

돈도 모자라고 시간대도 잘 맞지 않아, 맹사팔이 송별식에 비할 수는 없었다. OBD 부식차 운전병으로, '쫄병 술판' 대주주였던 맹사팔이의 송별식에 미칠 수 있는 일은 아니었다.

그동안 욕지거리에 싸움질도 많이 해대고, 빨가벗은 채로 정이 들었던 녀석들과 또 헤어지게 생긴 것이다. 맹사팔이를 떠나보낼 때보다 더 섭섭할 것 같았다. 맹사팔이는 혼자서 떠나고, 뒤에는 여러 명의 쫄병들이 남아 있었는데, 이번은 그 반대가 된 것이다. 한성욱, 민석구 둘이만 남는다.

동동주 할매집, 문현동 쌍과부집, 부영극장 뒤 닭불고기집 멤버들이 말이다.

요령껏 서둘러서, 오후 일을 끝낸 OBD 쫄병 동동주 할매집 맴버들이, 부대 뒤 억새밭 한 귀퉁이에 모인 것이다.

덩치가 큰 신형 특수차량과 155미리 곡사포, 용도를 알 수 없는 대형 트레일러들이 은폐되어 있는 곳이었다. 키를 넘는 무성한 억새밭, 바다 쪽 구석진 자리였다.

한성욱의 귀대를 기달렸던 민석구의 마지막 휴가 출발도 내일모레였다. 손만열이랑 제대 출발과 날짜가 겹친 것이다.

OBD 쫄병들의 전성시대도, 이제 막을 내리는 기분이었다.

그들이 자리 잡은 OBD 치장지역은 허옇게 흔들리는 억새꽃으로 온통 출렁거렸다. 바닷가 낭떠러지에는, 일제가 심어놓은 야마항 잎들이 적갈색 노랑물이 들고 있었다. 얼마 후 찬 서리가 내리면, 아마 항 잎들도 하나둘 낙엽이 되어 흩어질 것이다. 그 무성했던 여름날의 치열했던 삶을 이 억새 언덕에 묻어두고…….

"거제도 뱃놈 편지 왔더라!"

소주잔이 한 순배 돌고 입에 말기운이 올랐다.

"느그덜 안부 다 묻고, 손만열이 변태성이, 특히 여공탁이 너! 동동주 할매 막내 가시내 건들면, 느그 다 죽인다고 했더라."

한성욱이 어제 받은 맹사팔이 편지 소식을 알렸다.

"아 하, 그 개새끼 거, 저거 집 가서도 나발 까네. 새끼 거, 좆났다꼬 저 혼자 가노? 그렇게 걱정되거덩, 그 가스나 거, 끼차고 데불고 가제, 앙?"

"어허! 이 만열이 형님께서는, 그런 거, 거……. 다라워서 손 안 댄다고 여쭈어라!"

"아 새끼, 걱정도 팔자네. 밥 벌어 처먹을 일이나 걱정하제!"

"씨발놈, 임질좆 씨원찮은 새끼가, 가시나 욕심은……."

농담으로 던진 한성욱의 한마디가, 천파만파다.

여공탁이 손만열이, 변태성이 민석구놈들이, 빠질세라 모두 한마디씩 거들었다. 맹사팔이와는 누구랄 것 없이, 모두 하나같이 어느 누구보다도 친하고 가까운 사이였다는, 우정의 표시가 그렇게 쏟아져 나온 것이다.

"느그 새끼덜 다 가버리면, OBD가 휘영휘영 허것다."

손만열이, 여공탁이, 변태성이 다 빠져나가 버리면, 부대 안이 온통 텅텅 빈 것처럼 쓸쓸할 것 같다는 한성욱의 소회였다.

"나는 안 그렇다, 저런 시끄러운 새끼덜, 사라져버리면, 쏙이 씨원하겠다!"

"야, 고거야…… 고 새끼 거, 말로 한번 아름답게 씨부리네. 이 호랑말코새끼야! 민석구 절마, 꼴 뵈기 싫어서도, 내사 마, 뒤도 안 돌아보고 OBD 떠날끼다."

민석구 녀석이 희죽거리며 한마디 뱉었다가, 여공탁이놈한테 되게 한 방 먹었다.

"말이야 바른 말이다. 우리 떠나면, 한성욱이 저 개새끼 좋아서 춤출 것이다."

변태성이가 오늘 술값 담당, 한성욱이를 물고 늘어졌다.

"아 새끼 거, 먼 그런 섭섭헌 말씀을, 그렇고 텀턱시럽게도 해버리냐?"

한성욱이 전라도식 능청으로, 변태성이의 약을 올렸다.

사실인즉, 언중유골言中有骨이요 취중진담醉中眞談이라고, 여공탁이 변태성이 등쌀에, 한성욱이 힘들었던 것도 거짓말은 아니었다. 맹사팔이, 여공탁이, 변태성이는 성질이 드센 데다가 장난질을 좋아해, 공급계 한성욱이 여간 곤욕을 치른 적이 한두 번이 아니었다.

녀석들은 작업복이나 군화 등 입맛 당기는 보급품이 나오면, 어찌 냄새를 잘 맡는지, 누구보다 먼저 공급실로 들이닥치는 것이다.

다짜고짜 나타나선, 제 필요한 것을 한 개씩 들춰 메고 나가는 것이다. 꼭 맡겨 놓은 제 물건 찾아가듯 하는 것이다.

녀석들을 붙잡고 싸울 수도 없고, 또 싸워봐야 말을 들을 녀석들도 아닌 것이다. 닭 쫓던 개 울타리 쳐다보듯, 한성욱은 당하는 도리밖에 다른 방법이 없었다. 소모품 따위야 먹어서 없어지고, 써서 소모, 닳아서 없어지는 것이니까, 어떻게 눈가림 처리가 된다지만, 2종품의 경우, 실로 난감할 때가 한두 번이 아니었던 것이다.

문제는 중대 인사계 박희필 상사의 눈이었다.

박희필 상사에게 돌아갈 몫이 그만큼 구멍이 나는 것이다.

박희필 상사의 눈치가 보통 눈치인가. 통수 딱 재고 있다가 단수段數 쓰느라고, 조수 목구평이 일차 호출에, 다음이 한성욱 차례였다. 꼼짝없이 박희필 상사한테 한풀 꺾이고 죽는 것이다.

하지만 맹사팔이, 여공탁이, 변태성이가 한성욱에게 손해를 끼치는 것만은 아니었다.

당장 외출 술값만 해도, 이들이 아홉 번을 사면, 한성욱 민석구 손만열이가 합동출자로 한 번쯤 살까 말까다. 할매 동동주, 문현동 쌍과부집, 남포동 닭불고기, 큰 술값은 모두 이들이 계산했다. 거제도 뱃머리 복국값은 맹사팔이가 항상 단독 출자였다.

"술이나 처묵자, 이 씹새끼덜아! 동동주 할매 막내 가스나는, 맹사팔이 그놈아 떠나자마자, 내 퍼뜩 따 묵었다. 뱃놈 헛물 썼제? 사실은 마, …… 그 가스나, 내 좋아한다 카더라!"

여공탁이 녀석이 '하아, 구시다!'고, 혼자서 신이 나서 소리를 지르고, 제 무릎을 치고, 부러 헛 제스처를 처 보이며 웃어 댔다.

"야아, 통보리야! 그 가시내는 구멍이 쌍구멍이냐? 너 따 먹은 날 나도 따 먹었다. 아 쌔끼, 공갈 되게 치네……."

고개를 건들건들, 안 속는다는 변태성이다.

"아이 좆새끼덜아 그짓말 마라! 이번 나, 휴가 떠날 때, 진역(釜山鎭 부산진)에서 만나, 한번 벌리기로 벌써 예약 다 되었다, 느그덜 걱정 끊어라!"

민석구도 한판 끼어든다.

“쌔에끼들 참 싸가지 읎구만, 이 쌔끼들은 아래위 턱도 읎어? 이 만열이 형님께서도 아직 맛도 안 봤는데…….”

“아따, 그 새끼 거, 참말로 보초깽이 없구망 잉, 니가 어째서 성님이냐? 군번은 니가 더 빨라도, 생년월일은 내가 더 빠르다. 그렁깨 내가 성님 아니냐, 응?”

한성욱이 술잔을 들고, 바로 앞자리의 손만열이에게 삿대질을 해댔다.

점점 술맛이 좋아지는 OBD 쫄병들. 이렇게 씹새끼, 좆새끼, 욕설을 퍼붓고 입씨름을 해야 술맛이 더 붙는다. 이들은 3년 동안 만나면 내내 욕지거리하고, 말싸움하고 킥킥 대기도 하고, 서로 잘났다고 이죽이고 지냈던 것이다.

“대한민국 군대. 내 머슴살이 잘해 주고 간다.”

술 컵을 내려놓은 손만열이가 문득 감회가 솟는 듯 한마디 뱉는다.

“쌔에끼, 니만 머슴살이 했나? 내도 니보다 더 좆나게 일했다. MIS 기름강아지 아이가?”

여공탁이 말에 변태성이 이죽거린다.

“쌔에끼들, 공밥 잘 처먹고 또 딴소리하네”

“씨발새끼, 이 호랑말코야! 공장떼기 3년 했어 봐라, 월급이 얼매고? 월급이…… 장개 밑천에, 각씨 사루마다 수천 벌은 샀을 끼다. 제대복 한 벌에, 이 기 뭐꼬? 참, 참 말이지, 머슴살이 잘해 주고 간다…… 글나? 안 글나?”

여공탁이 오늘 기분 딱 좋게 한잔 됐다.

“아 새끼덜, 군대 더러운 거 이제 알았냐? 억울하면 출세해라. 그래서 자식 군대 보내지 마라.”

덩달아서 씁쓸해진 민석구다.

"어, 여공탁 제대 장병님! 그러고 안 보면 보고 싶고, 보면 이 갈리는 손만열, 변태성이, 느그 이 쫄병 새끼덜, 앞으로도 계속 술 많이 처먹고 건강해라! 고향 앞으로 가거던, 부모님 잘 모시고, 형제간에 우애하고, 장개 잘 가서 각씨 많이 해 주고오, 새끼덜 많이 낳고 잘 먹고 잘살아라!"

일장 연설을 끝낸 한성욱, 제 말에 제가 우스워서 한참을 웃어댄다.

"아, 이 개새끼들아! 민석구, 한성욱, 그동안 고마웠다!"

"OBD 쫄병 만세다!"

"OBD 쫄병 만세! 만세에!"

3

3일 전에 앉았던 그 자리에 민석구와 단둘이서 마주 앉았다.

내일 휴가 떠나는 민석구와 또 25일 동안 만나지 못하는 것이다. 손만열이, 변태성이, 여공탁이도 떠나고, 민석구마저 한 달 가까이 떨어져 있어야 하는 것이다. 오늘 민석구와 한잔하지 않을 수 없는 한성욱의 이유다.

제대라는 것이, 이제 한성욱에게 구체적으로 다가온 것이다.

그렇게도 애가 타게 기다리고, 입술이 타들어 가고, 심장이 쪼그라들게 바라고 바랐던 제대, 고대하고 고대, 갈구에 갈구를 거듭했던 제대 날짜가 가까이 다가오고 있는 것이다.

기분이 야릇했다.

제대하면 마음이 들뜨고 기뻐서, 가슴 벅찬 희망에 부풀어서, 그야말로 환희에 휩싸일 줄 알았다. 그랬는데, 그게 아니었다.

전혀 기쁨이 아니었다. 희망도 환희도 아니었다.

"제대 허먼, 너 이 새끼 뭐 헐래?"

한성욱이 불쑥 민석구에게 물었다.

"응? 으응. 그러고 봉께 너하고 나하고도 다 됐구망 잉. 나 휴가 끝나고 오먼, 얼마 안 있다가 곧 헤어져 버리겄다 잉……."

"그렁께 말이다."

"팔짜 도둑은 못 헌다고, 천상 울아부지 염전塩田일 도와야제 잉……."

너부데데한 민석구의 얼굴이, 오늘따라 더욱 너부죽하게 늘어나 보였다. 험상스런 군대 생활 3년이 스쳐 지나간 흔적일까.

"너는 돈 벌어서 좋겠다. 장개도 일찍 갔응께, 자식농사도 빠르고…… 그러고 보니, 니가 나보다 무엇이든지 빠르다. 시원찮은 새끼가, 내 인생 선배구망 잉?"

성욱이 부럽다는 듯, 새삼스럽게 민석구의 잔에 제 술잔을 부딪쳐 올렸다.

"애 새끼, 좆까는 소리 다 허네. 너는 임마, 남 못 댕기는 대학 댕기고, 인생 특혜고 얼매나 호강이냐?"

"아 참, 그렇냐? 내가 영판 미안허구망 잉, 그런디 이렇고 땔싹 커갖고, 학교 댕길랑께, 쪼까 애설 없어야. 그러고…… 고향 부모형제 생각허먼, 가슴이 답답허구만……."

"허 참, 새끼, 이상헌 소리 다 허네. 호강에 복 받쳤구망. 느그 부모

형제 때문에, 니가 답답할 것이 뭣이 있어? 나는 고향 부모형제 생각 허먼, 그냥 죽어버리고 싶어야. 고향 부모형제 말도 마라."

"아이고 미안허다. 나는 그런 뜻이 아니고……."

한성욱은 순간적으로 미안한 생각이 들었다. 민석구가 받아들인 '고향 부모형제'는 생활고에 시달리는, 가정 환경적인 척도에서만 받아들인 것 같아서였다. 무안 비금도에서 염전 일에 찌들은, 민석구의 아버지가 문득 떠올랐기 때문이었다.

"나는 임마, 고향 부모형제 이야기 나오먼, 가슴이 터져버릴 것 같아야……."

"자, 자 새끼야, 뭣이 그렇고 심각하냐? 내가 괜헌 말 했는 갑다. 자, 자 술이나 한잔 찌클자!"

"좋다! 그래 술이나 한잔 찌클자! 나도 내가 왜 이러는지…… 나도 모르겄다."

민석구의 민석구답잖은 과잉 반응에, 한성욱은 분위기 전환을 위해 술 한잔을 단숨에 비우고, 또 한잔을 겹치기로 따라 민석구의 잔에 부딪쳤다.

"그까짓 3년, 가고 봉께 별 것 아닌디, 그렇게나 힘이 들었냐?"

"짜아식, 저는 술 잘 처먹고, 하루꼬 배 잘 타고, 잘 지내 놓고는……."

민석구의 넙데데한 얼굴에 웃음끼가 돌았다.

"언 씹새끼, 속 모르는 소리 허고 있네."

"속을 임마? 짜아식, 니가 내 속을 모르제, 내가 니놈 속 모르겄냐? 말도 마라, 군대 3년, 일각이 여삼추라, 하루가 천년 같았다. 하루하루가 살얼음판을 걷는 것 같았다."

민석구는 선천적으로 평온한 표정을 타고났다.

그랬기 때문에, 상대하는 사람들의 마음을 편안하게 해주는 면이 있었다. 말을 주고받을 때도 항상 희죽희죽 웃는 모습이어서, 상대방으로 하여금 그의 마음속에 있는 그림자 같은 것을, 전혀 의식할 수 없는 인상을 주고 있었다. 가까이 지내는 한성욱으로서도, 민석구는 언제나 무난하고 얼굴 생긴 표정 그대로, 그렇게 펑퍼짐하고 무던하게 살아가는, 사람 좋은 젊은이로만 생각되었던 것이다.

"헛, 새끼, 헛나발 까네. 니가 이 새끼야 무슨 놈의 살얼음판이고, 일각이 여삼추야, 느그 마누래 그것 생각에, 하루가 천년 같다는 말이냐?"

"속을 모르먼 밥값을 내지 마라고, 느그 함평은 그런 속담도 없냐?"

"어따매, 이 새끼, 나는 너를 대한민국 모범청년이라고, 생각을 했는디…… 너는 오로지 느그 마누래 밑구멍만 생각을 했구망 잉!"

한성욱은 자신이 말해놓고 한바탕 크게 너털웃음을 웃어 댔다.

한참을 같이 따라 웃던 민석구 녀석이 잔을 들어 벌컥벌컥 소주를 마셨다. 그리곤 아까 성욱이 한 것처럼, 술을 한 잔 더 겹치기로 따라 마시고 중얼거리듯 얘기했다.

"개에 새끼…… 이거 한참 캄캄하구망 잉!"

"개 입에 벼룩 씹는 소리 그만 허고, 술이나 찌클자아, 자아!"

모처럼 훈련소 친구 조명진이를 떠올리며, 한성욱이 그의 말투를 흉내 내어 큰 목소리로 호기를 보였다.

"짜아식, 술이나 찌클자. 한성욱, 니 말이 공자님 말씀이다."

민석구는 거듭 잔을 비웠다.

열 길 물속은 알아도 한 길 사람 속은 모른다더니, 노상 희죽거리기만 하는 표정을 가진 민석구 녀석을 두고 난 말인 것 같았다.

민석구의 고향 원적지는 전라도 무안 비금면이 아니었다. 그의 조상들이 대대로 터를 잡고 살아온 고향은 38선 이북 황해도 은율殷栗 땅이었다.

단군 할배의 전설이 서린 구월산으로 유명한 은율, 그 은율 읍에서도 한참을 서쪽으로 내려가, 서부면 바닷가 고암리의 한 작은 마을이었다. 멀리 큰 섬 초도와 석도가 보이고, 가까이는 작은 섬 청냥도, 웅도, 능금도가 손에 잡힐 듯이 건너다보이는 곳이었다.

바닷가 어촌에 살았지만, 민석구네는 돛단배 한 척 없는, 가난한 오막살이 집이었다.

민석구의 아버진, 키가 작달막하였으나 체격이 야물고 강건하였다. 마을에선 제일가는 일꾼으로 소문이 자자했다. 성품이 착실하고 일재주가 있어서 못 하는 일이 없었다. 돛이 3개나 되는 큰 배를 세운 동네집 뱃일은 물론이고, 막일하는 짐꾼 노릇도 하고, 농삿집의 농사품도 팔았다.

해방이 되자, 북쪽 땅에는 쏘련군이 들어오고, 이어서 공화국정부가 들어섰다.

각 가정의 식구 수, 노동 능력, 일손을 참작하여, 여기에 비례한 토지분배가 이루어졌다.

민석구네 집에도 농지 몇 마지기가 배분되었다. 없던 땅이 생겨서, 온 식구들이 매달려 있는 힘을 다했다. 정성을 쏟아서 농사를 지었다.

그러던 어느 해 여름, 느닷없는 전쟁의 포성이 울렸다.

처음엔 북쪽 공화국 군대가 승승장구, 서울을 점령하고 남쪽 지역을 물밀 듯이 석권, 부산해방이 눈앞에 있다는 것이었다. 일본 제국주의를 대신해서, 남녘 땅을 강점한 미 제국주의로부터, 조국의 완전 해방 독립이 시간문제이고, 일제에서 미제로 이어진 남반부의 식민지통치가 곧장 끝장날 것이라는 것이었다. 조국 통일의 날이 멀지않았다는 것이었다.

그러던 것이, 가을 들어서면서 낌새가 이상해졌다.

곧 끝날 것 같던 전쟁이 내리 석 달을 멈추적거리다가, 계절이 바뀌면서 급전직하 전황戰況이 역전되었다.

미국 비행기의 폭격이 날로 심해졌다.

밤에는 불을 켤 수가 없었다. 낮에도 사람들의 이동이 자유롭지 못했다. 논밭에서 일하는 사람들에게도 폭탄이 쏟아졌다. 차량은 말할 것도 없었지만, 인마人馬의 이동에도 가차 없는 기총소사가 감행되었다.

20세 이상의 모든 남자는 전쟁터로 나갔고, 18, 19세의 미성년자들도 지원병이 되어 총을 들어야 했다.

가을 들어서는, 초도와 석도 앞바다에, 덩치 큰 군함들이 떼거리로 나타나더니, 북쪽 인민군대의 후퇴가 시작되었다.

그때 민석구는 처음으로, 일제 때 '인도징'이라 일컫던 껌둥이 미군을 보았다. 양키 군대와 남쪽 군대가 북으로 북으로 밀고 올라가고 있었다.

처음 보는 양키 군대는 탱크도 많고 자동차도 엄청나게 많았다. 지금까지 보지 못한 기묘하고, 요상한 전쟁 무기가 많았다.

그중에서도, 가장 무서운 것은 미국 비행기였다.

갑작스럽게 폭음을 몰고 와서는, 폭탄을 떨어뜨리거나 기관포를 내리쏟는 미군 비행기는 그야말로 공포의 대상이었다. 일본놈 비행기는 부릉부릉 소리를 지르고 나타나는데, 시도 때도 없이 나타나는 미국 비행기 양키 쎅쎅이는 예비 소리 없이, 경고 한마디 없이 나타나서, 뒤따라 온 폭음과 함께 아래로 내리꽂히는 것이다. 그러니까 아래로 내리꽂혀 볼일 다 본 다음에야, 폭음과 함께 위로 솟구치는 것이다.

언제 피하고, 도망을 치거나 몸을 은신할 틈도 없었다. 눈 깜작할 사이에 볼일 다 보고는, 하늘 높이 솟구쳐 올랐다. 이 비행기 등쌀에 사람이 살 수가 없었다.

민석구네 마을은 작은 어촌이었는데도 비행기 폭격으로 쑥밭이 되었다.

사람이고 짐승이고 돛단배까지도 다 폭격을 맞았다. 땅 위에 움직이는 것은 다 쓸어버릴 모양이었다.

어촌의 작은 포구시설, 양철지붕의 고기창고, 사람 사는 집들까지, 모조리 폭격을 맞았다. 심심하면 한 번씩 나타나서, 한바탕씩 때려 부수고 몸풀기를 했다. 평양, 남포를 폭격하고, 돌아가는 길목이 은율이라고 했다. 신의주 조·중 국경지대를 때리고 돌아가는 비행기들이라고도 했다.

꼭 무슨 분풀이를 하는 것 같았다.

비행기들은 폭탄을 퍼붓거나 기총소사를 하지 않아도, 그냥 곱게 지나는 법이 없었다. 기름통 아니면 기관포 탄피, 상자곽이나 깡통, 잡동사니 쓰레기들을 마을 상공에 내던지고 갔다. 그 무시무시한 공포의 비행기들이 지나간 푸른 하늘에는, 민석구가 좋아하는 하얀 솜털구름이 떠 있을 때도 있었다.

흰 눈이 내리고, 겨울이 길어질수록 전쟁의 먹구름도 더욱 짙게 밀려왔다.

사흘 밤낮을 강풍이 불고, 거센 눈보라가 쳐 대더니, 나흘째 되던 날 아침, 온통 세상은 밤새 내린 폭설로 어디가 어딘지 천지를 분간할 수가 없게 되었다. 동짓달 그믐께라, 꾸어다가라도 강추위가 맹위를 떨친다는 소한小寒 추위가 앞당겨진 모양이었다.

사람의 발길이 끊기고, 바닷가 갯바위 등걸에도 얼음이 어는, 이 지독한 소한 추위 속에서도, 전쟁 소식은 꼬리에 꼬리를 물고 들려왔다.

압록강까지 밀고 올라간 미국 군대가 만주에 폭격을 단행할 것이라는 소문이었다.

조·중 국경지대에 북쪽 군대가 몰려 있기 때문이라는 것이었다.

일찍이 서양 사람들은 노대국老大國 청나라를 잠자는 사자獅子라고 했는데, 이건 사자 콧등에 불침을 놓겠다는 것이었다. 이 전쟁이 앞으로 어찌 전개될 것인가? 사람들은 모두 가슴을 졸이고 숨을 죽이는 판이었다.

전대미문前代未聞의 이 혹독한 전쟁이 지나는 길목에는, 여기저기 시체들이 버려져 있었다.

폭격에 죽고, 총 맞아 죽고, 찔려죽고, 배곯아 죽고, 얼어죽은 시체들이었다.

민석구네 마을에서도 '좌네 우네' 하여 서로 죽이고 죽고, 또 죽이는 살육극殺戮劇이 벌어졌던 것이다.

미국 군대는 무기도 많고 물짜가 풍부해서, 공화국 군대가 당해 낼 수 없을 것이라는 풍문이 돌 때는, 우익 치안대들이 설치고 돌아다넜다. 반면, 중국의 모택동 주석이 보고만 있지 않을 것이다, 곧 군대를 내보낼 것이란 소문이 돌 때는 몸을 숨겼던 좌익 쪽에서 기가 살아서 나타났다.

전황戰況은 매우 급박하게 돌아가고 있었다.

미 극동군 사령관 맥아더가 만주폭격을 주장하면서 세균탄을 터뜨렸다는 소문이 나돌고 있었다. 서양인들 최대의 명절인 지난 크리쓰마쓰 때, 전쟁승리를 위해 특별 무기를 사용했는데, 그것이 '원자칼빙'이라는 설도 있었다. 가공할 원자무기를 극소화, 소총처럼 들고 다니며, 한 방씩 쏠 수 있는 특수무기가 곧 원자칼빙이라는 것이었다.

세균탄 때문이었는지, 원자칼빙 때문이었는지, 파죽지세로 남쪽 군대를 부산 앞바다까지 밀어붙였던 인민군대가 역전패를 당한 것이다. 막다른 곳, 압록강까지 밀리고 있었다.

북쪽의 후원국인 쏘련의 스타린 대원수는 무기만 대주고 군대 파견을 유보하고 있었다.

이와는 반대로 미국은 직접 수십만의 자국 군대를 동원하고, 영국, 불란서, 호주 등의 연합군대를 참전시키고 있었다. 아무리 강철같은 영용한 인민군대라고 하지만, 우선 중과부적에다가, 최신예 병기로 무장한 이들 서구 열강을 인민군대 단독으로 상대해 낸다는 것은, 여간 힘겨워 보이는 것이 아니었다. 북쪽 공화국의 일대 위기가 아닐 수 없었다.

이른 아침부터, 우익 치안대원들이 눈발을 헤집고 나타났다. 어디서 왔는지, 이들은 몽둥이, 칼, 나무창 등을 들고 있었다.

서둘러서 피난 가야 한다며, 마을 사람들을 불러 모았다. 고샅을 뒤지고 집집마다 돌아다니며 설쳐대는 것이었다. '중공의 모택동 군대가 몰려온다. 재산을 약탈하고 부녀자를 겁탈한다. 남녀노소를 가리지 않고 닥치는 대로 학살한다. 미군과 중공군이 맞붙으면 동네가 불바다가 된다. 살아남을려면 어서 서둘러서 피난을 가야 한다.'는 것이었다.

우선 살고 보아야 했다.

급한 대로 몸을 피하는 길밖에는 다른 길이 없었다. 시급을 다투는 일이었다.

마을 사람들은 손에 잡히는 대로, 보따리 하나씩을 들고 피난길을 서두르지 않을 수 없었다.

민석구 아버지 민영복은 병든 노모와 아내, 어린 자식들이 마음에 걸렸으나, 어쩔 수가 없었다. 자리에 몸져누운 노모의 손을 놓고, 곧장 다녀오겠다는 말 한마디를 남기고 발길을 재촉했다. 포성이 사방에서 울리고, 비행기의 폭음이 하늘을 두 쪽으로 갈라내고 울렁거렸다. 치안대원들의 길 재촉 또한 성화같았다.

큰아이가 열네 살, 둘째가 열두 살, 아들 둘을 앞세우고 길을 나선 민영복은 무서운 난세에, 민씨 집안의 씨종자 보전을 생각하지 않을 수 없었다. 누구도 내일을 기약할 수 없는 험한 세월이었다.

은율군 해안 지방 사람들은 사리원, 재령, 신천, 안악 사람들보다 훨씬 뒷처진 피난 행렬에 속했다. 중국군의 도강渡江 소식이 뒤늦게 알려진 데다, 귀빠진 바닷가 마을들이어서, 행렬 출발이 많이 늦었기 때문이었다.

신작로는 폭격으로 웅덩이가 되고 다리가 모조리 끊겨있었다.

철로는 전쟁 초기부터 철저하게 다 파괴되었다. 길이 온전하게 남아 있다 해도, 잦은 폭격기의 출현으로 대로 통행은 극히 위험한 일이었다. 험준한 구월산 능선을 절반 돌아서 신천, 재령, 해주 쪽으로 넘어가는 길이 그렇게나 멀고도 멀었다.

평양, 중화, 황주 쪽에서 내려오는 피난 행렬과 마지막 퇴각 중인 미군 3개 연대가, 벌써 이틀 전에 통과한 길을 은율 피난민들이 걷고 있었다. 그러므로 미군 폭격기의 오폭誤爆이 잦았다. 일찍 압록강을 건넌 중국군 선발대쯤으로 오판한 모양이었다. 은율 피난민들이 걷고 있는 지역은 남쪽 군대와 미군이 모두 철수를 끝낸 지역이었다.

미군 폭격기의 오폭으로, 은율 피난 행렬의 맨 꼬리 쪽을 따라 걷던 서부면, 북부면, 이도면二道面 사람들이 엄청난 피해를 당했다. 사십여 명이 죽고, 살아남은 자의 수효가 오히려 이보다 훨씬 적었다. 이때의 무서운 폭격으로, 애꿎은 민영복의 두 아들 중, 열네 살짜리 큰아들이 죽었다. 둘째 열두 살짜리는 조상님이 도와서 구사일생으로 살아남았다.

열두 살짜리 민석구는 그날의 기억을 너무도 생생히 갖고 있었다.

그것은 기억이 아니고 공포, 천지가 뒤집어지는 폭음으로, 죽기 전에는 잊을 수가 없는 것이었다.

민석구의 본이름은 원래 재구再玖였다. 석구碩玖는 미군 폭격기의 오폭으로 죽은 그의 형의 이름이었다. 남한에서 피난민 가호적을 만들 때, 아버지 민영복이 그렇게 올렸다. 민씨 집안의 장손 이름에 쓰는, 클석碩 자를 그대로 이어받게 한 것이다.

그날, 하얀 눈밭에 검붉은 핏자국이 물들고 나뒹굴던 시체들, 팔다리가 찢겨져 나가고, 창자가 터져서 비어져 나오고, 여기저기 살쩜들이 흩어져서, 흡사 검붉은 흙덩이를 점점이 뿌려 놓은 것 같았다.

은율 서부면 바닷가 고향 집에는 손밑 남동생과 여동생 두 명이 남아 있었다. 갖은 응석을 다 받아주었던 백발의 할머니와 꿈에도 보고 싶은 어머니가 그의 가슴에 남아 있다. 1년 365일 한날한시도, 그의 어머니는 그의 기억을 떠난 적이 없었다.

들판의 볏짚 낟가리를 가져다, 온몸이 갈가리 찢긴 석구 형의 몸뚱이를 덮어주고, 눈 무더기를 만들던 기억도, 가슴에 뗏장을 얹기 전에는 잊을 수가 없는 것이다.

석구 형을 눈밭에 묻어두고, 하룻밤 하룻낮을 더 걸어서 개성 땅을 밟았다.

여기에서 인천 쪽으로 후퇴하는 미군 공병대를 따라 인천에서 하루를 보냈다. 다음 날, 평안도 용강, 남포, 강동에서 내려오는 사람들과 미군 수송선을 탔다. 군산을 거쳐서 목포항에 하선 되었다.

'두달 석달 후면 고향에 가겠지. 늦어도 1년 후쯤에는 할머니와 어머니를 볼 수 있겠지, 며칠 동안 잠깐 전쟁을 피했다가 갈 것처럼 그렇게 떠나오지 않았던가. …… 설마하니, 이 무서운 난리가 3년, 5년을 갈 것인가. 사람 사는 세상이 아닌, 이 험상스런 난세亂世가 더 오래 계속된다면 그것은 말세末世일 것이다.'

그렇게 절박한 마음으로, 일구월심日久月深 기다리고 기다렸다. 고향 땅의 부모 형제 만날 날을…….

그렇지만 어느새 십 년 세월이 훌쩍 가고, 민석구의 고향 북녘에의 길은 아직도 기약이 없었다.

내 나라 내 땅, 내 고향인데, 아두나(아직도) 아스라이 멀고도 먼 북녘 길이었다.

4

민석구가 휴가에서 돌아 올려면 아직도 일주일이 남았다.

손만열이, 여공탁이, 변태성이가 떠나고, 민석구마저 휴가 중이라, 부대 안은 온통 텅텅 빈 것 같았다.

일과가 끝나면 한성욱은 공급계 조수 목구평이와 부대 매점을 찾았다.

창 본부에 있는 인천 짠물, 마창기 하사와 어울릴 때도 있었다.

마창기 하사와 어울리게 되면 제법 대화가 진지해지기도 했다. 마창기가 대학물을 먹었기 때문이기도 했지만, 그가 학보(단기복무)를 받지 않고, 부산 보급창까지 오게 된 연유를 알아보고 싶은 호기심도 있었다.

그는 보급창 본부 행정실에서도, 사병으로선 제일 좋은 요직을 맡고 있었다. 그의 복장은 장교 못지않은 최상의 차림이었다. 동복은 미군 외투를 우라까이한 나단羅緞 작업복, 하복 역시 미제 신품 카키복을 뒤집어서, 제 몸에 맞게 말쑥하게 빼입고 멋을 부렸다. 군화도 항상 신품이었고, 중·상사나 장교들처럼 긴 하이칼라 머리였다.

한성욱이 그를 지성인 대접으로 고급 낱말을 대강 썼다. 이른바 지성인 사회에서 쓰는 외래어도 몇 마디 섞어서, 그를 슬슬 구슬려 대했다. 요즘 사회풍조가 되도록 외래어를 많이 쓰고, 지성인 행세를 하는 것이 한창 유행 중이었다. 전에도 마창기는 동류의식에서 한성욱에게 여간 호의적이 아니었다. 그는 더욱 한성욱을 가깝게 대했다. 그가 한성욱을 이렇게 대하는 데는, 병장에서 일반하사 진급시험에, 부대 전체에서 한성욱과 함께, 단 두 사람만 합격한 것이 가장 큰 원인이 되었다. 이를 계기로, 요즘 제대를 앞두고, 서로 자주 만나 부쩍 가까워지게 된 것이었다.

마창기 하사의 뒤에는, 번쩍이는 별 네 개의 거대한 빽이 버티고 있었다.

지금은 전역하여 유수의 종합대학을 설립, 재단 경영을 하고 있었다. 전쟁 때, 육해공군을 통합해서 남한군 총참모장을 지낸 바 있었다. 현재 살아있는 군인으로, 제일의 최고 명성을 가진 장성이었다. 그가 마창기 하사의 외삼촌뻘이 된다는 것이었다.

"세상은 빽 세상이라더니, 짠물 너도, 바로 그 빽의 소산이로구나."

한성욱이 한잔한 김에 큰소리로 깔깔대고 웃었다.

"짜아식, 큰소린…… 기회와 여껀이 되는데, 그걸 이용 못 하는 건 바보야."

마창기는 한성욱의 직설에 화를 내기는커녕, 지성인답게 사뭇 여유를 보였다.

"그래, 니 말이 맞기는 맞다. 꼴에 내가 큰소릴 했다. 빽이 없어서 못 쓰는 거지, 큰 빽이 있는데 안 쓰는 놈이 세상에 어딨겠니? 나 자신부터, 창 본부 높은 자리, 마창기 하사 빽을 급한 대로 써먹고 있으니, 말이야."

"짜아식, 대가리에 뭐 들었음 뭐하냐? 세상을 볼 줄 알아야지. 머리 좀 돌려라. 좋은 머리 두었다 어디 쓸 거냐? 녀석하곤……."

"그렇긴 그렇다. 그런데 말씀이야, 내 대가리는 돌아가는 대갈님이 아니야. 제자리에 빳빳하게 붙어 있는 대갈님이거든."

"어이, 한 하사, 농담 그만하구, 우리 제대가 코앞인데, 서울이건 인천이건, 어디 멋진 데서 다시 만나, 한잔 기울이는 기회를 만드는 게 어때? 세상살이도 논論하고…….”

“이찌고뿌, 거 좋지. 넌 제대하면 빽 좋은 귀공자가 될 거고, 이 몸은 별 볼 일 없는, 촌놈 대학생인데?”

“짜아식, 넌 인마 멋진 놈이야. 하사고시下士考試, 일반하사에 너허구 나, 딱 둘이 걸렸잖아, 그때부터 내, 널 재삼 눈여겨봤지.”

“눈여겨보면 뭐하냐? 내 머리는 제자리에 딱 붙어 있는 대갈님인데? 돌지 않는 대갈님…….”

“넌 인마, 괜찮은 새낀데, 못 보는 게 너무 많다.”

창 본부에 비치된 한성욱의 기록카드를 보고, 하는 말인 것 같았다. 부관학교 출신으로 그 좋은 주특기를 가지고도, 말단 중대본부에 근무하는 걸 두고, 이르는 말로 짐작되었다.

“야, 이 짠물 새꺄. 이 눈구멍에, 세상 온갖 잡것이 너무 많이 보여서 골치다. 이 귓구멍도, 세상에 안 들어서 좋을 소리만, 골라서 들리는 애물단지야.”

“짜아식, 사회에서 도서관 문고리 몇 번 흔든 모양인데, 깡마른 이론, 그것 실속 없는 거, 백해무익이고 만사에 해로운 거다. 육체를 가진 인간에게, 너무 정신면만 강요하는 것은 실제 리얼리티도 없고, 그것 사람 피곤하게 하는 거 아니니? 정신건강에 해로운 거다 너…….”

“그 말이 맞다, 니 말이 백번 옳은 말씀이다. 그렇지만, 너 나를 둘러싼 주위가 그렇고 그런 분위기 아니냐아? 경비 중대가 지키는 이중 철조망이 그렇고, 너와 내가 입은 이 제복이, 평범한 사람들이 입는 예사 옷은 아니지 않느냐, 이 말이다.”

“너 인마, 글짜 아는 것이 유죄라더니, 도서관 문고리 몇 번 잘못

흔든 것이, 큰 화근이 된 것 같다. 제대로 속이 꽉 찬 지성인은, 볼 것만 골라서 보고, 몹쓸 것을 보았더라도 치지도외置之度外, 도외시해야 되는 것 아니냐?"

"짠물, 니 말이 공자님 말씀이다."

"그리구 인마, 길이 아니면 가지를 말고, 말이 아니면 탓하질 말라고 했잖아! 뭐 헐려구 불편한 소리, 안 들어서 좋을 소리만 골라서 듣느냐구? 네 귓구멍은 안 좋은 것만 빨아들이는, 휠타가 달린 모양이다. 귓구멍 청소 좀 깨끗이 해라. 좋은 소리만 빨아들이게 시리……."

"쌔에끼 이 거, 기생오래비처럼 생긴 게, 말재주가 여간 아니네. 내가 이 나이에, 필기시험 쳐서 일반하사 달고, 네깐 녀석 훈계 듣게 생겼냐아? 몸뚱이로 행하는 행동 양식은, 환경을 바꿔 주고 마음을 동원하여 행동을 잘 다스리면, 어느 결에 조금씩 바뀌는 수가 있을 것이다. 하지만 사고방식, 의식구조가 한번 결정되면 그것을 바꾼다는 것은 쉽잖은 일이야."

"육체나 정신은 각자의 소유이고, 자기 자신이 결정하고 움직이는 것 아니야? 사고방식 의식구조에 변화를 줄 수 없다면, 말이 안 되잖아?"

"각자의 행동 양식이나 의식구조가, 자기 스스로의 지향점이나 의지와 같다면 말이야, 네 말이 맞지. 그런데 상반될 경우는 다르지 않겠어?"

"그러니까, 육체나 정신이 갖고 있는 너만의 버릇을, 스스로 고칠 생각이 없다는 말이지?"

"그렇다고 보면, 니가 꽤 잘 보는 셈이야."

"짜아식, 너 웃기는 놈이야. 하기야 너 민속학 전공이잖아? 전통

전래풍속 같은 걸, 그렇게 철저하게 물고 늘어지는 걸 보면…….”

“하하 쌔에끼, 니가 웃기는 놈이다. 전통도 알고 전래풍속도 알고, 너 많이 유식헌 놈이다.”

마창기 하사는 상업경영 전공이었다.

“하하, 짜아식, 사람을 완전 물로 보나. 묵으로 보나?”

“야 임마, 술맛 떨어진다. 야, 마창기 하사! 근데 이 한성욱이는 웃기는 놈이 아니고, 한심한 놈이야. 두심할 줄도 모르는…….”

“짜아식, 한성욱 하사, 너에겐 아직 젊음이란 자본이 있다. 뜻이 있는 곳에 길이 있다. 제대하고 자주 만나자. 촌놈 개땅쇠, 곰팡이가 슬지 않으려거든, 이 짠물 형님을 따를지어다.”

5

“야. 이 새끼야. 인자 너하고는 상대 안 헐란다.”

“아따 새끼야, 미안허다.”

“너같은 가짜배기 전라돗놈하고는, 상대 안 해야.”

“아따매, 이 새끼 진짜로 성내버렸는갑네.”

“야 이, 씹새꺄, 너허고 나허고 한 이불 덮고, 3년 동안이나 살았는디, 믄 놈의 비밀이 그렇고나 많았냐?”

“언 새끼, 남의 속도 모르고, 그것이 믄 존 소리라고 쓸데없이 자랑헐 것이냐? 입장 바꿔놓고, 니가 나 같으면, ‘나 고향이 황해도요’라고 말 씨부리고 댕기 것냐?”

“그래도 그렇제, 이 좆같은 새끼야. 그렇고나 감쪽같이 나를 속여

버렸냐!"

"아 참말로 이 새끼 좆같은 새끼, 좆같은 소리만 허고 있네, 뭣이 좋다고 여그저그 그런 소리를 허고 댕겨어?"

"새끼 좆 까고 있네. 너는 이 새끼야 친구도 아니어!"

"니가 좆 깐다 이 새끼야. 그런 것도 이해 못 해주는 새끼가 믄 친구래야?"

"이해는 새끼야, 믄 이해여? 가짜배기 새끼, 38 따라지 새끼가, 비금 사투리는 나보다 더 잘 쓴당께……."

"아, 씨벌새끼, 열두 살에 고향 떠났는디, 인자는 완전한 전라도 토배기 아니냐? 황해도 고향 말 다 잊어버렸당께……."

"야 이, 불량헌 새끼야, 인자 어쩔 수 없이 고향 바꿔야 것구망 잉."

"우리 각씨, 우리 딸 고향이 전라도 비금이고, 나도 비금놈 다 되았응께, 나를 밥 먹여서 키워 주었응께, 비금놈 안 될라고 해도 인자 어쩔 수가 없제 잉."

"어혓, 좆같은 놈, 참말로 못난 새끼 하나가, 전라돗놈 되야 버렸구망, 잉."

"너같이 소 잡게 키만 큰 새끼 열 놈보다, 야무진 내가 백 배 났제 잉."

민석구가 휴가에서 돌아온 것이다

한성욱이 민석구의 깊은 속을 몰라서 욕을 퍼부은 것이 아니다.

어린 나이에 피붙이와 헤어지고, 낯선 타향 땅에서 얼마나 속이 쓸쓸했을 것인가. 그 마음을 삭이고 살아온 세월이 얼마나 길고 고통스러웠을 것인가.

한성욱은 한없이 얼마라도 욕을 더 퍼부어 주고 싶었다. 한성욱 자신의 가슴이 답답해서 더욱 그렇다. 민석구 녀석, 희죽희죽 웃기만

하는 얼굴에 사람 좋은 성품을 타고났는데, 그 얼굴 어디에 그런 아픔을 숨기고 살고 있었을까. 주먹으로 뺨이라도 한 대 갈겨 주었으면, 속이라도 좀 시원해질는지 모른다.

만만한 것이 홍어 좆이라고, 만만한 것이 진로소주다.

이럴 때 한잔 안 찌클면, 속병이 생길는지 모른다.

민석구가 귀대한 날 저녁에는 부대 매점에서 양재기 막걸리를 마셨다.

지금은 또 소주판을 벌인 것이다.

11월 바람이라 제법 바닷바람이 쌀쌀하다.

아무리 따뜻한 남쪽 끝 부산 땅이라고 해도, 계절은 어쩔 수가 없었다. 허옇게 출렁거리던 억새꽃 무더기도, 찬바람에 날리어 다 흩어져 버렸다. 앙상한 줄기들이 바람을 맞고 있었다. 바람 무더기가 억새밭 위를 파도처럼 스쳐 지날 적마다, 억새잎 서걱이는 소리가 수런스럽다. 벼랑 위의 오리나무 숲들도 낙엽을 다 떨구고 옷을 벗은 채, 바닷바람을 맞고 있는 모습이었다.

이 언덕배기도 오늘이 마지막일 것 같았다.

날씨가 더 추워지면 한데 술판도 그렇지만, 부대를 떠날 날이 앞으로 며칠 남질 않았다.

봄, 여름, 가을까진 쫄병들 앉아 노닥거리고, 술판 벌이기에 이보다 더 좋은 곳이 없었다. 소주병에 오징어 다리 한 가지만 있으면 판이 넘치는 것이다.

부대 안에 위치한 장소였지만, 부대 막사와는 한참 멀리 떨어져 있어서, 누구 한 사람 간섭하거나 눈여겨 볼 사람이 없었다. 덩치 큰 장비와 무기들이 위장막을 덮어쓰고, 숲속에서 반출을 기다리는 곳과도, 저만치 떨어진 곳이었다. 광안리가 내려다보이고, 해운대가 건너다보이는 아주 구석진 언덕배기였다. 직각에 가까운 낭떠러지가 바다에 면해 있어서, 경비 중대 초병이나 순찰조들도 아예 관심 밖이었다. 애초부터 철조망이 필요 없는 험한 지형의 절벽지대였다.

그동안 틈만 나면, 한성욱은 이곳을 자주 찾았다.

이 야산 언덕에 오르면 막혔던 가슴이 훤히 트이는 것 같았다.

천혜의 양항良港 부산항 전경이 한눈에 다 들어왔다.

검푸른 바다 위에 하얀 물보라를 일으키며, 전국 각지의 각 항 포구를 연결하는, 여객선들의 항해 모습이 힘차고 아름답다. 간간이 국제 수송선, 덩치 큰 화물선의 왕래도 볼 수 있었다. 영도 앞바다를 거슬러 오르는 미 해군 함정들도 이따금 눈에 띄었다.

무엇보다도, 오륙도 멀리 저 바다 건너 푸른 섬, 대마도를 볼 수 있어서 항상 마음이 설레었다.

안개가 끼거나 흐린 날씨가 아니면, 아무 때 이곳에 올라도, 저 바다 멀리 아련하게 떠 있는 대마도의 모습을 볼 수 있었다. 오래전에 잃어버린 아련한 형제의 모습을 멀리서 바라다보는 그런 마음이었다.

그 모습은 낯선 모습이 아니었다.

늘 같이 지내다가 헤어진 이웃 사람의 얼굴 같았다. 잠시, 내 물건을 맡겨 두었다가 길이 막혀서 되찾아오지 못하는, 그런 안타까움이었다.

꿈에도 상상해 본 적이 없는 낯선 부산 땅이었다. 처음 발을 들여놓았을 땐, 마음이 여간 무거운 것이 아니었다. 피붙이, 살붙이, 일가붙이는 물론, 한 사람도 아는 얼굴이 없는 낯선 부산항이었다. 부대

병과 특성, 근무부서 업무 역시, 너무 낯설고 생경한 것이었다.

평소 한성욱이 생각하던 근무 부대 군대 환경은 야전적野戰的인 산악지대 능선이나 계곡이 아니면, 산록 산야 후미진 야지野地일 것이라고 늘 상상했다. 부산은 이 나라 제일의 항구도시였다. 그것도 전쟁과는, 포성 울리는 최전선과는, 한참 멀리 떨어진 남쪽 맨 끝에 위치한 항구인 것이다. 전쟁 냄새도 전쟁 분위기도 아니었다.

부대 병과 특성이나, 한성욱이 직접 몸소 수행해야 하는 개인 업무도, 병영 밖에서 상상하고 예상했던 전쟁 실전 업무와는 사뭇 거리가 엉뚱했다.

이런 여러 가지 복합 사연 때문에, 한성욱은 처음 부산을 보고 느낀 전체 이미지를 소화해내고 친숙해지기 위해서, 더디고 신중한 접근을 시도했다. 또 직접적인 야전업무와 거리가 있는 자신의 개인 업무 환경에 대해서도, 매우 거북스러운 자세가 되어 접근해가고 있었다. 그만큼 적응이 서툴고 어려웠다. 정답거나 탐탁한 생각이 전혀 없었다. 온통 거북스러운 것뿐이었다.

그러던 어느 날, 고향 친구 모양성이를 기적처럼 만났다.

그의 안내로 이 바닷가 언덕을 처음 올랐다. 난생처음 올라보는 언덕에서, 한성욱은 가슴이 활짝 열리는 느낌을 받았다. 오륙도 너머 멀리 보이는, 저 푸른 섬이 우리의 옛땅 대마도라는 것이었다. 한성욱은 감격했다. 선대들이 검푸른 현해탄 파도 너머에 남겨 놓았던, 막내 형제의 얼굴을 다시 보는 기분이었다. 이 얼마나 감격스런 일인가.

한성욱은 가슴이 벅차올랐다. 너무 기뻤다.

행복이란 말의 뜻을 실감할 수 있었다. 한성욱은 형제의 얼굴인 대마도를 바라볼 수 있게 해준 것 하나만으로도, 부산항 소재, 병기기 지보급창에 배치된 자신의 군대 운명에, 재삼 감사하는 마음을 금할 수 없었다.

그러므로 부산항의 모든 것들은 정답고 사랑스러웠다. 부산이 갖고 있는 땅 이름, 산천, 바다 풍경, 기후 특성, 사투리를 쓰는 아가씨들의 말소리까지, 모두가 한꺼번에 정겨운 덩어리가 되어 다가왔다. 정말이지, 한성욱이 맡은 구체적인 군대 개인 업무는 자신의 정서 특성 능력에 전혀 부합하지도, 적성에 맞지도 않는 엉뚱한 일이었다. 그래도 성욱은 이 억새밭 언덕에 올라, 오륙도 건너 푸른 바다를 바라다보며 마음을 삭였다. 멀리 보이는 국토 막내둥이의 정다운 얼굴을 보며, 희망의 끈을 조였다.

모양성이와 함께 처음 올랐던 그날 이후, 이 억새 언덕은 동촌 촌놈 한성욱을 다시 살려내는 촌놈 혼의 요람이었다.

그것은, 직선이 막히면 한 바퀴 빙 돌아서 우회해서 목적을 달성하는 원리 때문인 것 같았다.

당구치기에서 자기가 목표하는 구슬을 바로 때려 맞출 수 없는 판세가 전개되는 경우가 있다. 그럴 땐, 엉뚱한 위치에 있는 제삼의 구슬을 때려 맞춘 다음, 그 반동을 이용해서 제가 목표하는 구슬에 이를 수가 있는 것이다. 한성욱은 이것을 '삼각전법'이란 말로 혼자 정리해 두고 있었다.

한성욱은 저 멀리 거친 파도 물보라 안개에 싸인, 아련한 섬 그림자, 대마도의 실루엣에 늘 가슴이 설레였다. 그것은 그가 마음속에 정리해둔 삼각전법의 제일차적 거점이 될 수 있기 때문이었다.

그는 탈로가 없어서, 사방이 수직으로 된 거대한 직선의 옹벽 앞에서 백기를 들고 투항했다. 완전히 두 손을 들고 군복을 입었다. 백기 투항한 동촌 촌놈 한성욱에게, 저 거친 파도 너머 검푸른 막내섬의 실루엣은 꺼져버린 불씨를 다시 살리는 아련한 희망이었다.

한성욱이 오를 때마다, 어머니의 품속처럼 아늑했다. 고개를 들면 검푸른 바다 멀리, 국토의 막내 대마도가 정다운 모습으로 거기 있었다.

"야, 이 언덕에 우리가 몇 번이나 더 오겠냐?"

"어쭈코 또 올 시간 있겄냐? 내일모레면 특명 내려올 것 아니냐?"

"클씨 말이다. 어째 마음이 뒤숭숭허고 짠해서 한번 해본 말이다."

"이 언덕도 인자, 오늘이 마지막인 것 같다."

겨울 해가 지고 있었다.

소주도 오징어 다리도 모두 다 동이 났다.

"내 동생이, 그때 열 살이었는디, 지금 인민군에 나왔겄어야"

"좆 까는 새끼, 그런 소리 않는다더만……."

"씨발, 생각허면 세상이 더러워야"

"살라고 피난 나온 새끼가, 안 디지고 너 살았으면 그만이제, 믄 욕심에 두고 온 동생 걱정까지 허냐?"

"이 새끼야, 전쟁 나면 내 동생허고……."

"그렁께 니가, 군대 생활이 살얼음판이라고 그 말씸이냐? 그러고 보면, 니가 철이 쪼까 들기는 들었는 갑다 잉"

"아 새끼야, 난 장난 아니여, 나 전쟁 나면 도망갈 것이여!"

"미친 새끼, 너는 궁딩이가 커서, 도망가다가 금방 죽어"

"새끼 참 나, 장난 아니랑께는……."

열네살 형, 열살 동생 사이에 민석구가 열두 살이었다.

한창 장난질 좋아할 나이가 아니었던가. 개구쟁이들이었다. 어찌 소록소록 옛 형제 생각이 아니 날 것인가.

"지난해, 쿠바사태로 비상 걸렸을 때 말이다! 실은 나 전쟁 터지면 도망갈라고…… 아무리 생각을 해도, 총을 못 쏠 것 같았어야……."

민석구의 말은 진정이었다. 그의 목소리가 그랬다.

"……."

내내, 민석구를 비아냥거리던 한성욱도 조용해졌다.

"열 살짜리, 내 동생이…… 인민군대에……."

"……."

6

현상조 상병 누나 현상희는 올해 스물여섯이었다.

한성욱이 '벤허' 독후감을 들고, 현상조 상병을 따라 범일동 집을 찾은 것은 금년 초 이월 중순이었다. 그날이 마침 정월 대보름 바로 뒷날이어서, 귀밝이술을 얻어먹을 수 있었다. 현상조 상병 어머니의 술 담그는 솜씨가 보통 수준을 넘었다.

그날, 현 상병의 어머니와 누나인 현상희의 친절은, 한성욱이 주눅이 들 정도로 극진했다.

현상희는, 그날 한성욱이 두고 온 벤허 독후감을 다 읽은 후, 그 소감을 보내온 적이 있었다.

그녀의 남동생 현상조 상병을 시켜서, 굳이 책의 독후감을 받아오도록 한 이유를 확실히 알 수 있을 것 같았다.

그녀가 보내온 편지글 솜씨가 대단했다. 자신감이 넘쳐 흘렀다. 글쓰기 글 읽기를 여간 좋아하는 것 같지가 않았다.

또 나이 찬 처녀가 나이 찬 총각에게 편지를 띄우기가 쉬운 일은 아니었을 것이다. 글재주뿐만이 아니라, 결단력 또한 대단한 것 같았다. 얼굴 생김새와는 달리, 외유내강형의 여자인 것 같았다. 겉으로 보기엔, 다소곳하고 유약해 보이는 전형적인 조선의 여자였다.

현상희는 범일동 큰길가에 작은 가게도 하나 가지고 있었다.

양장점 간판이 크게 붙어 있었지만, 편물점도 겸하고 있었다. 양장점 간판 아래, 편물점도 겸하고 있음을 알리는 작은 입간판이 서 있었다. 그녀의 어머니에게서 물려받은 가게였다.

곱게 늙은 어머니에게서 물려받은 것은 외모만이 아니었다.

빼어닮은 외모처럼 양재 편물 솜씨도 어머니를 닮았다. 짭짤하고 알뜰한 살림 솜씨에 가게 운영 방법까지, 그대로 어머니를 빼어닮았던 것이다.

"한 하사님의 안목에 놀랐습니다.

한 하사님의 독후감을 읽는 동안, 저는 너무 황홀했습니다.

'벤허'는 유대인들의 역사를 소설화한 것인데, 지은이 루·윌리스보다도 한 하사님의 눈이 더 통시적이고 종합적이었어요. 그리고 어쩌면 그렇게 유대인들의 메시아관을, 한마디로 명쾌하게 객관화할 수 있었는지 정말로 놀라웠습니다.

지은이 윌리스는 소설 문장의 행간에, 여호와의 영광을 상징하는 광채와 빛무리를 숨겼다고 했습니다. 그리고 책을 덮으면 주인공 벤허가 떠오르는 것이 아니라, 유대인의 메시아, 예수 그리스도의 환영

幻影이 떠오른다고 했습니다.

그런데 저는 기독교인이 아니라선지 모르지만, 주인공 벤허와 여주인공 에스더, 상대역인 멧셀라, 그리고 로마제국의 영광만이 머릿속에 아른거릴 뿐이었습니다.

이번 한 하사님의 독후감을 읽고 난 저의 머릿속에는, 엉뚱하게도 젊은 군인 한 사람의 모습이 새삼스럽게 떠올랐답니다. 웃으실는지 몰라도, 이것은 적어도 사실이니깐요."

현상희가 보낸 글이었다.

현상희의 머릿속에 엉뚱하게도, 젊은 군인 한 사람이 떠오른 것이 문제가 아니었다.

엉뚱하게도 한성욱 하사가 졸지에 한 방 얻어맞은 느낌이었다. 강적이라고 생각하지 않았던, 공격해 올 것이라 미처 생각하지 못했던 상대에게 불의의 강펀치를 얻어맞은 그런 당황함이었다.

남녀관계란 참으로 알 수 없는 일이었다.

그것도 과년過年한 젊은이들 사이란 예측이 불허였다.

서로 얼굴을 대하고 여러 번 만난 것도 아니고, 의사 표현을 하고 응답을 나눈 것도 아니다. 그렇다고 편지글이 여러 번 오고 간 것도 아니었다. 그녀의 집을 방문하여 귀밝이술을 얻어먹고, 그녀의 남동생(현상조 일병)이랑 같이 어울려, 한 두세 시간 머물렀을 뿐이었다.

그랬는데, 현상희는 열일곱 살 먹은 소녀처럼, 대담하게 마음 한 자락을 내보였다. 이에 한성욱 하사는 이것을 또, 대단한 마음의 파문으로 받아들이고 이해하고 있는 것일까.

한성욱 하사는 스스로가 강혜임에게 당해 본 경험이 있었다.

뭣 모르고 선불리 덤볐다가는 두 사람 다 결딴이 나는 것이다. 젊다고 함부로 덤빌 일이 아니다. 여자와 남자, 적어도 두 인격체가 서로 마음을 여는 일이다. 자신의 정체성, 혼과 넋을 주고받는 일이기도 한 것이다. 남자와 여자 관계가 진실되면 진실될수록, 혼과 넋이 변화하여 하나로 화합하게 되는 것이다. 서로 다른 개체의 인격에 녹아 풀어져서 융합을 이룩하는 것이다.

이것을 설 이해하고, 잘못 주거나 잘못 받게 되면, 서로에게 너무 큰 흠집이 남는다. 서로 잘 살펴야 하는 것이다. 서로 큰 지진을 만나지 않으려면 말이다.

그런데도 세상일이란 잘되는 일보다는 잘못되는 일이 더 많은 것이다. 사람들의 마음이 완전하지 못하기 때문인 것이다. 세상 돌아가는 일이 어디 사람들의 의지력만으로 모두 다 형통해지는 것은 아니잖는가.

사랑과 결혼을 경험한 수많은 사람들은 말한다. 특히 결혼으로 맺어져 일생을 보냈던 사람들, 대다수는 말한다. 처음 마음을 주었던 사람, 꼭 같이 살고 싶었던 사람, 맹렬하게 사랑을 불태웠던 사람과는 혼례를 치를 수 없었다. 그리고 큰일이나 어떤 큰 사껀이 계기가 되어, 결혼이 이루어지는 것도 아니다. 사소한 일, 하잘것없는 것들이 인연이 되어, 대부분 혼례가 이루어진다는 것이었다.

마찬가지로 처녀, 총각들의 관계도, 뜻하지도 않았던 일들로 인해, 예상치도 못했던 관계가 이루어지는 게 대부분의 선례인 것이다.

한성욱도 이런 세상 원리에 휩쓸려가는 느낌이었다.

사람의 마음이란, 원래가 지평선처럼 편편하게 고르게 누워있는 것이 아니었다. 주위 변화에 따라 우뻑찌뻑하게 반응하고 움직인다. 사람이란 본래가 돌도 아니고, 나무도 아닌 것이다.

현상희의 집에는 책이 많은 편이었다.

그녀의 아버지가 남겨 준 것이라 했다.

재물을 많이 넘겨준 것은 아니었지만, 살림 규모에 비해 상당량의 책들을 남겼다. 피는 속일 수가 없어선지, 현상희 역시 책이 싫지 않았다. 어려서부터 책을 가까이해선지, 탄탄한 글솜씨를 가지고 있었다.

현상희가 보낸 편지글은 보기에 따라선 매우 강력한 프로포즈일 수 있었다. 다소곳하고 유약한 외모에 비하면, 속이 아주 강한 옛 조선 여인을 닮은 것 같았다.

아무리 그렇기로서니, 초면치레도 제대로 안 한 처지에, 서둘러서 속내를 내보인 것은 어인 일일까. 결코 경박한 여자가 아니었는데, 뜻밖에 한성욱이 허를 찔린 기분이었다. 노처녀, 나이 찬 여자의 직감으로, 그럴만한 어떤 헛점을 한성욱에게서 발견한 것일까, 느낀 것일까. 책을 빌려줄 때부터, 동생인 현상조 상병으로부터, 미지의 한 '젊은 군인'에 대한 그녀 나름의 예비지식을 많이 쌓아놓고 있었던 것일까.

팽팽한 긴장감이나 찾아낼 게 많은 것 같은 기대감, 번쩍이는 기지機智나 이성理性 때문에 생기는 대결의식, 이런 것들이 없을 것 같은 여자였다. 성격이 너무 발랄하거나 서구적인 화려함을 추구하는, 그런 위험스럽고 불안함을 안겨 주는 야한 여자도 아니었다.

그런데도 편지글에 대담하게 속자락을 내비쳐 보인 것은 아무래도 하나의 수수께끼였다. 노처녀의 실수라기에도, 그녀만의 매력이라기에도 얼른 판단이 서질 않았다.

다만 한성욱 하사가 그녀를 더 가까이 느낄 수 있었고, 더 가까이다가갈 수 있는 기회를 마련해 준 것만은 틀림없었다.

한성욱은 울화가 치밀었을 때, 지칠 때, 속이 텅텅 비었을 때 하루꼬를 찾았다. 항상 미안해하면서도 그녀를 찾았다. 하루꼬는 함박웃음으로 성욱을 반겼고, 소중한 것을 다루듯 알뜰했다.

그래도 한성욱은 채워지지 않는 물그릇이었다.

토요일 오후와 밤은 술에 절어서 하루꼬와, 일요일 낮은 현상희와, 새롭고 산뜻한 밀회를 가졌던 것이다.

현상희와의 데이트는 아침 이슬 위를 스치는 바람처럼 신선한 맛을 풍겼다. 옆을 걷는 현상희의 옷섶에서, 언제나 상큼한 조선 여인의 냄새가 풍겼다.

이따금 한성욱은 푸른 풀밭에 현상희의 무릎을 베고, 한잠 곤한 잠에 취하고픈 생각이 간절했다.

현상희는 크게 소리를 내어 웃는 여자가 아니었다.

손뼉을 치고 환호성을 지르는 여자도 아니었다.

바다 건너온 샤넬향 냄새를 풍긴다거나, 구찌베니를 발라서 빨간 입술을 만들지도 않았다. 처녀티를 내느라, 옷매무새에 신경을 쓰는 것 같지도 않았다.

그냥 편안한 여자였다.

어찌 보면 결혼한 지 이삼 년쯤 되는, 아이 한둘쯤 가진, 이웃집에서 살림하는 보통 여자 같았다.

"한 하사님은, 성격이 활달하고 적극적이긴 한데, 너무 보여주지 않는 것이 많은 것 같애 예……."

현상희가 지난여름 송도해수욕장에서, 백사장을 거닐며 토로한 말이었다.

아마 귀밝이술로 데이트를 시작한 지 여섯 달 만에, 처음으로 한성욱이 그녀의 손을 잡아 준 데 대한, 야속한 심사를 드러낸 것인지도 모른다.

현상희는 숨기는 것이 없었고, 무얼 숨겨지지도 않는 여자였다. 말이나 행동이 그대로, 그녀의 진실이고 속내였다. 좋게 보면 정직이고 순박이고 얌전한 것이었다. 이것을 거꾸로 보면 그만큼 깊이가 없거나 무게가 없는 것이 되는 것이다. 조금 모자란다는 뜻도 되는 것이다.

하지만 이젠 한성욱도 나이가 들었다.

천하를 평정한다는 남아 이십을 육 년이나 넘긴 싯점이 아닌가. 편하게 쉬고 싶을 때도 된 것이다. 보다 보편적이고 실생활에 가까운, 그런 시선을 가질 때도 된 것이다. 풋풋한 젊음, 총각, 풋비린내 나는 연둣빛 청춘이 짐스러울 때도 된 것이다.

한성욱이 그동안 현상희를 상대해 온 것은 분명 유희遊戲는 아니었다.

제 몸을 통째로 불사르며 다가왔다가 섬광처럼 사라져 간 강혜임과의 사껀처럼, 현상희 역시, 번갯불에 콩을 구워 먹는 식의 초고속으로 그녀가 다가왔다. 아직 그녀의 이름도 정확하게 알지 못하고 있을 때, 벌써 그녀는 한성욱의 코앞에 다가와 서 있었다.

그러나 현상희가 한성욱을 대하는 방법은, 항구의 여인 강혜임과는 전혀 다른 정반대의 모습을 보였다. 여자가 남자를 대하는 태도 또한 영 딴판이었다.

처녀이고 애인이고, 펄펄 끓는 가마솥 같았던 강혜임, 이에 비해 현상희는 유장悠長히 흐르는 강물 같았다.

물결 파장이 없는 것은 아니었지만, 중심이 뒤집히거나 강물 전체가 통째로 흔들리는 것은 아니었다. 표면은 노상 상온常溫이었고, 강심江心은 적당하게 차가워 냉정冷靜을 유지했다.

그녀는 보름밤 초저녁 박꽃처럼 밝았지만, 매혹적인 데는 없었다. 그녀는 색칠을 하지 않았다. 한성욱의 표현대로라면 손톱이나 상판대기에 빵끼칠을 금하고 있었다. 한성욱 하사는 요즈음 제대를 앞두고, 이따금 떠오르는 환상 때문에, 깜짝깜짝 놀라는 때가 있었다. 록의綠衣 홍상紅裳, 연둣빛 저고리에 꽃자주치마를 입은 새색시의 모습이었다. 흰 수건을 머리에 얹고, 옥양목 행주치마를 두른 젊은 아낙이었다.

그녀가 하얀 이를 드러내고 방긋 웃었다.

한성욱의 고향 동촌집 댓문을 드나들고 있질 않는가.

그 여자는 다름 아닌, 바로 다소곳한 모습의 현상희였다.

한성욱은 태어나서 머리에 털 나고, 지금까지 사주팔짜니 관상이니 하는, 미신 같은 것에 현혹되거나 인정한 적이 없었다. 사람에게 운명과 팔짜란 다 쓰잘데기 없는, 일 없는 사람들의 장난놀이이다. 지능 모자란 사람들을 옭아매는 자동 올무다.

그렇게만 생각했다.

미신을 지키거나 인정하는 것을 비난하고 증오로 일관하고 있었다.

하지만 아무리 그래도, 세상에 일어났다 없어지는 모든 일들이, 과학적인 공식에 의한 필연일 수는 없는 법, 이런 사람에게는 이런 일들이, 저런 사람에게는 저런 일들이 우연찮은 우연으로 겹쳐서 일어난다.

또 어떤 경우, 어떤 때, 이상한 경우에 공교롭게도 일이 잘 맞아떨어지면, 행운이고 운명인 것이다.

경우, 때, 이런 것들이 잘못되거나 손해를 끼치거나 불행을 가져왔을 때, 사람들은 흔히 팔짜타령을 하고, 박복한 운명을 타박한다. 내 팔짜, 내 운명이라고, 자탄하며 탄식에 젖는다.

한성욱은 팔짜 운명을, 죽기보다 더 싫게 인정하고 싶지 않지만, 어쩔 수 없었다. 저도 모르는 사이에, '아, 내 팔짜 내 운명'이란 소리가 저절로 흘러나오는 것이다.

생각지도 않았던 일들, 전혀 예상하지 못했던 일들이, 자신의 현실 삶으로 코앞에 다가와 서는 것이다. 옴짝달싹도 못 하고 받아들여야 할, 긍정하지 않으면 안 될 상황으로 전개되곤 하는 것이다.

한성욱 자신이, 나에게 팔짜가 통하지 않고, 운명이란 것이 절대로 '나를 얽어매지 못한다.'라고 소리를 질러도, 눈에 보이지 않는 어떤 틀에, 장난스런 거미줄에 걸려들고 마는 것이다.

현상희, 현상희……,

그녀는 이미 한성욱 하사에게 마음을 주고 있었다. 아무런 방비도 없이, 그녀는 한 젊은 군인에게 모든 것을 다 내어주어 버린 것이다. 한성욱이 벤허 독후감을 들고 범일동 집을 찾아온 그날부터, 현상희는 속으로 결정을 내렸다.

육군하사 한성욱이 귀밝이술 몇 잔을 들고, 깍듯한 인사를 남기고 돌아간 후, 현상희는 기달랐다는 듯, 그가 두고 간 독후감을 서둘러서 읽어 내렸다.

그녀의 손이 후둘후둘 떨렸다. 현상희답잖게 심장마저 두근거렸다.

남성적인 문장에, 벤허 영화의 대형화면이 눈앞에 펼쳐지는 것 같은 느낌이 들었다. 스펙타클, 미려美麗, 서스펜스 등의 영화 선전 낱말이 떠올랐다.

헌칠한 키의 외모처럼 젊은 군인은 시원스러웠다. 활달하면서도 예의가 발랐다.

벤허, 멧셀라의 이미지에, 훤칠한 젊은 군인의 모습이 겹쳐 보였다. 쭈그리고 앉은 자세에서, 그녀는 단숨에 상당량의 독후감을 주린 배를 채우듯 다 읽어 내렸다. 황홀했었다는 그녀의 표현은 전혀 거짓말이 아니었다.

일이 될려면 눈에 콩깍지가 낀다더니, 독후감을 다 읽은 현상희의 마음엔 젊은 군인깍지가 끼워버린 것이다.

한성욱 하사의 독후감에는 벤허나 멧셀라, 에스더, 이스라엘과 로마제국이 있는 게 아니었다. 글을 읽는 현상희 눈에, 유대아의 역사가 있는 것도 아니었다. 메시아, 예수그리스도의 모습도, 유일신 여호와 하나님의 영광도 보이지 않았다.

대신에, 젊은 군인의 목소리는 웅장하고 장려壯麗했다. 무엇보다도 진실했다. 온몸 전체로 쓴 글이었었다.

오직 훤칠한 키의 젊은 군인 한 사람의 모습이 거기 있었다.

7

세상이 발칵 뒤집혔다.

미국 대통령 존 F·케네디가 암살당했다.

22일, 한국시각 23일 새벽 3시 30분, 텍사스주 달라스에서, 무개차無蓋車를 타고 가다가 피격자被擊者에 의해 암살暗殺되었다.

피격 후, 파클랜드병원으로 급히 옮겨졌으나, 생명 유지를 위한 필사적인 노력에도 불구하고, 미국 역사상 가장 년소年少한 46세의 대통령은 30분 후 절명絶命하였다.

피 묻은 남편의 머리를 가슴에 안고, 병원으로 가는 도중, 재크린 여사는 '오 노, 오 노!'를 연방 외치면서 울고 있었다.

이로써, 미국 제36대 대통령에는 린든·B 존슨 부통령이 자동으로 취임하였다.

암살범은 쏘련을 방문한 바 있고, 쏘련 여인과 결혼한 24세의 리·H·오스왈드라는 청년이었다. 범인은 친親 카스트로적인 '쿠바를 위한 페어플레이'위원회 위원장을 맡고 있었다.

도하都下 각 신문들은 댓문짝만 한 활자로 호외號外를 발행하고, 라디오 방송을 비롯한 모든 매체들은 케네디 암살사껀 보도로 하루 해를 보냈다. 세상이 뒤집어질 것 같은 위기의식으로, 모든 사람들은 불안에 떨지 않을 수 없었다.

미 본토와 전 세계 각지에 주둔 중인 미국 군대에 비상령이 내렸다.

따라서 아세아 극동, 땅끝 맨 끄트머리 한국 군대에도 비상 명령이 떨어졌다. 한국 땅 맨 후방, 막장에 있는 부산 병기기지보급창에도 비상령은 예외가 아니었다.

누가 감히 이 비상령을 거부할 것인가.

세계 제일 초강대국 미국 대통령이 죽었다. 암살을 당한 것이다.

설마 미 본토에서 그런 일이? 더구나 백주에 도시의 대로변에서…….

여러 정황으로 보아, 공산주의자의 소행은 아닌 것 같았다. 하지만 미국 사회는 하도 복잡다단해서, 얼른 판단하기가 쉽진 않을 것 같았다.

총기 소지가 자유로운 나라이고, 까딱하면 서로 총질을 해대는 풍속이 전래되는 사회가 아니던가. 집집마다 개인마다, 총기를 한두 개쯤 다 가지고 있으니, 총으로 사람 하나 죽이는 것, 무슨 장난이나 심심풀이 땅콩으로 생각하는 게, 그 나라 전통이 아니던가 말이다.

병기기지보급창뿐만이 아니고, 대한민국뿐만이 아니고, 전 세계가 지금 숨을 죽이고 있는 판이었다. 세계 제일 최강 무력국가, 초강대국 대통령이 암살을 당했으니, 이 아니 세상이 뒤집어질 일이 아닌가.

창 본부 앞 국기 게양대엔 조기弔旗가 걸리고, 전 부대 장병에겐 단독군장에 개인화기가 지급되었다. 군모도 작업모나 화이바가 아닌 철모가 착용되었다. 부대 내엔 팽팽한 긴장감이 감돌았다. MIS를 비롯한 부대 내의 모든 작업장의 작업이 정지되고, 전 부대원 내무반 대기였다.

밤이 되자, 이 삼엄한 상황 속에서 극비리에 암호가 전달되었다.

군 비상라인을 통해 전달된 암호는 '나이롱 〈⇄〉 하우스'였다. 암호 전달과 동시에, 각 내무반별로, 암호 암기가 각별히 강조되었다. 보통 때엔, 불침번들에게만 암호 암기가 필요 사항이었다.

비상도 보통 비상이 아니었다.

암호를 모르면 큰일 나는 판이었다.

미군 암호가 그대로 영어로 생전달되고 있었다. 미군 암호 생전달 바람에, 발음이 까다롭거나 생소한 단어일 땐, 한국군 쪽에선 여간 애를 먹는 것이 아니었다. 특히 영어에 서툰 당직사령이나, 유선 상태가 안 좋을 때, 영어암호는 엉망이 되는 수가 많았다.

지금처럼 비상상황이 되었을 때, 정확한 암호가 전달되어야 했다. 만에 하나 잘못 전달되었을 경우, 의외의 큰 사태가 벌어질 수도 있는 것이다. 이 엄중한 시기에, 정확한 암호 교환은 야간 초병哨兵의 생명인 것이다.

마침 오늘 밤 암호는 한국군 말 습관에 맞는 것이고, 단어 발음도 귀에 익은 것이어서 천만다행이라는 생각이 들었다.

오늘 밤은 때가 때인 만큼, 또 한 가지 예例의 주지 사항이 전달되고 있었다.

만약의 경우, 암호를 잊었거나 갑작스레 생각이 나지 않을 경우, '태권도 투'라 응답하면 통과가 가능하다는 것이다. 암호를 수령해 온 각 소대 주번병들의 전달 사항이었다.

극히 이례적인 일이었다.

그러나 때가 너무 엄중해서, 그런 보완조치를 취한 것이라고 해석들을 했다.

소대원들은 '나이롱 〈⇄〉 하우스', '태권도 투'를 몇 번씩 되뇌이며, 발음이 쉬워서 좋다고들 했다. 그러면서 발차기, 손 치기 등 태권도 기본동작을 흉내 내는 사병들도 있었다. 모처럼 발음도 쉽고 귀에 설지 않은 단어여서, 어떤 사병들은 한마디씩 우스개를 하며, 제법 어깨를 으쓱거리기도 했다. 영어암호에 주눅이 들었던 사병들이, 어쩌다 암호 발음에 자신감이 서는 눈치들이었다.

처음 한성욱 하사는 그러려니, 그런가 싶어서, 그냥 지나치고 말았다.

'태권도 투'라…… 태권도에 원, 투가 있는 것인가?

아니다. 태권도는 영어가 아니다. 어제까지 미군 생암호를 그대로 썼는데, 갑자기 한국군 독자 암호로 바뀌었다는 말인가?

아니다. 그러고 보니 나이롱 하우스도 이상하다.

나이롱은 나일론(nylon)의 한국식 조어造語다. 나일론은 인조섬유인데, 한국 사람들에겐 유사품, 가짜를 뜻하기도 하고, 또 허풍쟁이, 날나리, 건달을 뜻하기도 한다. 아주 뜻이 미묘해서 좋지 않은 유사품이나, 질이 나쁜 인간들에 빗대어 쓰는 말인 것이다.

이런 말을 미군들이 쓸 리가 없고, 더구나 오늘은 자기 나라 대통령이 암살을 당한 날이다. 이런 경박하고 비천한 말을 암호로 택할 리가 없는 것이다. 나일론이 아닌, 나이롱은 한국 사회의 신조 유행어인데, 미군들이 이런 한국 유행어를 군대 암호로 쓴다는 것은 언어도단이었다.

아무리 생각해도 이상하고 찜찜한 일이었다. 도저히 상식에도 어그러지고 이치에도 맞잖은 일이었다.

한성욱은 문득, 제29교육연대 훈련소에서 있었던 일이 생각났다.

제29교육연대 5중대 5소대엔, 나이 많은 교보 출신 정춘기 선생이 있었다.

그가 불침번을 서야 했을 때, 소대 향도였던 한성욱이 정춘기 선생을 대신하여 불침번을 서 준 일이 있었다. 그날 밤 수수 중에, 미처 암호 인수인계를 제대로 받지 않아 제대로 걸려든 것이었다. 특별 야간순찰을 나섰던 중대 인사계에게, 암호를 수하誰何하지 못하여, 한성욱은 알카빙 뺏따를 맞았다. 찍 싸게 얻어맞은 기억이 있었다.

그날 밤 훈련소에 전달된 암호는 '이글스 〈⇄〉 플라이'였다. 이것이 유선 전달 착오로 '이꿀소 〈⇄〉 빨라이'가 되어 있었다. 말도 아니고 막걸리도 아닌, 괴상망측한 소리(발음)로 통용되고 있었던 것이다.

암호란 간단명료해야 했다.

순간적으로 목숨이 왔다 갔다 하는 전쟁터, 긴박한 사선死線에서 적과 아군을 구별해 내는 찰라의 순간인 것이다. 암호 수하는 신속 정확해야 한다. 간단명료, 신속·정확은 상대의 신속 정확한 청각인지를 위한 필수요껀인 것이다.

그렇게 전제를 하고, 한성욱이 풀어낸 오늘 저녁 암호는 '사자와 생쥐', '라이온 〈⇄〉 마우스'일 가능성이 큰 것이다.

두음법칙이 강하고, 혀가 잘 구부러지지 않는 경상도 발음으로, '라이온'은 나이롱이 되었을 것 같고, '마우스'는 낯선 발음이라 귀에 익은 하우스가 되었을 것 같은 것이다.

'태권도 투'는 미군들의 비상경계 수위水位(?), 비상 명령의 급수를 나타내는 '테프건2'일 가능성이 많은 것이다. 더 정확한 것은, 용산 주둔 미 8군사령부에, 단어의 스펠링을 알아보는 수밖에는 다른 도리가 없었다.

한성욱은 실소를 금할 수가 없었다.

이 중차대한 비상시국에, 암호 하나 제대로 전달되지 못하는 군대, 어깨에 총을 메고 머리에 철모를 쓴 한성욱 자신이, 가소롭기 그지없는 것이다. 자신의 모습을 객관화했을 때, 얼마나 자괴스러운 것이었을까. 참으로 초라하고 불쌍한 모습이 아닐 수 없었다. 진짜 주인공은 따로 있고, 굿판의 앞잡이로 빈 칼이나 잡는 어릿광대, 한성욱 자신의 모습이었다.

한성욱 하사의 모습이야, 참으로 불쌍하건 말건, 어릿광대로 초라하건 말건, 보잘것없건 말건, 군대는 군대대로 돌아가고, 비상령은 비상령대로 진행되었다.

OBD 전 부대원들은 완전군장을 꾸린 채로, 일단 정상시간에 취침명령이 떨어졌다.

신발만 벗고 배낭을 베개 삼아 비상 복장으로 새우잠이 들었다.

얼마나 지났을까.

한밤중, 창 본부 라우드 스피카에서, 갑작스런 비상 나팔소리가 부대원들이 잠든 콘세트 막사 지붕 위를 강타했다.

귀청을 찢는 듯한 빠른 템포였다.

비상 나팔소리에 뒤이은, 본부사령실 장창태 대위의 다급한 고함소리가 찌렁찌렁 밤하늘을 울렸다.

"비상! 전 부대 비상이다! 비상!! 각 중대는 기상 즉시, 연병장 집합이다! 신속한 동작으로, 5분 내로 연병장 집합 완료다! 군장은 완전군장이다!"

때가 때인 만큼, 장병들도 초스피디한 동작으로 연병장 집합을 끝냈다. OBD 13개 중대, 3천5백여 명의 전 부대 장병들이 정해진 시간(5분) 내에 연병장 도열을 완료한 것이다.

11월 말의 찬 바닷바람이 도열한 장병들의 머리 위를 스치고 지나갔다.

한국군 최고참을 자랑하는 창장 박만재 대령의 간단한 훈시가 있었다.

이번 비상령의 개요, 사태의 긴박성, 엄중성 및 장병들의 정신자세 해이를 경계하는 내용이었다.

이어서, 본부사령실 장창태 대위의 장병 행동지침이 하달되었다.

한국군 전 장병에게 내려진 개인화기 및 실탄 지급명령에 의해, 지체 없이 개인별 실탄 지급이 실시된다는 것이었다.

개인별 탄약 지급 요령은 본부 중대 1소대부터 중대 순번에 따라 순차順次 지급이었다.

본부사령실 탄약고 앞엔, 장교들과 상·중사들로 구성된 탄약 지급반이 대기 중이었다. 수송부에서 출동한 차량들이 대낮처럼 라이트를 켜고, 탄약고 주위를 집중 조명하고 있는 모습이었다.

부대 중앙통로가 있는 본부사령실 앞, 탄약고 주위가 조명으로 대낮처럼 밝아지자, 상대적으로 불빛이 약한 국기 게양대 부근의 연병장 쪽이, 컴컴한 어두움에 휩싸여 있는 것처럼 보였다.

이 컴컴한 어두움에 잠긴 연병장에는, 단독무장으로 완전군장을 갖춘 OBD 전 부대원들이, 중대 단위 각 소대별로 도열해 있었다.

맨 후방에 있는 보급부대에 비상이 걸려, 한밤중에 전 부대원이 완전군장으로, 실탄 지급을 기다리고 있는 대기 상태는, 좀처럼 있는 일이 아니었다. 아무리 전쟁 대비 군대라지만, 후방 보급기지 부대 장병들이 탄약을 지급받고 무장을 갖춘다는 것은, 그야말로 특수상황, 초비상사태가 아닐 수 없는 것이다.

얼떨결에 선잠을 깬 병사들은, 곧 큰 전쟁이라도 터질 것 같은 부대 분위기에, 약간은 긴장을 감추지 못하는 모습을 보이기도 했다.

이따금 스치고 지나가는 차가운 바닷바람에, 몸을 움츠리기도 하고, 발을 오종종거리는 병사들도 있었다. 그러는 병사들의 그림자가 여간 우스꽝스러운 모습이었다. 평소와 달리, 헐렁하고 커다란 철모를 쓴 데다가, 이불 보따리만 한 배낭을 등에 지고 서 있는 그림자가,

여간 우습지가 않은 것이다.

아무리 좋게 보아주려고 해도 쓴웃음이 저절로 나왔다.

전쟁이란 도대체 어떤 얼굴을 하고 있을까.

전쟁이란 괴물은 인간을 닮은 얼굴일까, 짐승을 닮은 모습일까, 아니면 신神을 닮은 형상일까. 도대체 어떤 모습일까?

군인이, 전쟁이 멀리 있다고 생각하는 것은, 자가당착이요 본말전도가 아닐 수 없는 것이다. 이러다가 만약, 방구가 잦으면 설사가 터진다고, 전쟁이라도 터지게 되면 어찌할까. 이 생때같은 죄 없는 젊은이들이 대폿밥이 되어 죽는다. 한성욱과 민석구도 꼼짝없이 전장에 끌려가서 죽게 되는 것이 아닌가.

참으로 어처구니없는 일이었다.

암살은 미국 대통령 케네디가 당했는데, 한국 국적의 한성욱과 민석구가 죽는다?

사람들은 왜 쓸데없이 전쟁을 하는 것일까. 권력자들은 왜, 사람 죽이기를 좋아하는 것일까. 전쟁 지상주의, 전쟁 미치광이들에게, 사람들은 왜, 그렇게 쉽게 속는 것일까. 왜 휩쓸리고 동의를 해주는 것일까?

한성욱을 포함한 모든 군대 구성원은, 유사시 전쟁이 일어나면 써먹기 위해, 옷을 입히고 밥을 먹인 것이다. 이른바 적敵, 오로지 사람을 죽이기 위해서, 양성된 특수집단인 것이다. 전쟁 때, 국가체제 수호를 위해 써먹을 인간 소모품인 것이다.

이것을 모르고, 옷을 얻어 입고, 밥을 얻어먹은 것은 아니다. 물론 국가권력의 통제 아래, 암묵적 억압에 의해, 자신들의 젊은 목숨을 담보로, 군대에 몸을 던졌던 것도 사실이었다.

그렇기는 했지만 불완전한 동의同意, 그러니까 절반쯤은 자신들에게 책임이 있지만, 그래도 철모를 쓰고 총을 들고 전장에 나간다고 생각하니, 어쩐지 떨떠름하고 기분이 잡치는 것이다. 거기에다가 적탄이 날아와, 제 몸뚱이가 벌집이 되고, 포격에 찢기어 팔다리가 날아간다고 생각을 하니, 입맛이 쓰고 제 젊음이 너무 아까운 것이다.

수많은 다른 생명들이 죽어가도, 자신의 목숨은 살아남는다는 전제에서, 군대에 동의한 것은 아닐까. 자기 생명에 대한 야욕, 자기는 죽지 않는다는 허무맹랑한 미신적 맹신盲信, 그런 허황된 꿈 때문에 제복을 허락한 것은 아닐까.

한성욱은 이래서 탈이다.

무슨 일을 만나면 결단을 내려야 하는데 항상 망설이고 덤벙거린다.

이것이 아니면 저것이고, 최선이 아니면 차선이라도 선택해야 한다. 이것도 저것도, 그것도 아니고, 아무것도 아니면, 빙 한 바퀴 돌아서 가는 회전의 길. 그것도 아니면 파멸이라도 선택해야 한다. 타락하거나, 하다못해 죽어버리기라도 해야 할 것이 아닌가.

한성욱은 서성거리고 망설이는 일이 많았다.

그러다가, 형편에 밀려서 남의 삶을 살다가, 어느 날 문득 자신의 길이 아닌 것을 후회하고 통한에 젖는다.

지금도 마찬가지인 것이다.

끗발 없는 바닥백성들이 명분 없는 전쟁에 끌려나가 죽는 것이 새삼 어제오늘의 일이었던가.

명明의 요구에 의해 라센정벌에 나섰던 병사들, 일제에 의한 강제징병, 고구려가 꺼꾸러지고 자주권을 잃어버린 후 내리 일천오백 년 동안 수없이 치른 치욕적인 전쟁들이 다 그랬다. 힘없는 백성들은 쓸데없는 전쟁, 강대국들의 영토 확장 전쟁, 권력자들의 권력 유지와 영화를 위한 전쟁에, 아무 죄도 없는 귀한 목숨들을 내주었다.

바닥백성들이 언제 이유 따지고, 전쟁에 나갔던가. 목숨을 내주었던가.

나라라는 이름으로 끌어가니까 끌려나간 것이고, 죽이니까 죽은 것이다. 그러니까 한성욱 같은 이름 없는 백성은, 그저 이유 따지지 말고, 조용하게 눈 딱 감고 죽어 주는 것이 도리인 것이다. 또 그러는 것이 복잡하게 이것저것 따지는 것보다는 간단하고 편한 것이다. 존재 희미한 백성, 조용히 말썽없이 사라져 주는 것이, 잘난 놈들 전쟁 미치광이들에 대한 예의일 것 같기도 했다.

"야, 이 새끼야, 실탄 주먼, 누굴 쏘아 죽여야 허는디…… 어쩔래 새끼야?"

옆에서 오종종하게 발을 동동거리고 서 있는 민석구 녀석을, 한성욱이 발로 툭 걷어찼다.

"이 새끼야, 누구 듣겄다, 조심혀!"

키가 작은 민석구가 꼬두발을 세워 한성욱의 귀에 대고 말을 했다.

"씹새끼, 뒈지기는 싫어서……."

"야 좆새끼야, 들키면 뒈지지도 못허고 당헌께 그러제"

"좆나발 불지 말고, 실탄 받으면, 그것 다 나 주라"

"니껏 너 써라, 새끼야…… 다 어디다 쓸라고?"

"너같이 좆나발 부는 새끼들, 다 갈게 불란다!"

"좆까는 새끼, 쥐약 처 먹엇냐?"

한성욱과 민석구는 탄약 수령을 위해 본부 중대가 이동하는 동안,

실없는 잡담을 이죽거리고 서 있었다.

야간 집합이고, 차가운 바닷바람이 이따금 연병장 위를 스쳐 지나고 있어서, 집합 분위기가 점점 어수선해지고 있었다. 실탄 지급을 위한 대기 시간이어서, 엄격한 통제가 필요한 것은 아니었다. 그러나 '편히 쉬엇' 자세는 아니었다. 열중쉬엇 자세로, 장병들은 어정쭝하게 서서 끼리끼리 말을 나누고 있었다.

본부 중대가 탄약고 앞에 도착, 정렬을 끝내고도 한참이 지났다.

그러자 본부사령실 장창태 대위가 다시 사열대 위에 뛰어올랐다.

장창태 대위는 부대 맨 후미 중대를, 본부 중대와는 정반대 방향에서, 탄약고를 향해 출발 명령을 내렸다. 시간 단축을 위해 2개 중대 동시 실탄 지급을 위한 조처였다.

후미 중대인 13중대가 탄약고 앞에 도착, 도열을 끝냈다. 앞서 도착한 본부 중대와 함께, 선두가 서로 마주 본 상태로 양쪽으로 길게 늘어서 있었다.

탄약 수령을 위한 모든 준비가 완벽하게 다 갖추어진 상태였다.

그리고도 또 한참이 지났다.

연병장에 남겨진 나머지 장병들은, 시선을 탄약고 쪽에 멈춘 채, 자신들의 차례를 기달랐다.

또 한참이 지났으나, 어찌 된 영문인지 탄약고의 문은 열리지 않고 있었다. 시간이 흐를수록, 어두컴컴한 연병장에 대기 중인 장병들은 자연 어수선한 분위기가 되었다.

본부사령 장창태 대위는 아까 지체 없이 탄약 지급을 실시한다고 했다. 긴급을 요하는 비상사태에 대비, 신속한 탄약 지급을 위한 가장 효과적인 대열을 갖추도록, 중대별 배치를 이미 끝낸 바 있었다.

20분이 지나고 30분이 지나도, 탄약고의 문은 열리지 않고 있었다.

각급 단위 지휘 장교들과 중대 인사계들은 탄약고 주위에 모여 서성거리고 있을 뿐이었다.

대한민국 육군 최고참 대령 박만재 창장도, 하릴없이 속수무책으로 서 있기만 했다. 초조하기는 다른 장교들도 마찬가지였다.

OBD 장병들은 전투적으로 단련되고, 야전에서 훈련된 정신과 육체를 가지고 있지 않았다. 장병들 스스로의 표현대로, 작업병이나 기름강아지에 비유되는 정신력과 신체 수준을 가지고 있었다.

완전군장에 전투 배낭을 메고, 철모에 총을 들고, 장시간 대열을 유지하고 서 있기란, 어딘지 좀 서툰 데가 있었다. 몸이 뒤틀리고 좀이 쑤시는 것이다. 열중쉬엇 자세이지만, 대열 이탈은 물론이고, 몸을 아무렇게나 뒤채고 비틀어 대는 사병들이 태반이었다. 잡담에 농짓거리로 분위기가 매우 뒤숭숭했다.

사뭇 긴장감이 돌았던 처음 비상 집합 분위기와는 영 딴판이 되었다.

이런 상태를 군대에선 '개판 5분 전'이라고 자평自評한다. 개판 5분 전이란 표현은 크게 잘못된 것이고, 지금 현재 개판이 한참 진행 중인 것이다.

대낮처럼 차량 라이트를 밝힌 탄약고 주위가 가관이었다.

부대 최고사령관 육군대령 박만재 창장, 부창장 이상우 중령, 창본부 행정과장, 작전과장, 정비치장과장, 시설과장, 정훈과장, 본부사령 및 각 중대장들, 도합 30명에 가까운 장교들이 모여 있었다.

그 외, 본부 중대 인사계를 비롯해 하사관 상·중사들이, 장교들보다 더 많은 수를 형성하고, 누구인가를 기다리고 있었다. 탄약고 주위를 맴돌고 있는 장교 그룹이나 하사관 그룹을 막론하고, 모두들 초조하기는 마찬가지였다.

앞서 기다린 30여 분보다 더 많은 시간을, 모두가 목을 늘이고 기달라야 했다.

OBD 3천5백여 명의 장병들이, 한밤중 찬 바람 탱탱 부는 연병장에, 한 시간 십여 분 동안 방치되어, 발을 동동거리고 몸을 떨고 있어야 했다.

드디어 정문 쪽에서 연병장으로 오는 중앙통로에 한 줄기 자동차 불빛이 보이기 시작했다.

병기기지사령부 산하 각 부대를 관장하는, 미군 고문관 브라운 중위의 찦차가 나타난 것이다.

모든 부대원들의 시선이 그리로 쏠렸다.

브라운 중위는 빠크샤 같은 굵은 몸집에 혈색 좋은 얼굴을 하고 있었다.

기다리고 있던 장교 그룹의 실루엣이 움씰거렸다. 브라운 중위와 인사를 나누기 위한, 위치 잡기 동작의 움직임이었다.

맨 먼저 경례를 교환하고, 브라운 중위와 손을 맞잡은 군인은, OBD 창장이 분명했다. 멀리서 보아도 확연하게 구별할 수 있었다. 브라운 중위는 미 육군 정복에 베레모 차림이었고, OBD 창장은 전투복에 철모를 착용했기 때문이었다.

순간, 한성욱은 가슴이 철렁하여 간이 떨어지는 느낌을 받았다. 피가 거꾸로 서는 것이었다.

한성욱 하사는 제 손으로 제 눈을 비비며, 제 눈을 의심했다.

작년 쿠바사태 때처럼, 오늘도 자신의 시력을 의심하고, 제 눈의 정확도에 대해 실망을 금할 수가 없었다. 자신의 시신경 조직의 순간 포착능력, 시각 신경의 정밀도가 부족한 것이다.

분명, OBD 창장의 손이 먼저 올라간 것으로 보였다.

쿠바사태 때와 똑같이, OBD 창장의 손동작이 브라운 중위보다 빨랐다.

한국군 최고참 대령, 박만재 창장의 거수경례가, 미군 중위 브라운 고문관의 거수경례보다 더 먼저 올라간 것이다.

한성욱은 곤혹스러웠다.

자신의 시각 신경 이상을 도저히 인정할 수가 없었다. 오늘 낮 시간은 물론 해가 지기 이전까지도, 자신의 시각에 아무런 탈이 없었다. 어떤 이상이나 장애를 느낀 바가 없었다.

거수경례를 교환하는 태도, 몸짓 또한 주객이 전도된 모양새였다.

OBD 창장은 꼿꼿하게 굳은 부동자세였고, 고문관 브라운 중위는 유연하고 여유만만한 몸동작이었다. 마치 큰형님과 막내아우가 만나는 장면 같았다. 하기야 철딱서니 없는 아이들 세상에서, 제일 키 큰 녀석이 제일 큰형님이 되어, 어른 노릇을 하는 것이 아니던가.

한성욱 하사의 시력은 좌우 각각 1.5, 1.2였다.

군대에 들어와 눈병을 앓았거나, 안과 질환으로 치료를 받은 적이 없었다. 눈을 다친 적도 없었다. 지금 이 시간까지 멀쩡한 눈을 가지고 있는 것이다.

하지만 그것은 그렇다고 치고 넘어가자.

한성욱의 시각 신경 이상이나 오작동으로, 일시적 착시현상일 수도 있는 것이니까.

너무 이치에 어그러지고, 세상에 일어날 수 없는 일이었기에 더욱 그렇다. 한성욱의 착시현상이나 시신경 탓으로 돌리는 것이 훨씬 마음 편하고 위안이 될 수도 있는 것이었다.

탄약고 철문에 걸려 있던 어린애 머리통만한 자물통이 열렸다. 메드 인 USA, US 표시도 선명한 누런 주석 자물통이 열린 것이다.

그런데 재미있는 것은 OBD 창장이나 본부 사령에 의해, 탄약고 문이 열린 것이 아니었다. 브라운 중위를 수행해 온 흑인 병사 운전병에 의해, 그 견고한 철문이 열린 것이다. 그 흑인 병사는 무장도 하지 않은 채, 껌을 질겅질겅 씹고 있었다. 부대 최고 지휘관 박만재 창장이나, 오늘 밤 부대 당직사령으로 노란 바탕에 무려 네 개나 되는, 빨간 줄이 선명한, 빛나는 완장을 차고 있는 장창태 대위에 의해 열린 것이 아니었다.

창장 박만재 대령이나, 당직사령 장창태 대위를 위시한 장교들과 상·중사들은, 남의 일 보듯 멍하니 바라다보고만 서 있었다. 닭 쫓던 멍멍이 신세였다.

부대 최고사령관 박만재 창장이야, 선의로 해석하여 예우상 그렇다고 치자. 하지만 오늘 밤의 당직사령 장창태 대위는 다르다. 부대장의 명을 받아, 부대의 안전과 전 부대원의 생명을 지키고, 보호할 막중한 책임을 수행해야 한다. 당직사령의 첫째 임무였다. 특히 야간에는, 전 부대 병력의 지휘 통제권을 완전무결하게 관장하고 행사한다. 전 세계 모든 군대가 갖는 공통사항이다. 하물며 평상시도 아닌 초비상사태가 아닌가.

어떠한 형태로건, 최고사령관 박만재 창장의 명에 의해, 당직사령 장창태 대위의 손으로 탄약고의 문이 열렸어야 했다.

이 밖에도 한성욱의 눈은 심한 착시현상으로 또 한 번 더 스스로에게 시달려야 했다.

병기기지보급창 전 병력이 완전군장 상태에다가, 모든 지휘관들의 지휘 차량에 야전용 위장막이 씌워져 있는 것과 달리, 미군 고문관 브라운 중위의 모습은 미 육군 장교 정복 차림이었다. 전투복이 아니었으며, 베레모에 권총 한 자루를 겨우 소지하고 있었다.

그를 수행한 흑인 병사 운전병 역시, 작업모에 껌을 질겅질겅 씹고 있었으며, 개인화기조차 지참하지 않고 있었다.

8

존F·케네디, 미국 대통령 암살로 인한 비상령은 2주일 만에 해제되었다.

미국 내의 백색 보수주의 세력의 소행이라면 몰라도, 쏘련의 비밀정보조직 게페우(G.P.U)와는 관계가 없는 것 같았다. 여타 국제 반미주의자들과도 전혀 관련이 없는 것으로 판명되고 있었다.

따라서 국제적인 안보 상황에는 아무런 변동이 없었다.

한국의 비상소동은 주인이 갓 쓰고 장 나들이하는데, 머슴이 덩달아서 두엄 지고 장마당에 따라나선 꼴이 된 것이다.

부대 업무는 모든 것이 정상화되어, 평상 때와 같이 돌아가고 있었다.

반면, 한성욱과 민석구의 제대특명만 깜깜소식 무소식이 되어버렸다. 안타깝고 울화통이 터질 일이었다.

장병 인원 수급 조절을 위한 제대나 입대에 관한 사항은, 일정한 원칙에 의해 시행되고 있었다. 군 내부의 어떤 사건 사안에 따라, 순연順延 실시되는 것이 지금까지의 시행 관례였었다. 국가적 사변 사태가 발생했을 때에도 이와 동일했다.

그러니까 육군 일반병 만기제대는 33개월 정도에서 끊고 있었다. 이번 비상사태로 인해서, 아무래도 1개월 이상 순연될 것으로 예상되는 것이다. 하지만 이번 비상사태의 영향이 너무 충격적이고 큰 것이어서, 예상을 넘어 63년 해를 넘기고, 64년으로 넘어갈지도 모르는 일이었다.

한성욱은 원래 운수나 운명, 어설픈 역술易述 역학易學, 세간의 무술巫述 미신 따위는 거들떠보지도 않았다. 그럼에도 불구하고, 운수가 너무 없다는 생각이 들었다.

제대특명 수령(하달) 예정일, 하루 전날 케네디 암살사건이 터졌다. 과科 주임 김 교수와 약속한 기말고사 필기시험 참여가 무산되었다. 초비상 상황에서, 특박特泊이나 외출 휴가가 전면 금지되었다.

고의나 태만은 아니었지만, 한성욱으로선 김 교수와 학생처장에게 이를 수 없이, 큰 미안을 끼치고 만 것이다. 졸업 기간을 단축하려던 본래의 시도는 물거품이 될는지도 몰랐다. 제대와 동시에 복학이 예정되어 있었는데, 당장 그것이 어렵게 되어버린 것이다. 앞으로 일을 어떻게 수습해야 할지, 걱정이 태산 같았다.

이렇게 겹겹이 쌓인 난제難題와 불안 속에서 1963년이 저물어 가고 있었다.

금년 안에는 무슨 일이 있어도, 철조망 밖으로 걸어 나가겠다고, 다짐에 다짐을 거듭했다. 그리고 벅찬 설레임으로 온몸을 전율했다. 그렇게나 소망하고 기다리고 기다렸던 63년 11월 제대가 완전 헛꿈이 되고 말았다. 한성욱 자신의 앞날, 인생계획에 막대한 손상을 끼치고, 크나큰 차질을 빚게 만들어 놓은 것이다.

3년 동안이나 꾹꾹 눌러 참고, 치솟아 오르는 분노를 누르고 눌러서, 이빨을 물고 자제하고 견뎌냈다.

그런 보람도 없이, 마지막 순간에, 또 안고 일어서지 못할 무거운 재앙들을 몰아다 주었다.

한성욱에게는 요행이나 행운은 없었다. 아니, 정상적인 것이 묘하게 비끌려서, 가는 길에 늘 재앙으로 가로누웠다.

어떤 사람들에게는 하는 일들이 잘 풀려서, 행운이나 요행을 잡는 경우도 있었는데, 한성욱에게는 그런 '일 잘 풀리는' 일이 없었다. 어떤 일에 덕을 보거나 복이 따르는 법도 없었다.

한성욱과 민석구가 제대특명을 수령한 것은, 한해가 다 저무는 12월 23일이었다.

부대 출발은 한 달여 후인, 1964년 1월 29일이었다.

결국, 철조망 안에서 한해를 더 살고, 나이도 한 살을 더 먹고 나가는 셈이었다.

하루가 천년 같고 일각이 여삼추란, 이런 때 두고 생긴 말인 것 같았다.

사람이 참는다는 것, 이성적理性的 인내에도 한계가 있었다.

참는 것에 한계가 없으면, 그것은 인내가 아니다. 인내는 어려움을 끝내기 위해서 있는 것이다. 그것이 인내의 목적이고, 진정한 참음의 존재 이유인 것이다.

끝없는 인내는 패배이다. 비겁자의 선택일 수 있었다.

한성욱은 그동안 승리를 포기한 것은 아니었다. 적어도 유보하고 있었노라고, 자신을 다독였다.

결코, 비겁자이거나 패배자일 수는 없는 것이다.

9

1963년 12월 24일, 제대특명이 하달된 그 다음 날이었다.

공급실(업무) 인수인계가 있었다.

만만한 것이 쫄병들이었다.

공식적으로는 중대 인사계가 공급실(물품) 현황, 인수인계서를 받아야 한다. 그런 다음, 나중 중대장이 확인 결재하는 절차여야 하는 것이다.

그러니까 원칙적으로 중대 인사계가 직접 인수 당사자이고, 공급계 사수 한성욱 하사가 인계하는 것이다. 공급실 입구에 붙은 표찰에도, '공급실 책임자는 정正(새로 부임한 중대 인사계) 추도칠, 부副 한성욱'으로 쓰여 있었다.

그런데도 책임 회피 두루뭉수리 편법 인수인계서가 작성되는 것이, 군대 내림풍속이 되어 있었다. 중대 인사계는 입회인이 되고, 제대자 사수 공급계와 뒤에 남은 조수가 서로 인수인계를 하는 것이다.

조수 목구평이가 챙긴다고 하면, 무엇을 얼마나 챙길 수 있겠는가.

자고 새면, 한 책상에서 얼굴 맞대고 지냈던 선임 한성욱 하사에게, 무엇을 어떻게 따지고 자시고 할 수 있겠는가. 목구평이도 벌써 한성욱 하사와 같이 지낸 지도 19개월이 되는 것이다. 그동안 사수 한 하사의 애로사항, 물짜 보급병 공급계로서의 어려움을, 누구보다도 더 잘 알고 있는 터였다. 내일부터 당장 사수 한성욱 하사의 업무를 인계받으면, 제가 당하고 처해야 할 애로사항과 어려움인 것이다.

이런 판국에, 제대해 나가는 선임 사수를 상대로, 따질 것 따지고 챙길 것 챙겨서, 인수인계서에 도장을 찍을 수 있다는 말인가.

한성욱이 그의 사수 우상태 상병으로부터 인수인계를 받았을 때처럼, 눈에 띄는 큰 하자가 없는 한, 도장을 안 찍을 수가 없는 것이다. 목구평이도 선배들의 관례에 따라, 군대 전래 풍속을 그대로 따랐던 것이다.

군대 업무란 다 그렇고 그런 것이어서, 장사치들처럼 악다구니를 칠 수도 없는 것이다. 평생 쓸 물건을 팔고 사는 것도 아닌데, 판매계약서를 쓰듯, 시시콜콜히 점검하고 들 수도 없는 노릇이다.

중이 밤길 가다가, 잠시 길갓집 처마 밑에 밤이슬을 피하고 지나듯, 어쩔 수 없이 이 옷 입고, 3년 동안 공일 해 주고 떠나는 처지들이 아닌가. 부대 창설 이후, 누적된 착오나 비리非理의 결과를, 전임前任 사수 혼자서 다 책임져야 한다는 것은, 언어도단이었다.

군대업무는 본질적으로 전쟁업무이다.

전쟁업무를 전쟁이 없는 시기에, 그대로 진행이 되는 데서 오는 모순이 한두 가지가 아니다.

엄격하게 따지면, 군대업무란 전시업무가 정상업무이고, 전쟁이 없거나 쉴(휴전) 때는, 비정상업무가 되는 것이다. 아이러니칼 하게도, 전쟁이 '평상'이고, 비전쟁이 '비상'인 것이다.

전쟁 시기에는 공급실 업무, 물짜업무가 이렇게 복잡하고 어려울 것이 없다.

전시에는 모든 군수품 모두가 소모품이 된다. 전쟁에 투입된 모든 물짜는, 원칙적으로 손망실처리가 가능하다. 전쟁 시기가 아니기 때문에, 물짜의 손망실처리가 원천봉쇄되거나, 까다로워지는 것이다. 보급품의 인수因數, 보유, 유지도 마찬가지이다.

고가품인 전투폭격기나 탱크도 격추되거나 추락당하고, 적의 포격에 무쇠탱크도 한 방에 박살이 나는 것이 전시상황이다. 이러는 판에, 자질구레한 1종 2종 보급품이나, 소대 단위 공용 지급품 따위가 문제 될 것이 없었다.

이날 한성욱 하사는 또 한 번의 큰 고비를 넘겼다.

1개월여 전에 새로 부임한, 중대 인사계 추도칠 중사로부터, 볼따귀를 얻어맞는 수모를 당했다.

표일두 상사 때부터 잘못 처리된 보급품과, 언제부터인지 지급 년도를 알 수 없는, 소대와 중대의 공용 장비 때문이었다.

한성욱의 근무 이전은 잘 알 수 없지만, 그 꾀까다롭다던 박희필 상사도, 관행에 따라 대강 눈을 감고 넘어갔던 항목들이었다. 소대와 중대에 지급된 공용품의 경우, 폐품상태로 한두 개 남아 있는 것도 있고, 어떤 것은 아예 품목 자체가 남아 있지 않았다. 지금은 또 그런 지급품들은 부대에서 사용이 불가능한, 사용할 필요가 없는 공용품들이었다. 방화防火 방공防空 기구의 경우, 일제 해군창 시절부터 쓰던, 필리핀제 '마제磨製 바켓쓰'란 것이 있었다.

이런 식의 부대 창설이나, 전쟁 초기에 지급된 공용품들의 소재에 대해, 그 인수를 제대로 맞춘다는 것은, 도저히 불가능한 일이었다. 수명 년한이나 마모, 망실품의 손망실 보고 란欄(항목)은, 허울 좋은 눈요깃거리에 불과했다.

어떤 부대 어떤 공급실에도 모두 이런 문제를 안고 있었다.

그래서 공급병의 직접적인 부정이나 착오가 아닌 것은, 그대로 묵인되는 것이 그동안의 인수인계의 관행이었던 것이다. 사병 일개인인 공급계로선 불가항력이 아닐 수 없었다.

신임 인사계 추도칠 중사의, 지금까지의 군대 관행을 깬 어거지 폭력에, 한성욱 하사는 이를 용케 참아 냈다. 군대 생활 마지막 관문을 잘 통과한 것이다.

잘못하면 자신을 망치는 것이다.

앞으로 더 창창한 길이 있고, 보다 넓은 세상이 있는 것이다.

체제 승복을 상징하는, 푸른 제복이 주는 고통과 수모를 이겨내고, 어서 자유의 몸이 되어야 한다. 허수아비 권력의 똥구덩이 속에서, 구더기 굼벵이 시절을 보냈다. 이 허물을 벗고 똥파리가 되어서라도, 저 푸른 창공을 훨훨 날아야 하는 것이다.

부글부글 끓고 차오르는 울분을 삭이며, 한성욱은 삼보 전진을 위한 일보 후퇴라는 말로 자신을 타일렀다. 보다 현실적인 인내라는 것이다. 용수철의 폭발적인 강도는 최대한 휘어드는 데서 나온다.

아무리 그렇게 타일러도 분한 것은 분한 것이다.

쉽게 풀어지지 않는 것이다. 차상급자인 하사관이, 차하급자인 하사관에게 매질을 했다? 그것도 내일모레 군복을 벗고 나갈 제대 대기병이 아닌가? 한성욱 하사 개인적으로 생각하면, 창내廠內 둘밖에 없는 하사고시 출신 일반하사가 아닌가. 전투행위의 실수나 잘못이 아니지 아니한가. 전투행위의 잘못이었다면, 그보다 더한 폭력도 한성욱은 달게 받을 수 있었다.

이 일에 겹쳐서 또 한 가지 떠오르는 바가 있었다.

군대를 떠날 날을 앞두고 있어서 더욱 새삼스러운 것이다.

부대 전입 쫄병 시절, 표일두 상사로부터 당한 모욕이었다.

인간 한성욱, 군인 한성욱 일등병의 과오나 결함은 그 개인에서 끝나야 한다. 그것이 그 개인의 가문이나 조상, 태어난 지역에 관련지어져서는 아니 된다.

한성욱 일등병의 잘못이나 위반사항을 빙자하여, 그의 출생지를 비하하거나, 욕되게 해선 아니 되는 것이다.

'이 한성욱 일등병 새끼'하고 체벌을 하거나, '한성욱이 이 개쌔끼' 라고 욕설을 퍼붓는 것은 상관이 없다. 그러나 '이 하와이 새끼!'라고 소리치며 쪼인트를 까거나, 몽둥이로 배때기를 찌르거나 때려 패는 짓은, 결단코 용납이 안 된다. 이것은 도저히 용서할 수 없는 행위인 것이다.

그럴 때마다 한성욱은, 각 소대 내무반에 비치되어 있는 총가銃架를 떠올리곤 했었다. 그리곤 어디선지 얻어들은 문둥이 시인 한하운의 싯귀 한 토막을 소리죽여 절규하고 있었다.

보리피리 불며 삘닐리
가도가도 끝없는 소록도 길 황토밭 길
나는 문둥이가 아니라 문둥이 새끼올씨다!

입은 비뚤어졌어도 촐래는 바로 불어야 한다.

한성욱은 '하와이 새끼'가 아니라, '전라도 알새끼'인 것이다.

10

지난 12월 31일 밤에 발생한 부산 소재 병기기지보급창 대폭발사껀은 사회적 큰 파장을 일으켰다.

4283년(1950년) 6·25전쟁 이후, 남한에서 일어난 군부 반란은 5·16이 유일했다.

그 이전 4281년(1948년) 제주에서 4·3 민중봉기가 일어났고, 그 진압을 위한 출동 과정에서 발생한 여수 14연대의 반란은 그야말로 거대했다. 5·16은 정통적인 반란이 아니고, 반공 정권 강화를 위한 백색 친위꾸테타에 속한 것이었다. 여수 14연대 반란 이후, 반란이라 칭할 만한 이렇다 할 사껀이 별로 없었다.

이번 병기기지창 대폭발 사껀은 집단적이고 조직적인 것은 아니었으나, 군 내부 소속원에 의한 저항 반란적 성격이 강했다. 미국의 무기지원과 전쟁의 직접적 상징물인, 탄약고를 겨냥했다는 데 문제의 심각성이 있었다. 군대의 사기 저하, 전쟁심리의 위축, 미국 원조 물짜의 막대한 손실을 노린 것이었다.

남한 당국자들이 하늘을 거스르는 것만큼이나 터부시하는, 반미反美 냄새가 짙은 것이다. 여러 가지 정황으로 보아, 범인으로 지목된 사병의 평소 언행이, 매우 미국을 적대시하였다는 증언들이 나오고 있는 것이다.

군 내부의 수사기관들이 촉각을 곤두세우고 있는 것은 말할 것도 없고, 국회의 조사특위까지 구성된 상태인 것이다.

1964년 1월 29일, 제대복을 입은 민석구 병장은 OSMA(육군 병기관리단) 정문 앞에서, 역시 제대복을 입은 조연출이를 만났다. 같은 지역 출신으로, 훈련소 입대 동기에다가 부관학교도 같이 졸업한 사이였다. 부산 쪽에 배치되어 병기기지사령부까지 같이 줄곧 붙어 있었다. 부대 배치 끝 단계에서, 조연출이는 OBD보다 끗발이 더 쎄다는 OSMA로 갔고, 민석구와 한성욱은 병기보급창으로 갔다.

그동안 이웃 부대에 있으면서도 자주 만날 수 없었지만, 한날한시에 군번을 받은 고향 친구끼리라, 늘 마음속에는 가까이 있을 수밖에 없었다. 세 사람이 입대 동기로, 말단 부대에까지 같이 배치되어 군대 삼 년을 마쳤으니, 제대증을 같이 받아들고 같이 웃으며, 동행하고픈 것이 인지상정이었다.

입대에서 말단 부대에까지 같이 왔는데, 제대하여 집으로 돌아갈 때는, 세 사람 중 한 사람의 모습이 보이지 않았다. 셋 중 키가 제일 크고, 대학생 입대자로 인끼가 있었고, 훈련소 향도였던 한성욱의 모습이 보이지 않는 것이다.

OSMA 정문 앞에서 만난 조연출이에게, 민석구가 들려준 한성욱에 관한 이야기는 대강 이렇다. 보도를 통해 조연출이도 이미 대강은 알고 있었다.

지난 12월 30일은 음력 동짓달 보름날이었다

그다음 날이 한해를 마감하는 12월 31일, 제야의 종소리가 울리는 날이었다.

어제가 동짓달 보름이어서 차가운 겨울 달이 휘영청 밝았다.

일도 많았고 말도 많았던 한해가 마지막 가는 달밤이어서, 민석구와 한성욱은 부대 매점에서 양재기 막걸리를 한 사발씩 마셨다.

그때까지도 아무런 낌새가 없었다.

술을 많이 먹지도 않았다. 세 양재기를 가지고, 한 사발 반씩 나누어 마시고 자리를 섰다.

내무반으로 돌아와, 민석구와 한성욱은 나란히 평소처럼 잠자리에 들었다.

밤이 얼마나 깊었을까,

천지가 뒤집어지는 폭발음에 놀라 민석구가 눈을 떴다.

폭발음은 일회성으로 끝나지 않고, 갈수록 더 큰 폭발음으로 연쇄 폭발이 계속되었다.

난생처음 듣는 무서운 폭발음이었다.

땅이 들먹거리고, 막사가 마구 뒤흔들렸다. 한동안 소대원들은 몸의 중심을 잃고, 모두 침상에 쓰러져 있었다.

나중 정신을 수습하고 옆자리를 살폈더니, 한성욱이 보이지 않았다.

이어서 부대엔 비상 싸이렌이 울리고, 우선 급한 대로 인원을 점검, 사상자 파악에 나섰다.

민석구가 아무리 찾아도 한성욱이 없었다.

그렇다고 시신이 있는 것도 아니었다. 민석구와 한성욱이 잠들었던 제2중대 1소대는 막사 지붕 일부가 뜯겨 나갔을 뿐, 찰과상을 입은 몇 명을 빼곤 이렇다 할 인명 피해는 없었다. 천만다행이었다.

혹시나 사람의 일은 알 수가 없어서, 민석구는 막사 뒤 언덕에 있는 중대 변소를 다 뒤져 보았지만, 한성욱의 행방은 묘연했다.

폭발의 진원지는 본부사령실 앞에 설치된 부대 탄약고였다.

얼마나 강력한 폭발이었던지, 그렇게 두껍던 탄약고의 씨멘트 벽이 형체도 없이 날아가 버렸다. 겨우 철근 몇 가닥이 엿가락처럼 휘어져 내렸다.

어린애 머리통만 하던 메드인 US 자물쇠통도, 철문짝도 어디론지 날아가 버리고 없었다.

탄약고에서 가장 가까운 본부사령실 콘센트 막사는 형체도 없이 산산조각이 났다. 부대 중심 도로 건너에 위치한 5중대 막사 1동도, 절반 이상이 날아가 버렸다. 본부사령실 왼쪽에 위치한 제2중대 공급실도 전파되었다. 공급실 바로 옆에 붙어 있던 제2중대 본부 역시, 의자 책상 할 것 없이, 절반 이상이 날아가 버리고 없었다.

이날 당직사령이었던 정훈과장 정길수 대위는, 조상의 묏자리 하나 잘 썼는지, 천행만행天幸萬幸으로 목숨을 건졌다. 새벽 3시, 규정대로 부대 순찰 중이어서 살아남았다. 충직한 그의 성품이 그를 살린 것이다. 부대 당직사령실의 정위치 침실은, 본부사령실 사무실 막사 뒷칸, 야전침대가 놓여 있는 공간이었다.

사병들이 취침 중인 소대 막사는 상당한 거리가 있었고, OBD의 모든 소대 막사는 견고한 철제 콘세트여서, 부상자는 있어도 인명 손실은 단 한 명도 없었다. 불행 중 다행으로 기적 같은 일이었다.

"한성욱이 그 새끼, 마음씨는 발라서…… 참 천우신조天佑神助제 잉, 죄 없는 사람 한 명도 안 죽였어야!"

이번 사껀으로 무고한 민석구가 큰 수난을 겪었다.

단순히 한성욱과 친하다는 이유로, 가까이서 생활하고 노상 붙어 다녔다는 이유 하나만으로, 너무 많은 고초를 당했다.

헌병대는 말할 것도 없고, 군 방첩대, HID, 중앙정보부 분실, 그 외 이름도 알 수 없는 군 첩보 기관에서 불러댔다. 무려 20여 일을 밤낮없이 끌려다니고 문초를 당했다. 매를 너무 많이 맞았다. 연필을 손깍지에 끼워 비트는 고문도 당하고, 돼지 묶듯이 두손 두발을 묶어 철봉에 매다는 고문도 당했다.

민석구의 몸뚱이는 만신창이가 되어 있었다.

그러나 거짓말을 할려도, 아는 것이 아무것도 없었다. 아무리 쥐어짜 보아야, 민석구의 입에선 나올 것이 없었다.

모든 취조기관들이 하나같이, 한성욱을 북과 연결된 빨갱이로 몰아가려고 혈안이 되어 있었다. 민석구는 도저히 수긍할 수 없었다. 그것은 사실이 아니었다. 한성욱은 술 한잔 걸치면, 입바른 소리는 잘해도, 북쪽과 선이 닿은 빨갱이와는 거리가 멀었다.

수사요원들은, 한성욱이 군사기밀을 탐지하여 빼돌리려 한 혐의를 입증하려고, 민석구를 협박하고 위압적으로 을러댔다. 김일성 수상을 찬양하는 소리를 들었다고, 진술하라고 윽박지르기도 했다.

OBD 공급계 하사가 빼돌릴, 가치 있는 군사기밀이 어디 있기나 한 것인가. 한성욱은 술 한잔 되면, 제 기분에 소리는 꽥꽥 질러도, 김일성 수상을 찬양하거나 북 체제를 옹호하는 말을 한 것을, 한 번도 들어본 적이 없었다.

하다 하다 안 되니까, 민석구 자신을 빨갱이로 몰아붙이려 들었다.

그런데 그것은 이치에 맞는 일이 아니었다.

민석구가 짐짓, 공산당이 싫어서 불원천리 남녘으로 자유를 찾아왔는데, 도대체가 천부당만부당하다고 죽기 살기로 소리를 질렀더니, 수사요원들도 두 손을 들더라는 것이다.

마지막으로 걸리는 것이 한성욱과 술판을 벌일 때, 하필이면 왜, 치장지역 억새밭이었나가 문제였다. 치장지역 억새밭에는 미군 수송선 LST가 실어온, 한국 배치 신무기나 신형장비들이 전방 수송을 대기하고 있는 곳이었다. 일제가 개발한 군사요새에, 이런 신예 병기들이 잘 은폐되어 있었다.

간첩질을 할려면 민석구를 매수하여, 치장지역에 잘 은폐되거나 엄폐되어 있는 신형 무기들을, 사진을 찍게 하거나 숫자 파악이라도 시켜야 하는데, 전혀 그런 일이 없었다.

한성욱의 손에는 오징어 다리나 소주병이 들려 있었을 뿐, 카메라 비슷한 것도 한 번 지참한 적이 없었다. 술판은 오직 개소리 잡소리 하는 술판이었지, 다른 것이 끼어들어 거룩한 술판을 어지럽힌 적은 한 번도 없었다. 욕지거리하고 술잔 빨아대는 것이 간첩질이라면, 처벌을 달게 받겠다고 민석구 녀석이 의뭉스럽게 능을 쳤더니, 수사요원도 어쩔 수가 없었던지 20여 일 만에 민석구를 풀어주었다.

어저께도, 한성욱의 신원조회 결과 때문에 한판 소동이 벌어졌다.

중앙정보부 분실 찦차가 들이닥쳐, 민석구와 공급계 조수 목구평이를 연행해 간 것이었다.

한성욱은, 4·19 때 경무대를 습격한 주모자라는 것이었다.

4월 26일 경무대 앞에서, 계엄군 사단장 조재미 준장과 맞서서, '이승만 대통령 면담과 하야 요구'한 대학생 담판 대표였다는 것이다. 대통령 관저를 습격한 것, 반공 애국자이시고 대한민국을 건국한 초대 대통령, 국부 이승만을 타도하려고 한 것은, 분명 빨갱이 짓이라는 것이었다.

뿐만 아니라, 한성욱은 남한의 청년학생들을 선동하여, 이북 청년학생들과 서로 만나서, 남북자주평화통일을 논의하자는 세력의 조직원이자, '가자 북으로! 오라 남으로!'를 부르짖었던, 북의 사주使嗾를 받고 움직이는 세력의 일원이라는 것이었다.

그러하니 한성욱이 평소에도 친북적인 언행을 많이 했고, 북한 괴뢰정권의 시책에 동조하는 발언을 했다. 미국의 맥아더 장군과 이승만 대통령이 주장하는 북진통일北進統一을 반대한 바 있었다. 민석구와 목구평이를 민족자주평화통일 동조세력으로 끌어들이기 위해, 기회만 있으면 갖은 감언이설과 필요 이상의 호의를 베풀었다. 그래서 술도 자주 샀다는 것이었다.

이런 등등의 몇 가지 항목에 동의하는 손도장을 찍으면, 제대 후 좋은 직장을 보장하고, 안정된 생활을 하도록 보장해 주겠다는 사탕발림이었다.

민석구와 목구평이를 번갈아서 회유와 강도 높은 협박을 병행했다.

제대 출발을 연기시키고, 한성욱과 동조 혐의를 뒤집어씌워, 육군형무소에 보내겠다는 뜻을 내비치기도 했다. 여간 두렵고, 자신의 앞날이 크게 걱정되기도 했다.

그러나 민석구는 한성욱을 죽이는 거짓말을 할 수는 없었다. 그동안 겪어본 한성욱은 믿을 수 있는 놈이었고, 수사기관의 주장이 전혀 근거도 없고, 틀린 말이었기 때문이었다.

한성욱에게 굳이 특이점이 있었다면, 억새 언덕에 올라 술판을 벌일 때 언제나 바다쪽을 향해 앉는 버릇이 있었다. 그리고 날이 맑은 날은 대마도에 대한 관심이 필요 이상으로 많은 것 같기는 했다.

공급계 조수 목구평이도 이번 일에 많이 시달렸다.

단순히, 같이 한 공간에서 근무했고, 밥만 먹으면 사수와 조수 사이로, 서로 만난다는 이유 하나만으로, 군 수사기관에 여러 번 연행되어, 매를 맞고 문초를 당하는 곤욕을 치렀던 것이다.

그렇지만 목구평이 역시, 민석구처럼 할 말이 별로 없었다. 정보기관에서 일방적으로 조서를 작성하고, 거기에 지장을 찍으라는 데는, 목구평이도 견디기 어려웠지만, 이에 응하지 않았다. 그것은 사실이 아니었고, 목구평이 자신이 너무 아는 바가 없는 것들이었다. 목구평이가 상대한 한성욱 하사는 정보요원들이 강요하는 항목에 해당하는 사람이 아니었다.

그런대로 목구평이도 정직하게 잘 버텨준 셈이었다.

민석구는, 쫄병 목구평이가 대단하고 고마운 생각이 들었다. 사실 한성욱은 누구의 사주를 받고 행동하는 그런 가벼운 사람이 아니었다. 북의 지령을 받고 내통했다는 수사기관의 주장이나 언론 보도는 전혀 거짓이고 엉터리 보도였다.

민석구가 아는 한성욱은, 그저 제 양심에 따라 정직하게 사는 녀석이지, 어디 휩쓸리거나 남의 주장에 덩달아 동조할 녀석은 아니었다.

중앙정보부 분실과 군 수사기관들이, 한성욱의 빨갱이 혐의를 증명하기 위해서, 혈안이 되어 한성욱의 근무지를 뒤졌지만, 아무것도 나오는 것이 없었다. 한성욱이 사용하던 중대본부 책상 서랍이나 공급실 어디에도, 종잇조각 하나 먼지 한 톨도 남겨 놓은 것이 없었다. 자신과 관련된 것은 깨끗하게 치워져 있었다.

단 한 가지, 공급계 조수 목구평이의 기억력에 의해서, 탄약고 폭발에 사용된 폭약의 종류와 그 출처만은 알아낼 수 있었다.

지난번 육본 감찰검열 재물조사 때, 공급실 창고 정리를 하다가 깊숙한 곳에 숨겨진 다이나마이트 상자를 발견했던 것이다. 목구평이가 의아해서, 사수 한성욱 하사에게 출처를 물은 적이 있었다. 벌써 옷을 벗은 전임 인사계 표일두 상사가 자기 고향 마을 강줄기에서 물고기를 잡기 위해, 오래전에 얻어다 놓은 것이라고 했다. 표일두 상사도 그 일을 아마 잊어버리고, 옷을 벗은 것 같다는 말이었다.

제대복을 입은 민석구와 조연출이가 부산진역에서 군용열차에 몸을 실었다.

머릿속에 수많은 생각들이 떠올랐다. 만감萬感이 교차하는 것이다.

삼년 전, 이들이 부산 땅에 첫발을 디딘 건, 계절을 재촉하는 초여름 비가 부슬부슬 내리는 이른 새벽이었다.

"죽었으꺼나? 살았으꺼나?"

조연출이가 옆자리의 민석구에게 혼잣말처럼 중얼거렸다.

"그렁께 말이어! 원 세상에, 나한테까지 그렇게 감쪽같이……."

부산 병기기지창 폭파범을 찾기 위해, 군과 경찰 수사기관이 총동원되었지만, 범인 체포를 위한 단서는 단 한 가지도 찾지 못하고 있었다. 폭파범으로 지목된 한성욱 하사의 행방은 오리무중이었다.

"즈그 부모들은 얼마나 시달리것냐? 불안허고…… 하마, 고향으로 현지 조사가 나가도, 열 번도 더 나갔을 것인디! 얼마나 난리 쳤을 것인디……."

"그렁께 말이어, 그 새끼 주소, 내가 면面 동네 이름까지 다 앙께……."

"너는 그러면, 송정리 내려서 함평으로 갈래?"

"클씨, 그래야 안 쓰것냐? 즈그 부모 만나서, 실지대로 내가 본대로, 말해 줘야제 잉!"

부산 시가지를 벗어난 군용열차는 땅거미가 내리는 황혼 들판을 향해, 검은 연기를 뿜어내고 있었다.

"씨이발, 군대…… 아까운 새끼 하나 버렸네."

"좆같은 세상…… 나는 이참에, 아조 불알 까불란다!"

조연출이의 푸념에 민석구의 대답이었다.

요즘 민석구의 얼굴엔 노상 희죽거리던 웃음끼가 사라져 버렸다.

전국 각 도별 소재 예비사단에서 반강제로 실시되는, 제대 장병 산

아제한 불알까기 무료시술을 염두에 두고 하는 말이었다.

칙칙폭폭, 들판을 달리는 열차의 기적소리가 푸우! 푸우! 아까에 이어 또 한 번 길게 울렸다.

기적소리도 오늘따라 목이 쉬어 울었다.

〈끝〉